Theodor Fontane (1819-1898) war sein Leben lang ein eifriger Briefeschreiber. Bevor er als 60jähriger zum realistischen Roman fand, den er eigentlich für Deutschland begründete und zu hoher Meisterschaft führte, arbeitete er als Korrespondent und Kriegsberichterstatter für verschiedene Zeitungen. Schon seine Briefe zeigen den klaren, das Detail erfassenden, ironisierenden Stil, der seine späteren Romane auszeichnet. Otto Drude hat aus dem umfangreichen Briefwerk Fontanes die Briefe ausgewählt, die eine lückenlose Rekonstruktion seines Lebens ermöglichen. Gleichzeitig entsteht mit dieser Auswahl eine geistige Biographie des Autors. Drude verbindet die von ihm ausgewählten Briefstellen mit kommentierenden Zwischentexten, die das Ganze verzahnen und erst so zu einer Biographie in Briefen verbinden.

insel taschenbuch 540

Fontane

Ein Leben in Briefen

Theodor Fontane
Ein Leben in Briefen

Mit zahlreichen Bildnissen
und Faksimiles
ausgewählt und herausgegeben
von Otto Drude

Insel Verlag

Der Text der Briefe Fontanes folgt der im
Carl Hanser Verlag erschienenen fünfbändigen Ausgabe
›Theodor Fontane, Briefe‹.
Abdruck mit freundlicher Genehmigung
des Carl Hanser Verlages

insel taschenbuch 540
Erste Auflage 1981

Vertrieb durch den Suhrkamp Taschenbuch Verlag
Umschlag nach Entwürfen von Willy Fleckhaus
Druck: Nomos Verlagsgesellschaft, Baden-Baden
Printed in Germany

2 3 4 5 6 7 – 03 02 01 00 99 98

Ein Leben in Briefen

»Ich bin . . . im märkischen Sande geboren, an der Ostsee großgezogen, und meines Standes – Apotheker. Warum ich das bin? Mein Vater sprach: ›car tel est notre plaisir‹; zudem war er selbst Apotheker; ein andrer Grund liegt nicht vor. Mit 16 Jahren trat ich in die Lehre; mein Lehrherr war human; meine eigensten Neigungen stießen nicht geradezu auf Widerstand, so hielt ich aus. Zwanzig Jahre alt kam ich nach Leipzig. Mit jener nur der Jugend eigenen Unverwüstlichkeit, setzte ich es durch, bei Tage Geschäftsmann, bei Nacht ein Mittelding von Student und Literat zu sein. Burschenschaftler, so wie Schriftsteller siebenten Ranges wurden mein Umgang. Zahlungsunfähige Buchhändler standen im Hintergrunde und tauschten gegen jammervolle Schmeicheleien wahre Massen von pathetischen Freiheitsgedichten ein. Einer, mein besondrer Protektor bot mir die Redaktion eines belletristischen Blattes an und ich, ehrlich genug, um auch Andre für ehrlich zu halten, schlug ein, kündigte meine Stellung, und war fest entschlossen, wie fast jeder Zweiundzwanzigjährige, der das Leipziger Pflaster tritt, ›unter die Literaten zu gehn‹. Gnädige Götter hatten es anders bestimmt.«

Dieser ironischen autobiographischen Skizze, Teil eines Briefes, den Fontane 1850 an Gustav Schwab, den Redakteur des Cottaschen Morgenblattes schrieb, sollte noch hinzugefügt werden, daß der Geburtsort im märkischen Sande Neuruppin war, der Tag der 30. Dezember 1819. Auch dies, daß beide Eltern der ›Colonie‹ entstammten, jener großen Gruppe der damaligen Berliner Bevölkerung, die als Nachfahren der aus Frankreich geflüchteten und in Brandenburg eingewanderten Hugenotten in vielfältiger Weise das gewerbliche und geistige Leben der preußischen Hauptstadt beeinflußten.
Während der Wanderjahre in Leipzig und Dresden hatte Fontane den fast gleichaltrigen, aus Odessa stammenden Wilhelm Wolfsohn kennen-

gelernt, mit dem er seine literarischen Arbeiten diskutieren konnte und dem er wesentliche und wichtige Hinweise zur russischen Literatur verdankte.

1 An Wilhelm Wolfsohn

[Dresden, Anfang Juli 1842]

Lieber Wolfsohn!

So eben komme ich von der vielbesprochenen Terrasse, wo ich mich sattsam gelangweilt und – weil es eben nichts Besseres zu tun gab – Deiner in Liebe und Freundschaft gedacht habe.

Ich soll Dir schreiben, Dir Geschichten erzählen, so wunderbar romantisch wie aus tausend und einer Nacht, denn ich lebe ja inmitten des poetischen Dresden's, inmitten des Elbflorenz, das einen Baron Lorenz gebar und einen Hofrath Winkler großgezogen. Aber ach, mir fehlt die Poesie, die Scheherezade, die mir die »märchenhafte Zauberwelt« erst wahrhaft erschließt, und so lang ich mit Prosa behaftet, o mehr – von ihr durchdrungen bin, werd' ich blind sein für die Reize, die Kunst und Natur vereint mir bieten. Du darfst mir jetzt mit Recht zurufen:

»Dein Sinn ist zu, Dein Herz ist tot«,

und ich selbst lebe der Hoffnung, erst in Zukunft würdigen zu lernen, was mir die Gegenwart schon beut.

Ach, ich hätte Ursache, so recht überglücklich zu sein, und doch ist meine Seele gedrückt, ich habe so viel, ich habe fast mehr, als wonach Abertausende streben und ringen, und doch empfind' ich es, mir fehlt ein Etwas, was weder Kitzel der Eitelkeit noch der Sinn mir zu ersetzen vermag. Oft hab ich mich in meinem Übermuth vermessen, wahres Erdenglück von wahrer Liebe unabhängig zu wähnen, und immer wieder werd' ich durch ein nicht zu ertötendes Gefühl Lügen gestraft. Diese Leere, die mich so häufig beschleicht, und eben dann mich am ehsten erfüllt, wenn mir die Gegenwart äußere Glücksgüter mit vollen Händen in den Schooß wirft – sie wird nicht eher enden als bis ich die Unbekannte, die Namenlose gefunden habe, die mich mit Sehnsucht erfüllt, nach der mein Herz in unglücklicher Liebe schmachtet, wenn man mich prosaisch schilt: »schlechter Laune« zu sein. – Werd' ich jene Unbekannte, mein zweites Ich, werd' ich sie finden? Ich werd' es wähnen und – mich getäuscht sehen. So oft mich ein liebeverwandtes Gefühl beschlichen, ward es plötzlich öde und leer in meiner Seele; die Lippen, die eben noch von begeisterten Worten, vom Ausdruck tiefster Empfindung übergeströmt waren, unterdrückten mühsam ein Gähnen, und das Bewußtsein, daß alles eitel, wohl gar schal und abgeschmackt sei, gewann mehr und mehr Leben in mir. – Es ist traurige Wahrheit, was ich Dir bekenne; wie leicht ist es möglich, daß die Täuschung statt weniger Stunden mondelang währt, daß ich ein Band für das Leben knüpfe, und dann erwachend schmerzlich meinen Irrthum gewahre. – Doch wozu dies »Bekenntnis einer unschönen Seele«, daß ich ebensogut auf Kamschatka, vielleicht sogar mit größerem Rechte machen dürfte. Du willst von meinem Briefe, er soll den Stempel Dresdens, und zwar einen andern als den des Postamts tragen; so laß mich denn zu nähergelegenen Dingen übergehn. Ich schreibe absichtlich nähergelegen, und gedenke dabei meiner Nachbarschaft, in der Du ein gut Theil unsrer deutschen Literatur repräsentiert siehst. Als Licht erster Größe macht sich der Fürst Pückler bemerkbar, der hier in Sehnsucht seines Schnelläufers Mensen Ernst harrt, der im Auftrage seines Herrn die Quellen des Nil entdecken und eine Wasserprobe mitbringen soll, damit die Tutti Frutti's des Verstorbenen einmal mit einer neuen Sorte Wasser aufwarten können. Durch die Abwesenheit seines Lieblings ist die Menagerie fremdländischer Geschöpfe um ein wesentliches Mitglied vermindert worden; er begnügt sich jetzt mit einem Mohren und einem Russen, da der Pair von England, der eine Etage höher wohnt, die Gallerie von Merkwürdigkeiten – trotz der vortheilhaftesten Anerbietungen – nicht vermehren will. – Von Braun von Braunthal hab ich einen blonden Ziegenbart, von Adolph Bube eine Ballade, von Tieck aber ein früheres Dienstmädchen gesehn, die etwas sehr klassisch und durchaus nicht novellistisch war. Wenn ich diese Glücksumstände erwäge und hinzurechne, daß ich täglich den Dresdner Anzeiger mit ähnlichen Gedichten lese wie z. B.

Wasser trinkt wohl Niemand gern,
Drum herbei von nah und fern,
Bier, Bier, Bier,
Her zu mir! (welch kategorischer Imperativ!)

so begreif ich's kaum, daß ich binnen acht Tagen noch zu keinem Liede begeistert worden bin. Beifolgend noch einige wohlgelungene Verse desselben ehrenwerten Organs, dessen Hauptmitarbeiter hoffentlich mein Freund Milo ist. Leb wohl.

Dein Th. Fontane

Während seiner Schulzeit – 1833 bis 1836 – an der Berliner Gewerbeschule wohnte Fontane bei seinem Onkel August, einem Stiefbruder seines Vaters, da die Eltern zu dieser Zeit in Swinemünde lebten. Im Hause des Onkels begegnete er zum ersten Mal der 1824 geborenen Emilie Rouanet, seiner späteren Frau. Erst zehn Jahre später – Fontane hatte eine Stellung als Apotheker in Berlin – trafen sie sich wieder und »nahmen den alten herzlichen Ton gleich wieder auf, und die Leute wußten bald, was daraus werden würde.« Im Dezember 1845 feierten sie ihre Verlobung.

2 *An Emilie Rouanet-Kummer*

[Berlin,] d. 2. [September 1844?] früh

Sind Sie heut gegen 5 zu Hause, so hab' ich das Vergnügen Sie zu sehn. Ein Stündchen später geleit' ich Sie wohl, allen gerümpften Nasen zum Trotz – zu Fontanes?!

Ihr Th. Fontane

In diesem Appendix muß ich Ihnen noch meine Freude über dies Normal Billet ausdrücken; endlich 'mal fünf Zeilen statt fünf Seiten. Ich nehme Gratulationen darauf an

Th. F.

Vorher mußte Fontane noch sein Jahr als Einjährig-Freiwilliger ableisten, und im April 1844 rückte er bei den Kaiser-Franz-Grenadieren ein, wo er einen wohlwollenden Vorgesetzten fand, den Leutnant Bernhard von Lepel, mit dem er bereits seit mehr als einem Jahr bekannt und befreundet war. Das Bindeglied ihrer Freundschaft war die Poesie, einer Freundschaft, die über vier Jahrzehnte währen sollte. Auf Grund seiner Stellung und seines Herkommens war Lepel zunächst der Führende, er vermittelte Formen, Erziehung und gesellschaftliche Kontakte, so vor allem den Eintritt in den literarischen Sonntagsverein, den »Tunnel über der Spree«, in dem Fontane seine Lyrik vorstellen konnte, und dessen Mitglieder ihm hier und da hilfreich waren.

Während des Dienstjahres bot sich ihm im Frühsommer 1844 die Möglichkeit einer Reise von vierzehn Tagen nach London, das einen »unvertilgbaren« Eindruck auf ihn machte, es war ihm damals »Modell oder die Quintessenz einer ganzen Welt.«

Wieder Zivilist, bereitete er sich auf das Apothekerexamen vor und bestand im Frühjahr 1847 die Staatsprüfung, doch der geplante Erwerb einer eigenen Apotheke scheiterte an den fehlenden Mitteln.

3 An Wilhelm Wolfsohn

Berlin, d. 10. November 47

Mein lieber alter Freund!

Letschin im Oderbruch, Kirchdorf mit 3500 Seelen (?) und Residenz zweier dort stationirter Gensdarmen, hängt durch Vermittelung eines sogenannten Rippenbrechers von Postwagen nur lose mit der civilisirten Welt zusammen. Es ist ein zweites Klein-Sibirien; die Lebenszeichen einer Welt da draußen sind selten, aber – sie kommen doch vor. – Wenn ich vorhin den

Postwagen als die Brücke bezeichnete, die der verstorbene Staatsminister Nagler zwischen dem Diesseits und Jenseits schlug, so war das zwar Wahrheit, aber nicht die *ganze* Wahrheit. Der geistige, mithin der bedeutsamere Verkehr wird durch ein altes Weib unterhalten, das nicht unähnlich der Norne im Scott'schen Piraten allsonnabendlich ein Felleisen in die Apotheke wirft und in Nacht und Grauen gespensterhaft verschwindet. Das alte Weib trägt einen geflickten Rock und Schmierstiefel, ihr »guten Abend« klingt wie das Donnerwetter eines Bootsknechts – ihre Reise geht auch nicht durch die Lüfte, sondern knietief durch dicksten Dreck, dennoch erscheint sie allen Hausbewohnern stets wie ein Engel vom Himmel, reizend wie Schillers Mädchen aus der Fremde. Die Stetserwartete, Immergesegnete (was ich nicht auf interessante Leibeszustände zu beziehen bitte) ist die Cüstriner Bücherfrau, die allwöchentlich im Dienst ergraute Journale wie altbackenen Kuchen aus ihrem Füllhorn auszuschütten pflegt. Unter diesen glänzt als ein Stern erster Größe die »Europa«, dann und wann mit Beiträgen von Carl Wilhelm Wolfsohn. – Ja, mein lieber Freund, vor ungefähr vier Wochen gab mir die von Dir übersetzte russische Novelle den Beweis Deines Daseins und Deiner literarischen Tätigkeit. Als ich blos Deinen Namen las, trat mir die schöne alte Zeit wieder frisch vor die Seele – Dein bloßer Name wurde mir zur laterna magica oder um klassischer zu vergleichen, zum Kessel der Hekate, aus dem ein Dutzend lieber Gestalten vor mir aufstieg. Ich wollte gleich schreiben und Dich mit den geistreichen Fragen: wo bist Du? wie thust Du? was willst Du? bestürmen; indeß es kam dies und das dazwischen, und ohne einen scheußlichen Schnupfen, der mich heut ans Zimmer fesselt, wären vielleicht noch Monate vergangen, bevor ich meine Absicht von damals ausgeführt hätte.

Indem ich nun den herzlichen Wunsch ausspreche, recht bald von Dir und Deinem Thun zu hören, indem ich ferner bitte, mir so viel wie möglich über die lieben, alten Jungen (Schnupfen-Sentimentalität! ich schreibe sonst nie so) mitzutheilen, mit denen wir oftmals so traulich und heiter zusammen waren, geh' ich dazu über, Dir etwas Material zu meiner Biographie zu liefern. Schließe übrigens aus dieser Äußerung nicht, daß ich wie Wallenstein nächstens »einen langen Schlaf zu thun« oder wie Hamlet »in das Land zu reisen« gedenke, von dannen keine Wiederkehr – nein, gegentheils! ich bin mit den Jahren jünger geworden, und die Lebenslust, die eigentlich ein Erbtheil der Jugend ist, scheint in mir zu wachsen, je länger der *abgewickelte* Faden wird.

Daß ich verlobt bin, weißt Du. In diesem Faktum liegt noch kein Grund zur Gratulation, wohl aber darin, daß ich mich glücklich fühle in meiner Wahl und meiner Liebe. Du hast das junge Mädchen bei Deinem Hiersein gesehn. Das Hervorstechende ihres Wesens ist, körperlich und geistig, das *Interessante,* sie wird mich auch da zu fesseln wissen, wo mir größere Schönheit, umfassenderes Wissen und selbst tieferes Gefühl auf meinem Lebenswege begegnen sollten. Mit einem Wort sie ist »liebenswürdig«, sie hat jenes unerklärbare Etwas, was Allem einen Reiz verleiht; die Schwächen selbst werden so zu Tugenden gestempelt; Unkenntnis giebt sich als herzgewinnende Natürlichkeit; launenhafte Wünsche und Einfälle kleiden sich in das Gewand des Eigenthümlichen. – Ich habe in meiner Liebe viele Kämpfe durchgemacht; ich habe (ohne deshalb meine Braut je minder geliebt zu haben) meine Verlobung wie eine Übereilung betrachtet, ich habe mir die Befähigung abgesprochen, je ein Weib glücklich machen zu können, und habe gleichzeitig meinen eignen Untergang als eine Gewißheit vor Augen gesehn; zu dem Allen hab ich den Höllensoff brennender, verzweifelnder Eifersucht gekostet, oder richtiger, meine Seele monatelang damit getränkt. Diese Zeiten sind vorüber; unter allen diesen Stürmen hat sich meine Liebe bewährt; ich darf sie als einen geklärten Wein betrachten, der wenn auch nicht feuriger mit den Jahren wie Rheinwein, doch auch nicht schlechter wie Medoc werden wird. – Um einen passenden Übergang für das Folgende zu finden, muß ich meine obigen Mittheilungen durch das Geständniß ergänzen, daß namentlich der Poet in mir oft blutige Thränen über den verlobten Bräutigam vergoß. Auch diese Mißhelligkeiten sind beigelegt; meine Braut, die sonst in meinen dichterischen Gelüsten nur eine verhaßte Nebenbuhlerin sah, hat diese plötzlich von Herzen lieb gewonnen, und so hoff' ich in Zukunft wie der Graf von Gleichen zu leben, bei welchem Bild ich freilich in Zweifel gerate, ob ich meine Muse oder meine Braut mit der feurigen, schwarzäugigen Orientalin vergleichen soll. Stände meine Braut jetzt hinter mir, und guckte über die Schulter, so wäre eine Maulschelle mein unzweifelhaftes Loos. Nun aber ein Weniges von der Poeterei. In meinem Eifer, vielleicht darf ich sagen, in meiner Begeisterung – bin ich der Alte; in dem was ich leiste, hab ich die Leipziger Staffel hoffentlich weit hinter mir. Es fehlt mir möglicherweise jetzt die Unbefangenheit und Natürlichkeit, mit der ich damals Schlechtes und Gutes in friedlicher Gemeinschaft aufs Papier kritzelte, dafür aber hat sich ein gewisses Bewußtsein, eine Kenntniß dessen, worauf es ankommt, eingestellt, die vielleicht keinen besseren Poeten, aber zweifellos bessere Verse schafft. – Du würdest mich in *dieser* Beziehung sehr verändert finden; ich bin jetzt von meinem *Recht* durchdrungen, ein Gedicht zu machen; das mag Dir andeuten, daß ich ein Anderer geworden bin. Du lächelst vielleicht; du frägst, worauf sich dieses Selbstvertrauen stützt, und lächelst wieder, wenn ich sage, *das fühlt sich*. Ich könnte Dir erzählen, daß ich mit dem Cotta'schen Morgenblatt auf dem besten Fuße stehe, könnte Dir mitteilen, daß man in mich dringt, meine Sachen zusammenzustellen und 'raus zu geben – indessen wiederhol' ich Dir, es ist nicht diese Anerkennung von außen, sondern die tief innere Überzeugung, daß ich einen Vers schreiben kann, was mein Fiducit erweckt. Diese Überzeugung läßt mich ruhig und bedachtsam handeln; ich laufe mir nicht nur nicht die Beine ab, um einen Buchhändler zu ergattern, sondern ich danke sogar für diejenigen, die mir unter der Hand angeboten werden. Was gut ist, bleibt gut und das andre mag fallen, wenn es vor der eignen, gereifteren Kritik nicht mehr bestehen kann. – Das Lyrische hab' ich aufgegeben, ich möchte sagen blutenden Herzens. Ich liebe eigentlich nichts so sehr und innig wie ein schönes Lied und doch ward mir gerade die Gabe für das Lied versagt. Mein Bestes, was ich bis jetzt geschrieben habe, sind Balladen und Charakterzeichnungen historischer Personen; ich habe dadurch eine natürliche Übergangssstufe zum Epos und Drama eingenommen, und diesen Sommer bereits ein episches Gedicht in neun (kleinen) Gesängen geschrieben, das hier auf die Berliner Herzen seines Eindrucks nicht verfehlte und Dir vielleicht mit Nächstem im Morgenblatte zu Gesicht kommen wird, wenn nicht die größere Ausdehnung des Gedichts seine Aufnahme unmöglich macht. Titel: »Von der schönen Rosamunde.« – Mit heiligem Eifer würd' ich mich unverzüglich an die Gestaltung eines Dramas machen, das bereits im Geiste in mir lebt, wenn ich nicht zwischen heut und drei Wochen wieder hinterm Tische stünde, und dem Publikum statt fünffüßiger Jamben Dekokte u. a. m. zu bieten hätte. Es erbaut mich diese Aussicht wenig, aber sie macht mich nicht unglücklich. Ich habe den Wunsch, Poet von Fach zu sein, lange und für alle Zeit begraben. Nach meiner Meinung muß ein Dichter allemal *Dilettant* sein und bleiben; so wie der Fall mit der melkenden Kuh eintritt, ist es mit der Poesie Matthäi am letzten. In zwei Jahren hoff' ich selbstständig d. h. Apothekenbesitzer, Gatte und resp. Familienvater zu sein; trotz vieler Sorgen, die von dem Augenblicke an auf mich einstürmen werden, hoff' ich doch in meinen Grundfesten unerschüttert zu bleiben, und wenn auch langsam so doch sicher ein Ziel zu erreichen, das sich jedes ernste Streben stecken muß.

Ich wundere mich nicht, wenn diese Sprache Dich stutzig macht; so viel aber hoff' ich von Deiner Freundschaft und guten Meinung von mir, daß Du das Vorstehende nicht als die Herzensergießungen eines arroganten Schlingels betrachten wirst.

Betrachte meinen Brief wie die Beichte eines Freundes dem Freunde gegenüber, und mache mir die unendliche Freude, ihn recht bald in gleicher Weise beantwortet zu sehn. Was Du über

M. Müller, Schauenburg, Krieg, Köhler und andere Kumpane gehört hast, theile mir ausführlichst mit; Müllern verfehlte ich im vorigen Jahr und bin somit ohne alle Nachricht.
Noch eins. Wolltest Du zu meinem lieben Georg Günther gehn, und ihm in meinem Namen versichern, daß ich mit unveränderter Liebe und Dankbarkeit an ihm hinge, so würdest Du mir einen rechten Freundschaftsdienst erweisen. Theil' ihm aus meinem Briefe mit, was Du für passend hältst. Schreiben an ihn kann ich nicht; einestheils ist *diese* Leidenschaft überhaupt dahin, dann aber zweimal dasselbe, ist fast zu viel verlangt. Was machen die liebenswürdigen Melgunoffs? Leb wohl.

Dein Th. Fontane,

Berlin, Zimmerstraße No. 2 p. Adresse Kummer.

Die Märztage des Revolutionsjahres 1848 erlebte Fontane – nicht ganz unbeteiligt – in der Jungschen Apotheke, Ecke der Neuen Königs- und Georgenkirchstraße in Berlin. 1847 war das große Diakonissen-Krankenhaus Bethanien eröffnet worden. Im Juni 1848 bot sich Fontane dort eine nahezu idyllische Arbeitsmöglichkeit, er mußte zwei Schwestern theoretisch und praktisch in der Pharmazie ausbilden.

4 *An Bernhard von Lepel*

Berlin. 21. September 1848

Mein lieber, alter Lepel.
Bethanien hat es noch nicht zu Briefpapier gebracht, verzeihe deshalb das Exterieur eines Briefes, das Dich vielleicht an die Herzensergüsse Deines oft belachten Straußberger Vetter's erinnert. Beiläufig: wie geht es dem würdigen Mann? schreibt er noch immer an seinen »lieben Bernhard«?
Ich bin nicht in der Stimmung, auf Deinen unendlich friedlichen Brief, der nach Abgeschiedenheit und nach jedem beliebigen Jahrgang -- nur nicht nach 1848 schmeckt, einzugehn; die

Abb. 1: Emilie Rouanet-Kummer, die spätere Frau Fontanes (1824-1902), nach einem Pastellportrait von Th. Hilling 1848

Ereignisse der letzten Tage: der Wrangelsche Armeebefehl und das Ministerium »Pfuel, Eichmann, Bonin« erklären geradezu die Contre-Revoloution und fordern zum Kampf heraus.
Was auch der Ausgang desselben sein mag, ich *wünsche ihn,* u. bin außer mir jenes herrliche Mittel zu entbehren, ohne welches jede Betheiligung eine Unmöglichkeit ist.
Mit dürren Worten: hast Du nicht auf väterlicher Rumpelkammer eine alte aber gute Büchse? Ich fordre es von Dir als einen Freundschaftsdienst mich nicht im Stich zu lassen, wenn Du meinen Wunsch erfüllen *kannst,* und sehe einigen Zeilen, noch lieber aber dem Muskedonner in Person entgegen. Lache nicht, die Sache hat ihre sehr ernsthafte Seite. Wär' ich nicht, wie immer in Geldverlegenheiten, ich würde mir auf die einfachste Weise helfen, und nicht einen so sonderbar klingenden Wunsch (manchem würd' er nach Renommisterei schmecken) Dir an's Herz legen.
Vielleicht wird alles anders, als es den Anschein hat, und auch mein Fieber geht wieder vorüber. Dann sollst Du nach langer Zeit mal wieder von dem Poëten hören; aber der Augenblick erheischt Thaten, oder doch Wort *und* That. Schande Jedem, der zwei Fäuste hat mit Hand ans Werk zu legen, und sie pomadig in die Hosentasche steckt. Hätt ich Zeit und namentlich Geld, ich wäre ein Wühler comme il faut, denn alles ist faul und *muß* unterwühlt werden, um im ersten Augenblick die Mine springen lassen zu können. Ich bedaure zu so winziger Thätigkeit verdammt zu sein, aber was ich leisten *kann,* das *will* ich doch auch leisten und deshalb stöbre nach und bewahrheite das alte: wer da suchet, der wird finden. Dein Th. Fontane

5 *An Bernhard von Lepel*

Berlin. 24. September 1848

Mein lieber Lepel.
Dein schwarzgesiegelter Brief von heute früh überraschte mich wenig. Meine letzten Zeilen waren eine Uebereilung. Ich habe

Dich verletzt und mich lächerlich gemacht. Laß diese Blamage, die ich fühle, meine Strafe sein. Auf Deinen Brief einzugehn bin ich vorläufig außer Stande; nur treibt es mich Dir schon heute zu versichern, daß mir die Absicht irgendwelcher Beleidigung nicht in den Sinn gekommen ist. Ich habe jene Zeilen in höchster Aufregung, rein Gefühl, ohne alle Ueberlegung geschrieben, u. kann in solchem Moment unmöglich Deinen »Vetter« deshalb citirt haben, um Deinem Ahnenstolz, oder wer weiß was sonst noch, eine Wunde zu schlagen. Die Worte: »Schande Jedem, der u. s. w.« rief ich nur mir selber zu, um auch den letzten ruhigen Nerv noch in's Fieber zu bringen. Ich war aufgeregt im höchsten Maaße, aber es war mir noch nicht genug.
Du hast also diesmal sehr wohl gethan mich mit Vertraun und nicht mit Argwohn zu beurtheilen, nur die eine Aeußerung über den idyllischen Geschmack Deines Briefes war gegen Dich gemünzt. Da ich in Hahn's berühmte Aeußerung keineswegs einstimmen kann, ist mein Aerger vielleicht erklärlich.
Also nochmals: ich fühle meine Lächerlichkeit u. nehme gleichzeitig jede Bitterkeit als eine Uebereilung zurück, jede Bitterkeit, die mehr aus dem ganzen Ton des Briefes als aus den angeregten Stellen sprechen mag. Was ich über diese Dir gesagt, ist keine leere Ausrede, sondern Wahrheit.
So weit kriech' ich zu Kreuz. Im Uebrigen hat Dein Brief gar keinen Eindruck auf mich gemacht, am allerwenigsten mich auch nur im geringsten umgestimmt. Was geht mich das an, daß sich Hahn im constitutionellen Klub befriedigt fühlt, und daß Eggers auf dem Punkt steht einer reactionairen mecklenburgischen Zeitung seine Feder zu leihen? Kann mich das gegen den Champagner einnehmen, daß Andre begeisterte Weißbiertrinker sind? Was soll ich dazu sagen, daß ich in Gefahr stehe, nicht mehr gentleman like zu bleiben? was bedarf ich der Entschuldigung, daß ich gradatim bis zur Republik gekommen bin, eine Entwickelung die Millionen mit mir durchgemacht haben? Soll ich wirklich den Wrangelschen Armeebefehl begrüßen, der dem neuen Minister-Präsidenten selbst ein Dorn im Auge ist, soll ich

Dir die Frechheit noch erst beweisen, die darin liegt, nach einem Siege der Linken, ihr die Helden der Märztage als Minister aufzudrängen. Soll ich Dir, wie Leporello die Liebschaften seines Herrn, so die Reaktionsbestrebungen der Hofpartei aufrollen? Soll ich Dir Seitenstücke zu der Niedermetzelung Lichnowsky's aufstellen? Denk an Schweidnitz, denke an Mainz und die abgehackten Hände ertrinkender Knaben, -- denk an die Scenen im kölnischen Rathhause, denk an die Schüsse die man gegen verwundete und geknebelte Gefangene richtete, denk' an den berühmten Transport nach Spandau, -- an das herrliche Benehmen der Gardemänner gegen todesmuthige Freischärler und sage mir dann noch »Charakter und Bravheit stecken in der Armee wie nirgends«. Ja, Charakter steckt drin, aber welcher!
Genug davon, ich will mich nicht nutzlos in Rage bringen, obschon ich heute vielleicht minder Gefahr liefe mich lächerlich zu machen wie neulich. Ich behalte mir gründliche, wohlüberlegte Meinungsäußerungen bis zu meiner Anwesenheit in Bethanien vor, da sollst Du schließlich wenigstens zugestehn, daß mein Standpunkt ein berechtigter ist.
Einig dürften wir schwerlich werden; alles »Vereinbaren« scheint heutzu Tage auf Hindernisse zu stoßen, aber sollten wir auch in Politicis als Antipoden uns gegenüberstehn, die Kunst wird von Zeit zu Zeit Brücken schlagen, und beim Klang einer guten Terzine werden wir uns fühlen wie ein Herz u. eine Seele. Nichts für ungut.

Dein
Th. Fontane

6 An Bernhard von Lepel

Lieber Lepel.
Für Deinen liebenswürdigen Brief vom gestrigen Tage meinen Dank, und zwar außergewöhnlich herzlich. Er hob nämlich den tristen Eindruck eines 5 Minuten vorher erhaltenen Schreibens stellenweis wieder auf. Denke Dir: »Enthüllungen Nr. II«; zum

zweiten Male unglückseliger Vater eines illegitimen Sprößlings. Abgesehn von dem moralischen Katzenjammer, ruf' ich auch aus: »Kann ich Dukaten aus der Erde stampfen usw.«
Meine Kinder fressen mir die Haare vom Kopf, eh die Welt weiß, daß ich überhaupt welche habe.
O horrible, o horrible, o most horrible! ruft Hamlets Geist, und ich mit ihm. Das betreffende interessante Aktenstück (ein Brief aus Dresden) werd' ich Dir am Sonntage vorlegen, vorausgesetzt, daß Du für die Erzeugnisse meines penes nur halb so viel Interesse hast wie für die meiner Feder. Eigentlich wollt' ich schreiben »penna«, um eine Art Wortspiel zu Stande zu bringen, aber es schien mir doch allzu traurig; obschon ich in solchen Dingen nicht so ängstlich bin wie z. B. Freunde von mir.

Die »Reaction« werd' ich wieder zu erobern suchen; ich schreibe noch heut. Gieb sie dann unsrem Immermann; für die »Deutsche Reform« ist es auch nichts; sie bringt – soviel ich weiß – nie Gedichte.
Die Vorladung zur Lewald wäre mir in andren, minder *frucht*baren Zeitläuften freilich angenehmer gewesen, indes ich will und werde mich aller Trübseligkeit zu entreißen wissen. Also: eingeschlagen! ich bin der Deine, und wenn's zum Deibel ginge, – warum nicht auch zur Fanny? Es ist übrigens noch 3 Tage hin, und ich denke bis dahin diesen Zustand von Besoffenheit hinter mir zu haben, so daß Du Dich meiner nicht zu schämen brauchst. An »meißeln« ist jetzt natürlich nicht zu denken; das kommt vom »Meißeln«. Gräßliche Witze, und gemein dazu; indes das möchte alles gehn, wenn nur diese Vaterfreuden, dieser Segen, diese heimlichen Überraschungen nicht wären!

Leb wohl, Dein
Th. Fontane

[Berlin,] d. 1. 3. 49

7 *An Bernhard von Lepel*

Bethanien. 7. April 1849

Mein lieber Lepel.

Daß du mich so oft verfehlt hast, thut mir in der Seele leid; ich hätte gern mal wieder, bei einer Flasche Rheinwein, mit Dir geplaudert. Wenn Du nicht etwa nach Wieck reis'st, so arrangire doch solche Zusammenkunft für die nächsten Tage. Es steht uns ja ein gut Theil Stoff zu Gebot, zu viel um sich brieflich darüber auszulassen. Was die Vorgänge in der politischen Welt angeht, so wird mir's immer klarer, daß wir um die Guillotine nicht drum rumkommen; es muß erst aufgeräumt werden, ehe es besser werden kann; die Köpfe, die zu hart sind, müssen fallen; die Pöbelherrschaft ist die Brücke, über die wir fort müssen. Ich ersehne sie nicht, ich rufe sie nicht, aber sie wird kommen, und wir Fortschrittsmänner, die's allezeit gut gemeint haben, und deren Ansichten auch zuletzt die geltenden und dauernden sein werden, wir Aermsten werden inzwischen von den Septembriseurs als rothe Reaktionäre gehangen werden.

Die Antwort des Königs ist so unglaublich, daß der Gedanke in mir lebt: was aus dem König spricht und handelt ist nicht *er,* sondern sein Verhängniß. Ein *freier* Mann, ein *König,* ein Haupt, das seinem bösen Schicksal noch nicht verfallen ist, konnte *so* nicht sprechen. Wohin soll und wird es führen!

Wie steht es mit Deiner Arbeit? Ich habe seit 4 Wochen keine Zeile geschrieben; es ist Mannigfaches, was hemmend auf mich wirkt, doch haben die politischen Kämpfe und Wirren nur geringen Theil daran. Hypochondrische Anfälle, halb melancholisches Brüten halb leidenschaftliches Auffahren, gewinnen immer mehr Macht über mich, so daß ich mitunter überhaupt an mir verzweifle, und an dem Poëten nun schon ganz unbedingt. Sonst setzte ich meine Hoffnung auf Reisen und Zerstreuung, aber auch damit ist es nichts mehr; Du könntest mir in diesem Augenblick einen syrakusischen Spatziergang (mit Benutzung unterschiedlicher Dampfwagen) anbieten, ich ginge auf diesen Vorschlag nicht mal ein. Ich komme erst wieder zu mir, wenn ich verheirathet bin. Theils ist mir die Liebe eines Weibes wahrhaftiges Bedürfniß für Leib und Seele, theils muß ich der Frage überhoben sein, die ich aus Liebe zu meiner Braut, tagtäglich an mich richte: nun, wie lange dauert's noch? Nimmt dies Warten kein Ende? Wird dieser Wunsch erfüllt oder jene Hoffnung betrogen werden? Ein Mädchen verlobt sich doch nicht, um eine altjüngferliche Braut zu werden, und wenn die Meinige auch Gott sei Dank zart genug ist mich mit solchen Anfragen nicht zu quälen, so weiß man doch am Ende was in solchem Herzen vorgeht, und was dieser und jener Blick zu bedeuten hat. Ich hätte in der That nicht den Muth auf ein halb Jahr in die weite Welt zu gehn und Stoffe zu sammeln, während das Mädchen, das ich zu lieben vorgebe, das vierte Jahr schwinden sieht ohne dem Ziele näher zu sein wie am ersten Tage. Man muß dann wenigstens gemeinschaftlich tragen; aber zu lachen und Terzinen zu baun, während ein liebendes Herz weint und bricht, das geht nicht.

Ich habe jetzt mal wieder den Plan fürs liebe Geld zu schreiben, nicht um große Summen dabei einzustreichen – nein, so sanguinisch rechne ich nicht mehr – nur um meine Einnahmen in etwas zu verbessern. Hätte mich nicht eine unglaubliche Leistungsfähigkeit, da wo sie füglicherweise zu entbehren wäre in diese Geldkalamitäten gestürzt, so würd ich auf solche Correspondenten- oder Uebersetzer-Gelüste wahrlich gar nicht gekommen sein, so aber will ich mich doch ein wenig umthun. Vielleicht kannst Du mir dabei behülflich sein, ich würde nämlich noch lieber im Deutschen, Englischen, Geographie und namentlich Geschichte Privatstunden geben, und es wäre doch möglich, daß Du mich so glücklich machen könntest mir einen Unglücklichen zu überantworten. Wo nicht will ich mich mal nach Leipzig wegen Correspondenzen und ähnlicher Strohdreschereien wenden.

Wenn Du Dein Stück fertig hast, so schreib es mir doch; Du kannst es dann vielleicht vor einem publicum electum, das Du selbst wählen magst, bei mir vorlesen. Den Wirth mache ich, so gut wie's geht. – Leb wohl

Dein
Th. Fontane

8 An Emilie Rouanet-Kummer

[Berlin] 2. Ostertag [9. April] 49

Meine liebe süße Emilie.

Deinen liebevollen Brief, für den ich Dir von ganzem Herzen danke, hab' ich erst heute Mittag erhalten; meine Antwort würde Dir sonst eher zu Händen gekommen sein. Du hast in vielen Stücken Recht; drum schrieb' ich auch am Charfreitag folgende Zeilen:

Herz, laß dies Zweifeln, laß dies Klauben,
Vor dem das Beste selbst zerfällt,
Und wahre Dir den Rest von Glauben
An Gutes noch in dieser Welt.

Schau hin, auf eines Weibes Züge,
Das lächelnd auf den Säugling blickt,
Und fühl's, es ist nicht alles Lüge,
Was uns das Leben bringt u. schickt.

Und Herze, willst Du ganz genesen,
Sei immer wahr, sei immer rein;
Was wir in Welt und Menschen lesen,
Ist nur der eigne Wiederschein.

[. . .] [Lücke durch Abreißen des unteren Teils des halben Bogens]

[. . .] nachsichtig gegen mich bist, und für die schreckliche Krankheit meines Herzens, die doch am Ende mich selbst am meisten quält, stets ein Wort des Trostes hast, – sieh, mein Herz,

dann muß es doch am Ende anders mit mir werden, und ich werde dann so unbegrenzt in meinem Vertrauen sein, wie jetzt wahnsinnig in meinem Argwohn. Rede mir zu, streichle mich, blicke mich fest und freundlich an – ach, Du kannst das alles auch mit Worten, wenn du mir fern bist – thu es, und zu meiner Liebe gesellt sich mein wärmster Dank. Ich will ein *Mann* sein, *Dein* Mann sein, und bitte Dich: behandle mich wie ein Kind. Wie bin ich Dir gegenüber doch ein andrer Mensch geworden! Jedes Liebeswort machte mich sonst lachen, und jetzt les' ich die zärtlichsten Stellen Deiner Briefe oft zwanzigfach, und klammre mich an sie wie an [. . .]
[Schluß abgerissen].

Nach über einem Jahr ging die »Idylle von Bethanien« zuende. Fontane stand auf der Straße und wußte nicht, wie er die nächsten Wochen verbringen sollte.

9 An Bernhard von Lepel

Berlin. 5. Oktober 1849
Meine Wohnung:
Louisenstraße 12. 3 Treppen
bis 1 Uhr zu Haus,
nachher in Toepfers Hôtel

Mein lieber Lepel.
Da sitz' ich denn wieder, und koste die Reize des Chambre garni. Die knarrende Bettstelle, die mitleidsvoll aus den Fugen geht, um einer obdachlosen Wanzenfamilie ein Unterkommen zu bieten, – der wankelmüthige Nachttisch, – das geviertheilte Handtuch, – die stereotypen Schildereien: Kaiser Nicolaus, und Christus am Kreuz, alles ist wieder da, mir Auge und Herz zu erquicken. O, es ist schön!
Kannst Du mir nicht sagen, mein lieber Lepel, warum ich zu gar nichts komme? Ich mache so geringe Ansprüche, und doch, –

selbst das Kleinste wird mir verweigert. 400 Thaler, worauf mit Recht der Spruch erfunden ist: »zum Leben zu wenig, zum Sterben zu viel« ersehne ich nun schon seit Jahr und Tag, und obschon ich gar nicht wählerisch bin, obschon ich *all und jede* Subaltern-Stellung, die nicht besondere Fachkenntnisse erheischt, mit Freuden annehmen würde, dennoch ist es nicht möglich, auch nur ein solches minimum zu ergattern. Es giebt mehr denn 2 Dutzend Posten zu denen ich nicht schlechter wie andre Menschenkinder zu verwenden wäre. Geschäftsführer einer Apotheke, Eisenbahnbeamter, Sekretär, Calculator, Registrator, Lehrer in Chemie, Geographie und Geschichte, Constabler-Wachtmeister, Redacteur einer gesinnungslosen Zeitschrift, ministerieller Zeitungsleser und Berichterstatter, Billetteur eines Theaters, Bücher-Croupier in der Königl. Bibliothek und noch hundert andre Dinge könnt' ich so gut werden wie alle die Hinze und Kunze, denen das Glück des Lebens, in Gestalt von 400 Thalern, so reichlich zufließt. Sage mir, Lepel, woran liegt es? Greife nicht zu dem alten, billig gewordenen Witze: »weil Du zu allem taugst, taugst Du zu gar nichts« nein, das bestreit' ich allen Ernstes; ich habe in all den Stellungen, die mir bisher meinen Bissen Brot gewährten, wenn auch schweren Herzens, doch immer meine Pflicht erfüllt, und ich würd' es wieder thun, gleichviel, an welchen Platz auch, man mich ferner stellen möchte. Der langen Rede kurzer Sinn ist der: Lepel, Freund! Steige wieder auf die Warte, und schau aus, ob Du nicht in Nah oder Fern ein Plätzchen entdeckst, eine »kleinste Hütte, in der Raum ist für ein glücklich liebend Paar« natürlich mit nicht allzu viel Arbeit, vor allem aber mit den unerläßlichen 400 Thalern jährlich. – Du lächelst vielleicht, während Du das Vorstehende liest; lächelte ich doch, während ich's schrieb, und doch hat das Alles eine sehr, sehr ernste Seite, und es ist mir gar nicht so blos Spaß damit. Mir ist *dies* Junggesellenleben, wie ich es zu führen nun wiederum verdammt bin, ganz gründlich zuwider und ich sehne mich nach einem Herd, sei er auch so klein, um nur gerade ein Töpfchen Kartoffeln dran kochen zu können. Man wird alt; wie lange noch, so ist es aus guten Gründen auch mit der Chambre garni Herrlichkeit wieder vorbei, und der Ladentisch, jenes schrecklichste »6 Bretter und 2 Brettchen« wird wieder meine Welt. Es heißt zwar immer: »Arbeit schändet nicht« und namentlich solche, die immer auf dem Sopha gelegen haben, sind sehr freigebig mit diesem Trost, aber rufe Dir mal meine ganze Wesenheit vor die Seele und frage Dich dann was ich empfinden muß wenn ich dem Lehrling zurufe: »sputen Sie sich! wiegen Sie genau! denken Sie die China-Pomade kostet dem Herrn X. Y. kein Geld? mein Gott, lassen Sie doch das schöne Kind nicht so lange warten; Sie sehen ja, sie hat Eile.« Darauf ergreif' ich in heiligem Eifer selbst die Pomadenbüchse, wickle mit einer zarten Bemerkung die Salbe in doppeltes Papier, und überreiche irgend welchem Saumensch, die Abends hinter den Hausthüren abgeknutscht wird, pfiffig lächelnd, ihre Haarschmiere. Und dabei: *Streben nach Unsterblichkeit.* Wahrlich der Platensche Nimmermann, der auf dem Nachtstuhl Tragödien macht, ist an Lächerlichkeit ein Quark dagegen.

Und es könnte alles anders sein! Sieh, das verbittert mich jetzt, zu Zeiten, bis ins tiefste Herz. Der Egoismus meines Vaters, der immer Geld hatte für Wein und Spiel, und nie für Erziehung und Zukunft seiner Kinder hat schlimme Frucht getragen. Man ließ mich Apotheker werden, weil man das Geld verprassen wollte, was zur Ausbildung der Kinder hätte verwendet werden müssen, und jetzt, wo sich die Reue darüber leise im Herzen regt, ist es zu spät: die Noth ist da, der Bankrutt bricht herein – jetzt *kann* Niemand mehr helfen. – Ich habe von Haus sehr trübe Nachrichten, die wenig geeignet sind, mich frei und froh in die Zukunft blicken zu lassen.

Was ich Dir aber eigentlich schreiben wollte! Die bewußte Stelle in dem Schwab'schen Buch die wörtlich so lautet: »Hätten wir die Sammlung vermehren können (oder wollen) so würden wir am liebsten die mit Fontane unterzeichneten u.s.w. *ausgebeutet haben*« diese Stelle hat wieder die Lust (und auch etwas Muth) in mir wach gerufen, mich, durch Schwabs Vermittelung, an Cotta, wegen Herausgabe meiner Sachen, zu wenden. In den ersten Tagen stand dieser Plan bei mir fest; jetzt find' ich jene Schwabschen Zeilen doch etwas zu kalt, um darauf gestützt, in Correspondenz mit ihm treten zu können. Ueberlege Dir's, und sage mir am Sonntag, wie Du darüber denkst.

Dein
Th. Fontane

Er entschloß sich, dem Apothekerberuf den Rücken zu kehren und sein Leben als Schriftsteller »auf den Vers« zu stellen. Durch die Vermittlung von Wolfsohn erhielt er eine Korrespondentenstellung bei der Dresdner Zeitung. Acht seiner Preußenlieder, darunter »Der alte Derfflinger«, »Der alte Zieten«, »Seydlitz« und »Schwerin« erschienen bei A. W. Hayn unter dem Titel »Männer und Helden« und M. Katz in Dessau verlegte den Romanzenzyklus »Von der schönen Rosamunde«.

10 *An Wilhelm Wolfsohn*

Letschin, Mittwoch d. 9. Januar 50

Mein lieber Dr. C. W. Wolfsohn.
Du bist wohl schon an mir verzweifelt? Rufe Dir indessen in's Gedächtnis zurück, daß ich nach vierteljähriger Trennung in die Arme meiner Braut eilte, denke ferner daran, daß es schon in Dresden mit meinen Kassenbeständen schlecht aussah, so wird Dir mein langes Schweigen erklärlich sein. Ich schrieb nicht, weil ich einmal keine Zeit und zweitens kein Geld hatte.
Hier in Letschin hab' ich die Cavernen meines schwindsüchtigen Porte-Monnaie's halbwege wieder geheilt und die erste That des Reconvalescenten ist die Übermachung von 5 Thalern, die Du die Güte haben magst, Gustav Adolph II., genannt Kindermann mit meinem Dank und den üblichen Redensarten einzuhändigen.

Das Bild bitte ich Dich mir erst nach Berlin zu schicken; nur wenn es dort ähnlich gefunden wird, will ich es meiner Braut zustellen.

Nun einige Worte über die Rosamunde. Eine Waare, die nicht feilgeboten wird, findet keinen Käufer; wenn Katz über das Dresdner Tageblatt oder – wohl gar über die Dresdner Zeitung mit seinen Ankündigungen nicht hinausgehen will, so versprech ich ihm schwache Erfolge. Einige Annoncen in den Berliner Zeitungen sind unerläßlich, nur will ich ihm allenfalls zugestehen, daß es – da das Fest mal vorbei ist – nun gerathen sein möge, die Kritiken vorher abzuwarten. Für solche werd' ich rechtschaffen sorgen, sobald ich wieder in Berlin bin. Dich bitt' ich hiermit, Deine kritische Feder baldmöglichst hervorzusuchen und der Augsburger Allgemeinen Deinen Trompetenstoß zugehen zu lassen. Wenn Du diese Zeilen beantwortest, so schreibe mir ja, ob in irgend welchen sächsischen Blättern eine Besprechung bereits erfolgt ist; vergiß auch nicht, über das Sein oder Nichtsein der vielbesprochenen Soirée mich zu unterrichten. Der Dresdner Zeitung werd' ich in den nächsten Tagen wieder eine Artikel-Reihenfolge zustellen; ich setze voraus, daß die Redaction damit einverstanden ist.

Von der Rosamunde brauche ich noch viele Exemplare. Kannst Du vielleicht bei Katz anfragen, ob ich gegen gleich baare Zahlung die Büchelchen unter denselben Bedingungen wie die Buchhändler erhalten würde?

Von G. Schwab hab' ich (nach Liegnitz aus Berlin mir nachgeschickt) einen *sehr* liebenswürdigen Brief erhalten. Cotta ist seit Oktober in Wien und noch nicht nach Stuttgart zurückgekehrt. Wenn diese Rückkehr erfolgt, ist mir seine (Schwab's) Empfehlung gewiß. Ich knüpfe hieran die Möglichkeiten einer Herausgabe meiner »Lieder und Balladen« bei Cotta.

Wie steht's mit Deinem Kommen nach Berlin? Schreibe mir darüber; Du ziehst dann in meine Nähe, es kann ganz gemüthlich und fruchtbringend werden. Nur müssen wir uns vorher das Wort geben, nach Kräften arbeiten und das Bummeln beschränken zu wollen.

Die Schlußzeilen werd' ich in Berlin schreiben; ich hoffe da noch allerhand zu erfahren.

Sonnabend. Berlin

Seit gestern Abend bin ich wieder hier. In meiner Abwesenheit ist von Seiten der literarischer Freunde mannigfache Nachfrage nach mir gewesen; im Ganzen aber ist weniger geschehen, als ich erwartete.
Das Feuilleton der National-Zeitung hat vorgestern die Rosamunde besprochen, hat mich und das Gedicht gelobt, aber *solche* Kritik ist wie wenn Einer ausspuckt. Eine derartige Rezension hat kaum den Werth einer simplen Anzeige, die gemeinhin größer und mit Fettschrift gedruckt wird.
Von ungefähr hab' ich erfahren, daß in der Illustrierten- sowie in der Moden-Zeitung wenigstens Annoncen aufgetaucht sind; dann werden auch die Besprechungen nicht lange ausbleiben; liest Du was *Gescheites,* so bitt' ich Dich nochmals: schick es mir.
Bei meiner Braut hab' ich sehr schöne Tage verlebt; ich bin um eine liebe Rückerinnerung reicher. Sie dankt Dir für Dein freundliches Geschenk aufs herzlichste und wird Dir sehr bald einige Zeilen durch mich zustellen, worin sie das ausspricht.
Empfiehl mich der Frau von Tettau, dem Professor Peters, auch, wenn Du's passend findest, Emil Devrient. M. Katz grüße freundlichst; sag' ihm, die Rosamunde ginge gut; mehrere Buchhändler (Schneider, Schröder, usw.) hätten gleich anfangs ihre Exemplare verkauft.

Dein Theodor

Mitte des Jahres 1850 übernahm K. Reimarus in Berlin für ein Honorar von 160 Taler die Herausgabe der »Gedichte«, die im Herbst bereits mit der Jahreszahl 1851 und einer Widmung an Lepel erschienen.
Im Juli war bei Idstedt der verzweifelte Versuch der Schleswig-Holsteiner, Freiheit und Unabhängigkeit von Dänemark zu erkämpfen, gescheitert.

11 *An Bernhard von Lepel*

Hamburg. 28. Juli 1850
»In der Sonne«

Mein lieber alter Lepel.
Dir die ersten Zeilen von hier aus.
Die Nachricht vom Rückzug der Schleswig-Holsteiner machte einen mächtigen Eindruck auf mich; ich beschloß zu reisen, und habe das – nachdem ich den gestrigen Tag mit Anschaffung von Geld, Paß u. dgl. m. consumirt habe – heut früh ausgeführt. Auch 9 rth. 1 Sgr. 6 Pfg., die ich für Dich bei der Reform bereits einkassirt hatte haben zu meinem Viaticum beisteuern müssen. *Diese* Summe erhälst Du unter allen Umständen bald wieder, und zwar wenn ich mein Honorar von Ernst (Gropius'sche Buchhandlung) beziehe. Ich bekomme 160 Rthr. Mitte September ist der Druck beendet. Schwerebrett, da fällt mir ein, daß ich Dir das schon geschrieben habe; na, schadt nichts.
Nun aber wieder zu meiner Reise. Ich wollte eigentlich gleich bis Kiel, so daß ich Hamburg nur passirt hätte; auf den letzten Stationen aber überlegt' ich mir die Sache anders. Der Zweck meiner Reise ist doch mal der dem Kriegsschauplatz möglichst nah zu sein, ich bin aber in Kiel ziemlich eben so weit davon entfernt wie hier. So hab ich denn beschlossen hier erst auszuhorchen, und dann – wenn mir der rechte Augenblick gekommen zu sein scheint – auf die Ereignisse, noch während sie sich machen, los zu stürzen. Es könnte somit kommen, daß ich Kiel ganz aufgebe und lieber nach Rendsburg gehe.
Die Frage liegt Dir nah, was ich denn eigentlich da will. Leider kann ich sie Dir nicht beantworten, ich weiß es selbst nicht. Könnt' ich dem Zuge meines Herzens folgen, so nähme ich ganz einfach den Kuhfuß zur Hand und träte ein in Reih und Glied. Gerade weil alle Welt jetzt schreit: »die Sache ist verloren!« und weil sie's vielleicht wirklich ist, geziemte es *deutschen* Männern (wo ist Diogenes mit der Laterne) mit dem guten Recht jenes herrlichen Landes zu stehn oder zu fallen. – Meine Schmähung trifft mich mit; auch ich habe feierlich versprochen mich bei

Handlungen nicht zu betheiligen. Denk ich an meine Mutter und Braut, so erscheint mir die bloße Beobachter-Rolle sogar wie eine Pflicht. *Resultat:* ich werde dies und das hören und sehen, werde das Aufgepickte in ein Paar Zeitungsartikeln wieder von mir geben und mit dem koddrigen Bewußtsein heimkommen für die Schleswig-Holsteiner meine tapfre – Feder gezogen zu haben. Man hat vor den gewöhnlichen Lumpenhunden nur das voraus, daß man wie der wittenberg-studirte Hamlet sich über seine Lumpenschaft vollkommen klar ist. – Ich schreibe bald mal wieder. Leb mir recht, recht wohl. Dein

Th. Fontane

Ich schnurre Dich auch heut wieder um ein Sonett an; es ist mir *vollkommner* Ernst damit; ich habe nur 5 u. möchte gern 6 aufweisen. Also schenk mir eins; aber ein Gutes. Uebrigens ist dies Küterbütern unter befreundeten Dichtern was ganz Gewöhnliches.

Nachschrift. Ich werde das nächste Monat hier zubringen. Wenn Du bald schreibst, – und darauf rechne ich – so adressire Deinen Brief: *Altona,* Kleine Mühlenstraße Nr. 28. abzugeben bei Frl. *Smidt's.*

Die Reise war doch etwas überstürzt gewesen, und bereits in den ersten Augusttagen kehrte er nach Berlin zurück. Der Tunnelfreund Wilhelm von Merckel war ihm bei der Vermittlung einer Lektorenstelle im Literarischen Cabinett des Preußischen Innenministeriums behilflich gewesen.

»Schleswig-Holstein aufgegeben. Wenn dir's paßt, im Oktober Hochzeit« schrieb er seiner Braut und am 16. Oktober 1850 heirateten beide.

12 An Bernhard von Lepel

[Berlin, d. 14. Oktober 1850]

Lieber Lepel.

Empfange meinen letzten Junggesellen-Brief. Es ist eine Art Todesurtheil, das man sich schreibt, ohne es zu wissen.

Um 11 Uhr stand ich gestern Abend (mit Paul Heyse, den ich auf der Straße ergattert hatte) vor der Knorr'schen Kneipe; »halb zog es ihn« aber die Müdigkeit siegte, ich machte kehrt und ging – schlafen. Verzeih das. Nun noch eins – die Hauptsache.

Du kennst ohngefähr die romanhafte Lebensgeschichte meiner Braut. Du wirst morgen ihre 3 Geschwister kennen lernen
den Stabsarzt D. Müller, –
eine Frau v. Below u.
eine Frau Dr. Fels.

Ich muß Dich nun bitten genannte Drei immer nur als *Cousins* und *Cousinen* meiner Braut zu betrachten, da sie *vor der Welt* als solche gelten. – Eine junge und recht hübsche Dame aus Liegnitz (ein Frl. Mattersdorff) die morgen als Intima meiner Braut auch zugegen ist, würde sonst die Kunde von *neuen* Verwandtschaftsbeziehungen mit nach Liegnitz (wo die *Mutter* meiner Braut, *Tante* genannt, lebt) nehmen und der Chronique scandaleuse unerschöpflichen Stoff geben.

Ich rathe Dir der *Vereinfachung* halber immer ganz kurz von *»der Braut«* zu sprechen und Dich auf Cousinen- und Geschwisterschaft gar nicht einzulassen.

Leb wohl.

Dein
Th. Fontane

Während seiner Tätigkeit als Rezeptar – 1845/1846 – in der Polnischen Apotheke des Dr. Schacht in Berlin hatte Fontane den um zehn Jahre jüngeren Friedrich Witte kennengelernt. Beider Freundschaft, die auch später die Familien verband, dauerte ihr Leben lang.

13 An Friedrich Witte

Berlin, 1. November 1850

Mein lieber Fidding Witte!

Ich schreibe Ihnen beim hellen Schein Ihrer Stobwasserschen Lampe, für die ich mich – eingedenk der Talgmöpse, die ich noch vor 6 Wochen brannte – gedrungen fühle, wiederholentlich hiemit meinen Dank auszusprechen.

Ihr Brief – einmal ganz einfach als *Brief von Fritz Witten,* dann aber auch ganz insbesondere als *dieser* Brief – hat Emilien und mich aufrichtig erfreut, und nur der Umstand Ihrer fast allzu pharmazeutischen Behausung hat, freilich auch noch unter Lachen, ein flüchtiges Bedauern bei uns rege gemacht. Fahren Sie fort, lieber Witte, sich mit gutem Humor in das Unvermeidliche einer pharmazeutischen Schandkneipe (gegen die Eskimohütten Escuriale sind) zu finden, und – Sie haben gesiegt. Friedrich Wilhelm sagt (vielleicht mit Bezugnahme auf seine Politik), »dem *Mutigen* gehört die Welt«, ich sage – dem Humor! Sie mögen wählen, vielleicht auch fällt beides zusammen. Ein sogenanntes Gehülfenzimmer und sein Kamtschatka-Klima mit *Mut* ertragen heißt humoristisch sein.

Nun aber wollen Sie wohl erfahren, wie's dem jungen Ehepaare geht. Nun, bis jetzt liegt kein Grund zur Klage vor; die Wohnung ist reizend, das tägliche Brot erscheint, gut zubereitet, als »Gemüse und Fleisch« auf dem zweigedeckten Tisch, die Betten (nichts Unerhebliches im Ehestande, wie Sie gehört haben werden) sind mit Hülfe von Matratzen und Sprungfedern so bequem wie möglich, an Ruhe fehlt es nicht und an Arbeit auch nicht (dieser letztere Satz bezieht sich auf mein Leben im allgemeinen und nicht etwa auf die Betten), so daß ich – da sich das lachende Gesicht meiner Frau nur selten in Schmollfalten legt – ein undankbarer Esel sein müßte, wenn ich nicht voll Freude und Zufriedenheit sein wollte. Dann und wann beschleicht mich die ängstliche Frage: »Wie aber, wenn es mit deiner Lektorschaft plötzlich ein Ende nimmt?«, doch hat ein bescheiden Stück Selbstvertrauen noch immer Kraft genug gehabt, der Frage mit einer tröstlichen Antwort zu begegnen. Denken Sie sich, daß ich jetzt eine wahre Wut habe, Zeitungsredakteur zu werden! Ich schreibe jetzt gar nicht für politische Zeitschriften, aber nicht etwa, weil ich keine Neigung dafür hätte, sondern umgekehrt, weil mir für das Übermaß der Neigung der Kampfplatz, der Spielraum fehlt. Zum Korrespondenzartikelfabrikanten bin ich verdorben, dies Neuigkeiten-Aufpicken und In-3-Zeilen-citissime-Weiterschaffen mag recht verdienstlich (in doppelter Bedeutung) sein, mir aber kommt es ein bißchen wie unter meiner Würde vor; es scheint mir auch dieser Klatsch mehr für alte Weiber als für Männer gemacht. Mit einem Wort, ich will kein Neuigkeitskrämer, sondern ein Mensch von Meinung und Urteil sein. In einem Moment gleich dem jetzigen an der Spitze eines einflußreichen Blattes stehn *heißt an der Spitze einer Armee stehn*. Nun noch ein paar Worte über meine Gedichte. Sie werden jetzt gebunden, in 3 bis 4 Tagen sind Exemplare da; vielleicht schließ ich diesem Briefe noch ein Pflicht- und Freundschaftsteil für Fritz Witten bei, wo nicht, so werd ich Sorge tragen, daß auf Buchhändlerwegen mein neuestes klassisches Werk in Ihre Hände gelangt. Auf den Erfolg bin ich sehr gespannt; mein Verleger tut immer, wie wenn eine 2. Auflage so sicher wie »Amen« in der Kirche sei, was mich mitunter geradezu in Verlegenheit setzt. Daß sie hie und da Anklang finden werden, glaub ich selber. – In den Blättern für literarische Unterhaltung (Nr. 179 oder 197) soll sich eine hübsche und ausführliche Kritik Scherenbergs, Lepels und Fontanes befinden; ich habe sie noch nicht gelesen; vielleicht machen auch Sie auf jene Blattnummer Jagd, da ich Ihr Interesse an solcher Besprechung voraussetze. Paul Heyses »Francesca von Rimini« wird seit heute ausgegeben; lesen Sie's (es verlohnt sich) u. schreiben Sie mir *möglichst ausführlich* Ihr Urteil. – Ihnen rat ich jetzt gar nicht zu schreiben; Sie sind noch jung und haben Zeit vollauf zu Ruhm und Unsterblichkeit. – Leben Sie wohl, mein lieber Witte, stecken Sie das gebührende Quantum Grüße von Emilien u. mir ein, und lassen Sie bald mal wieder von sich hören. Wie immer

Ihr Th. Fontane

Ende des Jahres 1850 wurde das Literarische Cabinett aufgelöst, und Fontane verlor seine Stellung, da eine Übernahme in das Außenministerium abgelehnt wurde.

14 An Wilhelm Wolfsohn

Berlin, d. 3. Jan. 51

Mein lieber Wolfsohn.

Du hast es nicht für gut befunden, meinen Brief vom November her zu beantworten; ebensowenig weiß ich, ob Dir mein Correspondenzbeitrag willkommen gewesen ist oder nicht. Durch einen Brockhaus'schen Brief hab' ich nur erfahren, daß mein Manuskript unter andern bei der »Deutschen allgemeinen Zeitung« antichambrirt, aber vergebens um Zutritt gebettelt hat.

Wenn ich Dir jetzt schreibe, daß das literarische Cabinet aufgelöst und meine Wenigkeit in Folge dessen auf's Trockne gesetzt ist, so bist Du vielleicht gutmüthig und anhänglich genug, *par pitié* ein Lebenszeichen von Dir zu geben. Ich bin nämlich jetzt ausschließlich auf Feder-Erwerb angewiesen, und kann nicht leugnen, daß es mir lieb wäre, einen einigermaßen sicheren Markt für meine Waare zu finden. Ich bezweifle nicht, daß *Du* mir hierbei wirklich behilflich sein kannst; *Bücherbesprechungen* für das Museum hast Du mir schon früher zugesagt.

In welcher Art gedenkt Ihr Gedichte zu honoriren? Ich schreibe jetzt und zwar trotz Noth und Sorge mit voller Begeisterung eine »Schlacht bei Hemmingstedt« (Dithmarschen gegen Dänen). Wenn es geräth, nehmt Ihr sowas auf?

Gedenkst Du im Museum meine Verse zu besprechen? Hier sind sie in allen Zeitungen ausschließlich gelobt worden, aber man kann solch Lob keine Kritik nennen. Es verlangt mich ordentlich nach einer tieferen Auffassung; wenn mir dabei der Kopf auch leidlich gewaschen und dies und das in seiner Unbedeutendheit hingestellt wird.

Daß meine augenblickliche Lage eine harte und freudlose ist, wirst Du begreifen; mit mir ging es wohl – aber die Thränen meiner Frau! Denke Dich ein klein bißchen in die Seele Deines alten Freundes hinein, und tröste ihn durch Wort, wenn's sein kann auch durch eine That. Du sitzt ja jetzt an der Quelle und mußt die Buchhändler an der Hand haben wie Casperle's im Puppentheater. – Meine Frau grüßt Dich; schreibe bald Deinem

Th. Fontane

Im April und Mai boten die Krankenanstalten Bethanien noch einmal ein Unterkommen, danach sollten eine Schülerpension und Sprachunterricht Hilfe bringen.
Verzweifelt suchte Fontane irgendeine Stellung zu finden, denn für den Sommer des Jahres erwartete seine Frau das erste Kind.

15 An Friedrich Witte

Berlin, 17. August 1851

Mein lieber Witte.
Vorerst hab ich die Ehre, mich Ihnen als Respektsperson, will sagen als neugebackenen Vater vorzustellen. Am Donnerstag abend 11 ½ Uhr schenkte mir meine liebe Emilie einen krebsroten, aber doch allerliebsten Jungen. Kind und Mutter sind wohl und letztere insonderheit glücklich. Ich bin es wahrlich auch; aber es drückt mich von Zeit zu Zeit doch danieder, wo es eigentlich mit uns hinaus will. *Fest entschlossen bin ich, mich nicht zu verkaufen,* und werde mich weder durch Not noch durch Tränen davon abbringen lassen; schlimmstenfalls muß ich sehen, als Abschreiber oder überhaupt als *Hand*arbeiter mein Brot zu verdienen. Ich schreib Ihnen das in einer etwas gedrückten Stimmung, weil ich mich heut vormittag über Buchhändlergesindel mal wieder geärgert habe. Und auf die Réelleté und Honnêteté solcher Bursche ist man angewiesen! Denken Sie sich, schreibt mir dieser Dummkopf von Verleger (Herr Otto Janke), 2 Gedichte von Mörike müßten – unter vielem anderen – aus der Anthologie wegbleiben, *sie taugten nichts.* Ich hab ihm geantwortet: »Mit seiner

Abb. 2: Wilhelm Wolfsohn (1820-1865), der langjährige Jugendfreund, nach einem Portrait von Kindermann

gütigen Erlaubnis verstünd er von dergleichen nichts«, aber man ärgert sich doch über solche Unverschämtheit.
Bei der Wahl unserer Wohnung haben wir Fritz Witten nicht aus dem Auge verloren und werden zu Michaeli in die Luisenstraße Nr. 35 (neben Ernst Schulze oder Rendant Müller, wo Sie mich mal hineinverschwinden sahn) übersiedeln. Sie erhalten ein sehr hübsches 2fenstriges u. geräumiges Zimmer, wenn Sie's wünschen, auch noch eine 1fenstrige Stube daneben. Daß Sie durch mein Zimmer (das entree-artig ist und liegt) hindurch müssen, wird Sie – der Sie schwerlich allabendlich mit einem »Feger auf die Kneipe rücken werden« – kaum je genieren.
Daß Sie eine so hübsche Reise gemacht haben, hat mich aufrichtig gefreut. Ihre Kritik meines »Alten Fritz« kann ich nicht unterschreiben; die Gründe will ich Ihnen mal mündlich auseinandersetzen; Sie müssen vor allem bedenken, daß es durchaus ein *politisches Gedicht* ist. Leben Sie wohl, mein lieber Witte, verzeihn Sie die unaussprechliche Dürre dieser Zeilen, aber ich bin teils körperlich ermattet, teils geärgert u. gedrückt. Es wird hoffentlich nicht lange damit währen. Nochmals adieu! Viele Grüße an Gehring; immer Ihr Th. Fontane

Meine Frau grüßt Sie herzlich und verspricht sich von Ihrem Aufenthalt bei uns einen frohen, gemütlichen Winter.

Schließlich war er froh, als Mitarbeiter der »Adler-Zeitung« für das wiedererstandene Literarische Cabinett arbeiten zu können.

16 An Bernhard von Lepel

Berlin. [30. Oktober 1851]
Freitag Abend

Mein lieber Lepel.
Für heut nur, in aller Eil, die aufrichtige Versicherung, daß das Eintreffen des Junkers v. Lepel von mir und meiner Frau

mit herzlicher Freude begrüßt worden ist. Namentlich kriegte letztre einen fast sentimentalen Anfall, mit der obligaten halben Thräne im Auge. Glück auf!
Was Du über Vater*freude* und *Vaterstolz* sagst ist sehr wahr und schön; unsereins ist doch nicht bornirt genug um den letztren zu Stande zu bringen. Die Annoncen sind bestellt; Du wirst sie vermuthlich gleichzeitig mit diesen Zeilen erhalten.
Ich habe mich heut der Reaction für monatlich 30 Silberlinge verkauft und bin wiederum angestellter Scriblifax (in Versen und Prosa) bei der seligen »Deutschen Reform« auferstandenen »Adler-Zeitung«. Man kann nun 'mal als anständiger Mensch nicht durchkommen. Ich debütire mit Ottaven zu Ehren Manteuffels. Inhalt: der Ministerpräsident zertritt den (unvermeidlichen) Drachen der Revoloution. Sehr nett! Leb wohl.

Dein
Th. Fontane

17 An Bernhard von Lepel

Berlin. 3. November 1851
Montag

Mein lieber Lepel.
Da Du schwerlich, nach Vorbild des würdigen Zopfträgers Minkwitz, in den nächsten Wochen eine Ode »an der Wiege meines Kindes« schreiben, am wenigsten aber die Minkwitz'-schen Maaße und Ausdrücke dabei verwenden wirst, so bitt' ich Dich um umgehende Uebersendung des großen Prosodikers i. e. seines Buches. Ich habe nämlich, unter andern, auch Unterricht in der Metrik zu ertheilen und möchte mich zu dem Zweck in den Sätteln der Antike (drin ich noch nicht geritten) gerecht machen. Es hat aber Eil.
Da ich bei Dir ein warmes Interesse an meinen Schicksalen voraussetzen darf, so erfahre denn, daß es mir, *pekuniär,* seit 8 Tagen ganz leidlich geht: ich ertheile Unterricht im Deutschen, Geschichte und Geographie, und wie wohl das, vor der Hand

kaum täglich 8 ggr abwirft, so ist's doch eben ein Anfang und hab' ich Zusicherungen Seitens des Schulraths Bormann in Händen, die mir mehr in Aussicht stellen. Eben wollt' ich dieser Tirailleur-Notiz das Gros meiner Börsen-Nachrichten folgen lassen, als mir noch rechtzeitig einfällt, daß ich Dir bereits die Anzeige von meinem »Geworbensein« (um kein schlimmeres Wort zu gebrauchen) gemacht habe. Ich kann Dir auf Wort versichern, daß ich dieser 30 rth. nicht froh werde und ein Gefühl im Leibe habe, als hätt' ich gestohlen. Meine Handelweise entspricht zwar den Diebstählen aus Noth, es ist das Sechserbrot, das der Hungrige aus dem Scharren nimmt – aber es ist immer gestohlen. Wie ich's drehn und deuteln mag – es ist und bleibt Lüge, Verrath, Gemeinheit. Die Absolution, die mir die hündische Verworfenheit dieser Welt und *dieser Zeit* angedeihn läßt, kann mir nicht genügen. Der feiste Ernst Schultze sprach zu seiner Frau: »Jotte doch, das bischen Ueberzeugungs-Opfer; da müssen andre Leute ganz andre Geschichten opfern!« Schreibtafel her! ruft Hamlet. Wenn unsre Zeit mal eine Ueberschrift braucht, so bitt' ich diesen großen Worten zu ihrem Recht zu verhelfen. Und *das* Volk will Freiheit, will Republik! Vivat Louis Schneider! Er hat Recht: uns frommt nur noch die Knute.

Ich sehne mich nach wie vor aus diesen Verhältnissen, ich glaube fast aus diesem Volk und Lande heraus, kommt es mal zum Scheiden, so scheid' ich leichten Herzens, ein warmes Gefühl hab ich nur für meine alte Mutter und für Dich. Aber auch mit Dir groll' und zürn' ich; Du bist auch nicht der Kerl, an dem man sich aufrichten und erquicken könnte, Dir sieht auch diese arme, impotente Zeit aus den Augen; – man kommt dahin sich nach den Verbrechen finstrer Jahrhunderte zurückzusehnen, es war doch was damit; – heutzutag aber ist alles matt wie die Limonade in Kabale und Liebe, matt wie die Liebe selbst. Und nun schick mir den Minkwitz. Basta!

Dein
Th. Fontane

Seit seiner ersten, nun acht Jahre zurückliegenden Englandreise von wenigen Tagen, hatte Fontane den Plan eines längeren Aufenthaltes in England immer wieder erwogen. Schon damals spürte er, was er Jahrzehnte später Woldemar von Stechlin im Tagebuch niederschreiben ließ: »... und an der Themse wächst man sich anders aus als am Stechlin.« Nachdem er das Geld für die Reise und den Aufenthalt mit großen Schwierigkeiten aufgebracht hatte, erreichte er die Beurlaubung aus dem Literarischen Cabinett.

18 An Ryno Quehl

Hochzuverehrender Herr Doctor.
Gestatten mir Ew: Wohlgeboren in Nachstehendem einen dringenden Wunsch gegen Sie aussprechen und dessen Erfüllung bei Ihnen nachsuchen zu dürfen.
Eine kleine Summe Geldes, von Verwandten mühsam für mich aufgebracht, erlaubt es mir meinen langgehegten Plan eines halbjährigen Aufenthalts in England wieder aufzunehmen, vorausgesetzt, daß Ew: Wohlgeboren freundliche Gesinnung mir den Verbleib in meiner augenblicklichen Stellung gestatten und meine auswärtige Mitarbeiterschaft meiner Thätigkeit hier am Orte gleich erachten wird.
Bestimmter formulirt geht meine Bitte dahin:
mich für den Lauf des Sommerhalbjahrs, unter Aufrechterhaltung alter Beziehungen und Bedingungen, als Ihren Londoner Berichterstatter installiren zu wollen, der hiermit den Entscheid über das »*Wie*« seiner Verwendung – ob als Feuilletonist oder politischer Correspondent vertrauensvoll in Ihre Hände legt. –
Mit ausgezeichneter Hochachtung Ew: Wohlgeboren ganz ergebenster

Berlin d. 18. Februar 52. Th. Fontane
(Louisenstraße 35.)

Am 2. April 1852 begann die zweite Englandreise Fontanes; zunächst fuhr er nach Aachen und besuchte dort Verwandte.

19 An Emilie Fontane

Aachen d. 12. April 52
Montag

Meine liebe Mila.

Schon gestern wollt' ich Deinen lieben Brief, für dessen schnelles Eintreffen und noch mehr – für dessen Liebenswürdigkeit ich Dir von ganzem Herzen danke, beantworten, ein Oster-Kirchgang und hinterher ein Paar Visiten ließen mich indeß nicht dazu kommen. Was Deinen Brief angeht, so kann ich Dir nichts Bessres darüber sagen, als daß die Briefe der Frau mir doch noch über die der Braut gehn und Du weißt, daß ich auch die letztern nie unterschätzt habe.

Fast sind 8 Tage seit meinem ersten Schreiben vergangen und ich habe inzwischen so viel gehört und gesehn, daß ich mich auf die Mittheilung der Ueberschriften beschränken und die Details auf bessre Zeiten (»besser« wenigstens dadurch, daß ich Dich dann wieder haben werde) versparen muß.

In der Stadt selbst hab' ich das Rathhaus und den Dom genauer in Augenschein genommen, beide *zum Theil* aus der Zeit Karls des Großen (gest: 814) herrührend. Im großen Ganzen wird mit dem ollen Kaiser hier ein lächerlicher Mißbrauch getrieben: in jedem alten Pfuhl oder Weiher soll er gebadet, auf jedem großen Feldstein gesessen unter jeder verkrüppelten Eiche geschlafen haben und es wundert mich fast, daß man die berühmten Schwefelwasserstoffquellen hierselbst nicht dadurch erklärt, daß man sie »mit den Blähungen Karls des Großen gesättigtes Quellwasser« nennt. Der gothische, seit Kurzem wieder hergestellte, große Rathhaussaal, in dem 36 Kaiser gekrönt worden sind, ist von einer außerordentlichen Schönheit und interessirte mich mehr als der achteckige Kuppelbau des Domes, den ich gestern während des Hochamts Muße hatte in Augenschein zu nehmen.

Natürlich rührt diese Kuppel (*Octogon* genannt weil ihre Wände ein Achteck bilden) von Karl dem Großen her, was ich in Bezug auf das alleräußerlichste Mauerwerk nicht geradezu bestreiten mag; die ganze *innre* Herrichtung – im weitesten Sinne des Worts – muß meinem Ermessen nach aus viel spätrer Zeit herstammen, mit alleiniger Ausnahme des großen Kronleuchters, der (vom Khalifen Harun al Raschid als Huldigungsgeschenk übersandt) allerdings nach anno 790 schmeckt und mit den Schöpfungen K. W. Kummer's keineswegs concurriren kann. – Ueber die Freskobilder im Rathhause hab' ich neulich an Eggers (bei Gelegenheit eines Empfehlungsschreibens, das ich mir erbat) geschrieben, der Dir wahrscheinlich Mittheilung davon gemacht haben wird. –

Die Umgebung Aachens ist recht hübsch, – *»schön«* wäre zuviel gesagt. Die Stadt liegt in einem Thalkessel, mäßig hohe Hügel umgeben sie von allen Seiten. Von einigen der höchsten Punkte aus genießt man einen reizenden Umblick und sowohl die Stadt diesseits wie die weite und reiche Landschaft jenseits des Hügelringes gewährt eine Fülle wechselnder aber immer lieblicher Bilder. Die Landschaft jenseits der Berge hat die allergrößte Aehnlichkeit mit unsrem Oderbruch, wenn man vom Selower Berge aus, bei günstiger Beleuchtung, in das Tiefland hineinblickt. – Zwei der schönsten Punkte: die Carls-Höhe (wo natürlich Karl der Große seinen Hintern mal wieder auf einem Felsstein abgedrückt hat) und den Lois-Berg (gesprochen »Luus-Berg«) hab' ich in Onkels Gesellschaft besucht und lange genug durchlaufen, um in meiner Erinnerung ein unverwischbares Daguerrotypbild davon, mit in die Ferne und wieder in die Heimath zu nehmen.

Gestern sah ich mein Nonnen-Mühmchen – Cousine Adelheid, im Kloster »Schwester Benedikta« geheißen. Ein kluges, interessantes, beinah vornehmes Gesicht, dabei frisch und nichts weniger als nonnenblaß. Wir nannten uns »Sie« und sprachen über die gleichgültigsten Dinge. Das kann nicht anders sein; das Treiben der Welt (sobald es nicht durch Vermächtnisse, Geschenke, Wein, Butter, Eier u.s.w. in angenehme Beziehungen zum Kloster tritt) ist vor so frommen, nur dem Himmel zugewandten Seelen nichts wie eitel Tand und Nichtigkeit, und da ich diese Auffassung nicht ganz theile war ich natürlich schweigsam um Dinge nicht mit Gleichgültigkeit behandelt zu sehn, die mir nun mal, trotz ihrer profanen Natur, durchaus ans Herz gewachsen sind.

Nun ein Wort über den Katholicismus. Ich verschließe mich nicht gegen das Großartige seiner Organisation, nicht gegen die Herrscherweisheit die aus seinen Institutionen spricht, nicht gegen die Hoheit und Heiligkeit gewisser Schöpfungen und ihrer Grundprinzipien, – ich gebe auch zu, daß aus dem Albernsten und Abgeschmacktesten immer noch ein Theilchen schöner heiliger Ernst – sei's auch nur mit der Nasenspitze – hervorguckt aber das Ganze wie's da liegt ist doch nur eine große Volksverdummungs- im günstigsten Fall eine klug eingerichtete Volksbeherrschungs-Anstalt und hat nur deshalb ein Recht zu sein, weil die große Masse zu allen Zeiten dumm und unselbständig gewesen ist und der Katholicismus aus *diesem* Grunde sich schmeicheln darf »einem tiefgefühlten Bedürfniß gründlich abzuhelfen«. Auf unsereins wirkt die ganze Geschichte mit ihrem Hochamt, ihren Messen, ihren Kirchenmusiken, ja selbst mit ihrem dichtgedrängten Publikum (lauter *Gallerie*-Gesichter) wie eine Aufführung der Meyerbeer'schen »Hugenotten« nur daß man das Theater doch noch ungleich gehobner, erbauter und belehrter verläßt, und als ich vorgestern einen Pfaffen gegen das *Schauspiel* schimpfen hörte, konnt' ich den Gedanken nicht unterdrücken: Brotneid! er fürchtet (und mit Recht) die Concurrenz. Dennoch ist die künstlerische Seite – worunter ich die Pracht der Kirchen und Dome, die Meisterwerke der Malerei an den Wänden, und das oft Bezaubernde der geistlichen Musik verstehe – immer noch der Glanz- und Höhepunkt des Ganzen. Von dem Moment ab wo der *Clerus* aufmarschirt und theils mit alten mumienhaften, theils mit fanatisch-brutalen, am meisten aber mit stupiden, langweiligen und selbst gelangweilten Gesichtern seine Litaneien jammervoll herunterplärrt, ist alle Illusion gestört und während man in der guten Komödie der Künste fast die Komödie vergaß und nahbei zu religiöser Erhebung kam, vernichtet die schlechte Religions-Komödie: dies Plärren, Leiern, Knixen, Kopfschütteln und Kniebeugen den ganzen Eindruck des Kunst-Cultus wieder wie mit einem Schlag und die Seele athmet erst wieder auf, wenn der betäubende Weihrauchduft hinter ihr liegt und Gottes Sonne auf offner Straße lacht und grüßt. Summa Summarum: der Protestantismus kann einpacken, ich habe den festen Glauben, daß die Menschheit auch mit ihm nicht abschließen, auch ihn überwinden wird, – aber gegen den Katholicismus gehalten muß er unser Freund und unsre ganze Liebe sein, denn wir, die wir ein Stück himmlischer Freiheit gekostet haben, können nur in ihm, oder doch *durch ihn* das finden was wir gebrauchen. –

Zwei Bogen sind fast wieder gefüllt, so nimm denn auf dieser Seite mit kurzen Notizen fürlieb: am Freitag wohnt' ich einer Jesuiten Predigt bei (sehr interessant und die Kirche! kein Apfel konnte zur Erde fallen); am Sonnabend macht' ich mit Vetter Heinrich eine wissenschaftliche Excursion nach Stollberg, die den ganzen Tag kostete. Ich sah: 3 Eisenwerke, zwei Glashütten, einen Zinkofen; leider reichte die Zeit nicht aus auch noch die Blei- und Silberschmelze in Augenschein zu nehmen. Ich habe bei dieser Excursion viel gelernt; namentlich muß Max später das alles in Augenschein nehmen, er erspart sich dadurch viel trocknes Bücherstudium.

Heut ist große musikalische Aufführung (Oratorium; Onkel geigt, Bertha singt) im Theater; morgen musikalische Soirée hier im Hause; am Mittwoch: Landparthie nach Aldenhoven um die alte Großmutter, die dort wohnt, kennen zu lernen. Am Donnerstag: Abreise; Heinrich begleitet mich durch Belgien. 1 Tag in Verviers und Lüttich, 2 Tage in Brüssel, 1 Tag in Antwerpen, 1 Tag in Gent, von da nach Ostende und ohne Verzug nach London. Meinen nächsten Brief schreib ich in Brüssel, wohin ich auch den Deinigen (post restante) zu adressiren bitte. Von London aus schreib ich Dir dann ausführlich, namentlich weshalb ich mich hier länger als beabsichtigt aufgehalten haben. Ich füge dann auch erweiterte Charakteristiken und einige allgemeine Bemerkungen über *dies* und *jenes* bei. Auch schreib ich dann sofort an Quehl.

Küsse mir unsern kleinen lieben Jungen recht recht herzlich der herzlichste Kuß aber ist für Dich mein liebes gutes Herz. Nun leb mir wohl.

Dein Theodor

Viele Grüße an alle Freunde, vor allem an die gute Mama!

Nach der Weiterreise über Lüttich, Brüssel, Antwerpen und Gent traf er in den letzten Apriltagen in London ein.

20 *An Emilie Fontane (Mutter)*

London d. 28. April 52

14. Burton-Street near Eaton-Square

Meine liebe gute Mama.

Wäre Emilie noch in Berlin, oder wüßt' ich überhaupt mit Bestimmtheit wo sie sich aufhält (denn ich habe nun seit 14 Tagen keinen Brief) so würde die Ueberschrift dieser Zeilen wohl anders lauten; ich würde dann eben an Emilien schreiben und im Voraus wissen, das Wesentliche des Briefes käme doch zu Deiner Kenntniß. Heut indeß kehr' ich die Sache um und schreibe an Dich, woran sich natürlich die Bitte knüpft, Du wolltest diesen Brief noch an selbigem Tage weiter befördern; – wohin? weiß ich nicht.

Meine Briefe aus Brüssel und Gent (falls sie nicht verloren gegangen sind, was ich von dem erstren beinah fürchte) wirst Du gelesen haben, so daß ich (da sich's nicht verlohnt über Gent und Antwerpen – an und für sich höchst interessant und sehenswerth – zu sprechen, wenn man in London ist) mit meiner

Ueberfahrt von Ostende nach Dover beginnen kann. Die Sonne neigte sich, sie und wir steuerten nach Westen, aber so schnell auch unser Schiff war sie war doch schneller und gegen 8 Uhr sank sie in's Meer. Zauberhafter Anblick! auch einer Landratte geht das Herz dabei auf und hätte sie auch schon – wie meine Wenigkeit – die Seekrankheit im Leibe. Nachdem ich die üblichen Opfer gebracht, schlich ich in die Kajüte und schlief ein; als ich erwachte waren wir in Dover. Ich werde diese Nachtlandschaft vorläufig nicht vergessen: auf hohem Quai, an den das Meer anbrandet, liegt in weitem Halbkreis die Stadt, die jetzt (es war Mitternacht) von tausend Lichtern flimmerte und die Felsen halb erhellte, die hinter ihr hoch in die dunkle Nacht hineinwuchsen. Im Uebrigen tranken wir Thee und schliefen aus. Am andern Morgen (die Nachtzüge die gleich weiter gehn sind furchtbar theuer) fuhren wir nach London. Ich hätte nicht gedacht, daß die Stadt – deren rein äußerliches Leben und Treiben ich wenigstens kannte – mich wiederum so mächtig bewegen würde und noch in diesem Augenblick brauch' ich nur nach den Verbindungsstraßen zwischen City und Westend (hier herrscht das regste Leben) zu eilen, um urplötzlich meine Sorgen von mir genommen zu sehn. Die Großartigkeit dieses Schauspiels hat etwas unendlich Erhebendes; weil man *sich überhaupt vergißt,* vergißt man auch sein Elend und seine Noth und fühlt sich nur gehoben durch das Gefühl ein *Theil* jener Gesammtheit, ein Glied jener großen Menschheitsfamilie zu sein, die *so* lebt und *solches* schafft. In Bewundrung der *Gattung* verliert man die *einzelne Species* und sich mit, ganz aus dem Auge.

Du wirst vielleicht sagen: daran erkennt man den Anglomanen, den guten *pp* Fontane, der seit Jahr und Tag in alles englische Wesen vernarrt ist. Ich muß das gerade jetzt bestreiten: vieles behagt mir gar nicht und läßt mich, wenn ich vergleiche, deutlich einsehn, daß wir in aberhundert Dingen weit voraus sind. Zudem hab' ich *persönlich* noch gar nichts Angenehmes oder Bestechendes erlebt und höre von Deutschen, selbst von solchen denen es hier gut geht und die gar nicht daran denken England zu verlassen, daß es in Deutschland eigentlich besser sei. Wie viel daran wahr ist, laß ich dahingestellt, aber das darf ich nach einer 8tägigen Erfahrung bereits versichern, daß mein diesmaliges Urtheil über London anders ausfallen wird, als vor 8 Jahren. Ich war damals unerfahren, guthmütig und wenn ich so sagen darf schwärmerisch genug, alles was ich *anders* fand auch sofort *besser* zu finden; dieser Standpunkt indeß ist überwunden und ich kritisire jetzt mit feiner gebildetem *Sinn*. Was ich unter diesem »feiner gebildeten Sinn« verstehe, werd' ich Dir gleich sagen – es ist durchaus keine arrogante Bemerkung. Ich meine nämlich: einzelne meiner 5 Sinne (namentlich der Geschmackssinn) haben sich geschärft und während ich z. B. anfange das ausschließliche Recht der englischen Küche mit einigen Zweifeln zu betrachten, verwerf' ich bereits die Schöpfungen des englischen *Kunst*geschmacks in Bausch und Bogen. Ausnahmen bestätigen nur die Regel.

Nichtsdestoweniger – und Du wirst mir zugestehn, daß ich in Vorstehendem nüchtern genug geurtheilt habe – kann man sich gegen die Großartigkeit des Gesammttreibens nicht verschließen und wie berechtigt es sein mag diesem ewigen tollen Durcheinander alles wahrhaft Erquickliche und Wohlthuende (denn es fehlt die Liebe) abzusprechen, – *das Imposante des Schauspiels* ist über jeden Zweifel erhaben. –

Donnerstag d. 29. April

Heut endlich hab' ich Emiliens Brief erhalten, – den Sie klugerweise gleich nach hier adressirt hatte, – und athme seitdem wieder freier. Ich bin nicht einer von den Aengstlichen und trug mich auch nicht gerade mit trüben Bildern und Vorstellungen, nichtsdestoweniger fühlt' ich ein Unbehagen über das lange Ausbleiben all und jeder Nachricht.

Es freut mich ungemein aus Emiliens Brief zu ersehn, daß sie nicht nur wohl, sondern auch wieder heitrer ist. Vor allen Dingen mög' es ihr nie einfallen, vielleicht blos aus Anstand, mit ihrer Heiterkeit hinterm Berge zu halten und eine pflichtschuldige betrübte Miene aufzusetzen. Ich habe nichts so gern wie fröhliche Menschen, und wenn *ich's selber* oft nicht sein kann, so liegt die Schuld wahrhaftig nicht an meinem guten Willen. Am liebsten schlüg' ich den ganzen Tag Rad, spräng über Tisch und Bänke, und wälzte mich im grünen Rasen, den lachenden Himmel über mir. – Was den bekannten Betrübnißpunkt angeht, so hat diese *Eil des Schicksals* allerdings ihre bedenkliche Seite, aber wir müssen denken: was jetzt zu früh geschieht, wäre nach einem Jahr unter allen Umständen geschehn; um einen Zeitungsausdruck zu gebrauchen: es war nur eine Frage betreffs der *Zeit*. Das Mißliche bei uns ist vor allen Dingen das liebe Geld; – indeß wenn ich auch das kühne Hoffen nach gerade verlernt und für den September d. J. kein kalifornisches Plänchen in Aussicht habe, so darf ich doch auf den Himmel verweisen der uns gnädiglich durch die Sommer und Herbstmonate des vorigen Jahres führte, und in seiner Barmherzigkeit uns arme Schlucker auch ferner nicht verlassen wird. Schultz würde zwar sagen: »sehr bequemer u. sehr naiver Glaube« – indeß laß ich's drauf ankommen und wette, daß auf der ächten göttlichen Goldwaage (die ganz gewiß anders wägt als wie die Herren meinen) mein Glaube um keine 5 Gran weniger wiegt, als der von Stahl, Gerlach und Schultz zusammengenommen.

Daß mein kleiner Georg so munter ist, ist mir eine wahre Herzensfreude. In der Nacht von Montag auf den Dienstag wachte ich um 2 Uhr zufällig auf und begleitete die lieben Reisenden eine ganze Stunde lang in Gedanken, gerade über die böse Strecke zwischen Frankfurt und Sorau hinweg, wo sich so oft Unfälle ereignen. Möge mein Wunsch für ihr Wohl, ein Schutzgeist für sie gewesen sein. –

Nun etwas über mein Leben hier. Die ersten 4 Tage verbracht ich in – der *deutschen Flüchtlingskneipe*. Ihr werdet mir Sinn und Verstand genug zutrauen, um von vornherein zu wissen, daß nur ein seltsamlicher Zufall so etwas ermöglichen konnte. Auf dem Dampfschiff bat mich ein junger Deutscher so zu sagen um mein Protektorat, da er kein Wort englisch spräche und ohne Vermittler schwerlich von der Stelle kommen werde. So kamen wir uns näher, und da ich alsbald in ihm einen überaus harmlosen Menschen kennen lernte, hatt' ich bei der Ankunft in London nichts dagegen ihm die Hälfte meines Cabs zu überlassen und *»London-Coffee-House«* wohin ich meinen Kutscher bereits beordert hatte mit *»German-Coffee-House«* zu vertauschen; ich konnte den Teufel wissen, was da los sei. Wir kamen an und fanden – eine Räuberhöhle, wenigstens war das der erste Eindruck, der durch Genuß eines Beefsteaks aus angegangenem Pferdefleisch nicht beseitigt wurde, ja, ich glaubte allen Ernstes 2 Minuten lang – wobei sich mir die Haare zu Berge sträubten – es sei ein Fürstenpodex, oder mindestens eine Grafenlende, wovon mir der Kerl eine Schnitte vorgesetzt. – Später fand ich, daß ich der Kneipe und ihrem Besitzer in gewissem Sinne unrecht gethan hatte: alle englischen Gastzimmer (so weit sie unsereins kennen lernt – es mag auch bessre geben) sind ungemüthlich und man stürbe drin, wenn sie nicht den *Kammin* und den *Teppich* hätten. – Erspare mir die weitren Details über den 4tägigen Aufenthalt im German-Coffee-house; nicht als ob es so scheußlich gewesen wäre, daß ich mich vor der bloßen Rückerinnerung fürchtete, gegentheils, Bedienung und Speise ward alle Tage besser und übertraf das theure boarding-house, in dem ich jetzt stecke, immer noch wesentlich in Kaffeebereitung u. dgl. m. Aber ich schweige davon, weil es langweilige, gleichgültige Tage waren und meine geistige Speise lediglich in den Mittheilungen bestand, die mir Freund Blomeyer (so hieß mein Reisegefährte u. Stubengenoß, ein zahmer Demokrat) über die hervorragenden Flüchtlings-Persönlichkeiten machte. Diese Mittheilungen waren zum Theil wirklich interessant und fix u. fertige Kapitel für einen Räuberroman. –

Durch Herrn du Rieux – an den ich durch Herrn Lange (dies ist eine Notiz für Mutter Kummer u. Frau Lieutenant Maul) empfohlen war – ward ich veranlaßt, hier, in unmittelbarer Nähe der Noblesse, meine Wohnung zu nehmen. Ich bezahle wöchentlich 12 Shilling für Wohnung, 5 Shilling für Heizung (es ist hundekalt) und 16 Shilling für Kaffee (Morgens) und Thee (Abends).

Macht 33 Shilling (gerade 11 Rthr) pro Woche, pro Monat also 44 Thaler. Dies ist einmal überhaupt (für einen norddeutschen Geldbeutel) kolossal, und ist in specie unverschämt für das, was geboten wird. Wenn sich die Engländer für ihre Frühstücke (d. h. Kaffee mit Imbiß) 1 Shilling bezahlen lassen, so ist das unter Umständen durchaus nicht zuviel, sondern gegentheils noch billig. Man erhält alsdann auf silbernem Kaffeebrett 2 silberne Kannen, mit Kaffee und Thee gefüllt, dazu Butter, Milch, 2 Arten Weißbrot, Zucker (soviel man will) und Eier. Wer in solch Frühstück einzuhauen versteht (und es lernt sich) der sorgt gewissenhaft dafür, daß sein Wirth nicht zum reichen Manne wird. Aber von solchem Frühstück ist hier gar nicht die Rede: man kriegt eine Blechkanne mit trüber, mäßig-starker Lurke gefüllt, – fabelhaftes Zeug das den Namen »Milch« usurpirt, Zucker und Weißbrot, und würde den ganzen Kram mit einem halben Shilling (5 Sgr) über den Kopf bezahlen. – Ich lechze nach einer Berzelius'schen Lampe und könnte Dir die Deinige jetzt zu hohem Preise abkaufen. Wer sich selbst die Dinge kocht und backt die er nöthig hat, der kann hier so billig leben wie irgend wo anders; im ersten Einkauf ist *sehr vieles* wohlfeiler als bei uns und erst die Zwischenhändler, die Ausschnitter und Ausschenker, treiben den Preis in die Höh'. – Doch genug davon; mein Brief wird sonst zu praktisch, und meine ganze Praxis ist doch nur Thuerei. So sagt ihr; ob's wahr ist, laß ich dahingestellt sein. –

Meine Tage verbring' ich jetzt in höchster Einfachheit und Regelmäßigkeit, nicht aus Prinzip sondern aus *»Muß«*. Das wichtigste ist nämlich zunächst, daß ich einzelne Arbeiten an Quehl schicke, und wird das spätestens am Sonntag geschehn. Ihr glaubt gar nicht, wie mich das gedrückt hat und doch weiß ich am besten, daß es nicht eher möglich war. Bin ich diese Last los (d. h. brauch' ich nicht mehr *ausschließlich* dafür zu denken und zu schreiben – denn fortarbeiten muß ich, aber peu à peu) so beginn ich ein andres Leben und fasse meinen eigentlichen Zweck: »hier was zu lernen« mehr in's Auge. – Ich werde dann

Kirchen (d. h. Predigten), öffentliche Versammlungen, Gerichtssitzungen u. dgl. m. besuchen um mein Ohr mit der Sprache vertrauter zu machen, vielleicht geh' ich dann auch (es wird von Schweitzer's Gastlichkeit abhängen) auf ein Paar Wochen nach Brighton. Jetzt in der ausschließlichen Arbeitsperiode verfahr' ich in folgender Weise: um 8 wach' ich auf; hätt' ich nichts zu thun, so würd' ich aufstehn und Zeitung lesen, – wie die Sachen aber stehn bleib' ich noch 1 Stunde im Bett und überlege und ordne mir den Stoff für meine Aufsätze. Dann 'raus! gefrühstückt; gegen 11 beginn ich zu schreiben und unterbreche mich nur durch Kaminstökerei. Um 3 Uhr bin ich stumpf; ziehe mich an und laufe in die City, theils zum Zeitvertreib, theils um Briefe abzugeben, oder dies und das zu kaufen. Zwischen 5 und 6 krieg ich Hunger u. Durst, die ich beide durch ein Glas *Ale* im ersten besten Bierhaus (kostet 1 Sgr 8 Pf) lösche. Dies Bier ist so nahrhaft, daß ich's nun wieder 2 Stunden lang mit ansehe. Gegen 7 Uhr bin ich wieder zu Haus und verzehre als dinner zwei Hammel-Cotlet's mit denen ich heut – weil ich mich fast gebrochen – für immer gebrochen habe. Jeden 3. Tag (weil ich sonst jammervoll verquinte) schlag' ich aber über die Stränge und esse im Drurylane-Coffee-house ordentlich. Da kann man sich mit den Hammelkotlets wieder aussöhnen und Lachs, Hummer, Steinbutte u. dgl. m. sind geradezu unvergleichlich. Wo nehm' ich aber nun noch Platz her! ich muß doch mein Tagewerk wenigstens auserzählen. Um 8 Uhr fang ich an Briefe zu schreiben und eine kleine Theepause abgerechnet, schreib ich mich in's Bett hinein. Das werd ich dann auch heute thun, lebt alle recht, recht wohl, Gott erhalte Euch und führe Alles zum Besten. Dein alter *Theodor*.

Maxen (dem ich wie Witten für seine Zeilen danke) bitt ich das übliche Grüßen zu übernehmen und namentlich Ernst Schultzen zu sagen, daß ich nächstens an ihn schreiben würde. – Auch Vater'n bitt ich zu beschwichtigen und ihm zu sagen, daß ich mein Versprechen nicht vergessen hätte; – theilt ihm nur vorläufig soviel wie möglich mit. –

Für Emilien noch einzelne besondre Fragen: Hat *Herrmann Müller* geschrieben? haben Merckels, Hesses, Kuglers, Müllers u.s.w. gar nichts von sich hören u. sehn lassen? Du bist doch 2. Klasse gefahren?! wo hast Du die Gelder hergenommen? und vor allem wie geht es Dir in Liegnitz? Grüße die alten Leute! – Die Zeilen an Lepel steckt in 1 Groschen-Couvert. Coepnick. (Bellevue).

21 An Louis Henri Fontane (Vater)

London am 1. Juli 1852
1. Tavistock-Square

Mein lieber, guter Papa.

Wie versprochen send' ich Dir vorstehend mein Tagebuch, das besser, als es irgendwelcher Brief vermöchte, Dir über meine Londoner Tage, auch über die letzten, Bericht erstatten wird. Vieles ist langweilig, andres muß Dir wenigstens so erscheinen, weil Du oftmals weder Person noch Sache kennst, an die ich mein Raisonnement knüpfte und es außerhalb einer Tagebuchaufgabe lag, alles klar und breit zu erzählen. In den letzten vierzehn Tagen bin ich ausführlicher geworden, zum Theil nur deshalb, um Dir doch einiges bei dieser Lektüre zu bieten. Zwei Wünsche hab' ich noch: einmal gib das Buch an *keinen* aus der Hand; es sind vielfach Stellen drin, die verklatscht oder gar entstellt und übertrieben, mir schaden, gerade hier in London schaden könnten. Deine Forstkandidaten sind sehr redselige Leute; hab' ich doch hier, 200 deutsche Meilen von Neustadt entfernt, erfahren, daß Du mich getadelt haben sollst. Ich bin fest überzeugt, daß Du es *nicht* hast; Du wirst vermutlich nur gesagt haben: »Kleiner Ausflug nach London, – nutzlos, – Vergnügungsreise!« Wenn ich nun recht vermute, so bezieht sich eben hierauf meine zweite Bitte: lies das Tagebuch nicht mit dem Vorurteil, daß der älteste Herr Sohn bloß Lust kriegte auf Reisen zu gehen und demgemäß sich auf den Weg machte. Glaubt alle endlich meinen Worten, daß ich fortging, um entweder mein Glück hier zu finden, oder aber um bereichert an Kenntnis und Erfahrung und somit fähiger zu meinem Beruf nach Deutschland zurückzukehren. Ich fühl es, daß das *letztere* bereits erreicht ist, und habe auch die Hoffnung noch nicht aufgegeben, daß ich das *erstere* noch erreichen werde. Nur erst fest hier im Sattel und ein wenig Bahn gebrochen, so ist man durch; – die Erwerbsquellen hier sind hundertfach, man darf nur nichts verschmähn. – Für die freundlichen Zeilen von Ende Mai dank' ich Dir aufs beste, vor allem aber dafür, daß Deine rasche Bereitwilligkeit, mir zu helfen, überhaupt nur diese meine Reise möglich machte, von der ich, auch wenn ich nach Deutschland zurückkehren müßte, nie behaupten werde, daß es ein nutz- und resultatloser Versuch gewesen sei. Leb wohl.

Dein Theodor

Anfang September wurde der zweite Sohn Rudolf geboren, der aber schon Mitte September vor der Rückkehr Fontanes aus London starb.

22 *An Emilie Fontane*

[London] 1. Tavistock Square
Montag, den 6. Septemb. 52

Meine liebe süße gute Mila.
Also mit Gott Nr. 2, und wieder ein Junge! Wäre der Witz nicht zu alt, so würd ich von dem 7. sprechen, zu dem wir auf gut-preußisch den König zu Gevatter bitten wollen. Aber auf meine Prophetengabe thu ich mir nun wieder was zu gute und die gedruckte Scharte wegen Louis Napoleon (»er ist es nicht«) ist einigermaßen ausgewetzt.
Daß Du vor- und nachher wie mir die Mama schreibt wieder hast wacker aushalten müssen, erfüllt mich mit aufrichtigster Betrübniß; ich dachte eigentlich Du hättest Dein Schmerzens-Pensum das vorige Mal abgearbeitet, und erwartete mit ziemlicher Bestimmtheit: es würde diesmal Kinderspiel sein.

Daß der »Wurm« mir ähnlich sein soll ist wohl nur so, zur Erhöhung der Vaterfreuden, auf gut Glück mit in die Wagschale geschmissen. Ist's aber wirklich so, so wirst Du schließlich eifersüchtig werden, daß die Natur mehr mit meinem Bilde als mit dem Deinigen zu stempeln scheint. Vielleicht wächst er sich in das Rouanet'sche Gesicht hinein, wie George – der anfänglich Dir täuschend ähnlich sah – in das Fontane'sche.
Laß Dir nur bei Deiner Pflege nichts abgehn und nehmt, wenn's noth thut, eine Wartefrau. Sage nicht: »der hat immer gut reden; – wo es her nehmen u.s.w.«; ist so viel Geld in die Fichten gegangen, kann es wahrhaftig auf 5 gepumpte Thaler mehr oder weniger nicht ankommen. Für gute Suppen hoff' ich wird man vor dem Potsdamer Thore und unten in der Wilhelmsstraße Sorge tragen. Um die Theilnehmerschaft daran komm ich nun diesmal.
Wenn Dich diese Zeilen erreichen wird gerade der 9. Tag sein; gebe der Himmel, daß Du diese Krisis wie jede andre glücklich hinter Dich bringst. Sobald es der Dr. erlaubt – *aber auch sicherlich nicht eher* –, erwart' ich ein Paar Zeilen von Dir, worauf ich, wie Du Dir denken magst, nicht wenig begierig bin. Wirst Du diesmal nähren? Die Mama schreibt nichts darüber. Angegriffen, wie Du bist, wird Dir's am Ende auch diesmal untersagt werden. Nur, wenn ich bitten darf, keine schlimmen Brüste wieder.
Leb wohl, mein gutes altes Thier, küsse den Großen (der hoffentlich wieder auf den Beinen ist) und den Kleinen und versprich jedem eine Zuckerdüte im Namen Deines etwas auf Kohlen sitzenden

Theodor

Ende September verließ Fontane London nach einem Aufenthalt von fünf Monaten und kehrte nach Berlin zurück.

23 An Friedrich Witte

Berlin, 18. Oktober 1852

Mein lieber Witte.

Es mögen wohl ein halbes Dutzend Briefe und Zettel von Dir sein, die ich zu beantworten habe, und Deine Ansprüche auf ein handliches Manuskript meinerseits sollen nicht angezweifelt werden; dennoch wirst Du Dich mit kurzen Notizen begnügen müssen, da sich zu manchen andern nun auch wieder mein vorjähriger Schnupfen eingefunden hat und über dem reizenden Dezember und seinen Freuden: Tunnelfest, Smidts silberne Hochzeit, Weihnachten und Geburtstag – das Damoklesschwert eines langen [. . .] madenartigen Polypen hängt. Ich werde natürlich durch Silber ihn zu bestechen und seinen Rückzug zu veranlassen suchen, wobei ich Dir nicht zu sagen brauche, daß es sich weniger um gemünztes als gelöstes Argentum handelt.

Seit dem 25. bin ich zurück, und, um die alte Redensart wieder loszulassen: meine Reise liegt wie ein Traum hinter mir. Ich bin nicht sehr traurig darüber, daß es mit England nichts wurde; ich würde mich dort bei aller Bewunderung, die ich dem *Ganzen* zolle, nie heimisch gefühlt haben, denn der einzelne, auf den man dort zumeist angewiesen ist und in dem einzig und allein der dauernde Reiz des Lebens liegt, läßt dort viel zu wünschen übrig, ja, ich muß es sagen, mehr noch denn hier.

Dazu kommen die Schwierigkeiten einer fremden Sprache. Es ist lächerlich zu behaupten, daß man irgendeine Sprache in 6 Monaten oder gar in 4 Wochen lernen könne, man lernt freilich sprechen, man versteht alles, man kann selbst Reden halten über Cobden und Lord Derby, aber das ist nicht das, was unsereins unter Innehabung einer Sprache versteht. Wir verstehen darunter die völlige Gewalt über dieselbe, und diese zu haben erfordert Jahre; ja, ich wage die Behauptung, daß es von Hunderten immer nur einer zu dieser Meisterschaft bringt, auch wenn er 30 Jahre in Frankreich oder England lebt. Wir Schreiber aber bedürfen dieser Meisterschaft über die Sprache, um uns überhaupt wohl zu fühlen, wir müssen uns mit Leichtigkeit in Assonanzen und Alliterationen ergehen können, wir müssen imstande sein, unser Ohr mit dem Wohllaut eines neuen Reimes zu kitzeln, wir müssen mit der rechten Hand 6 Antithesen und mit der linken 12 Wortspiele ins Publikum schmeißen können, und wo wir das *nicht* können, wo wir's nicht einmal verstehen, wenn's andere tun, da ist nicht unser Boden, da ist nicht unsere Lebensluft, und Heimweh befällt *uns* doppelt. – Nichtsdestoweniger wäre ich gern auf 2-5 Jahre in England geblieben, denn es ist eine unvergleichliche Schule, ist's für jeden und für mich insbesondere. Du weißt so gut, als ich Dir's sagen kann, daß es bei mir in 100 Stücken hapert und daß mich die *halbe* Bildung zur Verzweiflung bringt, die das Kennzeichen und die Lebensgefährtin eines Giftmischers ist. Es ist zu spät für mich, noch einmal auf die Schulbank zu gehen und in Griechisch und Latein nachzuholen, was ich in Tertia und Secunda versäumte; ich sage, es ist zu spät, und es ist auch nicht nötig. Nur muß ein Äquivalent vorhanden sein, nur muß man ein Gegengewicht in die Schale werfen können, nur muß man tüchtig und gründlich sein in irgendwas. Um deshalb wär ich gern in England geblieben: ich würde mit (für einen Fremden) glänzender Kenntnis der Sprache, der Literatur und der Zustände des Landes zurückgekehrt sein und würde hinfort einen Berg gehabt haben, auf dem ich mich gefühlt hätte wie der Hahn auf seinem Mist. Hierum bin ich gekommen; der Markt deutscher Sprachmeister ist in London durch Konkurrenz ruiniert, und aufs Unsichere hin konnt ich meine Frau nicht zu einer Übersiedelung veranlassen, die uns – neben unendlichen Kosten und Schwierigkeiten – leicht möglicherweise aus dem Regen in die Traufe geführt hätte. – So geht es denn nun hier im alten Geleise weiter, nur insoweit besser, als ich nicht mehr in den Zaum beiße und einem Leben ade gesagt habe, das die Götter mir versagt zu haben scheinen. Ich mühe mich jetzt zu erwerben und bin ruhiger, wenn auch das nicht glückt, denn ich trage dann gewissermaßen schuldlos das mir Auferlegte und fühle nicht mehr den Stachel: du hättest es ändern oder vermeiden können. – Gestern im Tunnel sprach ich

Lucae; ich höre, daß Ihr in fleißiger Korrespondenz steht, so erfährst Du auch wohl durch ihn die Tunnel-Neuigkeiten. Kommst Du zum 3. Dezember? ob es interessant wird, müssen wir abwarten; reich und mannigfaltig wird es jedenfalls. Paul ist in Florenz. Gretchens Porträt auf der Ausstellung. Eggers hat große Sorgen wegen seines Kunstblatts. Lepel wohnt in der Magazinstr.; ich werd ihn vermutlich seltener sehen als vor Zeiten, wo er in Köpenick war. Sonst gehörten mir seine Sonntagabende bis 11 Uhr, jetzt läuft er natürlich nach Haus, und meine Stellung zu seiner Frau verhindert, daß ich ihm folge. Immermann las vor 8 Tagen eine wundervolle Satire; der Tunnel entzückt. Sonst nichts, nur ist Scherenberg mehr der Held des Tages denn je; die Kreuzzeitungs-Menschen werden noch Trompeter engagieren, um es an den Straßenecken ausrufen zu lassen: Ecce Shakespeare II. Hofrat Schneider las uns gestern Cooks »Der letzte Steward«. Claudius spielte den Ergriffenen wie ein Verrückter, Lepel, Ernst Schulze und meine Wenigkeit riefen indes ohne alle weitere Verabredung und wie aus einem Munde: *»Es is nischt!«* Auch ist das noch heut meine aufrichtige Meinung; Cook ist allerdings genial, aber auf einem Holzweg. Leb wohl, Grüße und Empfehlungen von

Deinem Th. Fontane

Nach der Rückkehr aus England arbeitete Fontane wieder im Literarischen Cabinett. Seine Versuche, die Berichte aus London als Buch erscheinen zu lassen, scheiterten.

Neben dem ›Tunnel‹ hatte sich als eine Art Ableger eine etwas zwanglosere Vereinigung gebildet, die den Namen ›Rütli‹ führte, und deren Mitglieder sich zumeist reihum in den Privatwohnungen versammelten. ›Tunnel‹ und ›Rütli‹ gründeten eine neue Zeitschrift mit dem programmatischen Titel ›Argo‹, deren Redaktion Anfang 1853 Fontane übernahm.

24 An Wilhelm Wolfsohn

Kränzlin bei Neu-Ruppin. d. 7. Juli 53

Lieber Wolfsohn.

Sehr schade, daß Deine freundlichen Zeilen nicht 2 × 24 Stunden eher in meinen Händen waren, – ich würde dann Deiner Aufforderung mit tausend Freuden Folge geleistet und mich unverzüglich nach Dessau begeben haben. Nun ist es zu spät; ich stecke hier nicht weit von der mecklenburgischen Grenze, habe demgemäß Geschäft und Literatur (was leider ein und dasselbe ist) wie eine Zwangsjacke abgestreift und klettre hier in den Kirschbäumen umher, als wär' ich schon bei Lebzeiten in den Balg eines Eichhörnchens gefahren.

Du schlechter Mensch renommirst mit den Vergißmeinnicht's (wenn Du noch mit »Veilchen« – L. Fort. 1840 – renommirt hättest!!) die Du für mich auf der Brühlschen Terrasse oder im Großen Garten voll treuer Freundschaft gepflückt hast und hast doch einen leidlich verdrehten Brief (um desto strafbarer) unbeantwortet gelassen, den ich bald nach meiner Rückkehr von England an den »Dr. C. W. Wolfsohn aus Odessa« geschrieben und zur Post befördert habe. Der Brief hatte freilich den Fehler, ein Hurrah für Wolfsohn-Vater und eine ergebenste Empfehlung an Wolfsohn-Sohn *nicht* zu enthalten, aber der Ruhm Deiner Tapferkeit und Erfolg gekrönten Energie innerhalb Deines ehelichen Wirkungskreises war damals noch nicht über den Canal gedrungen und ich sprang in Ostende an's Ufer ohne eine Ahnung von der Katastrophe zu haben, die sich schon damals auf der Lüttichau-Straße vorbereitete. Verzeihung! Nimm heute, trotz vorstehender Faselei, meinen treu-gemeinten Glückwunsch und möge die Zahl Deiner Kinder mit der Deiner Pensionäre (sonst würden Mißverhältnisse unvermeidlich sein) stets gleichen Schritt halten.

Mir selbst geht es eigentlich schlecht. Ich soll die Schwindsucht haben und einem nun halbjährigen Husten nach muß ich's selber glauben. Ich war 4 Wochen in Bethanien und trank Ober-Salzbrunnen, hier trink ich Molken – dennoch wird es nicht

Abb. 3: Theodor Fontane nach einer Bleistiftzeichnung von Luise Kugler

besser und nehm' ich diesen Husten mit in den nächsten Winter hinüber, so kann ich einpacken. Eine Reise nach Italien wäre ein Rettungsmittel, statt dessen werd' ich binnen wenigen Wochen wieder in der alten Tretmühle gehn und so lange Zeitungsartikel schreiben bis ich eines schönen Tages auf der Hinterseite der Zeitung unter den Annoncen zum letzten Mal und ohne *mein* Dazuthun die Aufmerksamkeit eines verehrlichen Publikums für mich in Anspruch nehmen werde. – Wie Gott will! Nur keine lange Quälerei wenn ich bitten darf. Empfiehl mich bei Deiner Rückkehr Deiner lieben Frau auf's angelegentlichste und behalte auch ferner ein Plätzchen in Deinem Herzen für Deinen

Th. Fontane

Mitte Oktober des Jahres 1853 wurde der dritte Sohn Peter Paul geboren, der aber bereits nach sechs Monaten verstarb. Fast gleichzeitig erhielt Fontane die endgültige Kündigung seiner Stellung im Literarischen Cabinett. In Zusammenhang mit seiner Redaktionsarbeit an der ›Argo‹, die sich von der geplanten Zeitschrift zu einem belletristischen Jahrbuch gewandelt hatte, lernte er Theodor Storm kennen, der damals aus politischen Gründen in Potsdam lebte.

25 An Theodor Storm

Berlin, d. 14. Februar 1854

Lieber Storm.

Der Umstand, daß ich Ihr freundliches Briefchen vom 3. oder 4. noch immer nicht beantwortet habe, ist mir, mehr als vieles andre, ein rechter Beweis für meine Gehetztheit im Dienste des Staats. Ich wollte gleich schreiben, noch desselbigen Tags, und wenn Sie sich entsinnen, daß Sie mir eine Besprechung des p. p. Fontane proponierten und um Material dazu baten, so werden Sie meinen Worten ohne feierliche Versicherung Glauben schenken. Denn wer von uns wäre nicht bei der Hand, wenn eine freundliche Empfehlung des lieben Ich in Aussicht steht? Heut

stehl' ich mir die nötige Zeit, um die Sache als eingefädelt betrachten zu dürfen, wenn ich Sie übermorgen, beim großen Eichendorff-Diner, wiedersehn werde.
Vorher noch allerhand andres. Für die Abschrift der Argo-Kritik herzlichen Dank. Ich legte sie in dem am selben Tage stattfindenden Rütli nicht vor, weil ich mich überzeugt hielt, daß der Ablesung des Gesäures eine Verstimmung folgen würde. Wenn wir über die Straße gehn, und der dümmste Mensch ruft uns zu: alter Schafskopf! so ärgern wir uns. Unser gutes Gewissen, daß wir zu den klügsten Leuten der Christenheit zählen, ist nicht mächtig genug, uns diesen Ärger zu ersparen. Selbst die übliche Expektoration »Ochse«, zu der auch der Geistreichste in so dringenden Fällen zu greifen pflegt, stellt die gute Laune nur kümmerlich wieder her. Ich zweifle nicht, daß der Rütli seine Indignation in eine ähnliche summarische Antikritik zusammengefaßt hätte, glaube aber nicht, daß Merckel und Lepel – die so unverfroren als »anspruchsvolle Mittelmäßigkeiten« eingeführt werden – ihrer Verstimmung sofort Herr geworden wären. Übrigens sieht man's der ganzen Besprechung an, daß der Kritiker das Buch nur *an-* aber nicht *durch*gelesen hat. Ein absichtliches Frontmachen gegen das Berlinertum schimmert ebenfalls deutlich hindurch. Diese Feindschaften sind unser Stolz und das Beste, was uns bis jetzt zuteil geworden ist.
Letzten Sonnabend las Eggers Ihren Aufsatz über Niendorf respektive über das Liebeslied vor. Wir erfreuten uns sehr daran. An einigen Stellen entspann sich eine Kontroverse, die aber – wenn ich mich nicht irre – weniger durch die Sache als durch den Ausdruck veranlaßt wurde. Ein paar Stellen sind nämlich minder scharf gefaßt, als Sie sich sonst wohl auszudrücken pflegen, und ließen eine doppelte Auffassung zu. Mündlich darüber ein Mehres oder aber schriftlich durch Redakteur Eggers.
Nun ein paar Worte über mich, die Ihnen für Ihren Aufsatz vielleicht einige Anknüpfungspunkte bieten. Von Kindesbeinen an hab' ich eine ausgeprägte Vorliebe für die Historie gehabt. Ich darf sagen, daß diese Neigung mich geradezu beherrschte

und meinen Gedanken wie meinen Arbeiten eine einseitige Richtung gab. Als ich in meinem zehnten Jahre gefragt wurde, was ich werden wollte, antwortete ich ganz stramm: Professor der Geschichte. (Dies ist Familientradition, die es erlaubt sein mag zu zitieren.) Um dieselbe Zeit war ich ein enthusiastischer Zeitungsleser, focht mit Bourmont und Duperré in Algier, machte vier Wochen später die Julirevolution mit und weinte wie ein Kind, als es nach der Schlacht bei Ostrolenka mit Polen vorbei war. Seitdem sind dreiundzwanzig Jahre vergangen, doch weiß ich noch alles aus *der* Zeit her. – Dann kam ich aufs Gymnasium. Als ich ein dreizehnjähriger Tertianer und im übrigen ein mittelmäßiger Schüler war, hatt' ich in der Geschichte solches Renommee, daß die Primaner mit mir spazieren gingen und sich – ich kann's nicht anders ausdrücken – fürs Examen durch mich einpauken ließen. Zum Teil war es bloßer Zahlen- und Gedächtniskram, doch entsinne ich mich andrerseits deutlich eines Triumphes, den ich feierte, als ich meinen Zuhörern die Schlachten von Crecy und Poitiers ausmalte. 13 ½ Jahre alt kam ich auf die hiesige Gewerbeschule, wo gar kein Geschichtsunterricht war, und ich mich aus diesem und hundert anderen Gründen unglücklich fühlte. Meine Neigung blieb indes dieselbe. In meinem fünfzehnten Jahre schrieb ich mein erstes Gedicht, angeregt durch Chamissos »Salas y Gomez«. Natürlich waren es auch Terzinen. Gegenstand: die Schlacht bei Hochkirch. Zwei Jahre später, als ich schon Apotheker war, leimte ich ein kleines Epos zusammen. Heinrich IV. Und das Jahr darauf schrieb ich meine erste Ballade, die ich vielleicht, ohne Erröten, noch jetzt als mein Machwerk ausgeben könnte. Die Ballade hieß »Vergeltung«, behandelte in drei Abteilungen die Schuld, den Triumph und das Ende des Pizarro und wurde unter Gratulationen von dem betreffenden Redakteur in einem hiesigen Blatte gedruckt. In meinem zwanzigsten Jahre kam ich nach Leipzig, was mir damals gleichbedeutend war mit Himmel und Seligkeit. Es kam die Herweghzeit. Ich machte den Schwindel gründlich mit, und das Historische schlug ins Politische um. Dem vielgeschmähten

Tunnel verdank' ich es, daß ich mich wiederfand und wieder den Gaul bestieg, auf den ich nun mal gehöre. Das Gedicht »Towerbrand« machte eine Art Sensation (ich schrieb es nach meiner *ersten* englischen Reise, noch voll von Londoner Eindrücken) und entschied gewissermaßen über meine Richtung. Was ich nach jener Zeit schrieb, liegt in den »Gedichten«, in den »Männern und Helden«, in der »Rosamunde« und in den neusten Argobeiträgen zum größten Teil Ihrer Beurteilung vor. Meine Neigung und – wenn es erlaubt ist so zu sprechen – meine Force ist die Schilderung. Am Innerlichen mag es gelegentlich fehlen, das Äußerliche hab' ich in der Gewalt. Nur so wie ich die Geschichte als Basis habe, gebiet' ich über Kräfte, die mir sonst fremd sind, wie jener, dem auf heimatlicher Erde die Seele wieder stark wurde. – Das Lyrische ist sicherlich meine schwächste Seite, besonders dann, wenn ich aus mir selber und nicht aus einer von mir geschaffenen Person heraus, dies und das zu sagen versuche. Diese Schwäche ist so groß, daß einzelne meiner frühsten Balladen *(Schön-Anne; Graf Hohenstein)* und einige andere nichts andres sind als ins Balladische transponierte lyrische Gedichte. Namentlich ist das zweitgenannte ganz subjektiv, was ich *so* schrieb, weil ich nicht anders konnte. Daß das Ding nichts taugt, ist gleichgültig; ich will nur zeigen, wie ich verfuhr. – Und nun genug!

Meine Frau bittet, ihr etwas Tee mitzubringen; sie wird Ihnen dafür ein Pfund Soda einhändigen. – Noch eins, was Sie, um meiner guten Absicht willen, mir nicht übelnehmen wollen. Sie haben Merckels neulich auf »bessere Tage« vertröstet und sind nun übermorgen, trotzdem die Tage ziemlich dieselben geblieben sind, bei Kuglers. Wollen Sie nicht vielleicht etwas tun, was diesem Stachel die Spitze abbricht? Und nun viele herzliche Grüße an Frau Constanze und Sie von meiner Frau und Ihrem

Th. Fontane

Das beifolgende Exemplar von »Männer und Helden« war längere Zeit in Händen von *Gustav Schwab,* der seinen Namen

drauf schrieb und was besser war – eine freundliche Kritik darüber.
Nachdem der Brief fertig ist, nehm' ich Anstand, Ihnen das Machwerk zu schicken. Es ist eigentlich ein selbstgefälliges curriculum vitae, nicht aber das, was Sie fordern. Halten Sie mir dies Durchbrennen einer egoistischen Regung und das aus dem Auge verlieren der eigentlichen Aufgabe zugut. Was fehlt, hol ich nach. –

26 An Theodor Storm

Berlin, d. 25. Juli 1854
(Historischer Kalender: Idstedt.)

Lieber Storm
»Mich schuf aus gröbrem Stoffe die Natur!« Ich kann Ihnen nicht leugnen, daß ich mich heut früh nach Eintreffen Ihres Briefes bei apart guter Laune befunden habe. Schon dafür bin ich Ihnen dankbar; aber auch dafür, daß Sie mir Gelegenheit geben, Ihnen und Ihrer lieben Frau meine freundschaftliche Hochachtung zu versichern und mein Bedauern darüber auszudrücken, daß im Übermut ausgesprochene Worte Sie beide verletzt und irre an mir gemacht haben. »Man soll nicht Anstoß geben« ist eine jener Regeln, mit denen auch ich es halte, wiewohl ich im allgemeinen einer von der Opposition bin und die Ausnahmen liebe. Seien Sie versichert, daß ich hinfort mehr auf meiner Hut sein und Bemerkungen verschlucken werde, von denen ich jetzt weiß, wie Sie sich dagegen verhalten.
Nach dieser gründlichen Revozierung und Abbitte (der eine wahre Gedächtniskasteiung vorausgegangen ist, um die corpora delicti noch wieder ausfindig zu machen) bitt' ich es mir nicht als norddeutsche Dickköpfigkeit auszulegen, wenn ich bei aller Nachgiebigkeit im Einzelfall doch aufs bestimmteste erkläre, gerade so bleiben zu wollen, wie ich bin, und mir nicht einen Charakter wegdisputieren oder wegratschlagen zu lassen, der seine sittliche Berechtigung hat trotz einem. Ich habe nicht Lust,

hier den deutschen Biedermann par excellence zu spielen, aber ich darf mit gutem Gewissen behaupten, daß ich von Natur offen, ehrlich, unverstellt und ein lebhaftes, unterm Einfluß der Minute stehendes Menschenkind bin. Ich hab es noch immer nicht gelernt, mich im Zaume zu halten. Ich lache und weine noch im Theater, wenn die Situation komisch oder rührend ist. Ich bin noch so dumm (wenn meine Frau – schon wieder! – nicht dazwischenkommt), meinen letzten Groschen zu teilen und ich platze auch mit einer Zweideutigkeit heraus, wenn mir gerade danach zu Mute ist. Ich habe hinsichtlich meiner Taten und Worte eine große Unbekümmertheit, und von meinen Worten möcht ich gelegentlich sagen: sie haben mich. Wenn ich nun so die Menschen um mich her ansehe, kann ich aus ihnen nicht abnehmen, daß ich gut täte, meinen alten Adam auszuziehen und mir den modernen anständigen Menschen zuzulegen. Ich weiß, was es mit dieser Anständigkeit auf sich hat. Ich halte Ihnen gegenüber mit der Bemerkung nicht zurück, daß ich auf meine Anständigkeit geradezu poche, daß ich den Plunder des *sogenannten* Anstands je nach Laune verachte oder verlache, und daß alles, was ich tun kann, einzig darin besteht, mich im Verkehr mit den Menschen zu akkommodieren. Dies wird Frau Klara Kugler gegenüber (die mir durch Eggers sagen ließ: ich dürfe nicht mehr über meine Frau und meine Ehe – die übrigens beide gar nicht so übel sind – wie bisher sprechen) hinfort der Fall sein. Ein gleiches gilt von heut ab von der Familie Storm. Sollte aber meine Natur stärker sein als meine Vorsätze, und sollten immer wieder Verstöße mit drunterlaufen, so würde mir nichts andres übrig bleiben, als mich aus Kreisen zu verbannen, für die ich zu roh und ungeschliffen bin. Mein lieber Storm, ich denke so: man soll jede an sich berechtigte Natur (und als solche werden Sie die meinige wohl anerkennen) gelten und gewähren lassen und selbst vor gewissen Konsequenzen solcher Natur nicht erschrecken. Es gibt *notorische* und *fragliche* Unanständigkeiten. Jene werd' ich nie begehn, diese sehr oft. Glauben Sie doch nicht, daß um die letztern irgend wer glücklich herumkomme.

Grete Heyse ist außer sich, daß Bodenstedt von »ihrem kleinen Leibchen« gesprochen hat, und doch sagte Paul Heyse in einer Damengesellschaft bei Merckels von einer Dame: das Frauenzimmer ist ja nur Kopf und Popo. Einzelne Ihrer schönsten Liebesgedichte werden unanständig gefunden, und ein leises Entsetzen, das noch immer vibriert, lief durch das ganze Königreich Kugler und die angrenzenden Ortschaften, als Sie von Frau Klara ein Zimmer verlangten, um »Ihrer Frau die Milch abzunehmen«. Man hat das sehr unanständig gefunden; ich find' es ganz gemütlich. Sie wollen daraus ersehn, daß, wie in tausend Dingen des Lebens, so auch hier man mit sich selbst im reinen sein und hinterher sich aus der Auffassung der Menschen nicht allzuviel machen muß. Man wird je nach den Personen, mit denen man verkehrt, sein gesellschaftliches Betragen in Einklang mit deren Wünschen und Anschauungen zu bringen haben, aber im letzten wird man bleiben, wie man ist, bevor einem nicht das Einsehn kommt, daß dies »Sein« eigentlich nichts taugt.

Ob die Argo erscheint, entscheidet sich in den nächsten Tagen. Ich *soll* an Schindler schreiben. Auf Ihre neue Arbeit bin ich sehr gespannt. Gebe Gott, daß Potsdam mit Husum konkurrieren kann. Lassen Sie mich's recht bald lesen.

Was Paul Heyses Bemerkung über mich angeht, so teilt sie das Schicksal der meisten Bemerkungen dieses »neusten Lieblings der Grazien« – sie ist frappant, aber nicht wahr. Vielleicht schauspielere ich nur P. Heysen gegenüber ein wenig, indem ich fast mit allzuviel Emphase den Trompeter seines Ruhmes mache. Er erschwert mir's nämlich dadurch, daß er mich ziemlich unumwunden für einen Menschen von mäßigen Gaben (des Herzens wie Geistes) hält, und es bedarf freilich mitunter einer Kraftanstrengung, um mich dadurch nicht beirren zu lassen. Auf *diesem* Gebiete liegt *mein* Anstand; ich weiß, daß er seltener ist als die anerzogene gute Lebensart. Ihr

Th. Fontane

Mitte des Jahres 1854 erschien in Dessau bei Katz eine Auswahl der journalistischen Arbeiten aus dem Londoner Aufenthalt 1852 unter dem Titel »Ein Sommer in London«.
Ende des Jahres bot sich ihm eine neue Stellung, er wurde Lektor der englischen Zeitungen bei der Centralen Pressestelle. Aus dieser Stellung ergab sich schließlich der Plan einer weiteren, dritten England-Reise.
Im August 1855 fuhr Fontane wiederum nach London, wenige Wochen vorher, zu Pfingsten, war Emilie von einem vierten Sohn, Ulrich, entbunden worden, der nach knapp einem Monat starb.

27 *An Emilie Fontane*

London d. 10. Septemb. 55
Seyd's Hotel, Finsbury Square
Montag. 12 Uhr

My dear Lady.
Vor zwei Stunden sind wir mit der »Counteß of Lonsdale«, einer Gräfin, die sich ihrer Wanzen halber wahrhaftig schämen sollte, bei London-Bridge glücklich angelangt, und nachdem mir vom Steuerkontrolleur drei Bände Vanity Fair (mit meinen herrlichen Randglossen) als Nachdruck konfisziert worden sind und ein Bootsjunge für eine Fahrt von fünf Minuten mich noch extra um vier Schillinge geprellt hat, bin ich mit Hilfe eins Cabkutschers durch meine Lieblingsstraße Moorgate Street bis Finsbury Square gerollt und mache nach stattgehabter, äußerst notwendig gewesener Säuberung, von meinem bedroom aus (der eine Hundehütte ist wie alle englischen Bedrooms) den schwachen Versuch, Dir einige Zeilen zu schreiben.
In der Tat »einen schwachen Versuch«; denn es saust und braust mir noch immer im Kopf und Du mußt für heut die allerbescheidensten Ansprüche machen. Ich lebe also noch! was mir erstens sehr lieb ist und zweitens gar nicht so sicher von mir erwartet wurde. Als Du mich am Freitag früh wecktest, war ich gerade mit einem Traum beschäftigt, der aus einem sinkenden, wassergefüllten Schiff und einem zerbrochenen Steuerruder bestand.

Ich schwieg natürlich, weil ich Dich nicht ängstigen wollte, aber es war mir keineswegs gleichgültig, geschweige angenehm. Die Details meiner Reise erfährst Du morgen; heute nur noch soviel, daß die Überfahrt au fond eine glückliche war, dennoch aber mich aufs äußerste mitnahm. Für den, der nicht seekrank wird, ist die Wasserreise angenehmer, jeder andre ist ein Tor, wenn er über Hamburg geht. Auch in bezug auf die Kosten waltet kein großer Unterschied. So mußt ich z. B. fast £ 1 für Beköstigung bezahlen, wiewohl ich in den sechsundfünfzig Stunden nur einmal gefrühstückt, ein halbmal Mittag gegessen und vier Flaschen Sodawasser getrunken habe. Diese Geschichte konnte höchstens vier bis fünf Schillinge kosten, nichtsdestoweniger wird einem eine wackre Rechnung geschrieben und man bezahlt sie. Auf meinem Schmerzenslager am Sonnabend und die folgende Nacht hab ich Euer viel gedacht und Euch auf Eurer Reise, so wie auch zu Bett begleitet. Ich wünsche von Herzen, daß es Euch gut gehn und Du Dich recht sehr erholen mögest. Was mich angeht, so bin ich in diesem Augenblick zwar sehr wohl, aber auch ebenso aufgeregt. Unterwegs hatt ich einen ordentlichen Graul vor London, als ich aber heut durch dies Riesentreiben wieder hindurch oder dran vorüberfuhr, da ging mir doch wieder das Herz auf und aller Groll war vergessen, wie beim Wiedersehn einer geliebten Person, mit der man eine Zeitlang verknurrt war. Die Verstimmung wird auch wiederkommen. Morgen mehr! Küsse unsren Jungen herzlich und sei selber tausendmal gegrüßt und geküßt von

Deinem
Theodor

In London sollte Fontane eine offizielle amtliche Deutsch-Englische Pressekorrespondenz organisieren, aufbauen und vertreiben. Sein Vorgesetzter in Berlin war Dr. Ludwig Metzel, dem er über seine Arbeit berichten, mit dem er aber vor allem über die stets unzureichenden finanziellen Mittel verhandeln mußte.

28 An Ludwig Metzel

London d. 1. Oktober 55
3 Campden House Road
Kensington.

Sehr geehrter Herr Doctor.

Dem Gesandtschafts-Portier (mit dem ich eine Viertelstunde lang englisch sprach, bis wir uns gegenseitig als Deutsche entlarvten) verdank' ich die Mittheilung, daß heut oder morgen »Gelegenheit nach Berlin« ist. Ich hatte vor, diese Gelegenheit zu Einsendung meines Berichts zu benutzen; da ich indeß für einzelne Punkte noch der Belege entbehre, so halt' ich es – um mich schließlich in desto hellerem Glanze zu presentiren – für besser noch 4 oder 8 Tage (je nachdem die Antworten eintreffen) vergehen zu lassen.

Nur so viel kann ich Ihnen schon heute mit *Bestimmtheit* mittheilen, daß beim Absatz von 40 Exemplaren sich ein Gewinn von 400 bis 800 Thalern herausstellen, bei 30 Exemplaren Einnahme und Ausgabe sich decken und bei 20 Exemplaren ein Zuschuß von gegen 1500 Thalern nöthig sein würde.

Sie können hiernach schon im Voraus und ohne die Details und Berechnungen meines Berichtes abzuwarten, auf das bestimmteste Ihre Entschlüsse fassen.

Den meisten Rath und Beistand hab' ich schließlich bei Mr. Henry Schirges gefunden, an den ich jene Empfehlungs-Zeilen, die ich Ihrer Güte verdanke, leider 14 Tage zu spät abgegeben habe. Meine englischen Bekanntschaften, auf die ich vorher pochte, haben mich mehr oder weniger im Stich gelassen; die einen waren nicht in town und die andern ohne alle Kenntniß der Sache um die es sich handelt.

Meinem Bericht werd' ich auch eine fix und fertige (gedruckte) Probe-Correspodenz vom letzten Tage beilegen.

Die Hauptschwierigkeit ist nach wie vor das Ausfindigmachen eines Mitarbeiters. Auch Schirges – wiewohl mit einzelnen der Leute befreundet oder doch gut bekannt – findet es paßlich, daß ich mich in Deutschland zu rekrutiren suche; er scheint kaum

einen unter ihnen – ganz abgesehn von ihren politischen Antecedentien – für zuverlässig zu halten.
Ich begleite diesen Brief mit einigen Zeilen an den Schulrath Bormann, der meine Wünsche bereits kennt und nochmals aufgefordert wird, sich umzuthun. Ist das umsonst, so denk' ich beiliegende Annonce in Berlin, in der Kölnischen und vielleicht in Leipzig oder Stuttgart veröffentlichen zu lassen. Sie ist völlig unverfänglich abgefaßt. – Ich sehe recht bald Ihrer Erklärung darüber entgegen, ob Sie – im Falle alles andre seine Erledigung gefunden hat – mit der Publikation solcher Anzeige einverstanden sind oder nicht.
M. Post wird in Berlin nicht gelesen, ich lege deshalb einen interessanten Artikel über das Manifest des, wie alle Flüchtlinge, dumm gewordenen Triumvirats bei.
Herrn Geh. R. Hegel bitt' ich mich zu empfehlen; an die andren Herrn meine herzlichsten Grüße. Wie immer in Dankbarkeit und Ergebenheit Ihr Th. Fontane

Ich schreibe die intendirte, Ihrer Begutachtung empfohlene Annonce lieber in diesen Brief: »Ein junger Deutscher, literarisch gebildet, der einen leichten, flüssigen Styl schreibt und des Englischen insoweit mächtig ist, daß er es ohne Lexikon oder sonstige Hülfe rasch und exakt übersetzen kann, kann in London ein vortheilhaftes Engagement finden. Näheres bei Schulrath Bormann oder Dr. Eggers etc.

29 An Ludwig Metzel

London d. 5. Novbr 55
(Guy-Fawkes Tag.)
23. New Ormond Street
Queens Square

Sehr geehrter Herr Doctor.
Sie werden auf den ersten Blick sehn, daß es ein halbtodter Mann ist, der diese Zeilen schreibt. »Und in die Blüthe trat die

Schlacht« das klingt schön und poetisch, aber wenn die dicke Backe in die Blüthe tritt, das ist furchtbar. Ich habe sehr ausgestanden und thu's noch. Wentzel zog mich, als er kam, unter einem Haufen von Decken etc. hervor, die den fieberklappernden Herausgeber der Deutsch-engl. Correspondenz einigermaßen erwärmen sollten. Ach, der letztre machte in dem Augenblick sicherlich nicht den Eindruck, als werde er irgend einen Gegner in den Sand werfen. Heut Abend verbrennt man, unter dem Jubel des Volks, die übliche Guy-Fawkes Puppe; das bedeutet ein gerettetes England, mög es auch einen geretteten Fontane bedeuten.
Wie peinlich, ganz abgesehn von meinen Schmerzen und von dem Bedauern, Wentzeln hierselbst gar nichts bieten zu können, mein Unwohlsein mir gerade jetzt gewesen ist, brauch' ich Ihnen nicht erst zu sagen. Die Zeit drängt, alle Kräfte sollen angespannt werden und nun dies erbärmliche Krankenlager! Indeß die Krisis scheint überstanden zu sein und ich hoffe morgen auf 1 oder 2 Stunden ausgehn zu können. Die Gelder reichen zunächst aus; der Papierkauf ist in wenigen Minuten gemacht und das Anschaffen der Stamps noch schneller. Einen Drucker haben wir, wie Sie seit lange wissen und seit gestern auch einen *Schreiber*. Dies ist sehr wichtig und war wohl geeignet uns einige Sorgen zu machen. Nur die Klebestreifen fehlen noch; in zwei, drei Tagen werden auch die da sein. Am 12., 13. und 14. machen wir eine Probe-Correspondenz (für Sie) und am 15. dann mit Gott auf's offene Meer.

Dinstag. d. 6.
Weiter im Text mit einem immer noch verbundenen Gesicht. – Ich schulde Ihnen vor allen Dingen noch meinen herzlichen Dank für Ihren Privatbrief, der mit ebenso viel Humor wie Liebenswürdigkeit die Damen-Verpackungsfrage behandelt. Ich bin ganz und gar mit Ihnen einverstanden und fühle, daß es meine Frau, nach Lesung Ihrer Zeilen, auch sein wird. Entschuldigen Sie nur, daß ich meinen Dank erst heute ausspreche, aber

die Krankheit hatte mich so verwirrt, daß ich ein paar Tage lang der Meinung war, ich hätte den betreffenden Brief von Ihnen bereits beantwortet. In Geldverlegenheiten werden wir nicht kommen, vorausgesetzt, daß Graf Bernstorff nicht wesentlich später als am 20. hier eintrifft.
Den Preis für die ersten 1 ½ Monate, werde ich also auf 12 ½ Rthl festsetzen.
Ihr Schreiben vom 3. d. M. traf heut früh hier ein. Das »via Ostende« stimmt durchaus mit hier eingezogenen Erkundigungen überein. – Das Zeitungsverzeichniß werd' ich in der von Ihnen angegebenen Weise ändern, da andren Falls der Druck von wenigstens 85 Exemplaren nöthig sein würde.
Wie schon gestern versichert: fertig ist alles, mit Ausnahme der Klebestreifen und der sichren Acquirirung eines Globe-Frühexemplars. Ich denke, daß ich auch diese Dinge morgen oder übermorgen in's Klare bringen werde, denn eben mit eigner chirurgischer Tüchtigkeit vorgenommene Operationen, haben das Schlimmste beseitigt. Bald ein mehres von Ihrem, dann hoffentlich wieder genesenen

Th. Fontane

30 An Emilie Fontane

London, 17. November 1855
(Café Divan)

Meine liebe Frau.
Die Zeilen sollen nicht viel andres als meine Freude über Deinen heut' erhaltenen Brief und die Mitteilung enthalten, daß ich wieder ziemlich auf den Beinen bin. Ich sage »ziemlich«, weil mir immer noch ein Rest von Erkältung in den Gliedern sitzt, ein böser Feind, den ich im Laufe dieses Winters auch schwerlich ganz los werden werde. Ich habe so eben unten bei Simpson im Zug gegessen und, während ich eine Treppe hoch diese Zeilen schreibe, sitz' ich wieder im Zug. Wenn ich zu Hause bin, muß ich im Zuge arbeiten und mich anziehn und im Zuge schlafen.

Die Engländer nennen das »Ventilation«; was *sie* »Zug« nennen, deckt die Dächer ab und würde in der ganzen übrigen Welt Sturmwind heißen. Hätt' ich die kalten Bäder, so möcht' es gehn; aber ohne diese ist es für mich sensiblen Menschen eine harte Nuß. Was mich rettet, ist der Pelz. Mag seine Entstehungsgeschichte in Dunkel gehüllt sein wie die Geburt aller großen Erscheinungen, – gleichviel er ist da und er beglückt. Oft seh' ich ihn wehmütig an und gedenke des hartgeschmähten *Lepel,* der nun 'mal ein Sohn der Charitas und ein Jünger der Musen, aber freilich kein Liebling der Grazien ist. Beiläufig bemerkt, macht der Pelz hier völlig Furore, *hier,* wo sonst nichts Aufsehn zu erregen vermag. Ich könnte hier die erste Zeitung der Welt redigieren und niemand würde mich kennen; ich könnte mir brennende Räucherkerzchen so lange in die Nase stecken, bis ich tot wäre, und nichts würde mein Lohn sein als ein Leitartikel in der Times; aber diesem Pelz kann London auf die Dauer nicht widerstehn, und bald wird the foreigner with the fur (der Fremde mit dem Pelz) zwischen Queens Square und Strand eine gekannte Größe sein. Who is your tailor (Wer ist Ihr Schneider?) brüllte mir neulich ein Cabkutscher nach, und im allgemeinen hält man mich für einen im Bomarsund gefangen genommenen russischen Offizier, der jetzt Erlaubnis erhalten hat, sich London anzusehn.

Ob es Dir möglich sein wird, diesen Brief zu entziffern, mögen die Götter wissen. Nun, Du hast ja Zeit. Schreibe bald wieder Deinem

Theodor

Der Plan der Deutsch-Englischen Korrespondenz ließ sich schwerer verwirklichen als alle Beteiligten es sich gedacht hatten.

31 An Bernhard von Lepel

London. [6. Dezember 1855]

Mein lieber Lepel.

Nur 20 Worte. Lies das was beiliegt, wenn sich bei einem Rütlifest die Gelegenheit dazu bietet.

Ich bin kaput. Es geht über meine Kraft. Ich büffle. Von London seh und hör' ich nichts. Ich leb' hier gerade so wie in Letschin. Ich mache bis 6 Uhr eine Zeitung, esse, schreibe Briefe, arbeite weiter und geh um 2 zu Bett. Das ist mein Leben. Es *muß* anders und besser werden. Dem Rütli für seine prächtigen Briefe und Portraits meinen schönsten, herzlichsten Dank. Ich bezweifle, daß ich in den nächsten 4 Wochen Gelegenheit finde ihn speciell auszusprechen. Dann auch über Dein mir mitgetheiltes Bruchstück. Tausend Grüße, wie immer

Dein Th. Fontane

Was aus mir hier wird, mögen die Götter wissen; ich weiß nichts.

[Auf der Rückseite:]

An meine liebe hochverehrte Frau v. Merckel den herzlichsten Dank für ihre liebenswürdigen Zeilen. Entschuldige mich. Ich kann jetzt nicht schreiben.

Ende Januar 1856 reiste Emilie mit dem jetzt viereinhalbjährigen George und Fontanes Schwester Elise nach London.

32 An Emilie Fontane

London, d. 16. Januar 56

Meine liebe Frau.

Heut über acht Tage bist Du um diese Stunde schon in Brandenburg, so Gott und die Eisenbahn es wollen. Ich erwarte von Dir nur noch wenige Zeilen am Freitag früh, die Du in derselben Stunde, in der Du abreist, in den Postwagen des Zuges stecken mußt, mit dem Du Berlin verläßt. Da Du in Köln vierundzwanzig Stunden bleibst, hab ich den Brief vierundzwanzig Stunden früher, als Du hier eintriffst. Du brauchst Dich Metzel gegenüber nur zu dekuvrieren, wenn Du in Geldverlegenheit sein solltest. Du sagst ihm, daß das, was er Dir gäbe, mir hinterher abgezogen werden könnte. Ich muß Dir auch in dieser Beziehung plein pouvoir lassen und alles Deiner Umsicht und Gewandtheit anheimstellen. Du wirst Dich späterhin überzeugen, daß ich von hier aus gar nichts machen kann; ich habe nur eben Zeit zum Essen und Schlafen, und Du wirst von Deinem Mann im Lauf des Tages so gut wie gar nichts haben. Eben fällt mir noch ein, wolle mich nur um Gottes willen nicht überraschen und komme etwa vierundzwanzig früher. Du weißt, ich bin ein abgeschworener Feind davon. Ich möchte Dich mit Ruhe empfangen und nicht bei Deinem Kommen, auf das ich mich aufrichtig freue, in eine halbe Verlegenheit geraten. Nur keine Überraschung. Außerdem bist Du Dir und namentlich dem Kinde diesen Rasttag in Köln schuldig. Vermummelt Euch nur gut. Strenge Dich auch in den letzten Tagen nicht allzusehr an, es ist alles ganz gleichgültig, wenn auch irgendeine alte Scharteke in die Brüche geht. Dixi. Gruß und Kuß von Deinem

Theodor

33 An Emilie Fontane (Mutter)

London d. 14. März 1856

Meine liebe, gute Mama.

Zunächst bitt' ich Dich Sommerfeldt und Frau, oder aber Jenny und ihren Mann zu grüßen und beiden in meinem Namen für ihre letzten Zeilen bestens zu danken. – Aus Lischens Briefen wirst Du das Wesentliche ersehen, was seit 4 Wochen hier vorgekommen ist. Ich war unwohl (überarbeitet und Brustschmerzen in Folge davon) u. Emilie ist es jetzt. Sie hat sich gründlich erkältet, um so gründlicher als Du ihren Eigensinn kennst, wenn man ihr irgend einen vernünftigen Rath giebt.

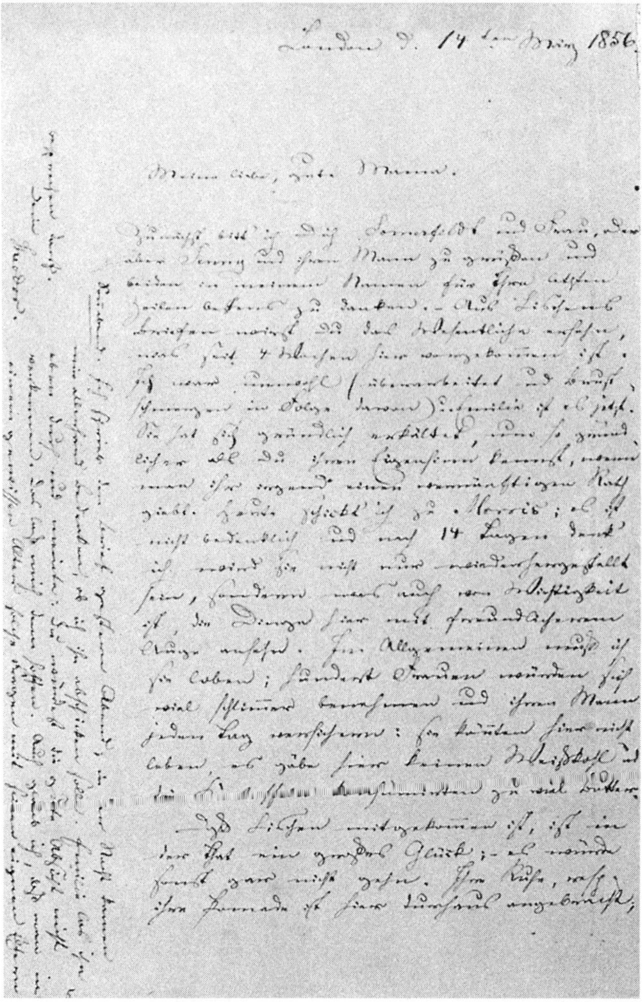

London d. 14ten März 1856.

Meine liebe, gute Mama.

Abb. 4: An Emilie Fontane (Mutter) vom 14. März 1856

Heute schick' ich zu Morris; es ist nicht bedenklich und nach 14 Tagen denk' ich wird sie nicht nur wiederhergestellt sein, sondern was auch von Wichtigkeit ist, die Dinge hier mit freundlicherem Auge ansehn. Im Allgemeinen muß ich sie loben; hundert Frauen würden sich viel schlimmer benehmen und ihrem Mann jeden Tag versichern: sie könnten hier nicht leben, es gäbe hier keinen Weißkohl und die Kartoffeln konsumirten zu viel Butter.
Daß Lischen mitgekommen ist, ist in der That ein großes Glück; – es würde sonst gar nicht gehn. Ihre Ruhe, resp. ihre Pomade ist hier durchaus angebracht; auch hat sie wohl jenen Fontane'schen Charakter, der sich in alles findet, in Klugheit und Dummheit, in Noblesse und Gewöhnlichkeit, in Freundschaft und Gleichgültigkeit, vorausgesetzt daß er selber nicht maltraitirt wird und genug zu essen hat. Ich habe auch viel davon und ertrage drum die Trennung von meinen Berliner Freunden, die ich herzlich und aufrichtig liebe, viel leichter als Emilie.
Auch über Lischens Wesen und Benehmen will ich mir erlauben Dir ein Wort zu sagen. Vielleicht daß Du es für richtig hälst und eine Art Gebrauch davon machst. Ich glaube nämlich, daß sie zu den Naturen gehört, *die man völlig sich selber überlassen muß*. Sie ist dickköpfig, rechthaberisch und kann nicht den kleinsten Tadel ertragen. Das ist ihre Natur so. Darunter versteh' ich, sie ist sich selber und ihrem bessren Einsehn zum Trotz, leicht gereizt und braucht Zeit, ihren augenblicklich aufsteigenden Aerger, durch ihr Rechtsbewußtsein zu überwinden. Solche Naturen muß man nicht ziehn wollen und selbst die Autorität der Eltern scheitert daran. Umgekehrt, überläßt man sie sich selbst, so entwickeln sich alle jene Eigenschaften, die Dickköpfe zu haben pflegen. Sie erfassen das eine oder andre mit Eifer und lassen nicht eher los, als bis sie's überwunden haben. Sind sie 4 Wochen lang faul, so lasse man sie faul sein; sie werden dafür in den nächsten 4 Wochen desto fleißiger sein. Verwahrloste Menschen giebt es wenige und gute Kräfte liegen in jedem von uns. Diese guten Kräfte werden Herrn über unsre Schwächen und schlechten

Eigenschaften, wenn die letztern nicht durch Dinge, die von außen heran treten, künstlich gesteigert werden. Strenge ist gut und Tadel ist gut; aber es giebt Naturen, die beides nicht ertragen können und die der steten Aufmunterung und selbst übertriebener Anerkennung bedürfen. Was sind unsre Grundfehler, immer vorausgesetzt, daß wir nicht von Natur bösartig sind? wir sind faul, bequem, begierig, rechthaberisch. Den einen kurirt man durch Maulschellen und er küßt einem nachher dankbar die Hand. Bon. Der andre kann diese Kur und alles was ihr ähnlich sieht nicht ertragen. Da muß man Zeit, Leben, Verhältnisse wirken lassen und sie wirken allemal. Wer sich nie gewaschen hat, wird sich waschen, wenn seine Eitelkeit oder sein Talent ihn in eine Gesellschaft führt, wo es Mode ist sich zu waschen; wer nie zur rechten Zeit aufsteht, wird die Stunde nicht verschlafen, wenn er vorhat in die sächsische Schweiz zu reisen; wer nie eine Handarbeit gemacht hat, wird eine Börse zusammen prudeln, wenn der berühmte Liebesfrühling kommt und wer nie Strümpfe gestrickt hat, wird sie stricken, wenn 2 kleine Jungens da sind, die Strümpfe gebrauchen. Ich könnte Dir an meinem eignen Leben am besten darthun, wie Rechtsbewußtsein, Pflichtgefühl, Eitelkeit, Ehrgeiz, einzelne (aber sehr wenige) Neigungen in Kunst und Wissenschaft, durchaus reformirend auf meine ganze Natur eingewirkt und mich aller Faulheit etc. zum Trotz schließlich – mit der gewöhnlichen Elle gemessen – zu einem passablen Menschen gemacht haben. Wie mir aber so ergeht es der Mehrzahl aller Menschen. Ich war auch außer mir als ich einen Säbel und einen – Ochsenziemer zu gleicher Zeit geschenkt erhielt und eine ähnliche Independenz steckt wohl in uns allen. Wenn Du Lisen ruhig gewähren läßt, bild' ich mir nicht ein, daß sie plötzlich viel fleißiger und liebevoller sein wird; *aber sicherlich auch nicht weniger* und wenn man dasselbe Reslutat *ohne* Schelte haben kann, warum *mit?* Nimm dies nicht als Klugschmuserei auf. Am allerwenigsten bilde Dir ein, daß Lischen geklagt hätte; *das liegt gar nicht in ihrem Charakter*. Ich schreibe es nur, weil ich au fond *gegen* Lischen eingenommen gewesen bin und jetzt erprobt zu haben glaube, wie man verfahren muß, um ganz gut mit ihr fertig zu werden. Und nun leb wohl. Wie immer Dein Theodor

Sonnabend

Ich schrieb den Brief gestern Abend; in der Nacht kamen mir allerhand Bedenken, ob ich ihn abschicken solle. Emilie las ihn eben durch und meinte: Du würdest die gute Absicht nicht verkennen. Das laß mich denn hoffen. Auch glaub ich, daß man in einem gewissen Alter solche Fragen mit seinen eigenen Eltern besprechen darf. Dein Theodor

Anfang April 1856 wurde das Vorhaben der Deutsch-Englischen Korrespondenz eingestellt, und Fontane übernahm die Stellung eines Presse-Agenten der Preußischen Regierung und war verpflichtet, politische Artikel über die Londoner Presse zu verfassen. Im Mai kehrte Emilie mit George und Elise wieder nach Berlin zurück.

34 An Emilie Fontane

London, d. 20. Mai 1856

Meine liebe Frau.

Gott sei Dank, daß das Wasser hinter Euch liegt. Ihr werdet's wohl so bald nicht wieder passieren! Gebe Dir Gott eine weitere glückliche Reise und vor allem einen frohen Empfang. Ich denke, man wird Dich nicht im Stich lassen und den Mut und die Vernunft anerkennen, die wir an den Tag gelegt haben. Verzweifle nur nicht gleich, wenn Dir irgend ein Blick mißfällt oder irgend ein Wort minder freundlich an Dein Ohr schlägt, als Du es glaubst erwarten zu dürfen. Ich bin nach *der* Seite hin ohne Sorge; das Glück kann man nicht zwingen, aber die Liebe und Anerkennung der Menschen kann man sich erobern, und was wir davon hatten, haben wir nicht verwirkt.

Am Sonntag aß ich bei *Schweitzer*. Wir gingen zu ihm, ohne den weiten Weg über mehr als 20 Worte zu sprechen. Er war ganz mürbe und ich, im Verhältnis zu dem armen Teufel, eine lustige Figur. Bei Tisch holte er eine Flasche Marsala, die ihm sein Vetter geschickt hatte. Beim dritten Glase wurde ihm besser, und er erklärte mit geröteter Nase, daß es doch für alles ein Heilmittel gebe. Seine ganze Unterhaltung bezeichne ich am besten, wenn ich sie eine ununterbrochene Reihenfolge versteckter Liebeserklärungen (nicht gegen mich) nenne. Zuletzt bracht' ich ihn wieder in Ordnung und er sprach wie ein vernünftiger Mensch. Mich würde sein Zustand mehr zum Mitleid stimmen, wenn ich nicht wüßte, daß er in solchen Anfällen Routine hat, und daß sein Leiden nur so lange dauert, bis eine andre reine Flamme in ihm glüht.
Gestern, wie Du durch Direktor *Metzel* bereits erfahren haben wirst, hab' ich an dem ziemlich fleischlosen Knochen der Sonnabend-Festlichkeit zu nagen gehabt. Es ist langweilig und eigentlich unter meiner Würde. Wer sich überzeugen will, daß ich ein Fest beschreiben kann, der lese meinen »Ball in Paris« und lasse mich dann in Ruh. Ich fühle, daß ich mehr Poet als Bedienter bin. Auch Spaltenfüllen ist nicht mein eigentlicher Beruf.
In 23 New-Ormond Street ist alles beim alten. Beide Zimmer haben sich eher etwas verschönt, oder ich finde sie erträglicher, weil sich mein Auge an diese englischen Räuberhöhlen mehr gewöhnt hat. Schlimm ist's, daß ich mich vor allem ekle und selbst dem Wasser, mit dem ich Gläser und Tassen zuvor säubere, nicht recht traue. Gestern bei Simpson war auch alles schlecht. Ich freue mich auf Paris, auf seine Galerien und – seine Küche. Doch das bleibt vorläufig noch unter uns. Hier dauernd zu leben, scheint mir mehr und mehr unmöglich. Ein Dutzend der verschiedensten Dinge wirken zusammen und körperliche Ursachen kaum minder als geistige. Ich wäre unglücklich, wenn ich noch fünf Jahre lang zwischen beef und mutton abwechseln müßte. Du Glückliche, die Du nun wieder weiße Rüben hast und reellen Kalbsbraten und gelegentlich ein Glas Wein.

Laß bald von Dir hören und sei der steten Liebe versichert Deines

Theodor

Im August konnte Fontane seinen Urlaub in Berlin bei seiner Familie verbringen. Anschließend fuhr er mit seinem Vorgesetzten Dr. Metzel im Oktober nach Süddeutschland und kehrte über Paris nach London zurück.

35 An Louis Henri Fontane (Vater)

Paris d. 19. Oktob. 56
Sonntag. Hôtel du Louvre

Mein lieber, guter Papa.
Emilie hat Dir hoffentlich meinen letzten Brief zur Durchsicht geschickt und Du weißt beim Eintreffen dieser Zeilen bereits, daß ich die große Frage ›London oder Paris‹ zu Gunsten Londons beantworte. Es ist schwer zu sagen ›warum‹. Diese lange Linie vom Louvre bis zum Arc de l'Etoile ist schön und groß und hat in London nicht ihres gleichen; die Boulevards, das Palais Royal und die neue Rue Rivoli (wo man, ohngefähr so lang wie unsre Linden sind, unter Arkaden geht) sind einzig in ihrer Art; und die Plätze sind theils größer, theils schöner, theils interessanter als sie London aufzuweisen hat. Aber all das kann meine Total-Ansicht nicht umstoßen. Wer mit einem Dampfer von Hamburg kommt und die Themse erst bis zur London-Brücke dann bis zur Westminster-Abtei und den neuen Parlamentshäusern hinauffährt, der hat mehr gesehn als ganz Paris ihm bieten kann. Paris ist ein vergrößertes Berlin; London ist eben London und ist mit gar nichts andrem zu vergleichen. Paris ist eine sehr große Stadt, London aber ist eine *Riesenstadt* d. h. sie macht den Eindruck als sei sie nicht von schwachen Menschen sondern von einem ausgestorbenen Geschlecht gebaut, dessen kleinste Leute alle 6 Fuß maßen. Diesen Eindruck hat man ganz

besonders wenn man die Themse hinauffährt, aber dann hat man ihn auch unbedingt.
Begiebt man sich in die Straßen, so fällt einem je nach dem Stadttheil den man passirt, entweder die Schlichtheit und Anspruchslosigkeit oder die Gediegenheit und der immense Reichthum auf: Paris macht im Verhältniß dazu einen dürftigen, gezierten Eindruck, was der Berliner ›poplich‹ nennt. Man sieht viele tausende von blitzenden Läden, aber man hat keine Courage irgend was darin zu kaufen, weil man die Reelität der Leute bezweifelt. Es kommt einem vor als sei alles auf Beschwatzung und Verführung abgesehn. Die Läden haben die Form einer länglichen Wurst und sind auch wirklich nicht viel größer; Glas und Spiegelscheiben thuen das beste. Dahinter ist noch ein Käfterchen von der Größe einer Nußschale; das ist das Familienzimmer. So leben viele Tausende. Manchem mag das gefallen, aber mir wird nicht wohl dabei. Wenn ich nun London dagegen nehme. Ja, da passir' ich halbe Meilen lange Strecken in denen man gar nichts sieht, aber das schadet auch nichts. In den östlichen Vorstädten wohnen hunderttausende von armen Leuten; sie sind nichts, sie haben nichts, *aber sie wollen auch nichts scheinen*. Man nimmt gar keinen Eindruck mit heim, weder einen schlechten noch einen guten; man weiß einfach, man hat eine halbe Stunde lang in einem Armenviertel zugebracht. Nur Schnapskneipen (und das ist allerdings ein Uebelstand) hat man bemerkt. Kommt man nun aber nach der City, welche Gediegenheit da in dem ganzen Stadttheil, der die St. Paulskirche umgiebt! Die Kaufläden strotzen von Waaren-Reichthum. Und nun im Westend, in Oxfordstreet und Regent-Street! alles funkelt von Gold und Silber, von Sammt und Seide, und es funkelt *so* daß man gleich merkt: ha ha, hier ist was dahinter. Kommt man dann in die wahrhaft noblen Quartiere, in das Westend des Westends, so fällt die Buntheit der Läden fort; aber endlos ziehen sich nun die Wohnungen der reichen Leute hin. Man kann von diesen Wohnungen nicht behaupten, daß sie im Einzelnen besonders schön oder besonders imposant seien, aber ihr

gemeinschaftliches Auftreten (20, 40 selbst 100 solcher Wohnungen bilden oft ein riesiges Ganze, das nun aussieht etwa wie das Berliner Schloß, nur oft noch mal so groß) erzeugt in dem Vorübergehenden die Vorstellung, daß er eine endlose Stadt von Palästen passire. Ja, ›endlos‹ und das ist die zweite Seite, wodurch diese westlichen Stadttheile Londons wirken. Man stutzt schon wenn man stundenlang die Quartiere *armer* Menschen durchwandert, aber daß dies London auch Stadttheile hat, wo man stundenlang an den *Pallästen steinreicher Leute* vorüberschreiten muß, das ist mehr als alles andre angethan, einem eine Vorstellung von der Macht dieser Stadt und Englands überhaupt zu geben. Dergleichen hat Paris *nicht*. Gediegner Reichthum tritt hier sporadisch auf, etwa wie bei uns. In London ist er, innerhalb gewisser Gesellschaftsschichten, Regel.
Nun leb mir wohl mein lieber Papa und gedenke in alter Liebe Deines

Theodor

Ich muß Dir doch noch in Bezug auf Deinen Schwindel-Anfall schreiben, daß mir Kugler erzählte, so was habe unter Umständen gar nichts auf sich. Ihm (Kugler) ginge es öfters so und der berühmte Irrenarzt Dr. Damerow, dem er das neulich bei einer zufälligen Begegnung geklagt habe, habe ihm lachend geantwortet: das sei ganz *sein* (Damerows) Fall. Du siehst, Du hast viele Collegen.

Nachschrift. Wie mir es immer geht wenn ich ein Urtheil ausgesprochen habe, so auch diesmal, – kaum steht es da, so fang' ich an die Richtigkeit zu bezweifeln*. Gestern, nachdem ich den vorstehenden Brief an Dich geschrieben hatte, begab ich mich wieder (aus purer Langerweile) auf die Boulevards. Es war Sonntag und das Leben auf den Straßen doppelt rege und lebendig. Die Boulevards mit ihrem Lichtermeer und der dicht-

* Nur das Eine steht nach wie vor bummsfest, daß London, wieviel ihm im Einzelnen abgehn mag, als *Ganzes* unendlich viel großartiger ist.

gedrängten Menschenmasse gaben ein täuschend ähnliches Bild von unsren ›Linden‹, wenn Königs Geburtstag ist und Illumination und Feuerwerk. Was wir alle Jahr an Licht und Menschen 'mal zusammensehn, das sieht man hier alle Tage; außerdem sind die Boulevards von der Madeleine-Kirche bis zum Bastille-Platz 4 mal so lang als unsre Linden. Auch London hat, in Bezug auf das Café- und Kneipen-Leben nichts entfernt Aehnliches aufzuweisen. Bis gestern kannt' ich nur die Kneipen-Masse als solche und war durch die Menge, die Ueberzahl derselben eher verstimmt als befriedigt. Ich dachte bei mir: 6 ordentliche Restaurants wären besser als diese 300, unter denen die meisten nichts taugen. Gestern bin ich nun aber dahinter gekommen, daß diese Lokale doch größer, reicher, gediegener sind als ich's bis dahin geglaubt hatte. Die Zimmer ziehen sich oft durch zwei, drei Etagen und man muß überall gewesen sein, um über solch Etablissement ein richtiges Urtheil zu fällen. Ich aß gestern im Café Riche, einem der besten Restaurants am Boulevard des Italiens, und muß einräumen daß alles vortrefflich war, schmackhaft, kräftig und *reiche Auswahl.* Dies letztre ist der große Uebelstand der englischen Küche, – immer und ewig dasselbe. Theuer ist es natürlich über die Maßen und selbst die Londoner Preise verschwinden dagegen. Ich hatte: Suppe, Filet, Fisch, Huhn und eine halbe Flasche Bordeaux; ich bezahlte dafür 11 Franks also circa 3 Thlr. Ich schreibe Dir das so ausführlich, weil Dich all so was interessirt; – ich schreib' es aber hauptsächlich, um daran die Bemerkung zu knüpfen, wie mir nun allgemach klar wird, daß die Fremden und die Engländer selbst das Pariser Leben dem Londoner so unendlich vorziehn. Gestern war Sonntag; wenn ich einen englischen Sonntag dagegen halte, welche furchtbare Oede und Langeweile! Auf den Boulevards aber lachten und scherzten gestern viele Tausende, vor den blitzenden Café's saß man im Freien und dampfte die Cigarre und spielte Domino; drinnen klapperten unaufhörlich die Kaffeetassen und oben hörte man die Billardbälle hin und herfahren und das dixhuit à quarente deux des Kellners.

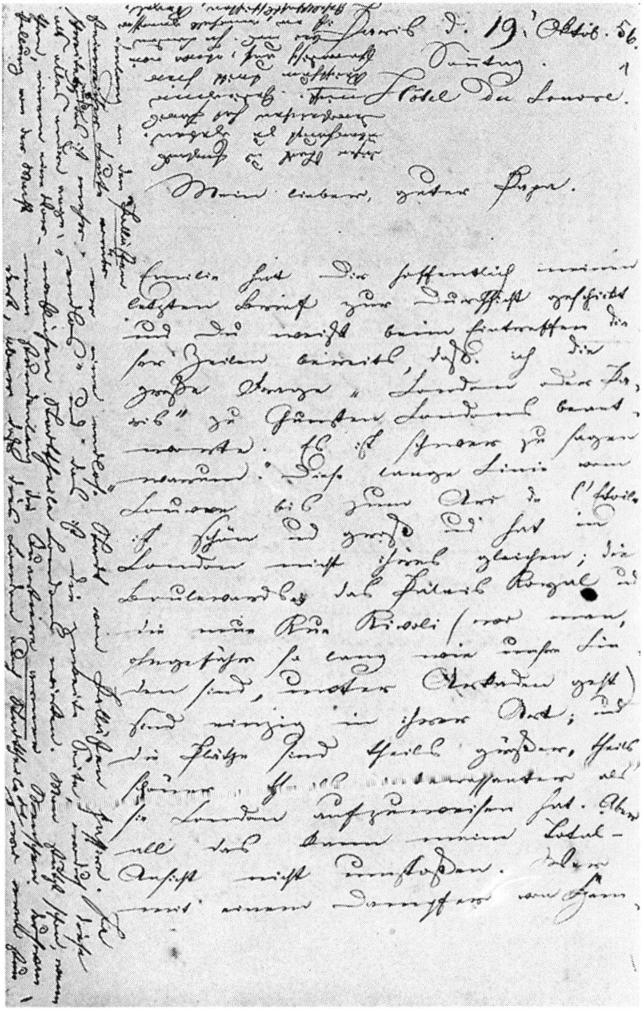
Paris d. 19. Oktob. 56.
Sonntag.
Hôtel du Louvre.

Mein lieber, guter Papa.

Abb. 5: An Louis Henri Fontane (Vater) vom 19. Oktober 1856

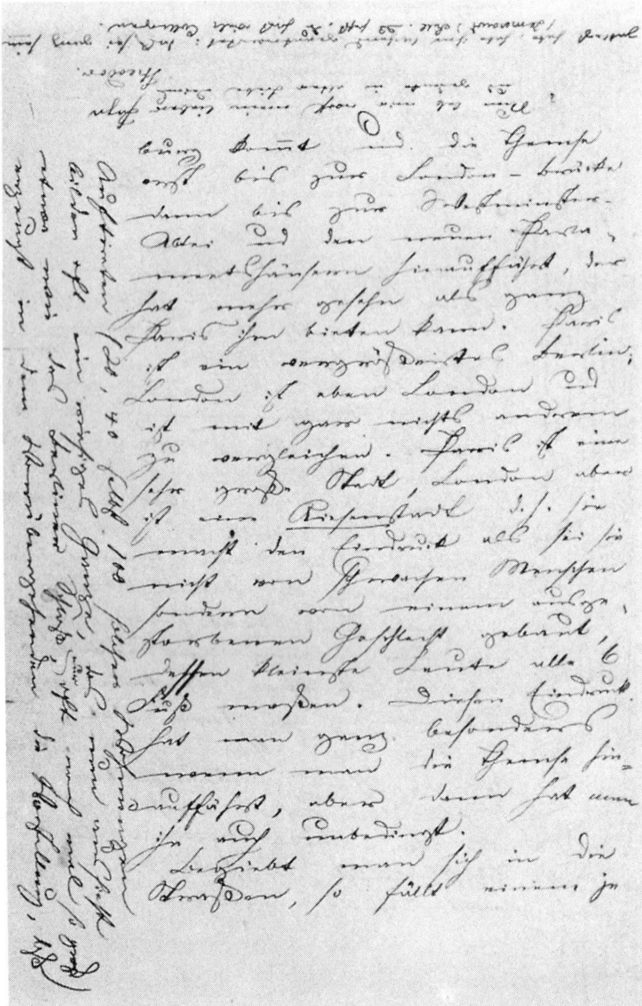
bung Brücke und die Themse
auf bis zur London-bridge
dann bis zur Westminster-
Abtei und dem andern Theile,
westlichen Stadttheil, der
fast mehr gesehen als ganz
Paris hier bieten kann. Paris
ist ein vergrößertes Berlin,
London ist aber London und
ist mit gar nichts anderem
zu vergleichen. Paris ist eine
sehr große Stadt, London aber
ist eine Riesenstadt d.h. sie
macht den Eindruck als sei sie
nicht von gewöhnlichen Menschen
sondern von einem ausge-
storbenen Geschlecht erbaut,
dessen kleinste Leute alle 6
Fuß maßen. Diesen Eindruck
hat man ganz besonders
wenn man die Themse hin-
auffährt, aber dann hat man
ihn auch unbedingt.
Betritt man sich in die
Straßen, so fühlt einem zu

Ich persönlich mache mir nicht viel aus diesem Schwindel, aber es giebt doch ein hübsches Bild und ich lerne begreifen, daß andre dafür schwärmen können.

Die Kreuz-Zeitung erhälst Du hoffentlich regelmäßig.

Im November 1856 wurde der Sohn Theodor geboren. Im Frühjahr des folgenden Jahres verlängerte die Regierung die Anstellung auf weitere drei Jahre und Fontane konnte seiner Frau schreiben:

Der Brief spricht:
Bin ich auch nur klein,
Melden kann ich doch:
London soll es sein
Drei, vier Jahre noch.

Daraufhin wagte Emilie noch einmal die Fahrt über den Kanal, und im Sommer traf sie mit den beiden Söhnen George und Theodor in London ein.

36 An Emilie Fontane (Mutter)

London d. 18. September 57
52 St. Augustine Road
Camden Town

Meine liebe gute Mama.
Diese Zeilen treffen hoffentlich gerade an Deinem Geburtstag bei Dir ein, wenn nicht der wirkliche oder vorgebliche Rücktritt des Herrn v. d. Heydt in das ganze europäische Postwesen eine solche Verwirrung gebracht hat, daß jede verständige Berechnung scheitern muß. Vor allem wünsch' ich Dir, daß der junge Staatsbürger, um dessen Herstellung Schwager Sommerfeldt so unbestreitbare Verdienste hat, nicht gerade darauf capricirt sein möge sich Dir an Deinem Geburtstage zum ersten Male persön-

lich vorzustellen. Gieb Jennyn gute Worte, daß sie ihn zurückhält, wenn nicht das bessre bereits geschehn und der jüngste Deiner gratulirenden Enkel schon am 19. oder 20. eingetroffen sein sollte.

Unter den stehenden Gratulationswünschen kehrte (natürlich mit Ausnahme von ›Jesundheit und langes Leb'n‹) keiner regelmäßiger wieder als der, ›daß es Dir vergönnt sein möge Freude an Deinen Kindern zu erleben‹. Dieser Wunsch war um so berechtigter und wurde um so aufrichtiger geäußert, als die Chancen auf Erfüllung desselben eigentlich schwach waren. Gott hat es inzwischen gnädig hinausgeführt, in London und in Kriescht haben die Fontane's satt zu essen und daß dies die Hauptsache ist namentlich da wo dieser Zustand der Dinge durchaus nicht vorausgesetzt wurde, darüber sind die Gelehrten in der Mehrzahl und die Mütter ohne Ausnahme vollkommen einig. So lautet denn heute der Wunsch ›daß es für Dich und uns nicht schlimmer werden möge‹. Vielleicht arrangirt sich alles noch so glücklich, daß selbst die ›Kaffe's mit Apfelsinen-Salat‹ aufhören, eine Sorge für Dich [zu] sein. Im Uebrigen erhalte Gott Dich Dir und uns.

Ueber unser Leben hat Emilie bereits geschrieben. Es ist (doch bitt' ich das für Dich zu behalten) durchaus beneidenswerth. Die Vorzüge und Reize sind groß, die Sorgen und Unannehmlichkeiten gering. Natürlich werden auch schlimme Tage kommen: die Kinder oder wir selber werden krank werden, ich werde mal Aerger auf der Gesandtschaft haben, man wird mir von Berlin aus mal ein Mißfallen äußern, es wird ein Eßlöffel verloren gehn und ein Dienstmädchen wird mal weggejagt werden – aber ohne solche Zwischenfälle existirt überhaupt kein Leben. Wenn man über eine Lebensstellung in der man sich befindet ein Urtheil abgeben soll, so hat man eben nur diese selbst und was unmittelbar mit ihr zusammenhängt zu beurtheilen, man hat sich die Frage vorzulegen, ob einem der zuerkannte Beruf eine Freude ist oder eine Last, ob er erhebt oder niederdrückt, ob er den Mann ernährt oder ihn hungern läßt, ob er seine Zeit und Kräfte verzehrt oder ihm Muße läßt. Alle diese Fragen hab' ich Ursach im günstigen Sinne zu beantworten. Selbst die Trennung von der Heimath drückt mich weniger, als man bei meiner Liebe zur Heimath wohl schließen dürfte. Ich bin fest davon durchdrungen, daß die Schul- und Lehrzeit die ich, noch dazu in an und für sich comfortabler Weise hier durchzumachen habe, durchaus nöthig für mein spätres Leben in der Heimath ist. Dieses klare Einsehn macht es mir leicht die Schattenseiten, die nicht wegzuleugnende Gemüthlichkeits-Dürre, zu tragen. Ich befinde mich in der Lage eines Menschen der um 6 Uhr Nachmittags Appetit hat, aber diesen Appetit mit Freuden bis zu halbem Hunger steigen sieht, weil er annehmen darf, daß er um 7 Uhr eine gute Brühsuppe mit mehren andern Gottesgaben auf seinem Tische vorfinden wird. Emilie schreibt Dir von meiner ›nervösen Kränklichkeit‹ was ein milder Ausdruck für das ist was man *kribblig* nennt. Das bin ich nun allerdings; ich kann aber nicht zugeben, daß das in Kränklichkeit seinen Grund habe, eher in Gesundheit, nämlich in jener Gesundheit des Geistes die immer weiß was sie will, klare verständige Auffassung liebt und sich in 5 Minuten nicht dreimal widerspricht. Mit herzlicher Freude geb' ich Emiliens Benehmen gegen mich das beste Zeugniß; direkt quält sie mich so gut wie gar nicht und unsre Ehe hat sich nach der Seite hin sehr glücklich gestaltet. Du weißt aber, daß ich sie für witzig, espritvoll, klug und umsichtig gekauft habe. Witzig ist sie wirklich, aber sie ist zu gleicher Zeit in allem was sie sagt so hin und her huschig, so planlos, so unselbständig, so abhängig vom Moment und von jedem neuen Einfall der ihr durch den Kopf geht, daß eine Unklarheit entsteht die mich mitunter auf's höchste ärgert. Ich mag darin oft hart und ungerecht sein, aber der Grund ist au fond schmeichelhaft für Emilien und liegt darin, daß ich von ihren Fakultäten eine zu gute Meinung habe. Die Kinder sind wirklich sehr nett; der Kleine scheint mir, wie Onkel August zu sagen pflegte: ›etwas mit dem Dummbeutel gekloppt.‹ George ist Liebling, leider ziert er sich und hat eine völlig diplomatische um nicht zu sagen intriguante

Natur. Ich bin neugierig, was daraus wird. Erziehen läßt sich da nichts; erziehn und doktorn heißt in der Regel – verderben. Man steht vor all diesen Dingen wie vor Räthseln und weiß eigentlich gar nichts. – Vom Alten erwart' ich seit Wochen einen Brief; er schreibt aber nicht. – Grüße alle liebe Verwandte nah und fern. Dir und den Geschwistern und Neffen und Nichten die herzlichsten Küsse von

Deinem Theodor

Seit Anfang des Jahres war Fontane auch Mitarbeiter und Korrespondent der ›Neuen Preußischen (Kreuz) Zeitung‹ geworden. Auch für andere Zeitschriften schrieb er Artikel und Berichte, arbeitete an seinen Gedichten und Balladen und Übersetzungen aus der englischen Literatur. Aber alle Arbeit, auch das Zusammenleben mit der Familie konnte die immer stärker werdende Sehnsucht, wieder nach Deutschland zurückzukehren, nicht unterdrücken.

37 An Emilie Fontane (Mutter)

London d. 27. Juni 58
52 St. Augustine Road
Camden Town

Meine liebe, gute Mama.
Die heutige Sonntagsruhe soll mir endlich eine Stunde hergeben, um mit Dir meine liebe Mama plaudern zu können. In 5 Wochen hoff' ich in Berlin zu sein, komme auf einen Tag nach Ruppin herüber und hole dann manches nach, was im Lauf dieses letzten Jahres versäumt worden ist, auch wohl zu lang und zu schwierig war um in gelegentlichen Briefen erzählt zu werden.
Wie es uns geht? Gut und schlecht. Wenn der Mensch blos eine Freß- und Verdauungsmaschine wäre, so ließe dies Leben hier nichts zu wünschen übrig, obschon nebenbei bemerkt wir um kein Haar breit besser essen als zu Haus, wohl aber wesentlich

schlechter verdauen. Der Hauptsegen indeß, der nicht geleugnet werden soll, ist *der,* daß uns der Rinderbraten der auf den Tisch kommt weniger Sorge macht als zu Haus und daß das klägliche Umherschnopern nach einem Fünfthalerschein in den Taschen andrer Leute, nicht voll mehr so im Schwange ist als zuvor. Es geht uns nichts weniger als glänzend, selbst bescheidne Wünsche können kaum befriedigt werden, aber man kommt wenigstens einigermaßen aus und steht nicht mehr unter dem unerträglichen Druck der Pfennigwirthschaft. Dazu ein reizendes Häuschen, Dienst-Leute die anständig sind und im großen Ganzen befriedigen, freundliche aufgeweckte Kinder und Muße zum Genuß der Natur, zu Lektüre und dieser oder jener Lieblingsbeschäftigung. So weit wäre alles gut. Aber der ›civilisirte Mensch‹ ist ein sehr complicirtes Ding und hat eine Unzahl kleiner, feiner Bedürfnisse auch wenn er weder raucht noch Billard spielt. Was ich hier auf die Dauer nicht ertragen kann, das ist das Alleinstehn, die geistige Vereinsamung. Wie schön, wie segensreich könnte dieser Aufenthalt sein und wie wenig ist er es. Wie vieles könnt' ich lernen, sehn, arbeiten und wie wenig ist es verhältnismäßig was ich sehe, lerne und arbeite. Mir zuzurufen: ›ändre es, lerne und arbeite *mehr*‹ ist leicht gesagt aber schwer gethan. Ich befinde mich seit Jahr und Tag in der Position eines Menschen, der, mit verdorbnem Magen und belegter Zunge an einen reich besetzten Tisch gesetzt wird, mit der Aufforderung ›nun iß!‹ Es geht eben nicht. Man erkennt an, daß die Speisen gut sind, aber man wendet sich gleichgültig oder voll Ekel davon ab, weil die Organe verstimmt sind, die gesund sein müssen wenn sie das Genießenswerthe genießen sollen. Ganz so geht es mir hier. Die Organe sind verstimmt, die frisch sein müßten um zu arbeiten und zu genießen. Ich bin müde, abgespannt und beinah ohne Streben weil ohne Hoffnung. Es fehlt mir aller Zuspruch, alle Aufmunterung, alles Mitbestreben, alles was wohlthut, erfreut, erhebt, begeistert. Lau und flau gehen die Tage dahin. Wer mir sagen wollte: ›die Schuld ist Dein; Du bist verwöhnt, empfindlich, kränklich; eine stärkere Natur überwände das alles etc.‹ dem antwort' ich blos: ›mach' es mir vor‹. Es kann es keiner. Ich las neulich sehr wahr und richtig in einem Buch: ›es ist ein Unsinn einen Dichter zu erwarten wo niemand hört und einen Maler wo niemand sieht; die Indifferenz der Umgebung ist der Tod aller Kunst, alles Strebens überhaupt; nur wo ein Interesse ist und ein Wettkampf der Kräfte, da kämpft man mit und freut sich der eignen Kraft‹. Von solchem Interesse existiert hier nichts und die Heimath ist zu fern. Die Verbindung mit ihr ist zu lose und locker. Was man sagt, verhallt wie in der Wüste. Nach 6 Monaten vernimmt man per Zufall, daß ein befreundetes Ohr das Wort gehört und sich daran erfreut hat, aber nun ist es zu spät um noch eine Aufmunterung zu sein. Kurz und gut, wir haben hier zu essen und zu trinken, aber es fehlt das geistige Bad ohne dessen Frische das Gemüth krank wird und verdorrt. Wir sind eine Pflanze im fremden Boden, es nutzt nichts, daß man alle Sorten von Mist um sie herpackt, sie geht doch aus weil sie nun mal an andres Erdreich gewöhnt ist und wenn es auch nur der viel verschrieene märkische Sand wäre. Wenn ich Dich heute mit Allgemeinheiten und nicht mit Details unterhalten habe, so mußt Du das verzeihn; Du kennst ja doch die Leute nicht, mit denen wir hier verkehren. Wenn ich Dich wiedersehe, werd' ich Dir mit möglichst lebhaften Farben einige Bilder malen. Stoff genug ist da. An Papa schrieb ich vor 3 oder 4 Wochen und sagte ihm unter anderm ›daß ich das Carrière-machen aufgegeben hätte‹. Hierauf hat er noch nicht geantwortet, während er sonst beinah umgehend zu antworten pflegt. Ich glaube er ist ärgerlich, daß ich nicht mehr Minister werden will. Er hätte sich das gewiß reizend gedacht. Den Brief an Scherz laß abgeben. Grüße Tante Minna, küsse Lischen. Wie immer Dein Dich herzlich liebender

Theodor

Im Sommer 1858 plante Fontane zunächst einen Kuraufenthalt in einem schlesischen Bad, aber dann änderte er seine Pläne und erfüllte sich einen

seit vielen Jahren gehegten Wunsch – eine Reise nach und durch Schottland: die Erfüllung einer poetischen Sehnsucht.
Sein Freund Bernhard von Lepel kam Anfang August nach London und beide fuhren für zwei Wochen hoch in den Norden.

38 An Emilie Fontane (Mutter)

London d. 17. September 58
52 St. Augustine Road.
Camden Town

Meine liebe, gute Mama.
Wenn meine ersten Sommerwünsche, die auf Salzbrunn standen, in Erfüllung gegangen wären, so säß ich in diesem Augenblick vielleicht unter Freunden in Berlin und bezahlte morgen oder übermorgen mein Billet auf der Hamburger Eisenbahn um in guter Zeit zu Deinem Geburtstage bei Dir einzutreffen und Dir mündlich meine herzlichsten Glückwünsche zu bringen. Statt dessen nun erhälst Du sie schwarz auf weiß und aus der üblichen 100 Meilen Entfernung; ob aber schriftlich oder mündlich, nah oder fern, es sind immer dieselben und sie lauten kurz dahin: erhalte Dich Gott noch lange Deinen Kindern und Enkeln und gebe Dir rechte Freude am Leben und an uns, worunter ich alle die Fontanes und Sommerfeldts verstehe, die Dir mittelbar oder unmittelbar ihre Enstehung verdanken; es ist schon ein ganz nettes Häufchen und namentlich scheint Schwager Sommerfeldt auf die Sieben-Jungens-Medaille loszusteuern. Das jüngste Kind seiner Laune wird ja mit Nächstem in die Erscheinung treten und neben dem Wunsche, daß es überhaupt was Gelungenes sein möge, habe ich vor allem *den* Wunsch, daß es sich möglichst still und ruhig verhalten und die Nachtruhe seiner Großmama nicht unnützlich stören möge.
Hier ist alles beim Alten, im guten und schlechten. Man frißt sich durch, hat keine direkten Sorgen, kann mal einen Propfen aus der Weinflasche und einen Extra-Sixpence aus der Börse ziehn, aber die Verschlagung, das Exil, die Oede, die Langeweile wird

immer größer und man darf von sich in Bausch und Bogen sagen: man gähnt sich anständig durch die Welt.
Lepel traf Anfang August hier ein; einige Tage später traten wir unsre Reise nach Schottland an. Es waren schöne Tage (16) und wenn ich, so Gott mich leben läßt, längst ein alter Krepel sein werde, der die Vossische liest und bei Odeum's Kaffe trinkt, werd' ich alten Staatshämorrhöidarien mit einem letzten Rest von Feuer – während sie ihre Sechser-Cigarre rauchen – von Edinburgh erzählen und von Stirling und Perth, und von Inverneß und dem Schlosse Macbeths drin König Duncan ermordet wurde. Wenn dann die alten Jungen das Maul aufsperren und die letzten Haare die ihnen Gott gelassen hat sich in die Höhe sträuben, werd' ich dieser schottischen Reise, an der Hand eines lieben und *nachsichtigen* Freundes in Wehmuth und Dankbarkeit gedenken und mit größrer Dankbarkeit vielleicht als in diesem Augenblick, wo mich eine Reihe unerfüllter Wünsche mehr beschäftigen als das was genossen ist und hinter mir liegt und wo die Schwere englischer Luft aller Freude den rechten Lebensathem nimmt. Und nun genug; von den Kindern wird Emilie morgen schreiben, überhaupt sich aller Mängel dieses Briefes gnädiglich erbarmen. Sie ist passabel wohl mit Ausnahme davon, daß der im Allgemeinen verschlossene Charakter ihres Unterleibs ihr häufig was zuschaffen macht. Mit Rücksicht auf diese Zustände, muß ich eigentlich einräumen daß sie sehr liebenswürdig ist. Denn an gewissen Dingen scheitert zuletzt alles und man muß nicht unbillig sein. Viele Grüße an Scherzens. Dir und Lisen die herzlichsten Küsse von Deinem

Theodor

Natürlich würdest Du wünschen von meiner *Zukunft* etwas zu wissen. Da geht es Dir gerade wie mir; ich weiß auch nichts, die ganze Geschichte ist so dunkel wie ein Sack. Dein

Theodor

An Papa schreib' ich nächstens.

Im Oktober übernahm Prinz Wilhelm für seinen seit einem Jahr schwer erkrankten Bruder, König Friedrich Wilhelm IV., die Regentschaft. Das bedeutete, daß das bisherige Kabinett Manteuffel zurücktreten mußte.

39 An Bernhard von Lepel

London. 1. Dezember 1858
52 St. Augustin Road
Camden Town

Mein lieber alter Lepel.
Wenn ich jetzt durchgängig in bessrer Laune wäre als ich bin, so hätt' ich gestern bei Eintreffen Deines Briefes eine Viertelstunde lang gelacht, so hat es blos 5 Minuten gedauert. Was Du, glaub ich, mir mal vorgeworfen hast, daß ich einen passabel weißen Menschen mit schwarzer Lackfarbe anstriche, um dann hinterher ausrufen zu können: »seht, welch ein Mohr« dies gemüthliche Stückchen scheint der liebwertheste Rütli mit mir armem Kerl aufführen zu wollen. Im Vertrauen gesagt ich vermuthe, daß mein lieber alter Eggers mal wieder eine seiner glänzendsten Karten ausgespielt und vor versammeltem Rütli-Volk die Erklärung abgegeben hat: »hier hielt ich seine Ernennung zum deutschen Kaiser, 1355 rth. Gehalt, volle Pension, Amtsrock und freie Wohnung, aber denken Sie sich meine Herrn, *er wollte nicht.*« Chor: Wehe, Wehe, Wehe!
Die Sache bei Lichte betrachtet ist nun einfach die: ich bin weder ein Kreuz-ztgs-Mensch, noch ein Manteufflianer, noch ein besondrer Anhänger des neuen Ministeriums von Bethmann-Hollweg bis Patow, ich bin ganz einfach Fontane der blos nicht Lust hat Manteuffeln unmittelbar nach seinem Sturze anzugreifen, weil besagter Manteuffel (dessen Pech am Hintern und dessen Polizei-Regime mir ein Greul gewesen ist) besagtem Fontane *persönlich Gutes gethan hat.* Was ich gethan und gesprochen habe, ist nichts als die ganz gemeine Pflicht des Anstands und der Dankbarkeit. Ich befand mich in der Lage einer Frau,

die ihren wenig liebenswerthen Mann nie geliebt aber auch ihn nicht gehaßt hat, weil er ihr persönlich eher zu Diensten als abgeneigt gewesen ist. Was hat eine solche Frau zu thun, wenn ihr der Mann stirbt? sie wird sich hier zu Lande nicht wie eine indische Wittwe en grand parure mit verbrennen lassen, aber sie wird ihr Trauerjahr anständig durchmachen, bevor sie einem andern die Hand giebt und mit ihm ihr Geschick auf's neue versucht. Danach habe ich handeln wollen.

Dies ist unter allen Darstellungen denen mein durchaus nicht hyper-honnettes Wesen unterworfen werden kann, bei Weitem die honnetteste und schmeichelhafteste. Seht Ihr der Sache näher auf den Grund, so mischt sich in das was ohnehin nur ganz alltäglicher Anstand ist, noch eine Menge von Menschlichkeit, Berechnung und arrières-pensées mit hinein, was meinem Benehmen ganz und gar den Charakter der Märthyrerschaft nimmt. *Ich will vor allem gern hier fort,* – das ist eine Sache; ich will hier fort unter wenigstens nicht ungünstig-pekuniären Verhältnissen, das ist eine andre Sache und ich bin drittens ein Sicherheits-Commissarius, das ist eine dritte und sehr wesentliche Sache. Ich nehme meine Zuflucht wieder zu einem Vergleich. Ein Mädchen gefällt einem (ich spreche von »alten Zeiten«) und man hätte nicht übel Lust sein Heil zu versuchen. Da aber die Chance auf Blamirung fast größer ist als auf Reussirung, so knüpft man seinen Rock zu und geht fest und unbewegt wie der beste Tugendmensch an all der Verlockung vorüber. Ich mag nicht sagen, daß eine derartige Erwägung mich einzig und allein bestimmt hat, aber unter den vielen Motiven die mich so haben handeln lassen wie ich gehandelt habe, hat auch dies seine kleine Rolle mitgespielt. Wie sehr ich im Recht war mich da nicht anbieten zu wollen, wo ich durchaus nicht sicher war angenommen zu werden, magst Du aus einem der Eggers'schen Briefe ersehn, den ich diesen Zeilen beifüge.

Noch eines sei mir gestattet hinzuzufügen. Ich lebe hier, trotz Briefen und Zeitungen die ich empfange, in einer relativen Isolirtheit. Was auf euch wirkt und euer Urtheil bestimmt, hat nicht Kraft bis nach London und St. Augustine's Road zu wirken. Es ist möglich, daß der Verschiß und die Niederlage Manteuffels so gründlich, so total vorhanden ist, daß jeder wie ein Narr betrachtet wird, der noch einen Rest von Anhänglichkeit für einen für immer und mit Recht Gefallenen bewahren will, aber all das dringt nicht bis hier nach Camden Town und ich muß meine Entschlüsse fassen, ohne so scharf und sicher beobachten zu können wie ihr es vielleicht könnt. – Im Uebrigen, und das wird euch am besten sagen daß ich nicht so schlimm bin wie ihr denkt, sei euch ganz ergebenst angezeigt, daß ich mit Hegel Briefe gewechselt habe, daß der letztre meine Wünsche billig findet und sie bei Auerswald befürworten wird und daß ich zu dem Zweck heut an Auerswald geschrieben habe, eine Eingabe zu der Gott seinen Segen geben wolle. In spätestens 3, 4 Monaten hoff' ich in Berlin zu sein; bis dahin ist das Ministerium Manteuffel halb vergessen, vieles hat sich verblutet und vernarbt und wenn dann die Neuen nur irgendwie Miene machen sollten mir den kleinen Finger hinzureichen, so magst Du sicher sein, daß ich nicht Anstand nehmen werde nach der ganzen Hand zu fassen. Wie immer Dein

Th. Fontane

40 An Rudolf von Auerswald

Exzellenz
wollen dem Unterzeichneten huldreichst gestatten, sich Ihnen hierdurch präsentieren und seine Dienste zu Ew. Exzellenz geneigter Verfügung stellen zu dürfen.
Ich wurde im Herbst 1855 behufs Gründung einer »Lithographischen Correspondenz« nach London geschickt, führte dieselbe bis zum 1. April 1856 (Abschluß des orientalischen Krieges) und wurde nach dem sich nunmehr die Fortsetzung eines die Interessen Preußens wahrnehmenden Blattes nicht länger als nöthig herausstellte, der hiesigen Königl. Gesandtschaft mit dem Bemerken zugewiesen, den Wünschen des Grafen von

Bernstorff mit Rücksicht auf die deutsche wie namentlich auch auf die englische Presse nachzukommen. Zu gleicher Zeit blieb ich in einem gewissen Zusammenhange mit der Königl. Centralstelle für Presseangelegenheiten, die es mir, neben einer gelegentlichen Mitarbeiterschaft an den Organen der Regierung, zu einer besonderen Aufgabe machte, mich über die Verhältnisse der gesamten englischen Presse zu unterrichten und früher oder später die Darstellung dieser Verhältnisse zu versuchen. In diesem Sinne bin ich von Frühjahr 1856 bis diesen Augenblick thätig gewesen. Meine Wirksamkeit innerhalb der Londoner Presse war während der ersten anderthalb Jahre eine andauernde, wozu die damals schwebenden Fragen (Theilnahme an den Pariser Conferenzen, Neufchatel und Holstein-Lauenburg) reichlich Veranlassung boten. Von Ende vorigen Jahres ab jedoch, wo sich ohnehin unsere Beziehungen zum M. Chronicle lösten, hat sich meine Thätigkeit innerhalb der Londoner Presse blos auf gelegentliche, meist im M. Harald oder in verschiedenen Wochenblättern erschienenen Artikel beschränkt, während ich nunmehr die Gelegenheit ergriff mich über die Geschichte, den Charakter, die öffentlichen und geheimen Beziehungen der englischen Tagesblätter in einer Reihe von Artikeln auszusprechen. Eine Arbeit über die »Wochenblätter« war diesen Aufsätzen bereits vorausgegangen.

Ich würde es mir zur besonderen Ehre anrechnen, auch unter der Verwaltung von Ew. Exzellenz mit dem Studium und der Darstellung dieser und ähnlicher Fragen fortfahren zu dürfen, kann mir aber zu gleicher Zeit nicht verhehlen, daß einerseits die Behandlung der noch restierenden Punkte zu minder ausgiebigen Resultaten führen, andrerseits das nunmehr etablirte, jeden Tag sich bekundende gute Einvernehmen zwischen Preußen und England meine Bemühungen innerhalb der englischen Presse als beinahe nutzlos erscheinen lassen würde.

Unter diesen Umständen erlaub' ich mir einen ganz ergebensten Wunsch zu Ew. Exzellenz Kenntniß zu bringen und denselben durch nachstehende Bemerkungen einzuleiten.

Mein Verbleiben hier wurde vom 1. Januar 1858 ab *aufs Neue* und zwar auf drei Jahre festgestellt. Die Regierung bewilligte mir eine Remuneration von 2000 T. jährlich und schließlich, behufs meiner Einrichtung hierselbst, einen Vorschuß von 1000 T., der mir mit jährlich 333⅓ T. von meiner Remuneration in Abzug gebracht werden sollte. Meine wirkliche Jahres-Einnahme sank dadurch auf 1666⅔ T. herab. Eins der mir bewilligten drei Jahre ist jetzt um und der ganzergebenste Antrag den ich zu stellen habe, lautet dahin, daß es Ew. Exzellenz gefallen wolle:

mein noch auf fernere zwei Jahre fortgesetztes Engagement lösen, mir aber eine einjährige Remuneration von 1666⅔ T. als Entschädigung bewilligen zu wollen. Ich würde Anstand nehmen, eine derartige nicht unbedeutende Summe von Ew. Exzellenz zu erbitten, wenn ich nicht aus mehrfach gemachter Erfahrung die Höhe der Ausgaben kennte, die mir in nächster Zeit bevorstehen werden. Die Erfüllung eingegangener Verbindlichkeiten, Entschädigungsgelder an den Wirth, mit dem ich einen 3jährigen Contrakt gemacht habe, die Kosten eines voraussichtlich noch mehrmonatlichen Aufenthaltes hierselbst, endlich die Rückreise und die Wiedereinrichtung in Berlin, werden von jener oben erbetenen Summe wenig zu meiner freien Verfügung übrig lassen.

Ich bin zu dieser Aufzählung geschritten, von dem lebhaften Verlangen erfüllt, Ew. Exzellenz nach bester Kraft von der Billigkeit meiner Wünsche zu überzeugen. Wünsche die es mir gestattet sein mag zum Schlusse nochmals dahin zusammen zu fassen, daß es Ew. Exzellenz gefallen möge

mir meine Remuneration für das Jahr 1859 als Entschädigungssumme bewilligen zu wollen, wenn Ew. Exzellenz nicht geneigt sein sollten, meine fernere Dienste hier oder an andrem Ort in Anspruch zu nehmen.

Ew. Exzellenz
ganz ergebenster
Th. Fontane

London, d. 2. Dezember 1858

Am Anfang des Jahres 1859 kehrte Fontane nach Berlin zurück, seine Frau mit den beiden Söhnen folgte einige Wochen später.

41 An Emilie Fontane

Berlin. Potsdam Street 1
Montag d. 17. Januar 59

Meine liebe Frau.
Heut früh 7½ Uhr, bei knusprigem Wetter, bin ich glücklich hier eingetroffen und im Hôtel de Pologne, genau gegenüber der Kreuz-Ztng (so daß ich sie arbeiten sehe) abgestiegen.
Nachdem ich 3 Stunden geschlafen, hab' ich mich angezogen, meinen schwarzen Ueberrock hinten mit Dinte ausgeschmiert und bin dann zu unsern lieben Merckels gegangen, wo ich Brühsuppe, saure Kartoffeln mit Rindfleisch und Spickgans und schließlich Sauerkraut mit Hasenbraten genossen habe, dazu Rothwein von Nitze, alles wie sonst und gut und nett und liebenswürdig wie sonst. In einer guten halben Stunde werd' ich zu Mama nach Bethanien fahren, morgen dann zu Landsberger, Minister, Zahnarzt und sonstigen Persönlichkeiten von Distinktion. Die Eindrücke die ich bis jetzt empfangen habe, sind im Ganzen gut; über manches allzu-preußische habe ich Humor genug gehabt, zu lachen z. B. über 2 Schildwachen in Magdeburg die faktisch mit halbgefälltem Bajonet auf mich eindrangen und mit einem laut in die Nacht hinein geschrieenen: »hier wird nicht geschifft« den friedlichen Lauf der Dinge bei mir rauh militärisch unterbrachen. »Grausamer!« antwortete ich und beendete das einmal angefangene Werk in den dunklen Kasematten-gängen der Festung.
Nun lebe wohl, morgen mehr, Merckels grüßen aufs herzlichste; so thue ich an alle die's gut meinen mit uns in London. Dir aber und den Kindern beste Wünsche und herzlichste Küsse von
Deinem Theodor

Nach der langen Zeit der Abwesenheit war es schwer, wieder in Berlin Fuß zu fassen. Versuche, eine Stelle im Staatsdienst zu erhalten, schlugen fehl.
Im Februar lud ihn Paul Heyse nach München ein, Fontane sollte versuchen, sich um die Stellung eines Privatbibliothekars beim bayrischen König Maximilian II. zu bewerben.

42 *An Wilhelm von Merckel*

München, 5. März 1859

Lieber Immermann.
Ich scheine unter keinem besondren Stern hier eingezogen zu sein. Wind und Regen von Anfang bis zu Ende, halbfuß tiefer Schmutz in den Straßen, Paul katarrhalisch, Geibel zahnschmerzig und verschwollen, ich selber, geistig und körperlich, höchstens mit halber Dampfkraft arbeitend. Ich bin nun 8 oder 9 Tage hier, und doch ist meine Angelegenheit um keine 3 Zoll breit gefördert. Wenn ich von Abreisen spreche, was mir bei weitem das liebste wäre, so heißt es: »Du wirst doch bleiben«, ich sehe aber nicht, daß das Bleiben zu irgendwelchen Resultaten führt. Ich klage niemand deshalb an, um so weniger, als das schlechte Wetter und das Unwohlsein beider Freunde raschere Schritte geradezu unmöglich macht, aber ich kann wenigstens nicht umhin, zu bedauern, daß es so ist, wie es ist. Seit Jahr und Tag will mir nichts mehr recht glücken, selbst was zustande kommt, tritt lau und flau ins Leben.
Hätt ich gewußt, daß die Dinge hier so stehn, wie sie stehn, so wär ich nicht gereist. Zeit und Geld hätt ich an eine so prekäre Sache und an die Passierung eines so dornenreichen Weges nicht gesetzt. Was wir aus Pauls Brief alle schlossen, war das: »Die Dinge sind vorbereitet, Fontane kommt, präsentiert sich dem König, und der König erklärt hinterher, ob ihm Fontane gefallen hat oder nicht.« So fand ich aber die Sachen hier keineswegs. Wenig oder nichts ist vorbereitet, die Gunst und Zustimmung von drei, vier Herrn hab ich mir erst zu erobern, der König weiß

von nichts, wie man mich überhaupt an ihn heranbringen will (bloß zur Audienz), ist eine schwebende Frage, und ob Dr. F. L. geneigt sein wird, das Feld zu räumen, ist eine andre. Paul hat die Sache einfach so aufgefaßt: »Fontane treibt sich als herrenloser Diener in den Straßen Berlins umher, und es ist gleichgültig, ob er in Perlewitz' Hotel garni oder im Augsburger Hof in Schlafstelle liegt; er kann hier wie dort sich ins Blatt rücken lassen und sein Heil hier wie dort mit gleicher Chance versuchen.« Dieser Auffassung kann ich nun nicht ganz zustimmen. *Mit Manier,* d. h. warm empfohlen und herzlich empfangen, hätt ich mich hier recht gern verwendet gesehn, wenn ich aber überall erst herumschnurren und mir ein paar Chancen gewinnen soll, so ist das eine Beschäftigung, die ich in Berlin bequemer, gefahrloser und mehr im Einklang mit meinen eigentlichsten Neigungen haben kann.

Meine Frau wird über den Gang der Dinge hier natürlich sehr verstimmt sein, bitte, tun Sie beide, was in Ihren Kräften steht, um der lichtarmen Situation die lichtvollste Seite abzugewinnen. Wie immer

Ihr Th. Fontane

Nachschrift. Ich schrieb am vorigen Sonntag an Sie; der Brief müßte am Dienstag früh in Ihren Händen gewesen sein; vielleicht wieder verlorengegangen. Auch von meiner Frau, an die ich bereits 5 Briefe gerichtet habe, hab ich noch keine Antwort, was mich einigermaßen beunruhigt. – Die einliegenden Zeilen bitt ich ihr zu geben; sie wird wahrscheinlich am Montag oder Dienstag in Berlin eintreffen (um Wohnung zu suchen) und natürlich gleich bei Ihnen vorsprechen.

Im übrigen, um Mißverständnisse zu vermeiden, will ich noch hinzufügen, daß sich Heyses und Kuglers in der allerfreundschaftlichsten Weise gegen mich benehmen und mir wahrlich keine Ursach zur Klage geben. –

In den nächsten Monaten schrieb Fontane an seinen Reisebriefen aus England und Schottland, die er zum großen Teil auch bei verschiedenen Zeitungen zum Vorabdruck bringen konnte.
Im Sommer begann er seine ersten märkischen Reisen, aus deren Schilderungen mit der Zeit die »Wanderungen durch die Mark Brandenburg« hervorgehen sollten. Vor allem aber suchte er einen Verleger, der seine Berichte als Buch veröffentlichen wollte.

43 *An Paul Heyse*

Berlin d. 7. Dezbr. 59
Tempelhofer Straße 51

Mein lieber Paul.
Besten Dank für Deine freundlichen Zeilen, die gestern hier eintrafen. Du räthst mir meine Balladen zu sammeln, um mich dadurch vor Katz und Kaiser als Poet zu beglaubigen. Das ist, als ob mir gerathen würde das große Loos gewinnen zu wollen. Alles was ich erwiedern kann, heißt »no objection at all«. Auch Lübke dringt seit Monaten in mich meine *»Balladen«* (und nichts weiter) an Cotta zu schicken und sie zu dem Behuf zu *sammeln,* aber an diesem »sammeln« liegt es. Abgeschrieben, druckreif, ist auch nicht das kleinste vorhanden und ein derartiges M. S. herzustellen, ist mindestens die Arbeit von 4 vielleicht von 6 Wochen. Das Auswahl-treffen und abschreiben ist, wenn's sein muß, bald gethan, aber das *umarbeiten* ist bekanntlich eine harte Nuß. Nun bin ich gar nicht einer von denen, die von 5 zu 5 Jahren immer alles für Schund halten was sie geschrieben haben, aber ich kann mir doch auch andrerseits nicht verhehlen, daß einzelne der allerbesten Sachen einer gründlichen Correctur bedürfen. Also 4 bis 6 Wochen. Ich kann aber nicht ein halbes Vierteljahr an eine Arbeit setzen, die nicht nur meinen Tageserwerb unterbricht (das wäre noch nicht das schlimmste) sondern mich, bei der Aengstlichkeit und Unsicherheit der Lage in der man sich doch nun mal befindet, mich auch fiebrig machen und mich namentlich *nach* Beendigung der Arbeit in jenem Fieberzu-

stand erhalten würde, der für mich von der bangen Frage: »nimmt er's oder nimmt er's nicht«, ganz unzertrennlich ist. Und nun nimmt er's vielleicht wirklich *nicht,* er, der große Unbekannte, der erste, zweite, dritte, der Nord-deutsche, der Süddeutsche; ein furchtbares »nein« schallt aus allen Winkeln Deutschlands zurück und schlägt wie eine Flamme mit Teufelsgesichtern über mir zusammen.

Ich bin einer von den Unglücklichen, die nur arbeiten können wenn sie auf harmlos-liebenswürdige Leute stoßen, die gewillt sind die Katze im Sack zu kaufen. Ich glaube, daß ich selten einen dabei betrogen habe, aber ich fühle freilich, daß dieses Ehrlichkeits-Bewußtsein einem Geschäftsmann wenig Garantien bietet. Daher geschieht nichts; ich mache keine Anträge und – empfange auch keine.

Das Kurze vom Langen ist: laß mich wissen, daß Hertz zu Dir und mir das Vertrauen hat, daß er meine Balladen ohne weitres nimmt, wenn Du sie ihm empfiehlst, und ich, in gesicherter Erwartung eines »ja«, meinen Antrag stellen kann, laß mich das wissen, sag' ich, und selbigen Tages noch setz' ich mich nieder, um den allerneusten Romanzero vom Stapel zu lassen, ja ich wär' es kumpafel mich zu einem kaum noch geträumten Ritt in's romantische Land, trotz Feuilleton- und Leitartikel, zu entschließen. Ich würde Dir sehr dankbar sein, wenn Du mir für's Jahr 1860 ein »Hertz will und zwar sans phrase« zum Geschenk machen wolltest. Im Honorar-punkt bin ich sehr bescheidentlich; nur natürlich nicht *gratis,* schon aus Prinzip nicht. – Das Buch über Schottland könnte Hertz dreist nehmen; ich bin fest überzeugt, daß es nicht schlecht gehen würde; so was liest die Welt noch und es liest sich wirklich gut. Wenn Du bloß kennst, was im Morgenblatt gestanden hat, so kennst Du nicht die besten und eigenthümlichsten Kapitel. Das ganze Buch läuft wie ein Kommentar neben meinen schottischen Balladen, eignen und übersetzten, her und gehört halb mit dazu. Das Buch, das bei Ebner erscheinen wird, enthält ja »Studien« und ist 'was total andres.

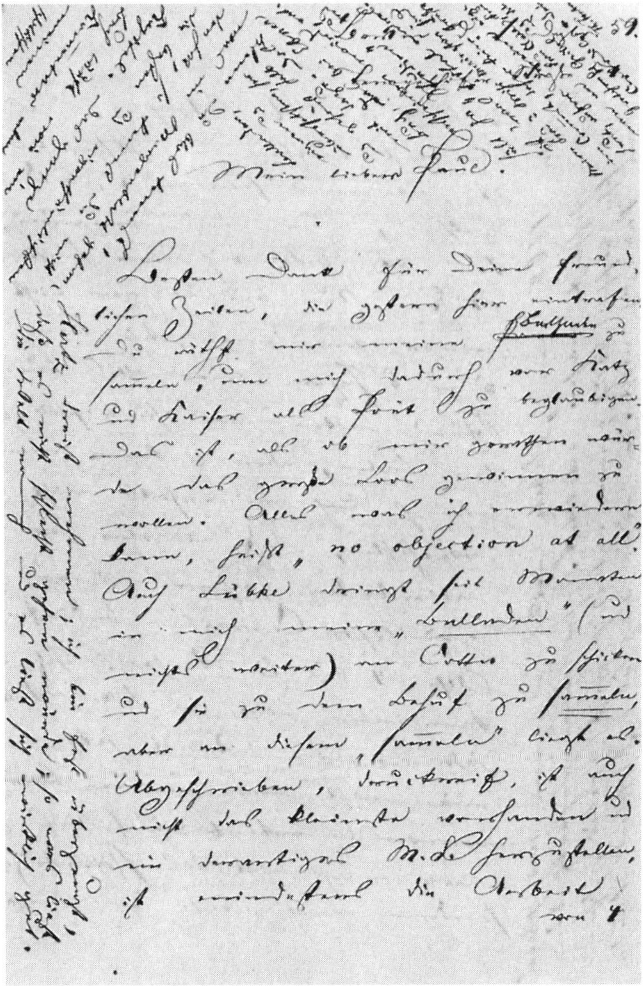

Abb. 6: An Paul Heyse vom 7. Dezember 1859

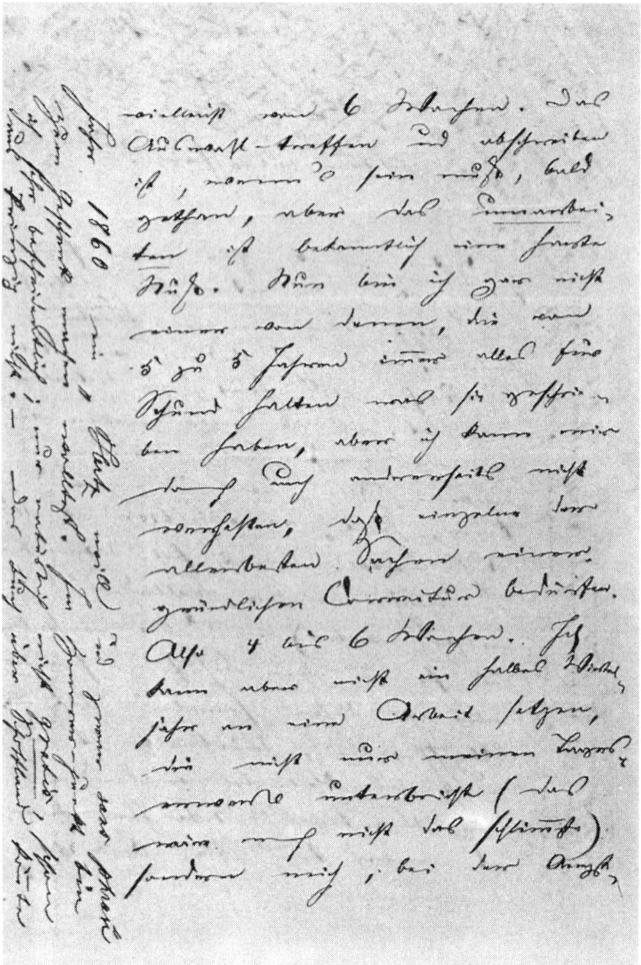

vielleicht von 6 Arbeitern. Das
[illegible] und abschreiben
ist, wenn es sein muß, bald
gethan, aber das Umarbei-
ten ist bekanntlich eine harte
Nuß. Nun bin ich gar nicht
einer von denen, die von
3 zu 3 Jahren immer alles für
Schund halten was sie geschrie-
ben haben, aber ich kann mir
doch auch andrerseits nicht
verhehlen, daß einzelne der
[illegible] Sachen einer
gründlichen Correctur bedürften.
Also 4 bis 6 Arbeiten. Ich
kann aber nicht ein halbes Dutzend
Jahre an eine Arbeit setzen,
die nicht nur meinen Erwerb
[illegible] unterbricht (das
wäre noch nicht das schlimmste)
sondern mich, bei der Angst,

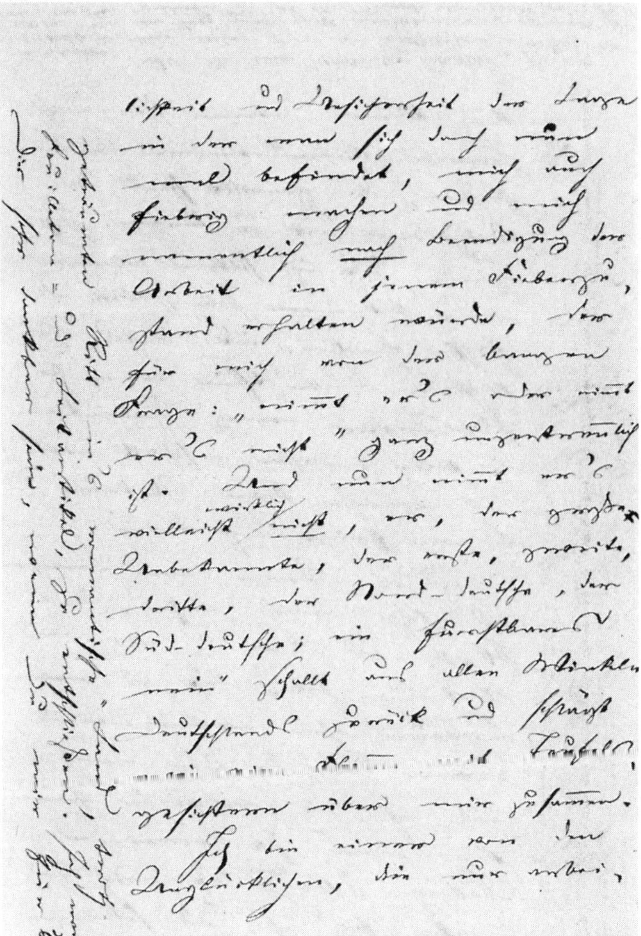
lichkeit und Unsicherheit der Lage
in der man sich doch einmal
[illegible] befindet, mich auch
[illegible] machen und mich
namentlich nach Beendigung der
Arbeit in seinem [illegible],
[illegible] erhalten würde, der
für mich nur der brennenden
Frage: „wird es oder wird
es nicht" ganz untergeordnet
ist. Und nun wird es
vielleicht ~~nicht~~ wirklich, es, der gerechte
[illegible], der erste, zweite,
dritte, der Nord-deutsche, der
Süd-deutsche; ein fürchterliches
„nein" schallt aus allen Winkeln
Deutschlands zurück und [illegible]
[illegible] Teufel,
[illegible] über mir zusammen.
Ich bin einer von den
Unglücklichen, die nur arbei-

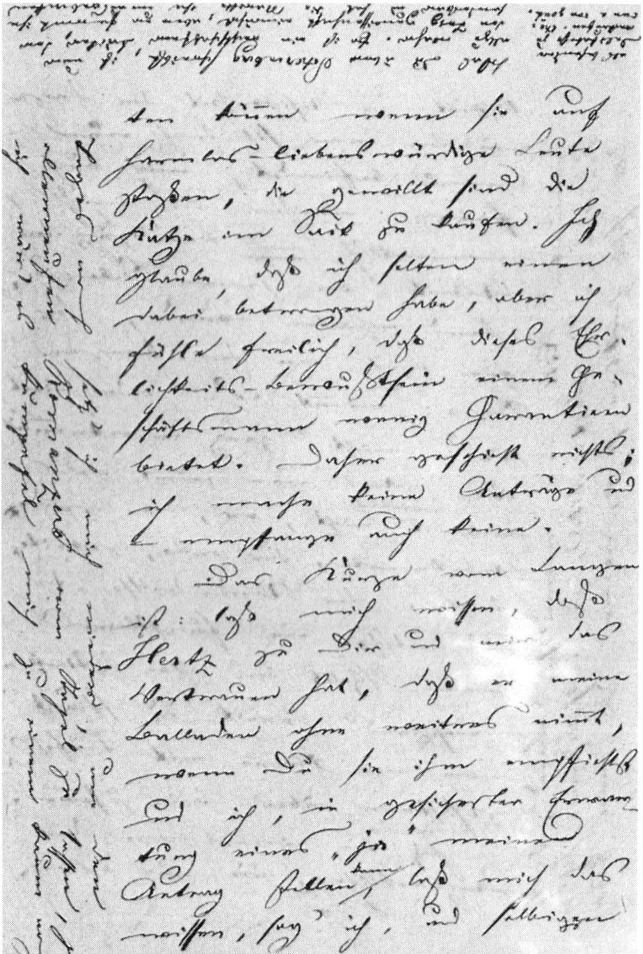

Meine Frau u. Miß Merington sind im Concert, daher keine Grüße heut, außer meine eignen an Frau Clara, Frau Gretchen, Geibel und die Crokodile.

Dein
Th. Fontane

Was Du über Scherenberg schreibst, ist nur allzu wahr. Er ist ein rechtschaffner Bäcker, der den Teig gewissenhaft einrührt, aber er formt ihn sonderbar und hat die Marotte ihn unausgebacken als besondre Delikatesse zu verkaufen. Chacun à son goût.

44 *An Emilie Fontane (Mutter)*

Berlin d. 21. Dzb. 59

Meine liebe, gute Mama.
Der Ceremonienmeister des diesmaligen Weihnachtsfestes hat angeordnet: ›die Herrn erscheinen mit leeren Händen; die Damen schließen sich den Herren an‹. So stehn die Sachen; aber wenigstens mit leerem Herzen wollen wir nicht kommen und so nimm wenigstens unsre herzlichsten Glückwünsche entgegen. Wir werden den Heilig-Abend natürlich ›im engsten Zirkel‹ zubringen und die Heiterkeit der Kinder wird ersetzen müssen, was sonst wohl fehlt. Glücklicherweise sind wir beide nicht so geartet, daß die Abwesenheit von Sammt und Seide uns besonders bedrückt.
Die unsterblichen Werke Bratrings und Hoppe's sind nun hoffentlich wieder in den Händen ihrer Besitzer und Kühn und Hoffmann gehen ohne Mahnung in Blick und Wort an euch vorüber. Den Wustrau-Aufsatz habt ihr wohl in der Kreuz-Ztng gelesen; der über *Carwe* folgt wahrscheinlich am nächsten Sonnabend und dient dann als Festlektüre und Kuchenpapier.
Emilie ist pumplich, hält aber den Kopf oben und steigert nicht nutzlos das Päckchen Sorgen das ich ohnehin zu tragen habe. Die Kinder sind wohl und recht nett, natürlich der Große mit

dem üblichen Beisatz von Waschlappig-, der Kleine von Rüplichkeit. George brachte heut eine recht gute Censur; an Lerneifer fehlt es ihm nicht.
Mich beschäftigen jetzt zumeist meine Vorlesungen, die am 11. Januar beginnen sollen. Ich verspreche mir nicht viel davon, denn ganz andre Dinge haben ja auch zu nichts geführt, aber ich fühle die Nothwendigkeit 'mal wieder vor dem Publikum zu erscheinen und diesen und jenen wissen zu lassen, daß ich noch da bin.
Zum neuen Jahre schreib ich noch 'mal. Grüße und Empfehlungen an Scherz'ens und Nernst's. Dir und Lisen den herzlichsten Kuß und nochmals den Wunsch: ›frohe Feiertage!‹ Leb wohl, wie immer Dein

Theodor

Am 21. März 1860 wurde die Tochter Martha – im Familienkreis Mete genannt – geboren. Der Verleger Julius Springer in Berlin übernahm das Manuskript der Bilder und Briefe aus Schottland zur Veröffentlichung unter dem Titel »Jenseit des Tweed«.

45 An Julius Springer

Berlin d. 30. Januar 1860

Sehr geehrter Herr.
Darf ich bei Ihnen anfragen, ob Sie geneigt sein würden den Verlag eines Skizzen- und Reisebuchs zu übernehmen, das ich unter dem Titel: *»Jenseit des Tweed; Briefe und Bilder aus Schottland«* herausgeben möchte. Das Buch besteht aus 3 Abtheilungen: Edinburg und der Süden; das Macbeth-Land und der Norden und das Land Ossians (Morven, Staffa, Iona etc) und der Westen, und würde etwa 20 bis 25 Bogen stark werden. Die Mehrzahl der Aufsätze ist im »Morgenblatt«, sowie in den Beiblättern der Vossischen und N. Preußischen Ztng bereits veröffentlicht worden, rücksichtlich dessen

ich meine Honorarforderung auf 150 Rthl. Gold festgesetzt habe.
Sollten Sie geneigt sein meine Proposition wenigstens näher in Erwägung zu ziehn, so würd' ich auf Ihren Wunsch jeden Augenblick bereit sein, das M. S. in Ihre Hände gelangen zu lassen.
Hochachtungsvollst Ihr ganz ergebenster

Th. Fontane
Tempelhofer Straße 51

In Stuttgart bei Ebner und Seubert fanden weitere Skizzen und Berichte aus England unter dem Titel »Aus England. Studien und Briefe über Londoner Theater, Kunst und Presse« ihren Verlag.
Am 1. Juni konnte Fontane durch Vermittlung des Tunnelfreundes Ludwig George Hesekiel die Stellung eines Redakteurs des englischen Artikels bei der Neuen Preußischen (Kreuz) Zeitung antreten, er behielt sie fast zehn Jahre bis 1870.

46 An Paul Heyse

Berlin d. 28. 6. 60
Tempelhofer Straße 51

Lieber Paul.
Der Kerbstock spricht mich frei, aber mein Gewissen klagt mich an. Seit dem Abend wo »Elisabeth Charlotte« zum ersten Male mehr als Berlinerin wie als deutsche Pfalzgräfin vor unsrem Publikum erschien, hab ich an Dich schreiben wollen, aber die Götter hatten es anders beschlossen. Mein guter Wille segelte mit kontrairem Wind. Jetzt ist nun mein schottisches Reise-Buch da und giebt mir einen so entschiednen Rippenstoß, daß an Vertagung nicht länger zu denken ist. Das Buch selbst erfolgt anbei; möge das eine oder andre darin Deinen und Deiner Damen Beifall finden. Ich hatte mir anfangs vorgenommen ein schön gebundenes Exemplar für S. M. beizupacken und mich

dadurch, nach schwacher Kraft, für jenen Anno elfer zu revanchiren, der mir immer noch gut schmeckt, aber ich hab' es aufgegeben, weil es nach meinem Ermessen zu nichts führen kann und werde zu meiner ursprünglichen Absicht nur dann zurückkehren, wenn Du mir den Rath geben solltest, es zu thun. Eine Uebersiedlung nach München – Du wirst das nicht als Undank oder Ungezogenheit gegen Deine frühren freundlichen Absichten fassen – liegt nicht mehr innerhalb meiner Wünsche. So vieles mir dort gefallen hat, so sehr fühl' ich doch daß es auf die Dauer kein Boden für mich wäre. Glänzende Aussichten (d. h. *viel* Geld) würden natürlich meine Sprödigkeit besiegen, aber wie käm' ich zu »glänzenden Aussichten«, worauf sollten sie *basiren?* Ich weiß es selber nicht, wie sollten es andre wissen! Unter gewöhnlichen, bescheidnen Verhältnissen leb' ich aber doch lieber hier als an irgend einer andern deutschen Residenz, nur *Wien* könnte mich verführen, wenn es nicht gerade wiederum Wien wäre. Es ist mir im Laufe der Jahre besonders seit meinem Aufenthalte in London Bedürfniß geworden an einem großen Mittelpunkte zu leben, in einem Centrum wo entscheidende Dinge geschehn. Wie man auch über Berlin spötteln mag, wie gern ich zugebe daß es diesen Spott gelegentlich verdient, das Faktum ist doch schließlich nicht wegzuleugnen, daß das was hier geschieht und nicht geschieht direkt eingreift in die großen Weltbegebenheiten. Es ist mir Bedürfniß geworden, ein solches Schwungrad in nächster Nähe sausen zu hören, auf die Gefahr hin, daß es gelegentlich zu dem bekannten Mühlrad wird.
Daß ich seit 4 Wochen eine Stellung bei der Kreuz-Ztng habe und den engl. Artikel des Blatts redigire, wirst Du vielleicht schon erfahren haben. Bis jetzt hab' ich durchaus keine Ursach, den gethanen Schritt zu bereun. Man wird mit den Jahren ehrlich und aufrichtig conservativer und läßt sich durch Persönlichkeiten und zufällige Vorkommnisse immer weniger in den großen Prinzipien beirren. – Noch ein Wort über »Elisabeth Charlotte«. Das Stück excellirt in Dialog und Situationen, aber

es genügt mir nicht in der Motivirung und Charakterzeichnung. Gegen das erstre (die Motive) will ich nicht lange fechten, ich habe den Eindruck, daß es Dir *darauf* weiter gar nicht ankam und vielleicht hast Du recht. Aber »Charaktere« hast Du sicherlich zeichnen wollen und mit Rücksicht darauf mußt Du mir die Bemerkung verzeihn, daß mir die Elisabeth Charlotte selbst, doch nicht das zu sein scheint, was Du geben wolltest. Ich sehe eine Frau, die sich auf's hohe Pferd setzt und doch kein rechtes Recht dazu zu haben scheint. Vielleicht ist das mein Fall auch! Leb wohl; empfiehl mich Deinen Damen, küsse die lieben Kinder und grüße Geibel aufs herzlichste.

Dein Th. F.

Anfang Oktober 1860 erschienen im Verlag von Wilhelm Hertz in Berlin die »Balladen«. Die Verbindung zu Hertz hatte Paul Heyse vermittelt, dessen Bücher schon seit einem Jahrzehnt bei dem 1822 geborenen Wilhelm Hertz erschienen, der in Wahrheit ein Sohn Adalbert von Chamissos war. Er betreute bis zum Lebensende Fontanes einen großen und wesentlichen Teil von dessen Werk.

47 *An Wilhelm Hertz*

Mittwoch Abend [3. Oktober 1860]

Mögen gute Sterne bei seiner Geburt geleuchtet haben! Ich spreche natürlich vom Balladenbuch. Leider kann ich morgen nicht kommen und mich am Anblick des geliebten Kindes laben. Bis 2 Dienst, dann engl: Damenkaffe, dann Thee und einen Componisten aus London bei Hesekiel. Dazwischen keine Viertelstunde frei. – Was übrigens die Zahl der Frei-Exemplare angeht, so haben Sie glaub ich auf einem Ihrer Quartblätter, die in dem bewußten Pappkasten liegen, notirt: dreißig bis vierzig, wovon wenigstens 15 an Ernst gehn. Fühlen Sie ein menschliches rühren und halten Sie mich nicht zu knapp; selbst wenn mir 20 Exemplre bleiben, muß ich doch noch welche kaufen. *Dies*

Buch *muß* ich vielfach verschenken, um so mehr als ich mich mit den beiden Prosa-Büchern sehr retiré gehalten habe.

Yours sincerely
Th. Fontane

48 An Emilie Fontane (Mutter)

Berlin d. 31. Dezb. 60

Meine liebe, gute Mama.

Eben habe ich den Vers durchgelesen, womit Emilie ihren Brief geschlossen hat und fühle in Folge davon eine so entschiedene Lähmung meiner Kräfte, daß ich nicht weiß was aus diesen Zeilen werden soll. Vielleicht komm ich drüber weg, namentlich wenn ich bedenke, daß der Sack mit Pfeffernüssen (für den ich allerschönstens danke) neben mir liegt.

Die Festlichkeit gestern war eigentlich eine völlig verfehlte Affaire, da sich alles in 2 Heerlager getheilt hatte, in Grippe-habende die weggeblieben waren und in Grippe-kriegende, die bitterlich froren und eigentlich nur einmal den Ausdruck natürlicher Heiterkeit annahmen – als die große Kutsche vorfuhr, die sie abholte; sie wohnen nämlich alle auf einem Klump in der Links- und Schellingsstraße und hatten sich deshalb zu einer gemeinschaftlichen Chaise aufgeschwungen. Auch mir schmeckt alles heute erst. In der Regel sind unsre Gäste sehr heiter und animirt bei uns, trotzdem stimmen Emilie und ich darin überein, daß es angenehmer ist Gast als Wirth sein. Namentlich auch billiger.

Die Kälte ist seit gestern geradezu unanständig und neben dem Wunsche, beim Einzug in Peking zugegen gewesen zu sein, erfüllt mich jetzt überwiegend die Sehnsucht nach Cairo, Nil, Pyramiden und – 30 Grad Wärme. Aber statt der Pyramiden, um doch auch mal einen geistreichen Anlauf zu nehmen, hat man nur die Sphinx vor sich, die Räthselsphinx des neuen Jahres.

Da wären wir denn beim neuen Jahre glücklich angelangt und den herzlichsten Glückwünschen für dasselbe, stellt sich weiter

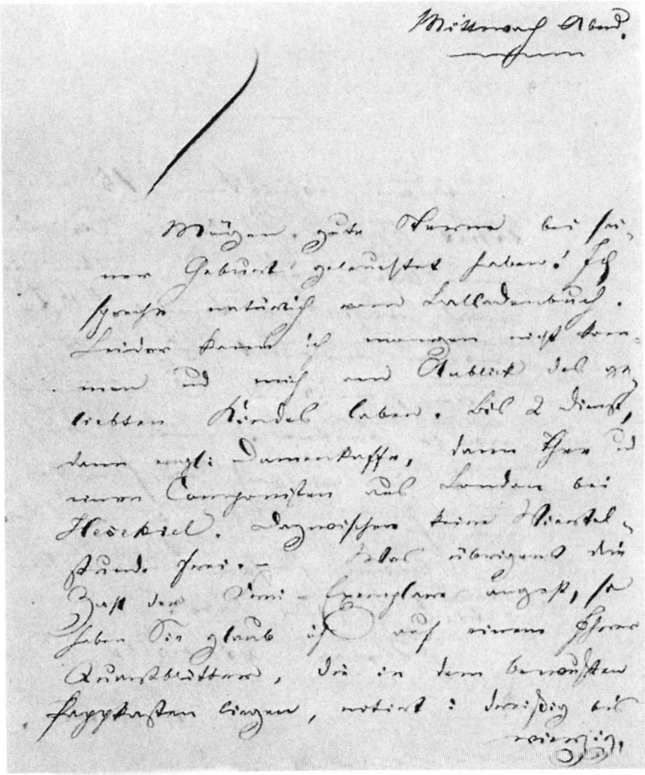

Abb. 7: An Wilhelm Hertz vom 3. Oktober 1860

werden wenigstens 15 im Ernst gehen. Fassen Sie ein menschliches Rühren und halten Sie mich nicht zu knapp; selbst wenn mir die Exemplare bleiben, werde ich Dtzd. noch nachher kaufen. *Dies* Buch werde ich vielfach verschenken, um so mehr als ich mich mit den beiden Kriegsbüchern sehr retiré gehalten habe.

Yours sincerely

Th: Fontane.

nichts in den Weg. Erhalte Dich Gott Deinen Kindern und Deine Kinder Dir, erlebe außerdem so viel Freude an ihnen wie man an Menschen erleben kann, was nicht allzuviel ist, denn die Menschen taugen nichts und auch die Besten sind Package. Eine Ausnahme macht meine Frau, die darauf dringt, daß ich das eigens hervorhebe. Ich thu es mit Vergnügen. Uebrigens ist sie, unberufen und unbeschrien, recht gut. Gott mache sie nicht schlimmer. Mit diesem Wunsche und unter Wiederholung der herzlichsten Wünsche für Dein und Schwester Lischens Wohl, wie immer Dein

Theodor

An Lischen.

Habe ein heitres, fröhliches Herz
Januar, Februar und März,
Sei immer mit dabei
In April und Mai,
Kreische vor Lust
In Juni, Juli und August
Habe Verehrer, Freunde und Lober
In September und Oktober
Und bleibe meine gute Schwester
Bis zum Dezember und nächstem Sylvester.

Die Bücher schick' ich nun wirklich in den nächsten Tagen; ich habe sie so gelegt, daß sie vor mir liegen und mich durch ihren Anblick mahnen. Th. F.

In den ersten Januartagen des Jahres 1861 starb der seit Jahren schwerkranke König Friedrich Wilhelm IV. *Sein Bruder – seit zwei Jahren bereits Regent – bestieg als König Wilhelm* I. *den Thron.*
Die Redaktionstätigkeit bei der Kreuz-Zeitung ließ Fontane genügend Zeit für ein Vorhaben, das er schon seit Jahren plante und das ihn die

nächsten Jahrzehnte, wenn auch nicht ausschließlich, so doch in großem Maße beschäftigen sollte: die »Wanderungen durch die Mark Brandenburg«. Zunächst waren sie nur auf zwei Bände angelegt, aus denen schließlich fünf wurden, nicht gerechnet die Änderungen und Umstellungen bei den Neuauflagen der einzelnen Bände. Fast drei Jahrzehnte arbeitete Fontane daran, bis 1889 der letzte Band »Fünf Schlösser« erschien, alle Bände zusammen etwa 2500 Seiten.

49 An Wilhelm Hertz

[26. Februar 1861]

Sehr geehrter Herr.
Anbei der eine der mir gütigst übersandten Contrakte, hoffentlich hab' ich den richtigen gewählt.
Für solche Anmerkungen wie Sie sie vorhaben, bin ich Ihnen sehr dankbar; ich habe kleine Styl-Ungezogenheiten, die ich sehr gern bei Seit thue, sobald man mich drauf aufmerksam macht.
Die Rheinsberg-Aufsätze, Wustrau, Carwe und eigentlich auch die Spreewald-Kapitel, haben den Vorzug, die reisefrischesten zu sein; dies ist ein großer Vorzug und »Carwe« ist vielleicht der Normal-Aufsatz, der da zeigt wie mir das Ganze als vorzugsweise behandelnswerth vorgeschwebt hat. Dennoch denk' ich ist es richtig, daß ich diesen Touristen-, diesen gemüthlichen Wandrer-Ton, wie er sich zum Theil auch noch in dem *Luch-*, und in dem *Buch*-Aufsatz wiederholt, aufgegeben und statt dessen mehr eine Erzählungsweise angenommen habe, die von dem Erzähler selbst möglichst abstrahirt und den *Stoff* giebt wie er sich findet, sei er nun historisch oder landschaftlich. In dem zweiten Bande, werden meine kleinen Reise-Abenteuer so gut wie ganz verschwinden. Ich bin dabei im Voraus Ihrer Zustimmung sicher, denn der Leser hört zwar recht gern von der Person des Schriftstellers, namentlich wenn sich die Person ohne Anmaßung giebt, setzt er sich aber zu oft in Scene, so merkt Publikum die Absicht und wird verstimmt.

Bei Hochkirch zeichneten sich *zwei* Marwitze aus, der eine kam dadurch in Gnade, der andre fiel in Ungnade. Der erstre (ein *Friedersdorf*-Marwitz und in meinem Friedersdorf Aufsatz ausführlicher besprochen) attackirte mit zusammengerafften Leuten vom Regiment Gensdarmes den siegreichen Feind und erhielt für seine Bravour den pour le merite. Starb als alter General in »Kyritz«. Der andre Marwitz, der in Ungnade fiel, war kein *Friedersdorf*-Marwitz, sondern aus einer ganz andern Familie. Er war Quartiermeister und weigerte sich, trotz königl. Befehls, beharrlich, das Lager von Hochkirch angesichts des rund umher auf den Hügeln stehenden Feindes abzustecken. Der Erfolg zeigte in der nächsten Nacht wie recht er gehabt hatte. Ich weiß nicht ob Kränkung an seinem Tode Schuld war, er starb aber schon im nächsten Jahre. Sein Name ist mit dem von Hochkirch fest verwachsen.

Diamant und Kohle sind beide Kohlenstoff. Diamant ist geschmolzene und krystalisirte Kohle. Mit Hülfe von allerhand Gluth-Gebläsen ist es geglückt kleine Kohlensplitterchen zu Diamant zu machen. Das Umgekehrte ist aber unmöglich und aus Diamant läßt sich nicht wieder gemeine Kohle machen. Daß beide *chemisch* genommen dasselbe sind uns sich nur *physikalisch* d. h. in ihrer Erscheinung und in ihrem Gefüge unterscheiden, wurde zu Anfang dieses Jahrhunderts dadurch festgestellt, daß man einen Diamant im *Sauerstoff*-Gebläse verbrannte, wodurch man Kohlensäure d. h. Kohlenstoff + Sauerstoff erhielt, nicht um ein Haar anders als hätte man ein Stück Kohle von gleichem Gewicht verbrannt. Und nun genug. Ihr

Th. F.

Im Sommer hatte Fontane das Manuskript für den ersten Band der »Wanderungen« beenden können, rechtzeitig zum Weihnachtsfest erschien im November bereits mit der Jahreszahl 1862 das Buch, das noch keine Bandbezeichnung trug, denn es stand noch nicht fest, ob eine Weiterführung möglich war.

50 An Wilhelm Hertz

Nachmittag [24. November 1861]

Sehr geehrter Herr Hertz.

Ich bin innerlich tief-müde seit Monaten, vielleicht seit dem Moment schon wo ich von England als eine geschlagene Truppe zurückkam und bin seitdem (halb auch aus einer Art Klugheit, oder aus dem Instinkt: »wozu? es hilft ja doch alles nichts«) halb unfähig, halb unlustig Dinge *mit Feuer* in Angriff zu nehmen. Ich darf sagen: ich hab es *verlernt*. So kommt es, daß mich Ihr liebenswürdiger Eifer halb rührt und halb erschrickt. Ich kann nicht mit; mir fehlt ein Stück Lungenflügel. Ich bitte Sie freundlichst die Bücher zu schicken, Sie können es in der That auch leichter, da Sie alle die Herren kennen, während ich doch genöthigt wäre mich erst in Positur zu setzen und als Schüler, wohl erwogen und wohl überlegt, an die verschiedenen Meister zu schreiben.

Mich ängstigt noch ein zweites und dies ist wirklich wichtig: theils das Lob das das Buch findet, noch mehr vielleicht der souveraine Tadel den B. H. dagegen ausgesprochen hat, sind auf dem Punkt mein Buch auf eine falsche Leitersprosse zu stellen, auf eine Staffel, die es nicht beansprucht.

Verzeihen Sie, wenn ich vielleicht oft Gesagtes noch einmal sage. Das Buch entstand in unmittelbarer Folge meiner Reisen durch England und Schottland; ich hatte einfach vor, *ohne jegliche Prätension von Forschung, Gelehrsamkeit, historischem Apparat* etc. meinen Landsleuten zu zeigen, daß es in ihrer nächsten Nähe auch nicht übel sei und daß es in Mark Brandenburg auch historische Städte, alte Schlösser, schöne Seen, landschaftliche Eigenthümlichkeiten und Schritt für Schritt tüchtige Kerle gäbe. So entstand das Buch *»wandernd, plaudernd, reise-novellistisch«* wie ich mich in meinem Briefe an B. H. ausgedrückt habe. Erst als das Buch halb fertig war, fing ich an, unter Beibehaltung leichter, feuilletonistischer Form mich in meine Aufgabe zu vertiefen und so sind schließlich verschiedne Arbeiten entstanden, *die absolut Neues bringen* und in ihrem Kern weit über das blos

Abb. 8: Emilie Fontane, geb. Labry (1797-1869), die Mutter Fontanes, nach einem Pastell von Pierre Barthélemy, dem Großvater Fontanes

Unterhaltliche hinausgehend, unsre Spezial-Geschichte in der That bereichern. Diese Arbeiten sind das Beste was über die betreffenden Dinge und Personen existirt, weil eben nichts existirt als das was ich darüber gesagt habe. Hierher rechne ich vor allem: »der Hof des Prinzen Heinrich von 1786-1802«; ferner *stellenweis:* Wustrau, Carwe, Kronprinz Friedrich in Ruppin, Schloß Coepenick, Schloß Oranienburg, Küstrin; auch, nach literarhistorischer Seite hin: Werneuchen. Die eigentlichen Rheinsberg-Aufsätze aber bringen einem Historiker gar nichts Neues (mit Ausnahme des Aufsatzes über die Rheinsberger Kirche) und gehören noch ganz der Epoche an, wo ich blos plaudern wollte. Das große Publikum kann diesen Unterschied nicht merken wohl aber unsre märkischen Historiker. Ich bitte deshalb, daß Sie in Ihren Briefen an diese Herrn ja betonen was dies Buch eigentlich sein will, sonst nimmt man die Elle zu lang und befindet es zu kurz. Und nun muß ich mich anziehn um – in den Tunnel zu stürzen. Schreckliches Wort für mich: »stürzen«. Festina lente ist mein Wahlspruch.
Ihr

Th. F.

Der Erfolg der »Wanderungen« war durchaus beachtlich, sie wurden bei Hofe gelesen, und der Historiker Leopold Ranke lobte sie.
So konnte ein zweiter Band über das Oderland folgen, der erste Band hatte die Grafschaft Ruppin beschrieben. Viele Wanderungen und kleine Reisen waren dazu nötig, denn ». . . das Büchermachen aus Büchern ist nicht meine Sache« und noch einmal im Abschlußband ›Fünf Schlösser‹ ». . . In den Wanderungen wird wirklich gewandert, und wie häufig ich das Ränzl abthun und den Wanderstab aus der Hand legen mag, um die Geschichte von Ort und Person erst zu hören und dann weiter zu erzählen, immer bin ich unterwegs, immer in Bewegung und am liebsten ohne vorgeschriebene Marschroute, ganz nach Lust und Laune.«

51 An Emilie Fontane

Berlin d. 30. Juni 62

Meine liebe gute Frau.

Gestern früh 6 Uhr traf ich wieder hier ein und schlief noch 3 Stunden. Als ich aufstand, war inzwischen Dein Brief eingetroffen, für den ich Dir bestens danke. Das Bild ist recht hübsch und siehst Du ganz gut aus; die Stellung ist Dir wohl gelungen, sie ist gefällig und natürlich zugleich. Ich würde das Bild sehr gut nennen, wenn nicht die Augen zu sehr im Schatten lägen, so daß man wenig von ihnen sieht. Hier wollen wir uns beide noch 'mal photographiren lassen; es kostet in dem neuen Riesen-Atelier der »photographischen Gesellschaft« (unser Prof. Herrmann Weiss an der Spitze) nur 2 rthl. pro Dutzend. Das kann man schon bezahlen. Außerdem wünsch' ich, daß Du Dich von Korneck malen läßt. Theils alte Bekanntschaft, theils meine Kreuz-Ztngs-Stellung wird ihn dazu sehr willfährig machen und wir werden für 4 bis 5 Louisd'or ein hoffentlich hübsches Bild haben können. Wir sind ja nun beide (leider) an der Grenzscheide der Jugend angelangt und was geschehen soll muß bald geschehn, sonst heißt es »zu spät«. Auch meine ewige Jugend wird immer problematischer. Am Sonnabend (in Tamsel) geriethen wieder einige in Erstaunen, daß ich 42 Jahr alt sein wollte, worauf aber einer replicirte: »ach, redet doch keinen Unsinn; freilich sieht der Herr nach 42 aus etc.« Besonders wurden die weißen Barthaare namhaft gemacht, so daß ich mich nun doch wohl dazu verstehen werde, sie alle 14 Tage zupfen zu lassen.
Was Deine Photographie angeht, so will ich doch noch melden, daß George dem Bilde einen Kuß gab und zwar ganz unaffektirt, was mir, um gerecht zu sein, an dem Jungen gefiel, dessen schwache Parthieen ich sehr wohl erkenne. Uebermorgen ist Schulschluß und Censur; am Donnerstag soll er noch mit nach Mariendorf, wo Ludchens Geburtstag gefeiert wird und am Freitag Abend dann nach Ruppin, wo er hoffentlich am Sonnabend früh wohlbehalten eintreffen wird. Ueber Theo's Befinden erfährst Du das Nöthige aus Lischens Brief, den ich gestern

bei meiner Rückkehr vorfand; – er hatte schon fast eine Woche hier gelagert. Lischens Brief ist ganz gut und sehr freundlich im Ton; daß sie den heiklen Punkt weiter nicht berührt, finde ich ganz in der Ordnung. Ihr könnt euch ja mündlich noch drüber aussprechen, aber, wenn ich bitten darf, mit Vorsicht.

Nun also von meiner Reise. Sie war sehr schön und vom Wetter eher begünstigt als nicht. Es regnete von Zeit zu Zeit, aber immer wenn ich in der Stube oder im Postwagen saß, so daß ich eigentlich gar nicht darunter gelitten habe. Details der Kreise [Reise?] kann ich unmöglich geben, es ist zuviel, aber doch wenigstens die Ueberschriften und die outlines. Am *Montag* Abend 10¾ reiste ich auf dem Frankfurter Bahnhof ab, wo Du wenn ich nicht irre genau 5 Wochen früher auch aufgebrochen warst.

Dienstag. Um 6 Uhr in Sonnenburg zum Johanniter-Ritterschlag. Abgestiegen in einer Kneipe. Um 9 in die Kirche. Beginn der Ceremonie 11 Uhr. Schluß 1 Uhr. Um 2 zu Fuß nach Cüstrin zurück (dritthalb Meilen). Per Bahn nach Frankfurt weiter. Um 7 in Frankfurt. Herrn Enslin (der mir am Montag früh wegen schlechten Wetters abgesagt hatte) dort getroffen. Mit ihm ins Hôtel. Einen Bericht für die Kreuz-Ztng geschrieben. Gut soupirt.

Mittwoch d. 25! Um 5 mit dem Dampfschiff von Frankfurt bis Schwedt. Reizende Fahrt. Etwas windig aber sehr angenehm. In Schwedt zu Tisch. Besuch von Schloß und Park. Nach Angermünde und Neustadt-Eberswalde. Nachtquartier. Ausgeschlafen. (Die einzige Nacht während der ganzen Woche wo ich wirklich ordentlich geschlafen habe, sonst immer Nachtfahrten und Sopha-Nicken.)

Donnerstag d. 26. Mit Enslin in einem offnen Wagen nach Falkenberg. Dort herumgeklettert und dinirt. Um 4 Trennung. Enslin nach Berlin zurück, ich nach Freienwalde. Besuch der interessanten Kirche; Uchtenhagensche Bilder und Denkwürdigkeiten. Schloßberg, Ruinenberg. Spät zu Bett; in aller Frühe wieder auf. Nach Wrietzen.

Freitag d. 27! Von Wrietzen nach Letschin. Mit Sommerfeldts geplaudert. Längrer Besuch bei Fordan's, wo es von jungen Candidaten wimmelte. Frl. Marie und ihre jüngre Schwester (ein hübsches Mädchen) machten die Honneurs. Marie, nun 31 Jahr alt, noch ganz gut aussehend, und einen ruhigen Ausdruck der Züge, der eher auf Unschuld als auf – Wonneberger deutet. Der alte Fordan erzählte mir über Neu-Hardenberg etc. auch über den alten Koppe, lauter Dinge die mir ziemlich werthvoll waren.
Sonnabend d. 28! Um 2½ Uhr Morgens nach Küstrin. Zwei Stunden (bei Regen) im Gasthof. Um 9 zu Mencke's; dort gefrühstückt (alles sehr liebenswürdig) und die kleine Marianne gesehn. Um 10 nach Tamsel. Ein paar Stunden in der Kirche dort. Gegessen im Gasthaus, Kaffee getrunken beim Rechnungsführer Wallbaum. In's Schloß. Der Graf äußerst liebenswürdig. Um 3 nochmals zu Tisch. Im dicken Ueberzieher, mit ungeputzten Stiefeln, neben Gräfin Schwerin und Gräfin Finckenstein Platz genommen; übrigens ungenirt mit Todesverachtung. (Eigentlich ist es ganz gleich wie man vor solchen Herrschaften erscheint; die Kluft ist doch einmal da und kein Lackstiefel der Welt ist im Stande sie auszufüllen; man ist nicht ihres Gleichen und weil man es nicht ist, ist es gleichgültig ob man in Büffel oder Casimir vor ihnen erscheint. Beiläufig bemerkt, ich hatte nur meine kleine Ledertasche mitgenommen.) Nach dem Diner in den Weinkeller, um Liqueure (Eau de Noyaux etc) und Ungarweine zu proben. Dann Kaffe. Dann in die Bildergallerie und Notizen gemacht. Dann mit dem Grafen auf's *Zorndorfer* Schlachtfeld gefahren (reizende Parthie bei Sonnenuntergang); dann zum Thee; dann Akten durchgestöbert; um 11½ zu Bett um 1 wieder auf. Um 2 (der Schnellzug hält in Tamsel nicht an) nach Cüstrin. Um 4 in Frankfurt. Um 5¼ in Berlin. Um 6 zu Haus.
Da hast Du die ganze Geschichte. Unberufen ich habe viel Glück gehabt und während mir von allem was ich sehen und hören wollte (mit Ausnahme einiger Notizen über Neu-Lewin und

Neu-Barnim) eigentlich nichts entgangen ist, habe ich vieles noch mit eingeheimst, worauf ich nicht gerechnet hatte.
Daß Du nicht gekommen bist, ist ein wahres Glück; es hätte mich wirklich überwiegend in Verlegenheit gebracht und ich wäre zu keiner rechten Freude gekommen. Ich brauche Dir hoffentlich nicht erst zu versichern – und wenn es nöthig ist, so geschieht es hiermit – zu versichern, daß ich mich herzlich freue Dich wiederzusehn, aber weil es ganz bestimmt so ist, kann man auch andrerseits wieder recht deutlich daran sehn, wie mißlich es mit Ueberraschungen ist und daß der liebste Mensch zur Unzeit kommen kann. Ich bin Deiner liebenswürdigen Freundin wirklich dankbar dafür, daß sie Dich von diesem »Ritt in's romantische Land« abgehalten hat.
Morgen schreib ich wieder, aber nur ein paar Worte, und schicke Geld (20 rthl.) und Buch. Die Verse schreib ich nicht, aber natürlich ein paar Widmungsworte. Empfiehl mich dem Ehepaar bestens.
Papa wird *nicht* kommen. Er reist zum 2. nach Letschin, weil er Sommerfeldts noch 'mal an alter Stelle sehen will, was ganz in der Ordnung ist. Er will uns zum *Herbst* besuchen. Nimm Dich dann nur nach Möglichkeit zusammen; es ist ja nur einmal, und wir haben, nach dieser Seite hin, seit 1855 wirklich wenig zu leiden.
Gestern aß ich bei Hesse's, die Dich schönstens grüßen. Lepel ist seit 8 Tagen zurück. Sonst hab' ich seit Wochen keinen Menschen aus unsrem Kreise gesehn.
Nun leb mir wohl meine liebe Frau, küsse den Süßlington und sei herzlichst geküßt von Deinem alten, Dich in der Mitte des Monats erwartenden

Theodor

George und Thilde werden wohl morgen mit schreiben.

Das Hauptgeschäft des Jahres 1863 bildete das Manuskript für »Das Oderland«, das im Herbst beendet werden konnte. Mitte des Jahres hatte ihm der bekannte Verleger Alexander Duncker die Redaktion einer zu gründenden politischen Monatsschrift angeboten, die Fontane aber ablehnen mußte.

52 An Alexander Duncker

Berlin d. 15. Juni 63

Hochgeehrter Herr Duncker.

Heute Mittag habe ich Ihren Contrakt-Entwurf, sammt freundlichen Begleitzeilen erhalten und nicht ohne eine gewisse Beschämung, nicht ohne ein gewisses Schuldbewußtsein setze ich mich jetzt nieder, um Ihnen zu schreiben: »sehr geehrter Herr Duncker, es geht nicht, oder richtiger, ich kann nicht«.

Der Fehler, den ich begangen, ist der, daß ich in den ersten Tagen eine Lust und einen Eifer zeigte, der seitdem, unter dem Einfluß von hundert kleinen und großen Erwägungen immer geringer geworden ist. *Verzeihlich,* glaub ich, ist der Fehler, den ich gemacht. Was ich Ihnen gleich in der ersten Minute sagte »daß das eine Sache sei, nach der ich mich lange gesehnt habe« – damit hatte und hat es noch jetzt seine vollständige Richtigkeit; nur hab' ich damals und auch später noch, die entgegenstehenden Hindernisse theils übersehn, theils unterschätzt. Jetzt wo ich dem entscheidenden Moment näher stehe, bin ich zur Besinnung gekommen. Die Beschaffung von 10 oder auch nur 6 Bogen M. S. bis zum 15. August (zumal für *Probe*hefte in denen alles mustergültig sein soll) halte ich, wenn ich nicht ein Wunder annehmen soll, für unmöglich und selbst wenn Sie bereit sein sollten mir längere Fristen zu bewilligen, so wird für mich wenig dadurch gebessert. Ich habe einen Grund-Irrthum begangen, ich habe in den ersten Tagen geglaubt, daß ich Vormittags Zeitungs-Redakteur und Nachmittags Revue-Redakteur sein und *doch noch Zeit zu selbständigen Schaffen übrig behalten könnte;* – daran ist aber nicht zu denken. Und doch gilt mir *produciren* mehr, als *redigiren.* Ich müßte meine Redaktions-Stelle bei der Kreuz-Zeitung aufgeben, wenn ich die Redaktion eines solchen Monats-Journal, zumal die *Gründung* eines solchen, übernehmen wollte. Beides thun, heißt in Redigiren untergehn. Stände pekuniär etwas glänzendes in Aussicht, so ließe sich auch etwas wagen, aber ich kann nicht eine sichre und gutbesoldete Stellung auf etwas unsichres und pekuniär wenig glänzendes* hin, aufgeben. Wie ich auch die Sache ansehen mag, es verbietet sich aus äußeren und inneren Gründen, trotz einer gewissen Vorliebe für eine derartige Thätigkeit. – Die Mühewaltung, die ich Ihnen gemacht, würde mir peinlich sein, wenn ich nicht dächte, daß diese Unterhandlungen das *Unternehmen selbst* (ganz abgesehn von meiner Person) um einen guten Schritt weiter gebracht haben. Ihre mildeste Beurtheilung meines Benehmens anrufend, in vorzüglichster Hochachtung Ihr ganz ergebenster

Th. Fontane

* Wenn ich hier den Ausdruck: »pecuniär wenig glänzendes« gebrauche, so meine ich das absolut. 480 rthl. sind absolut wenig Geld; *relativ* (für die Redaktion, zumal wenn sie erst im Gange ist) ist es ausreichend.

Im Sommer reiste Fontane nach Pommern, besuchte Stettin und vor allem die kleine Stadt seiner Jugendzeit: Swinemünde.

53 *An Emilie Fontane*

Heringsdorf, 24. August 1863

Meine liebe, gute Frau.

Es sind erst 2 Tage und 2 Stunden, seit ich von Berlin fort bin, und schon habe ich so viele Eindrücke empfangen, so viele alte und neue Menschen gesehn und gesprochen, daß mir zumute ist, als hätte ich den Berliner Staub und die Berliner Rinnsteine schon wochenlang hinter mir. Staub und Rinnsteine, da haben wir's. Es läßt sich gegen diese Badereiserei gewiß sehr viel sagen, in hundert kleinen Dingen verschlechtert man sich, es fehlt an

Komfort und manchem andren noch, aber man hat *Ruhe und frische Luft,* und diese beiden Dinge wirken wie Wunder und erfüllen Nerven, Blut und Lungen mit einer stillen Wonne. Selbst in Swinemünde hatte ich am Sonnabend schon dies Gefühl, hier habe ich es seit gestern in einem sehr verstärkten Grade. Es beschäftigt mich ein Plan, den ich Dir durchaus mitteilen muß. Ich schwärme für einen kleinen Hausbau hier; hier in Heringsdorf selbst ist der Grund und Boden schon zu teuer, aber zwischen hier und Ahlbeck, oder in Ahlbeck selbst, das eine Viertelmeile von hier gelegen ist und jetzt sehr in Aufnahme kommt. Auf die Details dieses Planes kann ich mich noch nicht einlassen; im Winter steht das Haus leer, oder ein Ahlbecker Majordomus behütet es; im Sommer vermietet man es an 2 oder 4 Parten; eine der Wohnungen aber vermietet man nur bis Mitte August oder – der Kinder wegen – bis zum 1. Juli und schickt dann die ganze Menagerie ins Bad. Ein paar Wochen komme ich dann nach; will man mal woanders hin, so vermietet man in dem betreffenden Jahre das Ganze. Noch besser vielleicht ist es, sich mit 3 andern Berliner Familien, namentlich mit dem Chevalier, zu einigen und zu sagen: wir bauen uns ein Haus für 2000 rthl., jeder zahlt, wenn zwei Parten sind, 1000 rthl. oder, wenn 4 Parten sind, 500 rthl. Die Zinsen von 500 rthl. sind 25 rthl. oder sagen wir selbst die Zinsen von 1000 rthl. sind 50 rthl.; man würde dann also *mit der ganzen Familie* für 50 rthl. jahraus, jahrein eine Sommerwohnung haben. Ein neues Haus macht in 20 Jahren so gut wie gar keine Reparaturkosten, Feuerversicherung etc. ist sehr unbedeutend, das Mobiliar für unsren Anteil wäre, bei den bescheidnen Ansprüchen, die man an eine Sommerwohnung macht, nicht allzu schwer zu beschaffen, und die Zinsen von dieser Summe würden durch Vermietung leicht aufzubringen sein. Du wirst sagen, daß ich diese Dinge leichter nehme, als sie zu nehmen sind, und daß solche Sache doch zuletzt mehr koste, als ich anzunehmen geneigt sei. Zugegeben das, so ist doch auch jedenfalls die Annehmlichkeit, der Gewinn an leiblicher und geistiger Frische sehr groß und außerdem nicht zu vergessen, daß unsre jetzigen Sommerreisen doch auch immer etwas kosten. Laß es 70 oder 80 rthl. sein, soviel ist es gewiß. Am besten wäre es freilich, ein andrer, mehr geschäftsmäßiger Mann nähme die Sache in die Hand und wir partizipierten nachher nur daran, bezahlten unsre Quote und hätten unsre 2 Stuben und Küche.

Nun genug von diesen Plänen; Du wirst begieriger sein zu erfahren, wie es mir eigentlich ergangen ist.

Die Fahrt nach Stettin war nicht sehr angenehm; ich hatte mich sicherheitshalber in ein Coupé für Nichtraucher gesetzt und tauschte dafür einen so penetranten Fischgeruch ein, daß ich schon in Neustadt Kopfweh hatte. Es gibt doch merkwürdig unverschämtes, in frechsten Egoismus drinsteckendes Volk. Als wir nämlich in Stettin endlich ausstiegen und nur ich noch im Wagen war, kam ein kleiner rotbäckiger pommerscher Junker, der mit uns gefahren war, noch mal zurück und zog unter seinem Sitz einen Korb hervor, der mit Leinwand überspannt war. Hatte sich dieser Esel mutmaßlich einige Zander aus Berlin mitgenommen und uns das Vergnügen gemacht, 4 Stunden lang im penetrantesten fish-smell sitzen zu müssen. Das nennt man hierzulande Gentleman, und zu *dem* Behuf setzt man sich in ein Coupé für Nichtraucher.

Stettin gefiel mir außerordentlich; der Sonnabend (Markt am Kai entlang und der Strom voller Boote von den benachbarten Oderdörfern) tat das Seinige, um das Bild besonders anziehend zu machen. Das Dampfschiff (der Neptun) setzte sich bald in Bewegung (11½), und nun ging es stromab in das Haff hinein. Es erinnerte mich sehr an die Dampfschiffahrten in Schottland, auch kann ich nicht sagen, daß wir bei diesem Vergleich, namentlich in bezug auf die Menschen, sehr zu kurz gekommen wären. Nur freilich fehlte es ganz an eigentlicher Dameneleganz, wovon man in England und Schottland wenigstens immer etwas sieht. Die Landschaftsbilder waren anmutig, aber doch durchaus nicht so schön wie die Elbufer um Hamburg herum. Um 4 waren wir in Swinemünde.

An der Stelle, wo ich (es war ein wackliges altes Fachwerkhaus, drin die Ressource war) als 14jähriger Junge, angetan mit einem blauen Bastard von Frack und Jacke, getanzt und bei »Pfänderspiel« und »Wohnungsvermieten« zuerst die Unbefriedigtheit des jungen Poetenherzens empfunden hatte, erhebt sich jetzt ein großes Hotel mit vielen Balkonen und einem Eckturm, ein Gasthaus, das in Erscheinung und Größe keinem Berliner etwas nachgibt. Auch das Geschlecht der Kellner schien aus Berlin zu sein, womit ihr Urteil gesprochen ist. Ich zog mich um und ging dann in die Stadt. Es ist alles anders geworden. Leutnants und Soldaten treiben sich in den Straßen herum, dazwischen Marineoffiziere und Matrosen »von der Flotte«, ein riesiger Leuchtturm flankiert und überragt das ganze Bild, Dampfer kommen und gehn, und zu beiden Seiten des Stroms erheben sich die neuen Befestigungswerke, mit ihren Türmen und Bastionen. All das ist neu. Aber die Stadt selbst hat sich sehr verändert, und in abermals 30 Jahren wird sie den Charakter einer kleinen Schifferstadt mit Giebelhäusern völlig verloren haben. Diese Giebel, die Bäume vor den Türen und eine Art Gitter, das hürdenartig diese Bäume einschloß, waren das hübscheste an der Stadt, aber alles das ist auf dem Punkt zu verschwinden. Nur der Kastanienbaum steht noch, aus dessen Spitze ich (beim Kastanienpflücken) niederstürzte, wobei einer der untenstehenden Jungens ausrief: »Donnerwetter, nu kommt ne große.«

Dies führt mich natürlich auf das Haus, drin ich 5 Jahre lang gelebt, gelernt, gespielt, gelacht, geweint habe. Es ist total *runtergekommen*. Die Apotheke ist verlegt (Notiz für Mama: da, wo Schlächter Fietzkers Haus stand), und in dem Lokal, wo sonst rezeptiert wurde und wo der katholische Gehülfe dem protestantischen Kollegen mit dem Messingleuchter einen Schlag auf den Kopf gab, ist jetzt ein schmieriger Kaufmannsladen. Der Flur, die Küche, die winklige Treppe, die Einteilung der Zimmer ist (wenigstens an der linken, d. h. an der *Wohn*seite) unverändert geblieben, aber wiewohl es nie was Schönes war, so hat es sich doch bedeutend verschlechtert; denn alles ist dreckig und absolut ruppig geworden. Die Hof- und Garteneinrichtung ist total verändert, weil man nämlich aus dem ehemaligen Apothekenbesitz *zwei* Häuser gemacht hat; was früher das Nebenhaus war, für Materialkammer, Remise, Hühner- und Pferdestall, ist jetzt ein selbständiges Haus geworden, zu dem der ehemalige Hof jetzt noch als Hof gehört. Da nun dadurch das eigentliche Apothekenhaus *ohne* Hof sein würde, so hat der jetzige Besitzer aus dem, was früher Garten war, einen schmuddligen Hof gemacht, auf dem Heringsfässer liegen und der, parallel mit dem Vorderhause (ganz so, wie es in *Letschin* war), an dem ehemaligen Kramerschen Gartenzaun entlang einige schlechte Nebengebäude aufweist. Nur der Nußbaum steht noch, der damals seine noch jungen Zweige in das Fenster von Papas Stube, da, wo sein Sekretär mit der ewig knarrenden Klappe stand, hineinwachsen ließ. Ich bin in allen solchen Stücken so unsentimental wie möglich, und ich kann nicht sagen, daß das alles mich tief ergriffen hätte; aber von leiser Wehmut, von einer gewissen Herbststimmung wird das Herz doch beschlichen.

Dunkle Zypressen –
Ring dich nicht ab,
Es wird doch alles vergessen –

so ähnlich sagt *Storm,* und er hat recht. Immer wieder lief ich durch die Straßen der Stadt, aber ich sah kein bekanntes Gesicht, sie sind alle fort, verzogen, die meisten *sehr* weit. Der alte Hofrat Kind lebt noch, aber ich hatte nicht den Mut, ihn aufzusuchen. Über alles andre mündlich; es kann Dich ohnehin nur halb interessieren, weil Du ja Ort und Menschen nicht kennst.
Gestern um 11 nahm ich einen Wagen und fuhr am Strande entlang hierher. Das Wetter ist schlecht, gestern Wind, heute Regen, und doch muß ich sagen, es ist entzückend. Das Zimmer, das ich bewohne, ist freundlich, geräumig; das Haus selbst ganz allerliebst; der Blick durch Bäume hindurch auf das graue Meer

poetisch und für Herz und Sinne unendlich wohltuend. Herr und Frau v. Wallenstädt sind liebenswürdige Leute; die Bedienung (männlich) angenehm. *Lepel* kam bald, um mich zu besuchen. Dann streifte ich durch den Wald; auf der Rückkehr, mitten im Buchengrün, hörte ich Orgelklänge, denen nachgehend ich in die »Waldkirche« kam, die geschmackvoll mit ihrem rotbraunen Ziegelton aus dem Waldesgrün emporwächst. Die Kirche war aus, und die schmalen Steige fingen an, sich mit heimkehrenden Kirchgängerinnen zu beleben. Dazu die Stille, nur Waldes- und Meeresrauschen – es machte einen überaus freundlichen Eindruck auf mich. Bald darauf ging es im großen Gasthaus zu Tisch. Drei lange Tafeln, im ganzen vielleicht 120 bis 150 Personen. Hier traf ich endlich auch Roquette, der allerliebst, sehr munter und sehr freundlich war. Er ißt täglich in Gesellschaft eines russisch-jüdischen Familienzirkels (die Familie Lieven aus Moskau), weshalb ich auf seine Genossenschaft Verzicht leisten mußte. Ich traf es aber doch gut, indem ich einen Platz neben Staatsanwalt Homeyer und Oberkonsistorialrat Hermes erhielt, so daß für Unterhaltung bestens gesorgt war. Nach Tisch zum Kaffee in die »Försterei«, halber Weg nach Ahlbeck. Hier kam das ganze Konvoichen zusammen: Homeyer und Hermes, Roquette und ich, Lepel und Herr v. Wurmb. Nachdem ich durch Kippelung einen Stuhl zerbrochen, gingen wir nach Ahlbeck, um dort einem Waldgottesdienst beizuwohnen. Wir kamen leider zu spät, doch werde ich in 8 Tagen jedenfalls dabeisein; die Szenerie ist einladend. In Ahlbeck sahen wir uns noch das Haus an, drin Friede als Fürst v. Ahlbeck gewohnt hat, und gingen dann am Strand zurück. Abends Tee und Geplauder.

Nun weißt Du alles. Noch ein Wort über Dein Kommen oder Nichtkommen. Ich denke bei jedem schönen Anblick an Dich und mache mir einen halben Vorwurf daraus, daß Du nicht dabei bist; ich gönnte Dir alles von ganzem Herzen und habe den lebhaftesten Wunsch, daß es uns beschieden sein möge, in Zukunft solche stillen schönen Freuden gemeinschaftlich zu

genießen, und doch kann ich Dir jetzt nicht zureden: »Komm.« Die Geldfrage spielt dabei eine Rolle, aber doch nicht die erste und vorzüglichste, die Hauptsache ist, daß alles um mich her (im weitesten Sinne) doch nur für den single gentleman eingerichtet ist und daß sich, sowie Du hier wärst, auch bei all Deiner Anspruchslosigkeit (die ich zugebe) doch gleich eine Fülle von Mängeln herausstellen würde. Du würdest, namentlich bei ungünstigem Wetter, Dich unbehaglich und gelangweilt fühlen. Es ist ein großer Unterschied, ob man solche Zustände allein oder in *Gesellschaft eines andern* durchzumachen hat. Bis zu einem gewissen Grade hat der Mann die Verpflichtung, diese grauen Stunden abzuhalten, und kommen sie doch, so wird er dafür verantwortlich gemacht oder glaubt doch, daß er's wird.
Nun leb mir wohl; grüße und küsse die Kinder; Dir den herzlichsten Kuß von

Deinem Theodor

Im November erschien als zweiter Teil der Wanderungen »Das Oderland«. Danach wandte sich Fontane intensiv einem literarischen Plan zu, der ihn schon fast ein Jahrzehnt beschäftigte und aus dem schließlich – wenn es auch noch fünfzehn Jahre dauern sollte – der erste Roman »Vor dem Sturm« hervorging.
Im Januar 1864 brach der Krieg zwischen Preußen und Dänemark aus. Jahrzehnte später noch erinnerte Fontane sich: ». . . ich schrieb Abends und Nachts die ersten Kapitel . . . während die österreichischen Brigaden unter meinem Fenster vorüberfuhren . . .«
Anfang Februar wurde als letztes Kind der Sohn Friedrich geboren. Mit seinem Verleger Wilhelm Hertz plante er einen weiteren, dritten Band der Wanderungen über das Havelland.

54 *An Emilie Fontane (Mutter)*

Berlin d. 21. Febr. 64

Meine liebe, gute Mama.

Es ist ein stiller Sonntag-Abend, alles ist zu Bett und ich benutze eine freie halbe Stunde, um Dir zu schreiben.

Lischen, die am Freitag Nachmittag mit Jennychen ein paar Stunden bei uns war, hat mich in Deinem Namen über mein Schweigen und Nicht-Rapportiren ausgescholten und ich habe die Schelte als wohlverdient ruhig hingenommen. Wohl verdient und doch bin ich auch andrerseits recht sehr zu entschuldigen. Es liegt wirklich ziemlich viel auf meinen Schultern und bei dem aufrichtigsten Bestreben nach allen Seiten hin artig und rücksichtsvoll zu sein, besonders auch gegen Vater und Mutter (denn ich verachte die Rüpeleien, die sich erwachsene Kinder so oft gegen ihre alten Eltern erlauben) so ist es doch sehr schwer dies mit Consequenz und zu allen Zeiten durchzuführen. Ist Emilie rührig, so ist sie mir in allen diesen Sachen eine große Stütze; sie macht die Visiten, die ich beim besten Willen nicht machen kann, sie schreibt einen Brief, macht einen Gang etc. etc. Nun habe ich aber schon seit Monaten dieser Stütze entbehrt und alles was überhaupt gemacht werden soll, muß ich selber machen. Ohne ein so gutes Mädchen wie unsre Mathilde ist, wäre es gar nicht durchzuführen; denn zuletzt bleibt doch meine eigentliche Aufgabe nicht die, mich um hundert Kleinigkeiten zu kümmern, sondern handelt es sich vielmehr um die eine große Hauptsache das Geld zu verdienen, das nöthig ist um die ganze Maschinerie im Gang zu erhalten. Das ist nicht ganz leicht und nur diejenigen wissen davon zu erzählen, denen die schwere Aufgabe zufällt, in Folge der Eigenthümlichkeit ihres Lebensberufs, *alles allein* machen zu müssen. Dies ist bei den wenigsten Lebensberufen der Fall. Der Schneider, der Schuster, wenn ihr Geschäft blüht, nehmen einfach einen Gesellen mehr, der seinen Tageslohn empfängt, während der Herr die großen Summen einsteckt und sich schließlich eine Thiergarten-Villa baut, nachdem er 30 Jahre lang seinem Berufe nachgegangen ist d. h. Maaß genommen, Mittagsruhe gehalten und von 7 bis 10 Weißbier getrunken hat. Nur unserein, der mit seinem bischen Wissen und Verstand arbeitet, muß alles selber machen, kann keinen in Lohn und Kost nehmen, der ihm für 100 Thlr fünfhundert Thaler verdienen hilft, unserein muß immer selber vor, muß immer selber 'ran an die Ramme. Da ist's denn wahrlich nicht zu verwundern, wenn mitunter die Zeit nicht ausreicht und allerhand unterbleibt, weil eben die Hauptsache, der Lebensunterhalt, in erster Reihe verdient werden muß. Emilie hat im Allgemeinen ein Einsehen davon, aber es kommt doch vor, daß sie sich über dies und das, das ich unterlassen haben soll, beschwert oder wundert, während sie doch wissen sollte, daß ich mir die Arbeiten, deren Ertrag uns erhält, nicht aus dem Aermel schüttle.

Morgen sind es 8 Tage, daß Emilie außer Bett ist (es war der 10. oder 11. Tag) indessen ist es ihr, trotzdem die Zeit vollauf um war, eigentlich schlecht bekommen. Sie war viele Wochen lang *vor* ihrer Entbindung wirklich krank und hinfällig und ist es jetzt wiederum; am wohlsten war sie in den ersten 3 oder 4 Tagen *nach* der Entbindung, seitdem ist es eigentlich täglich wieder schlechter geworden. Natürlich ist sie bei diesen jämmerlichen Körperzuständen (das halbe Rückgrat ist ihr wie abgestorben) in nichts weniger als angenehmer Stimmung, woraus ich ihr wirklich keinen Vorwurf mache, weil ich sehe, daß sie leidet. Sie nimmt an nichts ein lebhaftes Interesse und brütet – wie das bei solchen tiefen Nervenverstimmungen immer der Fall ist – über der Vorstellung von ihrem eigenen Elend und ihrer Hinfälligkeit. Zum Glück ist das Kind wohl und munter und die Amme bis jetzt tadellos. Aendert sich das zum schlechteren, was jeden Tag kommen kann, so wird natürlich die Situation noch viel schlimmer. Das schlimmste ist, daß ich eigentlich außer Stande bin, irgend etwas zur Heilung und Besserung zu thun und doch glaube ich gern, daß sich, unter günstigeren Verhältnissen, allerhand thun ließe. Ich müßte sie aus ihrem jetzigen Leben herausreißen, sie in ein warmes Klima, in ein stilles Thal setzen können, mit zwei, drei sanften Menschen, die ihr angenehme Dinge sagen

und ihr viel Liebe erweisen, dann würde ihr wieder wohler werden, aber das kann ich ihr nicht verschaffen, selbst dann nicht, wenn die Geldmittel dazu vorhanden wären. Denn das Leben ist hart und rauh und Aergernisse lassen sich durch keine Summe Geldes wegkaufen. Ich muß also die Dinge ruhig gehen lassen und erwarten, daß Gott alles gnädig und zum Besten lenken wird. Ich habe mir in frühren Jahren immer viel von längrem freundschaftlichen Besuch für Emiliens Stimmung versprochen, aber ich habe nicht erlebt, daß sie auf die Dauer das davon gahabt hat, was ich ihr dadurch zu verschaffen hoffte. Ich sagte mir nämlich: ›es ist wahr, Du (d. h. also ich selber) bist nicht sehr interessant, Du liest, Du schreibst, Du bist etwas nüchtern, Du kannst den süßen Klageton nicht treffen, den Frauenherzen so gern hören, wohlan, sieh zu, daß irgend eine Freundin, eine Hausgenossin ihr das ersetzt, was Du ihr nicht gewähren kannst.‹ Aber diese Versuche haben, wenn auch keine schlechten so doch auch keine guten Resultate ergeben. Ich kann Emilien keinen Vorwurf daraus machen; wenn ihr das eine oder andre (z. B. mit Miss Martha) mißfiel, so hatte sie in der Regel guten Grund dazu; die Sache ist nur die, mit dem bloßen Recht haben, ist gar nichts gewonnen, man muß auch heiter und liebenswürdig bleiben können, wenn der Mensch mit dem man zusammenlebt, allerhand Dummes und Fehlerhaftes thut. Man muß es durchaus verstehn, *fünf gerade sein zu lassen*. Diese Nachsicht, diese heitre Milde, diesen guten Humor hat Emilie aber nicht und deshalb bleibt sie am besten allein. Vielleicht ginge es mit einem liebenswürdigen jungen Dinge von 16 Jahren, die sich unterordnet, aber wo hat man eine solche zur Hand. Genug davon. Die Kinder sind alle 4 Gott sei Dank wohl und munter und schlagen bis jetzt leidlich gut ein, wiewohl es natürlich andrerseits an allerhand Dummheiten und Unarten nicht fehlt. Im Allgemeinen aber sind die Unarten nicht so groß und erscheinen nur mehr so, weil die arme, angegriffene Mama natürlich jeden Lärm oder jedes Geschrei doppelt lästig empfindet. –
Wie es bei Sommerfeldts aussieht, darüber hast Du natürlich

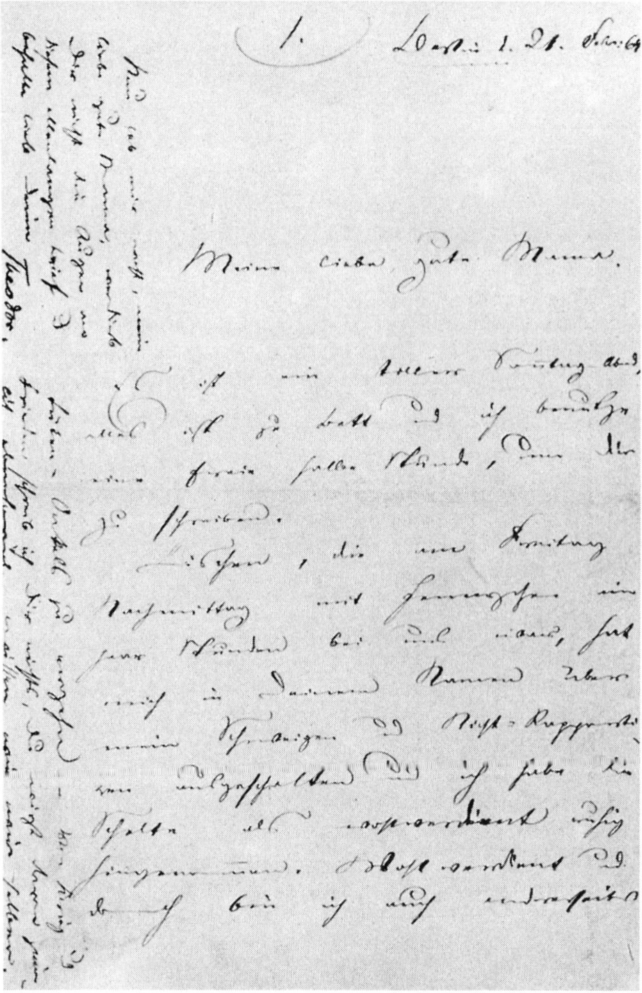

Berlin d. 21. Febr. 64

Meine liebe, gute Mama.

Abb. 9: An Emilie Fontane (Mutter) vom 21. Februar 1864

durch Lischen ausführliche Nachricht erhalten. Jenny ist auch sehr hin, in ähnlicher Weise wie Emilie, nur erlauben es ebensosehr ihre Mittel wie auch namentlich ihr *Charakter* sich mehr zu schonen. Emilie *ruht sich nicht genug* und vergißt, daß von einem herumschleichenden Gespenst die Wirthschaft auch nicht viel hat. Ich respektire diesen Fleiß und Ordnungssinn, aber mitunter wäre es besser, er fehlte. – Am Todestage des kleinen Werner fuhr ich zu Sommerfeldts hinaus, es war vorigen Montag. Der Eindruck, den das todte, alabasterweiße Kind auf mich machte, war ein tiefer und allerhand Wunderliches geht einem dabei durch Kopf und Herz. Natürlich ist es ein Glück, daß das Kind von seinem langen Leiden endlich erlöst wurde, aber der schwere Todeskampf (den mir Sommerfeldt erzählte) hat doch, wenn ihn so ein kleines Wurm durchkämpfen muß, etwas doppelt erschütterndes. – Lischen war zu unsrer Freude recht munter; leider werden wir beide wohl nicht viel von ihr haben. Von Sommerfeldts kann sie nicht oft weg (viel hat sie außerdem nicht bei uns) und umgekehrt sind unsre Besuche bei S. auch sehr rar. Emilie, die sonst den Verkehr unterhielt, ist viel zu angegriffen und ich meinestheils habe einfach nicht die Zeit dazu, mich in der Rolle des gemüthlichen Tüten-Onkels zu ergehn. – Von Krieg und Frieden schreib ich Dir nichts, Du wirst davon ziemlich ebensoviel wissen wie wir selber.

Nun leb mir wohl, meine liebe gute Mama, verdirb Dir nicht die Augen an diesem ellenlangen Brief und behalte lieb Deinen

Theodor

Der Verleger der Königlichen Geheimen Oberhofbuchdruckerei Rudolf von Decker bot Fontane die Übernahme eines Buches über den »Schleswig-Holsteinischen Krieg« an, Fontane sagte zu und fuhr zur Vorbereitung zu den Kriegsschauplätzen nach Schleswig-Holstein. Auf einer dieser Reisen besuchte er auch Theodor Storm in Husum. Um das Manuskript für das Kriegsbuch termingerecht abliefern zu können, stellte er alle anderen Arbeiten zurück.

55 An Alexander von Pfuel

Berlin, den 12. Februar 1865

Hochgeehrter Herr v. Pfuel.

Anbei habe ich die Ehre, Ihnen die beiden Bände Fouqué mit ergebenstem Danke wieder zurückzustellen, die Sie vor länger als Jahresfrist die Güte hatten, mir, auf meine Bitte, zu übersenden. Der Aufsatz über den General ist fertig geworden; bei der Biographie des Dichters aber bin ich stecken geblieben, da andre Arbeiten, die Umarbeitung des ersten Bandes meiner Wanderungen (inzwischen in 2. Auflage erschienen) und eine längre Reise nach Kopenhagen und Jütland dazwischen kamen.

An die Wiederaufnahme der unterbrochenen Arbeiten, die alle für Band III der Wanderungen bestimmt waren, ist vorläufig nicht zu denken, da ich auserlesen worden bin, eine populäre, dabei umfangreiche und reich illustrierte Darstellung des schleswig-holsteinischen Krieges zu schreiben. Es wird mich diese Arbeit mindestens noch bis in den Herbst beschäftigen und werde ich bis dahin meine märkischen Arbeiten nicht wieder aufnehmen können.

Bin ich aber wieder so weit, so darf ich mich wohl aufs Neue an Ihre Güte wenden. Denn auch das Rochow-Kapitel schreibe ich dann bald.

Ihr ganz ergebenster
Th. Fontane

Im Spätsommer des Jahres 1865 reiste er, um sich von der angespannten Arbeit zu erholen, an den Rhein und in die Schweiz.

56 An Henriette von Merckel

Berlin, d. 25. September 1865

Hochzuverehrende Frau.

Der *eigentliche* Brief, nämlich der Brief meiner Frau, liegt im Paket. Dieser ist nur Herold, der das Beßre verkündigt. Er hat

aber doch auch noch andre Aufgaben: zunächst die, Ihnen zu danken, daß Sie unserm kleinen Theo – der freilich von Geburt an halb der Ihrige ist – eine solche Freude gemacht und ihm Schlesien und die Berge erschlossen haben. Mög' es gute Frucht tragen, Ihnen und ihm. Wir hoffen Sie recht gestärkt wiederzusehn, ausgerüstet, die Berliner Winterkampagne, die ein gut Teil Kräfte erheischt, mit Leichtigkeit und Freude zu tragen.
Seit Mittwoch abend bin ich von meiner Rhein- und Schweizerreise zurück. Die Leute sagen, ich sehe wohl aus, und ich fühle mich auch so. Eine rechte Erholung habe ich freilich, die Tage in Interlaken abgerechnet, *nicht* gehabt. Aber man kann seinen Körper auf zweierlei Art erfrischen: einmal durch wirkliche Ruhe, dann aber auch durch eine *anderweite* Anspannung der Kräfte, die, wenn ich mich so ausdrücken darf, auf dem Instrument des Lebens die zu hart mitgenommenen Saiten außer Dienst stellt, um dafür drei, vier Wochen lang auf den minder gebrauchten Saiten zu spielen. Dies Spiel darf dann ein wahrhaft Lisztsches sein und schadet einem doch nicht, weil es ausschließlich auf einer Klaviatur erfolgt, die alltags Feiertage hat. – Seit heute, nachdem ich mir noch vier Ruhetage gegönnt, bin ich wieder im Trott. Die Alpen sinken, und die Zeitung steigt. Dennoch wird die Erinnerung an erlebtes Schönes mich durch den Winter begleiten, und ich werde gewiß noch Gelegenheit finden, Ihnen davon zu erzählen.
Gebe uns der Himmel ein frohes und gesundes Wiedersehn! Unter Gruß und Kuß für meinen Jungen mich Ihnen angelegentlichst empfehlend, wie immer Ihr ergebenster

Th. Fontane

Im Herbst konnte er die Arbeit am Kriegsbuch beenden, das Erscheinen verzögerte sich jedoch bis in das nächste Jahr hinein, da die Illustrationen nicht rechtzeitig fertig geworden waren.
In diesen Monaten gewann der Roman weiter festere Konturen, so daß er

dem Verleger Hertz klare Auskünfte über das Wie und Was machen konnte.

57 *An Wilhelm Hertz*

[17. Juni 1866]

Sehr geehrter Herr Hertz.

Mein Angegriffensein wird mich entschuldigen, daß ich, in meinen Stuhl zurückgelehnt, mit Bleistift diese Zeilen an Sie schreibe.

Ich bin Ihnen für Ihren heutigen Besuch ganz besonders dankbar. Was Sie mir am Mittwoch vor 8 Tagen sagten, deprimirte mich ein wenig; das schlimmste Urtheil bleibt immer: »es interessirt mich nicht«; davon ist gar kein Appell möglich. Heute vor 8 Tagen hoben Sie mich wieder etwas, aber ich wußte aus Ihren sehr wohl gemeinten Rathschlägen nicht recht 'was zu machen; Sie proponirten mir flott zu tanzen, während ich doch fühlte, daß ich einen Klumpfuß und eine schwache Lunge habe.

Heute haben Sie mir einen wirklichen Dienst geleistet und ich konnte Ihnen beinah Punkt für Punkt zustimmen. Die wichtigsten Punkte schienen mir folgende zu sein:

1. man muß die Dinge nicht zu gut machen wollen; das giebt nur Unfreiheit und Peinlichkeit.

2. man muß nicht *alles* sagen wollen, dadurch wird die Phantasie des Lesers in Ruhestand gesetzt und dadurch wieder wird die Langeweile geboren.

3. Man muß Vordergrunds- Mittelgrunds- und Hintergrunds-Figuren haben und es ist ein Fehler wenn man *alles* in das volle Licht des Vordergrundes rückt.

4. Die Personen müssen gleich bei ihrem ersten Auftreten so gezeichnet sein, daß der Leser es weg hat, ob sie Haupt- oder Nebenpersonen sind. Auf das räumliche Maß der Schilderung kommt es dabei nicht an, sondern auf eine gewisse Intensität, die den Fingerzeig giebt.

Alle diese Punkte sind wichtig und das Hervorheben derselben enthält einen begründeten Hinweis auf vorhandene Schwächen. Ob ich es, da das Ganze fertig in mir lebt, hier und da noch ändern kann, ist freilich eine andre Frage. Das Ganze (womit ich mich nicht rechtfertigen will) ist mehr oder weniger auf eine derartige Behandlung hin angelegt.

Und darüber sei mir noch ein Wort gestattet. Ich habe mir nie die Frage vorgelegt: soll dies ein Roman werden? und wenn es ein Roman werden soll, welche Regeln und Gesetze sind inne zu halten? Ich habe mir vielmehr vorgenommen, die Arbeit *ganz nach mir selbst,* nach meiner Neigung und Individualität zu machen, ohne jegliches bestimmte Vorbild; selbst die Anlehnung an Scott betrifft nur ganz Allgemeines. Mir selbst und meinem Stoffe möchte ich gerecht werden. Ohne Mord und Brand und große Leidenschaftsgeschichten, hab ich mir einfach vorgesetzt eine große Anzahl märkischer (d. h. *deutsch-wendischer,* denn hierin liegt ihre Eigenthümlichkeit) Figuren aus dem Winter 12 auf 13 vorzuführen, Figuren wie sie sich damals fanden und im Wesentlichen auch noch jetzt finden. Es war mir nicht um Conflikte zu thun, sondern um Schilderung davon, wie das große Fühlen das damals geboren wurde, die verschiedenartigsten Menschen vorfand und wie es auf sie wirkte. Es ist das Eintreten einer großen Idee, eines großen Moments in an und für sich sehr einfache Lebenskreise. Ich beabsichtige nicht zu erschüttern, kaum stark zu fesseln, nur liebenswürdige Gestalten, die durch einen historischen Hintergrund gehoben werden, sollen den Leser unterhalten, wo möglich schließlich seine Liebe gewinnen; aber ohne allen Lärm und Eclat. Anregendes, heitres, wenns sein kann geistvolles Geplauder, wie es hierlandes üblich ist, ist die Hauptsache an dem Buch. *Dies* hervorzubringen meine größte Mühe. Daher zum Theil auch die ewigen Correkturen, weil nicht die Dinge sachlich, sondern durch ihren Vortrag wirken. Ich möchte etwas Feines, Graziöses geben; ob ich es erreiche, steht dahin. Nur das bitt ich Sie schließlich freundlich zu erwägen: wenn Dinge durch eine gewisse Eleganz des Vortrags wirken sollen, so muß es eben kein Stotternder sein, der vorträgt. Mein M. S. aber stottert. Wenn das alles einst rund und nett an Sie herantreten und ununterbrochen, glatt hinfließen wird, wird Ihnen manches besser gefallen. [Schluß fehlt?]

Im Juni 1866 begann der Krieg zwischen Preußen und Österreich, der nach sechs Wochen durch einen Waffenstillstand beendigt werden konnte. Rudolf von Decker bot Fontane an, auch über diesen Krieg eine Darstellung zu schreiben.

58 An Rudolf von Decker

Berlin, d. 24. August 1866

Sehr geehrter Herr.

Es war eigentlich meine Absicht, heute in der Nachmittagsstunde mit zu Ihnen heran zu kommen. Ich bin aber erkältet und möchte mich bis Montag gern auskurieren, wo ich noch nach Langensalza will. Den Kriegsschauplatz der Mainarmee hab' ich vor, erst nächsten Mai zu besuchen.

Ich würde mich sehr freuen – woraus ich nie ein Hehl gemacht habe – wenn es noch zwischen uns zu einer Einigung käme. Der zweite Teil gehört dahin, wo der erste erschien. Außerdem wird es nicht allzuviel Firmen geben, die, wenn sie auch im übrigen meinen Ansprüchen nachkommen, dem Buch eine Ausstattung geben können wie die Deckersche.

Sie werden aus dem allen ersehen, wie lebhaft mein Wunsch ist, die Sache zwischen uns zu einem guten Ende zu bringen. Aber wie? Ich weiß nicht recht, wie ich es anfangen, was ich Neues proponieren soll.

Ich bin kein Breitschreiber, kein Zeilen- und Bogenmacher. Ich muß aber doch, wenn der immer reicher werdende Stoff sich gegen eine knappere Behandlung sträubt, schließlich eine Garantie haben, daß ich mein Plus an Arbeit nicht umsonst an die Sache gesetzt habe. Ich bitte Sie, dies freundlich in Erwägung zu ziehen. Lassen Sie uns nicht wegen einer Summe die für ein

Abb. 10: Wilhelm Hertz (1822-1901), der Verleger Fontanes

solches Unternehmen und für eine Firma wie die Deckersche eine Bagatelle ist, verschiedene Wege gehen. Ich würde es aufrichtig beklagen.
Ihrer geneigten Entscheidung entgegensehend, hochgeehrter Herr, Ihr ganz ergebenster

Th. Fontane

Im August reiste Fontane nach Böhmen, um Material für das Buch zu sammeln. Seine Erlebnisse veröffentlichte er bereits als »Reisebriefe vom Kriegsschauplatz Böhmen 1866« im September und Oktober in einer Berliner Zeitung. Da der Generalstab jede Hilfe für das Kriegsbuch ablehnte, mußten fast ausschließlich österreichische und sächsische Quellen benutzt werden, und die Arbeit zog sich weit in das Jahr 1867 hinein.

59 An Emilie Fontane

Berlin 27. Juni 67
Am Tage von Nachod

Meine liebe Frau.
Diese Abendstunde kann ich nicht besser zubringen als im Geplauder mit Dir; von »Eleazar« nach 1stündiger Lektüre habe ich mehr als genug und will mich durch etwas chit-chat erholen. Früher als sonst war ich gestern Morgen auf der Redaktion, was recht gut war, da der Hofrath nicht sichtbar wurde. Er war zwar in aller Frühe von Sonnenburg eingetroffen, aber doch – »denn dieser letzten Tage Müh' war groß« – in solchen Zuständen, daß häusliche Abwartung dringend geboten erschien. Der alte Karl, Prinz Friedrich Karl, General Voigts-Rhetz und unter den neu zu schlagenden Rittern allein 7 alte Commilitonen von der Roßlebner Klosterschule her, – da magst Du Dir denken was an Champagner-Erdbeer-Bowle geleistet worden ist! Heute Abend wird im »Rosengarten« bei Heinicke das Geschäft mit ungeschwächten Kräften fortgesetzt; – ich habe mich entschuldigen lassen. Ich liebe Rosen, aber 3stündiger Rosen-Enthusiasmus ist

noch langweiliger wie Cavallerieleutnants über Pferde-väter und -mütter sprechen zu hören.
Um 3 Uhr also Diner im Hôtel du Parc; v. Behr, Lepel, Lucae, ein Assessor oder vortragender Rath aus dem Cultusministerium und meine Wenigkeit. Es war sehr angenehm; außer trefflichem Sherry tranken wir nur Sodawasser und Champagner; mehrere kleine Reden wurden gehalten, Lucae mußte, auf Behrs Wunsch, einen Toast citiren, den er (Lucae) an unsres Friedels Tauftag auf Dich ausgebracht hatte. Ich entsann mich gleich wieder. Es waren die Strophen, in denen es heißt: die Freunde hätten am Ende doch Recht, wenn sie die Architektur als niedrigste Kunst ansähen; bisher habe er es bestritten, aber heute empfände er allerdings daß sich die Mutterliebe nicht architektonisch ausdrücken lasse und daß er zum Wort und zum Liede greifen müsse, um die Mutter des Täuflings leben zu lassen. Es gefiel wieder sehr. Behr knüpfte daran einen Toast auf Deine Gesundheit; ich sah nach der Uhr, genau 5, also wohl die Zeit, wo Du in Neuhof, hoffentlich wohlbehalten, eingetroffen bist.
Nach dem Diner ging ich mit Lepel im Thiergarten spatzieren; er klagte wieder; am Montag Nachmittag oder Abend, als er als Großmogul in der Loge fungirte, war sein Sohn Franz (der nach Ems geht) in des Papas Wohnung gewesen und hatte auf einen Zettel geschrieben: er bedaure ihn, den Papa, nicht getroffen zu haben; am andern Morgen reise er, mit dem Großvater, weiter. Lepel fand dies alles wieder »empörend«, man hätte ihn avertiren müssen etc; ich erwiederte, ich könnte alles nur traurig finden, sähe aber in dem Ganzen nur natürliche Consequenzen. Er nahm dies beinah übel und meinte: »jedesmal wenn er mir dergleichen erzähle, nähme ich immer Partei des Gegners etc.« Er verlangt, wie er eigens hervorhob, unter den bestehenden Verhältnissen, »*doppelte* Rücksichtnahme«, während ich finde, daß er gar keine Rücksicht, am allerwenigsten »doppelte« zu erwarten hat. Möglich, daß die Alten Unrecht haben, diese Frage lasse ich ununtersucht; sie glauben sich aber ihm gegenüber im Recht, sie betrachten ihn als ein

sehr zweifelhaftes, sehr wenig ehrenvolles Mitglied der menschlichen Gesellschaft und wollen ihm zeigen, daß das ihre Ansicht über ihn ist. Wo die Dinge so liegen, da hören die Gesetze der Cavalierschaft und der feinen Sitte auf.

Im Hause geht bis jetzt alles gut. Die Jungen sind manierlich; sie haben bei Hesekiels, durch Verschnappung, erfahren, daß sie in den Ferien nach Krentzlin reisen sollen; wie Du weißt, bin ich nicht sehr dafür. Luise verlief sich gestern auf dem Heimwege: als ich Mittags nach Hause kam schien sie um ihren Friedel geweint zu haben; ich sagte aber nichts. Heute hat sie uns sehr splendid beköstigt, so daß die Jungens mit großer Achtung von ihr sprechen.

Um 7 (heute) war ich bei Tante Merckel, traf sie aber nicht; ging dann zu »Eichelchen« wo ich noch 2 andre Damen fand, eine davon – wie ich aber erst nachher erfuhr – Fräulein Ottilie Heinke, also eine Art Cousine von mir. Als Kinder, in Swinemünde, gerirten sie sich wie Prinzessinnen; das ist nun freilich vorbei.

Auf meinem Abend-Spatziergang traf ich Zöllners und begleitete sie bis in die Schönebergerstraße, wo sie bei Grimms zu Abend waren; sie haben mich für Sonntag oder Montag, ganz nach meiner Wahl, eingeladen. Am Sonnabend ist Diner bei Beutner, Fournier zu Ehren, der Hauptheld wird aber fehlen, da er von 3 bis 9 Dienst hat.

In den nächsten Tagen will ich die Rezension über »Eleonore« schreiben, dann mein Kapitel »Nachod«, dann den Aufsatz über Paul. Mit Ausnahme der Einladungen, werd' ich durch nichts gestört und hoffe ein gut Stück vorwärts zu kommen. Nun gute Nacht!

Freitag d. 28.

Heute früh ist Dein Brief eingetroffen. Besten Dank. Ich freue mich sehr, daß es Dir gut geht und daß sich Gelegenheit zu herzlichem Lachen bietet: wenn man dabei seine Pflichten nicht versäumt, so ist es so ziemlich das beste und wahrscheinlich das gesündeste was man tun kann. Kommt gleich nach Ziegenmilch.

Wenn Du über den Aufenthalt des Königs in Liegnitz etwas Hübsches und Mittheilbares erfährst, so schreib es mir. Suche doch auch zu erfahren, ob nicht zu dieser Festfeier – fast sollte man es vermuthen – eine Art militairische Fest-Brochüre erschienen ist, in der die Thaten des 7. Regiments, speziell bei Skalitz erzählt werden. Ist so etwas da, oder auch von andern niederschlesischen Regimenten (Du könntest doch zufällig davon hören) so schicke mir es gleich; gerade jetzt mit Nachod-Skalitz beschäftigt, würden mir die Sachen, selbst wenn sie schriftstellerisch keinen Sechser werth sind, sehr erwünscht kommen.

Von Scherz traf heute auch ein Brief ein; er bedauert, Dir mit 1 rthl. 7½ durchgegangen zu sein und lädt die Jungens in aller Form zu einem Ferienbesuche ein; ich werde sie nun natürlich schicken müssen, seinetwegen und der Jungens wegen. Sie sind bereits sehr glücklich; George macht heute schon Ferienarbeiten, wiewohl die Ferien erst morgen über 8 Tage anfangen. Fournier, bei Ueberreichung des Bouquets, ist sehr liebenswürdig gewesen, hat ihn geküßt und sich mit ihm unterhalten. »Was willst Du denn werden?« Soldat. »Sonderbar, als ich jung war, wollte alles Schauspieler werden, jetzt will jeder ins eigentliche Heldenfach übergehn.« Deine Grüße werde ich allerorten ausrichten.

Eben kommt Herr v. Rohr um mein Kaffegast zu sein, ich breche also ab, drei Bogen ist auch genug. Grüße die Kinder, besonders auch den Liebling, empfiehl mich allen lieben Insassen des gastlichen Hauses Treufler und sei herzlich geküßt von Deinem alten

Theo

Luise die eben den Kaffe bringt und Herr v. Rohr, der seit 10 Minuten ruhig neben mir liest, grüßen resp. empfehlen sich Dir.

Im Sommer besuchte er noch einmal den Vater in Schiffsmühle bei Frankfurt an der Oder. Es war das letzte Wiedersehn, am 5. Oktober starb Henri Louis Fontane einundsiebzigjährig.

60 *An Hermann Sommerfeldt*

Berlin, d. 29. Oktober 1867

Mein lieber Sommerfeldt.

Unter dem kleinen Antiquitätennachlaß unsres guten Alten wüßte ich nichts, was ich erstehen möchte. Ein paar kleine Erinnerungsstücke hab' ich ja, und die großen würden mich, bei unserm beschränkten Raum, nur in Verlegenheit bringen. Die Uhr hätte ich, unter Umständen, gern genommen; wie die Dinge aber liegen, trete ich auch davon zurück. Damit dies nun nicht ein wunder Fleck bleibt, halte ich es für gut, mich über die berühmte Uhrfrage ausführlicher auszusprechen.

Diese Uhrfrage, wie so viele andre berühmte Fragen, hat ihre zwei Seiten.

Als einziger überlebender Sohn, der den Namen Fontane trägt, hatte ich vielleicht den nächsten Anspruch auf dies vielbesprochne Erbschaftsstück; es war, glaub' ich, in der Ordnung, daß ich den Wunsch hegte, dermaleinst bei dem Schlage derselben Uhr sterben zu können, bei deren Ticktack mein Vater und mein Großvater gestorben sind. Ich hatte sozusagen ein poetisches, aus der Geburt und dem Familiennamen erwachsendes Anrecht an die Uhr.

Das ist die eine Seite. Aber die Frage, wie schon zugegeben, hat auch eine andre Seite. Längst spiele ich die Rolle eines vorweg entthronten Kronprinzen; Du bist, ohne Palastrevolution, ohne Gift und Dolch, seit lange an meine Stelle getreten; die Verhältnisse haben das so mit sich gebracht. Du hattest von Anfang an einen Besitz, als ich noch ein »verlorener Posten« war; dazu warst Du praktisch, geschäftskundig, umsichtig, und was die Hauptsache ist, bist meiner ganzen Familie, in allen ihren Mitgliedern, praktsich genommen, immer mehr gewesen als ich

ihnen sein konnte. Und das Praktische bleibt zuletzt das Siegreiche. Ich habe, sozusagen, meine Familienbedeutung neben Dir verloren; Du bist der »Häupter« geworden, der ich eigentlich hätte sein sollen, und in dieser Deiner Häuptlingseigenschaft liegen zuletzt auch alle jene Ansprüche begründet, deren Endresultat die siegreiche Heimführung besagter Wanduhr ist. Diese ist sozusagen das Symbol Deiner Thronbesteigung.
Über den kleinen Ärger, den ich vor Wochen darüber empfand, bin ich weg; ich gönne Dir die Uhr aufrichtig und wünsche, daß sie Dir nur gute Stunden schlägt. Aber ihr altes Gehäuse würd' ich ihr lassen; nimmst Du ihr das, so ist sie nicht mehr sie selbst und eine Uhr wie jede andre.
Mit bestem Gruß an die Schwestern wie immer Dein

Th. Fontane

Weit in das Jahr 1868 reichte die schwierige Arbeit an dem Kriegsbuch, dessen Umfang schließlich fast 1200 Seiten erreichte. Im Mai fuhr Fontane zur Erholung in den Harz nach Thale, anschließend konnte er das Manuskript am »Deutschen Krieg 1866« beenden.

61 An Bernhard von Lepel

Berlin. 30. Dezember 1868

Mein lieber, alter Lepel.
Lediglich damit höheren Orts keine Mißverständnisse ausbrechen, oder die schon ausgebrochenen (ich habe Ahnungen) sich calmiren, theile ich Dir noch nachträglich mit, daß wir wirklich beide invalide sind, daß niemand heute bei uns ist, daß wir vorhatten, um 9 zu Bett zu gehn und daß wir nur auf Deine freundliche Anfrage von heute früh möglichst freundlich zu antworten, uns verpflichtet fühlten. Bleibe ruhig und vergnügt in Deiner heutigen Abendgesellschaft, empfiehl mich Frl. v. Rohr (auch Frau v. Romberg wenn dies passend ist) und komme um 10 Uhr nur, wenn es Dir bequem und angenehm ist. Du wirst

Abb. 11: Bernhard von Lepel (1818-1885), der Lebensfreund Fontanes. Ein Selbstbildnis

dann nur noch *mich* finden. Meine Frau hält das Programm inne und geht um 9 zu Bett. – Wie immer Dein Th. F.

1869 begannen die vorbereitenden Arbeiten für einen dritten Teil der Wanderungen über das Gebiet des Havellandes.

62 An Emilie Fontane (Mutter)

Berlin d. 29. Mai 69

Meine liebe, gute Mama.

Der Monat Mai soll doch nicht zu Ende gehn, ohne daß ich vorher mit Dir ein wenig geplaudert und vor allem Dir meine Freude darüber ausgesprochen habe, daß es wieder um so vieles besser mit Dir geht. Vielleicht bietet sich mir im Lauf der nächsten Monate Gelegenheit, mich, wenn auch nur auf 2 Stunden, persönlich davon zu überzeugen. Ich bin nämlich jetzt mit meinem Kriegsbuch fertig und habe, vor ein paar Tagen, – zu meiner Erholung (der *Wechsel* der Arbeit ist die einzige Erholung die sich unsereins gönnen kann) den dritten Band meiner Wanderungen angefangen. Das ›Havelland‹. Ich werde es, nach der alten Landeseintheilung, behandeln und in größeren Abschnitten den *Glin,* wo das herrliche Vehlefanz die Hauptstadt ist, den *Friesack* mit der Hauptstadt Friesack und zuletzt auch das Ländchen *Bellin* mit der Hauptstadt Fehrbellin meinen Lesern vorführen, wobei ich dann nicht versäumen werde, sei es von Friesack oder sei es von Fehrbellin aus, einen Abstecher zu Mütterchen und Schwesterchen zu machen. Klingt wie im Märchen. Lise als ›Schwesterchen‹ ist nicht übel. Dagegen bist Du nun als ›Mütterchen‹ vollkommen, was Du aber nicht übel nehmen mußt. Am besten wäre es, ich führe dann nur bis Wustrau, fände Euch dort, promenirte mit euch auf Zieten-Schwerinschen Parkgrund, tränke einen mäßigen Wirtshauskaffe und verschwände wieder, mit dem Hute winkend, am Horizont.

Die Hochzeit in Kränzlin, zu der ich nicht erscheinen konnte,

soll ja sehr großartig gewesen sein: zu Fuß gerittene Quadrillen, Pferdeköpfe, Grafen etc. Ihr wißt, daß Hesekiels Gicht meinen Urlaub und mein Kommen unmöglich machte; in aller Liebe und Freundschaft muß ich doch aber auch sagen: dieser Gichtanfall kam mir sehr à propos. Ich habe gar kein Organ für solche Feierlichkeiten; bei Lisens Taufe kriegte ich bekanntlich den Lachkrampf und etwas von diesem alten Uebermuth ist mir bis auf den heutigen Tag geblieben. Alles Ehrpußliche, alle ›Pompositât‹ wie die Engländer sagen, reizt mich zu kritischen Betrachtungen. Dazu kommt, daß ich in Kränzlin, in dem ich unbestritten – und in aufrichtigem Dank sei es gesagt – glückliche Tage verlebt habe, ein Fremdling geworden bin. Die Kinder kenn' ich nur noch dem Namen nach; alle Interessen, Verkehrs- und Sprechweise liegen nach der entgegengesetzten Seite hin, – kurzum ich hätte eine unglückliche Rolle gespielt und weder mich noch andre befriedigt. Nur Zychlinski hätt' ich gerne gesehn.
Jenny reist heut Abend nach Carlsbad; wir werden sie noch auf dem Bahnhofe sehn und ihr glückliche Reise wünschen. Frau v. Wangenheim, die seit 3 Tagen von Carlsbad zurück ist, schildert den Aufenthalt gerade jetzt als entzückend, freilich auch als theuer. Aber Eckhaus und Woeppler'sche Pulver werden wohl das Nöthige abwerfen.
Wir haben in den letzten 6 Wochen gesellschaftlich viel üppiger gelebt wie während des Winters; die Veranlassung war mannigfach: Lübke's, in Folge des Unfalls der ihn betroffen, blieben 4 Wochen länger hier als sie ursprünglich wollten, Treutler's waren hier, und vor etwa drei Wochen erschien Paul Heyse nebst Frau. Sie ist noch nicht voll 19 Jahr und allerdings sehr schön. Was ihr aber mehr als ihre Schönheit die Herzen gewonnen hat, ist etwas außerordentlich freundliches und gütiges im Ausdruck ihrer Augen. Dies hatte niemand erwartet. Sie ist kindlich und charaktervoll zugleich und nur *darin* mehr süddeutsch, als wir diesseits des Maines zu goutiren pflegen, daß allerdings die Toilettenfrage eine ungeheure Rolle zu spielen scheint.

In unsrem Hause, unberufen und unbeschrien, geht es leidlich. Emilie, die von Weihnachten bis Ostern, körperlich und geistig in trauriger Verfassung war, hat sich wieder recht erholt und sieht die Welt im Allgemeinen und mich im Speziellen wieder mit andern Augen an. Ich könnte Ehe-Mondstabellen herausgeben. Vom November an abnehmend, Weihnachten letztes Viertel, dann 4 Monate lang totale Verfinsterung, zu Ostern der erste goldne Sichelstreifen, der holde Mondkahn, um nun in den Stillen Ocean des Frühlings und Sommers einzuschiffen. Nach Pfingsten Vollmond. Ich nehme dies alles jetzt wie Natur-Erscheinungen hin, freue mich des blauen Himmels und murre nicht, wenn es regnet. Ich weiß, alles hat seine Zeit.

Die Kinder sind jetzt wirklich sehr nett. Theo ist klug, fleißig, strebsam; Martha mausert sich sehr heraus und wird elastisch, graziös, leider auch eitel, putzsüchtig und schulschnabbrig; Friedel, ein sehr gutes Kind, auch nett aussehend, ist eine völlig komische Figur, ein durch ein Verkleinerungsglas angesehner Pachter oder Schiffscapitain. Theo ist der jüngste in Ober-Tertia. Neulich erzählte er uns, ein Großer habe gesagt: ›schwach ist der Fontan nur, aber Muth hat er‹; ›na – setzte Theo hinzu – es ist besser wie wenn sie gesagt hätten: stark ist er, aber feige.‹ Von George leg' ich einen seiner letzten Briefe bei. Er wird nun in den nächsten Tagen Fähnrich werden, was seine ganze Seele in Anspruch nimmt. Glückliches Alter!

Nun hab' ich aber wirklich etwas ehrliches zusammengeschwatzt; vielleicht fügt Emilie noch einige Worte bei. Kuß und Grüße euch beiden; die herzlichsten Dir von Deinem alten

Theodor

63 An Emilie Fontane

Berlin 21. Oktob. 69

Meine geliebte Frau.

Gestern hab ich für heute oder morgen einen längeren Brief angekündigt und jetzt wo ich ihn schreiben will, liegt nicht recht 'was vor. Es ist auch gut so, denn ich habe kaum noch eine halbe Stunde, da Zöllners und ich für heute Abend ein Rendez-vous bei Grimms verabredet haben. – Aus Deinem Briefe ersehe ich, daß Treutler beständig kränkelt; dies ist doch sehr bedenklich und wieder ein rechter Beleg für die alte Wahrheit: wenn man die Schnepfen hat, kann man sie nicht mehr vertragen. Dabei ist sich-Zurückziehen doch auch eine sehr bedenkliche Maßregel. Solch Leben verwöhnt doch ungeheuer und man muß schon *sehr* viel Geld haben, um hier in Berlin von den bloßen Zinsen ein ähnliches Leben führen zu können. – Daß Martha im Turnen excellirt, freut mich ohne mich zu überraschen. Ihre Abstammung nach dieser Seite hin ist von Vollblut. – Nun meine Tages-Erlebnisse und meine Schlachtpläne für die nächste halbe Woche.

Gestern Abend (Mittwoch) war ich endlich bei Sommerfeldts. Ich fand alles wohl. Die goldene Hochzeit ist sehr erbaulich abgelaufen und die alten Leute, die noch gut aussahen und ganz stramm dastanden, sollen sich unter anderm auch durch Splendidität ausgezeichnet haben, was sonst nicht ihre starke Seite ist. Es waren glaub ich 24 Personen und Schwager Sommerfeldt hat eine Rechnung von ohngefähr 150 Thalern bezahlt. Bei dieser Gelegenheit schalte ich auch ein, daß Albert Sommerfeldt *all* sein erspartes Geld (nah an 2000 Thaler) an der Börse verloren hat. Und schließlich kann er noch froh sein, daß die Niederlage nicht schlimmer ausgefallen ist. Er thut mir leid, denn er ist ein fleißiger und ordentlicher Mann; aber wenn ich von seiner Person absehe, so freu ich mich drüber. Es ist ein Unsinn, wie durch eine Art Taschenspielerei, jeden Tag aus 50 Thalern 100 zu machen. Dieser ganze Schwindel, diese faule Reich-werderei ist mir tief verhaßt und die ganze Geschichte berührt mich wie eine in der Welt umschleichende Krankheit, nicht aber wie ein Glück dem man nachzujagen hat. – Die alte Mama Sommerfeldt rechnet übrigens mit Bestimmtheit auf noch weitre 18 Jahre; sie ist dann 90.

Heute Vormittag (Donnerstag) war ich in der »Ausstellung der

Künstlerinnen«; – Frl. Eichler hatte mich gepreßt. Solch Besuch ist sehr strapaziös und wenig lohnend. Selbst das Beste ist doch nur Mittelgut. Daß arme Mädchen auf diese Weise Geld zu verdienen suchen, finde ich in der Ordnung; aber davon sprechen als ob es etwas sei, ist beinah ein Unrecht. Ein Portrait von unsrem Eichelchen ist übrigens recht hübsch. Heute Abend also bei Grimms.
Morgen (Freitag) zu einem kleinen Mittagessen beim Hofrath; ich soll mir Bücher bei ihm aussuchen; die Freundschaft mit dem kleinen Professor Buschmann scheint schnell einen Knax gekriegt zu haben, vielleicht ein wenig durch meine Schuld.
Am *Sonnabend* will ich einen Ausflug bis zu Stimmings machen, um Heinrich v. Kleists Grab zu besuchen. Am *Sonntag* nach Sacrow und auf die Pfauen-Insel. Am *Montag* Nachmittag eine Fahrt mit Sommerfeldts, um die neuen Parks und Stadttheile zwischen Frankfurter und Schönhauser Thor zu inspiciren. All das ist aber natürlich vom Wetter abhängig; es wechselt beständig Regen mit Ostwind und eins ist so wenig brauchbar wie das andre.
Einen Brief von George schließe ich bei. Es ist wahr die Extras nehmen kein Ende; aber wenn er nur vorwärts kommt und etwas leistet, so will ich diese Dinge gern bezahlen. Schließlich kommen doch in Jahresfrist – von Unerläßlichkeiten abgesehn, für die man ihn nicht verantwortlich machen kann – noch keine 100 Thaler heraus. Er hat jetzt also täglich 8 Sgr für Kaffe, Frühstück, Abendbrod und eine gelegentliche Vergnügung. Es liegt auf der Hand, daß sich besondre Sprünge davon nicht machen lassen und daß, wenn einer kein großer Rechner und Oekonomicus ist, Zuschüsse beinah unvermeidlich werden. Natürlich werd' ich ihm das nicht schreiben. Für uns dreht sich jetzt alles um die Frage, ob ich die ministeriellen 300 Thaler wieder erobern werde oder nicht. Es muß schließlich auch so gehn, aber ich komme nicht eher wieder zu innerlicher Ruhe, als bis ich sie habe oder etwas ähnliches.
Und nun leb mir wohl, genieße diese heitren, sorglosen Tage

und stärke Dich für den Winter. Herzlichste Grüße dem ganzen Hause; Dir und meiner kleinen Mete Gruß und Kuß von Deinem alten Theodor

Im November erschien endlich der erste Halbband des »Deutschen Krieges 1866«. Fontane überreichte ihn König Wilhelm I.

64 An König Wilhelm I.

Allerdurchlauchtigster, Großmächtigster König!
Allergnädigster König und Herr.
Ew. Majestät geruhten huldvollst die Geschichte des 64er Krieges, die zu schreiben mir der Auftrag geworden war, entgegenzunehmen; heute bitte ich um die Gnade Allerhöchstdenselben eine Darstellung des Feldzuges von 1866 – leider zunächst nur den ersten Halbband: »Bis Königgrätz« – überreichen zu dürfen.
Ew. Majestät ehrten mich damals durch Verleihung der goldenen Medaille für Kunst und Wissenschaft; ich wage es heute mit einem ganz bestimmten Gesuch vor Ew. Majestät zu treten.
Im Jahre 1861 wurde mir auf Antrag des Cultus-Ministeriums eine jährliche Unterstützung von 300 Thalern zur Fortführung meiner ethnographischen und spezial-historischen Arbeiten über die Mark Brandenburg bewilligt. Ich empfing diese Unterstützung bis Ostern 1868, wo meine Bitte um Fortbewilligung dieser Summe abschläglich beschieden wurde.
Die Wiederbewilligung dieser sieben Jahre lang aus der Generalkasse des Cultus-Ministeriums empfangenen Unterstützung von jährlich 300 Thalern ist es, was ich heute von der Gnade Ew. Majestät erbitte. Manche drückende Sorge würde dadurch von mir genommen, ich selbst aber in den Stand gesetzt werden, meinen Arbeiten mit erneuter Frische und Freiheit mich zuwenden zu können.

Im Vertrauen auf Allerhöchstdero Huld und Gnade, verharre ich als

Ew. Majestät
allerunterthänigster
Th. Fontane

Berlin 23. November 1869
Königgrätzer-Str. 25

Die erbetene Unterstützung wurde ihm nicht gewährt, er erhielt lediglich eine einmalige Ehrengabe von 80 Friedrichs d'Or.
Fontanes Mutter, die in Neuruppin lebte, erkrankte schwer, und Emilie fuhr zur Unterstützung und Pflege zu ihr.

65 An Emilie Fontane

Berlin 3. Dezember 69

Meine geliebte Frau.
Dies werden also muthmaßlich die vorletzten Zeilen sein, die ich für diesmal an Dich nach Ruppin richte. Ich finde, daß ihr ganz richtig beschlossen habt und daß es am besten sein wird, Du reist zu Anfang des neuen Jahres zurück, um Lischen abermals ein wenig zu unterstützen oder doch ihr durch Gesellschaft und Plauderei das Leben ein wenig leichter zu machen. Das ganze Haus freut sich Dich wieder zu sehn. Daß Deine Gegenwart unsrer lieben Alten von Zeit zu Zeit wohlgethan hat, hab ich mit Freuden aus Deinen heutigen Zeilen ersehn, für die ich Dir bestens danke. Was Du darin über die verschiednen Arten von Gesellschaften und Persönlichkeiten schreibst, unterschreib ich alles; auch hat es mich erfreut, daß Du an meinem Buche *das* lobst, was glaub ich wirklich daran zu loben ist: Klarheit und Unparteilichkeit. Das andre mag auf sich beruhn.
»Ankündigungen« erscheinen jetzt beinah täglich, doch sind sie, wie ich Dir schon gestern schrieb, werthlos für mich; sie haben nur einen Werth für Decker, der natürlich ein paar hundert

Exemplare mehr absetzt, wenn immer tüchtig drauf los gelobt wird. Eine ausführliche Besprechung, die das »Fremdenblatt« brachte, wollte ich Dir, ihrer Ueberschwenglichkeiten halber, heute beilegen; ich habe das Blatt aber verkramt und kann es nicht finden. So möge denn ein Referat aus der Köln:Ztng. dafür eintreten, das doch wenigstens auf ein Durchblättert-haben deutet. Mehr ist ja in diesem Fest- und Bücher-Trouble auch wirklich nicht zu verlangen.
Du frägst wegen Bismarck. Bismarck und Zychlinski antworteten beinah umgehend, doch schwieg ich absichtlich über ihre Zuschriften. Aus sehr verschiedenen Gründen. Bismarcks Brief besteht blos aus 8 oder 10 verbindlichen Secretair-Zeilen, die der Minister unterschrieben hat. Als *erstes* Anerkennungszeichen für mein Buch waren diese Zeilen etwas mager und ich schrieb Dir nichts davon, um Dich nicht zu verstimmen. Nachdem ich nun aber 8 Tage lang immer Lob und Ehre und – Geld eingeerndtet habe, hat es mit der »Reservirtheit aus Varzin« nicht mehr so viel auf sich. Ich muß nun abwarten, wie sich Excellenz *späterhin* zu dem Buche stellt. Giebt es weiter kein Lebenszeichen, so ist mir das allerdings zu wenig und ich werde mich in diesem Falle auch »reservirt« halten. Doch das muß abgewartet werden.
Zychlinski schrieb sehr freundlich und herzlich; er konnte natürlich, nach kaum 24 Stunden, auf den Inhalt nicht eingehn. Daß ich Dir auch *seinen* Brief nicht schickte, hatte in etwas andrem seinen Grund. George hatte, zwei, drei Tage vor seinem Fähnrich-werden, einige faux pas begangen und darüber machte mir Z. kleine Mittheilungen. Die Sache zerfällt in einen besondren und einen allgemeinen Theil. Das Besondre ist, daß George die Kirchenparade versäumte, 24 Stunden brummen mußte und (unerhört!) dem Hptm. v. Witzleben seinen Kneipwirth auf die Bude schickte, der bitten mußte: dem Unteroffizier Fontane die Strafe zu erlassen. Dies hat man mit Recht sehr unpassend gefunden. Das Allgemeine lautet wieder dahin: er hat eine Vorliebe für nicht ganz standesgemäße Gesellschaft. Zychlinski behandelt alle diese Punkte mit Nachsicht und selbst mit Hu-

mor, spricht sich auch in allem Uebrigen freundlich und anerkennend über den Jungen aus, dennoch ist es fatal, daß er Neigung zeigt wieder in den alten Bummelton, in *bequemen* Umgang hineinzugerathen. Ich habe ihm geschrieben, daß er sich zusammen nehmen soll, um nicht noch in der 12. Stunde Fiasco zu machen. Natürlich hat so'n armer Junge es schwer; zu den Offizieren gehört er nicht; wo soll er nun hin? er kann sich die Gesellschaft nicht malen und nimmt sie, wie er sie findet.

Eine große Freude hat mir Tante Merckel (die die Adresse der betr. Kräuterfrau leider nicht mehr weiß) gemacht. Sie erzählte mir gestern: das Kriegsbuch wäre ihrem kranken Bruder wie vom Himmel geschickt; an andern literarischen Dingen nehme er kein rechtes Interesse mehr, wohl weil seine Stimmung eine zu ernste sei, das Buch intressire ihn aber aufs höchste, weil es eine Darstellung jener Zeit und jener Erlebnisse sei, *wo sich sein eigenes Leben auf der Höhe befunden habe;* alles trete ihm noch einmal entgegen und erfrische und erheitre ihn. Er habe sein lebhaftes Bedauern ausgesprochen, daß es schon zu Ende ginge, – in weniger als 8 Tagen habe er sich das Ganze vorlesen lassen. Darauf antwortete ich nun natürlich: »da kann geholfen werden; in meinem Nachschlage-Exemplar ist schon ganz Königgrätz mit enthalten; nur die Bilder fehlen.« Dies war ihr eine große Freude; natürlich schickte ich den ganzen Band gleich hinüber. Du kannst Dir denken, welche Freude es mir machen muß mich dem Manne dankbar zu erweisen, der so viel Freundlichkeit und Wohlwollen für mich gehabt hat.

Morgen Rütli bei mir; übermorgen (Sonntag) bei Wangenheims zu Tisch. Trotz der vielen Gesellschaften die ich mitgemacht und trotz der langen Briefe die ich geschrieben habe hab ich doch einiges arbeiten können und bin in meinen Aufsätzen über Marquardt, Bischofswerder, Rosenkreuzer und Geisterseherei ein gut Stück vorwärts gekommen. – Die Wunschzettel der beiden Kleinen leg ich bei. – Ergeh es Dir gut, grüße Lisen und meine liebe gute Alte aufs herzlichste; Dir einen besten Kuß von

Deinem Theodor

Am 13. Dezember starb Fontanes Mutter Emilie im Alter von 71 Jahren.

66 An Mathilde von Rohr

Berlin 22. Dezemb. 69

Mein gnädigstes Fräulein.

Vielen Dank für die freundlichen und theilnehmenden Worte in Ihrem gestern früh erhaltenen Briefe.

Meine Frau reiste gleich nach Eintreffen der telegr. Depesche (Montag d. 13.) wieder hinunter; wir andern folgten am Mittwoch. Am Donnerstag haben wir dann unsre gute Mama auf dem alten Ruppiner Kirchhof – Kaufmann Gentz hatte uns ein Stück Erde abgetreten – an einer schönen, baumbepflanzten Stelle zur letzten Ruhe bestattet. Die ganze Stadt war voll Theilnahme, was uns wieder einmal zeigte, daß ein ordentliches, ehrliches, anständiges Leben, voll Strenge gegen sich selbst und voll Güte gegen die Mitmenschen, immer noch seine Würdigung findet. Der Sarg war mit Kreuzen und Kränzen überdeckt. Auf der Hinfahrt (beiläufig bemerkt) war ich auch dem Herrn v. Winterfeldt in Neustadt a. D. begegnet; er machte einen wenig aristokratischen Eindruck.

Das Fest ist nun vor der Thür. Am Heiligabend werden hoffentlich, wie seit Jahren, Lepel und Frau Müller bei uns sein. Das Buch ist besorgt und zwar zu einem ermäßigten Preise. Ihr Gedanke, unsrem Freunde gerade dies Geschenk zu machen, ist wieder außerordentlich liebenswürdig, noch mehr gegen mich als gegen Lepel.

Ihr Neffe Hans ist ja nun seit 3 Wochen in Erfurt und gewiß glücklich das ›Bummeln‹, das jeder satt kriegt, hinter sich zu haben. Ich hoffe durchaus, daß Pau seine Dienste aufs beste gethan hat. Vor einigen Tagen schickte ich ihm auf seinen Wunsch das M. S. zurück, von dem Dr B. bereits zwei weitre Briefe acceptirt hatte. Nun konnte und wollte Hans aber den Abdruck, der vielleicht erst zu Ostern erfolgt wäre, nicht ab-

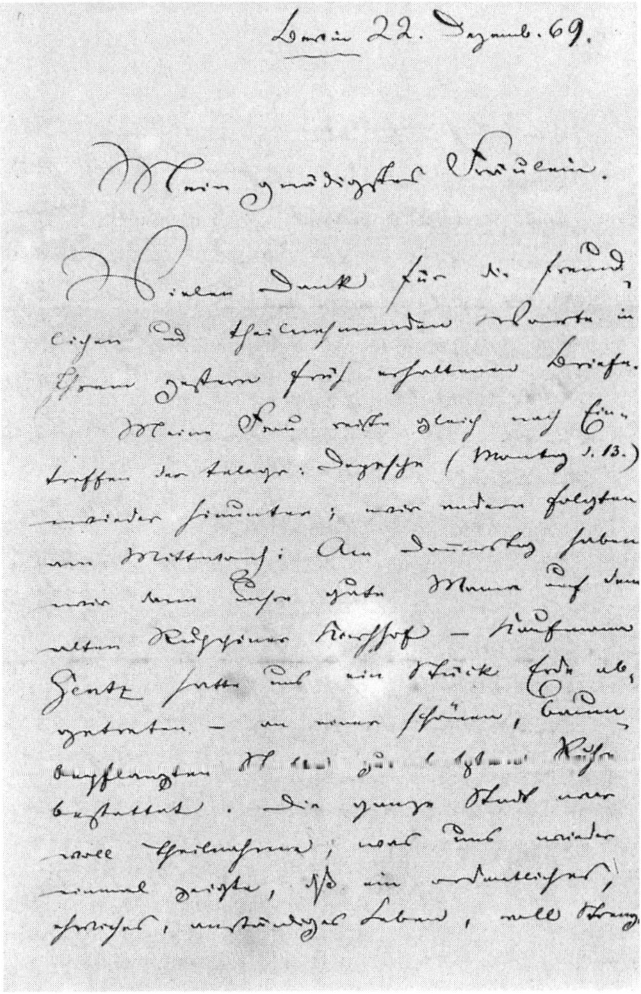

Berlin 22. Dezemb. 69.

Mein gnädigstes Fräulein.

Vielen Dank für die freundlichen und theilnehmenden Worte in Ihrem gestern früh erhaltenen Briefe.

Meine Frau reiste gleich nach Empfang der Anlage: Depesche (Montag d. 13.) wieder hinunter; wir andren folgten am Mittwoch; am Donnerstag haben wir dann unsre gute Mama auf dem alten Ruppiner Kirchhof – Kaufmann Gentz hatte uns ein Stück Erde abgetreten – an einer schönen, baumbepflanzten Stelle zur letzten Ruhe bestattet. Die ganze Stadt war voll Theilnahme, was mal wieder einmal zeigte, daß ein ordentliches, ehrliches, anständiges Leben, voll Streng-

Abb. 12: An Mathilde von Rohr vom 22. Dezember 1869

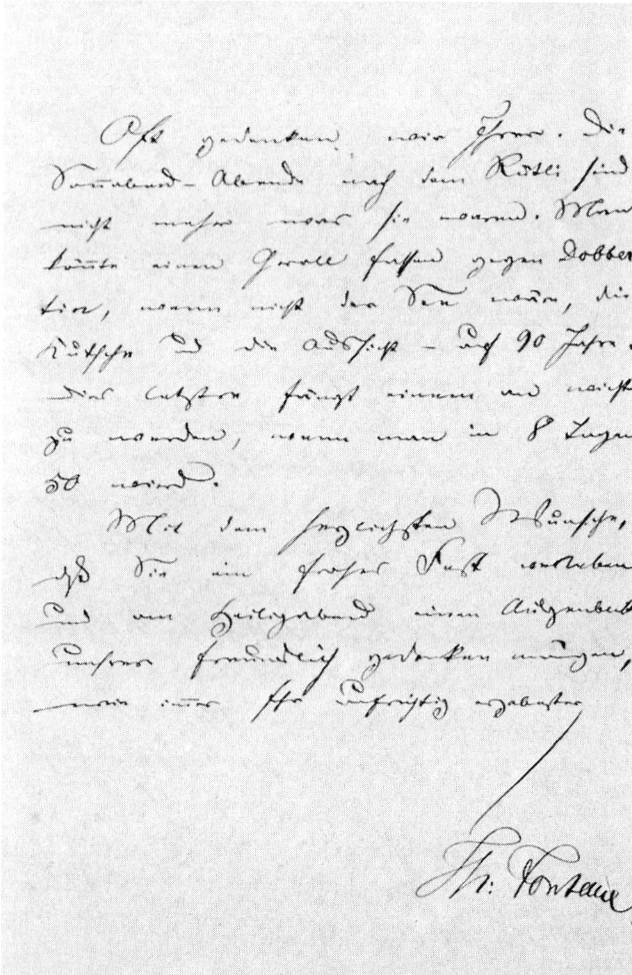

Oft gedenken wir Ihrer. Die Donnerstag-Abende auf dem Rütli sind nicht mehr was sie waren. Man könnte einen Groll fassen gegen Dobbertin, wenn nicht der Tod wäre, die Rütlischen und die Adelschaft – auf 90 Jahre. Das Letztere fängt einem an wichtig zu werden, wenn man in 8 Tagen 50 wird.

Mit dem herzlichsten Wunsche, daß Sie ein frohes Fest verleben und am Heiligabend einen Augenblick unsrer freundlich gedenken mögen, wie immer Ihr aufrichtig ergebener

Th: Fontane.

warten. Was ich ihm auch nicht verdenke. Andrerseits kann Dr B. *wirklich* nicht. Bei der ganzen Affaire ist mir wieder recht klar geworden, wie undankbar ein solches literarisches Vermittleramt ist. Und man wird auch nicht klug. Immer wieder laß ich mich hinreißen eine Einführung zu versuchen und jedesmal scheitert es kläglich. Erst hat man allerhand Mühen und hinterher hat der, für den man eintrat, nur allzu vielen Grund wenig befriedigt zu sein. Hans ist viel zu fein, um dies auch nur *anzudeuten,* aber wenn er auch nie ein Wort darüber sagt, so muß er doch so empfinden. Es ist nicht anders möglich.*

Mein Buch – ich weiß nicht, ob Ihnen meine Frau darüber schon berichtete – ist durch Geh. R. Wehrmann dem Könige überreicht worden. Er hat sich (wie mir Herr v. Decker vor einigen Tagen schrieb) mehrfach sehr gnädig darüber geäußert; mir auch ein ansehnliches Geldgeschenk zustellen lassen. Eingehende Urtheile über meine Arbeit sind mir im Uebrigen noch nicht zu Gesicht gekommen; auf Zeitungsredensarten geb ich nichts; ich weiß zu gut wie sie gemacht werden.

An dem 3. Theil meiner ›Wanderungen‹ arbeite ich fleißig weiter; ich hoffe spätestens Pfingsten mit dem Manuskripte fertig zu sein. Vor etwa 14 Tagen war ich in *Spandau,* um, vom dortigen Kirchthurme aus, einen Blick in das ›Havelland‹ zu thun, das ich eben im 3. Theile beschreibe. Dieser Blick vom Thurm soll das Einleitungskapitel bilden. Major v. Tietzen unterstützte mich aufs freundlichste bei meiner Expedition; den Geschäften folgte ein solennes Diner bei Frau v. Tietzen. Sie war liebenswürdig wie immer. Dennoch hatt' ich den Eindruck, daß man froh war die Sache ›abgemacht‹ zu haben und daß man mich ohne Kummer scheiden sah.

Oft gedenken wir Ihrer. Die Sonnabend-Abende nach dem Rütli sind nicht mehr was sie waren. Man könnte einen Groll fassen gegen Dobbertin, wenn nicht der See wäre, die Kutsche und die

* Heute früh, 23., trifft ein Brief von H. ein; er schreibt ganz heiter und scheint allerseits zufrieden.

Aussicht – auf 90 Jahre. Dies letztre fängt einem an wichtig zu werden, wenn man in 8 Tagen 50 wird.
Mit dem herzlichsten Wunsche, daß Sie ein frohes Fest verleben und am Heiligabend einen Augenblick unsrer freundlich gedenken mögen, wie immer Ihr aufrichtig ergebenster

Th. Fontane

Am 30. Dezember 1869 beging Fontane seinen 50. Geburtstag. (Seine Frau war 45 Jahre, der Sohn George 18, Theo 13, die Tochter Martha 9 und der Sohn Friedel 6 Jahre alt).
Im April reiste Emilie mit ihrer Tochter Martha nach London, um ihr eine besondere Ausbildung zu ermöglichen.

67 An Mathilde von Rohr

Berlin 15. April 70

Mein gnädigstes Fräulein.
Die nah bevorstehende Abreise meiner Frau nach England wird diese wohl kaum noch zu einem ausführlicheren Briefe (wie eigentlich ihre Absicht war) kommen lassen, und so fällt mir denn die immer willkommene Aufgabe zu, eine Viertelstunde mit Ihnen zu plaudern. Der Moment dazu ist freilich nicht der günstigste, denn ziemlich gleichzeitig mit diesen Zeilen wird muthmaßlich unser Freund bei Ihnen eintreffen und dies schriftliche Geplauder wird die Concurrenz der lebendigen Erzählung zu bestehen haben. Ich will deshalb auch auf alles was die Stadt oder den Freundeskreis betrifft gar nicht eingehn und mich darauf beschränken, Ihnen von uns selbst zu erzählen. Zunächst aber allerherzlichsten Dank für Ihre freundliche Oster-Einladung. Wie gerne wäre ich ihr gefolgt! indeß die mannigfachsten Gründe verbieten es. Der nächstliegende ist der, daß am nächsten Mittwoch meine Frau und Martha ihren Zug gen England antreten. Gestern war bereits Putzmacherinnen-Tag und die Coiffuren sind fertig.

Die Reise nach England wird viel Geld kosten und aus diesem, wie aus manchem andern Grunde weidlich kritisiert werden. Man muß es darauf ankommen lassen. Wenn man sein Leben nach der bescheidnen Scala einrichten wollte, die andre als vollständig ausreichend für einen ansehn, (oft dieselben Menschen von denen man als ›berühmter deutscher Dichter‹ etc. vorgestellt wird) so hätte ich längst als Nachtwächter in Rixdorf oder in ähnlicher amtlicher Stellung geendet. Verzeihen Sie diese Bitterkeit. Aber, mein gnädigstes Fräulein, Sie glauben gar nicht, was einem alles geboten wird und wenn ich auch die Welt nicht zwingen kann mir meine Ehre zu geben, so will ich mir diese Lebensader wenigstens nicht selber unterbinden. Was unsren Plan angeht unsre Martha nach England zu schicken, so ist es ein wohlüberlegter und wohlgereifter Entschluß, gerade wie der, der uns bestimmte unsren George Militair werden zu lassen. Natürlich können auch wohlüberlegte Entschlüsse kläglich zu Schanden werden. Das Gelingen liegt bei Gott. Aber es ist einem ein Trost, nach seinem Theile gethan zu haben, was einem als das Richtige erschien. Da wir unsren Kindern sonst nichts hinterlassen können, so wollen wir wenigstens versuchen, ihnen eine innerliche Ausrüstung mit auf den Weg zu geben, die es ihnen möglich macht vorwärts zu kommen, und dazu gehört beispielsweise Sprachkenntniß. Die volle Kenntniß einer fremden Sprache ist wie ein Capital von dessen Zinsen man leben kann. Die Reise bezweckt aber mehr! Bekanntschaften in London und New-York sind wie Etappen über die Welt hin, Hospize, Rettungshäfen für die Gescheiterten. Und wer in solcher erbärmlichen Jolle, wie die meinige ist, auf dem Wasser treibt, der thut gut an Schiffbruch und an Rettungshäfen zu denken. Es kommt aber noch ein drittes hinzu. Unser alter Plan, es mit einem Pensionat zu versuchen, ist wieder aufgelebt. Das Arbeiten wird mir immer schwerer und das Bücherschreiben bis in die Nächte hinein, um dann nach Jahresfrist 300 Thlr in Empfang zu nehmen, hat einen Degout und eine Bitterkeit gegen literarische Thätigkeit in mir erzeugt, wovon ich Ihnen keine Beschreibung machen kann. Meine Frau und ich sind deshalb einig geworden, junge Damen, am liebsten Engländerinnen und Amerikanerinnen, ins Haus zu nehmen. Anfangs wollten wir die Sache sofort im großen Styl anfassen; bei ruhigerer Ueberlegung sind wir aber übereingekommen ganz klein anzufangen, damit ein etwaiges Scheitern des Planes nicht unsren totalen Bankrutt sofort im Gefolge hat. Meringtons sollen uns nun behülflich sein eine Engländerin von bescheidneren Ansprüchen ausfindig zu machen, und so empfiehlt sich denn auch aus *diesem* Grunde eine Wiederanknüpfung der alten Verhältnisse. Ein Briefwechsel reicht dazu nicht aus; da muß man selber kommen.

Alle diese Pläne, mit ihrer Sorge und Unruhe, wären nicht nöthig gewesen, wenn es Sr. Excellenz dem Herrn Minister der Geistlichen-, Unterrichts- und Medizinal-Angelegenheiten beliebt hätte, die große Unfreundlichkeit, die er mir vor 3 Jahren anthat, nun endlich wieder gut zu machen. Es hat ihm *nicht* beliebt. Ich bin fest überzeugt, daß sein Bruder der Cabinetsrath und vor allem sein Schwager, mein lieber kleiner Merckel, wenn sie ihm dort oben begegnen sollten, bei seinem Anblick sofort beide Hände in die Hosentaschen stecken und ohne Gruß und Handschlag an ihm vorbeigehen werden. Sie, mein gnädigstes Fräulein, werden davon ausgehn, daß ich mir dies alles selber eingebrockt habe. Ich glaub es nicht; aber es kann sein. Jedenfalls gereicht es mir zum Trost nach meinem Gefühl gehandelt zu haben. Mein Gefühl aber schreibt mir unbedingt vor, auf ein hartes ›nein‹ das meiner Bitte zu Theil wird, nicht ruhig weiter zu bitten, als wäre nichts vorgefallen. Möglich, daß dergleichen im preußischen Bureaukratismus alle Tage vorkommt, aber wenn dem so ist, so ist es mir nur ein Beweis mehr, daß dies vielgerühmte Zopfpreußenthum mit seinem Dünkel, seiner Filzerei und seiner Grobheit wenig paßt zu dem Zuge meines Herzens.

Es ist mir nicht lieb diesen Brief der einen Ton anschlägt wie ihn meine Briefe im Allgemeinen nicht haben, so ganz ohne irgend ein ausgestecktes rothes Fähnchen, so ganz ohne ein Zeichen der

Freude an Sie gelangen zu lassen. Aber diese letzten 8 Wochen, mit Krankheit, Aerger, Sorge, Enttäuschung, liegen so öde und trist hinter mir, daß ich weit zurück greifen muß, um wieder bei einer Oase anzukommen. Daß solche Oasen die Sonnabend-Abende, die Grunewald-Fahrten und die vielen glücklichen Stunden waren, die wir mit Ihnen zubringen durften, mit dieser Versicherung lassen Sie mich schließen. Wie immer, mein gnädigstes Fräulein, Ihr aufrichtig ergebenster

Th. Fontane

Am Tage der Abreise hatte Fontane ohne Wissen seiner Frau die langjährige Stellung bei der Kreuz-Zeitung aufgekündigt. Die vertraute Freundin der Familie, Henriette von Merckel, schilderte diesen Schock in ihrem Tagebuch: ›Er hat sein Amt bei der Kreuzzeitung quittiert und damit zugleich ein sicheres Einkommen von tausend Thaler jährlich. Die Genies haben für ihre Angehörigen doch zuweilen recht schwer zu tragende Einfälle! Fontane hat mir mit seiner gewohnten Offenheit seine Gründe auseinandergesetzt, es läßt sich nichts dagegen sagen . . .‹
Erst drei Wochen danach schrieb Fontane seiner Frau seine Entscheidung.

68 An Emilie Fontane

Berlin, 11. Mai 1870

Geliebte Frau

Seid beide schön bedankt, Du und Klein-Martha, für Eure Briefe, die ich heute rechtzeitig erhalten habe. Es interessiert mich alles; Deine Urteile und Vergleiche sind sehr gut; Du anerkennst freudig, ohne Dich verblüffen zu lassen, und so muß alles räsonable Urteil beschaffen sein. Ich beantworte Eure Briefe – ebenso wie den Brief von Mr. Merington (dem ich danke und dem ich mich zu empfehlen bitte) – wie immer am Sonnabend; heute schreibe ich nur in besondrer Angelegenheit. Die Hälfte ist nun um, heute vor 3 Wochen bist Du abgereist,

und der Zeitpunkt ist nun da, den ich mir gleich festgesetzt hatte, um Dich in unsre Geheimnisse einzuweihen. Ich habe meine Kreuzzeitungs-Stelle aufgegeben. Falle nicht um. Eh Du noch mit diesem Briefe zu Ende bist, wirst Du hoffentlich sagen: er hat ganz recht getan. Vielleicht (und das wäre das Beste) sagst Du's auch gleich und hast das Vertraun zu mir, daß ich nicht so gehandelt haben würde, wenn ich nicht überzeugt wäre, es war so am klügsten und besten. Einiges Gewicht muß es doch vorweg für Dich haben, daß ich meinen Entschluß und meine Handelweise in diesen 3 Wochen noch keinen Augenblick bereut habe. Im Gegenteil, ich freue mich jeden Tag darüber.
Nun historisch. Am Ostersonnabend hatte ich den Ärger. Er sagte mir etwas über »Skandinavien« (lächerlich in sich), sprach artig, aber sehr kühl, zog Parallelen mit Hesekiel; ich kriegte das Zucken um den Mund, stand auf und empfahl mich. Noch eh ich an dem Portierknopf unsres Hauses zog, war ich entschlossen, das Redaktionslokal nicht wieder zu betreten. Ich wollte, bevor ich meinen Absagebrief schrieb, nur Deine Abreise abwarten. Um ¾9 reistest Du ab; Du warst noch nicht in Brandenburg, als Dr. B. schon meinen Brief hatte. Alles, was nun folgte, im Detail zu erzählen würde zu weit führen. Hesekiel, in B.s Auftrag, suchte einen Ausgleich herbeizuführen. Ich fand dies freundlich, aber kindisch; im Guten und Nicht-Guten ganz Beutner, ganz die kleine Luckenwalder Natur, die einen tapfren, reellen Entschluß nicht begreifen kann. Ich schrieb noch mal an ihn, dankte ihm, in aller Aufrichtigkeit, für vieles Gute und Freundliche, das er mir erwiesen, bat ihn, meine alten Beziehungen zur Zeitung, Mitarbeiterschaft statt Redaktion, fortbestehn zu lassen, und empfahl mich. So sind die Dinge geblieben.
Dir brauche ich wohl nicht erst zu sagen, daß die Ostersonnabendszene weiter nichts war als der Tropfen, der das Glas zum Überlaufen bringt. Du weißt, daß ich längst entschlossen war, in dieser Weise zu handeln, und daß ich die Brutalität, die darin liegt, unsre Freiheit und unsre geistigen Kräfte auszunutzen, ohne vorsorglich und human an unsre alten Tage zu denken, ich

sage, daß ich diese Brutalität nicht mehr ertragen kann. Sooft ich an diesen Punkt denke, empöre ich mich, und nicht das Schlechte in mir, sondern das Gute. Es ist *gemein,* beständig große Redensarten zu machen, beständig Christentum und Bibelsprüche im Munde zu führen und nie eine *gebotene* Rücksicht zu üben, die allerdings von Juden und Industriellen, von allen denen, die in unsern biedern Spalten beständig bekämpft werden, oftmals und reichlich geübt wird. Dieser Punkt war für mich der entscheidende. Aber auch hier folgte ich nicht dem Gefühl berechtigter Bitterkeit, sondern ich behandelte die Sache nüchtern wie ein Exempel. Ich sagte mir: wenn man dir solche kühle Standrede *jetzt* zu halten wagt, wo du, zugestandenermaßen, eine Zierde, ein kleiner Stolz der Zeitung bist, wie wird man nach 10 Jahren zu dir sprechen, wenn du ihr vielleicht eine Last geworden bist? Man wird dann eine Sprache führen, die du einfach nicht ertragen kannst, und mit 60 Jahren wirst du arm und stellungslos dastehn. Diese Situation ist beinah unausbleiblich, sie kehrt in allen Lebensverhältnissen wieder; fasse dir also ein Herz, *antizipiere* die ganze Situation; jetzt bist du noch elastisch genug, um sie mit Gottes Hilfe siegreich überwinden zu können; dir kann sich noch absolut Neues, Glückliches erschließen, der Moment dazu ist gut gewählt; erschließt sich etwas Neues, Glückliches dir aber *nicht,* nun, so ist auch noch nichts verloren; entweder trittst du dann wieder in Stellungen ein, die im wesentlichen nicht schlechter sind als die bei der Kreuzzeitung, mitunter auch besser, oder aber du stehst im schlimmsten, Gott sei Dank nicht anzunehmenden Falle vor einer Katastrophe, vor der du früher oder später *doch* gestanden hättest. Und lieber *jetzt* als nach zehn Jahren.

Hier hast Du die inneren Motive, die meine Handelweise bestimmt haben und vielleicht auch *dann* noch in derselben Richtung mich bestimmt hätten, wenn die ganze äußre Situation viel ungünstiger läge, als sie liegt. Wir werden vom 1. Juli 70 bis zum 1. Juli 71 in runder Summe 2200 Rtl. einnehmen, so daß wir pekuniär eher einem sehr guten als einem schlechten Jahr entgegengehn. Ich bitte Dich dringend, dabei von der Ansicht ablassen zu wollen, als rechnete ich wieder falsch. Ich rechne gut und richtig, aber mein Schicksal hab ich natürlich nicht in der Gewalt, und die Striche, die einem dieses mitunter durch die Rechnung macht (*mir* bisher, Gott sei Dank dafür, sehr selten), entscheiden nicht darüber, ob man falsch oder richtig gerechnet hat. All das liegt auf einem andren Brett. Was ich durch Abmachungen und Kontrakte belegen kann, hab ich ein Recht, in Rechnung zu stellen; werden diese Kontrakte aber gebrochen oder wirft mich Gott statt der üblichen 2 Monate 12 Monate aufs Krankenbett, so ist meine Rechnung freilich falsch. Das nennt man aber nicht »falsch rechnen«, das nennt man Heimsuchung, der man sich unterwerfen muß wie dem Tod.

Nun höre. Die Partie steht so. Ich nehme bis übers Jahr drei große Summen ein: 600 Taler für den dritten Band meiner »Wanderungen«, 1200 Rtl. für meinen Roman, 400 Rtl. vom Ministerium des Innern (Hahn). Macht zusammen 2200 Taler. Dabei sind weder die berühmten 200 Taler von Hertz noch Schillerstiftungsgelder noch Einnahmen für Pensionäre noch Zinsen, die doch am Ende auch 100 Rtl. betragen, mitgerechnet. Es verbliebe also nur noch, daß wir uns die drei großen Posten näher ansehn. Zuerst die 600 Rtl. für die »Wanderungen«. Ich habe hier einen allerniedrigsten Satz angenommen. Von Hertz erhalte ich 350, von Kreuz-Ztng. 75, vom Johanniterblatt 75, von Über Land und Meer 50, von Gartenlaube 50. Macht zusammen 600 Taler. Es ist aber sehr wahrscheinlich, daß sich diese Summe nicht unerheblich erhöht.

Von Hahn, unterzeichnet Eulenburg, hab ich ein wohlwollendes und anerkennendes Schreiben erhalten, worin mir 400 Rtl. zugesichert werden. Das 1. Vierteljahr hat mir Hahn gleich zum Geschenk gemacht, in *dem* Sinne, daß ich für die ersten 100 Rtl. nichts zu schreiben brauchte.

Bliebe noch der Roman. Hertz, in einem durch mich angeregten Briefwechsel, hat sich aufs neue freudig zu den Fortsetzungen des Kontrakts bekannt. Die Geldangelegenheit wäre dadurch

Abb. 13: Theodor Fontane nach einer Zeichnung von W. Hertz (?) etwa 1869

geregelt, und nur das eine verbliebe noch: *den Roman auch zu schreiben.* Dies unterschätz ich nun keineswegs. Aber Du magst mir glauben: ich werd es leisten. Ein gut Stück ist fertig, und wenn ich vom 1. Juli bis 1. Januar, also in 180 Tagen, auch täglich nur 4 Seiten schreibe, werde ich zu Neujahr im großen und ganzen fertig sein. Wenn dann auch 2 Monat Krankheit kommen, so bleiben immer noch 4 Monat, eh das Jahr um ist. Ich bin also gutes Muts und werd es zwingen. Die Summen, die wir bis dahin brauchen, gibt mir Sommerfeldt von meinen 1000 Talern. Die Pensionsfrage braucht Dich nicht zu ängstigen, nicht einmal zu beschäftigen. Nimm die kleine Treutler ins Haus oder ein andres junges Mädchen oder keins, es ist alles nicht von Bedeutung. Es geht auch so. Vier Monate lang wirst Du mich immer nur besuchsweise hier haben; ich werde mich in Stille und Einsamkeit verfügen und dort meinen Roman schreiben.
Und leb wohl; cheer up! Immer Dein alter Th. F.

Schreibe mir am Sonnabend einige ruhige Zeilen als Antwort. Unsre gewöhnliche Korrespondenz erleidet keine Störung oder Änderung. Ich schreibe am Sonnabend wie immer und Du antwortest am Montag. Der heutige Brief und Deine Antwort darauf sind nur eingeschobene Extras.

Zwischen Fontane und seiner Frau kam es zu einer tiefgehenden Verstimmung, die lediglich durch die Trennung gemildert wurde.

69 An Emilie Fontane

Berlin, 28. Mai 1870

Geliebte Frau.
Endlich ein Brief, der eine andre Stimmung zeigt und der mich sehr glücklich gemacht hat. Glaube doch nicht, daß ich Dir ein bestimmtes Maß von »In-Sorge-Sein« nicht verdenke; aus diesem »Auf-dem-Quivive-Stehn« werden wir wohl nie heraus-

kommen, dergleichen ist schwer abzutun, wenn man sich auf 40 Rtl. monatlich hin verheiratat hat und das Metier eines deutschen Schriftstellers betreibt, es kommt nur darauf an, wie man die Sorge und das beständige Auf-dem-Posten-Stehn trägt, ob man sich davon ganz niederdrücken läßt oder ob das Vertrauen nebenhergeht: »Gott, der bis hierher geholfen hat, wird auch weiter helfen.« Sicherheit »is nich«. Am Schluß meines Briefes noch ein Wort darüber. Zunächst das Geschäftliche. Ich numeriere die einzelnen Punkte.

1. Hast Du nach Herrenhut geschrieben?

2. Hast Du Dr. Morris' Adresse erkundschaftet?

3. Soll ich Dir die zwei 5-£-Noten in *Hälften* brieflich schicken, oder ist ein chec, eine Anweisung, besser? Frage Mr. M.

4. Um Frau Rolands Freundin wirst Du Dich wohl *kümmern* müssen, wenn sich auch nichts *tun* läßt.

5. Was ich über Lepel schrieb oder richtiger über Dein liking für ihn, war nicht böse gemeint. Es sollte nur heißen (und dieser Satz ist allerdings eine Wahrheit): Frauen haben eine Vorliebe für Bummelbrüder und finden eine Art Anziehungskraft in Eigenschaften und sittlichen Mängeln, die sie an ihren *Männern* höchlichst übelnehmen würden. »Grüße Lepel, grüße Lepel, hat Lepel eine Wohnung? grüße in erster Reihe Lepel« – dies mußte mich doch ärgern in Briefen, in denen Du mich als einen leidlich guten Kerl, aber sehr *mediokren Ehemann* (ich will Dir später die Stellen zeigen) abmaltest, während ich doch, bei allen sonstigen Lepelschen Verdiensten, gerade als Ehemann ein Riese gegen ihn bin. Als Ehemann war er einfach ein Monstrum. Dies ist in aller Liebe gesagt, denn Du weißt, ich halte große Stücke von ihm.

6. Briefe von George und Frau Lübke, beide gut, schließe ich bei. Der Brief von Mete an Theo war ganz gut. Sie ist eben ein ganz apartes Kind, das nicht mit der gewöhnlichen Anstandselle gemessen sein will.

7. Sonnenglast ist richtig. Ich habe eine Vorliebe für dies Wort, das freilich nur selten gebraucht wird. Gleißen, glittern, glitzen,

glänzen, Glanz, Glast, selbst Glatze, ist all dasselbe; sprachlich kommt es immer nur auf die Stammkonsonanten, hier also gl. 8. Komme, *wann* Du willst. Ich freue mich, Dich wiederzusehn; das sagt alles. Übrigens bild ich mir ein, Du müßtest entweder spätestens zu Pfingsten hier sein oder anderhalb Wochen später. Doch kann ich mich irren.

Von meinen kleinen Erlebnissen schreib ich Dir nun nicht mehr. Es ist auch nicht viel. Ich arbeite den ganzen Tag, und da ich es gern tue, ist es mir das liebste. Die Gesellschaften betrachte ich nur als Frischmachungsmittel. Seit 14 Tagen, die kleinen Ausflüge abgerechnet, bin ich fast immer zu Hause. Am Mittwoch aßen Chevalier und Tante Merckel ein Spargelgericht bei mir – Lepel konnte nicht; gestern abend Frau-Clara-Kugler-Fete bei Zöllners, zugleich (improvisiert) Lepels Geburtstagsfeier; ich brachte einen Toast auf ihn aus, den ich Dir in Abschrift beilege. Morgen mittag esse ich bei Wangenheims, nur er und Ida. Die Freunde kommen nun zurück; Heydens am Montag, Lucae am Mittwoch, Frau v. W. und Elsy am Donnerstag; Frau Clara reist leider schon nächsten Mittwoch. Du wirst sie also nicht sehn; sie schien es ganz aufrichtig zu bedauern. Gestern machte ich auch eine Dankvisite bei Exz. v. Sydow.

Nun noch eine herzliche Bitte. Wenn Du wiederkommst, mache mir das Leben nicht nutzlos schwer. Bedenke, daß, wenn Du mich um einen Tag oder eine Woche bringst, Du mir dadurch nur die Verpflichtung auferlegst, den nächsten Tag oder die nächste Woche das *Doppelte* arbeiten zu müssen. Du wirst einräumen, daß das geradezu grausam ist. *Gewonnen* kann durch Trübseligkeit nie etwas werden; einer Mahnung, eines Spornes bedarf ich nicht, was irgend zu leisten ist, das leist ich ohnehin; Zuspruch, Freudigkeit, Vertraun erleichtern mir meine nicht leichte Aufgabe, Mißstimmung, leiser Vorwurf erschweren sie mir, reizen mich und *fördern gar nichts*. Ich weiß, Du liebst mich, meinst es gut mit mir, hast die besten Absichten, willst mich nicht kränken, aber Dein Temperament, Deine in Blut und Nerven wurzelnden *Stimmungen* sind oft stärker als alle Deine guten Absichten. Ich bitte Dich, nach dieser Seite hin noch ein übriges tun zu wollen; man kann seine an- und eingeborne Natur nicht ganz austreiben, aber man kann mit redlichem guten Willen doch, Gott sei Dank, manches zustande bringen. Du mußt Dich mit zwei Gedanken ernstlich auszusöhnen trachten, damit nämlich, daß wir erstens ein *armes* und zweitens ein *unsichres* Leben zu führen haben *werden,* wie wir es bis jetzt geführt haben. Das klingt nun freilich wenig verlockend, selbst die *arme* Existenz soll auch noch eine *unsichre* sein, aber wenn man sich zum Leben richtig zu stellen weiß, wenn man Mut, Freudigkeit und Gottvertrauen hat, so darf ich wohl sagen, der Satz *klingt* trauriger, als er ist. Im großen und ganzen leben wir nach diesem Rezept 20 Jahre, und trotz Armut und Unsicherheit, welch bevorzugtes Leben haben wir geführt! Ich will die alten Geschichten nicht alle wieder aufzählen, ich glaube, wir haben es beide dankbar gegenwärtig, wie vieles uns beinah täglich geboten wird, wie vieles wir vor vielen Tausenden *voraus* haben, die *nicht* arm, *nicht* unsicher dastehn und doch ein kümmerliches Dasein führen. Möchtest Du mit meiner Schwester Jenny tauschen? Ja, ich gehe so weit, den paradox klingenden Satz aufzustellen, daß sehr viel von dem Schönen, Aparten, Poetischen, das wir in den letzten 15 Jahren erlebt haben, in der Armut und Unsicherheit unsrer Existenz seine Wurzel hat und daß ich, wenn ich ein sicher angestellter Mann wie der Geh. R. Kraatz, oder Hunderte seinesgleichen, wäre, ich niemals die »weiße Klippe von Hastings« erklettert und niemals das »Blachfeld von Culloden« überschritten hätte. Auch *Du* säßest dann schwerlich in Argyll Road und freutest Dich des Rotdorns, der Dir ins Fenster blüht, und die blauen Scheiben von Westminster Abbey hätten nie ihren Zauber auf Dich geübt. Vergleiche *Dein* Leben, *Deine* gesellschaftliche Stellung, *Deine* Freiheit der Bewegung mit dem, was Frau Geh. Rätin Kraatz von dem allem aufzuweisen hat, und antworte mir dann, ob Du unter der Armut und der

Unsicherheit unsrer Existenz, die ich beide zugebe, bisher ernstlich gelitten hast.
Und wenn Du nun vielleicht sagen solltest: »Ja, *bisher* ging es wohl, aber wie soll es nun weitergehn, da du den zerbrechlichen Kahn, der uns trug, ohne weitres zerbrochen hast«, so antworte ich Dir, es gibt Gegenden im Weltmeer, wo so viele Schiffe kreuzen und vorbeipassieren, daß man sicher ist, wie Ludwig Pietsch immer wieder aufgefischt zu werden, wenn man nur ein ganz klein wenig schwimmen, ein ganz klein wenig, in Momenten der äußersten Gefahr, an einem Brett oder Balken sich über Wasser halten kann. Glaube doch nicht, daß diese ganz gute, aber doch enfin ganz triviale Kreuzzeitungs-Stellung etwas Apartes war, glaube mir auf mein Wort, sie war es *nicht,* sie war das Freiheitsopfer nicht wert, das ich ihr so viele Jahre lang gebracht habe. Ich werde in der Zukunft ebensoviel Geld verdienen und dabei zu erheblichem Grade Herr über meine Zeit sein.
Und nun nimm endlich das Schlimmste, das gewiß nicht zutreffen wird, aber nimm an, es glückte wirklich *nicht,* ich fände *keine* Stellung, die mir einen ähnlichen festen Anhalt gäbe wie meine Kreuzzeitungs-Position, nun so wäre das äußerste, das passieren könnte, daß wir ausschließlich und ganz direkt von dem Ertrage meiner Feder leben müßten. Dieser Ertrag war bis jetzt, wo ich nur die Abende resp. die Nächte dafür hatte, gegen 1000 Rtl. oder sage auch nur 800 Rtl.; glaubst Du nun nicht, daß ich unter Dransetzung des ganzen Tages imstande sein werde, diese Summe zu verdoppeln? Das gäbe 1600 Rtl. Meinst Du nicht, daß, wenn es durchaus sein *müßte,* die Sache auch davon zu bestreiten wäre? meinst Du nicht, daß diese Summe unter allen Umständen ausreichen würde, uns vor Erniedrigung und Unwürdigkeit zu bewahren. Und nur *darauf* kommt es schließlich an. Indepedenz über alles. Alles andre ist zuletzt nur Larifari. Und auch von diesem Larifari werden wir immer genugsam haben, wir werden immer lebhaft, espritvoll und gesellschaftlich-liebenswürdig bleiben, und die Menschen werden sich immer ein Vergnügen und eine Ehre daraus machen, uns zu Gaste

zu laden, sei es auf 5 Stunden zu einem Diner, sei es auf 5 Wochen zu einem Besuch. Also sei heiter, vertrauensvoll; wenn unser Niedergang nicht in den Sternen beschlossen steht, so werden wir *nicht* zugrunde gehn. Wie immer

Dein alter Th. F.

Im Juni des Jahres schloß Fontane mit der »Königlich privilegirten Berlinischen Zeitung von Staats- und gelehrten Sachen« bekannter unter dem Namen der »Vossischen Zeitung« einen Vertrag, der ihm die Theaterkritik dieses Blattes übertrug, eine Mitarbeit, die er zwei Jahrzehnte bis Ende 1889 innehatte.
Anfang August brach der Deutsch-Französische Krieg aus. George hatte im Frühjahr auf sein Abitur verzichtet, war Soldat geworden und rückte nun als Fähnrich ein.

70 An Emilie Fontane

Dobbertin, 5. August 1870

Geliebte Frau.
Dein Briefpaket kam erst gestern gegen Abend in meine Hände, da es aus Versehn nach dem benachbarten Goldberg gegangen war und von dort hierher zurückgeschickt wurde. Alle Briefe habe ich mit großem Interesse gelesen, auch bewundert, daß Ihr Georgens Brief so gut wiederherstellen konntet; ich hätte ihn für vollständig echt gehalten. Du wirst hoffentlich gleich ein paar Worte geantwortet haben. Ein Trost ist es mir, aus Deinem Briefe zu ersehn, daß es am Rhein kühler sein soll als bei uns; hier schwitzt man sich beinah weg, auch ohne Arbeit und Marschstrapazen.
Die Briefe aus England sind alle sehr liebenswürdig; Mete wieder ganz apart, man könnte sagen, ebenso originell wie unleserlich.
Mir geht es gut, und dem ewigen Trouble entrückt zu sein, empfinde ich kaum als einen Nachteil. Das ganze wirkt auf mich

wie ein kolossale Vision, eine vorüberbrausende Wilde Jagd, man steht und staunt und weiß nicht recht, was man damit machen soll. Eine durch Eisenbahnen regulierte Völkerwanderung, organisierte Massen, aber doch immer *Massen,* innerhalb deren man selbst als ein Atom wirbelt, nicht draußen stehend, beherrschend, sondern dem großen Zuge willenlos preisgegeben. Es ist, wie wenn es in einem Theater heißt: »Es brennt«; forgerissen einem Ausgange zu, der vielleicht keiner ist, mitleidslos gedrückt, gestoßen, gewürgt, ein Opfer dunkler Triebe und Gewalten. Manche lieben das, weil es ein »excitement« ist; – ich bin zu künstlerisch organisiert, als daß mir wohl dabei werden könnte.

Was Lepel über Fr. v. W. sagt, ist nur allzu wahr. Ihr würde nur wohl werden in Rom selbst, losgelöst von der europäischen Staatenwelt, von der Profanwelt überhaupt. Innerhalb der *wirklichen* Welt würde sie nirgends aus dem Zwiespalt herauskommen, überall würde sie verletzt werden, in Östreich *am meisten;* sie würde hin und her schwanken zwischen Liebe zum Kaiser und Haß gegen seine Regierung.

Morgen früh will ich nun hier fort, am Sonntag früh hoff ich in Berlin einzutreffen. Ich habe hier einen reichen Stoff gefunden, den ich dann in den ersten Tagen in Berlin verarbeiten will.

Nachmittag

Vielen Dank für Deine freundlichen Zeilen von gestern; ich erhielt sie beinah gleichzeitig mit der Siegesnachricht. Das V. Corps und die Schlesier scheinen ihren alten Ruhm aufrechterhalten zu wollen. Es werden nun wohl die großen Schläge rasch folgen. Mein Herz schlug mir höher bei dieser Nachricht, und doch konnte ich ein Schmerzgefühl nicht loswerden. Wozu das alles? um nichts! Blos damit Lude Napoleon festsitzt oder damit der Franzose sich ferner einbilden kann, er sei das Prachtstück der Schöpfung – um solcher Chimäre willen der Tod von Tausenden!

Bald mündlich ein Mehreres. Dein Th. F.

Obwohl der Abschlußband des Kriegsbuches 1866 noch nicht erschienen war, forderte der Verlag Decker Fontane zu seinem dritten Kriegsbuch, über den Krieg mit Frankreich auf.
Ende September reiste er zu vorbereitenden Studien nach Frankreich. Dort erfüllte er sich einen langgehegten Wunsch, er besuchte den Geburtsort der Jungfrau von Orleans in Domremy. Dazu mußte er das besetzte Gebiet verlassen. Am 5. Oktober wurde er vor dem Denkmal der Jeanne d'Arc von Franktireurs gestellt und als vermeintlicher Spion verhaftet.

71 An Emilie Fontane

Langres, 6. Oktober 1870

Meine liebe Frau!
Seit gestern bin ich ein Gefangener und befinde mich bereits in der Mitte Frankreichs. Es muß getragen sein. In Domremy, eben in voller Jean d'Arc-Bewunderung, wurde ich verhaftet. Man hielt mich für einen verkappten preußischen Offizier, und alles, was Deinerseits geschehen kann, ist, durch Hilfe von Gesandtschaften, besonders durch Lord Loftus, der an Lord Granville telegraphieren muß, oder durch den belgischen Gesandten die französische Regierung wissen zu lassen, daß ich eben weiter nichts als ein Schriftsteller pur et simple bin, der seines Buches halber den Kriegsschauplatz bereist. Vielleicht kann auch Frau von Wangenheim irgendeinen einflußreichen Kirchenfürsten dieses Landes und *Professor Lazarus den französischen Minister Crémieux für mich interessieren.* Sprich auch mit Geh. Rat Roland; vielleicht ist es möglich, dadurch mittelbar auch auf Jules Favre zu wirken. Meine Situation beschreibe ich Dir nicht, der Hohn des Volkes ist furchtbar. Gott sei mit uns und kläre diese Nebel.
Wie immer Dein

Theodor Fontane

An den Minister Crémieux hab' ich eben ein Telegramm gerichtet.

72 *An Emilie Fontane*

Besançon 18. Octobre 1870

Ma chère Emilie.

On me dit ce moment officiellement, qu'il est necessaire d'examiner mon affair dans une interrogation et que cette interrogation n'aura pas lieu plutôt qu' à fin de cette semaine ou à commencement de la prochaine. C'est très triste. Je vous prie de m'écrire quelques mots, mais doux et silents, pas en passion. Je crois, il est permis de recevoir des lettres, naturellement après un contrôle par des autorités. Professeur Lazarus, des Ambassadeurs et des amis ont-ils fait quelques pas dans ma faveur?

Dieu vous benisse. Aujourd'hui comme toujours votre

Th. Fontane

Adressez:
Mr. Theodore Fontane
Détenu à la Citadelle de Besançon (Doubs)

Übersetzung:

Besançon, den 18. Oktober 1870

Meine liebe Emilie.

Man sagt mir in diesem Augenblick offiziell, daß mein Fall in einem Verhör untersucht werden muß, und daß dieses Verhör frühestens Ende dieser oder Anfang der nächsten Woche stattfinden wird. Das ist sehr traurig. Ich bitte Dich mir einige Worte zu schreiben, aber sanft und ruhig, nicht in Leidenschaft. Ich glaube, es ist erlaubt Briefe zu empfangen, natürlich nach einer Zensur durch die Behörden. Haben Prof. Lazarus, Gesandte und Freunde einige Schritte für mich unternommen?

Gott segne Dich. Heute wie immer Dein

Th. Fontane

Adressiere:
Herrn Theodor Fontane
Häftling auf der Zitadelle von Besançon (Doubs).

In den ersten Tagen und Wochen seiner Gefangenschaft mußte Fontane durchaus damit rechnen, als Spion erschossen zu werden, hatte man doch eine Waffe bei ihm gefunden. Aus den Todesängsten fand er den Weg stiller Ergebung. »Ich sah nur schwarze Kugeln in die Urne fallen und – mon sort fut décidé. Eine halbe Stunde lag ich so, oder vielleicht länger, ich weiß es nicht. Dann hatt' ich mich mit der Gewißheit meines Schicksals auch wieder gefunden. Eine Fassung kam über mich, deren ich mich nicht für fähig gehalten hätte. Ich war fertig mit allem und bat Gott, mich bei Kraft zu erhalten und mich nicht klein und verächtlich sterben zu lassen.« Ende Oktober sprach ihn das Kriegsgericht vom Verdacht der Spionage frei, entließ ihn aber nicht, sondern bezeichnete ihn als Kriegsgefangenen im Stand eines ›officer supérieur‹. Das bedeutete Erleichterungen, vor allem Arbeitsmöglichkeit. Schließlich wurde er auf die Isle d'Oléron an der französischen Atlantikküste gebracht.

73 An Rudolf von Decker

Besançon, d. 26. Oktober 1870

Hochzuverehrender Herr v. Decker.

Sie werden bereits in Erfahrung gebracht haben, daß ich heute vor drei Wochen in Domrémy »unter dem Verdachte der Spionage« verhaftet worden bin. Meine Passion »pour la Pucelle« ist mir teuer zu stehn gekommen. Vor drei Tagen hat mich das Kriegsgericht völlig freigesprochen. Gleichzeitig indes hat man sich entschieden, daß es, in Erwägung meiner vielen Beziehungen zu Militärs, geraten sei, mich bis zum Schluß des Krieges als prisonnier de guerre im Lande zu behalten. Roche-sur-Yon in der Vendée ist mir als Aufenthaltsort angewiesen worden. Ich werde mutmaßlich morgen oder doch in den nächsten Tagen dorthin geführt werden. Eine weite Reise, die mutmaßlich drei Tage dauert.

Ich bitte nun um folgendes:

1. daß mir die Revisionsbogen des letzten Abschnitts, alles möglichst fix und fertig, nach Roche-sur-Yon, Vendée, geschickt, auch einige Blätter Manuskript, in betreff deren ich gestern meine Frau instruiert habe, und die ich von dieser bitte abholen zu lassen, beigepackt werden. Es ist möglich, daß das

einige Taler kostet. Es geht aber nicht anders, und wo *so* viel dran gesetzt worden ist, kann es zuletzt auf eine solche kleine Depense auch nicht mehr ankommen.

2. Wenn meine Frau um Geld bitten sollte (wahrscheinlich wird sie es *nicht* tun), so bitte ich, ihr hundert Taler zustellen lassen zu wollen.

3. Ich fürchte nicht, daß das *neue* Kriegsbuch in seinem Erscheinen durch meine Verhaftung erheblich hinausgeschoben wird. Ich werde in Roch-sur-Yon fleißig arbeiten; außerdem hab' ich ein Gefühl, hoffentlich kein trügerisches, daß der Frieden nahe sei.

Mich Ihnen angelegentlichst empfehlend, Ihr ganz ergebenster

Th. Fontane

74 An Emilie Fontane

Château Isle d'Oléron, den 13. November 1870

Geliebte Frau!

Seit vier Tagen bin ich nun hier. Ich habe natürlich täglich das Bedürfnis, Dir zu schreiben, aber wie ich vernehme, werden die Briefe nur zweimal wöchentlich expediert (zunächst nach Tours, wo sie einer Kontrolle unterliegen), und so hätte es keinen Sinn, wenn ich mich täglich expektorieren wollte. Es kommt noch ein anderes hinzu. Die starke Möglichkeit, daß alles doch nur vergeblich zu Papier gebracht sei, hat etwas Lähmendes, und es bleibt einem kaum etwas anderes übrig, als die Dinge, auf die es zunächst ankommt, also die Frage: Wie geht es Euch? Ist bald Friede? Habt Ihr Schritte getan zu meiner Freilassung? möglichst oft zu wiederholen, damit eine Chance da ist, daß diese Fragen wenigstens einmal gehört werden. Daran reiht sich dann meinerseits die einfache, freilich wichtige Versicherung: ich bin gesund, und zugleich die allerpressanteste Bitte um Geld. Wenn Du diese Zeilen erhältst, so siehe zu (wenn es nicht schon geschehen ist), daß noch am selben Tage ein Brief nach Bern oder Genf abgeht, der ein dortiges Bankhaus ersucht, nach

Bordeaux hin an ein Bordeauxer Bankhaus zu telegraphieren: schickt zweihundert Francs sofort an Theodor Fontane, prisonnier de guerre auf Château Isle d'Oléron. Ich werde diese Bitte in meinem nächsten Briefe wiederholen, so lange, bis ich Geld erhalte, denn meine Situation fängt an peinlich zu werden . . .
Am 28. Oktober abends, also bereits vor sechzehn Tagen, erhielt ich in Besançon ein Telegramm vom Präsidenten der Schweizer Republik, worin er mir seine Verwendung bei Mr. Crémieux resp. bei Mr. Gambetta zusagte; aber seitdem hab ich kein Wort erfahren, weder überhaupt etwas von Euch noch etwas in meiner Freilassungsangelegenheit. Sucht doch einen *Tausch* zustande zu bringen. Es sollen mehrere französische Schriftsteller in preußischer Gefangenschaft sein; ist das der Fall, so ist das Exempel leicht gemacht. Von Rangstreitigkeiten kann keine Rede sein; Federvieh ist Federvieh.
Es füllt sich jetzt hier; jeden Tag treffen neue Transporte ein, aber kein Offizier. Ich kann nicht sagen, daß ich besonders unglücklich darüber wäre; Offiziere können sehr nett sein, aber auch umgekehrt pappstofflig, unbedeutend, prätentiös, und dazu der »Kampagneton«, der auf zwei Stunden amüsiert, aber schon nach zwei Tagen unerträglich ist.
Ich bin sehr fleißig. Sieben Kapitel habe ich schon geschrieben, im ganzen noch an hundert Druckseiten; der erste Abschnitt endigt mit meiner Abreise von Besançon; ich bin schon bedeutend in Abschnitt II hinein, der meine Reise über Lyon, Moulins usw. hierher enthält. Es liest sich wie ein Roman, der es ja auch eigentlich ist. Der dritte Abschnitt soll meinen Inselaufenthalt behandeln. Dazwischen mache ich Verse. So diese Nacht, wo ich aufwachte und die Traumbilder niederschrieb. Die Verse sind alle an Dich gerichtet. Vergiß nicht, wenn Du den betreffenden Brief erhalten hast, mir aus meinem Stoffkästchen die beiden Zeitungsnotizen: »Die Kleine auf Neu-Braunschweig« (die dann erfriert) und »Guldebrandsdal«, in *kleiner* Abschrift, *nicht* in Originalnotizen, zu schicken, – wenn ich mit Abschnitt II fertig bin, was etwa am 20. der Fall sein wird, will ich die sechs Kapitel

von Abschnitt 1 durch einen Unteroffizier abschreiben lassen und dann einen Versuch machen, Euch diesen Abschnitt zuzustellen. Ich werde ihn direkt zur Durchsicht nach Tours schicken, wo man sich sofort überzeugen wird, daß es sich nur um Privaterlebnisse handelt. Gehen Dir diese Aufsätze zu, so wirst Du dann endlich etwas von meinen Schicksalen erfahren. Laß die Aufsätze dann drucken, am liebsten in der »Vossischen«; doch geb ich Dir darin plein pouvour. Eine Durchsicht der Korrekturen des eingestreuten Französischen (durch Wangenheims) ist durchaus nötig; doch bitte ich, nur direkte, offenbare Fehler zu korrigieren.

14. November (Montag)

Heute früh bin ich Deinem Geburtstage zu Ehren eine Stunde früher aufgestanden, habe schon um acht Uhr meinen Spaziergang auf dem rempart gemacht und, nach Osten hinblickend, Deiner viel gedacht. Ich hoffe, daß dieser Tag kein allzu trüber für Dich gewesen sein wird. Ich lebe ja noch, bin relativ gesund und habe den Trost, daß zuletzt alles seine Zeit hat, auch der Krieg. Wir leben nicht in einem Zeitalter, das sieben- oder gar dreißigjährige Kriege führt; die Kampagne von 66, die eigentlich nur sieben Tage dauerte, war ein Musterstück moderner Kriegführung. Dies große Duell von anno 70 dauert eigentlich schon viel zu lange: es liegt daran, daß Frankreich, im Gegensatz zu seinen Traditionen, den Krieg diesmal *nicht* als Duell führt. Jeder eigentliche Volkskrieg wird allerdings immer eine Neigung haben, über das bloße Duell hinauszuwachsen.

Es ist jetzt zweieinhalb, bei Euch bereits drei Uhr, und ich sehe Dich auf dem Sofa ruhn, um Dich von den Anstrengungen der Gratulationscour zu erholen. Gewiß hat heute niemand gefehlt; es ist so natürlich, daß Deine Lage Teilnahme weckt. Etwas von Dir, von Euch allen zu hören ist jetzt mein größter Wunsch; ich bitte Dich, *recht oft* zu schreiben; geht dann auch der eine oder andre Brief verloren, so hat man doch immer noch Chancen, einiges zu erfahren. Ich weiß absolut nichts, weder von Welt noch Krieg noch Familie ...

Gott sei mit Dir und mit Euch allen, an diesem und jedem Tage. Wie immer Dein

Th. Fontane

15. November

Ihr werdet in Berlin besser wissen als ich hier, ob man den Frieden nahe glaubt oder nicht. Ist er mutmaßlich noch fern, so versuche doch unter Kreuzband oder vielleicht auch auf andere, bessere Weise, mir eine kleine billige Ausgabe (gelber Umschlag; bei Grellier jedes Heft etwa fünf Sgr.; wir haben den »Othello« in dieser Ausgabe) von »Macbeth« und »Hamlet« zu schicken, auch vielleicht den »Faust«, namentlich den zweiten Teil, ungebunden in einer ganz billigen neuen Ausgabe. Von Storm schreibe mir einige Strophen verschiedener Gedichte ab (Sie stehen in der Mitte des Buches und sind meist politischen Inhalts), die sich auf die Strandlandschaft und das Meer bei Husum beziehen, namentlich das Gedicht, in dem die Zeile vorkommt: »Der Regenvogel pfeift.«

Ich bin hier geistig sehr verarmt und halte mich nur durch die Arbeit frisch.

Dein
Th. F.

Währenddessen liefen in der Heimat zahlreiche Bemühungen, um seine Freilassung zu erreichen. Den Ausschlag gab das scharfe Eintreten Bismarcks – von dem Fontane wahrscheinlich nie etwas erfahren hat – und am 24. November wurde er in die Freiheit entlassen.

75 An Emilie Fontane

Chateau Isle d'Oléron, d. 24. November 1870

Geliebte Frau.

Nur wenige Zeilen, aber die besten, die ich bis jetzt von hier aus geschrieben habe.

Ich bin frei!

Gott sei gedankt. Daneben Dank Dir, unserm *Lazarus* und Mr. Crémieux, der es, so vermute ich, siegreich durchgefochten hat. Ich kann leider noch nicht fort, da ich auf Geld warten muß, hoffentlich nicht zu lange. Tout à vous.

Th. F.

Von West nach Ost ging die Rückreise quer durch Frankreich zunächst in die Schweiz und über Bern und Basel nach Deutschland: am 5. Dezember traf Fontane wieder in Berlin ein.
Während der Wochen auf der Isle d'Oléron hatte er die Möglichkeit zur Arbeit gefunden und begann schon dort mit der Ausarbeitung seiner Erlebnisse, die nach der Rückkehr ab Ende Dezember in der Vossischen Zeitung unter dem Titel »Kriegsgefangen« erschienen.

76 An Hermann Kletke

Berlin 20. Dezeb. 70
Dienstag

Hochgeehrter Herr Doktor.
Anbei Kapitel 1 und 2, die ich heute Nachmittag erhielt, zurück. Ich würde auch das dritte gleich beigeschlossen haben, wenn ichs mit der Correktur hätte zwingen können.
In Bezug auf diesen Punkt müssen Sie mir nun einen ergebensten Antrag erlauben, den ich Sie freundlichst bitte, auch den beiden Chefs gegenüber zur Sprache zu bringen.
Diese Art von Druckfehlerei kann ich einfach nicht aushalten; erhalte ich die Spalten, wie heute, zugeschickt, so kostet das, wenn die Spalten *so* beschaffen sind, *so* viel Zeit und macht mich so mürbe, daß ich es aus diesem Grunde nicht leisten kann; erhalte ich sie *nicht* zugeschickt, so ärgre ich mich zu Schanden, wenn ich das Zeitungsblatt selbst in die Hand nehme. Heute hieß es: »Convolvulus krankte[1] um die Stimme[2] der Cypressen« und

an andrer Stelle: »ich weiß nicht, woher mir bei sonstiger Schlauheit[3], der Muth kam.« Ich zitterte, wenn ich daran dachte, daß es, nach dem Vorbilde von »Grethe« für »Goethe« auch hätte so gedruckt werden können.
Von meinem Talent, meinem Können, will ich nicht sprechen, das geziemt mir nicht; aber von meinem Fleiß und meiner Sorglichkeit *darf* ich sprechen. Ich wünsche bei Ihrer Zeitung zu bleiben; aber es ist unmöglich, wenn mir nicht eine Art von Garantie geboten wird, daß meine Arbeiten unlädirt und unridikülisirt vor dem Publikum erscheinen. *Wie* das zu machen ist, stell ich dahin, *daß* es gemacht werden kann, dafür habe ich eine 10jährige Zeitungserfahrung. Die Vossische Zeitung ist das eigentliche Berliner Blatt, das macht sie mir werthvoll; daß ich politisch über manches anders denke, ist irrelevant, da es sich in meinen Arbeiten nicht um politische Fragen handelt; aber so erwünscht mir eine fernere, und wenn es sein kann selbst eine gesteigerte Mitarbeiterschaft an einem so wichtigen Blatte wäre, so müßte ich sie doch aufgeben, wenn ich eine korrekte Wiedergabe meiner Arbeiten nicht erzielen könnte. – Es ist mir nicht leicht geworden, dies zu schreiben, aber ich mußte es. Es wird alles davon abhängen, welchen Werth ich in Ihren Augen besitze. Im einen Falle wird meine Bitte als billig und gerecht, im andern Falle als eitle Prätension erscheinen. Ich muß es drauf ankommen lassen. Im übrigen nichts für ungut. Wie immer
Ihr aufrichtig ergebenster

Th. Fontane

Antwort hol' ich mir mündlich, wahrscheinlich am Donnerstag.

[1] rankte. [2] Stämme. [3] Scheuheit.

Der Anfang des Jahres 1871 war mit der Weiterarbeit an den Berichten über die Kriegsgefangenzeit ausgefüllt, sie erschienen Ende des Jahres als Buch bei R. v. Decker. Daneben mußte er zahlreiche Abende dem Theater und der Kritik für die Vossische Zeitung widmen.

77 An Hermann Kletke

Berlin 12. März 71

Hochgeehrter Herr Doktor!

Die Sonntagsmuße habe ich eben zu der angenehmen Beschäftigung benutzt meine Schätze zusammen zu rechnen. Es sind 25 Spalten 30 Zeilen. Rechnen wir 25 Spalten 21 Zeilen, so macht es gerade 101 rthl, was angenehm an die 101 Kanonenschuß der augenblicklichen Weltlage erinnert. Dazu Dezember, Januar, Februar für Schauspiel-Besprechung.

Sie haben vielleicht die Güte mir die betreff. Anweisungen zugehn zu lassen, damit ich das Geld gelegentlich an der Kasse erheben kann.

Wie immer Ihr ganz ergebenster

Th. Fontane

No. 43 . . . . . . 5 Spalten 27
No. 45 . . . . . . 6 Spalten 10
No. 49 . . . . . . 6 Spalten
No. 52 . . . . . . 3 Spalten
No. 55 . . . . . . 5 Spalten minus 7
25 Spalten 30 Zeilen

Anfang April fuhr Fontane zur weiteren Vorbereitung seiner Arbeiten wieder nach Frankreich und besuchte u. a. St. Denis, Rouen und Dieppe.

78 An Emilie Fontane

St. Denis, d. 20. April 1871

Liebe Frau.

Meine Zeilen von gestern hast du hoffentlich erhalten. Unsre Partie nach dem »Windmühlenberge« von Sannois, der selbst seinen Berliner Namensvetter an Schönheit übertrifft, war vollkommen gelungen, ebenso das Diner beim General *v. Medem,* der unsern alten Lepel aufs beste grüßen läßt. Am Abend war ich im Theater. Toll. Forsche Gassenhauer, Tanz à la Gräbert,

Leutnantskritik (z. B. »hübsche Figur, nur etwas schwach im Oberschenkel«), und dazu von draußen der dumpfe Donner vom Mont Valérien. Wunderbare Verhältnisse: reizvoll, poetisch, aber auf die Dauer doch gefährlich. Das Ganze eine große Vorschule für Bummelei und Aventurierschaft. Manches Leben wird daran zugrunde gehn. Nicht *hier,* nicht jetzt, aber – nach Jahren, wenn der Brotkorb wieder höher gehängt wird.
George ist gestern 5 Uhr nach Mouy zurückgereist. Er war sehr nett; eigentlich wenig verändert. Er ist noch ganz im Werden. Was aus ihm sich bilden wird, ist schwer zu sagen und wird von Fügungen abhängen. Er ist gar nicht ohne Selbstgefühl, oder noch richtiger, er hätte nichts dagegen, eine Rolle zu spielen; ich zweifle aber fast, daß er die rechte Dampfkraft dahinter setzen wird. Und davon hängt *alles* ab. Begabt ist jeder dritte Mensch. Er kann ein einfacher »bon camarade« werden, der Billard und Kegel spielt und eigentlich nicht recht von der Kneipe herunterkommt; er kann es aber auch zu einer feinen Künstlernatur und speziell zum Humoristen bringen. Nous verrons! Diese Bemerkungen bitt' ich Dich aber, nicht gegen ihn selber laut werden zu lassen; denn wiewohl sie mehr Lob als Tadel enthalten, kommt dabei doch nichts heraus. Wie immer Dein Th. F.

Diese Reise verschaffte ihm nicht nur weitere Unterlagen für das Kriegsbuch, sondern Fontane berichtete über sie in Aufsätzen, die zunächst in der Vossischen Zeitung erschienen, später dann zusammengefaßt als Buch »Aus den Tagen der Okkupation« bei R. v. Decker erschienen. Im Juni forderte ihn der Herausgeber der Zeitschrift »Salon für Literatur, Kunst und Gesellschaft«, Julius Rodenberg zu einem Aufsatz über Walter Scott auf, dessen 100. Geburtstag sich am 15. August jährte.

79 An Julius Rodenberg
Hochgeehrter Herr Doktor.
Sie haben es getroffen! Wiewohl mit Arbeit überbürdet (70er

Krieg, mehrbändig, dem eine Beschreibung meiner *zweiten* Reise, mit der ich eben beschäftigt bin, vorausgehen soll), akzeptiere ich dennoch Ihr freundliches Anerbieten. Wie Sie ganz recht vermuten, aus Liebe zu meinem Lieblings-Dichter, noch mehr Lieblings-*Menschen*.

Ich bitte Sie ganz ergebenst, mir zuvor nur noch ein paar Fragen zu beantworten:

1. Was ist der *allerspäteste* Termin?
2. Der Aufsatz selbst, wie lang oder wie kurz?
3. Sollen es lediglich Reise-Erinnerungen oder soll es etwas Biographisches und Literarhistorisches sein?

Ich würde das letztre vorziehn, ordne mich aber gern Ihren Wünschen unter.

Es schwebt mir das Ganze etwa so vor: Einleitung, sein Leben, seine Werke, sein Charakter, seine Bedeutung. Natürlich würde allerhand Landschaftliches und persönlich an Ort und Stelle Gesehnes und Erfahrenes mit einfließen.

Ihnen für die freundlichen und teilnahmvollen Schlußworte Ihres Briefes noch meinen besondren Dank aussprechend, hochgeehrter Herr Doktor,

Ihr ganz ergebenster
Th. Fontane

Berlin, 9. Juni 1871

Im Spätsommer fuhr Fontane nach Kloster Dobbertin zu Mathilde von Rohr und nach Warnemünde, um in Ruhe an seinen verschiedenen Büchern zu arbeiten.

80 An Mathilde von Rohr

Berlin d. 19. Dezeb. 71

Mein gnädigstes Fräulein.

Der erste Weihnachtsbrief richtet sich diesmal, wie billig, nach Dobbertin, denn im verflossenen Jahre, noch über die sonstige

Verwöhnung hinaus, habe ich an keiner Stelle so viel Gütiges und Freundliches erfahren wie in dem bekannten Kloster-Kreuzgang an der scharfen Ecke wo die große Laterne ihr Licht auf den porzellanenen Klingelgriff strahlt. Diese wohlbekannte Stelle wieder zu sehen, bin ich sehr begierig, dennoch möchte ich Sie um Vertagung Ihrer freundlichen Einladung bitten, vorausgesetzt, daß ich nicht nervös gänzlich herunterkomme. In diesem letztren, nicht begehrenswerthen Falle würde ich mit Ihrer gütigen Erlaubniß allerdings zu Ihnen eilen, um mich angesichts des Sees und der Rabengeschwader bei Sonnenuntergang, andrer noch wichtigerer Elemente zu geschweigen, wieder zu erholen. Besser aber bleibt besser und so rechne ich denn vorläufig auf Frühjahr (Mai) oder Sommer, wo ich – auf meiner üblichen Nordlandsfahrt gen Warnemünde – wohl wieder eine 14tägige glückliche Rast bei Ihnen nehmen möchte. Gearbeitet wird freilich wieder werden müssen wie immer; ein ›ausspannen‹ ist einem nun 'mal nicht beschieden vor jenem letzten, dem kein anspannen und weiter kutschieren folgt. Ein Buch ist kaum fertig und schon steck' ich in einem andren, größeren drin; das Ganze eine Schraube ohne Ende.

Die beiden Bände, die ich mir als Weihnachtsangebinde diesen Zeilen beizuschließen erlaube, sind zu nicht geringem Theile in Dobbertin entstanden und werden Ihnen schon aus diesem Grunde ein kleines Interesse abgewinnen. Die beiden letzten Kapitel des I. Bandes und die 9 ersten Kapitel des II. Bandes (bis ›Beaumont‹ inclusive) wurden in Dobbertin geschrieben; einiges davon zählt zu dem Besten, was das Buch überhaupt enthält. In Warnemünde schrieb ich dann den Rest mit Ausnahme des Schlußkapitels ›Wilhelmshöhe‹ und des ganzen umfangreichen Abschnittes ›Metz‹. Dazu gebrauchte ich noch der Vorstudien, die ich nur hier machen konnte. In den nächsten Tagen werde ich beide Bände, wie auch ›Kriegsgefangen‹ dem Kaiser überreichen lassen, vorausgesetzt daß mir Geh.Cab.Rath Wilmowski keinen Strich durch die Rechnung macht. Ueber die Aufnahme, die das Buch beim Publikum finden wird, bin ich einigermaßen neugierig; in Petersburg, in Warschau, in New York, in der Schweiz, in Holland wird man es wahrscheinlich mit Zustimmung lesen, hier wird man es wohl wieder zu ›franzosenfreundlich‹ finden, weil ich nicht ausgesprochen habe jeder Franzose muß zur Strafe seiner Sünden lebendig gebraten werden. Daß mich dies alles wenig anficht, werden Sie glauben.

An unsren Freund L. habe ich eben ein paar Einladungsworte zum Heilig-Abend geschrieben; hoffentlich acceptirt er; ebenso Prof. Eggers. Von dem alten Bestand wird nur die ›schöne Julie‹ fehlen, die sonst regelmäßig ihren Heringssalat an diesem Tage bei uns einnahm. Wir wissen nicht, wo sie sich zur Zeit aufhält, können also auch keine Einladung ergehen lassen.

Lepel ist munter; die Aussöhnung – diesen Eindruck hatte ich am 27. November, wo wir bei Zöllners Prof. Eggers' Geburtstag feierten – scheint ihn sehr beglückt zu haben. Ob es vorgehalten hat, ob er noch befriedigt leuchtet (dies war thatsächlich der Fall) kann ich nicht sagen, da ich ihn seitdem nur ein einziges Mal auf eine Stunde im Rütli gesehen habe. Ich war nämlich beinah 14 Tage lang krank und mußte selbst bei Zöllners Geburtstag (12. Dezember) fehlen. Es geht mir jetzt wieder besser; aber der Winter ist nun 'mal nicht meine Zeit und das bischen Hirn arbeitet nur mit halber Dampfkraft.

An unsren hochverehrten Cardinal von Besançon hab ich heute mein großes 66er Kriegsbuch geschickt, natürlich nur zu dem Zweck, daß er sich die Bilder ansieht; es wäre ein sonderbarer Dank, wenn ich ihm zumuthen wollte, sich mit 84 Jahren eingehender um den Inhalt zu kümmern.

Bei 84 Jahren gedenke ich natürlich auch Ihrer 93jährigen Domina; empfehlen Sie mich ihr. Ich hatte dem Cardinal eine lange Beschreibung von Dobbertin und der Domina gemacht und er hat mir in mehreren Zeilen darauf geantwortet.

Meine ergebensten Empfehlungen an Fräulein Annette, Frl. v. Pritzbuer, Frl. v. Bülow, Forstinspektors und Doktors von Ihrem dankbar ergebensten

Th. Fontane

P. S. Die Verse an den Dobbertiner See habe ich nicht vergessen; aber die momentane Stimmung ist nicht die beste, so bitte ich denn auch *dies* bis auf den Sommer vertagen zu dürfen.

Ihr
Th. F.

Am 16. Dezember 1871 war Willibald Alexis gestorben, Rodenberg bat Fontane um einen Nekrolog, der dann auch im Sommer 1872 in »Der Salon für Literatur, Kunst und Gesellschaft« erschien.
Bei dem Druck des ersten Halbbandes vom »Krieg gegen Frankreich 1870-1871« gab es Verzögerungen, und Fontane wandte sich wieder dem dritten Band der »Wanderungen« zu, der das »Havelland« beschreiben sollte.

81 An Elise Fontane

Berlin 15. Juni 72

Meine liebe, alte Lise.
Keinen Liebesbrief, den ich wirklich lieber schriebe, wiewohl auch nach *der* Seite hin nicht meine Forcen liegen, sondern einen Geschäftsbrief!
George, den in Geschäften auch alle guten Geister verlassen, schrieb mir gestern Mannigfaches über die bek. unbezahlte Schneiderrechnung, Auslassungen die ich in einer gewissen Scheu immer nur halb und ohne alle Neigung den Gegenstand zu ergründen lese, etwa wie man wegsieht wo sich zwei verstohlen geküßt haben, theils um nicht ohne Noth zu geniren, namentlich aber auch um nicht vielleicht etwa noch *mehr* zu sehn. Solche Auseinandersetzungen stimmen nie und je mehr man empfindet, daß sie nicht stimmen, desto mehr ärgert man sich. Also ich lasse mich lieber gar nicht drauf ein. Mir liegt weniger an der Kleinheit der moralischen, als wie an der Kleinheit der Schneiderschuld und 10 Thlr mit viel Verbrechen sind mir lieber als 100 Thlr mit wenig. Ich schreibe nun, meine liebe, gute Lise,

daß ich endlich erfahre, um welche Summe es sich handelt, möchte aber auch wirklich nur zu einer Equipirungs-Rest-Zahlung und nicht zur Zahlung aller möglichen andern Hosen und Röcke herangezogen werden. Ich wäre Dir sehr dankbar, wenn Du mit George über die ganze Angelegenheit auch mal vom Standpunkt der *Schwester* eines ennuyanten Bruders und nicht vom Standpunkte der *Tante* eines amüsanten Neffen sprechen wolltest. Philisterei hat mich nie gedrückt und kleine Unkorrektheiten können keinen milderen Beurtheiler finden als mich; aber G.'s Handelweise ist wirklich nicht die richtige, wenn es mir auch nicht einfällt in solchen Dingen Todsünden zu sehn, um derentwillen einem die Hand aus dem Grabe wächst. Emilie ist wirklich engelsgut zu ihm, giebt was sie irgend hat und hat wahrhaftig keinen Anspruch darauf, von G. als eng und kleinlich im Geldpunkt dargestellt zu werden. Im Gegentheil. Wie sie überhaupt einen noblen Charakter hat, so hat sie ihn auch in Geldangelegenheiten. Sie ist viel gütiger als ich; ich bin in allen diesen Dingen der reine Blender, wie alle Menschen die leicht geartet sind und eine Neigung haben, sich alles Unangenehme so lange wie möglich vom Leibe zu halten. Wenn Emilie also etwas herbe (und vielleicht *zu* herbe) geschrieben hat, so liegt das darin, daß sie ein sehr feines Rechtsgefühl hat und in diesem Rechtsgefühl sich durch G.s ganze Art verletzt fühlt. In solcher Stimmung schreibt dann eine *Frau* ein Wort mehr als nöthig.
Verzeih, meine liebe Lise, daß ich Dich nur mit *solchem* Zeuge unterhalten habe; sehr nach meinem Geschmack ist es auch nicht. Denke, daß zu den Tanten-Rechten auch Tanten-Pflichten gehören. Laß bald von Dir hören und habe später angenehme Tage bei Flemmings. Vorläufig empfiehl mich dem freundlichen Hause, dem Du zur Zeit angehörst. Wie immer Dein alter

Theodor

Im Sommer fuhr er zur Erholung nach Krummhübel im Riesengebirge und besuchte Liegnitz, Breslau und Salzbrunn.
Anfang Oktober erschien »Havelland« in einer Auflage von 1500 Exemplaren, und der Verlag zahlte ein Honorar von 600 Taler.
Im Oktober zog die Familie um, nun zum letzten Mal, in die ›Potsdamer Straße 134 c‹, in die Wohnung, in der Fontane mit seiner Frau in den nächsten 26 Jahren bis zu seinem Tode arbeitete und lebte.

82 An Ludwig Pietsch

Berlin 19. Oktob. 72

Theuerster Pietsch.
Anbei mit bestem Danke den endlich wiedergefundenen grünen Heinrich, der unter dem Staube des Umzugs in seiner äußern Erscheinung natürlich nicht grüner geworden ist.
In unsrer neuen Wohnung beginnt es zu tagen und wenn Sie wieder einmal vorsprechen, so soll Ihnen das bekannte Moselblümchen in regelrechten Gläsern blühn.
Für Ihre freundlichen Worte über Antonie Eichler, insonderheit aber über den Endes Gefertigten selbst, nochmals den allerschönsten Dank.

Wie immer Ihr
Th. Fontane

Darf ich den ›Lasalle‹-Artikel behandeln? Besonders die Schilderung des *wirklichen* Lassalle hat mich lebhaft interessiert. Nur ein Maler konnte ihn sich so einprägen und beschreiben.

Ende Oktober 1872 erschien der erste Teilband des »Deutsch-Französischen Krieges 1870/71«. Der Kaiser nahm die ihm angetragene Widmung an.

83 An Rudolf von Decker

Berlin, d. 10. April 1873
Potsdamer Str. 134 c

Hochzuverehrender Herr v. Decker.
Besuche, die gestern von Mittag an, als wäre mein Zimmer eine Wallfahrtskapelle, bei mir eintrafen, lassen mich erst heute dazu kommen, Ihnen, hochzuverehrender Herr v. Decker, für Ihre freundliche Zuschrift zu danken. Die Gnade unsres herrlichen alten Wilhelm trifft natürlich Sie und nicht mich; ich sonne mich aber gern in diesem Strahle mit und setze mich zu diesem Behuf an den äußersten Rand meiner Diogenestonne. Ich erlaube mir mit der Bitte um gelegentliche Rücksendung einen gestern von Graf Moltke erhaltenen Brief beizuschließen. Er ist wie der ganze Mann: knapp, in jedem Worte von Bedeutung, gütig und wahrhaftig.
Ihnen von ganzem Herzen wünschend, daß die Attacke nicht allzu hart und namentlich auch, mit Rücksicht auf den im ersten Grün sich meldenden Frühling, nicht allzu langwierig sein möge, hochzuverehrender Herr v. Decker,

Ihr aufrichtig ergebenster
Th. Fontane

Ende 1873 erschien der zweite Teilband des Kriegsbuches, die weitere Arbeit ging weit in das Jahr 1874 hinein. Zur gleichen Zeit mußte eine neue Auflage des ersten Wanderungsbandes vorbereitet werden und eine zweite Auflage der Gedichte sollte erscheinen.

84 An Mathilde von Rohr

Berlin 26. März 74
Potsd. Str. 134.c

Mein gnädigstes Fräulein.
Seit einer Anzahl von Wochen habe ich keinen Brief von unsrem hochverehrten Fräulein v. Rohr eintreffen sehn, woraus ich

schließe, daß wir wohl an der Reihe sein werden. So dann ein bischen Plauderei.
Der Winter, eh er geht, hat sich bei mir noch unbequem gemacht; ich bin seit 3 Wochen krank, nicht bettlägrig, aber doch so, daß ich 8 bis 10 Tage nicht aus dem Zimmer gekommen bin; auch in diesem Augenblick ist es noch nicht besser; ich schleppe mich nur dann und wann ins Theater, um meines Amts zu warten, sonst kommt mein gesammtes Thuen über lesen und schreiben wenig hinaus. Meine Frau, trotzdem es ein rechter Sturmwinter war, hat sich im Ganzen gut gehalten, was mir immer sehr zu Statten kommt. Eine verstimmte Frau ist ebenso ein Druck, wie eine heitre einem Flügel leiht; auch ist mein Metier derart, daß ich kleiner Hülfen und Secretair-Dienste täglich bedarf, Dienste die nur bei guter Gesundheit geleistet werden können. Mit den Kindern geht es erfreulich; Theo entwickelt sich mehr und mehr zu unsrer Freude, in den nächsten Tagen wird er nach Künkendorf abgehn; Martha zeigt Begabungen, die über das Alltägliche hinausgehn und ist – im Gegensatz zu ihren frühren Jahren – ein Liebling der Menschen geworden. Sie kommt jetzt in die 1. Klasse. Der Kleinste läßt es an sich kommen; er ist weniger begabt wie die andern und weniger ehrgeizig, wird aber wohl auch seine Meriten haben. Ganz leer läßt der liebe Gott keinen ausgehn; die Eltern und Erzieher müssen nur ausfindig machen, wo die Spezial-Begabungen liegen.
Unser Leben bewegt sich im alten Gleise, nur fängt es an sich mehr und mehr zu vereinfachen, was seit lange meinen Wünschen und Plänen entspricht. Weder meine Gesundheit, noch meine Neigungen, noch meine Verhältnisse konnten sich länger mit dieser täglichen Gesellschafts-Rennerei vertragen. Ich will nur bei den ›Verhältnissen‹ stehn bleiben; die dicke[n] Bücher wollen doch am Ende geschrieben sein und wenn man 14 Tage lang krank ist und dann 14 Tage lang täglich in Gesellschaft geht, so überkommt einen mit einem Male eine nur zu begründete Angst: ›wohin soll das führen?‹ Ich hab es also seit etwa 6

Wochen so eingerichtet, daß ich nur Donnerstags und Sonntags in Gesellschaft gehe, und merke bereits, trotzdem ich all die Zeit über nicht gesund gewesen bin, daß es einem doch außerordentlich hilft. Die Abende sind nämlich deshalb die Hauptsache, weil sie eine Art Endlosigkeit haben, man kann sie bis 2, 3 Uhr ausdehnen und das Gefühl was einem aus der Vorstellung erwächst: Du hast jetzt, wenn Du willst, 7 Arbeitsstunden vor Dir, ist außerordentlich angenehm und förderlich. An solchen großen Arbeiten, wie ich sie beständig vorhabe, wo man auf verschiedenen Tischen 10 Karten und 20 Bücher aufgeschlagen hat, kann man nicht viertelstundenweis herumbasteln; dazu sind die Vorbereitungen zu groß. Ich habe übrigens die Freude gehabt, daß alle Freunde mir ausnahmslos zugestimmt und meine Beschlüsse in Bezug auf gesellschaftliches Leben und Treiben gebilligt haben. Man unterhält die Leute und hinterher heißt es dann noch: ›mein Gott, er kommt auch nicht von der Stelle.‹ So erging es beispielsweise beständig unsrem alten Eggers. – Sehr viel Freude haben uns in diesem Winter unsre Schopenhauer-Abende gemacht, wohl schon deshalb weil sie maßvoll auftraten und nur alle 14 Tage wiederkehrten. Es waren Wangenheims (3) Prediger Windel und Cousine, meine Frau und ich; wir haben doch viel Anregung dadurch empfangen und verhältnismäßig wenig Zeit eingebüßt, da wir immer erst sehr spät zusammenkamen.

Das große Ereigniß dieses Winters, innerhalb unsres Kreises, ist Prof. Lucae's Verlobung. Nachdem er lange herumgeliebt (sehr ähnlich wie unser Freund L.) und wenigstens ein halbes Dutzend Mal ¼, ½ oder ¾ verlobt gewesen ist, hat er nun endlich das verhängnisvolle Wort, das sonst immer nur partiell über seine Lippe kam, ganz ausgesprochen. Leider ist die Braut kränklich und die ›seligen Tage‹ haben mit einer Reise nach Montreux begonnen, wo sie bis in den Sommer bleiben soll; am 20. Juli Hochzeit. Es kann aber noch viel dazwischen kommen und alte Füchse kommen immer wieder aus dem Eisen heraus, wenn sie auch ein Stück Pelz zurücklassen sollen. Uebrigens hatten wir

hier noch eine zweite Verlobung: eine Pflegetochter des Senator Eggers, ein Fräulein Becker aus Rostock oder Hamburg, hat sich mit einem jungen, blonden, dichtenden Ingenieur verlobt. Das ganze Paar ist aber doch wenig dichterisch.
Der Druck der 3. Auflage meiner ›Wanderungen‹ in die dann auch das Rohr-Kapitel hineinkommen wird, schreitet rüstig vorwärts; den Namen Barbara hab ich beseitigt und Urania wiederhergestellt. Ob die Familie im Ganzen dadurch befriedigt wird, muß ich bezweifeln, denn immer aufs Neue mache ich die Erfahrung, daß Familien, mit Ausnahme der gütigen, nachsichtigen und verehrten Dame, an die ich diese Zeilen richte, nicht zufriedenzustellen sind. Ich glaube auch, daß sie, die Familien, von ihrem Standpunkte aus ganz Recht haben, weil ein Schriftsteller, der die Dinge lediglich als einen Stoff für seine Zwecke ansieht, auch bei größter Vorsicht und wirklichem Takt immer noch der Pietät entbehren wird, die im Herzen der Familienmitglieder lebt. Mitunter ist es freilich nicht mehr Pietät, sondern einfach eine Mischung von grenzenloser Dummheit mit ebenso grenzenloser Eitelkeit. So schrieb mir heute meine Schwester Lise aus Ruppin: alle Anverwandten des Hauses Gentz (Gott sei Dank mit Ausnahme der beiden Söhne) seien *empört* über das, was ich über den alten Christ. Friedr. Gentz geschrieben hätte; nach meiner aufrichtigsten Meinung müßten sie mir ein Denkmal errichten oder eine ›Stiftung‹ für meine Kinder ins Leben rufen. Mitunter schwindelt einem. Ich hab es aber nun so oft erlebt, daß es keinen Eindruck mehr auf mich macht. Neulich kriegte ich einen Klagebrief von einer Frau v. Witzleben, geb. v. Meusebach, aus Potsdam, die sich bitter beschwerte über das was ich über ihren verstorb. Bruder geschrieben habe. Er war schließlich absolut verrückt; ich nenne ihn einen ›Mann von Genie und Excentricität‹; das ist nun der Dank dafür.
Vor einer Stunde war Lepel hier, den ich seit 4 Wochen nicht gesehen hatte; er kommt *jedesmal* wenn ich mit Briefschreiben an Frl. v. Rohr beschäftigt bin. Es ist dann, als ob eine Stimme ihn riefe, ein Magnet ihn zwänge. Er kränkelt auch seit vielen

Wochen; doch fand ich ihn viel besser aussehend, als früher. Er brachte mir unter andern einen Toast, den er am 22. März in der Franz-Kaserne vorgelesen hat. Allerliebst. In solchen Sachen hat er eine höchst glückliche Hand. Die Strophen sind auch mit Jubel aufgenommen und noch am selben Abend, durch Oberst v. Boehn vom 1. Garde-Regiment, dem Kaiser vorgelesen worden. – Meine Frau grüßt und empfiehlt sich Ihnen angelegentlichst. In alter aufrichtiger Ergebenheit, mein gnädigstes Fräulein, Ihr Th. F.

Im Oktober konnte Fontane endlich die Arbeit am 3. Teilband des Kriegsbuches abschließen und am Ende des Monats brach er mit seiner Frau zu seiner ersten Italienreise auf.

85 An Karl und Emilie Zöllner

Firenze 10. Oktob. 74

Theuerste Chevaliers.

Charakteristisch für den Trouble und die Hetzjagd in der wir leben, ist es, daß ich nicht einmal Zeit fand, den am 7. geschriebenen Brief noch in Venedig selbst zur Post zu geben. So erhaltet Ihr denn unsre zwei ersten Reiseberichte a tempo hier von Florenz aus, das wir gestern Abend 11 Uhr erreichten, und dessen Casa Nardini (eine Art Bartickows Hôtel garni) uns gastlich aufgenommen hat. Die bessere Hälfte, die sonst namentlich auch die unruhigere Hälfte ist, schläft heute ausnahmsweise bis in den hellen Tag hinein und ich benutze die dadurch frei werdende Zeit zu diesen Zeilen.

Die Tage in Venedig waren sehr schön und es wird uns eine Sehnsucht im Herzen bleiben, sie erneuern zu können. Die Möglichkeit dazu ist, so weit die Geldfrage in Betracht kommt, gegeben. Unser ganzer 4½ tägiger Aufenthalt in Venedig kostet *höchstens* 40 Thlr, wovon 20 Thlr auf das Hôtel, 10 Thlr auf ein vorzügliches, dem Hôtel attachirtes Restaurant und die letzten

10 auf Eis, Kaffe, Gondelfahrten, Trinkgelder und Bettler-Dreier kommen. Für diese ganz geringe Summe, die man in Berlin, bei Hiller, an einem einzigen kleinen Souper-Abend loswerden kann, hat man Venedig gesehn und genossen, das nun nicht länger mehr blos als eine Insel in der Adria, sondern auch als eine Insel in dem Meer gleichgültiger, zwischen Potsdamer Bahnhof und Alsen-Brücke abgelaufener Tage schwimmt. Thatsächlich sei noch bemerkt, daß am 7. Abends auch Baumeister Schwechten, mit seinem jungen Freunde Banquier Königs, in Venedig eintraf und dadurch unsren Kreis auf die Höhe von 6 Personen hob. Wir frühstückten gemeinschaftlich am Marcusplatz, fuhren zusammen nach dem Lido hinüber und trafen uns dann wieder Abends beim Biere, das in Restaurant Bauer (Wiener Fabrikat) in allervorzüglichster Qualität verzapft wurde. Schwechten, als alter Italiener, hat mir allerhand Adressen und Rathschläge gegeben und auf seine Empfehlung hin, sitze ich hier jetzt in Casa Nardini, in einem großen, mit tiefen Nischen ausgestatteten, von einem mächtigen Deckenbalken durchzogenen Zimmer, das mich aufs lebhafteste an das alte Thurmzimmer in Moulins erinnert, in dem ich vor 4 Jahren gefangen saß. Im Uebrigen ist die Situation heute angenehmer.

Nun noch ein Wort über Venedig. Es ist interessant von Schritt zu Schritt, landschaftlich zauberhaft, poetisch durch und durch, aber es repräsentiert doch nicht die Form der Schönheit, die ich *dauernd* vor Augen haben möchte. Dazu ist mir, rund heraus gesagt, die ganze Geschichte doch zu schmutzig. Sie bedarf des Mondlichts, bei dem man nur halb sieht, sie bedarf der Verschleierungen, um immer wieder zu entzücken; bei hellem Tageslicht genießt man den Canal grande, den Rialto und nun gar das Gewirr der Gassen und kleinen Canälen mit *sehr* gemischten Empfindungen. Es ist eine Touristen-Stadt, eine Stadt zum Sehen, auch zum Bewundern, aber nicht zum Wohnen. Junge Künstler und Dichter werden sich über diese Aeußerungen vielleicht entsetzen, aber es ist *doch* so, wie ich sage. Die ganze Welt der Erscheinungen ist nicht dazu da, um Malern und

Poeten wünschenswerthe und bequem liegende Stoffe zu bieten, sondern um überhaupt zu befriedigen und zu erfreun. Das Leben stellt vielfach andre Forderungen als die Kunst und Individuen wie Staaten gehen zu Grunde, die *dies* übersehn. Wem diese Wahrheit zu Fleisch und Blut geworden ist, der wird auf Venedig blicken wie ich noch in der letzten Stunde auf ein wunderschönes Frauenzimmer blickte, die aus dem 2. Stock eines halbverfallenen Hauses träumerisch-faul mit tief und dumm schmachtendem Auge uns nachsah, als unsre Gondel an den Wasserstiegen des schmalen Canals vorüberfuhr. Sie war so schön, wie ich selten Weiber gesehn habe und das halbgekräuselte schwarze Haar lag wie eine Mähne um sie her, mit den Spitzen nach vorn hin über die halb entblößte Brust fallend; ich werde den Anblick nie vergessen. Aber sie war ungewaschen und ungekämmt, und nach meinem Gefühl, so wenig sie persönlich innerhalb der idealen Liebe zu stehen schien, doch nur für eine solche geeignet. Ein Wesen, nur mit dem *Auge* zu genießen; mit ihr zu *leben* – ein Gedanke nicht ausgedacht zu werden! So auch die Stadt selbst. Diese schöne, schwarzhaarige Schwester Struwelpeters, die seifenintakt auf einen gondelbefahrenen Rinnstein niedersah, war mir wie das Bild Venezias selbst erschienen.

Eine glänzende Ausnahme macht der Marcusplatz und die an ihn grenzende Piazetta. Hier ist nicht nur alles interessant, malerisch, poetisch, hier ist auch alles *in jedem Sinne schön* und es bedarf keiner romantischen Prise Schnupftabacks, um uns die Augen übergehn zu machen. Es verlohnt sich 1000 Meilen zu reisen, um dies eine Stunde zu sehn. Es ist ganz einzig, ebenso im Einzelnen wie im Ganzen. Ich finde nichts lächerlicher, als ein Herumkritisieren an Bauwerken wie die Marcuskirche und der Dogenpalast. Sint ut sunt, aut non sint. In mehreren Reisebüchern fand ich die Marcuskirche als einen ›schwülstigen Bau‹ charakterisiert. Man muß ein unendlicher Lederschneider sein, um so was Dummes und Kleines sagen zu können. Leider reicht auch Schulfuchserei und Doktrinarismus zu solcher Dummheit gerade aus. Die Marcuskirche wirkt beinah elementar und sie kritisieren wollen ist nicht viel anders, wie wenn man die blaue Grotte oder die Fingalshöhle einer künstlerischen Beurtheilung unterziehen wollte. So kolossale Sachen, die in einem Jahrtausend geworden, gewachsen, gemodelt sind, liegen über alle Kritik hinaus. Man hat sich lediglich vor ihnen zu verneigen. Wir sind wohl zehnmal, länger oder kürzer, in diese Kirche eingetreten und immer war der Eindruck derselbe. – Der *Dogenpalast,* zunächst von einer viel bestrickenderen Schönheit, wirkt doch nicht so mächtig, trotzdem historische Erinnerungen und eine uns näher stehende dekorative Kunst, letztre in hunderten von berühmten Bildern, seine Wirkung unterstützen. Ueber diese Bilder, die fast ausnahmslos von Tintoretto und seiner Schule, nur verhältnismäßig wenige von Paul Veronese und seinen ›Erben‹ (so schreiben die Kataloge) herrühren, noch ein paar kurze Worte. Wenn sie *teppichartig,* durch Farbentöne wirken und im Uebrigen in klaren, äußerlich meisterhaften Compositionen historische Momente der Republik festhalten sollen, so finde ich sie großartig; wollen sie *mehr* sein, so finde ich sie erbärmlich. Diesen Massenleistungen gegenüber, habe ich wieder recht empfunden, daß es ohne Seele nicht geht. Au fond ist alles tief langweilig und als ich schließlich in der kleinen Dogen-Kapelle einem Albrecht Dürerschen Christuskopfe begegnete, athmete ich auf; dieser *eine* Kopf repräsentirt in meinen Augen *mehr* wahre Kunst, als alle Tintorettos zusammengenommen. Was dieser letztre geleistet, sind Schildereien, in denen die immer wieder auftauchende gelbe Dogenmütze eigentlich das interessanteste ist. Auch diejenigen seiner Bilder, die ihren Stoff der heiligen Geschichte entnehmen, sind nicht besser. Das Colossal-Bild im Saal des Großen Raths, das den Namen die ›Glorie des Paradieses‹ führt, ist ein Salat von Engelbeinen, und seine berühmteste Leistung ›die Kreuzigung‹, die sich in der Scuola San Rocco befindet, läßt mich ebenfalls kalt. Das Compositionstalent, die Gabe zu gruppiren, Klarheit in die Massen zu bringen, ist außerordentlich, aber der Mangel an aller Innerlichkeit ist geradezu erschreckend. Der Christus, auf dem letztgenannten Bilde, scheint, so weit man ihn bei der starken Nachdunklung erkennen kann, gut, will sagen nicht ganz unbedeutend, die Frauen und Jünger unterm Kreuz aber sind conventionell und noch weniger als das. Ich habe für diese Art von Kunst wohl ein Verständniß, aber kein Herz; Farbentöne würden dasselbe thun. Unter allem, was ich bis jetzt gesehn habe, haben mich, von zwei großen Tizians abgesehn, über die ich weiterhin noch ein paar Worte sagen will, folgende drei Bilder am meisten interessiert: 1. der oben schon erwähnte Dürersche Christus mit der Dornenkrone (Pilatus links neben ihm); 2. ein in derselben Dogenkapelle befindlicher Giorgione: ›Christus im Hades‹ ein Bild voll Kraft, Schwung und tiefster Innerlichkeit; 3. ein ›Todter Christus‹ aus der Bologneser Schule; Name des Meisters unbekannt. Ich mache diese Aufzählungen, resp. Bemerkungen namentlich Heydens wegen, der sie auf ihre Richtigkeit prüfen mag. Wobei ich aber gleich im Voraus bemerke, für mich persönlich *bleiben* sie auch richtig.

Das bedeutendste, was ich bisher sah, sind die beiden Bilder Tizians, die ›*Himmelfahrt Mariä*‹ darstellend, von denen sich das eine im Dom zu *Verona,* das andre in der Academia delle belle arti zu *Venedig* befindet. Sie sind grundverschieden, aber beinahe gleich schön, wenn auch nicht gleich an Bedeutung. Ihr Unterschied besteht darin, daß die erstre freundlich-beseeligend, frauenhaft-gütig zu den staunenden Jüngern *hernieder,* die andre überirdisch verklärt, von der erhabenen Wonne des Schauens durchdrungen, zu Gottvater *aufwärts* blickt. Im ersten Moment schien mir das letztgenannte Bild hinter dem in Verona zurückzustehn, das aus den verschiedensten äußren und innren Gründen, die ich hier nicht alle aufzählen mag, rascher Auge und Herz erobert. Aber von dem Augenblick an, wo man sich in der Erhabenheit der venetianischen ›Assunta‹ zurecht gefunden hat, versinkt das Veroneser Bild neben der letztren. Das Bild in Verona, so weit die Maria in Betracht kommt, wirkt wie ein Vorläufer der Murillo-Manier; die ›Assunta‹ in Venedig erinnert an die Sixtinische Madonna, ja mein Herz ist fast geneigt, ihr noch den Vorrang vor dieser anzuweisen.

Hier, verehrtes Paar, hast Du oder haben Sie oder habt Ihr meine Weisheit. Weitres hoffentlich mündlich, wenn Eure Geduld so weit reicht wie meine Redeseligkeit. Ergeh es Ihnen gut. Ich bitte die Briefe, nach Mittheilung des einen oder andern an Theo, circuliren zu lassen, erst an George, dann an Martha, derart daß George den Brief direkt nach Neuhof schickt.

1. Unsrem lieben kleinen Friedel einen Kuß und er soll nicht ›aufmucken‹, wenn Theo oder Tilla ihre Autorität gelten machen. – An Tilla beste Grüße.

2. Unser alter Theo soll nicht zu streng regieren und so bald wie möglich nach Rom hin an uns schreiben, poste restante.

3. Die Einlage, couvertirt und adressirt, bitte ich an Hertz gelangen zu lassen. Wenn Du, geliebter Chevalier, ihn die Einlage auf einem Gange *zum* oder *vom* Gericht selbst brächtest und ihm bei dieser Gelegenheit Einiges erzähltest, würde ich Dir *sehr* dankbar sein. Von 10 bis 2 und von 5 ¼ bis 7 ¼ ist er immer in seinem Geschäft. Die Plaudereien in seinem Comtoir sind meist sehr amüsant.

4. Unser alter Fournier, wie wir eben erfahren, ist gestorben. Für uns ein *wirklicher* Verlust. Er hat, durch die zweifelhaftesten Zeiten hin, in Treue und Liebe bei uns ausgehalten. Milachen läßt euch sagen: seine nun wahrscheinlich, oder richtiger gewiß frei werdende Wohnung sei ganz vorzüglich für Euch geeignet, sehr hübsch und sehr preiswürdig, im Schmieden'schen Hause. –

5. Auch von Euch Geliebten dürfen wir wohl in Rom poste restante Briefe erwarten? Schreib auch ja über die Arnim-Bismarck-Frage.

Mit tausend herzlichen Grüßen an die Freunde, insonderheit – Sie Beide, wie immer Ihr

Th. Fontane

Die Reiseroute verlief über München, Innsbruck, Verona nach Venedig, danach über Florenz nach Rom. Anschließend an einen längeren Aufenthalt in Rom reisten sie nach Neapel, besuchten Pompeji und Capri und kehrten nach Rom zurück.
Nach fast zwei Monaten trafen sie am 20. November wieder in Berlin ein.
Im Januar des folgenden Jahres heiratete die jüngste Schwester Lischen – jetzt fast 38jährig – Hermann Weber. Im März wurde der Sohn Theodor primus omnium seiner Schule.
Die Arbeit am Kriegsbuch mußte fortgesetzt werden, denn noch stand der abschließende 4. Teilband aus.
Neben allen diesen Arbeiten, die Theaterkritik wollte auch geschrieben werden, nahm Fontane immer wieder den Roman vor und versuchte jetzt schon eine Zeitung für den Vorabdruck zu gewinnen.
Anfang August fuhr er zum zweiten Mal – diesmal allein – nach Italien.

86 An Emilie Fontane

Neuhausen/Hotel Schweizerhof/6. August 75

Liebe Frau.

Ich blieb im »Storch« drei Stunden länger als ich berechnet hatte. Schönheit und Liebenswürdigkeit der Wirtin waren nicht Schuld daran; sie sah aus als habe sie der Storch zu viel oder zu wenig gebissen. Ihr Antlitz klärte sich auch nicht auf, wohl aber das Wetter. Dies bestimmte mich, nicht direkt nach Konstanz, sondern nur bis Neuhausen (Station in Nähe von Schaffhausen) zu gehen. Man bleibt jetzt in der Regel an diesem Ort, weil man den Rheinfall von hier aus am schönsten sieht. Auch das Gasthaus ist hier am besten; echt englisches Hotel, in dem man wieder Mensch wird. Viel tragen zu dieser wohltuenden Erscheinung allerdings die Engländer selbst bei; richtiger die Engländerinnen. Es hilft nichts; wir verschwinden neben ihnen. Ich will dies alte Streitthema nicht zum hundertsten Male behandeln, aber es ist so, wie ich es sage. Durch Abstammung, Erzie-

hung, Pflege, Freiheit und allerglücklichste Lebensverhältnisse repräsentieren sie schließlich eine höhere Rasse. Das ganze Volk trägt einen aristokratischen Stempel. Was bei uns in Exemplaren vorkommt, kommt bei ihnen massenhaft vor. Auch bei uns gibt es Rosen, aber im Rosental zu Kaschmir wachsen sie wild.
Die ganze Rheinfall-Szenerie übertrifft weitaus meine Erwartungen, so das ganze Rheintal überhaupt, in dem wir gestern hierher fuhren. Rheinfelden, Säckingen und vor allem Laufenburg sind sehr schön. Schon vor zehn Jahren, als ich von Interlaken und Zürich aus heimkehrte, bin ich daran vorüber gefahren, aber ohne das Geringste zu sehen. So reist man jetzt. Wahrscheinlich war ich müde und steckte auch nicht ein einziges Mal den Kopf zum Fenster hinaus. Der Rheinfall wirkt wie die Jungfrau. Was dort der Schnee tut, tut hier der Wasserschaum. Man steht hier wie dort einem Etwas gegenüber, das Einen durch Reinheit beglückt. Dazu verwandte Farbenwunder. Inmitten dieser Schaummasse, die völlig wie ein Schneesturz niederdonnert, werden smaragdene Töne sichtbar, die an Schönheit mit dem Alpenglühen wetteifern können. *Dies* hier ist ein Punkt für Hochzeitsreisende! Von Hotel zu Hotel traben, oder Galerien absuchen, kann dem tapfersten Recken den honeymoon verleiden, aber in diesem Schweizer-Hof 14 Tage leben und das Dasein in Liebe, Rheinfall und substantial breakfast's gipfeln zu sehen, muß für einen 25jährigen himmlisch sein. Selbst die Langeweile verliert hier ihren Charakter. Es braucht hier nichts gesagt zu werden, ja es *soll* hier nichts gesagt werden. Die Natur ist in einem steten Donner, und wenn es donnert, schweigt der Mensch. So wird hier auf natürlichem Wege, und fast von Schicklichkeits wegen, die Klippe vermieden, an der fast alle Liebespaare scheitern: die Unterhaltungsnot. Gesagt ist alles, und *immer* küssen geht über die menschliche Kraft. Deshalb gehe denn heute auch nur *ein* Kuß in die Heimat; über die Adresse schweig ich verschämt. Wie immer

Dein alter Th. F.

Lecco, den 14. August

Um 6 Uhr früh von Bellagio aus mit dem Dampfboot nach Lecco. Schon um 4 Uhr hatt' ich mich herausgemacht. Der See war in dieser Frühe und Frische sehr schön. Der erste helle Schein fiel gerade auf die Bergspitzen (die schönste dieser Spitzen, pic-artig, ist die des Monte Croce, dem Hotel Grande Bretagne gegenüber), als ich das Boot bestieg. Während wir die »Punta di Bellagio« umfuhren, sah ich, von dem Punkte aus, der einen Blick in alle drei Arme des Sees gestattet, die ganze Schönheit desselben. Der Lecco-Arm, der sich zu dem Arm zwischen Como und Bellagio etwa so verhält, wie das Urner Loch zu dem Vierwaldstättersee, ist nach meinem Geschmack den übrigen und berühmteren See-Partien durchaus ebenbürtig. Er ist ungeleckter von der Kultur, weniger reich an einfassenden Parks und Villen, was ihn aber durchaus kleidet. Er wirkt durch sein ursprünglicheres Gepräge auch charakteristischer.

Um 7½ waren wir in Lecco, einem betriebsamen kleinen Ort. Ich brachte mein Gepäck auf den Bahnhof u. begab mich dann in die Stadt zurück, in den Lion d'or. Ich bereu es nicht, hier vier Stunden bis zum Abgang des nächsten Zuges nach Desanzano warten zu müssen. Ein Zimmer hab ich natürlich nicht genommen, sondern sitze in dem, in seiner Art entzückenden Albergo-Hofe, der, von allen Seiten eingefaßt, bemalt und umrankt, im Erdgeschoß aus Küche, Ställen, Remisen und Torwegen, in Höhe des ersten Stocks aber aus Galerien besteht. Ueber diesen Galerien ist ein Leinwanddach ausgespannt, das die eine Hälfte des Hofes in Schatten hält, während auf der andern (ungeschützten) Hälfte die Sonne liegt. Und vor dem Leinwanddach sitz' ich nun mit andern Gästen und schreibe diese Zeilen. Topfgewächse und Kübel-Bäume: Camelien, Oleander, Cypressen, bilden einen Honoratiorenplatz, einen salle à manger, in dem Kellner in langschößigen Alpacca-Fracks, an gedeckten und ungedeckten Tischen geschäftig sind. Die Küchenfenster, nur sechs Schritt

von mir, stehen offen und gestatten mir einen Blick auf die rußigen Wände und die weißbemützten Köche. Wieder empfind ich die außerordentliche Verwandtschaft zwischen dem italienischen und böhmischen Leben. In Münchengrätz, Sobotka und Gitschin hab ich 1866 ganz Aehnliches gesehen. Zu gleicher Zeit drängt sichs mir auf, daß die Italianissimi unter unsern deutschen Künstlern und Musikern von Ihrem Standpunkt gewiß Recht haben, wenn sie einen immer wieder beschwören: die großen Hotels zu meiden und die nationalen Albergos aufzusuchen. Man wird billig, freundlich und sehr gut bedient, lernt Volk und Landessitte kennen und kommt aus dem zuletzt langweilig werdenden, weil scharf vorgeschriebenen Turisten-Geleis heraus. Alles sehr wahr. Dieser Lion d'or ist im Grunde viel interessanter als das Hotel Grande Bretagne, von dem ich komme; nichtsdestoweniger geht es nicht. Die fabelhaften Gerüche, die aus allen Poren eines solchen nationalen Gasthauses quellen, die »Oertlichkeiten«, resp. die »Jardins« (wie es in Mailand hieß), das beständige Gebundensein gleichsam mitzukochen, und mitzubraten – schaffen Zustände, die man in einem gewissen Alter und bei gewissen Verwöhnungen auf die Dauer nicht ertragen kann. Dazu kommt, daß diese Albergos keineswegs immer diesem Lion d'or entsprechen; es finden sich auch wahre Räuberhöhlen, und einmal dem ganzen Schrecknis von Knoblauch-Cotelettes und entsprechender »Casi« verfallen, ist man auf vier Wochen ruiniert. Nur unverwöhnte Mägen und Nasen dürfen sich nationalen Studien hingeben.
Der Lion d'or gibt mir auch Gelegenheit, gleich noch eine Bemerkung einzuschalten, die sich mir, seitdem ich in Bellinzona eintraf, beinah allstündlich aufgedrängt hat. Das norditalische Volk ist doch sehr anders als das römische und neapolitanische. Bis jetzt bin ich nur einem gesitteten, wohlanständigen und durchaus unbettelhaften Wesen begegnet. *Wirklich* ein Kulturvolk. Artig, lebhaft, intelligent; geschäftlich exakt, weder Betrug noch Unverschämtheit, am wenigsten die berühmte Mischung von beidem. In Rom störte mich ein Dünkel, für den ich

kein rechtes Fundament finden konnte; die niedern Neapolitaner aber sind einfach Gesindel.
Abfahrt von Lecco um 11½ Uhr. Zunächst bis Bergamo, von wo man auf die große Linie Mailand–Verona-Venedig übergeht.

Dein Th. F.

Nach fünf Wochen, am 7. September, war Fontane wieder in der ›Potsdamer Straße 134 c‹. Das Manuskript für den letzten Teilband des Kriegsbuches wurde abgeschlossen, und am 16. Oktober 1875 feierten Emilie und Theodor Fontane das Fest ihrer Silbernen Hochzeit.
Zu Beginn des neuen Jahres bewarb sich Fontane um die Stellung eines Sekretärs der Königlichen Akademie der Künste, eine Stellung, die ihm berufliche und gesellschaftliche aber auch finanzielle Sicherheit bieten würde, selbst der Titel eines Geheimrats fehlte nicht.

88 An Friedrich Hitzig

Hochgeehrter Herr Geheimer Rat.
Auf ihren mir freundlichst ertheilten Rath habe ich das »Provisorische Statut« durchgelesen und mir noch einmal die Frage nach meiner Neigung und Befähigung für die in Rede stehende Vacanz vorgelegt. Die Antwort war, wie Sie sie kennen, und stell ich hiermit das ganz ergebenste Gesuch:
mir das Vertrauen schenken und bei der bevorstehenden Besetzung des Sekretariats der K. Akademie der Künste, Ihre Entscheidungen zu meinen Gunsten treffen zu wollen.
Der gerade jetzt gedoppelten Schwierigkeiten dieser Stellung, wo der Uebergang aus dem Provisorium in das Definitivum gefunden werden soll, bin ich mir sehr wohl bewußt, ebenso des Umstandes, daß meine bis zu diesem Tage frei geübte literarische Thätigkeit kaum als eine ausreichende Vorbereitung zu Amt und dienstlicher Stellung angesehen werden kann; dennoch bitte ich Sie, hochgeehrter Herr Geheime Rath, wie ich selber

gutes Muthes bin, es mit mir wagen, meiner Unausreichendheit zuvörderst mit Nachsicht begegnen, unter allen Umständen aber sich meines Ernstes und Eifers, wie meiner vorzüglichsten Ergebenheit gewiß halten zu wollen.
Ihrem Wohlwollen sich empfehlend, hochgeehrter Herr Geheime Rath,

Ihr
Th. Fontane

Berlin
30. Januar 1876

89 An Wilhelm Hertz

Berlin 10. März 76
Potsdammer Straße 134.c

Sehr geehrter Herr Hertz.
Haben Sie besten Dank für Ihre so überaus freundlichen Worte. Es ist wahr, daß mir diese Frucht, ohne Schütteln oder sonstiges Zuthun, in den Schooß gefallen ist; zunächst hat sie rothe Backen und weckt günstige Vorurtheile; aber auch Holzäpfel haben ein gutes Ansehn. Erst die Zeit wird lehren: süß und saftreich, oder hart und herbe. Ich hoffe das Beste.

Vor etwa 3 Wochen hab' ich meine Roman-Arbeit wieder aufgenommen, freilich nur um sie vorläufig wieder bei Seite zu schieben. Sind Sie einverstanden damit, daß es *vier* Bändchen zu je 15 Bogen werden? Dies entspräche am besten der Eintheilung des Stoffs. Machen wir *zwei* Bände, jeder Band aus zwei Büchern bestehend, so werden die einzelnen Bände ein wenig zu stark. Doch würd' ich dies immer noch besser finden als drei ungleiche Bände, dick und dünn durcheinander. Ihrer gelegentlichen Entscheidung entgegensehend, wie immer Ihr aufrichtig ergebenster

Th. Fontane

Wenige Wochen später erhielt er seine Bestallung zum Akademie-Sekretär.
Doch schon kurz darauf kam es zu Differenzen, Mißverständnissen und kleinlichen Intrigen. Fontane zog die Konsequenz und bat bereits Ende Mai um seine Entlassung.

90 *An Minister Adalbert Falk*

Ew. Excellenz
bitte ich hierdurch mein Entlassungsgesuch einreichen zu dürfen. Vorgänge, die in der gestrigen Senatssitzung stattfanden und über die, seitens der mitanwesenden Geheimen Räthe *Knerk* und *Lucanus* vielleicht am besten berichtet werden kann, zwingen mich dazu. Präsident Hitzig hielt den Vorwurf der Zweideutigkeit, den er mir gemacht hatte, aufrecht. Das Thatsächliche ist einfach das, daß nicht ich zweideutig bin, sondern die in ihrem Dualismus genugsam bekannten Verhältnisse, in die ich hineingestellt wurde.
Ich bitte diesem Entlassungsgesuch hinzufügen zu dürfen, daß ich, mit besonderer Rücksicht auf die augenblicklich mehr als traurigen Bureau-Zustände unsrer Akademie, bereit bin, bis zur Ernennung eines Nachfolgers oder Stellvertreters, die mir obliegenden Geschäfte, und noch einige mehr, fortzuführen.

Ew. Excellenz
gehorsamster
Th. Fontane

Berlin
28. Mai 1876

Es gab kaum jemanden, der diesen Schritt verstand und diese Entscheidung billigte, seine Frau fühlte sich verletzt und im Stich gelassen, die Freunde und Bekannten blieben ratlos.

91 An Mathilde von Rohr

Berlin 17. Juni 76

Mein gnädigstes Fräulein.

Was werden Sie von uns denken, daß wir so viele Wochen haben vergehen lassen, ohne Lebenszeichen, ohne Ausdruck des Dankes für Ihre freundliche Sendung. Mit Hülfe der letztren waren wir im Stande auch den Kindern einen Begriff von diesjährigem Spargel beizubringen, der hier so rar und theuer war, daß nur der Hausherr von Zeit zu Zeit mit sechs federkieldicken Stangen regalirt werden konnte.

Unser langes Schweigen hat darin seinen Grund, daß sich in unsrem Hause wieder große Umwälzungen vollzogen haben: ich habe vor etwa 3 Wochen meine Entlassung aus meinem Amte nachgesucht. Alle Welt verurtheilt mich, hält mich für kindisch, verdreht, hochfahrend; ich muß es mir gefallen lassen. Das Sprechen darüber hab ich aufgegeben; es führt doch zu nichts; ich muß durch Thaten beweisen, daß ich nicht leichtsinnig gehandelt habe. Ob mir dies gelingen wird, muß abgewartet werden. Ihnen, die Sie immer so gütig und nachsichtig gegen mich gewesen sind, nur das folgende: ich bin jetzt 3 ½ Monat im Dienst; in dieser ganzen Zeit hab ich auch nicht eine Freude erlebt, nicht einen angenehmen Eindruck empfangen. Die Stelle ist mir, nach der persönlichen wie nach der sachlichen Seite hin, gleich sehr zuwider; alles verdrießt mich, alles verdummt mich, alles ekelt mich an. Ich fühlte deutlich, daß ich immer unglücklich sein, daß ich gemüthskrank, schwermüthig werden würde. Vom ersten Tage an bis zu dieser Stunde ist meine Empfindung dieselbe geblieben. Ich benutzte eine sich mir darbietende Gelegenheit, erklärte mein Amt niederlegen zu wollen und kam Tags darauf beim Minister um meinen Abschied ein. Bis dieser erfolgt sein wird – worüber noch ein paar Monate vergehn – führe ich die Geschäfte fort. Ich habe furchtbare Zeiten durchgemacht, namentlich in meinem Hause; meine Frau ist tief-unglücklich und von *ihrem* Standpunkte aus hat sie Recht. Andrerseits konnte ich ihr diese schmerzlichen Wochen nicht ersparen. Und was geschehen sollte, mußte rasch geschehn. Noch hab ich vielleicht die Kraft und die Elasticität, die Dinge wieder in so guten Gang zu bringen, wie sie bis zu dem Tage waren, wo mir diese unglückselige Stelle angeboten wurde. Die Weisheit der Menschen nutzt mir nichts. Was sie mir sagen können, hab' ich mir in hundert schlaflosen Stunden längst selbst gesagt. Die Glücksarten der Menschen sind eben verschieden; ›den enen sin Uhl is den annern sin Nachtigall.‹ Mir ist die Freiheit Nachtigall, den andern Leuten das Gehalt. Wenn Sie es über sich vermögen, so schreiben Sie meiner Frau ein paar freundliche, trostreiche Worte; ein paar Hiebe gegen mich können immer dabei abfallen. In 14 Tagen soll sie nach Neuhof; ich verspreche mir viel von diesem Aufenthalt. Eh ein Vierteljahr um ist, wird sie sich mit dem Geschehenen insoweit ausgesöhnt haben, daß sie es als das meiner Natur Entsprechende gelten läßt. Ich muß ja doch schließlich dafür aufkommen und die bequemen Tage (bequem trotz ihres innren Schreckensgehalts) mit arbeitsvollen vertauschen.

Hier haben Sie das Neuste aus unsren sonst so stillen vier Pfählen. Die Kinder werden verhältnismäßig wenig in Mitleidenschaft gezogen; Friedel ist noch zu jung, Theo hat das schöne Gefühl sich jeden Augenblick auf die eignen Füße stellen zu können; Martha weiß von dem ganzen Vorkommniß noch nichts. Am beängstigsten wird George sein, aber ich hoffe sagen zu dürfen, ohne Noth.

Vorkommnisse wie diese machen egoistisch; sonst hätt' ich wohl schon über Hans' Tod an Sie geschrieben. Noch etwa 4 Wochen vor seinem Tode hatte ich einen Brief von ihm; er schien sein nahes Ende zu fühlen und gab einer leis-bittren Resignation Ausdruck. Von Klage keine Spur; er kannte Welt und Menschen zu gut, um auf Mitleid oder Theilnahme zu rechnen. Dulden und schweigen ist das was einer noblen Natur geziemt. Ich antwortete noch nach San Remo hin und richtete dann später ein paar Zeilen an die Witwe nach Badenweiler. Ob sie sie erhalten hat, weiß ich nicht.

Heut war Frau v. Lepel-Anklam bei mir. Wir plauderten wohl anderthalb Stunden. Das Ganze war doch tief-traurig, wiewohl sie in ihren Kämpfen obgesiegt und jede Bitterkeit aus ihrem Herzen verdrängt hat. An Franz hat sie ja Freude; auch mit Heinz wird es werden; es kommt nur darauf an, daß jeder an seiner Stelle steht. *Wo,* ist gleichgültig. – Entziehen Sie mir nicht Ihre freundschaftlichen Gesinnungen, die ich zu den Errungenschaften meines Lebens zähle, und schreiben Sie meiner Frau recht bald ein ermuthigendes Wort. Wie immer in vorzüglicher Ergebenheit Ihr

Th. Fontane

Der Inhaber der Vossischen Zeitung, Carl Robert Lessing, erneuerte den Vertrag für die Theaterkritik an seiner Zeitung. Damit war eine gewisse finanzielle Sicherung gefunden. Fontane fühlte sich frei für die Arbeit an seinem Roman.

92 An Wilhelm Hertz

Berlin 24. Juli 76
Potsdammer Str. 134.c

Sehr geehrter Herr Hertz.
Die alte Seeschlange, mein Roman, wird wieder sichtbar. Nach so vielen Anfragen, die ich in dieser Sache schon an Sie gerichtet habe, komme ich abermals mit einer solchen.
Das Daheim, in Folge zufällig geführter Unterhaltungen, hat mir Anträge gemacht, von denen ich – übrigens nicht nach der Geldseite hin – gern profitieren möchte. Der Abdruck in der Vossin war mir immer contre coeur; ich wich nur einer force majeure. Ich bitte Sie genehmigen zu wollen, daß ich von unsrem, auch wohl geschäftlich als schlimmste Nummer anzusehenden, weil das Buch-Interesse am meisten abmindernden Lokalblättchen, zu der minder schlimmen Nummer »Daheim« überspringen darf. Die Vossin selbst, wie ich annehme, wird

nichts dagegen haben, da sie bei der ganzen Abmachung mehr mir als sich einen Gefallen erweisen wollte.
Ihrer geneigten Antwort entgegensehend, sehr geehrter Herr Hertz, Ihr ganz ergebenster

Th. Fontane

Im Oktober wurde Fontane seine förmliche Entlassung vom Posten des Akademie-Sekretärs zugestellt.
Nach beinahe sechsjähriger Arbeit erschien der letzte Teil von »Der Krieg gegen Frankreich 1870/71«. Die Fron der Kriegsbücher – sie dauerte zehn Jahre – war vorbei, drei Bände in insgesamt acht Teilbänden waren geschrieben worden, insgesamt 3381 Seiten.

93 An Wilhelm Hertz

Berlin 31. Okt. 76
Potsd. Str. 134.c

Sehr geehrter Herr Hertz.
Sie hatten vor vier, sechs Wochen die große Freundlichkeit, mir, à Conto meines Romans, eventtuell eine Vorschußzahlung bis zur Höhe von 250 rtl. in Aussicht zu stellen. Ich hatte damals keine Ahnung davon, daß ich sobald in die Lage kommen würde, das entsprechende Gesuch wirklich an Sie zu richten. Es hängt dies mit folgendem Vorkommniß zusammen.
Ich habe heute meine Entlassung erhalten. An und für sich höchst erfreulich. Am Schlusse des Schreibens heißt es: »Wir ersuchen Sie, das für die Monate November und Dezember bereits empfangene Gehalt, an unsere Kasse zurückzuzahlen.« Ich glaube, daß solche Zurückzahlungen überhaupt nicht oft gefordert worden sind; zu dem vorliegenden Fall möcht' ich noch bemerken, daß ich meine kurze Beamtenlaufbahn mit »zwei Monaten ohne Gehalt« (März und April d. J.) begonnen habe. In Bitterkeiten will ich mich hier nicht ergehn.
Es handelt sich nunmehr um Wiederablieferung von fast 400

rthl. die ich nur zu kleinerem Theile habe. Das Fehlende muß ich aufbringen und stelle zu diesem Behuf die ganz ergebenste Bitte, mir den Vorschuß in der ganzen freundlichst bewilligten Höhe (eine kleinere Summe würde die Verlegenheit nicht beseitigen) gewähren zu wollen.
Ein paar Stunden nach Eintreffen dieser Zeilen bin ich bei Ihnen, um Ihre Antwort zu hören. Möge sie so lauten, daß ich vor neuen Briefen, Gott weiß wohin, bewahrt bleibe und endlich, diesen widerwärtigen Zwischenfällen entrückt, an meine Arbeit – das Einzige noch was mich aufrecht hält – zurückkehren kann.
Wie immer, in vorzüglicher Ergebenheit, Ihr

Th. Fontane

94 An Mathilde von Rohr

Berlin 30. Noveb. 76
Potsd. Straße 134.c

Mein gnädigstes Fräulein.
Der November soll nicht zu Ende gehn, ohne daß ich Ihren lieben Brief vom 9. d. M. vorher beantwortet hätte. Haben Sie Dank für den Trost und freundlichen Zuspruch der darin enthalten war, wie auch für die Mittheilungen aus Dobbertin selbst, die mich – da ich ja Personen und Verhältnisse kenne – aufs lebhafteste interessirt, aber auch freilich mit einiger Sorge erfüllt haben. Solche Nachbarschaften sind mehr als unbequem. Ich gehe hier nicht weiter darauf ein, da man das Schicksal von Briefen, für die sich mitunter neugierige Augen finden, nie voraus bestimmen kann.
In meinem Hause sieht es etwas besser aus; die Stimmung meiner Frau klärt sich auf, das Gewölk verzieht sich; ich habe so eine Vorahnung, daß, wenn nicht neue Schläge kommen, das Schlimmste überstanden ist. Sie trinkt, seit Anfang dieser Woche, Karlsbader, wovon ich mir, da der Trübsinn zu großem Theil eine Folge von Leberaffektionen ist, viel verspreche. Aber

sie scheint sich endlich auch in ihrem Urtheil anders zu dieser unglückseligen ›Secretair‹-Frage stellen zu wollen. Sie hört jetzt von den verschiedensten Seiten her, daß es, mit alleiniger Ausnahme des Gehalts, nicht blos eine untergeordnete, unerquickliche Stellung sei, sondern daß man sich auch nicht im Geringsten beflissen gezeigt hat, mir diese Unerquicklichkeiten minder fühlbar zu machen. *Dies konnte ich aber verlangen.* Einem jungen Assessor, der sich eben verheirathen möchte oder einem armen Teufel mit vielen Kindern und wenig Brot, kann man schließlich alles Mögliche zumuthen; ich war aber weder das eine noch das andre, sondern ein Mann der aus einer freien, ihn vollkommen glücklich machenden Thätigkeit heraustrat, um nunmehr durch Uebernahme eines leichten, ehrenhaften und gut dotirten Amtes bequemer und im Hinblick auf die Zukunft sorgenloser leben [zu] können. Danach ist man mir aber nie begegnet. Ohne daß man unartig oder beleidigend gegen mich gewesen wäre, was ich mir einfach verbeten haben würde, hat man mich doch nie wie einen etablirten deutschen Schriftsteller, sondern immer wie einen ›matten Pilger‹ behandelt, der froh sein könne, schließlich untergekrochen zu sein. Immer die unsinnige Vorstellung, daß das Mitwirthschaften in der großen, langweiligen und so weit ich sie kennen gelernt habe total confusen Maschinerie, die sich Staat nennt, eine ungeheure Ehre sei. Das ›Frühlingslied‹ von Uhland oder eine Strophe von Paul Gerhard ist mehr werth als 3000 Ministerial-Reskripte. Nur die ungeheure Eitelkeit der Menschen, der kindische Hang nach Glanz und falscher Ehre, das brennende Verlangen den alten Wrangel einladen zu dürfen oder eine Frau zu haben, die Brüsseler Spitzen an der Nachtjacke trägt, nur die ganze Summe dieser Miserabilitäten verschließt die modernen Herzen gegen die einfachsten Wahrheiten und macht sie gleichgültig gegen das was allein ein ächtes Glück verleiht: Friede und Freiheit. Je älter ich werde, je mehr empfinde ich den Werth dieser beiden; alles andre ist nichts; jedenfalls bin ich froh meinen Kopf noch rechtzeitig aus dieser dreimal geknoteten [!] Sekretair-Schlinge herausgezogen zu haben.

Ich passe nicht für dergleichen, am wenigsten aber passe ich zum Bücher-Ueberreichen und zum Antichambriren und Petitioniren in Geheimraths-Zimmern, blos um irgend eine goldene Medaille oder ähnliches Zeug zu erreichen. Ich habe nun einen Strich darunter gemacht. Eh mich nicht die bittre Noth dazu treibt, laß ich mich, in kindischer Nachgiebigkeit, und meiner eigensten Natur zum Trotz, auf solche Thorheiten nicht weiter ein. Ich habe diese Kränkungen satt. Die letzte war die größte. Nur in aller Kürze will ich Ihnen davon erzählen. Ich gebe dabei, dem Inhalte nach, die Worte des Herrn v. B. wieder, der mir, wie ich nur wiederholen kann, seinerseits mit Freundlichkeit und Wohlwollen begegnet ist. Das Endresultat ist das folgende: Herr v. Wilmowski hat den Kaiser gefragt, ob er (der Kaiser) einen Grund habe, mir besondres wohlzuwollen. Diese etwas sonderbare Frage hat S. M. einfach verneint, wohl aber seine Mißstimmung über meine Amtsniederlegung zu erkennen gegeben. C'est tout! Am andern Tage stand in der Zeitung, daß der Wittwe des Schauspielers Pohl (7. Ranges) seitens Sr. M. eine Pension von jährlich 500 Thlr bewilligt worden sei. Zwölf Jahre habe ich an diesen Kriegsbüchern Tag und Nacht gearbeitet; sie feiern, nicht in großen aber in empfundenen Worten, unser Volk, unser Heer, unsren König und Kaiser; ich bereiste 1864 das gegen uns fanatisirte Dänemark, war 1866 in dem von Banden und Cholera überzogenen Böhmen, und entging in Frankreich, nur wie durch ein Wunder, dem Tode. Unabgeschreckt, weil meine Arbeit das Wagniß erheischte, kehrte ich an die bedrohlichen Punkte zurück. Dann begann meine Arbeit. Da steht sie, wenn auch weiter nichts, das Produkt großen Fleißes, ihrem *Gegenstande* nach aber das Einzige repräsentirend, dem gegenüber man eine Art *Recht* hat das Interesse des Kaisers, als des persönlichen Mittelpunkts, des Helden dieser großen Epopöe (ich spreche nur vom Stoff) zu erwarten. Und eben dieser Held und Kaiser, gefragt ›ob er einen Grund habe dem Verfasser dieses umfangreichen Werkes wohlzuwollen oder gnädig zu sein‹ verneint diese Frage. Firdusi, als er dem Schach Mahomet sein Helden-Epos brachte, erhielt 200 000 *Silber*münzen zum Geschenk und schenkte, in bittrem Unmuth, die ganze Summe einem Badeknecht zu Gasna, denn er hatte geglaubt 200 000 *Gold*münzen erwarten zu dürfen. Ich bin kein Firdusi. Aber der Unterschied zwischen Firdusi und mir ist doch nicht so groß, daß Herr v. Wilmowski sagen dürfte: ›Herr F. hat durch meinen Amtsvorgänger die Summe von 400 Thalern erhalten; nach einem so ›exorbitanten Geschenk‹ ist es mir nicht möglich für dies neue, größere, sieben Jahre später erscheinende Werk abermals eine Auszeichnung zu beantragen. Ich will indessen S. M. fragen.‹ Und nun erfolgte jene berühmte Frage. Wie ich selber zum Beamten verdorben bin, so hab ich auch kein Gefühl für solche dürre Beamtenhaftigkeit; sie ist lähmend und erscheint mir einfach als Philisterei. Wenn man mir von ›Wittwen und Waisen‹ und von dem ganzen Ernst des Staatshaushalts sprechen will, der weder für die poetischen Quisquilien eines Firdusi, noch am allerwenigsten für die Prosa-Kapitel eines Fontane Geld übrig hat, so lache ich dazu. Für ein einziges niederländisches Genrebild sind 140 000 Francs gezahlt worden und wenn man will, so fliegt das Geld nur so. Mir gegenüber wollte man einfach nicht. Eh bien, es muß auch so gehn. Aber freilich hat es mehr zu meiner Erbitterung als zu meiner Erbauung gedient. – Bewahren Sie mir Ihre wohlwollenden Gesinnungen; wie immer Ihr

Th. Fontane

1877 bemühte sich Fontane, den Roman, der in vier Bände eingeteilt war, zu beenden. Im August reiste er wieder in den Harz und wohnte im Hotel Zehnpfund in Thale.

95 An Emilie Fontane

Thale 14. Aug. 77
Hôtel Zehnpfund

Liebe Frau.

Als ich heute Nachmittag dem Portier meinen Brief gab, erhielt ich von ihm Deine gestern Abend (Montag) geschriebenen Zeilen. Die Sache mit Martha ist natürlich nicht leicht zu nehmen, ein Nervenfieber ist da man weiß nicht wie, trotzdem möcht ich es vorläufig alles auf diesen ganz abnormen Wetterzustand schieben. Diese beständigen Gewitter in der Luft, diese unausgesetzte elektrische Spannung, ist für manche Naturen ganz unerträglich. Sorge nur für gute Verpflegung: Beafsteak, Rothwein etc. und laß sie, in Friedels Bettstelle, in meiner Stube schlafen, das Fenster in Deinem Zimmer immer ein wenig offen. Mit mir geht es leidlich; es hat sich ein Schnupfen eingestellt, der mir, wenn er sich zu etwas Gründlichem entwickeln wollte, höchst willkommen wäre. Solche Ableitungen kommen dem Gesammtbefinden immer zu gute.

Du schriebst von Scherz. Wie wenig Glück giebt es doch! Und dann ist es doch auch wieder nicht zu verwundern, gerade wie bei der fehlenden Gesundheit. Von fünfhundert Stellen her kann es einen jeden Augenblick treffen; was ist natürlicher als daß man gelegentlich auch getroffen wird. Und nun gar ein Mann wie Scherz, der Besitz, Söhne und – Schwiegersöhne hat; die Angriffsfläche ist zu groß und die Wahrscheinlichkeit des Getroffenwerdens wächst.

Meine Tage sehen sich hier so ähnlich wie die Pflaumen; mir ist das sehr angenehm, aber von Berichten ist keine Rede mehr: Frühstück, kleine Luftschnoperung, Arbeit, Diner, Waldkater, Tour de Force und müde nach Haus. Ich muß sagen, je gleichförmiger, desto besser. Seit gestern sind zwei junge Mädchen mit einer häßlichen, kupfrigen Dame hier, von denen eine der Frau v. Tietzen so lächerlich ähnlich sieht, daß ich wetten möchte, es ist eine Tochter von ihr. Der Oberkellner wollte mir Bescheid sagen, hat es aber verbummelt. Sonderbarerweise sind

sehr wenig Berliner hier, meist Hamburger, Bremenser, Mecklenburger, Anhaltiner und Sachsen. Ich bin sehr zufrieden damit; der Durchschnitts-Berliner ist unausstehlich und doppelt auf Reisen; er ist immer laut, eitel und zudringlich, nicht mit seiner Person, aber durch seine Manieren.
Weiter weiß ich nichts; morgen Mittag will ich noch ein paar Zeilen hinzufügen.

Mittwoch d. 15.

Trotz meines Schnupfens bin ich mit der Correktur des schwierigen 3. Kapitels doch fast durchgekommen, was mich sehr erfreut; ich werde danach in einer Woche 4 Kapitel leisten können und in drei Wochen zwölf. Das ist alles was ich verlangen kann. Kommen keine Störungen, so bin ich danach bis 12. September mit der Correktur fertig und kann spätestens vom 20. alles an Koenig schicken.
Leider bin ich nach gerade in meine Berechnungen fast noch mißtrauischer geworden als Du selbst; ich muß jeden gesunden Tag wie ein Geschenk nehmen und nicht als mein Pflichttheil.
Uebermorgen reist mein Herr v. Kirchbach mit Familie ab, was ich bedaure, da dies ölgötzenhafte stumme Dasitzen bei Tisch etwas mehr oder weniger Peinliches hat. – Mit dem Wunsche gute Nachrichten, namentlich über Mete zu erhalten, unter Gruß und Kuß wie immer Dein alter

Th. F.

96 An Wilhelm Hertz

Berlin 21. Dezemb. 77
Potsd. Straße 134.c

Sehr geehrter Herr Hertz.
Pardon, daß ich Ihnen in der Unruhe dieser Weihnachtstage auch noch meinerseits mit einer Bitte beschwerlich falle. Ich kann es aber, um nicht eventuell in Verlegenheit zu gerathen, nicht weiter hinaus schieben. Darf ich zum 2. oder 3. Januar,

oder doch in der ersten Januarwoche, à Conto meines seit zwölf Jahren in der Luft schwebenden, Gott sei Dank jetzt bis zu den Schlußkapiteln vorgerückten Romans, abermals einen Vorschuß von 300 Thalern empfangen? Ich hoffe mich dann, mit dem was ich noch vom »Daheim« erhalte, bis Ende Mai durchzuschlagen.
In Ihrer gef. Antwort bitt' ich freundlichst der früher von mir empfangenen 1000 Mark, die noch immer ein süßes Geheimnis für meine Frau sind, *nicht* erwähnen zu wollen. Ich will ihr davon erst erzählen, wenn mal ein Glück kommt. Also vielleicht nie. In aufrichtiger Ergebenheit, ohne weitre Behelligung mit Festtagswünschen, Ihr

Th. Fontane

Am 5. Januar 1878 erschienen in Nr. 14 der Wochenzeitschrift »Daheim – Ein deutsches Familienblatt«, die beiden ersten Kapitel von »Vor dem Sturm – Roman aus dem Winter 1812 auf 13«.
Mit 58 Jahren begann Fontane seinen ersten Roman zu veröffentlichen. Über zwei Jahrzehnte hatte er daran geplant, gedacht und geschrieben. Die Riesenlast der Wanderungsbände und der Kriegsbücher hatten diese Arbeit immer wieder unterbrochen und zurückgeschoben, sie waren aber auch Vorbereitung und Stoffsammlung gewesen. Jetzt mußte es sich entscheiden, ob er auch die Anerkennung als Schriftsteller finden würde.
Von den Bekannten hatte ihm die Tochter des Tunnelfreundes George Hesekiel als eine der ersten geschrieben.

97 An Ludovica Hesekiel

Berlin 19. Febr. 78
Potsd. Str. 134.c

Theuerstes Ludchen.
Verzeihen Sie dem alten Freunde des Hauses diese nach der Seite der Gemüthlichkeit hin vielleicht etwas zu viel thuende Ueber-

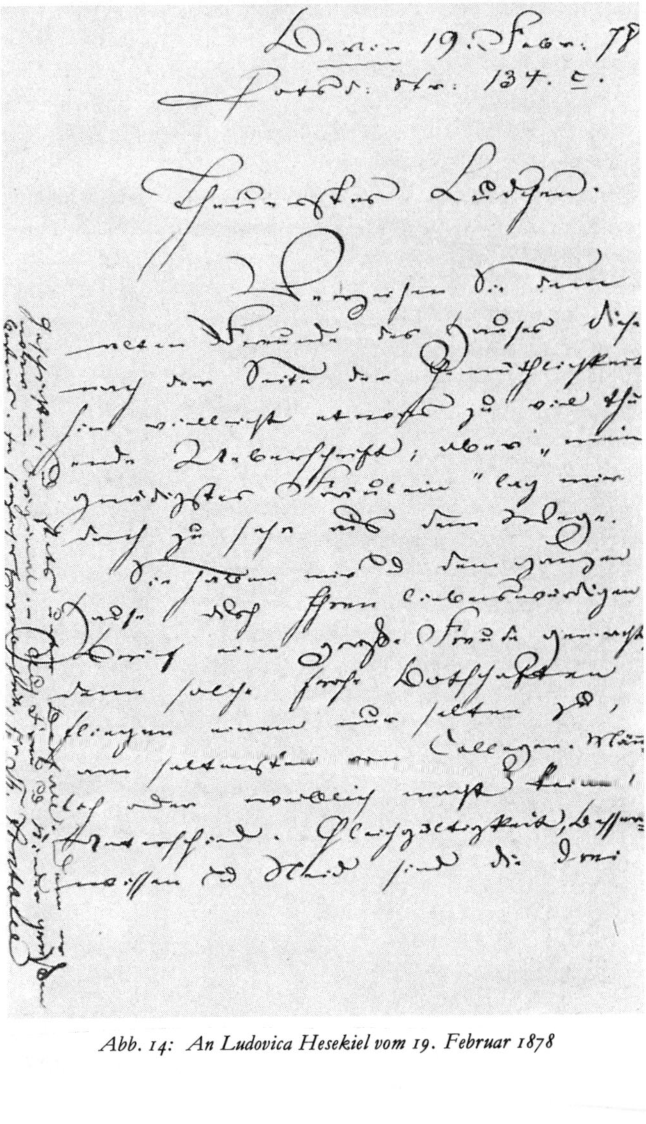

Abb. 14: An Ludovica Hesekiel vom 19. Februar 1878

schrift; aber ›mein gnädigstes Fräulein‹ lag mir doch zu sehr aus dem Wege.
Sie haben mir und dem ganzen Hause durch Ihren liebenswürdigen Brief eine große Freude gemacht, denn solche frohe Botschaften fliegen einem nur selten zu, am seltensten von Collegen. Männlich oder weiblich macht keinen Unterschied. Gleichgültigkeit, Besserwissen und Neid sind die drei Grazien, die, wie das Leben jedes Strebenden, so auch das meine begleiten, und Worte wie die Ihrigen klingen fast wie eine Stimme aus einer andern Welt. So wenig ist man daran gewöhnt. Ich will nicht undankbar sein; ein paar Zuschriften ähnlichen Inhalts sind mir zugegangen, sämmtlich von Damen (eine darunter von meiner alten Freundin Mathilde v. Rohr, von der Sie gewiß einmal durch George oder auch durch mich selber gehört haben) im Ganzen aber ist es geradezu tragikomisch, mit welcher äußersten Nüchternheit solche Lebensarbeit hingenommen wird, am meisten natürlich von den Freunden. Neun von zehn lesen es überhaupt nicht; der zehnte liest es, schweigt sich aus, und wartet mit seinem Urtheil bis die ›Kritiken‹ gesprochen haben. Ein Haus, in dem ich viel verkehre, dem ich, wie kaum einem zweiten zu Dank verpflichtet bin, und das ich in all seinen Mitgliedern aufrichtig liebe und verehre, hat, um wenigstens ein Beispiel zu citiren, auf das ›Daheim‹ abonnirt und könnte nun also lesen. Der Chef des Hauses sagte mir aber neulich: ›Lieber F., wir sind nun doch übereingekommen, bis zum Erscheinen des Buches zu warten.‹ Er denkt nämlich: Zeit gewonnen, alles gewonnen; er ist 70, seine Frau desgleichen; sterben sie mittlerweile, so haben sie wenigstens den Trost, daß *dieser* Kelch an ihnen vorübergegangen ist. Das klingt alles outrirt und ist es auch; wenn Sie aber ganz kleine Abzüge machen, so trifft es doch den Nagel auf den Kopf.
Was bis jetzt im ›Daheim‹ gestanden hat, ist etwa das 1. Bändchen; drei andere folgen. Nach etwa zwei, drei Nummern werden Sie einem Kapitel begegnen, das in einer gewissen ironischen Beurtheilung des Voraufgegangenen, die Ueberschrift

trägt: ›Es geschieht etwas.‹ Von da ab beginnt dann allmälig der eigentliche Roman; alles andre war Exposition, Vorführung der Puppen behufs respektvoller Verbeugung vor einem hohen Publikum. Je mehr dem Ende zu, je mehr Aktion und je mehr Drucker. Doch will ich damit nicht gesagt haben, daß es von Stufe zu Stufe besser würde; vielleicht ist das Idyllische das Gelungenste. Die Darstellung des Kleinlebens war mir immer besonders sympàthisch; auch zeigt sich dabei das eigentliche künstlerische Können. Was aber auch kommen möge, Gutes oder Böses, Palmen oder Schwerterklang, begleiten Sie es auch weiterhin mit so freundlichen Gesinnungen wie die waren, die Sie gegen mich ausgesprochen haben. Empfehlen Sie mich all den lieben Ihrigen, Mama, Tante, Schwester aufs herzlichste, und seien Sie, wenn ich auch nichts von mir hören lasse, meiner aufrichtigen Anhänglichkeit versichert. Von dem ›Alten‹ sprech' ich *sehr* oft, citire seine Gedichte und Geschichten, und stets unter Beifall. Denn er war ein Original. – Auch Frau und Kinder grüßen bestens. In herzlicher Ergebenheit, Ihr

Th. Fontane

In den vergangenen Jahren hatte Fontane nicht nur an seinem ersten Roman geschrieben, sondern Entwürfe und Pläne für weitere Arbeiten notiert, gesammelt und teilweise ausgearbeitet. Einen dieser Entwürfe nahm er jetzt vor, die Erzählung »Grete Minde« und bot sie der Redaktion der Zeitschrift »Gegenwart« im Frühjahr an.

98 An Wilhelm Hertz

Berlin 9. Mai 78
Potsd. Straße 134.c

Sehr geehrter Herr Hertz.

Der Roman ist zwei, drei Wochen fertig und ebenso lange beschäftigen mich Pläne für neue Arbeiten. Am liebsten ging ich wieder an etwas Umfangreiches, an eine heitre und soweit meine

Kräfte reichen humoristische Darstellung unsres Berliner gesellschaftlichen Lebens; ich will aber, eh ich diesen zweiten Roman in Angriff nehme, doch erst die Wirkung des ersten abwarten. Und so möcht' ich denn einen Novellenband (*zwei* längere Novellen) zwischenschieben. Eine davon, nach eben empfangener Zusage, wird Lindau in seinem »Nord und Süd« veröffentlichen, die zweite denk' ich im »Daheim« – das mir durch seinen Zaun-König schließlich sehr verbindliche Dinge hat zuzwitschern lassen – zu vorläufigem Abdruck zu bringen. Bliebe nur noch für die Buch-Ausgabe zu sorgen. Könnten Sie sich entschließen zu Weihnachten 79 diesen Novellenband zu publiciren, und mir, bei 1500 Exemplaren, ein Honorar von 500 rtl. für denselben zu bewilligen? Ausdehnung des Bandes 250 bis 300 Seiten, ein Drittel der Länge meines gegenwärtig im Druck befindlichen Romans.
Ihrer freundlichen Entschließung entgegensehend, sehr geehrter Herr Hertz, Ihr ganz ergebenster

Th. Fontane

99 An Martha Fontane

Berlin 18. Mai 78
Potsd. Str. 134.c

Meine liebe Mete.
Großer Briefschreibetag!
Nach einer längeren Abhandlung an George über den ›sittlichen Werth ernster wissenschaftlicher Arbeit‹ (er muß sich nämlich, um in seinem Jargon zu sprechen ›fest auf die Hosen setzen‹) geh ich jetzt dazu über, Dir eine kleine Predigt über ›Worthalten‹, über ›Treue im Kleinen‹ etc. zu halten. Du möchtest Kiel und Frankfurt – wohin Du Dich nicht durch Eide, aber doch durch Zusage gebunden hast – aufgeben, um statt dessen in angenehmer Gesellschaft und unter den denkbar glücklichsten Verhältnissen Paris zu sehn. Ich begreife den Wunsch vollkommen; aber man kann nicht alles haben, und wer sich mit einem Hunderttau-

sendthalermädchen verlobt, darf sie nicht aufgeben, weil plötzlich ein noch begehrenswertheres Doppelmädchen auf der Bildfläche erscheint. Die Geschichte mit dem ›Stellung-annehmen‹ ist wohl nicht so ernsthaft gemeint. Findet sich eine Stelle, gut, findet sich keine, desto besser. Das Aechte und Ernsthafte an der Sache ist die Reise. Ich würde so 'was Verlockendem ebenso wenig widerstanden haben, wie Du; aber eine ruhig urtheilende Umgebung hat die Verpflichtung, die Dinge wieder ins richtige Geleise zu bringen. Es geht einfach nicht. Es wäre kränkend, undankbar, unklug. Zoellner, nach den eignen Angaben seiner Frau, acceptirt, in der Hoffnung auf etwas Beßres, immer nur zu Sieben-Achtel; mit Hülfe des offen-gebliebenen letzten Achtels verschwindet er regelmäßig, wenn sich das ›Beßre‹ wirklich noch einstellt; in Deiner Situation aber, meine liebe Mete, fehlt auch das letzte Achtel, Du sitzt eben drin, und mußt aushalten. Iß Deine Kieler Sprotte und danach Dein Frankfurter Würstel, und vergiß die französische Poularde, die Dir vorläufig verloren geht. Das Leben hat mich gelehrt, daß man, im Conflikte der Pflichten, immer das offenbar Gebotene, das Nächstliegende und nicht das Bequemstliegende thun muß; wenn das schon *da* gilt, wo Pflicht gegen Pflicht steht, wie erst da, wo Pflicht und – Vergnügen in Collision gerathen. Also begrab's. Frau Anna, der ich mich herzlich zu empfehlen bitte, wird lachen und mir Recht geben.

Ueber alles andre schreibt Mama. Tausend Grüße Dir und allen theuren Wittes zweier Generationen. Wie immer Dein alter

Papa

Im Frühjahr besuchte Fontane Tangermünde, um Ortsstudien für »Grete Minde« zu machen. Zur gleichen Zeit begann er einen zweiten Roman zu schreiben, der zunächst den Arbeitstitel »Allerlei Glück« tragen sollte.

Abb. 15: Martha Fontane (1860-1917), Fontanes Tochter

100 An Emilie Fontane

Berlin, d. 15. Juni 1878

Meine liebe Frau.

Gestern kam ich nicht zum Schreiben; allerhand kleine Pusselarbeit fraß den Tag weg. Habe Dank für Deinen letzten, sehr liebenswürdigen Brief. Was meinen »Unmut« angeht, dem ich in meinen zwei letzten Briefen Ausdruck gab, so kommt er mir heute schon wieder lächerlich vor. Jede kleine Freundlichkeit stimmt mich wieder um. Aber doch auch heute noch kann ich, trotz bester Laune und freundlichster Gesinnung gegen all und jeden, nicht finden, daß ich mit meinen gelegentlichen Verstimmungen und Anklagen unrecht hätte. Nein, nein, die Sache liegt einfach so, daß auch die besten Menschen das *verdammte Erziehen* nicht lassen können. Man spricht lebhaft, mit einem Anfluge von Eitelkeit, Selbstgefühl, Überschätzung, und sogleich sind zwei, drei liebe Freunde da, die, als Anwälte höherer Sittlichkeit, glauben, einen Dämpfer draufsetzen zu müssen. Das ist aber ungehörig. Wer sich andauernd unpassend oder unbequem benimmt, mit dem bricht man den Verkehr ab. Wer sich im *Einzelfall* unpassend benimmt, dem sagt man es offen. Aber wegen ganz, ganz kleiner Eigenheiten, deren Nichtberechtigung schwer nachweisbar sein würde, aus bloßem Erziehungsdrang oder aus einer Eitelkeit heraus, *die viel, viel größer ist als die des Beschuldigten*, sich kühl, nüchtern, ablehnend verhalten wollen, das kann ich nicht billigen. Solche Bagatellen hat man die Verpflichtung, nicht bloß ruhig, sondern auch artig und freundlich hinzunehmen. Hinter dem Rücken, in Gesprächen mit der Frau oder mit andern Freunden, kann man sich schadlos halten und hecheln und medisieren; aber direkte kleine Strafakte von Mann gegen Mann dürfen nicht vorgenommen werden. Bei Behandlung dieses Themas – eine Art Gesellschaftslehre – will ich doch auch gleich anfügen, daß ich mich freue, Dich in Deiner Stellung zu den sogenannten »gleichgültigen Menschen« grundsätzlich verändert zu sehn. Die Menschen und unsre Beziehungen zu ihnen dürfen uns nicht gleichgültig sein. Man kann die Men-

schen vermeiden, aber von dem Augenblick an, wo man mit ihnen verkehrt, hat man auch Verpflichtungen gegen sie. Man muß freundlich sein, sich angenehm zu machen suchen und erst damit aufhören, wenn man wahrnimmt (in Deutschland leider die Regel), daß alle diese Anstrengungen vergeblich sind.
Deine Bestellungen an Mathilde hab' ich ausgerichtet, nur nicht die wegen des Tapeziers. Es ist mir unangenehm (darin der reine Gutzkow mit »blauen Atlastapeten«), ohne Teppich in meiner Stube zu sitzen; oder richtiger, ich fühle, daß, wenn auch noch der Teppich fehlt, die ganze Sache *zu* sehr »unter unserm Stand« ist. Und gerade dann kommt vielleicht Besuch.
Mit meiner Gesundheit geht es gut, besser als seit Jahr und Tag. Und doch fühl' ich, daß es eine wacklige Geschichte ist. Neulich im Theater hatt' ich einen Ärger, im Grunde genommen nur eine Bagatelle, aus der ich noch dazu mehr als Sieger wie als Besiegter hervorging. Und doch war mir eine Viertelstunde lang zumute, als müßt' ich auf dem Platze bleiben; das Herz schlug mir krankhaft, und um die Hüften herum hatt' ich einen heftigen Schmerz. Erst ganz allmählich ließ es nach. Das ist alles nicht so, wie es sein sollte; nervös war ich immer, aber doch nicht *so*. Und dann sag' ich mir wieder, was will man denn noch? Das Leben liegt hinter einem und die meisten 58er sind noch ganz anders ramponiert. *Tieck*, damals erst dreißig, kam zu dem berühmten Dr. *Reil*. Als Reil ihn untersucht und zugleich erfahren hatte, daß T. guten Schlaf habe, essen und trinken, spazieren gehn und arbeiten könne, schnauzte er ihn an und sagte: »Gehen Sie, Sie sind eine der undankbarsten Kreaturen, die mir vorgekommen sind. Was wollen Sie denn eigentlich noch? Zum Bäume-ausreißen sind Sie doch nicht auf der Welt!« Was würde der alte Reil erst mir gesagt haben? »Seien Sie froh, daß Sie sich noch des himmlischen Lichtes freuen, und verhalten Sie sich ruhig.« Dr. H. ist kein Reil, macht aber immer Andeutungen, die auf diesen letzten Satz hinauslaufen.
Der *Heydensche* Geburtstag war reizend. Er muß *sehr* reizend gewesen sein, da ich dies ausspreche trotz des Bewußtseins, mit

meinem kleinen Toast abgefallen zu sein. Ich hatt' es aber erwartet; es war meine Schuld, es konnt' ihn keiner recht verstehen. Und so war ich auch nicht empfindlich. Der Zauber dieser Heydenschen Gesellschaften besteht in ihrer Schönbildlichkeit; es sind immer Paul Veroneses, die man vor Augen hat, und jedesmal hab' ich das Gefühl: wenn sich dies doch einfach in Worten wiedergeben ließe; es wäre das entzückendste und zugleich lieblichste Romankapitel von der Welt. Ein schöner Sommertag, die Thüren auf, so daß man nach der einen Seite hin in das schöne Vorderzimmer, nach der andern Seite hin auf die kleine Treppenveranda sah. Keine strahlenden Schönheiten, aber lauter feine Köpfe. Dann nahmen wir den Kaffee auf der Veranda, alles in plaudernden Gruppen zu zwei und drei; nur unten schossen die jungen Leute nach der Scheibe. Von fern her Musik. Plötzlich hieß es: *Clementine!* Und unerwartet, frisch und im reizenden Reisekostüm stand sie zwischen uns, händeschüttelnd, begrüßend und erzählend. Du siehst, ich kann auch 'mal loben. Mit einer Sensationsnachricht will ich schließen: N. ist wieder entlobt; die Braut, ohnehin nur durch ihre Eltern bestimmt, wollte schließlich nicht. Ich kann es ihr nicht verargen. Wenn ich mir N. in Leidenschaft denke, wird mir ganz himmelangst: ein Satyr, aber kakerlakig und ohne Haare. Und die sind noch das Beste am Satyr. Als ich's hörte, war ich einen Augenblick »perfectly struck«, weil ich den Tag vorher hatte schreiben und ihn zu heute (Sonnabend) allvertraulichst zu Tisch hatte einladen wollen, zugleich unter scherzhaften Betrachtungen über Ehe, Brautstand, Liebe – alles so anzüglich wie möglich. Wie immer Dein

Th. F.

Im Juli 1878 reiste Fontane in den Harz nach Wernigerode, er beschäftigte sich eingehend mit den Plänen für eine Erzählung, deren Brouillon die Grundlage für »Schach von Wuthenow« bildete.

101 An Mathilde von Rohr

Berlin 11. Aug. 78
Potsd. Str. 134.c

Mein gnädigstes Fräulein.

Vielleicht daß diese Zeilen gleichzeitig mit meinem Töchterlein bei Ihnen eintreffen, und doch stehen sie in gar keiner Beziehung dazu. Es ist eine rein literarische Frage, oder allenfalls auch eine historische, die mich heute schreiben läßt. Ich lese jetzt fleißig in Frau v. Rombergs ›Sophie Schwerin‹, finde darin S. 27 den Namen v. Schack, und wollte hiermit gehorsamst anfragen, ob dieser v. Schack derselbe ist, der in dem Leben Fräulein v. Cr . . .'s die Hauptrolle spielt? Ich denke mir, Frau v. Romberg wird die Frage mit ja oder nein beantworten können. Vielleicht fügt Frau v. R. aus ihren Erinnerungen wenigstens annähernd genau hinzu, *in welchem Jahre* der ganze traurige Vorfall stattfand. Dies ist wichtiger für mich, als Sie glauben können. Das Berliner Leben unmittelbar *nach* der Schlacht bei Jena – ich meine etwa von 1808 bis 10 wo das königliche Paar aus Ostpreußen wieder in der Hauptstadt eingetroffen war – war *total anders* als in den Jahren, die der Jenaër Affaire unmittelbar vorausgingen. Das Colorit der einen Zeit paßt nicht für die andre; Stimmungen, Anschauungen, alles hatte sich geändert. Nun ist es zwar wahr, daß ich die *eine* Zeit, sagen wir 1804 bis 6, gerade so gut schildern könnte wie die *andre* (1808 bis 10); jede der beiden Epochen läßt sich gut verwenden, jede hat, novellistisch angesehn, ihre besondren Vorzüge. Aber um mit *freudevoller Sicherheit* zu schildern, muß ich doch beim Schildern die Gewißheit haben: die Dinge vollzogen sich wirklich zu *dieser* Zeit und zu keiner andern. Beunruhigt mich fortwährend der Gedanke: ›Du schilderst jetzt 1805, es ist aber vielleicht 1809 gewesen‹, so lähmt das meine Kraft. Es schadet nichts, wenn man Fehler macht, man muß es nur nicht wissen, *daß* man sie macht und muß nicht, unter der Arbeit schon, durch die Vorstellung davon geängstigt werden. Frau v. R.s. Buch interessiert mich übrigens aufs höchste, vielleicht weil ich es jetzt mit mehr Muße lese als früher. Wie fein beispielsweise die ganze Betrachtung auf S. 9. Mit Handkuß für Sie und einem Kuß für Martha, in alter Verehrung

Ihr

dankbar ergebenster

Th. Fontane

Die mit Fontane gesellschaftlich befreundete Familie des Sängers Julius Stockhausen war nach Frankfurt a. Main umgezogen. Sie luden Martha, jetzt achtzehnjährig, zu einem längeren Besuch ein. Fontanes Tochter aber glaubte, aus ganz persönlichen Gründen diese Einladung nicht annehmen zu können.

102 *An Clara Stockhausen*

Berlin 20. Aug. 78
Potsd. Straße 134.c

Hochgeehrte Frau und Freundin.

Ich hätte mir es schön gedacht, Ihnen, nach Forsteck hin, einen recht hübschen Brief schreiben zu können, der zu der Scenerie gepaßt und einen so lichten Eindruck gemacht hätte, wie etwa die Möwen, die von See und Bucht her, so nehm' ich an, an Ihrem Fenster vorüberfliegen; statt dessen liegt es mir ob, Ihnen eine Mittheilung zu machen, die Sie peinlich berühren wird, nur nicht *ganz* so peinlich wie uns. Mete, die seit Sonnabend zurück ist, will nicht nach Frankfurt. Erzürnen Sie sich nicht darüber; die Geschichte, wenn sie auserzählt ist, wird weniger Ihren Zorn als Ihr Mitleid erregen, und wenn nicht Mitleid, so doch schlimmstenfalls ein von leiser Verstimmung angeflogenes Lächeln. Es ist eine Herzensaffaire. Unser Töchterlein erklärt, eine so starke Zuneigung zu Ihrem Herrn Gemahl zu haben, daß ein Zusammensein mit ihm ihren Frieden stören und eine Gefühlswelt in ihr nähren würde, die sie verständig genug ist als ein schweres Unrecht gegen Sie, theuerste Frau, zu empfinden. Sie begreifen, daß, von dem Augenblick an, wo diese Erklärung

abgegeben war, das Projekt eines Eintritts in Ihr Haus fallen mußte, ja, schließlich ein Glück noch, daß es überhaupt zu dieser Erklärung kam. Denn es hing an einem Haar. Mete, von der mir ebenfalls unverständlichen Vorstellung erfüllt, daß wir *unter allen Umständen* auf Innehaltung des alten Programms bestehen würden, war eigentlich entschlossen gewesen, die Sache nicht weiter zur Sprache zu bringen, und mit dem bekannten »Schicksal habe Deinen Lauf« in die sonderbare Situation einzutreten.
Dies das Thatsächliche. Es Ihnen mitzutheilen, ist mir nicht leicht geworden, und nur der Umstand, daß Sie durch Ihre stets bewiesene große Güte und Freundschaft einen unbedingten Anspruch auf die volle Wahrheit haben, hat mich bestimmen können, Ihnen eine Geschichte zu erzählen, deren Unerquicklichkeit und ernsteste Bedrücklichkeit von Niemandem tiefer empfunden wird als von uns. Wo dergleichen vorkommt, da fehlt entweder eine Schraube oder ist an bestimmter Stelle *überschraubt*. Und das macht uns Sorge. Ihr gutes Herz wird daran aufrichtig genug theilnehmen, um über persönliche Verstimmung und Verlegenheit verhältnißmäßig leicht hinwegzukommen.
Meine Frau ist seit gestern zurück, kam wohl und heiter an, hat aber natürlich in 7 Minuten wieder eingebüßt, was ihr 14 Tage an Wohlbefinden und frischem Aussehn zugelegt hatten. – Empfehlen Sie mich an Schwester und Schwager, und bewahren Sie Ihre freundschaftlichen Gesinnungen Ihrem
aufrichtig ergebensten

Th. Fontane

103 An Clara Stockhausen

Berlin 10. Septemb. 78
Potsdammer Str. 134.c

Hochgeehrte Frau und Freundin.
Längst hätt' ich geschrieben und Ihnen für all das Liebe und Freundliche, das Sie uns in diesen Wochen *mehr denn je* bewie-

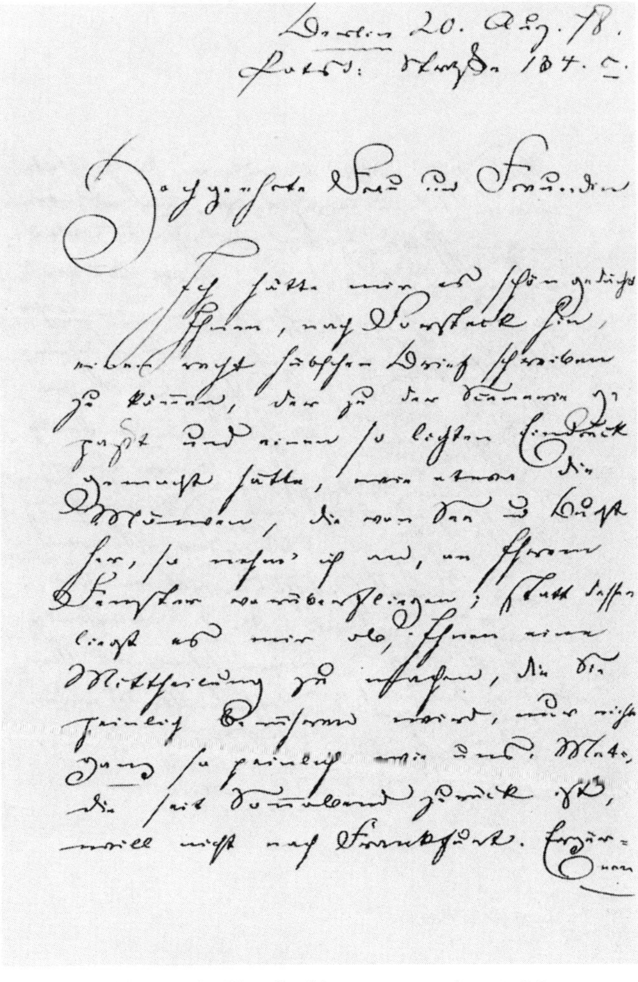

Abb. 16: An Clara Stockhausen vom 20. August 1878

Sie sich nicht darüber; die Geschichte, wenn sie ausgeführt ist, wird weniger Ihren Zorn als Ihr Mitleid erwecken, und wenn nicht Mitleid, so doch schlimmstenfalls ein von leiser Verstimmung angeflogenes Lächeln: Sie ist eine Herzensaffaire. Unser Dichterlein erklärt, einen so starken Zuneigung zu Ihrem Herrn Gemahl zu haben, daß ihm ein Zusammensein mit ihm seinen Frieden stören und eine Gefühlswelt in ihm aufwühlen würde, die sie vollständig gleichgültig ist als ein schweres Unrecht gegen die, teuerste Frau, zu empfinden. Die Begegnung, dachte, von dem Augenblick an, wo

diese Erklärung abgegeben wäre,
der [illegible] eines Eintrittes in
Ihr Hause fallen müßten, ja, schließlich
ein Glück war, daß er überhaupt
zu dieser Erklärung kam. Denn es
ging von anderen Herrn. Weltsch, von
dem mir ebenfalls Unverständli-
chen Vorstellung erfüllt, daß wir
unter allen Umständen auf
Einhaltung des alten Programmes
bestehen würden, wäre eigentlich
entschlossen gewesen, die Sache nicht
weiter zur Sprache zu bringen,
und mit dem bekannten „Schick-
sal hinter deinem Rücken" in die ver-
änderten Situationen einzutreten.

Dies das Geschichtliche. Es
Ihnen mitzuteilen, ist mir nicht
leicht

zu erwidern, und wenn der Umstand,
daß Sie durch Ihre stets bewiesene
große Güte u. Freundschaft einen
unbedingten Anspruch auf die volle
Wahrheit haben, hat mich bestimmen
können, Ihnen alle Geschichten zu erzählen,
deren Unverzeihlichkeit u. verletzende
Undankbarkeit von Niemandem tiefer
empfunden wird als von mir selbst. —
Als dergleichen vorkam, da fehlt
entweder eine Schraube oder es ist
an bestimmter Stelle überschraubt.
Und das macht mir Sorge. Ihr
gutes Herz wird daran aufrichtig
genug theilnehmen, um über persön-
liche Verstimmung u. Verlegenheit um
hülfreich-freundschaftlich leicht hinwegzukommen.

Meine Frau ist seit gestern zurück,
kam wohl u. heiter an, hat aber na-
türlich in 7 Minuten wieder eingebüßt,
was sie 14 Tage an Wohlbefinden u.
frischem Aussehen zugelegt hatte. — Emp-
fehlen Sie mich an Schwester u. Schwager,
u. bewahren Sie Ihre freundschaftlichen
Gesinnungen Ihrem aufrichtig ergebensten

Th. Fontane.

sen haben, von Herzen gedankt, wenn ich nicht in der Weißglühhitze der Arbeit gewesen wäre. Seit gestern Abend aber hat nun »Grete Minde«, meine neue Heldin, Ruhe, ruht, selber Asche, unter der Asche der von ihr aus Haß und Liebe zerstörten Stadt, und ohne Säumniß eile ich nunmehr, wie's auch andre Leute zu thun pflegen, um vom Begräbniß zu freundlicheren Dingen überzugehn. Und dazu gehört eine Unterhaltung mit Ihnen.

Das Thema »Mete« ist unerschöpflich; *so* viel hat sie wenigstens erreicht. Ueber den Eclat, mit dem sie sich hier, nach viermonatiger Abwesenheit, wieder einführte, ist Gras gewachsen, wir sprechen nicht mehr davon, das Rücksichtsvollste und wohl auch das Beste was wir thun können; aber irgend 'was Absonderliches spukt ihr in Schlaraffentagen immer in Kopf und Leber (Zöllner würde auch noch die Milz nennen) und so kommt man mit ihr nicht recht zu Rande. Sie ist mir eine beständige psychologische Aufgabe. Wenn es das Kriterium genialischer Naturen ist, daß Allerklügstes und Allerdummstes bei ihnen dicht beieinander liegen, so ist sie ein Hauptgenie. Sie Abends beim Thee peroriren zu hören, oft über die schwierigsten und sublimsten Themata, ist ein Hochgenuß; sie sagt dann Sachen, die mich absolut in Erstaunen setzen; alles Tiefblick und Weisheit; Salomo Cadet. Aber dies dauert nur so lange, wie sichs ums Allgemeine handelt, will sagen so lange wie ihre Person außer Spiel bleibt; von dem Augenblick an, wo diese mithineingezogen wird, wird sie ein Kind, ein Quack, und ihre Deduktionen, die nun plötzlich aus dem Scharfen ins blos Kniffliche und Advokatische umschlagen, werden zu verdrießlich machenden Quasseleien. Es wäre schade, wenn diese reichbegabte Natur, an ihren »shortcomings«, die nur zu gewiß da sind, scheiterte.

Haben Sie Dank, daß Sie sie trotz alledem empfohlen haben. Allerdings steht mir dabei – wie gewiß auch Ihnen – die Hoffnung zur Seite, daß Sie's *durften*. Denn dasselbe Wort, das ich zuerst aus dem Munde der verstorbenen Mrs. Merington hörte

»Mete muß *immer* beschäftigt sein; Arbeit ist ihre Stütze«, dasselbe Wort, oder ein ähnliches, glaub ich auch von Ihnen vernommen zu haben. Und es ist richtig. Vor ordentliche Aufgaben gestellt, bewährt sich ihre Kraft, zweck- und planlos der Stunde überlassen, überwuchert ihre Phantasie und die Thorheit beginnt. Halten Sie mir diese Abhandlung zu gute, in der, trotz aller Herbigkeit, noch ein gut Theil Eitelkeit stecken mag. Empfehlen Sie mich der Frau Schwester, dem theuren Gatten, und halten Sie an einem rechten Glückstage Ihren Einzug in das neue Heim.

In vorzüglicher Ergebenheit
wie immer Ihr
Th. Fontane

Entschuldigen Sie mich bei dem Gemahl, daß ich auf seine freundliche Karlsbader Karte nicht geantwortet habe. Aber ich »armer Schwartenhals«, woher sollt' ich Leibnitzii opera kennen?
Ich nahm mir vor, *unsren* Leibnitz (Prof. Lazarus) in der bewußten Angelegenheit zu fragen, aber gestern hab' ich in Erfahrung gebracht, daß er das bessere Theil gewählt und mit Frau Sarah, ohne vorher Berlin wieder begrüßt zu haben, eine Rom-Fahrt beschlossen hat. Wie gerne folgt' ich seinen Spuren!

Th. F.

Im Spätherbst erschien bei Wilhelm Hertz die Buchausgabe »Vor dem Sturm« in zwei Bänden in einer Erstauflage von 1500 Exemplaren. Der Vorabdruck war von der Zeitschriftenredaktion zum Teil stark gekürzt worden – den 65 Kapiteln im »Daheim« standen schließlich 82 Kapitel in der Buchausgabe gegenüber. Bereits am 22. November besprach Ludwig Pietsch den Roman in der Vossischen Zeitung.

Berlin 22. Nov. 78
Potsd. Str. 134.c

Theuerster Pietsch.

Wenn ich Ihnen die Geschichte von *Storm* schon erzählt habe, so müssen Sie sie heut zum zweiten Male hören. Als Rob. Prutz im sel. Deutschen Museum über ihn geschrieben hatte: ›er sei *sans phrase* ein lyrischer Dichter, ein Dichter *comme-il-faut*‹ kam er in dem bekannten Kostüm mit langem hin und her baumelnden Wollshawl zu uns, erzählte von seinem Glück und wandte sich dann an meine damals noch hübsche Frau mit der Frage: ›Was rathen Sie mir, daß ich thue?‹ Ich war bei der ganzen Scene nicht zugegen und meine Frau schloß, als ich nach Hause kam, ihren Bericht darüber mit den Worten: ›ich hätt' ihm am liebsten geantwortet, lassen Sie sich vor allem einen neuen Rock machen.‹ Wir beide können uns das Geständniß machen, daß er dessen in der Regel dringend bedürftig war. Brillante Lyriker waren nie Schneiderleute.

Seien Sie herzlichst bedankt. Am Kaffeetisch wurd ich gleich mit den Worten empfangen: ›eingehender und liebevoller und dann kam noch ein drittes Wort, das ich, weil es *mich* angeht verschweigen muß – ist nie über dich geschrieben worden.‹ Es war eine glückliche Stunde, und wenn es Ihnen eine besondre Freude gemacht hat, das Kind des ›starken Mannes‹ nicht als 18 Jahr lang unerkannte Baronin abschließen zu sehn, so hat es mir eine riesige Freude gemacht, daß Sie meine Absicht hier ganz und gar errathen haben. Die Natur adelt; alles andre ist Unsinn, und eine der mir degoutantesten Erscheinungen ist es immer gewesen, gerade in den Romanen liberaler und allerliberalster Schriftsteller, den Hauslehrer oder die Gouvernante, wenn sie heldisch-siegreich auftreten, sich schließlich immer als Graf oder Gräfin entpuppen zu sehn. Wenn auch nur von der Bank gefallen. – Nochmals besten Dank. Wie immer Ihr

Th. Fontane

Berlin 27. Dezemb. 78
Potsd. Straße 134.c

Hochgeehrte Frau und Freundin.

Schon vor dem Fest wollte ich schreiben, da mein Zeit-Exempel aber wie gewöhnlich nicht stimmte, so ist mittlerweile der dritte Feiertag herangekommen. Sein herkömmliches Aschermittwochs-Gesicht hat sich gegen Abend etwas aufgehellt, denn die en masse »zu Sommerfeldts« ausgewanderte Familie, hat mich allein zurückgelassen, ein Zustand der immer Frieden und Verklärung über mich ausgießt. Ich liebe Gesellschaft, aber noch viel viel mehr lieb' ich Einsamkeit. Im Ganzen, um rasch in medias res zu springen, hab ich in diesem Winter genug davon, denn mit Ausnahme einer großen Abendgesellschaft bei Wilhelm Gentz, wo ich der schönen Grete Begas ihren nach Ylan-Ylan oder einem ähnlichen orientalischen Extrakt duftenden Handschuh küssen durfte, hab ich eigentlich keinen Menschen gesehn. Freilich die schöne Grete zählt gleich für viele, schon weil die hundert Geschichten, die von ihr cursiren, ihre Existenz multipliciren. Einer kann so viel garnicht tragen, obschon sie starke Schultern hat, fast so stark wie bloß. Eine Freundin, der wir den Namen Marie geben wollen, wurde neulich in einem flanellenen Badekostüm mit blauen Schleifen und Pantöffelchen von ihr empfangen. Dabei sagte sie, während sie lachend auf einen zum Lever erschienenen Kreis von Verehrern zeigte: »vor *Ihnen,* liebe Marie, muß ich mich wohl entschuldigen.« Ein feiner Unterschied, und in guter Laune vorgetragen, nicht übel. Ich möchte nicht, daß die schöne Grete meine Frau wäre (worin ich ganz und gar die Empfindung ihres Mannes treffen soll) aber in allem Uebrigen amüsirt mich dergleichen. Ist nicht eigentlich alle Welt einig darüber, daß Philine netter und liebenswürdiger ist als Aurelie? Frauen die beständig mit einem kleinen Dolch spielen, kann ich nicht leiden.

Das war bei Gentz; vorgestern waren wir bei Heydens. »Wie anders wirkt dies Zeichen auf mich ein«; anders aber nicht besser. Das Schlimmste bleibt schließlich doch immer die Langeweile; vom Standpunkt der Gesellschaft aus, ganz gewiß. Wir tranken noch Punsch als wir wieder zu Hause waren, blos zur Kräftigung, wie Mörike einen großen schwarzen Rettig aß, nachdem er zwei Stunden lang »Kamillenthee-Lyrik« genossen hatte. Ich meinerseits begnügte mich nicht mit dem Punsch, sondern las auch noch 50 Seiten Bismarckiana in M. Busch's vielgenanntem Buch. Meine Frau hat es mir zu Weihnachten geschenkt. Ich freue mich seines Besitzes und fühle bei seiner Lektüre, daß jeder, der noch nolens volens in der Welt lebt, den *Inhalt* des Buches kennen muß. Als »Buch« aber, ganz abgesehen von der Frage, ob solche Horcher- und Detective-Literatur zu toleriren ist (den *Mann* ziert sie sicherlich nicht) find' ich die ganze Publikation doch ziemlich schwach. Der Stil ist greulich, alles hackrig und stolprig, so daß einem das Lesen, das einem, bei *solchem* Stoff, eine Wonne sein müßte, zur Qual wird. Er hätte, nach meinem Dafürhalten, klar und kunstvoll die Scenerie geben, und nach Herstellung dieses Rahmens, die Bismarckschen Sentenzen einfach in denselben hineinstellen müssen. Ohne jede Zuthat. Ihr Gatte war im Britischen Museum und wird mir zustimmen, daß nichts mächtiger wirkt, als Shakespeares bloße Namens-Unterschrift oder Lord Nelsons aus fünf Klexen und zwei Linien bestehende »Schlacht bei Abukir«, beides in richtiger Umrahmung. Würde man ein ganzes Album herstellen, zu dem irgend ein Nobody den Text schriebe und dann Shakespeare und Nelson mit ihren paar Krikelkrakeln hineinsetzen, so wäre der ganze Zauber hin. Natürlich soll dieser Vergleich nicht in all und jedem Stücke passen, aber er zeigt wenigstens, was ich meine und worin mir der Fehler des Buchs zu liegen scheint. Daneben darf es einen bleibenden Werth beanspruchen; dafür hat *Bismarck* gesorgt.

Von Bismarck bis zu Senfft ist, nach dem bekannten Satze, nur *ein* Schritt. Denken Sie sich, Sonntag vor 8 Tagen kam er zur mir, um mich zu fragen, ob er mir den Sonntag darauf den »Archibald Douglas« vorsingen dürfe. Da Sie Senfft besser kennen als ich, so wissen Sie, daß diese Anfrage eine Anmeldung war. Also nächsten Sonntag. Richtig er kam, nachdem er mirs am Freitag vorher noch 'mal auf einer Sechserkarte angezeigt hatte; beiläufig in einer schauderösen Handschrift. Vergleicht man es mit seiner Stimme, so kann man sagen: er singt wie ein Pommer (wo er her ist) aber er schreibt wie ein Sachse. Nun denken Sie sich eine »Matinée musicale« bei Fontanes; Roth- und Weißwein, Ungar, und namentlich so viel Weingläser auf japanischen Tablett's wie irgend aufzutreiben waren. Dazu Kings Cake von Schilling. Ich sagte nachher zu Zöllner: »wird der Archibald Douglas noch 3 mal bei mir gesungen, so bin ich bankrutt.« Und nun ging es los. Natürlich hatt' ich auch stimmen lassen müssen, und ein junger Klaviermensch, ich glaube Herr Otto Schmidt, war mit von der Partie. Jetzt Noten auf den Stuhl gepackt, entweder weil es zu niedrig war oder weil er 'was Hartes haben wollte, Stimmgabel 'raus (mit der Senfft beständig operirt wie andre mit dem Lorgnon), und »ich hab es getragen sieben Jahr« brauste durch meine sieben Fuß hohen Hallen. Um gerecht zu sein, er sang es recht gut und hatte die Genugthuung, auf uns alle eine große Wirkung ausgeübt zu haben. Der Mensch stellte aber sehr bald wieder den Sänger in Frage; er platzte vor Eitelkeit, und ich war froh, daß ich durch eine Flasche uralten Nordhäuser-Kornbranntweins, die ich, neulich von dorther als Geschenk erhalten, nun als Rarität hervorholte, seine Aufmerksamkeit einen Augenblick von seinen Triumphen abziehen konnte. Denn, so sehr er Bismarck haßt, so hat er doch Einzelnes mit ihm gemein; darunter die Vorliebe für Nordhäuser. Der Ungar wurde sofort wie Limonade behandelt und als »zu matt« zurückgeschoben.

Da haben Sie so Einiges aus unsrem und dem Berliner Leben. Grete Begas und Baron Senfft, zwei wundervolle Typen unsrer Gesellschaft; Juden- und Junkerthum. Senfft hat ohnehin beides »in glücklichem Familienkreise« zu verschmelzen gewußt. – Ueber Frau und Kinder schreib ich nichts; Frau Mila macht das besser, und außerdem seh ich nicht ein, warum ich von meinem schlechten Ruf als Familienmensch, nicht auch einmal Vortheil ziehen soll. Im Uebrigen trag ich diesen schlechten Ruf so unverdient wie möglich; denn das Einzige an das ich, in dem Verkehr der Menschen mit und untereinander, noch einen Rest von Glauben gerettet habe, ist die Familie. Wehe dem, den auch *die* im Stich läßt. Er hat nichts mehr, und kann zur Retraite blasen. Es giebt *hülfebereite* Menschen, die, nach einem gewissen Freimaurer-Rezept, dreiviertel Eitelkeit und Wichtigthuerei, ein Viertel Pflichtgefühl und Mitleid, ihren Mitmenschen Gutes thun; aber *liebevolle* Menschen, die, weit über ihren Armenthaler und den abgelegten Ueberzieher hinaus, sich des Glückes ihrer Mitmenschen neidlos freuen können, *solche* giebt es nicht. Unter Zehntausenden immer einer. Und dann ist es in der *katholischen* Welt. Der norddeutsche pauvre Protestantismus hat blos den Neid groß gefüttert. Die Päffchen-träger selbst sind der Ausdruck davon. Es klingt das alles sehr pessimistisch, und warum? weil es so klingen *muß*. Meiner Natur nach bin ich Optimist; aber ich habe zwei Augen im Kopf und meine Erfahrungen haben schließlich meine Neigungen corrigirt. Uebrigens bild' ich mir nicht ein, als weißer Engel *über* den andern zu stehn. Sehr im Gegentheil. Und mit diesem pflichtschuldigen Bekenntniß, unter Gruß und Empfehlung an Gemahl und Kinder, wie immer Ihr treu ergebenster Th. Fontane

1879 war ein Jahr, das Fontane sehr zwiespältig empfand: auf der einen Seite spürte er deutlich, daß er in sein sechzigstes Lebensjahr ging. »... mit 59 hat man überhaupt gar nichts mehr zu erwarten als Rückzug.« Andererseits fühlte er in sich die Kraft des Beginnens und des Anfangs und schrieb Mitte des Jahres seinem Verleger: »... aber so lächerlich es klingen mag, ich darf – vielleicht leider – von mir sagen: ›ich fange erst an.‹ Nichts liegt hinter mir, alles vor mir.« Und so drängten sich die Arbeiten, Pläne und Skizzen. Schon am Jahresbeginn forderte Hertz eine neue, dritte Auflage von »Das Oderland« und darüber hinaus einen völlig neuen, vierten Band über das Spreeland.

In den ersten Wochen des Jahres konnte die Überarbeitung der Novelle »Grete Minde« abgeschlossen werden. Die Vorarbeiten für den neuen Roman mit dem Arbeitstitel »Allerlei Glück« waren so weit gediehen, daß er ihn dem Redakteur von Westermanns Monatsheften anbieten konnte.

106 An Gustav Karpeles

Berlin 3. April 79
Potsd. Str. 134.c

Hochgeehrter Herr Doktor.

Es wird Sie als Redakteur nicht überraschen, daß ich nicht fertig geworden bin, ebenso daß ich mich für *nicht*schuldig erkläre. Es war Unglück: erst drei, vier Tage lang ins Theater und dann ein Frühlings- und Quartal-Schnupfen, was den höchsten Grad ausdrückt. Und ein cerveau enrhumé steigert nicht gerade den Intellekt.

Die Sachlage ist die: Brouillon fertig, in allen Theilen, und gestern hat Correktur und Abschrift begonnen. In acht Tagen denk ich Ihnen den Aufsatz *ganz bestimmt* zustellen zu können. Hoffentlich noch in time für die Juli-Nummer.

Nun die Novellenfrage. Ich wollte darüber in diesen Zeilen berichten, aber das wird zu weitschichtig. Sind Sie wieder zurück, so bitt' ich freundlichst um Ihren Besuch; wir nehmen dann das Packet vor, drin die Novellenstoffe, manche mit fertigem Anfang und manche mit fertigem Ende, hochaufgeschichtet liegen und Sie suchen sich *das* aus, was Ihnen convenirt.

Am meisten am Herzen liegt mir mein neuer Roman, dem zu Liebe ich nun doch auf den zweiten Bogen muß. Könnten Sie darüber mit den Chefs der Firma sprechen? Zeitroman. Mitte der 70er Jahre; Berlin und seine Gesellschaft, besonders die Mittelklassen, aber nicht satirisch, sondern wohlwollend behandelt. Das Heitre vorherrschend, alles Genrebild. Tendenz: es führen viele Wege nach Rom, oder noch bestimmter: es giebt *vielerlei Glück*, und wo dem Einen Disteln blühn, blühn dem Andern

Rosen. Das Glück besteht darin, daß man *da* steht, wo man seiner Natur nach hingehört; selbst die Tugend- und Moralfrage verblaßt daneben. Dies wird an einer Fülle von Erscheinungen durchgeführt, natürlich ohne dem Publikum durch Betonungen und Hinweise lästig zu fallen. Das Ganze: der Roman meines Lebens oder richtiger die Ausbeute desselben.
Vor 3 Jahren kann er nicht fertig sein und ich suche nun eine gute Stelle dafür. Unter 5000 Thaler kann ich ihn nicht schreiben, die mir zur größeren Hälfte von einem Blatt oder Journal, zur kleineren für die Buchausgabe gezahlt werden müßten. Wie fängt man das an? Kann ich es *nicht* kriegen, nun so muß die Welt sehen, wie sie ohne meinen Roman fertig wird. In vorzüglicher Ergebenheit

Th. Fontane

Neue und alte Projekte wurden gesichtet und vorbereitet, »Schach von Wuthenow« wurde in einer ersten Skizze begonnen, ein Stoff, zu dem ihm Mathilde von Rohr manche Einzelheit zugetragen hatte.

107 An Mathilde von Rohr

Berlin 3. Juni 79
Potsd. Str. 134.c

Mein gnädigstes Fräulein.
Wie's immer geht, wenn sich einer auf den andern verläßt, so auch diesmal; ich dachte meine Frau würde von Neuhof aus schreiben und danken, und sie hat dasselbe von mir gedacht. Dies mag diese verspäteten Zeilen erklären und entschuldigen. Der Spargel war sehr schön, was ich speziell in diesem Jahre, wo ich, rasch hintereinander fort, Brandenburger, Berliner und Eberswalder gegessen habe, kühnlich behaupten darf. Er war fleischiger, voller, und hatte mehr den ächten Spargelgeschmack. – Meine Frau ist seit dem 24. v. M. in Neuhof; die ersten Tage waren sehr trubulös und zum Erholen ganz un-

geeignet, seit Ende voriger Woche geht es ihr aber um vieles besser, was sich auch in dem Ton ihrer Briefe ausspricht. Sie will bis Ende d. M. dort bleiben und dann mit mir in den Harz gehen, wahrscheinlich wieder nach Wernigerode, das uns im vorigen Jahr so sehr gefallen hat. Ein paar Wochen will ich mir dort Erholung gönnen und blos laufen und klettern, dann aber hoff' ich fleißig sein und endlich die bewußte Fräulein v. C. . . . Novelle schreiben zu können. Alles ist vorbereitet und der Stoff längst in Kapitel eingetheilt; das erste Kapitel hab ich schon zwei-, dreimal geschrieben, aber immer wieder verworfen. Die Einleitung, wie ich sie *jetzt* habe, scheint mir aber die richtige zu sein. Der Anfang ist immer das entscheidende; hat mans darin gut getroffen, so muß der Rest mit einer Art von innerer Nothwendigkeit gelingen, wie ein richtig behandeltes Tannenreis von selbst zu einer graden und untadeligen Tanne aufwächst. – Den Schluß von ›Grete Minde‹ werden Sie nun wohl auch empfangen haben; mög' er Ihnen gefallen. An meinem Roman erleb ich viel Freude; allerbeste Leute – freilich meist Männer – interessiren sich dafür und sagen mir allerhand Freundliches. Ich schriebe gern einen *zweiten,* der, in Bücher und Kapitel eingetheilt, und in seinen Scenen und Personen skizzirt, längst vor mir liegt. Aber unsre deutschen Buchhändler-, Verkaufs- und Lese-Zustände lassen es mir leider fraglich erscheinen, ob ich je zur Ausarbeitung kommen werde. Ich kann dieselbe nur vornehmen, wenn ich eine Einnahme von 5000 Thlr ganz sicher habe, 3000 für den Abdruck in einem Journal und 2000 für die 1. Auflage des Buchs. Aber wo das hernehmen? Ich habe nicht solche Erfolge aufzuweisen, und werde sie, nach der ganzen Art meines Talentes, wahrscheinlich *nie* aufzuweisen haben, daß sich Redaktionen und Buchhändler veranlaßt sehen sollten, mir solche Forderung ohne Weitres zu bewilligen. Und doch sind die Summen noch niedriger berechnet, als mir nach der jetzt üblichen *Novellen*-Honorierung, wie selbstverständlich zufallen müßte. Wieder unter Sorgen und Aengsten es schreiben, wie den ersten Roman, *das* thu ich sicherlich nicht. – Wir leben hier jetzt schöne, stille, sommerliche Tage; für Martha sind sie vielleicht etwas *zu* still, aber es steht nicht in meiner Macht ihr andre zu schaffen. Kinder müssen sich ihre gesellschaftliche Stellung, ihre Freund- und Bekanntschaften selbst erobern. Ihr Pastor Pleßmann war auf einer Hochzeit in Rostock; Lise Witte schreibt uns heute davon; so sprechen sich auf Umwegen die Dinge in der Welt herum. Lepel ist ziemlich munter; sein Name erinnert mich – leider erst am Schluß meines Briefes – an Frau v. Romberg. Wir dachten viel an Sie, als wir den Tod der hochverehrten Frau in der Zeitung lasen. Es hat für mich etwas Schmerzliches und Erschütterndes, ein reiches, schönes, bevorzugtes Leben nicht nur so leidensvoll, sondern auch – was ich noch schmerzlicher finde – so *freudlos* endigen zu sehn. Denn neben dem Leide kann auch Freude, auch *irdische* Freude, blühn und diese glaub ich hat sie seit vielen Jahren entbehrt. Mitunter berührt mich die Welt, als wäre sie doch nur der Tummelplatz untergeordneter Kräfte! Wie immer in Dank und herzlicher Ergebenheit, Ihr

Th. Fontane

Und noch ein weiteres Vorhaben zeigte sich in deutlichen Umrissen, war im ›Brouillon‹ wie es Fontane stets nannte, also in einem ersten skizzenhaften Entwurf fertig: »Sidonie von Borcke.«

108 An Gustav Karpeles

Berlin 30. Juni 79
Potsd. Str. 134.c

Hochgeehrter Herr Doktor.
Eben hab' ich die Correkturbogen zur Post gegeben; übermorgen früh, spätestens am Donnerstag, will ich auf sechs Wochen in den Harz. In diesen sechs Wochen möcht ich zwei Novellen im Brouillon fertig schaffen, um sie dann in den Wintermonaten salonfähig, oder weil das an den furchtbaren Payne erinnert druckfähig zu machen. Eine ist für Hallberger, die andre für

Westermann bestimmt. Ich möchte nun über diese »andre« vorher gern ein Wort zu Ihnen gesprochen und Ihren Rath erbeten haben.
Ueberschrift: *Sidonie v. Borcke.* Sidonie v. B., Priorin zu Marienfleiß in Pommern, schön, gescheidt, encouragirt, aber zugleich auch hochmüthig, intriguant und herrschsüchtig, in Un- und Aberglauben gleich tief versunken, ist durch höfischen Einfluß und unter Geltendmachung alter Beziehungen wo sie Herzogs-Braut oder Herzogs-Geliebte war (bleibt dunkel) Priorin des vorgenannten, eben in ein protestantisches Stift umgewandelten Klosters geworden. Sie ist nah an 50, aber wundervoll conservirt, groß, stattlich, königlich. Ihr Erscheinen im Kloster drückt den Rest der alten und jungen Damen zur Nullität herab; nur einige versuchen Widerstand, werden besiegt, um schließlich *doch* zu triumphieren.
Der Inhalt der Novelle ist nun eine Schilderung des Erscheinens Sidoniens im Kloster, die sofort das l'état c'est moi anticipirt. Streng und rücksichtslos und übermüthig gegen ihre Umgebung, versagt sie sich selber nichts und ist, en petit comité, je nach Laune, Berechnung und Bedürfniß abwechselnd ältre Maria Stuart, ältre Elisabeth, ältre Katharina. Bachanale, Fuchsjagden und Verschwörungen wechseln ab mit halb geglaubtem und halb verlachtem Hocuspocus, mit Schönheitsmitteln und Reu-Anfällen, und abergläubischen Beschwörungsformeln und aufrichtigem Bangen und Beten. Dem entsprechend sind die Figuren, die sie heranzieht, die ihr dienen. Bis endlich das Maaß voll ist, und die durch sie gekränkten und beleidigten Elemente des Landes grausam ihre Revanche nehmen. Als sie merken, daß ihre Gegnerin zu stark, zu klug, zu mächtig ist, um ihr siegreich beizukommen, haben sie den genialen Gedanken, ihr aus dem Hocuspocus mit dem sie gespielt, eine Schlinge zu drehn und die relativ Arglose plötzlich auf *Hexenthum* hin zu verklagen. Und dieser Anklage, die durch eine Reihe von Zufälligkeiten unterstützt wird, erliegt sie. Die bösen Geister, mit denen sie gespielt, packen sie ernsthaft und würgen sie. Aller Ein- und Fürsprache

benachbarter Fürsten unerachtet, erleidet die Tochter des ältesten und stolzesten pommerschen Geschlechtes einen schimpflichen Tod.
Hier haben Sie, hochverehrter Herr, die Skizze. Ueber das was der Stoff werth ist, der außerdem glücklich für mich liegt, bin ich mir vollkommen klar, und ich werde mir seine Behandlung nicht entgehen lassen. Aber ich kenne Publikum und Pardon, unter Umständen auch Redaktionen! »Liebe, Liebe ist mich nöthig« ist einerseits der Haupt-Chorgesang, aber diese ganze Liebe muß auf dem Patentamt eingeschrieben sein. Man könnte sagen: so *viel* wie möglich, aber auch so *dünn* wie möglich. Das wäre vielleicht das Ideal. Von diesem Ideal bin ich nun aber ziemlich weit entfernt, es geht ein paarmal in der Geschichte ziemlich scharf her, und deshalb frage ich bei Ihnen an, ob Ihnen der Stoff zusagt oder nicht. Ich habe so viel Stoffe, daß mich Ihr »nein« keinen Augenblick in Verlegenheit bringen würde. Daß ich Ihnen und den Lesern übrigens keine Tollkirschen vorsetzen würde, brauch ich wohl nicht erst zu versichern.
In vorzügl. Ergebenheit Th. Fontane

Viele Entwürfe dieses und auch der kommenden Jahre kamen über das Brouillon-Stadium nie hinaus, sie wurden wieder zurück »in den Kasten« gelegt, teilweise gingen sie in späteren Entwürfen und Arbeiten auf. »Allerlei Glück« und »Sidonie von Borcke« teilten dieses Schicksal.
Im Sommer arbeitete er im Harz in Wernigerode an der schwierigen und zeitraubenden Neuauflage des zweiten Wanderungsbandes »Das Oderland«. Daneben lief eine erste skizzenhafte Notierung der Erzählung »Ellernklipp«.

109 An Wilhelm Hertz

Wernigerode 18. Aug. 79

Sehr geehrter Herr Hertz.
Anbei eine zweite Sendung, stärker als die erste. Das Aufkleben

auf Zettel, das ich selber vorziehe, mußt ich bei den Kapiteln: Quilitz, Friedland, Cunersdorf, wiederaufgeben, da sich's – in Folge des Neudrucks der verdorbenen Bogen – so unglücklich traf, daß die beiden mir durch Ihre Güte zugestellten Exemplare mit einander nicht correspondirten. Die neuen Bogen haben ein paar Zeilen mehr auf der Seite, wodurch natürlich, und zwar immer wachsend, das ganze Exempel nicht stimmt. Dies alles nur zu meiner Entschuldigung. Wo's geht, kehr ich zu dem Aufklebe-Modus zurück.

Ich schreibe nun im Laufe dieser Woche das Gusow-Kapitel, bitte Herrlich es für das Johanniterblatt rasch absetzen zu lassen und schicke dann die Fahnen. Das wird Ende des Monats sein. Bis dahin hat die Druckerei Stoff die Hülle und Fülle. An den Gusow-Aufsatz schließen sich die Marwitz-Aufsätze (Friedersdorf) und damit endigt die erste Hälfte des Bandes.

Dann kommt ein Abschnitt: *Jenseit der Oder* mit nur drei Kapiteln: Küstrin, Tamsel, Zorndorf, die beiden ersten sind aber sehr lang. Der Küstrin-Aufsatz (ganz neu) erscheint in den nächsten zehn Tagen in *Westermanns* Monatsheften und ich möchte Sie freundlichst bitten, einzelner Croquis halber, ein Auge darauf zu richten. Die doch immerhin wichtige Frage: »Wo fiel Katte's Haupt?« kann ohne Zeichnung gar nicht veranschaulicht werden, dasselbe gilt von der nur kurzen Beschreibung der Festungs-Anlage. Stimmen Sie mir hierin bei, so verbliebe nur noch die Frage, ob Sie die Westermannschen Stöcke kaufen (ich weiß nicht, ob das überhaupt geht) oder diese paar Zeichnungen lieber neu machen lassen wollen? Es wird wohl davon abhängen, wie Sie zu dem alten W. persönlich stehen. Eventuell könnt ich durch den Redakteur Dr. Karpeles, zu dem ich ziemlich gut stehe, bei W. anfragen lassen. Ich habe nur noch den Wunsch, daß Sie nicht für Wegfall der Zeichnungen überhaupt stimmen. Der ganze Aufsatz empfinge in seinem Werth einen schweren Schlag dadurch; gerade diese Lokal-Untersuchung ist ebenso wichtig, wie sie schwierig war.

Nun noch dreierlei.
1. Meinen besten Dank für Ihre freundlichen Worte. Es ist so, wie Sie sagen. Der nebenherlaufenden Verstimmung über den starken Aufwand an Kraft und Zeit, muß ich Herr zu werden suchen.
2. Um die Revisionsbogen bitt' ich ganz ergebenst.
3. Wir nehmen doch so viel Zeilen auf die Seite wie Band I. 3. Auflage? Nur so zwing' ich den reichen Stoff hinein. Mehrere Kapitel und alle Anmerkungen lasse ich über die Klinge springen.
Was Sie mir über Paul schreiben, betrübt mich, aber menschlich fast mehr als literarisch. Sie wissen, wie hoch ich ihn stelle; er ist zwar nicht im Einzelnen (die »Novellen in Versen« und Aehnliches, worin er excellirt, abgerechnet) der beste, aber im *Ganzen* ist er der am reichsten Beanlagte unter allen Lebenden. In Deutschland. Nichtsdestoweniger hab ich den Eindruck: was er leisten konnte, *hat* er geleistet. Er kann über das, was schon da ist, nicht hinaus. Wohlhabend ist er auch. Also warum nicht Gärtner werden, Erdbeer- und Spargel-züchter! *Mir* würd' es schwer werden; aber so lächerlich es klingen mag, ich darf – vielleicht leider – von mir sagen: »ich fange erst an.« Nichts liegt hinter mir, alles vor mir; ein Glück und ein Pech zugleich. Auch ein Pech. Denn es ist nichts Angenehmes, mit 59 als ein »ganz kleiner Doktor« da zu stehn. Aber genug der Confessions. In vorzügl. Ergebenheit

Th. Fontane

110 An Emilie Fontane

Dresden 24. Sept. 79
Lingke's Hôtel, Seestraße

Meine liebe Frau.
Sei bestens bedankt für Deine Zeilen, die freundlicher klangen als ich erwartet.
Es geht mir gut und nicht gut. Ich kam eigentlich krank hier an

und fühlte mich um so jämmerlicher, als ich diesen Hôtelgeruch von Apartement und Garküche gar nicht aushalten kann. In Folge von dreistündigem Umherlaufen und einer halben Flasche Chateau Margaux, die ich in einem first class-Hôtel zu mir nahm, ist mir aber etwas besser geworden. Ich werde heute dasselbe thun und bin schon zufrieden, wenn ich mich au niveau erhalte und keine Rückschritte mache. Uebrigens ist mein Hôtel Lingke für das was es sein will, sehr gut; es reicht nur für meine Ansprüche oder sag' ich lieber für meine Nerven nicht aus. Das Zimmer, das ich habe, sagt mir zu und Thee und Kaffe genügen mir vollkommen. Ich bin ganz appetitlos und esse nur, um doch was zu mir zu nehmen. In den 48 Stunden, daß ich fort bin hab' ich nur im Victoria-Hôtel Suppe und zwei ganz kleine Hammel-Cotelettes genossen. Heute will ich dort an der table d'hôte essen; erst wenn ich wieder auf dem Damm bin, kann ich Lingke oder ›italien. Dörfchen‹ oder ähnliches riskiren. In England kann man überall essen, weil die engl. Küche nicht künstelt.
Arbeiten konnt' ich glücklicherweise und habe heute das erste, wichtige – weil *ton*angebende und ziemlich lange Kapitel beendet.
Mich beunruhigt die Theatergeschichte ein bischen. Bitte, telegraphire mir morgen nach Eingang dieser Zeilen: ›R. ist zurück‹ oder ›R. ist noch nicht zurück.‹ Wolltest Du mir aber einen *großen* Dienst thun – den ich erbitte, aber keineswegs mit Sicherheit erwarte – so führst Du zu Dr. K. auf die Zeitung (bis 12 höchstens 12½) und sagtest ihm: ›ich wäre nerven-herunter und säße in Dresden. Ich ließe ihn *sehr* bitten, mich am Sonnabend und auch in der nächsten Woche noch vertreten zu lassen. Wär' ich zurück, so käm' ich gleich, ihm zu danken.‹
Bin ich über all dies erst beruhigt und etwas wohler, so schreib ich einen längeren Brief. Gruß und Kuß Dir und den Kindern von Deinem

Th. F.

Das gleichzeitige Arbeiten an den zahlreichen neuen Plänen und Skizzen, daneben das »Fertigmachen« der Neuauflagen und schließlich auch die Kritikertätigkeit für die Vossische Zeitung – allein in diesem Jahr schrieb Fontane fast 50 Besprechungen – dies alles führte zu einer spürbaren nervlichen Erschöpfung.

111 *An Friedrich Witte*

Berlin, 24. Oktober 79
Potsd. Str. 134c

Mein lieber alter Witte!

Je mehr uns der besonders herzliche Ton Deiner Einladung erquickt hat, um so schwerer fällt uns unser »es geht nicht«.

Und doch muß es ausgesprochen sein. Unser Etat ist so knapp bemessen, daß wir günstigenfalls auf *ein* Extra eingerichtet sind, dieser Herbst reißt aber in *Extras* gar nicht ab.

Georges Versetzung hierher war mit einigen Kosten verknüpft, Frieda Sommerfeldts Hochzeit dito, das Honorar für eine neue Auflage der Wanderungen ist um ein paar hundert Mark geringer ausgefallen als berechnet.

Und so manches andere noch dazu, wie es in den Wetterberichten heißt, eine »tiefste Depression« und nichts zur Balancierung als: Pine in Sicht. Du begreifst, daß man in solcher Ausstaffierung nicht wohl auf Reisen gehen kann. Der reine Banquo mit 20 Wunden. Innerliche Verletzungen ungezahlt. Mete muß sich also anstrengen, um es »für uns alle zu thun«. Vor allem muß sie gesund werden.

Verzeihe mir, wenn ich hier abbreche, aber schon diese wenigen Zeilen sind mir schwer geworden. Ich bin eben momentan mal wieder ganz herunter.

Unsere Gedanken und Wünsche werden am 7. mit Euch sein, dessen seid versichert. In freundschaftlich dankbarer Gesinnung

wie immer Dein
Th. Fontane

Zum Ende des Jahres erschien die dritte Auflage von »Das Oderland«, gleichzeitig stellte Hertz eine Neuauflage von »Das Havelland« in Aussicht und die Vossische Zeitung bemühte sich um eine Erzählung.

112 An Hermann Kletke

Berlin, 3. Dezeb. 79

Für Sie privatim noch das folgende.

Ihre freundlichen Zeilen haben mich beinah erschreckt. Wer blos obenhin sieht, der könnte Gutes aus dem allem herauslesen, ich bekenn' Ihnen aber offen, daß ich am Horizont dieses blauen Himmels allerhand Gewölk stehen sehe. Romancier und Novellist an der Vossischen zu werden, das klingt schmeichlerisch und verlockend genug; die Vossische Zeitung ist ein großes und reiches Blatt, sehr angenehm für seine Mitarbeiter, weil nie nörglig und kleinlich und last not least im Besitz eines Leserkreises, der, wieviel sich sonst auch gegen *Zeitungs*-Abdruck sagen läßt, für *meine* Arbeiten, nach Stoff, Anschauung und Behandlung, wie geschaffen ist. *Ich werde von jedem meiner Leser verstanden,* auch von dem beschränkten und nur halbgebildeten. Dies ist ein ungeheurer Vortheil, dessen ich zum Beispiel, wenn ich für den süddeutschen Halberger schreibe, ganz und gar verlustig gehe. Aber nun kommt die Kehrseite. Der Novellenkattun, weil so viel von ihm gebraucht wird, wird immer schlechter werden, und das Publikum – schon in einer unglaublichen Geschmacks-Decadence begriffen – wird die Fähigkeit gut von schlecht zu unterscheiden, immer mehr einbüßen. Und wer dann die Zeche bezahlen muß, das sind *die,* die keine Fabrik begründet, vielmehr bei stiller, ehrlicher Arbeit ausgedauert haben. Ihre Existenz hängt daran, daß man noch die Lust und die Fähigkeit hat, den größren Werth ihrer Arbeit zu erkennen; von dem Augenblick an aber wo alles einfach nach der Elle geht und wo es heißt: »*dies* ist ein Stück Novelle und *das* ist ein Stück Novelle«, von diesem Augenblick an sind sie verloren. Ich kann mit einem Durchschnitts- und Massen-Fabrikanten weder jetzt noch später con-

kurriren, muß ganz andre Preise halten und sehe draus Verwickelungen entstehn.
Ich bitte Sie herzlichst, bei etwa stattfindenden Besprechungen mit den »Besitzern«, diesen Punkt im Auge behalten zu wollen. Bei aller Neigung denselben zu Wunsch und Willen zu sein, bin ich doch ganz außer Stande, auf andre Honorarbedingungen, als die in meinen Briefen gestellten, einzugehen. Ich kann in einem Jahre nur zwei Novellen schreiben, und davon muß ich leben. Wollen Sie noch gütigst 500 rthl Buchhändler-Honorar und mein Theater-Gehalt bei Ihrer Zeitung hinzurechnen, so haben Sie meine Jahres-Einnahme und werden finden, daß sie bescheiden genug ist. Können mir meine Forderungen nicht bewilligt werden, so schadet das gar nichts, weil ich, oder so lang ich der Geneigtheit der Journale sicher bin; ich möchte nur aus speziell *diesen* Verhandlungen, wenn sie resultatlos verlaufen sollten, keine Verstimmungen auf Seiten der Zeitungs-Herren entstehen sehn. Ihr aufrichtig ergebenster

Th. F.

Am 30. Dezember des Jahres 1879 beging Fontane seinen 60. Geburtstag.

113 An Friedrich Witte

Berlin, den 5. Januar 1880

Mein lieber alter Witte.
Hab herzlichen Dank für Deine freundlichen Zeilen zu meinem Geburtstage, die mir besonders wohlgetan haben. Das Scherflein der Witwe kann ein Bleichrödervermögen aufwiegen und eine Minute des Minutelosen rührt und beglückt mehr, als ein ganzes Jahr, das einem der zeitreiche, gelangweilte Nichtstuer zur Verfügung stellt. Möchten sich Deine Wünsche für mich nur einigermaßen erfüllen, besonders auch nach der finanziellen Seite hin. Du erwähnst auch Hertz'ens. Meine Frau sorgt dafür,

daß er meinen Freunden als kleiner oder großer Knicker erscheinen muß. Sie hat aber einfach Unrecht. Was nicht ausschließt, daß er in einem einzelnen gegebenen Falle 'mal splendider oder entgegenkommender oder minder schmierig handeln könnte. Solche Klagen werden aber gegen jeden Geschäftsmann laut. Wenn sich die Leute mehr um meine Bücher kümmerten, wenn ich statt der ewigen succès d'estime mal einen *wirklichen* Erfolg zu verzeichnen hätte, so bin ich wahrhaftig nicht der Einfaltspinsel, der sich die Butter vom Brote nehmen lassen würde.
Ich habe mir manches in meinem Leben gefallen lassen müssen, aber das darf ich sagen: nie mehr, als ich *mußte*. Das übersieht meine gute Frau immer; auf der einen Seite sieht sie in mir einen vollkommenen Proletarier, der in seinem langen bismarckbraunen Überzieher und neuen Zylinderhut wie in einer Art *Verkleidung* umhergeht, und dann erwartet sie wieder eine Haltung von mir, als wär' ich aus einer unnatürlichen Kreuzung von Cato mit Goethe hervorgegangen. Und doch heißt es: »Meine Herren, es hat zu allen Zeiten Völker gegeben, die an einen Gott glaubten, und es hat zu allen Zeiten Völker gegeben, die an keinen Gott glaubten. Meine Herren, die Wahrheit wird wie immer in der Mitte liegen.« Mit diesem »Abgang« will ich schließen.
Bleibe der alte, bewährte Freund deines alten

Th. Fontane

114 An Gustav Karpeles

Berlin, 14. März 80
Potsd. Str. 134.c

Hochgeehrter Herr und Freund.
Haben Sie besten Dank für Ihre freundlichen Zeilen. Es ist alles unvergessen und Sie haben sogar das Aussuchen. Ich habe im 2. Halbjahr 79 hintereinander weg drei Novellen geschrieben, mit deren Durcharbeitung – was leider immer länger dauert als das Niederschreiben – ich jetzt beschäftigt bin. Eine, ganz moderner Stoff, ist fix und fertig und Lindau will sie bringen; bleiben noch

zwei, zwischen denen ich Sie freundlichst bitte, Ihre Wahl zu treffen. Es sind:

1. *Schach von Wuthenow*. Spielt im Sommer 1806: Zeit des Regiments Gensdarmes. Inhalt: Eitlen, auf die Ehre dieser Welt gestellten Naturen, ist der Spott und das Lachen der Gesellschaft derartig unerträglich, daß sie lieber den Tod wählen, als eine Pflicht erfüllen, die sie selber gut und klug genug sind als Pflicht zu erkennen, aber auch schwach genug sind aus Furcht vor Verspottung nicht erfüllen zu wollen.

2. *Ellernklipp*. Nach Aufzeichnungen eines Harzer Kirchenbuchs. Spielt unmittelbar nach dem 7jährigen Krieg in einem Harzdorf. Eifersucht des Vaters gegen den Sohn. Der Sohn fällt als Opfer, bis zuletzt auch der Alte den Visionen seiner Schuld erliegt. Hauptfigur: ein angenommenes Kind, schön, liebenswürdig, poetisch-apathisch, an dem ich beflissen gewesen bin, die dämonisch-unwiderstehliche Macht des Illegitimen und Languissanten zu zeigen. Sie thut nichts, am wenigsten etwas Böses, und doch verwirrt sie regelrechte Verhältnisse. Sie selbst, ohne den Grundton ihres Wesens zu ändern, verklärt sich und überlebt das Wirrsal, das sie gestiftet.

Bitte, wählen Sie zwischen diesen beiden Novellen und lassen Sie mich freundlichst wissen, wofür Sie sich entscheiden. Ich nehme dann *die* zuerst vor, und Sie haben sie bis Ende Mai.

In vorzüglicher Ergebenheit

Th. Fontane

In der Länge ist kaum ein Unterschied; jede 4 Bogen, die erste vielleicht ein paar Blätter mehr.

Karpeles wählte für seine Zeitschrift »Westermanns Monatshefte« die Erzählung »Ellernklipp«, die jedoch erst ein Jahr später dort erscheinen konnte. Die dritte erwähnte Novelle war »L'Adultera«, für ihren Vorabdruck konnte Fontane die Zeitschrift »Nord und Süd« gewinnen, dort erschien sie im Juni und Juli 1880.

115 An Emilie Fontane

Berlin 26. März 80
Potsd. Str. 134.c

Meine liebe Frau.

Damit Du am Ostertage einen Brief erhälst, schreibe ich heute schon. Viel Stoff habe ich nicht, aber ›ein bischen Werg findet sich ja immer noch.‹

Erst gegen 10 machte ich heute meinen Räuber-Spatziergang. An der Ecke der Bellevue-Straße begegnete mir Pietsch und ich schlenderte 5 Minuten lang mit ihm. ›Wie geht es?‹ ›Gut und schlecht. Ich komme eben von einem Diner bei Loewenfeld und will in eine kleine Soiree; heute früh um 6 bin ich aus Frankfurt a. M. gekommen.‹ ›Was war denn los.‹ ›Mein Sohn liegt im Sterben. Ich fand ihn in einer kl. Hinterstube, ohne Luft und Licht; nur noch Haut und Knochen, blutlos, wenn man ihn mit einer Nadel sticht, kommt Wasser. Ich habe ihn in ein Krankenhaus gebracht; er schrie vor Schmerz; aber nun ist er gut gebettet und hat Luft und wundervolle Pflege. Kostet monatlich alles in allem 100 Thlr; will erschrieben sein; wo soll man es hernehmen? Meine Frau auch auf den Tod; wahnsinniges Bluterbrechen. Man muß gute Nerven haben, nun ich habe sie, und darf sich nicht mit Sentimentalitäten abgeben. Wenn nur das Geld nicht wäre! Oder wenn wenigstens wieder ein Korn'scher Sohn nach Oran ginge! Am 22. März kommt mir seit Jahren immer das Glück; ich habe den ganzen Tag am Fenster gestanden und drauf gewartet. Aber es kam nicht. Guten Abend.‹

Dazwischen ein paar mal das leise Geständniß, ›daß sich ein paar Judenweiber todt nach ihm sehnen.‹ Es giebt doch wundervolle Figuren. Schade, daß er nicht in Paris lebt. Dort wäre eine Art Zola aus ihm geworden.

Heute früh kam Deine Karte; ich freue mich, daß Du die Kur so tapfer mitdurchmachst, es wird Dir gut thun.

Ich lebe still hin; meine krankhafte Aufregung hat sich gegeben, doch ich trau dem Frieden nicht recht. Ich habe so sehr das Ruhebedürfniß, und gerade *das* wird mir versagt; es zehrt immer

'was an mir. Es mag andern nicht besser gehn, oft viel schlechter, aber sie haben mehr zuzusetzen, haben dickere Haut. Dicke Haut ist noch besser als gute Verdauung.
Einige Besucher unterbrechen gelegentlich meine Stille. Zöllner war heute hier; wir kamen überein den Rütli ausfallen zu lassen, da eine große Bachsche Musik in der Garnisonkirche ist. Ich werde mich derweilen mit ›Zieten-Husaren‹ beschäftigen; von einem ächten Preußenstandpunkt aus, ist das wichtiger als Passionsmusik. Der preußische Standpunkt ist einer der dummsten und langweiligsten in der Weltgeschichte. Das Meiste daran wirkt pauvre und prosaisch, und zum Schluß: Dickethun ist mein Reichthum.
Nach Zoellner kam Frau Maruschka Bittner, ich sah sie aber nicht, da Mathilde sagte: ich sei nicht zu Hause. Der armen Frau wird wohl auch das Herz schwer sein; ich glaube, sie hat seit einem Vierteljahr nur ein oder zweimal gespielt. Das ist nicht gut für ihre Künstlerschaft und noch weniger gut für ihren Beutel. Mit dem armen Hellmuth-Bräm, der doch ein wirklicher Künstler ist, steht es nicht besser. In dem ›Bibliothekar‹ giebt er eine kleine Bedientenrolle, blos um doch mal zu spielen. Ueberall Jammer. Ich glaube, Glück existirt nur noch bei Juden und Bourgeois, bei Leuten, die Geld haben und niedrig genug stehn, in einem bloßen sich Zieren-können ihre Befriedigung zu finden.
Am Dinstag oder Mittwoch war ich auch bei Fräulein v. Kahle, um mir die Büste von Eva Dohm anzusehn. George begleitete mich. Er sagte nachher sehr richtig: ›es mag eine gute Büste sein; aber daß es nicht Eva Dohm ist, darauf leb ich und sterb ich.‹ Keine Spur von Aehnlichkeit. Danach ist mir denn doch der Muth vergangen, 20 Sitzungen an mein Thonbild zu setzen. *So* viel liegt mir nicht daran, als ›männliche Portraitbüste‹ mit im Katalog zu stehn.

Sonnabend 27. März

So weit gestern Abend. Der heutige Tag hat nichts gebracht als die beiliegenden Zeilen des *Herrn* Bittner. Die Frau erwarte ich

danach morgen Vormittag. George war gestern hier und auch heute; er lebt nur noch für Zola und geht in seiner Schwärmerei offenbar zu weit. Das Talent ist kolossal und gar nicht zu überschätzen; es ist mir aber ganz unzweifelhaft, daß die *Kunst* andre Aufgaben hat. Es ist ein Unterschied, ob ich die Morgue male, oder Madonnen, auch wenn das Talent dasselbe ist.
Zwei Ausschnitte schließe ich bei. Du brauchst mir nichts davon zurückzuschicken. Martha ist zu Tante Merckel und mit ihr in den Dom. Lebe wohl, empfiehl mich, habe ein leidlich frohes Fest. Wie immer Dein

Th. Fontane

Im Sommer reiste Fontane für zwei Wochen nach Bremen, Norderney und Hannover. Der Wanderungsband »Havelland« erschien in zweiter Auflage. Kurz nach der Rückkehr nach Berlin fuhr er für fast sechs Wochen nach Wernigerode, um dort an verschiedenen Skizzen weiter zu arbeiten.
Im Frühjahr 1878 hatte Martha die Berechtigung zum Unterricht an mittleren und höheren Mädchenschulen erlangt. Erst jetzt, im August 1880 nahm sie ihre erste Tätigkeit als Erzieherin bei den Kindern der Familie von Mandel in der Nähe von Schwiebus auf.

116 An Martha Fontane

Wernigerode 8. Aug. 80
Villa Kagelmann

Meine liebe Mete.
Dein Brief, den ich eben an Mama schicke, hat mich sehr erfreut. Ist es so und bleibt es so, dann ist es ein Ideal und zählt mehr zu dem Beglückenden als zu dem Bedrückenden des Lebens. In einem schönen Sinne dienen, d. h. also Pflichten übernehmen und erfüllen und dabei der Anerkennung aller Nächstbeteiligten sicher sein, ist etwas Hocherfreuliches und diese Freude, denk ich, soll Dir zu Theil werden. Sei nur ja auf Deiner Hut; bald

gewöhnt man sich an das Gute, nimmt es als selbstverständlich hin und hat eine Neigung *das* zu betonen was fehlt. Es gehört zu den ersten Regeln der Lebensklugheit, über dies Fehlende, wenn es nicht schwerer wiegt als das Gute was da ist, hinweg sehn zu lernen.

Ich lebe hier still und einsam und langweilig und glücklich. Es wäre das Glück noch größer, wenn mich nicht der Novellen-Schacher und die kleine, kümmerliche Rolle, die man dabei spielt, beständig ärgerte. Vielleicht aber hab ich Unrecht und vergesse zu sehr, daß ein Leben ohne solche Kriegführung, ohne solchen Kampf widerstreitender Interessen gar nicht möglich ist. Andrerseits ist mir *so* viel gewiß, daß ich durch meine persönliche Haltung einen Anspruch darauf hätte, gleichsam als Ausnahmefall, dieser Häßlichkeiten und Unwürdigkeiten überhoben zu sein.

Unter mir, in der Parterre-Wohnung, wohnt ein Reichsgerichtsrath v. *Graevenitz,* alter liebenswürdiger Herr mit Frau und Tochter, der, zu seinem humoristischen Entsetzen, gestern als Kreisgerichtsrath im Blättchen stand. ›Drei Stufen niedriger‹ rief er seufzend. Seine Tochter ist mit einer Alice v. Mandel befreundet, die, wenn ich recht gehört habe, mit einem Staatsanwalt Braunschweig in Konitz verheirathet ist. Die Welt ist so klein! Höchst wahrscheinlich doch eine nahe Verwandte des Mandelschen Hauses. Ergeh es Dir ferner gut und behalte die rechte Freudigkeit. Wie immer Dein alter

Papa

Anna Witte's Brief war klug, gütig, herzlich, wie alles was von ihr kommt, wenigstens wie alles was *wir* (speziell Du) von ihr erfahren. Aber der Brief ist mir nicht als etwas Besondres aufgefallen. Eine besondre große Liebenswürdigkeit war nur *das,* daß der Brief Dich gleich bei Deiner Ankunft begrüßte.

Th. F.

In Deinem letzten Briefe hat mich sehr Herr v. Mandels Aeußerung interessirt: ›daß der preuß. Staat durch sein alles Wichtignehmen groß geworden sei.‹ Dies unterschrieb ich de tout mon coeur, und der historische Sinn, den ich habe, läßt mich mit Achtung von dieser Seite unsres Staats- und Volkslebens sprechen, so weit all *das der Vergangenheit angehört.* Es war hier, auf dem Terrain zwischen Oder und Elbe wenig oder nichts gegeben und die beiden organisatorischen Genies Fr. W. I. und Fr. II. schufen durch künstliche Werthe wirkliche Werthe, wie finanzielle Genies immer verstanden haben aus Papierwerthen Goldwerthe zu machen. Beide genannte Könige nahmen einen ganz gewöhnlichen oft einen ruppigen Kerl und sagten: Du bist nun Rendant oder Steuer-Inspektor oder Postmeister oder auch Gesandter. Alle vier, in den weitaus meisten Fällen, *blieben* ruppige, rohe, selbstsüchtige Subjekte, der Rang aber der ihnen verliehen worden war, die bevorzugte Stellung deren sie sich erfreuten, die pekuniären Vortheile die ihnen zuflossen, gaben ihnen ein starkes Standes- und zuletzt auch ein persönliches Selbstgefühl, das in der 2. und 3. Generation segensreiche Frucht trug. Es war also inzwischen nicht blos ein Staatswesen, sondern, was ich höher veranschlage, ein Gruppe kluger, rechtschaffener und selbst edeldenkender Familien geboren worden. Alles blos aus dem ›Wichtig-nehmen‹, aus dem unausgesetzt genährten Gefühl heraus, ein K. Postsekretär, ein K. Wegebaumeister, ein K. Kanzleirath etc. seien höchst wichtige Personen.
Aber alles hat seine Zeit. So lang es galt aus einem furchtbaren Rohmaterial erst ein brauchbares Staats- und in weiterer Entwicklung auch ein einigermaßen genießbares Menschenmaterial herzustellen, war dieser Prozeß des ›Wichtignehmens‹ nicht blos selber wichtig sondern auch überaus erfreulich und beinah *schön.* Nun aber sind wir aus dem Gröbsten heraus und es muß nun mit dem Scheinwesen ein Ende haben. Ein Lieutenant darf eben nur ein Lieutenant sein und muß darauf verzichten, selbst wenn er bei Zieten-Husaren steht oder gar wohl einen großen Todtenkopf an der Pelzmütze trägt, ein Halbgott oder überhaupt irgend

was Exceptionelles sein zu wollen. Aber wir arbeiten immer noch mit *falschen Werthen* und stecken immer noch im ›Wichtignehmen‹ drin, wo längst schon nichts mehr wichtig zu nehmen ist. Wir müssen jetzt anfangen mit *wirklichen* Größen zu rechnen und die Dinge zu nehmen als das was sie *sind,* nicht als das was sie *scheinen.* Kraft und Vermögen, sie mögen nach einer Seite hin liegen, wohin sie wollen, sind immer eine *wirkliche* Macht, Titulaturen, Orden und andre Wichtigthuns-Attribute sind aber Alfanzereien, gehören der *Vergangenheit* an und haben mit Freiheit und Gesittung nichts zu schaffen. Wie immer Dein alter

Papa

(Du mußt selber beurtheilen, ob Du Herrn. v. M. dies alles vorlesen darfst oder nicht. Th. F.)

117 An Elise Weber geb. Fontane

Berlin 22. Dezb. 80
Potsd. Str. 134.c

Meine liebe Lise.

Das bevorstehende Fest giebt mir Veranlassung, Dir und den Deinen, nach alter guter Sitte, meine Glückwünsche zu Weihnacht und Neujahr auszusprechen. Ich schließe auch den herkommlichen Zettel bei, mit der Bitte, den einen oder andern Wunsch Deines Hans damit erfüllen zu wollen. Der jüngere gehört wohl noch zu den glücklich Wunschlosen.

Unser Leben hier ist das alte, nur noch stiller als gewöhnlich. Wir haben uns ganz aus der Welt zurückgezogen und sehen nur noch die Kinder, die 4 Mann hoch, Leben genug ins Haus bringen. Mitunter mehr, als uns, in zwei niedrigen Stuben, lieb sein kann. Es versteht sich von selbst, daß trotz dieser Zurückgezogenheit von der Welt, zu der mich Neigung und Verhältnisse gleichmäßig bestimmen, die alte Ur-Legende fortlebt, ich führte eigentlich ein Leben wie in Tausend und einer Nacht, dinirte mit Excellenzen und soupirte mit Künstlern, und wäre

nur nie zu sprechen, wenn jemand von der ›Familie‹ mich sehen wolle.
Das Letztre ist freilich richtig, aber die Gründe sind es dafür desto weniger. Es paßt den Leuten nicht, sich eine Vorstellung von *wirklichen* Verhältnissen zu machen; wer, wie Tante Pine, einen blos Karte-spielenden Bummel-Mann gehabt hat, hat keine Idee davon, daß es ein Ding in der Welt giebt, was arbeiten, Pflicht und Gewissen heißt. Uebrigens hab ich es lange aufgegeben, mich darüber zu ärgern.
Emilie ist immer krank und vor der Zeit alt geworden. Martha'n haben wir schon seit 14 Tagen hier; sie erkrankte und ist jetzt hier bei Koblancks sel. Nachfolger in Behandlung. Es geht wieder besser und sie hofft Anfang Januar ihre Stelle wieder antreten zu können. George kriegt nun schon ganz die Mienen und Allüren eines angehenden Hauptmanns. Alles grüßt bestens und vereinigt seine Wünsche mit den meinigen. Empfiehl mich Weber. Wie immer Dein alter

Th. Fontane

Endlich war es soweit, daß der Vorabdruck von »Ellernklipp« in den Monatsheften von Westermann erscheinen konnte.

118 An Gustav Karpeles

Berlin 3. März 81
Potsd. Str. 134.c

Hochgeehrter Herr Doktor.
Gestern Abend spät hab ich die Correkturbogen nach Braunschweig hin zur Post gegeben, habe auch gleichzeitig um Revision gebeten, eine Bitte, die mir hoffentlich erfüllt werden kann. Ich schreibe heut, um einen Seufzer auszustoßen über die »Verbesserungen«, denen ich ausgesetzt gewesen bin. Ich hoffe, daß wir für die Zukunft, zunächst also für die 2. Hälfte der Novelle, den berühmten modus vivendi finden werden. Ich opfre Ihnen

meine »Punctum's«, aber meine »und's«, wo sie massenhaft auftreten, müssen Sie mir lassen. Ich begreife, daß einem himmelangst dabei werden kann, und doch müssen sie bleiben, nach dem alten Satze: von zwei Uebeln wähle das kleinere.
Warum müssen sie bleiben? Es stört, es verdrießt etc. Und doch! Ich bilde mir nämlich ein, unter uns gesagt, ein Stilist zu sein, nicht einer von den unerträglichen Glattschreibern, die für alles nur *einen* Ton und *eine* Form haben, sondern ein wirklicher. Das heißt also ein Schriftsteller, der den Dingen nicht seinen altüberkommenen Marlitt- oder Gartenlaub-Stil aufzwängt, sondern umgekehrt einer, der immer wechselnd, seinen Stil aus der Sache nimmt, die er behandelt. Und so kommt es denn, daß ich Sätze schreibe, die 14 Zeilen lang sind und dann wieder andre, die noch lange nicht 14 Sylben, oft nur 14 Buchstaben aufweisen. Und so ist es auch mit den »und's«. Wollt' ich alles auf den Und-Stil stellen, so müßt' ich als gemeingefährlich eingesperrt werden, ich schreibe aber Mit-und-Novellen und Ohne-und-Novellen, immer in Anbequemung und Rücksicht auf den Stoff. Je moderner, desto und-loser, je schlichter, je mehr sancta simplicitas, desto mehr »und«. »Und« ist biblisch-patriarchalisch und überall da, wo nach dieser Seite hin liegende Wirkungen erzielt werden sollen, gar nicht zu entbehren. Im Einzelfall (dies gesteh ich gern zu) kann es an der unrechten Stelle stehn, aber dann muß der ganze Satz anders gebildet werden. Durch bloßes Weglassen ist nicht zu helfen. Im Gegentheil. – Ich lebe der Hoffnung, daß Sie diesem allem ein freundliches Gehör schenken.

In vorzüglicher Ergebenheit Th. Fontane

Bei seinen weiteren Arbeiten, die später in dem Nachfolgeband der Wanderungen »Fünf Schlösser« erschienen, war Fontane mit dem Grafen Philipp von Eulenburg bekannt geworden, dessen Vetter Botho im Februar als Minister des Innern wegen einer Meinungsverschiedenheit mit Bismarck zurückgetreten war.

119 An Philipp zu Eulenburg

Potsdam, d. 23. April 1881
Pfarrhaus der Friedenskirche

Hochgeehrter Herr Graf.

Seit achten Tagen bin ich hier im Pfarrhaus der Friedenskirche und verlebe glückliche Tage. Ihren lieben Brief vom 7. nahm ich mit herüber, um ihn gleich zu beantworten. Das Friedenskirchenleben war aber, aller Friedlichkeit unerachtet, wenig still, und so wollte sich die rechte Stunde nicht finden lassen. Aber jetzt *soll* sie da sein.

Ich beklage von Herzen, daß Ihnen die Pariser Tage bisher so wenig Glück bedeutet haben. Aber jeder Köcher schießt sich schließlich leer, und es werden Ihnen wieder friedliche und helle Tage kommen. Auch in Paris noch. Als wir in unsre jetzige Wohnung einzogen, ging uns alles verquer. Einer der Handwerker, der meine Frau darüber in Sorge und fast in Tränen sah, sagte zu unsrem Mädchen: »Jott, *die* Madam kann lachen. Wen't *so* anfängt, wird et immer jut«. Und er hat wenigstens nicht ganz unrecht gehabt.

Ich habe die letzten Wochen sehr unruhig verbracht, fast immer auf Reisen, weil zu Weihnachten ein vierter Band meiner »Wanderungen« erscheinen soll, zu welchem Zweck ich noch allerhand sehen mußte. Ich war in dem fabelhaften Lande »Beeskow-Storkow« und später in Gröben und Siethen, zwei in der Nähe von Trebbin gelegenen Gütern, die – von ihrer entzückenden Lage ganz abgesehn – dadurch ein Interesse haben, daß die ostpreußischen Groebens dort herstammen, denen dadurch drei Jahrhunderte hin die Schlabrendorffs und zuletzt zwei Scharnhorst'sche Damen, Mutter und Tochter, im Besitze folgten.

Gegen Bismarck braut sich allmählich im Volk ein Wetter zusammen. In der Oberschicht der Gesellschaft ist es bekanntlich lange da. Nicht seine Maßregeln sind es, die ihn geradezu ruinieren, sondern seine Verdächtigungen. Er täuscht sich über das Maß seiner Popularität. Sie war einmal kolossal, aber sie ist es

nicht mehr. Es fallen täglich hunderte, mitunter tausende ab. Vor seinem Genie hat jeder nach wie vor einen ungeheuren Respekt, auch seine Feinde, ja, diese mitunter am meisten. Aber die Hochachtung vor seinem Charakter ist in einem starken Niedergehn. Was ihn einst so populär machte, war das in jedem lebende Gefühl: »Ah, ein großer Mann.« Aber von diesem Gefühl ist nicht mehr viel übrig, und die Menschen sagen: »Er ist ein großes Genie, aber ein kleiner Mann.« Dadurch, daß er seine mehr und mehr zutage tretenden kleinlichen Eigenschaften mit einer gewissen Großartigkeit in Szene setzt, werden die kleinlichen Eigenschaften noch lange nicht groß. Wenn ich einen um einen Sechser verklage und nicht eher ruhe, als bis ich ihn im Zuchthause habe, so ist der Apparat zwar sehr groß, aber der Sechser bleibt ein Sechser. In alten englischen Balladen kommt mit Vorliebe die Wendung vor »O, Percy, mir sang ein Vogel ins Ohr usw.« Wenn ich doch der Vogel wäre, der der Lady Percy etwas Warnendes zusingen könnte, damit sie's an die rechte Adresse brächte, was der Vogel gesungen.
Mit der Bitte, mich der Frau Gräfin empfehlen zu wollen, in vorzüglicher Ergebenheit, hochgeehrter Herr Graf

Th. Fontane

Ende Juli suchte Fontane Ausspannung und Erholung in Thale im Hotel Zehnpfund und arbeitete dort am Brouillon einer »politischen Novelle«, die den Titel »Storch von Adebar« führen sollte.

120 An Gustav Karpeles

Thale a. H. 24. Juni 81
Hôtel Zehnpfund

Hochgeehrter Herr und Freund.
Allerschönsten Dank für die Kapitel-Ueberschriften, nicht mindren für die freundliche Schlußwendung Ihres Briefchens. Ich empfing es im Moment meiner Abreise, wie ich vor grad' einem

Jahr Ihren freundl. Besuch im Moment meiner Abreise empfangen durfte, und wünsche lebhaft, daß sich alles Weitre gleich glatt wie damals abwickeln möge. Das vivat sequens hat einen wirklichen Werth für mich, woraus ich Ihnen gar kein Hehl mache. Wenn Westermann manirliche Schriftsteller braucht, so brauchen die manirlichen Schriftsteller noch viel mehr Westermann. Denn während dieser unter einem Dutzend – *mehr* freilich sind in ganz Deutschland nicht heraus zu bringen – das Aussuchen hat, hat das Dutzend Schriftsteller nur unter einem Viertel-Dutzend von Journalen die Wahl: Westermann, Rundschau, Nord und Süd. Alles andre steht auf erheblich niedrigerer Stufe und fällt mehr oder weniger ins Vulgaire. Und wie verhält sich's nun mit der großen Dreiheit? Für Nord und Süd hat Bürger eigens die Zeilen gedichtet »Lenore, ach mit Beben, Ringt zwischen Tod und Leben« und mit meinem Freunde Rodenberg, trotzdem ich ihm – sehr gegen meine Natur und Neigung – geradezu die Cour gemacht habe, weil ich sein Journal für sehr gut und ihn selbst für einen sehr guten Redakteur halte, hab ich nie auf einen grünen Zweig kommen können. Sie ersehen daraus, wie viel *W's* für mich bedeuten; ich halte dabei mit nichts zurück, indem ich der Hoffnung lebe, daß Sie, um solcher Confessions willen, mit keine Daumschrauben ansetzen werden. Und nun zu den »sequens«, womit es übrigens noch gute Wege hat; ich möcht' es nur, in diesem Sommer noch, im Brouillon niederschreiben können. Fertig ist es nicht vor Jahresfrist, weil ich 2 andre Arbeiten, eine für Hallbergers', eine andre für meine gute Vossin, die auch den Novellen-Durst gekriegt hat, vorher beenden muß. Es handelt sich um eine *politische* Novelle, etwas ganz Neues und Eigenartiges, das einigermaßen an den Adelheid v. Mühler-Stoff erinnert, den wir mal durchgesprochen haben; weicht aber auch wieder ab, ist viel reicher in den Figuren und vermeidet die Briefform. Der Titel soll sein: *Storch von Adebar* und die Tendenz geht dahin, den *pietistischen* Conservatismus, den Fr. W. IV. aufbrachte und der sich bis 1866 hielt, in Einzel-Exemplaren (Potsdam) auch *noch* vorhanden ist, in seiner

Unächtheit, Unbrauchbarkeit und Schädlichkeit zu zeichnen. Die Hauptträgerin dieses Conservatismus ist die »Störchin« und ihr eigenlichstes Opfer ihr Gatte, der alte Storch, ein guter, kreuzbraver Kerl, der, in andren Zeiten und unter andrem Einfluß, sich und andren zur Freude gelebt hätte und nun an dem Widerstreit seiner Natur und des ihm Eingeimpften tragikomisch zu Grunde geht. Ich habe all diese Dinge erlebt, diese Figuren gesehn, und freue mich darauf, sie künstlerisch gestalten zu können. Die Gegenfigur zu Storch ist Graf Attinghaus, sein Gutsnachbar und vieljähriger Freund, ein idealisirter Bennigsen. Wie denken Sie darüber? Ich lege Ihnen einen »Theaterzettel« bei, aus dem Sie den Rest errathen mögen. Honorarbedingungen wie bei »Ellernklipp«.
In vorzügl. Ergebenheit

Th. Fontane

Von Thale ging Fontane für den Rest des Sommers nach Wernigerode. Neben der Arbeit an verschiedenen Plänen kam er hier auch zu ausgedehnter Lektüre, vorzüglich Turgenjew, Keller, Raabe und auch Richard Wagner.

121 An Karl Zöllner

Wernigerode 13. Juli 81
Lindenberg-Straße

Mein lieber Chevalier.
Das ganze Haus ist ausgeflogen, um in Knauf's Hôtel – es klingt schon so wernigerodisch-ritterlich – ein Concert zu hören. Nur Mathilde Einzahn und ich sind zurückgeblieben und beschäftigen uns standesgemäß: sie palt Schoten und ich schreibe Briefe. Haus Fontane ist sehr in eurer Schuld, denn ohne richtigen Abschied haben sich *er* und *sie* aus dem Staube gemacht; aber jeder wird mit seinem Maße gemessen und was bei Heydens ein Verbrechen wäre, ist bei Fontanes eine ›lässige Sünde‹. Diese

katholische Wendung verdank ich dem Studium des Pater Gury'schen Erziehungsbuches für junge Jesuiten, das unsern Lazarus vor 12 oder 15 Jahren mit solchem Entsetzen erfüllte. *Ich* las es mit Vergnügen und habe viel daraus gelernt.
Nicht ganz das Gleich kann ich von den 4 Richard Wagnerschen Textbüchern sagen, die ich im Waldkater am Fuße des Hexentanzplatzes durchgelesen habe. Diese Lokalitäten paßten trefflich zu der Lektüre, denn es ist *sehr* viel vom Kater und *sehr* viel von der Hexe drin. Ich glaube zu wissen, daß Dich die ganze Frage interessirt, deshalb schreib ich Dir darüber. Voraus schick ich das: es ist eine wirkliche Arbeit, ernst gemeint, kein Schwindel und im Einzelnen poetisch und fast erhaben. Dennoch bin ich der Sache nicht froh geworden, im Ganzen gewiß nicht, aber auch im Einzelnen kaum, weil die schöne Wirkung der einen Seite durch die häßliche Wirkung der nächsten immer wieder aufgehoben wurde.
Was er gewollt hat, ist über die Banalität eines gewöhnlichen Operntextes hoch erhaben, überall erkennt man den Mann von Geist und poetischer Mit- oder Anempfindung, überall möcht er philosophisch das Welträthsel lösen oder doch das Wort sprechen, das uns dieser Lösung näher führt und überall zeigt sich ein ordnender Geist, dem die Kunst der Composition kein leerer Wahn ist. Er behält immer sein Ziel im Auge und stellt es durch überaus geschickte Recapitulationen, in denen er geradezu excellirt, auch seinem Leser oder Hörer immer wieder vor die Seele. Dazu behandelt er Vers und Sprache, wenigstens gelegentlich, mit wirklicher Meisterschaft und erzielt mitunter große Detail-Wirkungen durch Impromptus und eine glänzende Behandlung der Antithese.
Und doch!
Ueber die furchtbare Menge der Quasseleien, Albernheiten, Unverständlichkeiten und Geschmacksverirrungen geh ich hin, ebenso über den totalen Mangel an Witz und Humor, trotzdem sich dieser letztre Mangel dadurch so fühlbar macht, daß W. beständig Anläufe nimmt, witzig und humoristisch sein zu wol-

len. Ich geh über all dies hin, einerseits weil es durch gelungene Details einigermaßen balancirt wird, andrerseits weil ich deutlich fühle, daß es mir hinschwinden oder ganz bedeutungslos erscheinen würde, wenn ihm zweierlei geglückt wäre, einmal *während* des Lesens mich in die Aether-Sphäre der Kunst zu erheben und zweitens *nach* dem Lesen mir das Gefühl zu hinterlassen: die gestellte große Aufgabe wurde gelöst, das vorgesteckte und wie ich zugestehe auch im Auge behaltene Ziel wurde *erreicht*.

Aber beides ist ihm in einem eminenten Grade *nicht* geglückt. Von ›Aether‹ ist keine Rede, überall zappeln die niedrigsten Triebe, die commissesten Gemeinheiten, wie sie nur ›Götter‹ leisten können, um mich herum, allerniedrigste Triebe, die *da*durch so widerwärtig wirken, daß man Richard Wagner immer persönlich mitzappeln sieht. Der Sanspareil in dieser Genossenschaft ist immer *er*, und so wird das objektiv schon Häßliche durch das subjektive Mitengagirtsein des Dichters noch viel viel häßlicher.

Und nun das große Ziel, das Welten Räthsel und das erlösende Wort, worauf läuft es hinaus? auf Richard Lucae's so gern citirtes Wort: ›Vater, koof mir' nen Appel.‹ Ja, leider noch nicht mal auf *diesen* Satz, der wenigstens an schöner Klarheit nichts zu wünschen übrig läßt. Bei Wagner liegt es aber so, daß man nicht recht weiß, ob er nicht statt des ›Appels‹ doch eigentlich einen sauren Hering meint. Es ist, aller glanzenden Recapitulationen unerachtet, doch in einer totalen *Confusion* stecken geblieben, deshalb stecken geblieben, weil er sich eine Aufgabe stellte, die entweder überhaupt nicht zu lösen war, oder für die wenigstens *seine* Kräfte, so respektabel sie an und für sich waren, nicht ausreichten.

Und welches war nun diese Aufgabe? Die Verschmelzung zweier Sagen oder Fundamentalsätze, von denen jeder einzelne gerade Schwierigkeiten genug bot. *Erster Fundamentalsatz:* An der Gier, an dem rücksichtslosen Verlangen, hängt die Sünde, das Leid, der Tod. Wer den Goldring der Nibelungen hat, hat ihn immer nur zu Unheil und Verderben. *Zweiter Fundamentalsatz.* Die Götter sind gebunden und regieren nur durch Vertrag. Auch dem Himmel kann gekündigt werden. Wächst der Mensch, so sinken die Götter; der eigentliche Weltenherrscher ist der freie Geist und die Liebe.

Ich habe gegen beide Sätze nichts einzuwenden, aber wenn man sie des Schwulstes und der Dunkelheit entkleidet, worin sie sich bei Wagner geben, so bleiben zwei ganz gewöhnliche Sätze übrig. Satz 1 ist die alte Eva-Geschichte, sündiges Verlangen und die bekannten Consequenzen. Satz 2 hat durch Feuerbach einen viel prägnanteren und viel geistreicheren Ausdruck empfangen: ›Ob Gott die Menschen schuf, ist fraglich, daß sich die Menschen ihren Gott schaffen, ist gewiß.‹

So denn noch einmal, die beiden Sätze, mit denen Wagner operirt, sind zwar keineswegs neu* aber doch durchaus acceptabel. Unacceptabel wurden sie erst durch ihre Verschmelzung. Hätt es Wagnern beliebt, seine vier Operntexte auf den einen oder andern dieser beiden Sätze zu stellen, besonders auf den erstren, der mir der geeignetere scheint, so, glaub ich, wäre er bei seinem großen Talent der Mann gewesen, die Sache siegreich durchzuführen; an der gleichzeitig und nebeneinanderher zu lösenden *Doppel-Aufgabe* aber ist er gescheitert und hat seinem Leser als letztes Angebinde nichts weiter hinterlassen, als Kopfweh und Vewirrung und Unbefriedigtsein.

Ich bin der Mann der langen Briefe, dieser aber ist doch einer der längsten geworden. Heine sagt zu dem älteren Dumas: ›lieber Dumas, Sie haben gut schreiben, aber wer soll es lesen?‹ Auch *das* also ist schon dagewesen. Empfiehl mich meiner lieben und hochverehrten Freundin und schreibe mir mal zehn Zeilen in

* auf dies Neu-sein oder Nicht-neu-sein leg' ich an und für sich gar kein Gewicht, ja alles Neu-sein-wollen erregt zunächst nur meinen Verdacht. Wenn ich hier nichts desto weniger auf Frage ›neu oder nicht‹ Gewicht zu legen scheine, so geschieht dies nur, weil die Wagner-Apostel, nicht müde werden von ›neuem Evangelium‹, ›neuer Weltanschauung‹, ›neuem Lebensinhalt‹ etc. zu faseln.

dem berühmtem Lapidarstil, zu dessen ausgesprochenen Bewunderern immer gehört hat und noch gehört,
Dein alter

Noel und Markgraf

Im November erschien »Ellernklipp« als Buch bei Wilhelm Hertz

122 *An Wilhelm Hertz*

Berlin 27. Novb. 81
Potsd. Str. 134.c

Sehr geehrter Herr Hertz.
Empfangen Sie meinen besten Dank für die verschiedenen Gutthaten, die mir Ihre letzten freundlichen Zeilen vermeldeten. Was König und Engel angeht, so bitt ich »Ellernklipp« fortzulassen und die von mir gemachte Blaustiftnotiz zu durchstreichen oder eine Zubemerkung zu machen.
Durch ein »Zuviel« derart entwerthet man nur Arbeit und Gabe. Dr. E. hat außerdem schon (im Sommer) ein Westermann-Exemplar von mir bekommen, so daß ihm sein muß, als soll' er allerpersönlichst von »Ellernklipp« herabgestürzt werden.

In vorzüglicher
Ergebenheit
Th. Fontane

Mit diesen Zeilen zugleich geb ich ein Exemplar an Prinz Friedrich Karl zur Post, bei dem ich am Donnerstag (in Dreilinden) zu Tische war. Sehr gnädig, sehr liebenswürdig. Vielleicht daß ich in Hesekiels seit 7 Jahren erledigte Hof-Toast-Stelle einrücke.

Ihr Th. F.

Noch im Jahr 1881 hatte Fontane in Salo Schottländer einen Verleger für »L'Adultera« gefunden, da erste Verhandlungen mit Hertz und auch mit Wilhelm Friedrich nicht zum Abschluß gekommen waren. Als Auflage wurden 1200 Exemplare festgelegt, das Honorar betrug 1000 Mark, und bereits im März 1882 lag »L'Adultera« als Buch vor. Ende Januar bot er der Zeitschrift »Nord und Süd« den Vorabdruck der Novelle »Schach von Wuthenow« an.

123 An Julius Grosser

Berlin 31. Januar 82
Potsd. Str. 134.c

Hochgeehrter Herr.
Besten Dank für Ihre freundlichen Zeilen. Es war ein Fehler meinerseits, Ihnen den Blechen-Aufsatz für Nord und Süd anzubieten; er ist specifisch berlinisch, schildert Berliner Figuren der 30er und 40er Jahre und gehört durchaus in die Vossische.
Mit dem Storch steht es schlecht. Die wilden Gänse sollen zwar schon über unsre Stadt hingeflogen sein und möglich, daß auch die Störche bald folgen, nur nicht meiner. In Substanz ist er da, aber die Substanz ruht noch im Ei, und wird noch lange ruhn. Ich habe sechs oder sieben Novellen im Brouillon fertig und muß nun erst an das Glatt- und Saubermachen dieser im Kasten liegenden Dinge gehn, bevor ich mich Neuem zuwende. Darf ich Ihnen eine dieser Novellen proponiren? Sie heißt *»Schach von Wuthenow«*, spielt in der Zeit von 1805 auf 6 und schildert den *schönsten* Offizier der damaligen Berliner Garnison, der, in einem Anfall von Uebermuth und Laune, die liebenswürdigste, aber häßlichste junge Dame der damaligen Hofgesellschaft becourt. *So,* daß der Skandal offenbar wird. Alles tritt auf die Seite der Dame, so daß sich v. Schach anscheinend freudig zur Hochzeit entschließt, nachdem er vorher durch allerlei Kämpfe gegangen. Die Kameradschaft vom Regiment Gensdarmes aber lacht und zeichnet Carrikaturen, und *weil er dies Lachen nicht ertragen kann,* erschießt er sich unmittelbar nach dem Hochzeitsmahl, an dem

er in heiterer Ruhe theilgenommen. Alles ein Produkt der Zeit, ihrer Anschauungen, Eitelkeiten und Vorurtheile. Uebrigens alles Thatsache.

In vorzüglicher Ergebenheit
Th. F.

124 An Martha Fontane

Berlin 23. Febr. 82
Potsd. Str. 134.c

Meine liebe Mete.
Habe Dank für Deine heutigen Zeilen. Es hat mir ganz fern gelegen, mit meinem Briefe Sätze ewiger Weisheit aufstellen zu wollen; ich gab starke Sentiments, die, nach meiner eignen Stellung dazu, ganz, halb oder auch nur ein Viertel richtig sein können. Es genügt mir völlig *das* Maaß von Zugeständniß, das Du heute machst. Unzweifelhaft bist Du krank, in Folge der schweren Oktober-Attacke vielleicht immer noch recht ernstlich krank, aber all dies – und mehr sollte mein Brief nicht sagen – ist ein acuter Zustand, der kam und wieder gehen wird, während das, was ich zu schildern versuchte, Deine Natur, also ein Bleibendes ist. Und auch *das* möcht' ich noch hinzusetzen dürfen, daß die Heilung eines acut aufgetretenen Leidens rascher und vollständiger erfolgen würde, wenn die Gesammt-Organisation, die ich nach wie vor nicht als eine besonders schlimme ansehen kann, die Vortheile seelischer *Ruhe* genösse, statt durch unruhige Vorstellungen beständig ins Vibrieren gebracht zu werden. Und hieran knüpfe ich dann noch eine letzte Versicherung. Es ist weder Mamas noch meine Art, Geheimnisse ergründen zu wollen, aber *so* viel liegt auch ohne Horchen und Forschen für uns klar zu Tage, daß Du berechtigt bist, einen ›Schritt‹ von jener Seite zu gewärtigen. Unterbleibt er doch, so betrübt uns das um Deinet- aber nicht um unsretwillen, und unter allen Umständen ist es ganz unmöglich, *Dir* daraus einen Vorwurf zu machen. Du kannst Dich über *diesen* Punkt absolut beruhigen. Für mich bürg

ich, aber auch für Mama; jedenfalls würd ich einen Heidenspektakel machen, wenn man Dir aus einem Unglück auch noch einen Verbrecher-Strick drehen wollte. Wie immer Dein alter

Papa

125 An Bernhard von Lepel

Berlin. 1. April 1882
Potsd. Str. 134.c

Mein lieber alter Lepel.

Eine bessere Nachricht hat mir die alte Kreuz-Ztng. seit lange nicht gebracht: »v. Lepel, Major.« Ich habe mich *sehr* darüber gefreut, auch alles was im Rütli zugegen war, freilich ein kleines Häuflein. Immer mehr schließ' ich mich Frau v. Wangenheims Ansicht an, es gäbe in Berlin zweierlei Gutes: die Feuerwehr und die Droschkenkutscher. Wenigstens *der* war der rechte Mann, der Dich schon vor 10 Jahren in den Stabsoffizierrang hob, und wenn er damals schon kühn und seines Mannes kundig, von »Oberst« sprach, so soll das ein Prophetenwort gewesen sein. Dem *Fürsten* Piccolomini!

Empiehl mich angelegentlichst, wie immer Dein

alter
Noel

Seit geraumer Zeit bestand zwischen Martha und dem der Familie gut bekannten Assessor Rudolf Schreiner eine Verbindung, von der Martha sich eine Verlobung erhoffte.

126 An Anna Witte (Entwurf)

Ende Mai 1882

Hochverehrte Frau, teuerste Freundin. Meine letzte literarische Tat hier sollen diese Zeilen an Sie, hochverehrte Freundin sein, in denen ich Ihnen, eine von unserm kleinen Standpunkt aus

angesehen, allerwichtigste Frage vorlegen und Ihr Urteil, Ihren Rat erbitten möchte.
Natürlich handelt es sich um Martha, und beinah ebenso natürlich um den nebelhaft und unfaßbar am Horizont ziehenden Bräutigam in spe oder noch nicht in spe: Rudolf Schreiner.
Sie begreifen, daß uns diese Frage seit lange beschäftigt, und seit dem unglücklichen Examen-Ausgange geradezu Sorge macht. Was wir in Bezug auf das Examen, so oder so, und als eine natürliche Konsequenz desselben erwarteten, war das folgende: 3 oder 8 Tage nach glücklich bestandenem Examen wird er kommen und um Martha anhalten; mißglückt aber sein Examen, so wird er freilich nicht um sie anhalten, wird aber irgendwelche Schritte tun, um sich »im Stillen« ihrer zu versichern. Daß das erstere nicht geschehen ist, weil es nicht geschehen *konnte,* wissen wir. Aber wie steht es nun mit dem zweiten? Hat ein solches sich »im Stillen« ihrer zu versichern stattgefunden, jetzt oder vielleicht auch früher schon? Darauf kommt es uns an! Dies möchten wir gern erfahren. Hat es stattgefunden, aber auch *wirklich,* und zwar in klaren, baren Worten, d. h. also stattgefunden über den berühmten Händedruck, Korridorkuß und Fußspitzengruß *hinaus* (die samt und sonders in meinen Augen gar nichts bedeuten), so haben wir Eltern in dieser Sache weiter nichts zu sagen. Denn wir haben durchaus nichts gegen stille Verlobungen, auch nichts gegen jahrelanges Warten. Wir selber haben jahrelang gewartet.
Also noch einmal, haben irgendwelche Zusicherungen, aber auch wirklich *Sicherungen* im Stillen stattgefunden, so betrachten wir alles als abgemacht und erledigt und haben nicht nötig irgend was noch in dieser Sache zu sagen oder zu tun. Aber, ich frage nochmals, haben solche stillen Zusicherungen stattgefunden. Ich glaube, nein. Und mit Rücksicht darauf ist bis auf weiteres unsere Meinung die folgende:
Hat sich R. S. *nicht* erklärt, weder jetzt noch früher, hat er sich weder jetzt noch früher Martha's versichert, und zwar in nicht zu mißverstehender Weise versichert, so find' ich die ganze Sache,

das Mindeste zu sagen, nachgerade höchst sonderbar; es liegt dann ein Maß von Indifferenz und »Seelenruhe«, von Nicht-Achtung oder wenigstens Nicht-Rücksicht, oder andererseits, wenn durchweg auf die Korrektheit und Biedermannschaft hin angesehen und ausgespielt werden soll, ein Maß von Ehrpußlichkeit, Ledernheit und Philisterei vor, wovon ich mir – es liege nun so oder so – kein Heil versprechen kann. Mit solchem amphibiolen Abwartemann sich durch's Leben zu schleppen, der immer nur zu Bier geht, und seine Kinder um Gottes willen und weil's doch mal hergebracht ist im halben Dussel zeugt, ist auch kein Vergnügen.

Wir sind also, wenn seitens R. S.'s nichts geschehen sein sollte, was als stilles, aber bindendes Verlöbnis angesehen werden kann, der Meinung, daß Martha, sobald sie nach Berlin zurückkehrt (und wenn es nur auf 3 Tage wäre) der Familie sans gêne die Pistole auf die Brust setzte und in vollkommen berechtigtem Tone fragen muß: »Kinder, was denkt Ihr Euch denn eigentlich?« oder aber wenn sie diese Frage zu thun *nicht* gewillt ist, einfach einen geordneten Rückzug anzutreten. Sie ist dies nicht bloß ihrem Glück, sondern auch ihrer Ehre schuldig. Länger zu warten, immer weiter und weiter, ohne Recht und Pflicht dazu, ist lächerlich, verächtlich.

Wir sind, wie Sie zweifellos aus diesen Zeilen herauslesen werden, einigermaßen gereizt. Aber ich glaube diese Gereiztheit ist unser gutes Recht. Liegt es so, wie's wahrscheinlich *nicht* liegt, so werde ich meinerseits nicht anstehn, hinterher gern zu revozieren; liegt es aber, wie ich fürchte, daß es liegt, so kann ich nur aufs Bestimmteste wiederholen, daß ich für solche Duscheschaft und Pappstoffelei gar keine parlamentarischen Ausdrücke habe. Ich halte (ganz im Gegensatz zu meinem Renomee) furchtbar viel von der Ehe und bin *sehr* fürs Heiraten. Es ist das Natürliche. Aber ich bin nicht *so* dafür, daß unter allen Umständen geheiratet werden muß. Bierfässer gehören in den Keller, aber nicht in die Brautstube.

Ihnen wird Martha längst reinen Wein eingeschenkt haben und

wenn nicht, so wird sie's, denk ich, in dieser Veranlassung tun. Bitte, lassen Sie, hochverehrteste Frau, uns wissen, wie's steht, wie sich Martha (es liege nun wie's wolle) auch ferner dazu stellen gedenkt. Denn schließlich bleibt als Paragraph 1 immer das bestehen: »es ist *ihre* Sache«. Liegt ihr daran, ihre Jugend aufs Dustre und Ungewisse hin zu »verwarten«, so mag sie's tun. Ihr Glück und ihr Unglück ist aber *ihr's*. Uns liegt ob, ihr zu raten, *sie* aber mag sich entscheiden.

[Ihr Theodor Fontane]

Am 18. Juni hatte Paul Schlenther in der ›Tribüne‹ L'Adultera besprochen: »... Er (Fontane) ist Realist im besten Sinne. Wenn Schiller sagt, daß man durch das Morgentor des Schönen in das Land der Erkenntnis dringe, so hält es ein realistischer Dichter, wie Fontane, umgekehrt. Durch die Erkenntnis der Wirklichkeit sucht er sich den Weg zum Schönen, d. h. zur schönen Wirkung dieser noch so rauhen und harten Wirklichkeit ...«
Fontane erhielt diese Besprechung in seiner Sommerfrische in Thale.

127 An Otto Brahm

23. Juni 82

Hochgeehrter Herr Doktor.
Heute früh erst ist mir das durch Ihre Güte für mich bestimmte Zeitungsblatt zugegangen. Sind Sie selbst P. Schlenther (von dem ich schon früher Einiges in der »Tribüne« gelesen habe) oder aber ist er ein selbständiges Ich, das leibhaftig als ein allerwirklichster Paul Schlenther neben Ihnen wandelt – gleichviel, ich bin, so oder so, dem Träger dieses Namens *sehr* zu Danke verpflichtet. Das nenn ich kritisiren! Es wird mir nichts geschenkt, oder wenigstens nicht viel, und die schwachen, angreifbaren und namentlich auch die sehr in *Frage* zu stellenden Seiten meiner Arbeit werden herausgekehrt. Aber nebenher läuft doch zweierlei: das Anerkenntniß, daß man es mit einem

ordentlichen und anständigen Menschen, und zweitens das Anerkenntniß, daß man es mit einem sein Metier ernsthaft übenden, anständigen Künstler zu thun hat. Den Künstler nehm ich noch mehr für mich in Anspruch als den Dichter. Also nochmals besten und aufrichtigsten Dank. Ich bin nun seit beinah vierzig Jahren Schriftsteller, aber unter den mehr als tausend Kritiken, die sich mit mir beschäftigt haben, sind keine zehn, vielleicht keine sechs, die dieser gleichkommen, und ist nicht eine, die dieser den Rang abläuft. Was über Ruben oder Rubehn gesagt ist [in dem Roman »L'Adultera«], was ferner über meine Manier, alles sprungweis zu behandeln, und die Stationen, wo Seidel getrunken wurden, sozusagen durch Schnellfahren wieder einzubringen – alles ist richtig, alles unterschreib ich. Ganz vorzüglich ist auch der Schluß, wenn auch vielleicht nicht in der Motivirung. Der Grund der Anfechtung liegt genau da, wo für andre (z. B. mal im »Magazin«) der Grund einer besondern Anerkennung gelegen hat. Wenige haben den Muth und die Kraft, sich, behufs Zeugnißablegung, die Dinge des Lebens so anzusehn, wie sie liegen; die Mehrheit kann aus dem Conventionalismus nicht heraus und hält an elenden, längst Lüge gewordenen Phrasen fest. Die Minorität anderseits gefällt sich darin, zu *sehr* damit zu brechen, zu gründlich damit aufzuräumen und dadurch ich will nicht sagen das Recht ihrer Tendenz und der Äußerung derselben, aber doch die Fähigkeit das einfach Thatsächliche zu sehen und zu schildern, einzubüßen. In vorzüglicher Ergebenheit

Th. Fontane

Anschließend an die Tage im Harz fuhr er nach Norderney, Emden und Oldenburg

129 An Emilie Fontane

Norderney 17. Aug. 82
Marienstraße 3

Meine liebe Frau.
Das ist nun der letzte Brief von hier aus. Für Deinen Brief vom 14. hab' ich mich gestern in einer Karte bedankt; was Du darin Eingangs sagst ›daß ich bei *Nicht*-Stoff in der Regel besser schriebe als bei viel Stoff‹ ist gewiß richtig, in dem bestimmten Fall aber (denn der Stoff hier ist so ziemlich immer derselbe) scheint mir die Bemerkung doch durch nicht allzu gute Laune diktirt zu sein. Aber vielleicht irr' ich auch; ich schreibe so viel, daß ich hinterher nie mehr weiß was in diesem oder jenem Briefe gestanden hat.

Im Ganzen muß ich mit meinen 3 Wochen hier sehr zufrieden sein; es ist mir nichts eigentlich Unangenehmes passirt und selbst die Sturmtage waren schön. Ja ich komme jetzt dahinter, daß das Meer *nur* an seinen Sturmtagen entzückend ist; so wie Ruhe eintritt, ist es eigentlich langweilig. Die Buchhändlerbekanntschaften, die ich hier gemacht habe, bedeuten nicht viel, sind mir aber doch eher angenehm als nicht, und die schweren Correkturtage, so sehr sie mich zeitweilig (namentlich bei meinem schlechten Befinden) gedrückt und geängstigt haben, waren doch auch wieder ein Segen. Denn man kann nicht von 7 Uhr früh bis 11 Uhr Abends auf einer Bank sitzen, Reseda riechen, und ›Heil Dir im Siegerkranz‹ zum hundertsten Male blasen hören. Also nochmals, es war sehr hübsch, und was die Hauptsache ist, die wundervolle, sauerstoffreiche Luft wird meinem Blut und meinen Nerven auch gut gethan haben. Berliner Canalluft ist nicht meine Sache. Fatal waren die Juden; ihre frechen, unschönen Gaunergesichter (denn in Gaunerei liegt ihre ganze Größe) drängen sich einem überall auf. Wer in Rawicz oder Meseritz ein Jahr lang Menschen betrogen oder wenn *nicht* betrogen, eklige Geschäfte besorgt hat, hat keinen Anspruch darauf, sich in Norderney unter Prinzessinnen und Comtessen mit herumzuzieren. Wer zur guten Gesellschaft gehört, Jude oder Christ, darf

sich auch in der guten Gesellschaft bewegen; wer aber 11 Monate lang Katun abmißt oder Kampfer in alte Pelze packt, hat kein Recht im 12. Monat sich an einen Grafentisch zu setzen.
Meinen ›Prolog‹ leg' ich Dir in Berlin vor; ich habe nicht Zeit ihn hier abzuschreiben; keinenfalls hat er mich hier als höheren Dichter beglaubigt, ein Nicht-Erfolg, der ein ganzes Dutzend Gründe hat. Sie herzählen, ist ganz unmöglich; zwei will ich aber nennen: die ganze Gesellschaft hier ist in *zwei* Lager getheilt, und gerade um *das* Lager, für das ich meinen Prolog schrieb, hab ich mich nicht gekümmert, nicht einmal dem Herrn v. Vincke (Bade-Direktor) meinen Besuch gemacht. Auch sind verhältnißmäßig sehr wenige Berliner hier, lauter Hannoveraner, Bremer, Hamburger, Westphalen und Braunschweiger. Die Berliner gehen in der Masse lieber in die Ostseebäder (die auch viel viel *hübscher* sind; darüber kann kein Zweifel sein) oder nach Ostende und Scheveningen. Im Ganzen aber scheint es mir, als zöge der Berliner das Binnenland überhaupt vor, und begnüge sich, was Ocean angeht, mit Schwimmbassin und Badeschrank.
Morgen schick ich auch 3 bis 4 Druck-Bogen Manuskript an Eupel; es macht mir noch wieder ziemlich viel Arbeit, aber ich werde nicht ärgerlich dabei, weil ich einsehe: es muß sein. Ich sehe klar ein, daß ich eigentlich erst bei dem 70er Kriegsbuche und dann bei dem Schreiben meines Romans ein *Schriftsteller* geworden bin d. h. ein Mann, der sein Metier als eine *Kunst* betreibt, als eine Kunst deren *Anforderungen* er kennt. Dies letztre ist das Entscheidende. Goethe hat einmal gesagt: ›die Produktion eines anständigen Dichters und Schriftstellers entspricht allemal dem Maaß seiner *Erkenntniß*.‹ Furchtbar richtig. Man kann auch ohne Kritik mal was Gutes schreiben, ja vielleicht etwa *so* Gutes, wie man später *mit* Kritik nie wieder zu Stande bringt. Das alles soll nicht bestritten werden. Aber das sind dann die ›Geschenke der Götter‹, die, weil es Göttergeschenke sind, sehr selten sind, einmal im Jahre, und das Jahr hat 365 Tage. Für die verbleibenden 364 entscheidet die Kritik, das Maaß der Erkenntniß. In *poetischen* Dingen hab ich die Erkenntniß 30

Jahre früher gehabt als wie in der Prosa; daher les ich meine Gedichte mit Vergnügen oder doch ohne Verlegenheit, während meine Prosa aus derselben Zeit mich beständig genirt und erröthen macht.
Morgen und Übermorgen schicke ich Dir noch eine Karte. Bitte gieb am *Sonnabend* einen Brief zur Post unter folgender Adresse:
An das Bible-Hôtel
(Herrn Th. Fontane aus Berlin bei seinem Eintreffen einzuhändigen)
Amsterdam.
Und nun lebe mir wohl, und freue Dich der Ostsee so, wie ich mich der Nordsee gefreut habe.
Tausend Grüße den verehrten Witteschen Damen, Mutter und Tochter, auch an die in Nischnli und Schwiggerow verweilenden Gatten. Einen Kuß meiner Mete und dem tapfren Schweppermann zwei von Deinem alten

Th. F.

Für den Sommer übernahm die Vossische Zeitung den Abdruck von »Schach von Wuthenow«, und ab 29. Juli erschienen zwanzig Fortsetzungen bis zum 20. August. Im Anschluß daran fand Fontane bei Wilhelm Friedrich den Verlag, der die Buchausgabe des »Schach« übernahm und sie bis Ende November fertigstellte.

129 An Martha Fontane

Berlin 24. Aug. 82
Potsd. Str. 134.c

Meine liebe Mete.
Habe Dank für Deinen lieben Brief und die freundlich eingehende Beschäftigung mit dem armen Schach. Wenn Du fürchtest, das Aussprechen von Bedenken könnte mich verstimmen, so ist das eine Sorge, die mich in Verlegenheit bringt und beinah traurig macht, um so mehr als George seinen letzten Brief an

mich mit einer ähnlichen Betrachtung resp. Entschuldigung schloß. Wenn ich *so* reizbar, *so* kindisch-eitel wäre, so thät' ich am besten, ich ginge in die Ecke und schösse mich todt. *So* eitel und empfindsam bin ich aber nie gewesen, bin ich jetzt nicht, und werd' ich nie werden. Ja, ich darf es geradezu aussprechen, daß ich einen klugen, wohl motivirten und vor allem *liebevollen* Tadel, einen Tadel der das Talent und die Schreibeberechtigung in jedem Wort anerkennt, und *nun* erst zu Aeußerung seiner Bedenken übergeht, daß ich solchen Tadel lieber habe als ein uneingeschränktes Lob, gegen das ich immer mißtrauisch bin. Gegen die moderne Dumme-Jungens-Kritik, wo Laffen oder aber, wenn talentvoll, höchst fragwürdige Gestalten mir beibringen wollen, was Anstand, Moral und gute Sitte ist, gegen *solche* Kritik bin ich freilich empfindlich, aber nicht ihres Tadels, sondern ihrer Unart und Unverschämtheit halber. Macht man mir aber eine aufrichtige Verbeugung, nimmt man den Hut ab, und begrüßt mich herzlich oder wenigstens mit Manier, so kann man mir hinterher *alles* sagen. Und wenn ich dies Recht schon Fremden zugestehe, so meiner Frau und meinen Kindern erst recht. Wenn hiervon vielleicht ein paar Ausnahmen existiren, so muß man sich diese erst ansehn; Verschrobenheiten, auch wenn sie wohlmeinend sind, machen mich nervös und ungeduldig. Das hat aber mit Empfindelei *gar* nichts zu thun.

Der Punkt, den Du berührst, ist sehr wichtig. Wir sprechen das später mal durch. Es hängt alles mit der Frage zusammen: ›wie soll man die Menschen sprechen lassen?‹ Ich bilde mir ein, daß nach dieser Seite hin eine meiner Forcen liegt, und daß ich auch die Besten (unter den *Lebenden* die Besten) auf diesem Gebiet übertreffe. Meine ganze Aufmerksamkeit ist darauf gerichtet, die Menschen so sprechen zu lassen, wie sie *wirklich* sprechen. Das Geistreiche (was ein bischen arrogant klingt) geht mir am leichtesten aus der Feder, ich bin – auch darin meine französische Abstammung verrathend – im Sprechen wie im Schreiben, ein Causeur, aber weil ich vor allem ein Künstler bin, weiß ich genau, wo die geistreiche Causerie hingehört und wo *nicht*. In

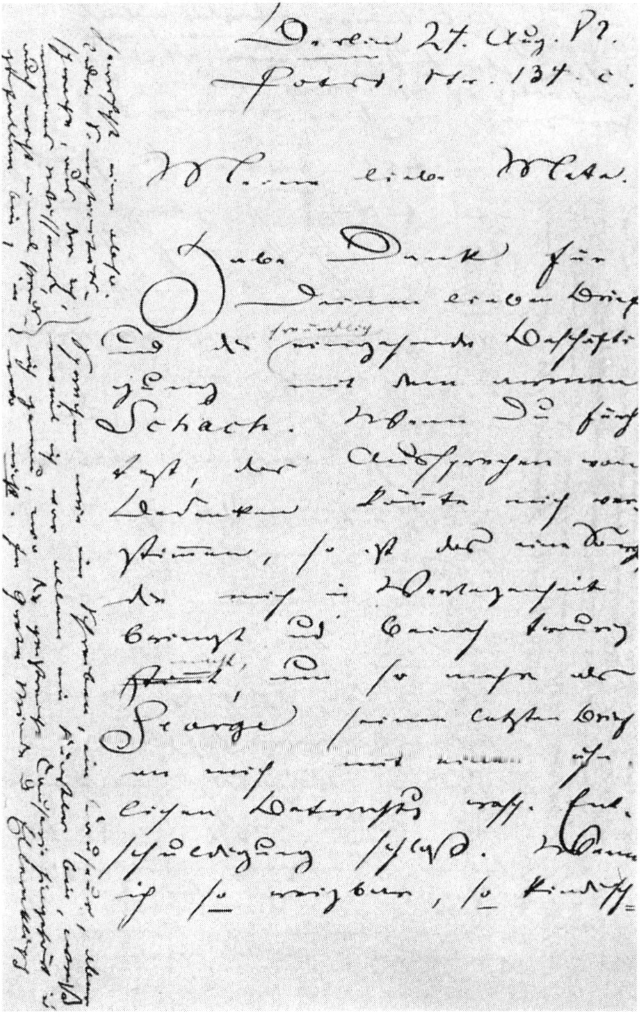

Abb. 17: An Martha Fontane vom 24. August 1882

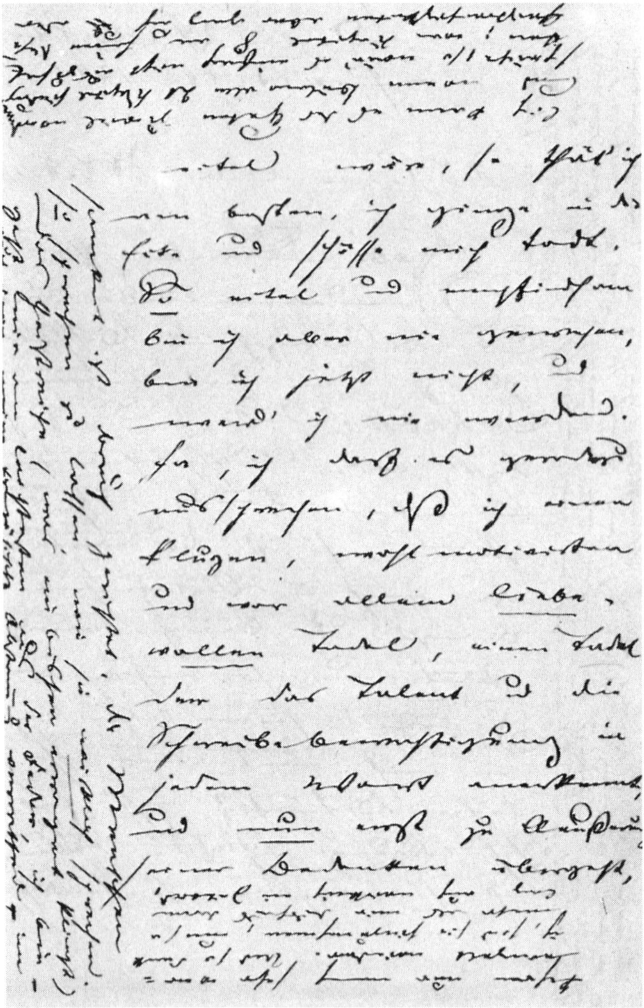

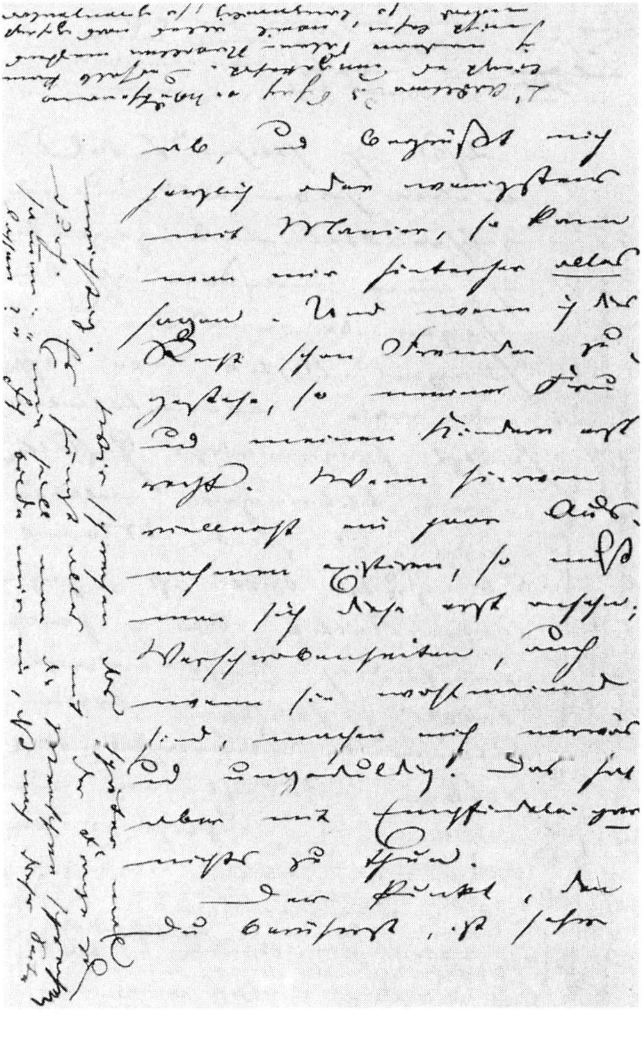

nis, Du begrüßt mich
herzlich oder wenigstens
mit Wärme, so kann
man mir hinterher alles
sagen. Und wenn ich die
Kunst schon Fremden zu
gestehe, so meinem Freund
und meinen Kindern erst
recht. Wenn hierin
Verwandtes mit jener Ande-
ren, unseren Tätern, so möchte
man sich diese erst ansehen;
Wahrscheinlichkeiten, auch
wenn sie vollkommen
sind, machen mich traurig
und ungeduldig. Das hat
aber mit Empfindlichkeit gar
nichts zu thun.
Der Punkt, den
Du berührst, ist sehr

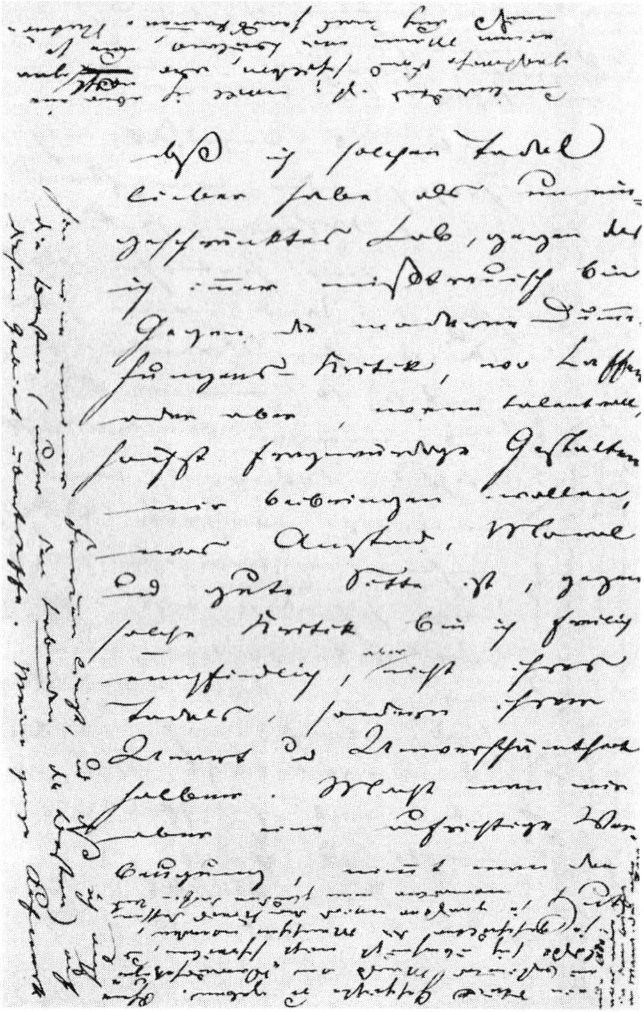

als ich solchen Tadel lieber habe als das ungeschminkteste Lob, gegen das ich immer mißtrauisch bin. Gegen die moderne Dämmerungs-Kritik, wo Laffen oder aber, wenn talentvolle, sonst freigewordene Gestalten mir beibringen wollen, was Anstand, Moral und gute Sitte ist, gegen solche Kritik bin ich freilich empfindlich, aber nicht ihres Tadels, sondern ihres Unwerts und Unmenschlichkeit halber. Welch ein uns lieber war ein aufrichtiger Verbeugung, weil man den

Grete Minde und Ellernklipp herrscht eine absolute Simplicitätssprache, aus der ich, meines Wissens, auch nicht einmal herausgefallen bin, in L'Adultera und Schach v. Wuthenow liegt es umgekehrt. Deshalb kann ich moderne Salon-Novellen meistens nicht lesen, weil alles was gesagt wird, so langweilig, so grenzenlos unbedeutend ist; will ich aber eine geistreiche Frau schildern, oder wohl gar einen Mann wie Bülow, nun so muß auch 'was herauskommen. Natürlich kann es des Guten zuviel werden und wenn Bülow alle 21 Kapitel hindurch spräche, so wär' es einfach nicht auszuhalten; von Kapitel 8 an hören diese Geistreichigkeiten aber ganz auf oder kehren nur noch sehr vereinzelt wieder. Und so denk ich, sind sie hinzunehmen, um so mehr als mir durchaus daran lag auch wirklich ein Zeitbild, ein Stück Geschichte zu geben. Ohne ein bestimmtes Maaß von ›Voraussetzungen‹ läßt sich überhaupt nicht schreiben, und je geschulter die Menschen werden, je größer wird der Kreis dessen, worüber man plaudern darf. – Und nun Ade; alles andre in dem Briefe an Mama. Dein alter

Papa

Im Sommer bat ihn sein Vetter Karl, der erst kürzlich Chefredakteur der Posener Zeitung geworden war, um Mitarbeit.

130 An Karl Fontane

Berlin, 21. November 1882

Mein lieber Vetter.
Meine Bedenken, die ich diesen Sommer gegen August äußerte, waren doch nicht so stark, wie sie Dir hinterher vielleicht vorgestellt worden sind; jedenfalls ließ ich sie, bei längerem Nachsinnen über die Frage, bald fallen und *vollständigst,* als ich einige Zeit darauf von dem verhältnißmäßig hohen Gehalte hörte (man nannte mir 3000 Taler) das Dir bewilligt worden ist. In der Summe selbst steckt nicht *das,* was mich bekehrte, sondern in

dem was ich sofort *dahinter* erblickte. Ich sagte mir ganz einfach: ein Mann, den man mit einem so vorzüglichen Gehalt an die Spitze eines so guten Blattes beruft, muß notwendig durch seinen Charakter und seine Talente beste Garantieen geboten haben, und wer Charakter und Talente genug hat, um so hoch eingeschätzt zu werden, der *darf* sich auf seine eignen zwei Beine stellen und hat's nicht länger nötig, sich in der bescheidnen und bevormundeten Stellung eines Regierungssekretärs weiter zu quälen. Und so darf ich denn sagen, ich bin nachträglich mit allem einverstanden.
Und nun die Mitarbeiterschafts-Frage! Viel wird nicht möglich sein. Am besten ist, ich erzähle Dir, wie die Partie in diesem Augenblicke steht. Daraus ersiehst Du zugleich, wie sie *überhaupt* steht, denn Änderungen werden sich in meinem Leben nicht mehr vollziehn. Ich arbeite vom 1. Januar 83 ab an einer für Hallberger bestimmten, im ersten Entwurf bereits fertigen, längeren Novelle und nebenher laufend an einer Scherenberg-Biographie. Bin ich mit diesen beiden Arbeiten bis zum 1. Oktober fertig, so kann ich noch von Glück sagen. Ich setze mich dann aufs Neue hin, schreibe, während des Schluß-Vierteljahrs vom 1. Oktober bis 31. Dezember, eine neue Novelle im Brouillon fertig, und beginne danach vom 1. Januar 84 ab genau dasselbe Leben. Ein Vierteljahr gehört immer dem ersten Niederschreiben einer langen Novelle, bez. eines langen Aufsatzes und die verbleibenden dreiviertel Jahre brauch ich, um das in dem voraufgegangenen Vierteljahr Entworfene fertig zu machen. Du willst gütigst zweierlei hieraus ersehn: 1. wie *wenig* Arbeiten ich alljährlich vollende, und 2. wie grausam lang diese wenigen Arbeiten sind. Es sind immer Bücher. So was Langes zu bringen, damit kann aber weder Dir noch Deinen Lesern gedient sein. So weit die Regel. Ein Zufall fügt es, daß in diesem Augenblick eine Ausnahme vorliegt. Ich habe so nebenher durch den ganzen Sommer hin den Stoff für einen Dreilinden-Aufsatz (Dreilinden, Jagdhaus des Prinzen Friedrich Karl) eingesammelt und will diesen Stoff nun endlich bearbeiten; in der

Woche vom 24. bis 31. Dezember soll er in der Vossischen erscheinen, und bin ich, falls Du mich dazu autorisierst, gern bereit bei Stephany anzufragen, ob die Posener-Zeitung a tempo (oder vielleicht 24 Stunden später) die betr. Kapitel zu publizieren berechtigt sein soll. Einen Vorteil für mich kann ich aus dieser Manipulation *leider* nicht herausschlagen, ich würde vielmehr umgekehrt die Pflicht haben, Stephany die Summe zu nennen, die die Pos. Ztg. daran wenden will, und würde daran zugleich die Bitte knüpfen müssen, mir seitens der *Vossin* von dem abgemachten Honorar gerade so viel abzuziehn, wie mir durch die Posener bewilligt wird. Es ist dies nicht etwa eine Großmutskomödie, die sich, der reichen Vossin gegenüber, für einen armen Teufel wie mich, wenig ziemen würde, sondern ist einfach durch besondere Verhältnisse geboten. Man hat mir nämlich für die Spalte von 120 Zeilen 50 Mark bewilligt, aber allerdings mit dem Bemerken »daß man dadurch für Aufsätze (im Gegensatz zu »Novellen«) keinen Präzedenzfall schaffen wolle«. Mit andren Worten, man hat doch einen kleinen Schreck gekriegt. Wollt' ich nun schließlich noch bitten, dem ohnehin schon hohen Honorar, auch noch ein *zweites* kleines Honorar von der Posener hinzufügen zu dürfen, so würde man mich mindestens für *sehr* happig oder vielleicht auch für etwas noch Schlimmeres halten, weshalb es unerläßlich ist, den vorerwähnten partiellen Verzicht gleich mit anmelden zu dürfen. Was den Aufsatz selbst angeht, so brauch ich, einem Eingeweihten wie Dir gegenüber, wohl kaum hervorzuheben, daß ihm ein nicht gewöhnliches *stoffliches* Interesse zur Seite steht. Ein im Walde gelegenes halb »verwunschenes« Haus und ein Prinz darin mit seiner Tafelrunde bei Lichterglanz und Fanfaren. Alles wie aus dem Märchen, alles Geheimniß. Empfiehl mich Deiner verehrten Frau. Wie immer Dein alter Vetter

Th. Fontane

131 An Mathilde von Rohr

Berlin 3. Januar 83
Potsd. Str. 134.c

Mein gnädigstes Fräulein.

Die Festtage liegen zurück, das Rehziemer ist verzehrt und die Marzipankiste für die Zeiten eines beßren Magens bei Seite gestellt, – da geziemt sich's nun Briefe zu schreiben und Dank auszusprechen, zuvörderst an Sie, mein hochverehrtes gnädigstes Fräulein, denn ich bin mit allem Möglichen tief in Ihrer Schuld.

Ein längerer Brief von Ihnen, den ich schon etwa Mitte Dezember erhielt, hat mich sehr beglückt. Sie sprachen sich darin über meinen Schach aus und in einer Weise, die weit über meine Erwartungen hinausging. Alles Lob thut wohl; an *Ihrer* Zustimmung aber mußte mir in diesem Falle ganz besonders gelegen sein, schuld' ich Ihnen doch den ganzen Stoff; ohne *Ihre* Erzählung existirte auch die meinige nicht.

Mit dem Beifall, den Schach im Publikum und in der Presse gefunden hat, kann ich zufrieden sein, *eine* der Kritiken (im ›Magazin f. d. Literatur des In- und Auslandes‹) geb' ich gleichzeitig mit diesen Zeilen zur Post. Fast noch wichtiger ist mir *das,* daß mir Landgerichts-Direktor Lessing, der reiche Besitzer der Voss.Ztng., einen liebenswürdigen Brief geschrieben, mir seinen Dank ausgesprochen und für nächsten Sommer, 83, etwas ähnlich Novellistisches von mir eingefordert hat, aber über dies schließlich doch immer nur bescheidene Maaß von Glück und Anerkennung werd' ich schwerlich hinauskommen. Ein *wirklicher* Erfolg war mir nie beschieden und wird mir auch nicht mehr beschieden werden. Ich muß mich einrichten mit Lebenslotterie-Gewinnen von 50 Thalern. Je länger ich das Leben beobachte, je deutlicher seh' ich, daß dem Einzelnen mit einer eisernen Consequenz des Schicksals das Eine gegeben, das Andre versagt wird; der eine spekuliert immer glücklich, der andre immer unglücklich; der eine liebt immer glücklich, der andre immer unglücklich; der eine reist dreimal um die Welt ohne

Unfall, der andre trifft es bei jeder Ausfahrt so, daß ein Rad bricht oder ein Pferd durchgeht oder doch wenigstens daß es mit Mollen gießt. Und nach diesem Unwandelbarkeits-Gesetz ist auch über mein Bücher-Glück und Unglück ein für allemal entschieden: ich werde immer einen mäßigen Anstands-Erfolg erzielen; aber nie mehr. Auch bei Schach wird sich dies wieder zeigen; die 2. Auflage war schnell da, aber darüber hinaus wird es wohl nicht kommen. Der Buchhändler und das Publikum wenden sich schnell andern Göttern zu. Alles lebt nur auf 8 Tage.

Die Festtage, trotzdem uns nichts eigentlich quälte und drückte, waren nicht recht froh. Meine Frau schob es darauf, daß ich *alle die Festtage durch* bis zum 31., wo ich dann um 7 Uhr ins Theater (Sylvester-Vorstellung) stürzte, angestrengt arbeiten mußte; aber das ist Täuschung. Der eigentliche Grund, der keine rechte Lustigkeit aufkommen läßt, ist der, daß in unsren sämmtlichen Herzen keine Lustigkeit existirt; alles ist unter dem Druck von irgend etwas Lästigem, Unangenehmen; die Kinder – mit alleiniger Ausnahme von Friedel, der einen gütigen, theilnahmevollen, liebenswürdigen Charakter hat – sind, im letzten Winkel ihres Herzens, alle über ›die kleinen Lebensverhältnisse‹ verstimmt; alle drei sagen sich beständig ›Gott, es ist doch aber auch ein Pech, daß ***wir*** gerade so arme Eltern haben müssen‹; sie übersehen das tausendfältig Gute, das sie haben, und kommen zu keiner ächten und tiefen Anerkennung meiner Bestrebungen, weil ihnen die relative Resultatlosigkeit dieser Bestrebungen unangenehm ist. Meine Frau ist darin viel verständiger und viel liebenswürdiger geartet (überhaupt die Beste von der ganzen Gesellschaft, mich mit eingerechnet) und leidet nur ihrerseits wiederum unter ihrer großen körperlichen Gebrechlichkeit. Ich, trotz aller Arbeit (oder vielleicht *durch* die Arbeit) bin der einzig oft wirklich Heitre, und würde dieser Heiterkeit auch Ausdruck geben, wenn mich nicht die tief-innerlichste *Nicht*-Heiterkeit der Kinder um diese meine Heiterkeit brächte. Das Maaß von Verkehrtheit und Undankbarkeit, das darin liegt, aergert mich.

Keins der Kinder hat je scharf zugefaßt und gesagt: ›so soll es sein; *das* übernehm' ich, *das* ist nun *meine* Sache‹ – alle leben ganz ausschließlich nach ihrem Penchant. Dieser Penchant ist nicht schlecht, sie verlangen keine Dummheiten, sie sind nicht faul – aber jeder folgt nur seiner Laune, seiner Natur, keiner hat eine höhere Vorstellung von *Pflicht*. Sie thuen dies und das, auch Gutes und Verständiges, aber so wie es anfängt, ihnen im Kleinsten unbequem zu werden, ist es damit vorbei. Vielleicht war ich ebenso, vielleicht sind die meisten Menschen so; aber jedenfalls giebt es auch andre, die voll *Kraft und Muth* nicht blos der eignen Neigung, sondern auch einer wirklich schönen, über das *Ich* hinausgehenden Aufgabe leben. Die Beobachtung dieser Dinge rund um mich her, ist mir mitunter schmerzlich, und kann einem das ganze Menschenthum, man selbst mit eingerechnet, verleiden.

Die Arbeit, die mich während der Feiertage und auch schon die Wochen vorher beschäftigte, hieß ›Dreilinden‹, das vielgenannte Wald- und Jagdhaus des Prinzen Friedrich Karl. Ich bin neugierig, wie der Prinz die Arbeit aufnehmen wird; er reiste gerade ab, als das 1. Kapitel erschien.
In den nächsten Tagen fang' ich nun an meine Novelle ›Graf Petöfy‹ (für ›Ueber Land und Meer‹ bestimmt) zu corrigiren; es wird wohl – selbst wenn ich leidlich gesund bleibe – bis in den Mai hinein dauern. Ende Mai geh ich dann wieder in den Harz, wohin ich mich immer wieder sehne.
Meine Frau und Martha empfehlen sich Ihnen angelegentlichst.
In Dankbarkeit und herzlicher Ergebenheit, mein gnädigstes Fräulein, Ihr

Th. Fontane

Anfang April brachte die Vossische Zeitung in ihrer Sonntagsbeilage eine längere Besprechung eines Essays von Otto Brahm über Gottfried Keller.

132 An Otto Brahm

Berlin, 11. April 1883

Sehr geehrter Herr Doktor.

Habe sehr bedauert, gestern um das Vergnügen Ihres Besuches gekommen zu sein; ich hätte sehr gern ein paar Worte über meine Monstre-Kritik, über den »Essay über Ihren Essay« gesagt, woraus Sie schließen werden, daß ich ein Stück schlechtes Gewissen habe. Wirklich ist es so. Was ich über Kellers Märchenton gesagt habe, der »göttlich-schön« aber gelegentlich auch *sehr* vom Übel ist, *das* kann ich vor Gott und Menschen verantworten, und täuscht mich nicht alles, so sind wir *darin* im Wesentlichen auch einig. Ich habe eigens noch mal die »sieben Legenden« durchgelesen und kann nur wiederholentlich sagen, so bedeutsam und selbst so liebenswürdig sein großes erzählerisches Talent hier auftritt, so ist das Ganze doch »doll«. Eben kellersch schiefgewickelt.

Aber nun *Brahm* und seine kritische Methode! There's the rub! Ich kann freilich nicht zurücknehmen, daß der Modus, nach dem die junge spintisierende Schule verfährt, mir angreifbar erscheint, aber ich habe ein starkes Gefühl davon, daß ich bei diesem Angriff nicht besonders glücklich gewesen bin. Ich habe zwei Punkte besonders betont, erstens daß man von den Dingen, um die sichs handelt, nicht genug erfährt und zweitens daß Sie das Gebe-, Nehme- und Wiedergebe-Prinzip haben. Zu diesen Ausstellungen war ich, von meinem Standpunkt aus, berechtigt, aber was ich, behufs Beweisführung, an *Beispielen* herangeschleppt habe, läßt viel zu wünschen übrig. Dies wollt ich Ihnen gern offen bekannt haben. »Romeo und Julia auf dem Dorfe« bedarf keiner Erklärung oder Inhalts-Auftischung, weil alles was zu wissen not tut, eigentlich schon im Titel steckt, und die hinsichtlich des »Grünen Heinrich« aus Ihrem Essay zitierte Stelle deckt nur ganz notdürftig (man könnte auch sagen kaum) das Bedürfnis. Jedenfalls hat sie durchaus nichts Frappantes. Ich beklage diese Mängel, und bitte Sie schließlich nur davon ausgehn zu wollen, daß sie nicht aus Lust an Bemängelei, sondern aus Angegriffenheit und starker Nervenpleite hervorgegangen sind. Ich arbeitete, als ich vor etwa 6 Wochen den ersten Entwurf der Kritik schnell niederschrieb, nur mit halber Dampfkraft und hatte namentlich eine Scheu vor »Belege-suchen« was mich immer furchtbar angreift, weil man, und wenn man einen ganzen Bogen voll exzerpiert hat, schließlich nie ganz damit zufrieden ist. Aber freilich, es ist ein Unterschied zwischen »nie ganz zufrieden« und »unzufrieden«.

In aufrichtiger Ergebenheit
Ihr
Th. Fontane

133 An Martha Fontane

Berlin 5. Mai 83
Potsd. Str. 134.c

Meine liebe Mete.
Während ich diese Zeilen schreibe, dampfst Du wohl nach Schwiggerow zurück, das Du nun in halbem Pfingst- und Taufschmuck vorfinden wirst. Es geht mit diesem Frühjahr wie mit dem Leben überhaupt: man hat sich in allerlei Verzweiflungen hineingesprochen und wenn man schließlich zusieht, sieht es nicht schlechter aus als sonst. Die letzten Rechnungen ähneln sich überall sehr. Wir dachten hier schon an Vereisung event. an Untergang durch Sturm (*wer* sich dieser Anschauung zuneigte, braucht nicht erst versichert zu werden) und jetzt, wo Gott den Schaden besieht, grünen die Bellevue-Straßen-Kastanien um kein Haar schlechter als im vorigen Jahr und sitzen die Paare und Pärchen bei Josty gerade so glücklich und gelangweilt wie früher. Die meisten sehen aus, als trügen sie zu enges Schuhzeug und warteten auf den Moment, wo sie daheim und in bloßen Strümpfen das Glück des Tages vergessen können. Mitunter drängt sich mir die Frage auf, ob Gott wirklich die Menschen quält und ob sie's nicht blos selber sind, die sich das Leben so schwer machen.
Gestern waren wir bei Lessings zu einem wundervollen Diner,

trotzdem es nur Familien-Diner war, lauter Lessing's und deren unmittelbarer Anhang, so beispielsweise zwei große schöne Söhne des verstorb. Akademie-Direktors Lessing (des berühmten) in Karlsruhe, so wie das Gude'sche Ehepaar, dessen älteste Tochter auch einen Lessing, den Bildhauer, geheirathet hat. Nach Tisch hatte ich ein langes Gespräch mit beiden Gude's und war in der angenehmen Lage mit meiner neu eingeheimsten Kenntniß norwegischer Literatur, namentlich mit Elster und Alex. Kjelland (der fast wie Kelland ausgesprochen wird, das j hört man kaum) paradiren zu können. Daß ein Gespräch einem den Gefallen thut, gerade *die* Punkte zu berühren, über die man sich kurz vorher informirt hat, ist sehr selten; von Paul Heyse pflegte Fr. Eggers zu sagen: ›mit zu seinen größten Talenten gehört *das,* daß er das Gespräch vorzuschreiben und dann regelmäßig mit *dem* zu brilliren weiß, was er an demselben Vormittag gelesen hat.‹ Frau Gude – *keine* geborene Gräfin Wachtmeister wie ich früher glaubte, sondern eine Baronesse Anker – sagte mir viel Verbindliches über L'Adultera, was mir aufs Neue bestätigte, daß die Geschichte für natürliche und anständige Menschen keine Spur von Bedenklichem enthält; sie nehmen es einfach als *das,* als was ich es gegeben habe: ein Stück Leben, ohne jede Neben-Absicht oder Tendenz. Wär' ich nur 10 Jahre jünger, so wäre ich auch sicher, daß ich damit durchdringen und in *so* weit sogar besser als Turgenjew und Zola (wenn auch selbstverständlich mit geringerem äußerem Erfolge) reussiren würde, als meine Schreibweise von zwei Dingen völlig frei ist: von Uebertreibungen überhaupt und vor allem von Uebertreibungen nach der Seite des Häßlichen ist. Ich bin kein Pessimist, gehe dem Traurigen nicht nach, befleißige mich vielmehr alles in jenen Verhältnissen und Prozentsätzen zu belassen, die das Leben selbst seinen Erscheinungen giebt. – Mit meiner Gesundheit geht es nicht gut; ich kann mich nicht erholen, alles, es sei körperlich oder geistig, wird mir sauer. Sehr wahrscheinlich geh ich schon nach 8 Tagen in den Harz, um endlich wieder arbeitsfähig zu werden, denn in 4½ Monaten keinen Strich, ist etwas zu

wenig für einen Hausvorstand und Familienvater. – Frl. v. Rohr war neulich einen Abend bei uns, sehr freundlich und sehr müde; müde Menschen müssen zu Bett gehn; dies ist eine der Ungeheuerlichkeiten, ja Rohheiten unsres gesellschaftlichen Lebens, daß man, wenn man nicht mehr Zipp sagen kann oder Zahnweh oder einen Strom- oder Trompetenschnupfen oder eine furchtbare Migräne hat, immer noch grade gut genug ist, um in Gesellschaft zu gehn. Das ganze, dem Schönheitlichen und Aesthetischen entfremdete Wesen des Germanen spricht sich darin aus; zugleich der krasse Selbstsüchtling. Selbstsüchtigsein ist nicht blos verwerflich, es ist auch häßlich und die wahre Schönheit, die wohlthut und erquickt, ist immer nur bei der Güte, die wenn nicht das Ich zu vergessen, so doch wenigstens das andre Ich zu *sehn* und zu respektiren weiß.
Habt alle ein schönes Tauffest; empfiehl mich der jungen Mutter und allen Wittes und Mengels von diesseits und jenseits der Oder. Wie immer Dein alter

Papa

Den Juni verbrachte er in Thale und konnte dort endlich wieder etwas arbeiten, hauptsächlich an »Graf Petöfy«. Und an einer geplanten Biographie über den vor zwei Jahren verstorbenen Christian Friedrich Scherenberg, den Fontane vom Tunnel her kannte.
Schon im Mai hatte Heyse bei ihm nachgefragt, welche seiner Novellen in einem von Heyse herausgegebenen »Deutschen Novellenschatz« aufgenommen werden sollte.

134 An Paul Heyse

Thale a. H., 11. Juni 1883
Hubertusbad

Lieber Paul.
Habe Dank für Deine freundlichen Zeilen vom 7., die ersten, die ich hier empfing.

Noch in den letzten Tagen in Berlin erhielt ich wiederholentlich von »Ludchen« die Zusage, »sie werde das H.-Smidt-Material beschaffen», ich kenne sie aber zu gut, um das Geringste davon zu erwarten. Sie kann nie »nein« sagen und das »Ja« hinterher nie leisten, ist überhaupt eine Huschel-Lise, die das Erfinden mehr im Leben als in der Kunst übt. Charakteristisch für sie ist ein Gespräch, das sie vor Jahresfrist mit meinem ältesten Sohne, dem bekannten »Glücklich, Papa«, über G. Keller führte.
George: Keller ist doch mit der Beste.
Ludchen: Nu ja. Wenigstens *eine* Novelle hat er geschrieben, die sich sehen lassen kann.
George: Welche?
Ludchen: »Die Leute von Seldwyla«.
In dieser Geschichte leibt und lebt sie, tapfer drauflos, nur keine Antwort schuldig bleiben, der andre wird es wohl auch nicht wissen.
Ich denke mir übrigens, daß Du mit Hülfe von Öttingers »Moniteur des Dates« und einem Buchhändlerkatalog, der Smidts Sachen namhaft macht, leicht eine biogr. Skizze zusammenstellen kannst. Er war Seemann (ich glaube, in Altona geboren), kam Ende der 20er Jahre nach Berlin, denn er erlebte noch die letzten Tage von Ludw. Devrient, schrieb Novellen u. Gedichte für Berliner Blätter, namentlich wohl für den »Gesellschafter«, trat in den Tunnel und war 30 Jahre lang Mitglied, nachdem er 1850 oder 52 Erster Bibliothekar im Kriegsministerium geworden war, Scherenberg gleich darauf Zweiter. Diese gemeinschaftliche Bibliothekarschaft, in deren Schrecknisse mich Scherenberg damals einweihte, ist das Niedrigste, ja ich muß den Berolinismus gebrauchen, das Ruppigste, was ich in meinem langen Leben von Schriftstellertum und Spezialkollegenschaft kennengelernt habe. Scherenberg, der viel aushalten konnte, hielt es doch nur ein Jahr aus. In einer Scherenberg-Biographie werd ich nächsten Winter die Details erzählen. Übrigens glaub ich, daß es 2 Personen gibt, mit deren Hülfe Du sofort ein curriculum vitae, wie's die preuß. Behörden ja immer fordern,

erhalten könntest: General Baeyer und der bayr. Militärbevollmächtigte. Der eine oder andre brauchte nur zu schreiben, so würde man in den Kriegsministerial-Akten nachschlagen und den Lebenslauf wahrscheinlich finden.
Und nun noch »welche Novelle«? Ich denke mir »Grete Minde«, doch ist mir auch jede andre Wahl recht. Daß das eigne Dispositionsrecht, für Fälle, die doch wenigstens mal kommen könnten, nicht tangiert wird, nehm ich an. Meine so sehr kl. Erfolge sind Ursach, daß ich von all solchen Dingen nichts weiß; in Kursfragen sind nur *die* bewandert, die Wertpapiere haben. Was soll mir dergleichen?
In der letzten Nummer des »Magazines« war eine Besprechung Deines »Buches der Freundschaft« von Hans Wachenhusen. Ich hatte dabei so ziemlich denselben Eindruck wie bei der Besprechung der »Gegenwart«. Unsrer modernen Kritik ist ganz das Unterscheidungsvermögen für die verschiednen *Stände* verlorengegangen. E‹galité, fraternité! »Frère cochon«, pflegte [?] Fournier, der berühmte Ohrfeigen-Fournier, zu sagen. Ob *Du* schreibst oder Hans Wachenhusen oder Mützelburg oder der sel. Goedsche (Sir John Retcliffe), macht gar keinen Unterschied. Jedem wird ungefähr dasselbe Maß von Lob und Tadel zugemessen. Die Verrohung macht Riesenfortschritte. Dieser traurige Zustand ist natürlich durch vieles bedingt, am meisten aber vielleicht *da*durch, daß sich die sogenannten Gebildeten und am meisten die staatlich Offiziösen aller Arten und Grade grundsätzlich von diesen Dingen fernhalten und dadurch selber in einen so niedrigen Zustand hineingeraten sind, daß mir das Urteil einer kleinen niedlichen Nähmamsell immer noch lieber ist als das eines Geheimrats oder Unterstaatssekretärs. All diese quatschen nur noch und geben ihren Hochmuts-Unsinn für höhere Weisheit aus. In der Regel schließen sie dann mit einem Alltagszitat aus Horaz oder Dante, um zu zeigen, *wie* hoch drüber sie stehn. In alter Freundschaft Dein

Th. Fontane

Das Lektürepensum in Thale wurde hauptsächlich mit Romanen von Emile Zola bestritten. »Ich habe jetzt den ersten Band Zola durch, Hundert Tollheiten, Unsinnigkeiten, Widersprüche hab' ich notiert, dabei ist das Ganze seinem Geist und Wesen nach tief anfechtbar (nicht vom Moral-Standpunkt aus) und doch bin ich voll Anerkennung und vielfach auch voll Bewunderung.«

135 An Theodor Fontane

Thale a. H., d. 21. Juni 1883

Mein lieber, alter Theo.

Habe Dank für Deinen langen und liebenswürdigen Brief, der vorgestern hier eintraf und noch am selben Tage die halbe rückläufige Bewegung nach Berlin hin machte. Wie sich von selbst versteht, wird Dir Mama die gewünschte kleine Summe schicken; wir wissen ja, daß Du nicht »zu den jungen Leuten aus der Potsdamer Aristokratie gehörst«, deren einer, wie ich eben im Bösen-Courier gelesen habe, 400 000 Mk. an einem Abend an Herrn »Kaufmann Reuter« verspielt hat. Und doch könnte man sich beinah' wünschen, solchen Sohn zu haben; denn über welch' Portemonnaie muß der Vater verfügen, dessen Sohn 400 000 Mark an einem Abend verspielen kann!

Einige Punkte in Deinem Briefe haben mich ganz besonders amüsiert, »der vorzeitige Storch« und daß »ihr an Stelle Friedrichs des Großen die Kunersdorfer Schlacht gewonnen hättet«. In diesem scherzhaft zugespitzten Satze liegt viel Wahrheit; denn eigentlich ist das der Standpunkt, den jeder Nachgeborene, der Klügste und der Dümmste, mit rührender Naivität einnimmt. Warum machte Luther die Reformation? Warum wurden der 30jährige Krieg nicht vermieden? Warum führte Schiller-Goethe die deutsche Literatur auf Abwege? Wir wissen jetzt ganz genau, daß man das alles viel klüger hätte anfangen müssen. Aber nach 50 Jahren! Dann werden wir angeschrieben. Du wirst vielleicht noch lesen, daß Bismarck ein Cretin gewesen sei.

Daß Du auch an Deinem neuen Wohnorte wieder »Liebling« bist, habe ich gern vernommen. Es muß Dir also durchaus 'wo sitzen (auch der Brauereibesitzer und Reserve-Hauptmann oder Premierleutnant *Goldschmidt* schwärmte mir neulich zum zweiten Male etwas von Dir vor), und Du magst Dich nachgerade überzeugt halten, daß Mama und ich uns dieser Deiner Triumphe mitfreuen, wenn Du auch nicht so nach unserm Geschmack bist, daß wir uns in diesem hochgradigen Enthusiasmus andrer zurechtfinden oder ihn übertrumpfen können. Vielleicht liegt es darin, daß wir uns beide (Mama und ich) einen Idealjüngling zurechtmachen, der (darin ist Mama besonders groß) alle Tugenden in sich vereinigt, anstatt den Maßstab aus der Welt der Wirklichkeiten zu nehmen. Übrigens entscheidet auch auf diesem Gebiete der Erfolg, und bringst Du »als Krönung des Gebäudes [«] auch noch eine reizende Schwiegertochter ins Haus, so garantier' ich Dir Mamas völlige Unterwerfung. Und ich humple dann nach.
Ergeh' es Dir gut, mein alter Kerl, und sei der Abschluß in Frankfurt so gut wie der Anfang. Wie immer Dein alter

Papa

Im Juli und August war Fontane wieder in Norddeutschland, in Hannover, Emden und Norderney. Dort konnte er Mitte August »Graf Petöfy« beenden.

136 An Emilie Fontane

Norderney 30. Aug. 83
Marienstraße 3

Liebe Frau.
Habe Dank für Deinen und Metens Brief, die heute früh hier eintrafen. Wir haben beide ziemlich schwere Wochen hinter uns: *Du* Langeweile mit Unbehagen, *ich* Einsamkeit mit Ueberarbeit. Und doch war es gut so, der große Kampf mußte *dort* ausge-

kämpft und die große Novelle mußte *hier* zu Ende gebracht werden.
Diese letztre ist nun *wirklich* zu Ende, ja, nach der gründlichsten Correktur (Du wirst Dich wundern, wie Dein schönes Manuskript aussieht) hab' ich diese 35 endgültig durchcorrigirten Kapitel in drei Tagen auch *noch* mal durchgelesen, wobei sich natürlich immer noch wieder kleine, mitunter auch große Fehler vorfanden, so daß diese letzte General-Durchsicht, die Parade vor dem Höchst-Commandirnden, nicht vergeblich war. Ich habe nur noch fünf oder 6 Wort- oder Namens-Correkturen zu machen z. B. also wie heißt in Körners Zriny die jugendliche Heldin? wer war 1874 erste Liebhaberin am Théatre français? (ich habe geschrieben Rose Cheri, aber die war es 1840, ist also jetzt Großmutter) ferner kann man sagen: l'homme de verre? (als Uebersetzung von ›Glasmensch‹) wie hieß die Insel der Phäaken? giebt es eine Taubensorte die ›Kröpfer‹ (statt ›Kropftauben‹) heißt. Dies glaub' ich sind sie *alle*. Jedes Kapitel hat seinen Umschlag mit der Aufschrift ›Fertig‹ und nur die 6 wo die vorstehenden Fragen noch zu erledigen sind, haben auf dem Convolut das noch zu entscheidende oder zu ersetzende Wort.
Ich schreibe Dir dies so ausführlich, damit Du Dich wenigstens nach *dieser* Seite hin nicht mehr ängstigst und nicht mehr ärgerst, ein Zustand den man als eine Spezialität von Dir bezeichnen kann. Andre begnügen sich meist mit *einem* davon. Dies ist aber alles in Freundlichkeit gesagt und soll Dich wenn's sein kann amüsiren nicht kränken.
Kann ich die 6 kleinen Correkturen gleich nach meiner Ankunft oder doch spätestens am Montag machen, so schicke ich denselben Tag noch das Manuskript-Packet an Dominik.
Die Arbeit ist nun ganz was sie sein soll und liest sich wie geschmiert. Alles flink, knapp, unterhaltlich, so weit espritvolles Geplauder unterhaltlich sein kann; wer auf plot's und große Geschehnisse wartet, ist verloren. Für solche Leute schreib' ich nicht. Ich fühle, daß nur ein feines, vielleicht nur ein *ganz* feines Publikum (der Thiemus'sche *eine* Leser!) der Sache gerecht wer-

den kann, aber ich kann um dem großen Haufen zu genügen nicht Räubergeschichten- und Aventüren-Blech schreiben. Natürlich giebt es auch *höhere* Räubergeschichten und vielleicht sind *diese* das Roman-Ideal. Aber weder die Lust noch das Talent dazu liegt in mir. Und nun genug davon. ›Gehen wir zu interessanteren Dingen über‹ sagte Herr v. Behr.

Am Sonnabend will ich also reisen und da am nächsten Sonnabend nur Früh-Schiffe gehn: 6¾ Uhr, 7 und 7¾, so komm ich, gleichviel nun ob ich nach Emden oder Geestemünde fahre, schon um 12 oder 1 Uhr Mittags an diesen Orten an. Um 8 Uhr Abends gehen dann die Schnellzüge, die sowohl von einem wie vom anderen Ort am Sonntag früh 7 Uhr 26 Minuten in Berlin, Friedrichstraße, eintreffen. Kommen also nicht Störungen, so bin ich Sonntag früh 7¾ Uhr in der Potsdammer-Straße, Johanniter-Haus. Ich bitte *dringend* daß mich niemand abholt, denn der dem Sonntagsschlaf huldigende Mensch ist mir heilig und um 6 Uhr aufstehn, können selbst Bernhard Kuglers ›neun Väter‹ nicht verlangen. Vielleicht treff ich mit Frau Witte a tempo ein.

Heute hab ich schon zwei relativ wichtige Briefe geschrieben: einen an Hülsen (den ich Dir in Abschrift beilege) einen andren längren an P. Schlenther. Das Büchelchen ist merkwürdig gut, viel besser als ich's ihm zugetraut hätte, trotzdem ich ihn immer für einen gescheidten und talentvollen Kerl hielt. Es ist überreich nicht blos an glänzenden Bemerkungen sondern was höher steht an scharfen und richtigen Beobachtungen. Wer *sehr scharf* sieht, findet meist auch einen ungewöhnlichen Ausdruck für das ungewöhnlich scharf Gesehne. Brahm in seiner Pappstoffelkritik ist ihm nicht zum zehnten Theil gerecht geworden. Trotzdem ist das Ganze ich will nicht sagen ein Unsinn aber ein Ueberfluß, ein Schlag ins Wasser, eine Ungerechtigkeit. Denn aller Mängel Hülsens unerachtet ist seine Verwaltung und sein Verwaltungs-*Resultat* um kein Haar breits schlechter als das was Wien oder München oder Dresden oder Hamburg seit 30 Jahren geleistet

hat. Hinter all dem lauert nur der Wunsch, auch irgendwo mal die Rolle von Heinrich Laube zuspielen. – Gestern hab' ich schon bei meiner Frau Capitain Warnkes einen Abschiedsbesuch gemacht, heute will ich zu Müller-Grote's, morgen zu Knyphausens denen ich mich doch noch mal gezeigt haben muß.
24 Stunden nach Eintreffen dieser Zeilen, treff ich wahrscheinlich selber ein. Dir und den Kindern bis dahin herzlichste Grüße. Wie mein Befinden ist, weiß ich selber nicht. Das Blut hat sich gewiß gebessert und der Bauch glaub ich ist weg, aber die Nerven sind schwerlich zu einer rechten Weide gekommen. Der Consum war zu groß. Mit Hülfe von Schlaf, den ich hier nicht hatte, hoff ich aber nachexerciren zu können. Ergeh es Dir gut. Wie immer Dein Th. F.

Wenn Friedel morgen kommt, kann er mir vielleicht *den* Koerner-Band wo Zriny drinsteht und ein paar französ. Bücher von Augier oder Sardou wo vorne die Namen der Acteurs und Actricen mitgedruckt sind (ich muß ja ein ganzes halbes Dutzend solcher Bücher haben) besorgen.

Nur »mit halber Kraft« konnte er im Herbst arbeiten, er fühlte sich nervlich völlig überanstrengt. Neben der Theaterkritik für die Vossische Zeitung – 1883 waren es über zwanzig besprochene Aufführungen – blieb nur Zeit für kleinere Arbeiten.
Fontane hatte in diesen Jahren die Arbeitsweise entwickelt, daß er gleichzeitig an mehreren Projekten schrieb, plante und feilte. Immer wieder wurde ein Brouillon zurückgelegt, eine andere Arbeit aufgenommen und zum Teil abgeschlossen. Diesen für ihn typischen Arbeitsstil behielt er lange Zeit, eigentlich bis zum Schluß bei.
Die ersten Monate des Jahres 1884 gehörten dem Scherenberg-Buch, das den Untertitel »Das literarische Berlin von 1840 bis 1860« führte, und das er im April beenden konnte. Der Vorabdruck erschien in der Vossischen Zeitung im Juni und Juli.
Anfang März fuhr Martha zu einem längeren Aufenthalt nach Italien.

137 An Martha Fontane

Berlin 18. April 84
Potsd. Str. 134.c

Meine liebe Mete.

Morgen erwarten wir wieder einen Brief von Dir, aber um einen stillen Abend auszunutzen, schreib' ich schon heute. Der ›stille Abend‹ resultiert aus Tante Jenny's Geburtstag, zu dessen Mitfeier Mama gegen 6 aufbrach. *Ich* war schon über Mittag da und habe seit meinem Bräutigamstagen nicht so viel geküßt, wie in dieser Gratulations-Halbenstunde, denn es waren 18 zu Küssende da: das Geburtstagskind, der Ehgemahl, 7 Kinder 4 Schwiegerkinder und 5 Enkel. Keiner fehlte. Die ganze Sache machte einen vorzüglichen Eindruck, alles war heiter, glau, behäbig, ungeziert und von gutem Aussehn (die sogenannte ›kleine Jenny‹ eine wahre beauté) und doch hatte ich keine reine Freude. Warum nicht? Ich kann den Bourgeoiston nicht ertragen und in derselben Weise wie ich in frühren Jahrzehnten eine tiefe Abneigung gegen Professorenweisheit, Professorendünkel und Professorenliberalismus hatte, in derselben Weise dreht sich mir jetzt angesichts des wohlhabendgewordenen Speckhökerthums das Herz um. Wirklicher Reichthum imponirt mir oder erfreut mich wenigstens, seine Erscheinungsformen sind mir in hohem Maße sympathisch und ich lebe gern inmitten von Menschen die 5000 Grubenarbeiter beschäftigen, Fabrikstädte gründen und Expeditionen aussenden zur Colonisierung von Mittel-Afrika. Große Schiffsrheder die Flotten bemannen, Tunnel- und Kanalbauer die Welttheile verbinden, Zeitungsfürsten und Eisenbahnkönige sind meiner Huldigungen sicher, ich will nichts von ihnen, aber sie schaffen und wirken zu sehn, thut mir wohl, alles Große hat von Jugend auf einen Zauber für mich gehabt, ich unterwerfe mich neidlos. Aber der ›Bourgeois‹ ist nur die Karrikatur davon, er ärgert mich in seiner Kleinstelzigkeit und seinem unausgesetzten Verlangen auf nichts hin bewundert zu werden. Vater Bourgeois hat sich für 1000 Thlr malen lassen und verlangt daß ich das Geschmiere für einen Velasquez halte,

Mutter Bourgeoise hat sich eine Spitzenmantille gekauft und behandelt diesen Kauf als ein Ereigniß, alles was angeschafft oder wohl gar ›vorgesetzt‹ wird, wird mit einem Blicke begleitet der etwa ausdrückt: ›Beglückter Du, der Du von *diesem* Kuchen essen, von *diesem* Weine trinken durftest‹, alles ist kindische Ueberschätzung einer Wirthschafts- und Lebensform, die schließlich gerade so gut Sechser-Wirthschaft ist wie meine eigne. Ja sie ist es mehr, ist es recht eigentlich. Ein Stück Brot ist nie Sechserwirthschaft, ein Stück Brot ist ein Höchstes, ist Leben und Poesie, ein Gänsebraten-Diner aber mit Zeltinger und Baiser-Torte, wenn die Wirthin dabei strahlt und sich einbildet mich der Alltäglichkeit meines Daseins auf 2 Stunden entrißen zu haben, ist sechserhaft in sich und doppelt durch die Gesinnung die es begleitet. Der Bourgeois versteht nicht zu geben, weil er von der Nichtigkeit seiner Gabe keine Vorstellung hat. Er ›rettet‹ immer und man verschreibt sich ihm auf eine Schrippe hin für Zeit und Ewigkeit.

Sonnabend d. 19.

So weit gestern Abend. Heute früh kam nun Dein Brief mit der großen Nachricht: ›ich habe den Papst gesehn‹. Wenn Dich das und andres schon im Moment beglückt hat, so kommt die Hauptfreude doch erst nach, wenn Dir die Romtage, sei's diesseits sei's jenseits des großen Wassers, weit zurückliegen werden. Kaum minder hat mich interessirt, was Du über Mr. Z. schreibst; ich halte *diese* Form gesellschaftlicher Tournure für die höchste: Freiheit und Natürlichkeit bei Zartheit und Rücksichtnahme. Die gewöhnliche gesellschaftliche Feinheit besteht aus äußerlicher Geschraubtheit und innerlicher Rücksichtslosigkeit. Wenn ich mir für Rom Rathschläge erlauben darf, so fahrt oder geht möglichst viel umher und seht möglichst wenig Bilder. Campagna, Frascati Tivoli, Albano, Genzano, Nemi, Palatin, Esquilin, Villa Doria Pamfili (Trastevere), sechs, acht Kirchen, die vaticanische Galerie, die Galerie im Palazzo Borghese, die Farnesina, das sind – außer dem was am Wege liegt – die Dinge, die man gesehen haben muß, das andre kann man sich schenken. Fünf Tage lang in Rom und Umgebung unausgesetzt umherfahren, ist lehr- und genußreicher als das Programmmäßige sightseeing. In Neapel, das ihr bald sehen werdet, trifft dies noch mehr zu; freilich ist dort auch die Verführung nicht so groß, um aufgespeicherter Kunst willen die Natur zu opfern. Die Natur ist da alles.

Unsre kleinen Oster-Diners bei Heyden's und Wangeheims verliefen sehr angenehm, nur George, der bei H.'s mit eingeladen war, war mit der Verpflegung wenig zufrieden. Wir sehen dann immer, wie riesig verwöhnt die jetzige junge Welt ist, so gar in Wahlstatt, in der ›dreckigen Ente‹. George erzählte von einem befreundeten Oberstabsarzt, der vor Kurzem beim Hiller ein Diner gegeben habe, 15 Personen. Die Rechnung betrug 700 Mark, also die Verpflegung jedes Gastes beinah 50 Mark. Theo bezahlt *eine* Mark bei Oswald Nier inclus. 2 Glas Rothwein. Zu meiner Zeit hungerten die Oberstabsärzte. Uebrigens finde ich 100 Franken täglich im Hôtel Quirinal zwar viel, aber noch nicht enorm viel. 100 Franken sind 25 Thaler; rechne ich 8 Thlr für die Wohnung (in Nordernei bezahlt man täglich für 2 Stuben 5 Thaler) ferner 4 Thlr für die Diners, 2 für Lunch, 2 für breakfast und 2 für tea, so kommen die 7, die noch fehlen, für Wein, sonstige Getränke, Heizung, Licht, Service sehr bald heraus. Wenn ich im Harz bin, kostet jeder Tag etwas über 10 Mark, was für 4 Personen etwa 45 Mark oder 15 Thlr betragen würde. Und nun bedenke: Rom, Osterzeit, Hôtel Quirinal und vornehme Wohnung statt ›Schlafstube‹. Wer als kleiner ›pittore‹ zu reisen versteht, kann es *überall* noch billig haben, aber reisen auf großem Fuß ist kolossal theuer.

Ueber Treutler's wird Dir wohl Mama schreiben, auch darüber, daß wir – wenn nicht mal wieder ein harter Schlag kommt – vorhaben vom Oktober oder wahrscheinlicher vom Januar an, drei, fünf oder sechs Monate in Rom zu leben, natürlich nicht für 100 Franken täglich. Marchesi muß Rath schaffen. Hast Du denn Eva Dohm schon gesehn? Gestern begegnete ich der Desteuque;

sie wirkte in einem mächtigen Sammt- und Pelzmantel (es ist hier sehr kalt) ganz wie eine französ. Schauspielerin, die die Fürstin Daschkoff oder Narischkin in einem Scribeschen Stück zu spielen hat. Sehr stattlich und sehr komisch. – Empfiehl mich den Damen und Mr. Zimmermann und habe nach wie vor schöne glückliche Tage. Wie immer Dein alter

Papa

Fast täglich tauchten ab April im Tagebuch die Hinweise auf: »... gearbeitet: Irrungen – Wirrungen ...« und im Mai fuhr Fontane für zwei Wochen nach Hankels Ablage »an der Görlitzer Bahn halben Weges zwischen Schmöckwitz und K.-Wusterhausen« und beendete dort den ersten Entwurf.

138 An Emilie Fontane

Hankels Ablage
14. Mai 84. Mittwoch

Meine liebe Frau.

Habe besten Dank für Deine freundlichen Zeilen. Hoffentlich geht es mit Deiner Gesundheit wieder besser; Husten bei diesem Wetter ist etwas sehr Fatales; ich verordne: Emser Krähnchen, Thee, Rhabarber, dann und wann Wein mit Wasser, kein Fett. Bier und Kaffe verpönt.

Wir hatten gestern etwas Regen, etwas Donner und gegen 7 zog ein starkes Gewitter herauf, es blieb aber doch nur halbe Sache, so daß die Schwüle heute noch größer ist als gestern.

Natürlich ist mir dies Wetter nicht sehr angenehm und erschwert mir das Arbeiten; dennoch bin ich herzlich froh hier zu sein, – in Berlin hätt' ich gewiß einen Knax weggekriegt. Trotz starken Abattu-seins hab' ich auch heute wieder mein Kapitel geschrieben nach dem alten Goethe-Satz: ›Gebt ihr euch einmal für Poeten, So kommandirt die Poesie.‹ Daß es gleich gut wird, ist schließlich auch nicht nöthig und eigentlich von *dem* der täglich sein Pensum arbeitet auch nicht zu verlangen. Es wird wie's wird. In der Regel steht Dummes, Geschmackvolles, Ungeschicktes neben ganz Gutem und ist Letztres nur überhaupt da, so kann ich schon zufrieden sein. Ich habe dann nur noch die Aufgabe es herauszupulen. Dies ist zwar mitunter nicht blos mühsam, sondern auch schwer, es giebt einem aber doch eine Beruhigung zu wissen ›ja, *da* ist es, suche nur und finde.‹ Meine ganze Produktion ist Psychographie und Kritik, Dunkelschöpfung im Lichte zurechtgerückt. Ein Zufall hat es so gefügt, daß ich diese ganze Novelle mit halber und viertel Kraft geschrieben habe. Dennoch wird ihr dies schließlich niemand ansehn.

Halte B. ja fest; alle Deine Ausstellungen sind berechtigt, es ist so wie Du sagst, dennoch ist sie ein Schatz: anständig, gesittet, gut aussehend, gesund, frisch, manierlich. Dies ist furchtbar viel, ja beinahe alles. Das andre, wenn man nicht eine Garküche hat, steht doch erst in zweiter Linie und *muß* sich allmälig lernen lassen. Bleibt dann immer noch ein kleiner Rest, so schadet es nicht viel.

Es ist hier ganz still und so bin ich dann à mon aise. Kommen nicht noch Störungen, was ich nicht fürchte, so erhebe ich Hankels Ablage zu meiner Rückzugs-Linie in Zuständen nervöser Pleite. So ungünstig dies Wetter für mich ist, fühl' ich doch vergleichsweise den Einfluß der schönen, reinen Luft. – Im Tageblatt habe ich eben einen kl. Bericht über die Storm-Feier gelesen; sowohl Frenzels wie Storm's Reden scheinen ganz nett gewesen zu sein, nur das ganze Referat über die Feier könnte besser und liebevoller sein. Ueberhaupt, das ›Tageblatt‹ so gut es redigirt ist, ist doch nur auf kurze Zeit lesbar. Liest man es wochenlang (wie ich in Thale) so sieht man die fortschrittliche Judenklüngelei mit etwas Witz und Schärfe schmackhaft gemacht und zum Ueberfluß mit den eingestreuten furchtbaren ›Perlen‹. – Ich freue mich Euch Freitag erwarten zu dürfen, bitte aber noch um *bestimmte* Benachrichtigung am Freitag früh, *wann* ihr eintreffen wollt. Ich halte – was ich nicht mißzuverstehen bitte – die *Nachmittags*fahrt 3.10 für besser. In acht Stunden langweilt ihr euch hier todt, aber vier Stunden ist gutes Maß. Herzlichste Grüße. Wie immer Dein

Th. F.

1884 wurde ein Jahr zahlreicher Reisen. Kurz nach der Rückkehr von Hankels Ablage, fuhr Fontane in den Harz nach Thale und wohnte diesmal im Hubertus-Bad. Im Sommer begann der Vorabdruck von »Graf Petöfy« in sieben Folgen in der »Deutschen Roman-Bibliothek zu Über Land und Meer« im Verlag der Deutschen Verlagsanstalt in Stuttgart.

139 An Friedrich Stephany

Thale, d. 18. Juni 1884
Hubertusbad

Hochgeehrter Herr und Freund.

Ganz im Gegensatz zu meiner sonstigen, auch von Ihnen lächelnd bewunderten Briefbeantwortungspromptheit schulde ich Ihnen noch meinen Dank für freundliche Zeilen, die mir durch meine Frau hieher nachgeschickt wurden. Darin hieß es am Schluß: »vielleicht nach Kissingen.« Nun, Ihre Kissinger Tage haben begonnen, und da bin ich! Meine Wünsche für Sie kann ich kurz dahin zusammenfassen, daß es Ihnen an der fränkischen Saale so gut gehn möge wie mir hier an der Bode. Trotz der barbarischen Kälte lebe ich glückliche Tage, doppelt glücklich dadurch, daß ich mir seit vielen Jahren zum ersten Male wieder eine wirkliche Ruhe gönne. Noch habe ich keinen Strich geschrieben, und so soll's bis Ende Juni bleiben. Zu dem Behagen trägt auch die Gesellschaft bei. Die Durchschnitts-Table d'hôte ist von altersher mein Schrecken. Trifft man's aber gut, so kann es reizend sein. Sechs Mann hoch bilden wir hier eine scharfe Ecke: ein General, ein Amtsrat, ein Bankier, dazu der Wirt, ein ostpreußischer Industrieller und ich. Der Ostpreuße heißt Blechschmidt, ein guter Kerl, aber von Mutter Natur seinem Namen in einer merkwürdigen Weise angepaßt. Desto origineller ist der General, der sich wie alle »a. D.-Leute« dreimal den Tag den Strick um den Hals spricht. Wär' er ein bißchen feiner und ein bißchen weniger eitel, so wär' er ganz Nummer I. So aber kann ich ihm nur II a geben. Zu diesen sechs Herren kommen drei Damen, eine Gräfin R., deren Dame d'honneur, ein Fräulein v. H., und eine Oberstabsarztfrau aus Potsdam, Jugendfreundin der Gräfin. Diese letztere, zweiunddreißig Jahre alt, ist eine Schwiegertochter des alten Fürsten von H., der mehrere Kebsinnen hatte, mit deren Hilfe er, wenn nicht den Ruhm, so doch das Blut des Hauses fortsetzte. Durch diesen physiologischen Vorgang entstanden auch die R., und der älteste dieses Namens heiratete ein strammes (das ist immer die Hauptsache) bürgerliches Madel, das nun als »Gräfin R.« an unsrem Tisch sitzt. Sie quietscht vor Leben und Vergnügen, und wenn der alte General auf der Höhe seiner Zweideutigkeiten steht, verklärt sich ihr fideles Gesicht. Wenn Sie noch hierher kommen sollten, so bin ich ganz sicher, daß es Ihnen gefallen wird, gleichviel ob Sie hier in Hubertusbad oder in Hotel Zehnpfund Ihr Quartier nehmen. Man ist gut aufgehoben, gut bedient und gut verpflegt, ohne durch einen anspruchsvollen Baden-Baden-Ton ennuyiert zu werden.

In der Kneipe am Markt ißt auch Menzel am liebsten, der, glaub ich, in vierzehn Tagen nach Kissingen geht. Wenn Sie den treffen, und anknüpfend an Pietsch (den er sehr liebt) und mich, ein Gespräch führen könnten, so würden Sie sehr auf Ihre Kosten kommen. Denn er spricht nie Blech. Es ist immer – auch noch da, wo's nicht so aussieht – was Apartes dahinter. Selbst seine Trivialitäten sind keine.

Wie immer Ihr
Th. Fontane

Ende Juni kehrte er für kurze Zeit nach Berlin zurück, reiste dann in der zweiten Hälfte des Juli nach Krummhübel und fand dort einen anregenden gesellschaftlichen Kreis. In den letzten drei Wochen des anderthalbmonatigen Aufenthaltes kam auch Frau Emilie nach.
Hier in Krummhübel traf er mit dem vierundzwanzig Jahre jüngeren Amtsrichter Dr. Georg Friedlaender zusammen, der für die kommenden Jahre einer der bevorzugten Briefpartner werden sollte.

140 An Wilhelm Friedrich

Krummhübel 3. Aug. 84

Sehr geehrter Herr.
Empfangen Sie meinen ergebensten Dank für Ihre gef. Zuschrift vom 29. v. M. Ich habe von den zwischen uns stattgehabten Beziehungen nur die freundlichsten und angenehmsten Eindrücke empfangen und kann nur wünschen dieselben erneuert zu sehn. Andrerseits habe ich aber auch nicht das Kleinste auf Lager, das ich Ihnen präsentieren könnte, da das Wenige, was ich seit meinem »Schach« geschrieben habe, schon weggegeben ist und zu Weihnachten erscheinen soll: eine Novelle (Graf Petöfy) bei F. W. Steffens in Dresden, eine Biographie Scherenbergs bei W. Hertz. Habe ich wieder etwas, so werde ich nicht unterlassen mich bei Ihnen zu melden, wenn nicht irgendwer – wie beispielsweise Hertz bei den märkischen Sachen – die Vorhand hat.

In vorzüglicher Ergebenheit
Th. Fontane

Für die Gartenlaube schrieb Fontane eine Erzählung, die schließlich unter dem Titel »Unter dem Birnbaum« erschien, außerdem nahm er wieder den Entwurf und die Skizzen für »Cécile« vor. Im September besuchte er Rügen.

141 An Theodor Storm

Berlin 28. Okt. 84
Potsd. Str. 134. c

Theuerster Storm.
Dieser langweilige Wahltag soll mich nicht abhalten, Ihnen den gestern Abend feierlich beschlossenen Dank der ganzen durch »Grieshuus« unter Thränenwasser gesetzten Familie F. auszusprechen. Es zählt zu Ihren schönsten Arbeiten und in der Kunst der poetischen Scenerie, der unendlich reichen, immer wechselnden Situationsmalerei – ein *Genre*-Bilderbuch ohne Gleichen – ist es wohl das Schönste was Sie geschaffen haben.
Storm hoch!
Mit der Bitte mich Frau Gemahlin empfehlen zu wollen, in alter herzlicher Ergebenheit Ihr

Th. Fontane

Anfang November lieferte der Verlag Wilhelm Hertz die Buchausgabe »Christian Friedrich Scherenberg und das literarische Berlin von 1840 bis 1860« bereits mit der Jahreszahl 1885 aus.
Fast zur gleichen Zeit erschien »Graf Petöfy« bei F. W. Steffens in Dresden.

142 An Georg Friedlaender

Berlin 21. Dezb. 84
Potsd. Str. 134. c

Hochgeehrter Herr Doktor.
Empfangen Sie unsren herzlichsten Dank für Ihren liebenswürdigen Brief, der uns in seinem Inhalt und seinen Beilagen eine rechte Weihnachtsfreude war. Das Bild des verehrten Ehepaares ist vorzüglich und das der beiden Kinder einfach entzückend. Hirschberg, in seiner photographischen Kunst, rivalisirt siegreich mit Berlin, zum Mindesten ist es ebenbürdig. Ich hebe dies absichtlich hervor und füge aus voller Ueberzeugung die Worte

hinzu: »wohl jedem, der in glücklicher unmittelbarer Umgebung in Schmiedeberg sitzt und statt auf den Berliner Kreuzberg auf das Riesengebirge blickt.« Bismarck, der so oft Recht hat, hat auch Recht in seiner Abneigung gegen die Millionen-Städte. Sie schreiben selbst »bei weniger ›Carrière‹ hätten wir mehr Wahrheit in der Welt.« Gewiß. Und nicht blos mehr Wahrheit, auch mehr Einfachheit und Natürlichkeit, mehr Ehre, mehr Menschenliebe, ja auch mehr Wissen, Gründlichkeit Tüchtigkeit überhaupt. Und was heißt Carrière machen anders, als in Berlin leben und was heißt in Berlin leben anders, als Carière machen. Einige wenige Personen brauchen ihrem Berufe nach die große Stadt, das ist zuzugeben, aber sie sind *doch* verloren, speziell für ihren Beruf verloren, wenn sie nicht die schwere Kunst verstehn, in der großen Stadt zu leben und wiederum auch *nicht* zu leben. Ad. Menzel ist beispielsweise ein Meister in *dieser* wie in seiner eigentlichen Kunst. Gewiß war ihm Berlin eine Nothwendigkeit (Menzel 50 Jahre lang in Filehne wäre nicht Menzel mehr) aber wie hat er auch in Berlin gelebt? Von 9 bis 9 ein Einsiedler in seinem Atelier, und dann erst, wenn andre zu Bette gehn, geht er mit seinem Ordensband zu Hof oder mit seinem Klapphut zu Huth. Er war zeitlebens ein Meister in der Kunst der *Concentration* und hat deshalb eine Kunst-Carrière gemacht, ohne je ein Carrièremacher gewesen zu sein. Aber das alles ist Ausnahmefall. Als Regel steht es mir fest, die große Stadt macht quick, flink, gewandt, aber sie verflacht und nimmt jedem der nicht in Zurückgezogenheit in ihr lebt, jede höhere Produktionsfähigkeit. Schon vor 40 Jahren schrieb Macaulay: »fruchtbare Gedanken sind einem Londoner Parlamentsmitglied eine Unmöglichkeit; er geht unter im Lärm, im oberflächlichen Getreibe; der kleinste Krämer der kleinsten schottischen Stadt kann die Welt der Ideen eher bereichern, als ein Londoner der ein ›Londoner‹ ist.« Wie wahr! Die große Stadt hat nicht Zeit zum Denken, und was noch schlimmer ist, sie hat auch nicht Zeit zum Glück. Was sie hunderttausendfältig schafft, ist nur die »Jagd nach dem Glück«, die gleichbedeutend ist mit dem Unglück.

Unter meinen nächsten Bekannten sind ein paar solche Jäger, alte Herren, ihre Ehegesponse natürlich an der Spitze. Es ist ein Jammeranblick. Natürlich sind es Geheimeräthe, die nun also längst das sind, was sie werden konnten. Aber die Jagd geht *gewohnheitsmäßig* weiter; Titel und Orden können es nicht mehr sein, und so ist denn aus der Jagd eine ganz triviale »Rennerei« geworden, eine Rennerei nach Quartett-Concerten, nach Premièren, nach Bazaren, wo die Kronprinzeß *vielleicht* erscheint, nach Prinzessinnen-Trousseau's, nach Cumberland, nach Stanley, nach einer Koegelschen Trauung. Alles zum lachen, wenn es nicht zum weinen wäre. Wenn ich dann zugleich an *Ihr* Haus denke, an Ihre Frau und Kinder, an gesunde Luft und Natur, so finde ich, Sie leben im Paradiese. Dies ist meine aufrichtigste Meinung. Und was ist denn der Einzelne hier, wenn er nicht zufällig Bismarck oder Bleichroeder heißt. Ein ander Mal mehr.

In vorzügl. Ergebenheit
Th. Fontane

[Auf einem besonderen Zettel]

Ich bin nachträglich *auch* der Meinung, daß die »*nach* Spandau« fallenden Ereignisse vielleicht noch interessanter sind als die Liebesbriefe zwischen Gaston oder Raoul und Rike. So denn nur tapfer en avant!

143 An Friedrich Fontane

Berlin, d. 23. Dezember 1884

Mein lieber Friedel.

Mamas Weihnachtskiste ist hoffentlich schon in Deinen Händen, und von mir sollen Dir wenigstens die herzlichsten Wünsche nicht fehlen. Ich denke mir, daß Du morgen, den Tag über, noch viel zu tun haben und den Abend halb bei Deinem Chef, halb bei Baltzens (denen wir uns angelegentlichst empfehlen) zubringen wirst. Wo's aber auch sei, sei heiter und vergnügt und nimm teil an der Freude der andern. Dabei fällt dann immer auch etwas eigne Freude ab.

Hier sieht es leidlich aus; das polnische Mädchen, das wir haben, befriedigt zwar nur unvollkommen, aber als Polin kann sie wenigstens Karpfen kochen, was ja in der Weihnachtszeit etwas bedeutet. Gestern hat sie sich dadurch in momentane Gunst hineingekocht. George ist seit drei Tagen hier und in ganz guter Stimmung; heute abend übersiedelt er in die kleine Stube von Mutter Kerckow. Mete war, so lange George hier ist, bei M.s; heute abend zieht sie wieder in ihr Stammquartier ein. Theo weiß noch immer nicht, wann sein Examen stattfinden wird; ich denke mir, Mitte Januar. Mama, trotzdem sie sich sehr quälen muß, ist ausreichend bei Wege; vorgestern war sie bei Wilhelm Hertz in der Behrenstraße und kam leidlich befriedigt wieder nach Hause. Von Steffens habe ich für ein paar Freunde einige Petöfy-Exemplare besorgt; das einzige bewährte Mittel zum Absatz meiner Bücher – ich muß sie selber kaufen. *Julius Wolff* ist in vier Wochen schon wieder bis an 12- oder 15 000 'ran; Gott gibt es den Seinen im Schlaf. Und wer diese Höhe 'mal erreicht hat, der kann sie nie wieder ganz verlieren, auch wenn er das Dümmste schreibt. Es wird dann wohl etwas weniger und die 15 000 schrumpfen zu 10- und 5000 zusammen, aber eine gewisse Präponderanz bleibt für Lebenszeit. Nachher aber ist es egal, und in der Literaturgeschichte scheint die Sonne über Gerechte und Ungerechte; jeder kriegt seine zwei Zeilen.

Nochmals: habe einen frohen Tag, einen glücklichen Abend. Bei dem bekannten Sherrypunsch, wo wir Dich und Deine Rede vermissen werden, werden wir Deiner in Liebe gedenken. Wie immer Dein alter

Papa

Das Jahr begann mit »langweilig viel Karten« und den Korrekturarbeiten für die Novelle »Unterm Birnbaum«.

144 An Friedrich Fontane

Berlin 8. Januar 85

Mein lieber Friedel.

George reiste den 3.; schon am 2. Nachmittags kam Lise Witte und blieb bis zum 7.; unmittelbar danach Diner bei Novilles, von dem Mama, die sich während all dieser Zeit zu sehr hatte anstrengen müssen, höchst elend nach Hause kam. Sie kriegte Gallen-Erbrechen und liegt in diesem Augenblick noch krank im Bett. Du darfst Dich also nicht wundern, wenn Du noch einige Tage ohne Brief bleibst. Der Deibel ist los; ein Besuch drängt den andern, in diesem Augenblick kommt Brahm, vorher Tante Lise und vorher Frau Müller-Grote; alle muß ich empfangen, mit allen eine Stunde plaudern und dabei soll man Bücher schreiben. Ergeh es Dir gut. Wie immer Dein alter

Papa

»Unterm Birnbaum« wurde abgeschlossen und an die Gartenlaube gesandt, das Tagebuch vermerkte dazu: »Kröner schickt mir umgehend das Honorar und schreibt überaus liebenswürdig und anerkennend. Kleines Labsal.«

Paul Schlenther besprach das Scherenberg-Buch.

145 An Paul Schlenther

Berlin 19. April 85
Potsd. Str. 134

Hochgeehrter Herr.

Empfangen Sie meinen herzlichen Dank für Ihren reizenden Artikel über mich in der »Nation«. Die ganze Familie hat sich daran erfreut und erheitert, namentlich auch über die kleinen Stiche, die so geschickt und liebenswürdig beigebracht werden, daß sie nur prickeln, nicht schmerzen. Überall bin ich mit Ihnen einverstanden, auch darin, daß ich den von Scherenberg unberührten Leser die scherenbergfreie Seele so frei und schuldlos entlasse, wie sie an mein Buch herantrat. Desgleichen einverstanden, was die »Methode« angeht: sie nicht haben, ist ein Vorzug, aber auch ein Verbrechen. Wie immer Ihr ergebenster

Th. Fontane

Ende April fuhr Fontane mit der erkrankten Tochter Martha nach Hankels Ablage.
Mitte Mai erreichte ihn die Nachricht, daß der langjährige Freund Bernhard von Lepel 67jährig gestorben war.

146 An Emilie Fontane

Hanckels Ablage. 5. Mai 85

Meine liebe Frau.
Besten Dank für Deine freundlichen Zeilen. Ich finde Theos Brief doch *sehr* nett, viel weniger pappstofflig als ich fürchtete. Das schreckliche Hängen an Berlin macht mich etwas nervös, weil ich solch Eingenommensein von einer bestimmten Clique (denn darauf läuft es doch schließlich hinaus) schrecklich finde, – dieser Fehler ist aber so allgemein, daß man drüber nicht reden darf. Wenn ich mit 4 Assessoren, 4 Referendaren, 4 Doktoren und 4 Oberlehrern bei Moormann oder sonst wo kneipe, so kann von einem essentiellen Menschen- und Gesellschafts-Unterschied gar keine Rede mehr sein; es läuft dann alles blos auf die Möglichkeit hinaus, daß Schultze netter ist als Müller oder umgekehrt, ein Satz der für Berlin gerade so gut gilt, als für andre Städte. Die wirklichen Unterschiede fangen erst da an, wo man statt der Menschen aufgeputztes Gesindel und statt reiner Luft Ungeziefer etc. findet. – Mete hatte bis Mitternacht ein paar schlechte Stunden, dann aber schlief sie und war heute ganz gut bei Wege. Sie freut sich auf morgen, auf *Dich*. Die Luft hier war heute wieder köstlich. Martha hat mir 30 Seiten aus dem Hobrechtschen Buche vorgelesen; es ist sehr hübsch, von einem

feinen und gebildeten Manne geschrieben. Das Billet also bist Du so freundlich zu besorgen. Wie immer Dein

Th. F.

147 An Mathilde von Rohr

Berlin 23. Mai 85
Potsd. Str. 134. c

Mein gnädigstes Fräulein.

An Stelle meiner Frau, die mal wieder ohne Mädchen ist, übernehme ich es, Ihnen unsren herzlichsten Dank für Ihren Brief und die begleitende freundliche Sendung auszusprechen. Wir haben uns den Spargel gleich schmecken lassen. Am 1. oder 2. Juni will ich nach Krummhübel, einige Tage später wird meine Frau folgen, was Grund ist, daß wir uns auf Miethung eines neuen Mädchens gar nicht eingelassen haben. Die letzte, die wir hatten, eine Pommeranerin (noch dazu aus Anklam) war sehr gut, aber zuletzt so schwach und matt, daß sie sich kaum aufrecht halten konnte, und so bat sie selber, sie zu entlassen. Was denn auch geschah. Ich überzeuge mich jetzt doch mit Schrecken, wie viel Ursach die armen Frauen zum Klagen haben; früher glaubte ich immer, meine Frau verlange zu viel und fordre so viele Tugenden und Vorzüge, wie sich eben selten vereinigt finden. Das ist aber nicht der Fall; von den 6 oder 7, die wir nun seit anderthalb Jahren gehabt haben, war die erste roh, eitel und verlogen (sonst ganz brauchbar) die zweite vor Eitelkeit dreiviertel verrückt und stockdumm; die dritte, nett und gut, kriegte den dritten Tag einen kranken Fuß; die vierte, sehr hübsch, war nur für Tanz und Liebschaften; die fünfte, brauchbar, aber ganz krank; die sechste, noch brauchbarer, aber auch noch kränker. Alle, mit Ausnahme der ersten, sind freiwillig gegangen und nicht unsrerseits fortgeschickt worden; die *gesunden* waren eitel, lüderlich und dumm, die brauchbaren waren krank. Was soll man da machen!

Unser alter Lepel ist nun nicht mehr! Er hat seinen 68. Geburtstag nicht erleben sollen. Da beinah 14 Tage lang keine Nachrichten kamen, so dachte ich, er würde sich noch mal erholen und so kam die Todesnachricht doch unerwartet. Das Ganze wirkt so familientragödienhaft auf mich, daß ich zu einem andern Gefühl nicht recht gekommen bin. Welch kümmerliches, kleines, unerquickliches Leben bei so viel Talent, Wissen und ursprünglich guten Bestrebungen. Er sagte mal zu mir: ›ja, Fontane, die Weiber haben in meinem Leben eine große Rolle gespielt, vielleicht mehr, als es hätte sein sollen.‹ Das ist das wahrste Wort, das er je gesprochen. Und wenn nun noch was dabei herausgekommen wäre! Aber alle diese Verhältnisse sind ohne rechte Forscheté, ohne wirkliche Don Juanschaft, ohne Genialität, und zeigen nur einen Mann, der nie recht wußte, was er wollte, der immer Heimlichkeiten hatte und eine instinktive Vorliebe für unerlaubte, ja strafwürdige Verhältnisse besaß. Kate Brown, Miss Atkins, seine erste Frau, seine Cousine (die spätre Caprivi), Frau v. Selchow, Frau v. Hardegg; dann endlich Anna Heydebreck – welches confuse Durcheinander. Dazu das Verhältniß zu dem schwiegerväterlichen Hause, zu Wieck, zur Familie. Bei jüngeren Jahren – wiewohl ich *nie* auf seiner Seite stand – hab ich milder über vieles gedacht; jetzt ist es mir sonnenklar, daß *alle* Schuld auf seiner Seite war. Er war eine schwache, träge Natur, durch jedes Wort bestimmbar, auch von dem dummsten Menschen, und was ihn und sein Leben recht eigentlich zu Fall gebracht hat, war *das,* daß er nicht arbeiten konnte. Er pusselte immer und lief von einer alten Dame zu andern, dann und wann ein Gedicht vorlesend. Hätte er die *Pflicht* der Arbeit gekannt, so hätte er sich von seinem Schwiegervater nicht ernähren lassen und wäre ruhig als ein geachteter Mann und seinerseits seine brave Frau achtend, in seiner ersten Ehe verblieben. Aber er war immer absolut schief gewickelt und arbeitete für die ›Loge‹. Da mag er sich ein Denkmal verdient haben, sonst leider nicht. Und doch war er reich beanlagt und hatte schöne Gottesgaben. Aber wie die Engländer sagen ›sein Controll-Apparat arbeitete nicht richtig‹. – Wie immer Ihr Th. F.

Anfang Juni ging es wiederum nach Krummhübel, und er entwarf dort eine neue Novelle, die zu dem Roman »Quitt« führte. Seine Frau kam in den folgenden Wochen nach. Alte Bekanntschaften wurden erneuert und neue kamen hinzu.
»Dieser ganze reiche Verkehr interessierte mich lebhaft und würde mich 20 Jahre früher beglückt haben; so aber empfand ich doch beständig ein ›zu spät‹ und fühlte neben dem Freundlichen und Angenehmen etwas Störendes heraus.«

148 An Martha Fontane

Krummhübel 26. Juni 85

Meine liebe Mete.
Gestern Mittag, als ich Mama nach Schmiedeberg brachte, fuhren wir bei der Post vor und fanden Deine Karte. Du hast ganz Recht, nach *so* langer Krankheit kann man nicht im Handumdrehen wieder ballfähig sein. Also Geduld! Nimm es aber mit der Kur ernsthaft, ich glaube, daß nicht nur die Bäder sondern auch der Brunnen sehr gut für Dich sind. Es sitzt allerhand Stoff fest, der in seinen letzten Schlupfwinkeln aufgesucht und aufgelöst werden muß. Das kann *ein* Becher natürlich nicht, aber viele. ›Es ging ihm nichts darüber, er leert ihn *jeden* Schmaus . . .‹, so mußt Du verfahren, dann läppert sich was zusammen.
Hier ist es nach wie vor sehr schön, aber in 14 Tagen wird sich das Bild sehr verändert haben, dann blüht der Oberlehrer und alles was ihm anverwandt und zugethan ist. Für George haben wir ein gutes Zimmer gemiethet, nicht zu theuer, aber theuer genug, denn auch hier hat der Löwe Blut geleckt und verlangt von Sommer zu Sommer mehr. – Während Du Tante Anna ›Apotheker Heinrich‹ vorgelesen hast, hat mir Mama die Geschichten aus dem Max Hobrecht-Buch vorgelesen, mit denen wir in Hankels Ablage anfingen. Es kommt mir vor, als wär' es schon ein Jahr. Vergleichsweis ist das Buch doch recht gut und neben einer Levin Schückingschen Novelle ›Der ehrliche Mann‹, die mich seit ein paar Tagen beschäftigt hat, steht es

thurmhoch da. Und dieser Schücking galt und gilt als ein sehr guter Schriftsteller! Ich komme aus dem Kopfschütteln gar nicht mehr heraus. So hab ich beispielsweis den Vers gelesen, den Wildenbruch zu ›Nord und Süd‹ beigesteuert hat. Etwas Dummeres ist nie geschrieben worden. Und solch Alfanz ist Abgott des Publikums. Herzliche Grüße an Tante Anna. Ich erwarte keine Antwort; schreibe nur an Mama, die schickt mir dann Deine Karten und Briefe. Wie immer Dein alter

Papa

Während des diesjährigen Aufenthaltes hatte Friedlaender eine Einladung und Vorstellung für Fontane beim Landrat, dem Prinzen Heinrich IX. *Reuß auf dessen Schloß Neuhof bei Schmiedeberg vermittelt.*

149 An Georg Friedlaender

Krummhübel 5. Juli 85

Hochgeehrter Herr.

Es ist die höchste Zeit, daß ich mich für den schönen Abend bei Ihnen bedanke, den ich Ihrer Vermittlung verdanke. Nachträglich darf ich ja gestehen, daß ich einen kleinen horror vor diesem Eingeführtwerden hatte. »Noch ein Prinz mehr auf Deinem Lebenswege«. So meine Betrachtung. Aber es verlief alles anders, und so gesellschaftsmüde ich nicht nur redensartlich, sondern in Wirklichkeit bin, so froh und glücklich bin ich, diesen überaus reizenden Prinzen-Abend erlebt zu haben. Frage ich mich, was es denn nun eigentlich war, was dem Beisammensein einen solchen aparten Charme lieh, so ist es, wenn mich nicht alles täuscht, die seltene Natürlichkeit, Liebenswürdigkeit und Herzensgüte, die das prinzliche Paar auszeichnet, ihn vielleicht noch mehr als sie. C'est le ton, qui fait la musique. Wenn der Eindruck, den ich gemacht habe, nur halb der ist, den ich empfing, so will ich zufrieden sein. Alles in dem Hause wirkt behaglich, der Aufbau, die Herrichtung, alles deckt sich mit dem Wesen seiner Bewohner. Daß ich in der Julius-Wolff-Frage so sehr oppositionell war, wird man mir verziehn haben; ich kenn' ihn *zu* gut und bin meiner Sache *zu* sicher. Ich *kann* mich nicht irren. Wie schon hundertfältig (denn bei der Popularität des Mannes wird ja beständig von ihm gesprochen) kam mir, auch am Mittwoch wieder, auf der Heimfahrt die Frage: »bist du nicht zu weit gegangen? Kannst du verantworten, was du gesagt hast?« Aber, Gott sei Dank, meine bestimmte Antwort lautete: »ja.« W.'s beide Romane (dicke Bücher) habe ich von Anfang bis Ende gelesen, seine Feuilletons und Tischreden kenn' ich, seinem Auftreten in künstlerischen und literarischen Kreisen bin ich gefolgt, ich darf sagen: ich *kenn'* ihn, und weiß, daß er unsagbar unbedeutend ist. Ein unsagbar unbedeutender Mensch aber kann keine 2 bändige große Dichtung schreiben und noch dazu einen »Tannhäuser«. Unmöglich! Bitte mich Frau Gemahlin zu empfehlen.

Ihr Th. F.

150 An Martha Fontane

Krummhübel 16. Juli 85

Meine liebe Mete.

Seit vorgestern sind Mama und George hier, aber statt in ein heitres und sonniges sind sie in ein nebliges und regnerisches Kummhübel eingezogen. Der Wetterumschlag hat auch leider Krankheit oder doch Unwohlsein mitgebracht und so sind wir denn unsres Beisammenseins noch nicht recht froh geworden, gestern war ich elend, heute ist es Mama. George ist leidlich bei Wege und gut bei Laune; die schönen Damen hier – die Mama sämmtlich häßlich findet (›nein, *da* lob' ich mir doch meine Mete‹ mit einem Tone, wie wenn sie sagen wollte: ›is zwar auch nicht viel, aber vergleichsweis immer noch Aphrodyte‹ die schönen Damen also scheinen ihm nicht gefährlich werden zu sollen, wenigstens spricht er kaum von ihnen. Er ist übrigens in 48

Stunden noch gar nicht zur Ruhe gekommen, denn gestern Mittag meldete sich Prof. Gerlach und nahm ihn bis 10 Uhr Abends in Beschlag. Er kam dadurch um ein Concert, das im ›Gerichts-Kretscham‹ von einigen Sommerfrischlern beiderlei Geschlechts gegeben wurde: Frau Geh. Räthin Moordyck sang, der junge Herr v. Graevenitz spielte die Geige, der alte Herr begleitete am Fortepiano. So viel ist von der Herrlichkeit zu meiner Kunde gekommen, denn ich selbst war ebenfalls nicht zugegen, vielmehr in Neuhoff bei Prinz Reuß, wo ich wieder ›Fürstenknecht‹ spielte. Den Tag über krank und auf Pfefferminzthee gestellt, fuhr ich gegen Abend zu ›Dörchläuchtings‹ wo außer der Familie noch Baron Rothenhan und Frau, General v. Grolmann und Frau, Dr. Friedländer und Frau und einige mir unbekannt gebliebene Menschenkinder waren. Es war wieder sehr nett. Dennoch erfüllt mich solch Auftreten mehr und mehr mit Bedenken; ich bin zu solchem Arbeiten am Trapez doch nicht mehr jung und auch nicht unbedeutend genug. Ein kleines Gefühl von Scham über die Schaustellung werd ich nicht los und ich begreife ganz die vornehme Welt, die nichts so sehr perhorrescirt, als sich vordrängen und sich ausspielen. Im Allgemeinen darf ich auch sagen, daß ich damit Schicht gemacht habe, hier aber ließ sich ein Rückfall nicht vermeiden; Friedländer hat mir dies alles eingebrockt und die große Liebenswürdigkeit derer, die den Schauplatz für diese Turnerei hergeben, läßt mich den Rückfall in diese kleinen Eitelkeiten und Ungehörigkeiten auch kaum bedauern. Ich las gestern 3 neue Gedichte vor, von denen das dritte ›Gulbrandsdal‹ am meisten gefiel. Das zweite: ›La Grande Chartreuse‹ wurde durch meine Schuld gar nicht verstanden. Ich sagte nämlich: ›es sei was Humoristisches‹ (was es au fond auch ist) in Folge dessen man erwartete, es werde auf einen Ulk hinauslaufen, in welchem der ›Chartreuse‹ (Likör) eine Hauptrolle spiele. Das blieb nun aber ganz aus, der Schluß ist sogar ernst, so daß sie ganz decontenacirt waren. Also so zu sagen – kleiner Abfall. An meinem Gedichte lag es aber nicht, dessen bin ich sicher. – Frau v. Grolmann war eine Bekanntschaft von Wangenheims her, Baronin Rothenhan eine Tochter von Herrn v. Jagow auf Rühstädt, den ich seit Jahr und Tag besuchen soll. ›Rühstädt‹: ist die Ruhstätt (daher der Name) der berühmten alten Quitzows. Um 11 Uhr fuhr ich mit George, der mittlerweile den Prof. Gerlach zur Bahn gebracht hatte, von Schmiedeberg zurück. Ich hoffe, daß nun diese Einladungen ein Ende haben, sie sind schmeichelhaft und auch nicht uninteressant, aber kostspielig, zeitraubend und anstrengend und stören mich ebenso in meiner Ruhe wie in meiner Arbeit. – Schrieb ich Dir denn schon, daß ich hier mit dem Prediger Wenig zusammen wohne, der in der Zülow'schen Schule Religions-Unterricht gab und sich Deiner sehr wohl erinnert. Ich plaudre viel mit ihm; es ist ein feiner, angenehmer Mann. – Wir freuen uns alle, daß Du die Schwiggerower Tage gehabt hast und hoffen, daß sie Dir gut gethan und Dich in Deiner Gesundheit gekräftigt haben werden. Mama schreibt, so wie sie sich wohler fühlt. George grüßt. Gruß und Empfehlung an Tante Witte und alle die ihr anvertraut und zugethan sind. Wie immer Dein alter

Papa

151 An Emilie Zöllner

Krummhübel 18. Aug. 85

Hochverehrte Freundin.

Die Liebe dringt bis an die ultima Thule (s. den König von Thule) und so auch bis Zoppot, wo unsre Gedanken und unsre Geburtstagswünsche Sie suchen, auch wenn die Brief-Adresse nach wie vor auf Berlin lautet. Ein glücklicher Tag sei der Anfang eines glücklichen Jahres. Sehen Sie das Marienburger Schloß und den Remter mit dem berühmten Pfeiler ›der alles trägt‹, so gedenken Sie meiner. Seit lange steht meine Sehnsucht dahin; wär' es nicht ein bischen weit, so beschlösse ich dies Jahr noch mit einem Ausflug an Weichsel und Nogat und sähe mir in Danzig den Memling an. Die Bilder *der* Epoche, sind mir unter allem was ich in der bildenden Kunst kenne, das Liebste und gelten mir mehr als die großen Italiener. Dies ist nicht ödes Nachsprechen, sondern etwas immer wieder Empfundenes und muß mit dem Urgrund aller Kunst, vor dem das blos technische Können hinschrumpft, zusammenhängen.

Aber keine Abhandlungen, keine vorweg genommenen Rütli-Gespräche.

Vierzehn Tage bliebe ich gern noch hier, doch fürchte ich, daß mir das Theater schon vorher einen Strich durch die Rechnung macht, wenn ich nicht vielleicht im Hinblick auf Berndal sagen darf ›dieser Mortimer starb Euch sehr gelegen‹. Es handelt sich zwar in erster Reihe lediglich um ein unbedeutendes Damen-Gastspiel, aber die Stücke, darin die Dame zu gastiren gedenkt, sind vielleicht Berndal-Stücke und so rechnet sich die hier eminent am Grabe blühende Hoffnung doch noch eine Chance heraus.

Es war hier sehr schön. Glückliche, beinah ungetrübte elf Wochen. Und elf Wochen sind eine lange Zeit. Ich wünsche Ihnen von Herzen, daß Sie auf gleich glückliche Sommertage zurückblicken mögen. Daß ich fleißig war, versteht sich von selbst; in den ersten 6 Wochen habe ich nur Verse geschrieben, Lieder und Balladen, so daß ich mit 65 wieder bei 25 und beinah bei 15 angelangt bin. Die Schlange die sich in den Schwanz beißt, der Ring, der sich schließt. Man sagt, das bedeutet das Ende. Aber wenn auch, ich habe meine Freude daran gehabt. Herzlichste Grüße dem theuren Chevalier, Ihnen und Annachen (Karl ist wohl in Berlin).

In alter Liebe und Verehrung Ihr Noel.

Ende September war Fontane wieder in der »Potsdamerstraße 134 c«. – Am 1. November feierte die Französische Kolonie in Berlin ihr 200jähriges Bestehen, dazu verfaßten Theodor Fontane sen. den Prolog und Theodor Fontane jun. das Festspiel. »Unterm Birnbaum« erschien als Band 23 der »Groteschen Sammlung von Werken zeitgenössischer Schriftsteller« als Buch.

Zum 70. Geburtstag von Adolf Menzel am 8. Dezember widmete Fontane dem Maler sein Gedicht »Auf der Treppe von Sanssouci«.

152 An Friedrich Fontane

Berlin 11. Dezb. 85
Potsd. Str. 134. c

Mein lieber Friedel.

Habe Dank für Deine Karte vom 8. und die freundlichen und mich sehr interessirenden Mitteilungen über den Grote'schen Verlag und seine Weihnachtsnovitäten. Ich fürchte nur, daß sich das alte Lied wiederholen und *alles* gehen wird, nur meine Novelle nicht. Ich muß mich drin finden; Gott hat mir ein Talent gegeben, dafür muß ich dankbar sein, Erfolg hat er mir *nicht* gegeben und darüber darf ich nicht murren. Jedem fehlt etwas und mir nun grade *das*. Ich bin verständig genug, es nicht für eine Hauptsache zu halten; vieles andre ist wichtiger.

Meine Schicksale nach dieser Seite hin haben etwas geradezu Komisches und es bleibt immer dasselbe. So habe ich jetzt ein langes Gedicht zu Menzels 70. Geburtstag gemacht, der am 8. Dezember gefeiert wurde, am 9. war Fortsetzung des Festes (solennes Frühstück, Mama zugegen, ich nicht) und am 12., morgen, wird ein großes Künstlerfest den Schluß bilden. Ich erwartete, Menzel würde mir schreiben: »lieber Freund, alles war sehr schön, aber Ihre Huldigung war das Schönste.« Was ist nun geschehn? Alles hat mir gehuldigt, der Kronprinz, der ganze Menzelsche Freundeskreis, Pietsch, Anton v. Werner etc. und drei, vier Zeitungen (vielleicht noch mehr) haben es, trotz seiner Länge, aus der Vossin abgedruckt, nur von Menzels Seite her, habe ich in diesen 4 Tagen noch kein Wort gehört; er und die Seinen haben es noch gar nicht gelesen. Es ist auch nicht zu verwundern, so groß waren die Anstrengungen, aber es würde doch vielleicht anders liegen, wenn das Gedicht von einem andern geschrieben wäre. Bei mir ist es von vorn herein Schicksalsbeschluß, daß ich einen totalen Abfall erleben muß. Im Sommer war mit meinem langen Bismarck-Gedichte dieselbe Geschichte. Gar keine Antwort. Nun muß es auch *so* gehen. – Wichtiger ist mir die Geschichte mit Müller-Grote; da sich auch von der Familie seit Marthas Abreise niemand hat sehen lassen, so muß eine Verstimmung vorliegen, zu der mir der Schlüssel fehlt. Im Uebrigen geht hier alles ganz leidlich, Mama ist munter, George glücklich in seiner neuen Hauptmannschaft und auch mir fehlt nichts. Blos zu kalt ist es mir, was mich am Spazirengehen hindert. – Neuderdings habe ich wieder mit Kroener correspondirt, weil ich *die* Novelle, die er wünscht, vor Neujahr 87 (statt Sommer 86) nicht abliefern kann. Der Verkehr mit ihm ist höchst angenehm; immer perfekter Gentleman in Gesinnung und Form. Von *diesem* Schwaben könnten unsre Berliner viel lernen, die alle mehr oder weniger sonderbar sind, entweder großmäulig oder benglig oder pfiffig oder ruplig [?] oder gar mit Gelehrsamkeits-Allüren. Das sind die schlimmsten. Uebrigens rechne ich Langenscheidt *nicht* zu diesen. Und nun Adieu.

Dein alter Papa

Wenn Du antwortest, berühre alles was ich geschrieben, gar nicht oder nur ganz kurz.

Dein Alter

George Fontane – 34jährig – wurde zum Hauptmann befördert und verlobte sich am Heiligen Abend mit Martha Roberts. Damit endete das Jahr. Fontane wurde am 31. Dezember 66 Jahre alt. »Emilie zum Sylvesterpunsch bei Roberts. Die Kinder munter und fidel, die alten mit. Mög' es so bleiben.«

153 An Mathilde von Rohr

Berlin 9. Januar 86
Potsd. Str. 134. c

Mein gnädigstes Fräulein.

Ergebensten Dank für Ihre lieben Zeilen zu meinem Geburtstage, welchen letztren ich in leidlichem Trouble verlebt habe, denn am Abend war ein Gastspiel im Theater, das mich hinrief. Noch angestrengter war der andre Tag, wo ich die Kritik schreiben und am Abend das herkömmliche *neue* Sylvesterstück sehen mußte. Diesmal (›Tilli‹ 4 aktiges Lustspiel) sehr zu meinem Vergnügen.

Unter den Gratulanten zum 30. waren natürlich auch die neuen Schwiegereltern sammt Braut, die zu Tisch blieb und in Aßmannshäuser, den uns der gute Theo zum Geschenk gemacht hatte, tapfer mittrank. Es ist ein sehr liebes Mädchen, gütig, gebildet, hübsch, wirthschaftlich und wohlhabend, unter welchen 5 guten Eigenschaften die Wirthschaftlichkeit beinah obenan steht, speziell für George. Pfingsten soll die Hochzeit sein; das junge Paar wird eine Villa beziehn, die die Schwiegereltern in Groß-Lichterfelde besitzen und die jetzt leer steht.

Im Uebrigen verlaufen unsre Tage ruhig, wenigstens ruhig für *mich* (meine Frau ist viel im Trab) was ich als ein Glück empfinde. Ich bin nicht menschenfeindlich, aber menschenscheu; dazu kommt, daß mir die literarische Collegenschaft so wenig gefällt – *nicht* auf der Vossin, *da* sind noch die besten – sondern das sogenannte ›höhere Schriftstellerthum‹, das nur noch aus dem Bengelthum sich rekrutirt. Diese Klage ist freilich alt, die absterbende Generation hat immer so gesprochen, aber so gewiß es wahr ist, daß Nationen sich ändern, so ändern sich auch Stände. Die Franzosen, sonst so artig, sind jetzt rüpelhaft und dieselbe Bezeichnung läßt sich dem jungen Schriftstellerthum beilegen. Alle Bescheidenheit ist aus der Welt und in vielen Kreisen herrscht ein Ton, als ob man unter den Goldgräbern in Californien lebte.

Fritz Kannacher von Hobrecht habe ich gelesen; es ist kein

hervorragendes, kein talentvolles, aber ein recht gutes und lesbares Buch, worauf ich – jetzt am Ende meiner Tage – wieder Gewicht zu legen beginne, nachdem ich ein Lebelang gesagt und gestrebt habe; ›nur auf die *Kunst* kommt es an.‹ Gleichzeitig mit Fritz Kannacher las ich Paul Heyses letzten Novellenband; nun, er hat nie Formvollendeteres und künstlerisch Abgerundeteres geschrieben und doch bin ich dieser seiner Kunst nicht froh geworden. Im Gegenteil. Schmerzlich genug, und um so schmerzlicher, als ich mir im selben Augenblick sage: ›ja, so urtheilen nun vielleicht andre auch über *Dich* und sagen auch von Dir, was nutzt mir die ›Kunst‹. Das Einzige was einen hält, ist das gute Gewissen, nach bestem Vermögen und Erkennen, das Seine gethan zu haben. Meine Frau schreibt nächstens und erzählt Ihnen Weitres. Unter herzlichen Neujahrswünschen, Ihr dankbar ergebenster

Th. Fontane

Ende Januar bot Fontane der erst im zweiten Jahrgang erscheinenden Zeitschrift »Universum« seine Novelle »Cécile« an.

154 An Jesco von Puttkammer

Berlin 20. Januar 86
Potsd. Str. 134. c

Hochgeehrter Herr v. Puttkammer.
Eben als ich mich niedersetzen wollte, den Inhalt meiner *Cécile*-Novelle kurz zu skizziren, kamen Ihre freundlichen Zeilen, für die ich bestens danke.
Die Novelle wird 7 Bogen (vielleicht ein paar Seiten mehr) von *»Nord und Süd«*-Format und Druck, wonach ich immer zu rechnen pflege, umfassen. Honorar 500 Mark pro Bogen, zahlbar nach Empfang des Manuskripts.
Dem Beginn des Drucks zu Ende Februar würde nichts entgegenstehn, da nicht blos die Abschrift der Novelle, sondern auch

die nochmalige Durchsicht derselben bis dahin bis wenigstens zur *Hälfte* beendet sein würde; 14 Tage später dann auch die Durchsicht der *zweiten* Hälfte.
In vorzüglicher Ergebenheit Th. Fontane

Herr v. *Gordon*, früher preußischer Offizier, jetzt englischer Civil-Ingenieur, kehrt nach 7jähriger Abwesenheit (Draht- und Kabellegung in Indien und Persien) besuchsweise nach Deutschland zurück und nimmt Wohnung im Hôtel Zehnpfund in Thale. Hier macht er, wenige Tage später die Bekanntschaft des St. Arnaud'schen Ehepaares, *er* Garde-Oberst a. D., *sie* schöne Frau par excellence, nerven- und herzkrank. Man verlebt gemeinschaftliche glückliche Tage, deren Glück durch etwas Dunkles und Verschleiertes, das über der schönen Frau liegt, in Gordons Augen eher gesteigert als gemindert wird. Als er auf dem Punkte steht sich regelrecht zu verlieben, wird er von seiner Firma nach Bremen hin abberufen und verläßt Thale mit widerstreitenden Empfindungen, schmerzlich bewegt und zu gleicher Zeit beruhigt, einer ihm drohenden Gefahr entrissen zu sein.
Zwei Monate später ist er in Berlin und führt sich in das St. Arnaudsche Haus ein. Er findet die schöne Frau (Cécile) heitrer, gesünder, frischer als früher, selbst die leise Nebeltrübe der Thalenser Tage fehlt. Ein liebenswürdiger Hofprediger, Cécile's besondrer Freund, fördert das freundschaftliche Verhältniß, von dem er sich für sein schönes, gemüthskrankes Beichtkind alles mögliche Gute verspricht. Man ist gegenseitig glücklich. Da trifft endlich Antwort auf einen Brief ein, den Gordon, anfragend, schon von Thale aus an seine Schwester Clotilde nach Liegnitz hin richtete und der – weil Clotilde mit Freunden und Bekannten in Süd-Tirol umherreiste – nicht eher beantwortet werden konnte. Dieser Brief, dem das Zettelchen einer besteingeweihten oberschlesischen Freundin beigefügt ist, erzählt die Lebensgeschichte Céciles, die darin gipfelt, aus der einen Hand in die andre übergehend, die Maitresse zweier Fürsten gewesen zu sein, erst des alten Oheims, dann seines Neffen und Erben.

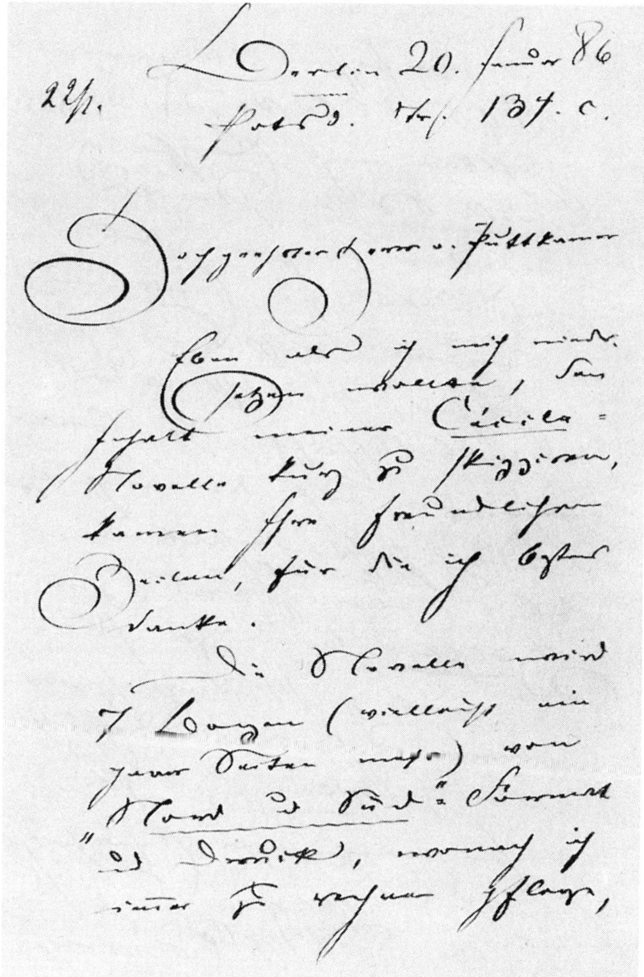

Abb. 18: An Jesco von Puttkammer vom 20. Januar 1886

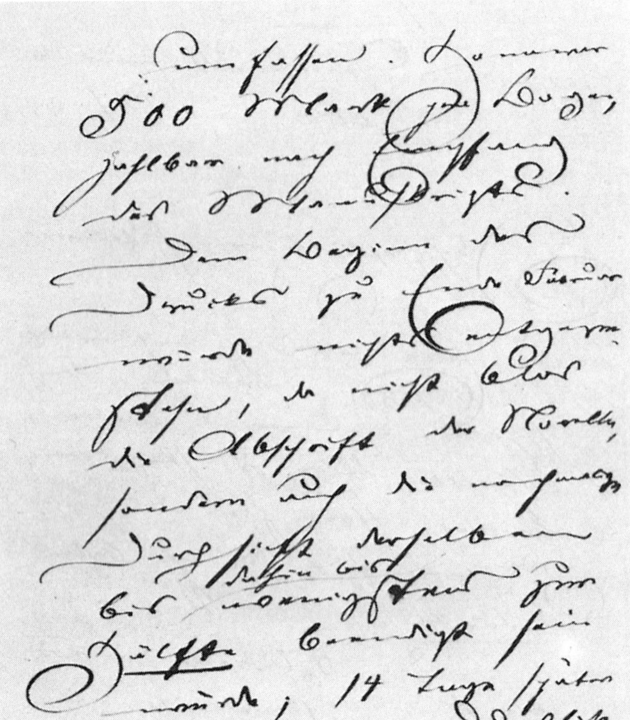

umfassen. Ich nenne
500 Mark pro Bogen
zahlbar nach Empfang
des Manuscripts.
Dem Beginn des
Drucks zu Ende Januar
würde nichts entgegen-
stehen, da nicht blos
die Abschrift der Novelle,
sondern auch die nochmalige
Durchsicht derselben
[illegible]
bis wenigstens zur
Hälfte beendigt sein
würde; 14 Tage später
dann auch die Durchsicht
der zweiten Hälfte.
In vorzüglicher Ergebenheit
Th. Fontane.

Verwittwet, ohne verheirathet gewesen zu sein, lernt Cécile den eben damals an die Spitze eines oberschlesischen Regiments gestellten St. Arnaud kennen und verlobt sich mit ihm. Das Regiment protestirt, es kommt zum Duell und St. Arnaud verwundet seinen Gegner, den nächstältesten Stabsoffizier auf den Tod. Er macht seine Festungsstrafe durch, nimmt den Abschied, und übersiedelt nach Berlin. Aber er steht einsam in der Gesellschaft, von der Céciles frühres Leben und das so tragisch verlaufene Duell (als Folge davon) ihn gleichmäßig scheiden.

Dies ist der Inhalt des Briefes, den zum Ueberfluß alle bis dahin gemachten Wahrnehmungen bestätigen. Gordon, sich einen dupe scheltend, lacht sich aus, und giebt, von Stund' an, seiner Werbung einen andern Ton. Cécile, eine feine liebenswürdige Natur, weist ihn ab, ihm, in rührenden Worten, das Niedrige seiner Gesinnung und seines Thuns zu Gemüthe führend. Und in der That, er ist erschüttert und geht in sich. Aber ein Verhängniß ist über Beiden, und als er, einige Wochen später, die schöne Frau, von einem frivolen und süffisanten Geheimrath, der schon vorher ein Gegenstand seiner Eifersucht war, anscheinend erfolgreich umworben sieht, läßt er jede Rücksicht fallen und fordert ihre Gunst als ob er ein *Recht* darauf habe.

Von dieser Scene hört der Oberst durch den Geheimrath und als Cécile, die bis dahin geschwiegen, den Inhalt bestätigt, indignirt ihn, nicht das Liebenswerben überhaupt, sondern die respektlose Form desselben, respektlos gegen *ihn,* derart, daß er, nach vorgängiger Forderung, den insolenten »Drahtzieher« über den Haufen schießt. Beiläufig in Dresden, in Nähe des Großen Gartens. Er geht an die Riviera, sich allen »Weiterungen« durch Flucht entziehend und schreibt an Cécile, »ihm dahin zu folgen«. Aber nicht Cécile beantwortet den Brief, sondern der Hofprediger, der über den Lebensausgang der schönen, unglücklichen Frau berichtet.

Der Grundgedanke des kl. Romans ist *der* von der unerbittlichen Macht zurückliegender Geschehnisse, die durch reinen Wandel und aufrichtige Buße vor *Gott* zu sühnen, aber *gesellschaftlich* nicht zu tilgen sind.

Mitte März verlobte sich Theo – jetzt 29jährig – mit Martha Soldmann, Tochter des Oberpostdirektors in Münster, Mete kehrte nach längerer Zeit wieder nach Hause zurück, immer noch kränklich. Im April begann im »Universum« der Vorabdruck von »Cécile«.

155 An Theodor Fontane

Berlin, d. 14. Mai 1886

Mein lieber, alter Theo.

Verschiedenes liegt vor, worüber ich ein Wort sagen möchte, d. h. Nettes und Freundliches. Zunächst die Polterabend-Dichterei. Kein Mensch denkt daran, Dir aus der Verstopfung oder mindestens Nichthahnöffnung Deiner kastalischen Leitung einen Vorwurf zu machen. Selbst wenn Du ebenso viel Zeit hättest, wie Du wenig hast, kann man solche der höchsten Plackerei gleichkommenden Liebesdienste nur sehr ausnahmsweise und sehr spärlich von einem Menschen verlangen. Ich habe selbst zeitlebens so furchtbar unter solchen Forderungen gelitten, daß ich auf der Seite jedes stehe, der so mir nichts dir nichts zum Opfer ausersehen werden soll. Alle Welt hält »dichten« für langweilige Quatscherei und mehr oder weniger ungehörige Beschäftigung, die man nur Kindern und Imbeciles verzeiht, und doch verlangt jeder Bourgeois, Philister und Staatshämorrhoidarius seinen Vers, wenn's ihm gerade paßt. Darüber denken *wir* nun aber anders (speziell ich) und hüten uns, dergleichen als Forderung zu stellen. Was sich freiwillig gibt, ist gut; jemanden aber damit quälen, ihm die Pistole auf die Brust setzen: »dichte, dichte«, ist ebenso grausam wie gräßlich. So viel ganz allgemein; *hier* liegen außerdem noch die Dinge so verworren oder doch unbestimmt, daß der betreffende Dichter sich möglicherweise für den Papierkorb bemüht hätte. Mache also ein

heiteres Tafelliedchen, wenn Dir so zumute ist; damit wirst Du Dir den Dank aller verdienen.
Und nun Punkt zwei. Aus allerhand kleinen Zeichen und Andeutungen, zumal in Briefen an Deine Freunde, schient es fast, als nähmest Du an, daß wir uns Deinem Glücke gegenüber etwas mau und flau verhielten, und zwar, weil wir Dich lieber auf dem Felde der Haute finance gesehen hätten. Nichts kann falscher sein. Es liegt, Gott sei Dank, gerade umgekehrt. Deine Verlobung erscheint uns schlechtweg als eine Musterverlobung, als Ideal – uns allen, am meisten mir. Ob die Zukunft Glück oder Unglück für Dich hat, wer will das wissen, aber so viel Garantien fürs Glück gegeben werden können, so viel sind da: untadliger Ruf, Neigung, Liebenswürdigkeit, Heiterkeit. Du wirst doch nicht glauben, daß *wir*, die wir bei Sechsdreier glücklich und bevorzugt gelebt haben, mit einem Male das Glück im Mammonkultus finden sollten. Und nun gar im Hinblick auf *Dich!* Du könntest die Unbemitteltheit in Person heiraten und würdest uns doch keine Sorge machen. »Vor Peter ist mir gar nicht bange« usw. Bei Peter war es die Dummheit; was es bei Dir ist, will ich nicht sagen, um Dich nicht rot zu machen.
Alles grüßt herzlich. Wie immer Dein alter Papa

Im Juni fand die Hochzeit Georges mit Martha Roberts statt, anschließend fuhr Fontane mit seiner Tochter nach Krummhübel. Er hatte in den Wochen davor an »Irrungen – Wirrungen« gearbeitet, in der Sommerfrische nahm er sich wieder das Brouillon von »Quitt« vor.

156 An Karl Zöllner

Berlin 14. Juni 86

Theuerster Chevalier.
Aus der Fülle der Schwiegerväter und Schwiegermütter heraus – meine Stellung zu mir selber wird mir immer unklarer – sende ich Dir und Deinen Damen die herzlichsten Abschiedsworte.

Morgen früh will ich mit Mete fort (Milachen bleibt noch), denn ich kann kaum noch Zipp sagen. Die Hochzeit verlief ›doll genug‹; der Glanzpunkt war, nach *meinem* Geschmack, Mete, die – nachdem alle andern abgelehnt hatten in diesen sauren Apfel zu beißen – *Ludovika Hesekiel* leben ließ. Ich war ganz baff und erkannte, daß Kinder klüger sein können als die Alten. Ich glaube, es hätte Dich auch amüsiert. Dir für Franzensbad schwarzen Modder und blaue Tage wünschend, wie immer Dein alter

Noel

157 An Emilie Fontane

Krummhübel 19. Juli 86

Meine liebe Frau.

Die Einlagen sind heute die Hauptsache: Breif von Friedel, Brief von George. Beide werden morgen beantwortet, der eine von mir, der andre von Mete, – Du kannst Dich also ruhig dem Genusse Beider hingeben. Ueber Fr. sprechen wir demnächst mündlich; ich wünsche nicht, daß er sich auf diese Wippe begiebt, aber *das* muß ich ihm doch einräumen, daß all das, was er vorhat, kein Unsinn ist und daß ihm, bei nur leidlichem Glück, die Wippe zum lift werden kann, der ihn bequem in die Bel-Etage hebt. – Georges Brief ist reizend, klug, drüberstehend und ein gut Theil von seinem altem, ihm leider erheblich verloren gegangenen Humor darin. Erinnre Dich der Schilderungen, die ich, halb scherzhaft, vor 8 Wochen über das Leben eines unbemittelten Deutschen in Brighton, Hastings oder Torquai entwarf; – nun haben wir den Salat. Das ist ja trister, wie ich es in Brighton etc. durchlebt habe, da war wenigstens Glanz, der einen als Schauspiel bezaubern konnte; selbst *das* scheint hier zu fehlen: kleinstietzige, langweilige, kränkliche, morose Leute. Natürlich konnte es auch anders ausfallen; je älter ich werde, je tiefer empfinde ich, *alles* ist Glück und Gnade, das Kleine so gut wie das Große und der verdrehte Pastor Bernhardi mit seinem

Dreckweib von Frau (geb. Guticke) hatte Recht, wenn er betete: ›Gott, laß heute die Sonne scheinen; meine Frau hängt heute Wäsche auf.‹ Natürlich ist es frech und kindisch, den lieben Gott mit solchem Gebet zu inkommodiren, aber *das* ist richtig, daß wir nichts in unsrer Hand haben und daß wir von Minute zu Minute von einer Räthselmacht abhängig sind, die uns streichelt oder schlägt. Daher ist das mir Widerstrebendste und Aengstigendste das Vorsehung-spielenwollen so vieler Leute. Gott läßt sich nicht hineinpfuschen.

Mete hat sich leidlich wieder erholt, ist aber verstimmt. Sie findet, daß die Leute nicht freundlich, anerkennend und entgegenkommend genug gegen sie sind. Leider hat sie Recht. Die Dürftigkeit, Kleinlichkeit, Unbedeutendheit, oft auch Schofflinskischaft der Menschen wird mir immer klarer und sie zeigt sich unter anderm darin, daß nur sehr kluge und sehr gute und andrerseits nur ganz einfache, schlichte Menschen ein Wesen wie Marthas ertragen können. Was sie (Martha) am meisten kränkt, ist das, daß selbst die von *ihr* ausgehenden Freundlichkeiten nicht einmal erwiedert werden.

Diese von ihr gemachte Wahrnehmung ist nur zu richtig, aber sie müßte es leichter nehmen und nicht mit alten Philistern und dummen Jungen überhaupt noch rechnen wollen. Eine kluge Dame bedrückt blos solche inferiore Gesellschaft, die nur Bier trinken, Skat spielen, die Kellnerin in den Arm kneifen und mit 30 oder 35 ein möglichst reiches weibliches Wesen, die im Uebrigen sein mag wie sie will, heirathen wollen. Sie (Mete) thut mir schrecklich leid. Sie hat das Bedürfniß nach Auszeichnung und kann sie, nach ihren Gaben, beanspruchen. Und es wird ihr unter der Krummhübler und leider auch unter der Berliner Gesellschaft so wenig davon zu Theil. An Georges Hochzeit wirkte sie wie eine Fremde, so sehr, daß mir das Herz weh that. Schlimm. Aber es muß ertragen werden wie so vieles; ich kann es nicht ändern. Wie immer Dein

Th. F.

Empfiehl mich.

Bitte, schicke mir 100 Mark; ich könnte doch in Verlegenheit kommen.

Bis Anfang September blieb Fontane in Krummhübel, das diesmal aus Witterungsgründen nicht so erholsam war wie in den vergangenen Jahren. Anfang Oktober heiratete Theo in Münster.

158 An Theodor Fontane

Berlin, d. 2. November 1886

Mein lieber, alter Theo.
Morgen wirst Du 30, ein schönes Alter, besonders wenn man gesund, in Amt und Würden und glücklich verheiratet ist. Das hast Du alles und damit so viel, daß ich Dir nichts hinzu, sondern nur Fortdauer wünschen kann. Die Engländer sprechen von einem »honey-moon« und geben damit ein bestimmtes Zeitmaß; die Deutschen sind Gott sei Dank gemütlicher und sprechen von Flitterwochen, die statt vier auch 52 und noch länger dauern können. Sei es so.
Uns geht es leidlich, trotzdem es, wie herkömmlich, an Sorgen und Verstimmungen nicht fehlt. Ich persönlich leide, wie immer von Oktober bis Dezember, unter der Unverschämtheit meiner schriftstellerischen Kollegen, die alle von mir besprochen, d. h. gelobt sein wollen, ohne je um mich einen Finger zu rühren. Nachgerade werde ich ungeduldig.
Dem Koloniefest am 29. Oktober wohnten wir bei. Die Fontanes waren stark im Felde: George und Mete spielten im »Krieg im Frieden«, ich hatte den Prolog zu leisten. Mete sprang 36 Stunden vor der Aufführung für die erkrankte Lichterfelder Martha ein und setzte mich wieder in Erstaunen durch ihre Energie, ihr Gedächtnis, ihr Spiel. Es war eine öde, langweilige Rolle, aber sie machte etwas daraus und war die einzige, die wie eine Künstlerin wirkte. Schiebe dies nicht auf Voreingenommenheit und väterliche Eitelkeit; es ist so.

Kuß, Gruß, Empfehlungen Dir, Deiner lieben Martha und den verehrten Schwiegereltern.

Wie immer Dein alter
Papa

Ende des Jahres nahm Adolf Kröner für seine Zeitschrift ›Die Gartenlaube‹ Fontanes Erzählung »Quitt« an.
»Weihnachten und Sylvester verbrachten wir in aller Stille; an meinem Geburtstag rafften wir uns zu einer ›Gesellschaft‹ auf, die leidlich verlief.«
Im Januar des Jahres 1887 kam Henrik Ibsen nach Berlin, um bei der deutschen Erstaufführung seiner »Gespenster« anwesend zu sein.

159 An Georg Friedlaender

Berlin 12. Januar 87
Potsd. Str. 134.c

Hochgeehrter Herr.
Die Unruhe seit Sonnabend war groß, gesellschaftlich, politisch, theaterlich. Ibsens »Gespenster« setzten mich am Sonntag in höchste Spannung und Erregung und morgen früh werden Sie – wenn Stephany nicht anders darüber beschließt – meine Bedenken gegen das neue Evangelium Ibsen in der Vossin finden. Alle diese Vorgänge haben mich auch in meiner Correspondenz zurückgebracht und mir nicht einmal Zeit gelassen, Ihre Frage zu beantworten. Ich thue das nun in aller Kürze und behalte mir weitre Plaudereien für die nächste Woche vor.
Es giebt natürlich großartige Theatergeschichtswerke, an der Spitze *das* von dem verstorbenen *J. Klein,* den ich vor 6 oder 7 Jahren mitbegraben half, ein Begräbniß, das ich Ihnen mal beschreiben muß. Solcher Werke giebt es verschiedene, aber das bloße Lesen der Kapitel-Ueberschriften würde Sie matt und müde machen. Ich proponire, weil ich es in gleicher Situation immer so gemacht habe,

a. Einleitung.
b. Disposition. Skelett.
c. Behängung dieses Skeletts mit Conversationslexikonmaterial und
d. Ornamentirung dieses Behangmaterials mit Anekdoten aus dem Leben berühmter Künstler und Künstlerinnen.

a. und b. haben Sie in sich, d. auch (oder in Büchern und Broschüren, die Ihnen zur Hand sind) so daß es, bilde ich mir ein, nur des *Hinweises* auf das Convers. Lexikon bedarf, das Sie natürlich auch in Ihrer Bücherei haben. Das Convers. Lexikon, weil trocken in dem was es bringt, reicht für derartige Vorträge und Aufsätze nie ganz aus, aber es ist unschätzbar in der Uebersicht, in der *Material-Gruppirung* die es giebt. Das »Anputzen der Façade« macht sich nachher leicht.

Nächstens mehr. Unter Gruß und Empfehlung an die hochverehrte Frau und die Kinder, wie immer in herzlicher Ergebenheit

Th. Fontane

Die weitere Arbeit an einer neuen Erzählung »Stine« wechselte mit einer letzten Überarbietung von »Irrungen – Wirrungen«, die im Verlauf des Jahres in der Vossischen Zeitung erscheinen sollte.

Friedlaender hatte seine »Erinnerungen aus dem 70er Kriege« erscheinen lassen und sie Fontane gewidmet. Einige seiner Offizierskameraden nahmen Anstoß an bestimmten Formulierungen und leiteten ein Ehrengerichtsverfahren gegen ihn ein.

160 An Georg Friedlaender

Berlin 3. April 87
Potsd. Str. 134. c

Hochgeehrter Herr.

Es lag ohnehin in meiner Absicht, heute an Sie zu schreiben; nun kam Ihr Brief und wurde mir ein neuer Sporn. Sie konnten mir nichts Interessanteres schreiben, aber auch nichts Traurigeres. Lebe ich oder träume ich, leben wir unter Wilhelm I. oder unter Fr. W. I., unter Moltke oder unter dem alten Dessauer, haben wir eben bei Sedan oder blos bei Malplaquet gesiegt, sind wir in den Händen von Werbe-Offizieren oder im Schutze freiheitlicher uns unser Recht und unsre Würde garantierender Gesetze? Ja, die Sache liegt so, daß *Sie* persönlich unter den Werbe-Offizieren besser dran gewesen wären! Im Ganzen leben wir in einer forschen und großen Zeit und ich danke Gott täglich, daß ich nicht blos 1837, wo der Pegelstand am niedrigsten war, sondern auch noch 1887 erlebt habe; wir sind aus dem Elend, der Armuth und Polizeiwirthschaft heraus, alles gut, aber neben unsrer neuen Größe läuft eine Kleinheit, eine Enge und Unfreiheit her, die die verachtete Stillstands- und Polizeiperiode der 20er und 30er Jahre nicht gekannt hat. Besonders die militärische Welt überschlägt sich; es ist der verwöhnte Sohn im Hause, der, weil er am besten reiten und tanzen kann, sich unter Zustimmung der Eltern alles erlauben darf. Der Rest der Welt, wenn er eine eigne Meinung haben will, ist nur dazu da gescholten und verdächtigt, unter allen Umständen aber angepumpt zu werden. Von dieser militärischen Welt gilt in gesteigertem Maße das, was von der ganzen Zeit gilt: im Ganzen glänzend, im Einzelnen jämmerlich. Dabei mehren sich die Zeichen innerlichen Verfalls: Selbstsucht und rücksichtslosestes Streberthum sind an die Stelle feinen Ehrgefühls und vornehmer Milde getreten und während in den Herzen Rohheit und destruktive Ideen Fortschritte machen, zeigt sich nach außen hin ein todter, bei uns nie dagewesener Byzantinismus. Dabei wird die Jugend immer fachmäßig dummer, dem Hammel, der vorspringt, springen die andern nach und an die Stelle selbstständigen Denkens ist Salamanderreiben und Nachplapperei getreten. Früher wurden Dinge »Mode«, die nur der eine mitmachte der andre nicht, jetzt faßt ein Schlagwort oder gar eine »Parole« die Menschen mit der Macht einer Epidemie, der sich der Einzelne kaum entziehen kann und die so lange dauert bis ein bestimmter Theil der

Gesellschaft »ausgeseucht« ist. Aber schon ist eine neue Epidemie da und bemächtigt sich eines neuen Bruchtheils der Gesellschaft.
Ein Opfer solcher Epidemie sind nun auch Sie geworden, nicht in dem Sinne, daß Sie selbst davon befallen wurden (Gott sei Dank nicht) aber in dem in mancher Beziehung ebenso traurigen Sinne, daß Sie von solchen epidemisch Kranken in ihre Krankenstube hineingezerrt wurden. Und da sehen Sie sich nun mit Vorwürfen überhäuft, im Wesentlichen darüber, daß Sie gesund geblieben sind und nicht auch in des Militarismus Maien-Blüthe stehn. Welche Niedrigkeit, von Ihnen zu glauben, daß Sie sich die kleinen Rezensionen selbst besorgt hätten, zu glauben, daß Sie selbst der L. P. der Vossischen Zeitung seien! Ich habe leider auch zu unsren Oberbehörden *gar kein* Fiducit mehr – nicht weil es an gutem Willen, wohl aber an Zeit und Liebe für den Einzelfall fehlt – sonst bin ich wie von meinem Leben überzeugt, ein feiner, vornehmer Herr wie der Kriegsminister, würde nicht blos auf Ihre Seite treten, sondern empört sein über die grenzenlose Plumpheit, über die den eignen niedrigen Standpunkt verrathenden Anklagen, mit denen man gegen Sie vorgegangen ist.
Ein Mann von geachteter gesellschaftlicher Stellung, ein Richter, aus guter Familie dekorirt mit dem eisernen Kreuz – den stellt man vor Gericht, wenn Todtschlag, Diebstahl oder Verbrechen gegen die Sittlichkeit dem Staatsanwalt keine Wahl lassen, aber man bezichtigt ihn nicht, auf gut Glück hin und ohne jede Information, sich seine Lobartikel selbst geschrieben zu haben. Das ist, einem Ehrenmanne gegenüber, eine solche Schändlichkeit und Beleidigung, daß nicht Sie zur Rechenschaft gezogen *werden,* sondern umgekehrt, daß Sie die Verläumder zur Rechenschaft ziehen müßten. Aber sehen Sie, *das* ist gerade das Empörende, daß man recht gut weiß, daß Sie das nicht können, daß Sie Familienvater und *Nicht*-Pistolenschütze, sich diesen Affront gefallen lassen und dadurch zur allerbilligsten Heldenschaft so und so vieler junger oder auch älterer Offiziere beisteu-

ern müssen. Währen Sie ein Mann wie Fürst Pückler, oder hätte Fürst Pückler ein Büchelchen wie das Ihrige geschrieben, keine Hand hätte sich erhoben, keine Lippe sich gerührt, selbst Meie hätte wohlweislich geschwiegen, denn das ganze Offizierscorps hätte gewußt, der schießt mit Seelenruhe 6 von uns über den Haufen, er hat den Charakter und die Geschicklichkeit dazu! Sie können sich gar nicht vorstellen, wie mich speziell auch *dies* reizt und ärgert. Es ist unwürdig, einen Streit herauf zu beschwören und sich dann dem nach Lage der Sache zehnfach Schwächeren gegenüber, aufs hohe Heldenpferd zu setzen. Im Einzelnen werden dies auch wohl viele zugeben, aber wenn 20 oder 60 zusammen sind, siegt immer das Schlechte, das Thörichte, das Renommistische. Hammelsprung auch da. Der Münchhausensche Rath, den Spieß umzudrehen, ist *sehr* gut. Im Uebrigen wünsche ich Ihnen von ganzem Herzen endliche Beilegung dieser unerqicklichen, trübseligen Sache.
Gruß und Emfehlung Ihnen und Frau Gemahlin. Einen Kuß den Kindern. Wie immer Ihr

Th. Fontane

Mitte April erschien die Buchausgabe von »Cécile« im Verlag von E. Dominik in Berlin. »Es verkehrt sich sehr angenehm mit ihm, Fortfall aller Kleinlichkeit und Sechserwirtschaft. In 14 Tagen oder doch spätestens in drei Wochen war das Buch fertig und stand in den Schaufenstern. Die Aufnahme beim Publikum ziemlich gut.«

161 An Paul Schlenther

Berlin, d. 2. Juni 1887
Potsdamer Straße 134 c

Hochgeehrter Herr.
Erst gestern abend, wo Dr. Brahm eine Stunde bei uns verplauderte, habe ich in Erfahrung gebracht, daß ich die freundliche Besprechung »Céciles« in der »Vossin« Ihrer Güte verdanke.

Jede Zeile bekundet Wohlgeneigtheit gegen Buch und Verfasser, am meisten vielleicht da, wo der Schwächen und angreifbaren Punkte gedacht wird. So z. B. der Längen und Breiten in der Quedlinburger Lokalbeschreibung. Dabei hat Ihre Güte darauf verzichtet, den Leser wissen zu lassen, daß das Buch von solchen »Quedlinburgereien« (Julius Wolff, deutungsreich, ist aus Quedlinburg, nicht bloß Klopstock) wimmelt. In einem Punkt sind Sie mir, glaube ich, nicht ganz gerecht geworden. »Cécile« ist doch mehr als eine Alltagsgeschichte, die liebevoll und mit einem gewissen Aufwande von Kunst erzählt ist. Wenigstens *will* die Geschichte noch etwas mehr sein. Sie setzt sich erstens vor, einen Charakter zu zeichnen, der, soweit meine Novellenkenntnis reicht (freilich nicht sehr weit), noch nicht gezeichnet ist, und will zweitens den Satz illustrieren: »Wer mal drin sitzt, gleichviel mit oder ohne Schuld, kommt nicht wieder heraus.« Also etwas wie Tendenz. Auch das, wenigstens in dieser Gestaltung, ist neu. Mein Dank wird durch diese Bemerkungen nicht beeinträchtigt. In vorzüglicher Ergebenheit

Th. Fontane

Im Juli fuhr Fontane in das Seebad Rüdersdorf hinter Erkner bei Berlin und arbeitete dort verstärkt an verschiedenen Kapiteln für den Band »Fünf Schlösser«.

162 An Mathilde von Rohr

›Seebad Rüdersdorf‹ 8. Juli 1887

Mein gnädigstes Fräulein.

Mit Schrecken denke ich hier in meiner Einsamkeit an die Möglichkeit, daß meine Frau – sonst so sicher in ihrem Gedächtniß – den Geburtstag vergessen haben könnte und damit wenigstens einer aus der Familie erscheint, um seine Glückwünsche darzubringen, so schreibe ich von dieser abgelegenen Stelle aus und wünsche Ihnen alles Liebe und Gute, vor allem Gesundheit, die, wenn die Jugend hinter einem liegt, so ziemlich das Beste bedeutet.

Das Theater schloß diesmal mit dem 1. Juli, weshalb ich länger als in frühren Jahren in Berlin bleiben mußte; seit gestern bin ich hier, an einem für märkische Verhältnisse reizend gelegenen Ort, der sich ›Seebad‹ nennt, weil man in einem See hier baden kann. Ebenso gut ließe sich sagen ›Seebad Dobbertin‹. Es ist sehr hübsch hier und da ich das Talent habe, mich über das was fehlt, nicht zu grämen, so hoffe ich einige Wochen in Zufriedenheit und Ruhe hier zubringen zu können. Natürlich werde ich auch wieder arbeiten, was mich aber nicht bedrückt, sondern beglückt; ich habe vor über Quitzöwel, Rühstädt, Kleetzke, mit andern Worten über die Quitzows zu schreiben und möchte bei der Gelegenehit Ihre freundliche und mir immer Glück bringende Hand und Hülfe mal wieder in Anspruch nehmen. Zu den alten Quitzowgütern gehört nämlich auch *Stavenow*. Darf ich Ihre Güte nun wohl dahin in Anspruch nehmen, daß Sie an die junge Gräfin – hoffentlich noch immer die schöne und freundlich gesinnte Amélie – bez. an deren Gemahl die Frage richten, ob sich in den Gutsakten oder im Kirchenbuch oder in der Kirche selbst oder endlich in der Dorftradition vielleicht noch etwas Quitzowsches vorfindet? Es ist nicht nöthig, daß sich's auf die alten historisch-berühmten Quitzows (1400 bis 1414) bezieht, auch Mittheilungen aus spätren Jahrhunderten würden mir sehr willkommen sein, wobei mir historisch Anekdotisches oder poetisch Sagenhaftes immer das Liebste bleibt. Trockne Sachen, wie Verschreibungen, Besitzveränderungen oder Erweiterungen haben wenig Werth für mich, aber es würde um ein Beispiel zu geben, schon einen Werth für mich haben, wenn es hieße, *der* focht unter Gustav Adolf und *der* fiel als Oberst bei Roßbach etc. etc. Begehen Sie den 9. in Frohsinn, unterhaltlicher Gesellschaft und schöner Erinnerung.

Wie immer Ihr dankbar ergebenster

Th. Fontane

Ende Juli, am 24., einem Sonntag, begann der Abdruck von »Irrungen – Wirrungen« mit dem Untertitel »Eine Berliner Alltagsgeschichte« in der Vossischen Zeitung und dauerte 26 Folgen bis Ende August.
Im Juli wurde der erste Enkel, Otto, ein Sohn von Theo in Münster geboren.
Mitte August reiste Fontane zusammen mit seiner Tochter wieder nach Krummhübel, später kam Emilie nach.

163 An Theodor Fontane

8. September 1887

Mein lieber, alter Theo.
Sei schönstens bedankt für Deinen lieben Brief, dem ich in vielen Stücken zustimmen kann, freilich nicht in allen. In der Parallele, die Du zwischen »Irrungen, Wirrungen« und »Cécile« ziehst, stehe ich ganz auf Deiner Seite. Die langen Auseinandersetzungen über die Askanier werden nicht viel Freunde gefunden haben, und hinsichtlich meiner künstlerischen Absicht, den »Privatgelehrten« als eine langweilige Figur zu zeichnen, wird man mir mutmaßlich sagen, »meinem Ziele nähergekommen zu sein als nötig«. Als ich an »Cécile« arbeitete, begegneten mir allerhand Ödheiten in den Berliner und brandenburgischen Geschichtsvereinen, und weil diese Ledernheiten zugleich sehr anspruchsvoll auftraten, beschloß ich, solche Gelehrtenkarikatur abzukonterfeien. Ich hätte es aber lieber nicht tun sollen, die Novelle wäre dadurch um etwas kürzer und um vieles besser geworden. Auch darin hast Du recht, daß nicht alle Welt, wenigstens nicht nach außen hin, ebenso nachsichtig über Lene denken wird wie ich, aber so gern ich dies zugebe, so gewiß ist es mir auch, daß in diesem offnen Bekennen einer bestimmten Stellung zu diesen Fragen ein Stückchen Wert und ein Stückchen Bedeutung des Buches liegt. Wir stecken ja bis über beide Ohren in allerhand konventioneller Lüge und sollten uns schämen über die Heuchelei, die wir treiben, über das falsche Spiel, das wir spielen. Gibt es denn, außer ein paar Nachmittagspredigern, in

deren Seelen ich auch nicht hineinkucken mag, gibt es denn außer ein paar solcher fragwürdigen Ausnahmen noch irgendeinen gebildeten und herzensanständigen Menschen, der sich über eine Schneidermamsell mit einem freien Liebesverhältnis *wirklich* moralisch entrüstet? *Ich* kenne keinen und setze hinzu, Gott sei Dank, daß ich keinen kenne. Jedenfalls würde ich ihm aus dem Wege gehn und mich vor ihm als vor einem gefährlichen Menschen hüten. »Du sollst nicht ehebrechen«, das ist nun bald 4 Jahrtausende alt und wird auch wohl noch älter werden und in Kraft und Ansehn bleiben. Es ist ein *Pakt,* den ich schließe und den ich schon um deshalb, aber auch noch aus andern Gründen ehrlich halten muß; tu ich's nicht, so tu ich ein Unrecht, wenn nicht ein »Abkommen« die Sache anderweitig regelt. Der freie Mensch aber, der sich nach *dieser* Seite hin zu nichts verpflichtet hat, kann tun, was er will, und muß nur die sogenannten *»natürlichen Konsequenzen«,* die mitunter sehr hart sind, entschlossen und tapfer auf sich nehmen. Aber diese »natürlichen Konsequenzen«, welcher Art sie sein mögen, haben mit der Moralfrage gar nichts zu schaffen. Im wesentlichen denkt und fühlt alle Welt so, und es wird nicht mehr lange dauern, daß diese Anschauung auch *gilt* und ein ehrlicheres Urteil herstellt. Wie haben sich die Dinge seit den »Einmauerungen« und »In-den-Sack-Stecken« geändert, und sie werden sich weiter ändern. Empörend ist die Haltung einiger Zeitungen, deren illegitimer Kinderbestand weit über ein Dutzend hinausgeht (der Chefredakteur immer mit dem Löwenanteil) und die sich nun darin gefallen, mir »gute Sitte« beizubringen. Arme Schächer! Aber es finden sich immer Geheimräte, sogar unsubalterne, die solcher Heuchelei zustimmen. – Unrecht hast Du trotz Deines Balkons und Deiner Blumenzucht hinsichtlich der Blüherei; ich habe das mit den Kastanien und der Pappelwoll auf Tiergarten-Spaziergängen ausgeprobt. Überhaupt, wenn man nicht gerade die beiden äußersten Flügel, Frühling und Herbst, nimmt, das Mittlere schiebt sich immer mal durcheinander. – Daß Ihr vorhabt,

die Taufe hinauszuschieben, freut uns sehr; junge Mütter können sich nie genug in acht nehmen.
Grüße Deine Martha herzlichst, auch Soldmanns. Unsre Martha ist seit gestern im Gebirge, nach Spindelmühl und Sankt Peter.
Wie immer

Dein alter
Papa

Am 19. September trafen Fontane und Martha wieder in Berlin ein, Emilie war noch zu einer Freundin in der Nähe von Dresden gefahren. In diesen Tagen erkrankte George schwer an einer Blinddarmentzündung, Rettung war nicht mehr möglich und nach Tagen und Nächten voller Schmerzen starb er, erst 36jährig, am 24. September.

164 An Theodor Fontane

Berlin, d. 24. September 1887

Mein lieber, alter Theo.
Meinem Telegramm an Soldmann lasse ich noch diese Zeilen folgen, damit Du, wenn Du vielleicht morgen nach Münster zurückkehrst, doch einiges Nähere erfährst. Die Krankheit, Blinddarmentzündung, trat mit ungeheurer Vehemenz auf; er schrie vor Schmerzen, und als ich ihn am Mittwoch zuerst sah – der Dienstag war der schlimme Tag gewesen – sah er mich bereits mit Todesaugen an. Ich hatte gleich das Gefühl: er ist hin. Trotz alledem schien es besser zu gehn und alle drei Ärzte waren nicht ohne Hoffnung. Die letzte Nacht aber setzte wieder furchtbar ein, und nach vielstündigem, schwerem Kampfe schloß heute früh neun Uhr sein Leben. Ich trat in demselben Augenblick an sein Bett, als sein Puls stillstand; der Eisenbahnzug hatte mir nicht den Gefallen getan, sich um eine Minute zu verfrühen. Mete hatte ihn während der letzten vier Nächte mit heroischem Mute gepflegt, gemeinschaftlich mit einer grauen Schwester. Die Liebesbeweise Metes und die Tapferkeit und

Umsicht, womit sie ihn gepflegt, waren ihm das einzige Licht dieser schweren Tage, und er gab der Freude darüber auch Ausdruck bis zuletzt.
Es ist nicht nötig, daß Du kommst. Richte alles so ein, wie Dir's am besten erscheint. Daß Du ihm von Herzen zugetan warst, wissen ja alle.
Wie immer Dein alter Papa

Am 27. September wurde George Fontane zu Grabe getragen. »Das Begräbnis war herrlich, 4 Uhr Nachmittag, schönster Herbsttag, Exzellenzen und Generäle in Fülle, Kränze über Kränze, und die Gardeschützen gaben die drei Salven, die ihm als ›alten Krieger‹ zukamen. Er liegt nun auf dem Lichterfelder Kirchhof, einem umzäumten Stück Ackerland, und ich wünsche mir die gleiche Stelle.«

165 An Paul Lindau

Berlin, 3. Oktober 1887

Hochgeehrter Herr und Freund,
Seien Sie schönstens bedankt für Ihre freundlichen Zeilen, und entschuldigen Sie, daß ich eine schwarzgeränderte Anzeige, deren es natürlich auch gab, unterlassen habe. Aber Sie verstehen ja dergleichen und empfinden mit mir, daß man nicht zurückhaltend genug sein kann. In solcher großen Stadt wird so viel gestorben, daß sich, wenn man dran ist, Schweigen und Stille geziemt. Ich denke mitunter mit Schrecken daran, daß ich, wie Radowitz, bei 19° Kälte sterben könnte und möchte schon jetzt jedem zurufen: »ich bitte Sie um Gotteswillen bleiben Sie zuhause. Gestern war ich schon wieder in Richard III., der ja mit einem offenen Sarg und einer jungen trauernden Wittwe anfängt. Es lief mir alles durcheinander, Sein und Schein, Wirklichkeit und Bild, und sinnlich und auf empirischem Wege ging mir der Inhalt der Berkeleyschen Philosophie auf, die Lehre von dem blos Visionären von Welt und Leben.

Mit der Bitte, mich Frau Gemahlin empfehlen zu wollen, wie immer Ihr

Th. Fontane

166 An Georg Friedlaender

Berlin 12. Okt. 87
Potsd. Str. 134. c

Hochgeehrter Herr.

Die ganze vorige Woche und auch dies noch bis zu dieser Stunde stand im Dienst von »Zu guter Stunde«, weil ein längeres Warten auf M. S. nicht mehr möglich war. Und es war gut so, denn es unterbrach mich bei den Danksagungsbriefen, die schon weit über 100 hinaus waren und mich zuletzt ganz stumpf gemacht hatten. Ueberhaupt ist die Art wie der Trauerapparat arbeitet, doch sehr unvollkommen und beinah roh, roh weil er das Beste was der Mensch hat, zu bloßer Phrase, ja zur Kunstthräne und Gefühlsheuchelei herunterdrückt. Und dabei noch die widerwärtige Wahrnehmung, daß die Menschen im höchsten Maße unzufrieden mit einem sind und Asche streun und Kleider zerreißen verlangen und einen noch nicht einmal für einen Eisblock halten. Denn der kann doch wenigstens schmelzen. Der »andre« ist mit dem »andren« nie zufrieden und zum Kolossalmuth und zur Kolossalliebe, verlangte er auch den Kolossalschmerz. Und doch ist Maß nicht nur das Schöne, sondern auch das Wahre. Sie sehen, selbst dieser schmerzliche Fall, der nun auf dem Rest meines Lebensweges neben mir hergeht, hat meine Menschenanschauung nicht geändert am wenigsten erquicklicher und beglückender für mich gemacht. Es giebt viel Freundliches in der Welt, aber das offiziell Freundschaftliche, da hapert's. Auch auf diesem Gebiete wächst das Beste in der Freiheit, Freundschaft aber ist eine Zwangsanstalt.

In der heutigen Vossin hat uns L. P.'s Besprechung eines Buches von Maler Lüders ungemein erfreut; in gewissem Sinne sind *Sie* der Held der Besprechung. Es ist jammerschade, daß das den

Personen, an die sichs richtet, nicht zu Gesichte kommt. Freilich, es würde da nicht viel helfen und mit »Judenblatt« abgethan sein. Ich werde aber doch eigens noch an L. P. schreiben und in ihn dringen, dieselben Worte zu gebrauchen, wenn er über eben das Buch vielleicht auch an die Schles. Ztg. schreibt. Viele Grüße von uns allen an Sie und Frau Gemahlin. Was macht Bergel? Wie immer Ihr treu ergebenster

Th. Fontane

In den folgenden Wochen und Monaten schrieb Fontane an seinem im Sommer konzipierten Roman »Unwiederbringlich«. Daneben lief wie in allen Jahren die Theaterkritik für die Vossische Zeitung.

167 An Theodor Fontane

Berlin, 9. Dezember 1887

Mein lieber, alter Theo.

Eben bin ich mit einer ellenlangen »Othello«-Kritik fertig, und meine »Eilenden« (diesmal Mama) tragen sie zur Vossin; die 16 Blätter haben mich diesmal aber nicht erschöpft, und so benutze ich noch die Stunde bis Mittag, Dir für Deinen lieben Brief zum »5. Dezember« zu danken. Es werden der Erinnerungstage immer mehr, leider auch der schmerzlichen, und der 24. September macht nun den guten und schlechten Tagen, die voraufgingen, schwere Konkurrenz. Übrigens (eine Wahrheit, die Du recht spät erst am eignen Herzen empfinden mögest) diese schmerzlichen Tage haben auch ihr Gutes, und wenn man den Tod mit Recht den großen Gleichmacher genannt hat, so hat doch auch schon der bloße Hinblick auf den Tod, das Fühlen seiner Gegenwart, etwas von dieser nivellierenden Kraft, und die Dissonanzen, die Gegensätze, weil man ihren baldigen Ausgleich nahe weiß, werden minder schwer empfunden.

Aber was sollen Dir, dem 31jährigen, diese Betrachtungen! Du stehst Gott sei Dank im Leben und hast eine junge hübsche Frau

und einen kleinen netten Jungen, und wenn's Glück gut ist, bist Du binnen kurzem das Beste, was man in Preußen sein kann: ein »Rat«. Du schreibst zwar von »7 Jahre Münster«, aber wir sind hier ganz anders informiert, denn der große Litty war hier und hat ganz Berlin W unter kolossale Gerüchte gesetzt. Danach reiten unter Bronsart nicht nur die Toten schnell, wie Du schreibst, sondern auch die Lebenden, und binnen heut und übers Jahr mußt Du, als höhere staatsrettende Kraft, hier irgendwo einrücken. Unsre Arme werden Dich zärtlich empfangen. All dies ist natürlich vorläufig Ulk, und Littys Wiege, gleichviel, wo er geboren, muß zwischen Münchhausen und Till Eulenspiegel gestanden haben, aber alle Lügner und Aufschneider sagen mitunter auch die Wahrheit, ja sagen sie, was die Hauptsache ist, ohne es zu wissen. Denn wenn sie wüßten, daß es die Wahrheit wäre, so genügte es ihnen nicht, und sie sagten etwas andres. So war z. B. Hesekiel, an dem ich 20 Jahre lang diese Lügenform studiert habe. Übrigens glaube ich nicht, was Deine Stellung angeht, an ruhige, stufenweise Entwicklung, erstlich wirst Du wohl überhaupt ein Springer sein, aber wenn dies auch nicht wäre, die Kriegswolken hängen verdammt dicht über uns, und wird erst auf Memel zu marschiert, wo Litty dann seinen Vater in pontificalibus besuchen kann, so wird es wohl zu rapiden Avancements[1] kommen, selbst wenn Vater Lachmann, der eigentlichste Verpflegungsbeamte, wieder konkurrierend einspringen sollte. Freilich, die podolischen Ochsen werden ihm diesmal wohl verschlossen sein; ein paar neue Millionen schlägt er aber doch dabei heraus. Ich gönne sie ihm und freue mich, daß ich nicht Buch darüber zu führen habe.
Hier nicht viel Neues. Martha-Lichterfelde ist oft hier, weil sie wenigstens sicher ist, sich bei unsrer grünen Lampe nicht ganz in Dalldorf zu befinden, was bei der Hängelampe von Vater Robert immer zweifelhaft ist. Übrigens fällt mir bei dem Namen »Lichterfelde«, den ich eben niedergeschrieben habe, ein – hast Du denn die Prozeßverhandlungen zwischen dem Kriegsministerium und Carstenn-Lichterfelde gelesen? Höchst interessant.

Der preuß. Staat kann keinen größeren Bewunderer haben als mich (daß er mir *sympathisch* wäre, kann ich nicht sagen), aber mitunter kriegt diese Bewunderung doch einen Knacks. Wenn ich an das Ehrengericht über Friedlaender und nun jetzt an diesen Prozeß Carstenn-Lichterfelde denke, so erscheint mir dies ganze Staatswesen grotesk, karikiert und, was das schlimmste ist nicht mal ehrlich, sicherlich nicht anständig. Und das sind denn auch in der Tat die staatlichen »Korrektheiten«, die uns in der ganzen Welt so verhaßt gemacht haben und wahrhaftig nicht mit Unrecht. Es gibt nicht zwei Sorten von Anständigkeit, und was ein anständiger Mensch nicht darf, das darf auch ein anständiger Staat nicht. Verstößt der Staat gegen diesen einfachen Satz, so gibt er nur ein schlechtes Beispiel.
Und nun küsse Frau und Kind von »Großpapa« und sei herzlich gegrüßt von

Deinem alten
Papa

168 An Mathilde von Rohr

Berlin 2. Januar 88
Potsd. Str. 134. c

Mein gnädigstes Fräulein.
Herzlichsten Dank für Ihre Glückwünsche zum 30. Der Tag verging still, vor allem der Abend, denn Zöllners, die sonst wohl für etwas Leben und Frische gesorgt hätten, sind ja selbst in Trauer. Trauer überall. Der Senator Eggers (dessen 4bändige Rauch-Biographie, ein ausgezeichnetes Werk, jetzt nach 15 Jahren, glücklich beendet ist) hat seinen Bruder verloren, der, sonderbarerweise, zugleich sein Schwiegervater war. Der sogenannte ›Ohren-Lucae‹ ist wegen hochgradigen Nervenleidens wieder nach Nassau geschickt; mitunter denkt man, die ganze Welt ist krank und elend und staunt darüber, daß mit dem kranken Material doch Kriege geführt werden sollen. Und nun Kaiser, Kronprinz, Prinz Wilhelm – ein langes Kapitel, und in

mehr als einem Betracht ein trauriges, denn, ich glaube, es ist den Parteien gelungen, doch eine Art Entfremdung zwischen Vater und Sohn und dann *wieder* zwischen Vater und Sohn herzustellen, so daß die frühre Generation immer glauben muß, die nächstfolgende warte auf ihren Tod. Vielleicht ist es auch so, ja sogar menschlich begreiflich. Wir gehen wohl sehr bewegten Zeiten entgegen; mir wär' es lieber, sie blieben aus. Mit herzlichsten Glückwünschen für Ihr Wohl, in aufrichtiger Ergebenheit Ihr

Th. Fontane

Ende Januar erschien in dem Dresdner Verlag von F. W. Steffens »Irrungen – Wirrungen« als Buch. Für »Stine« fand Fontane jedoch zunächst keinen Verlag.

169 An Ludwig Pietsch

Berlin, 10. Februar 1888

Teuerster Pietsch.

Das jüngste Kind meiner Laune wird Ihnen wohl schon 2 Stunden vor Eintreffen dieser Zeilen zugegangen sein. Wenn Ihre Güte Veranlassung nehmen wollte, der Welt zu versichern, daß der Roman selbst nicht zu den *großen* »Irrungen« zählt, und jedenfalls nicht die Absicht hatte, die »Wirrungen« auf dem Gebiet der Sittlichkeit zu vergrößern (eher das Gegenteil), so würde ich Ihnen zu erneutem Danke verpflichtet sein. Es war sehr liebenswürdig, daß Ihre liebe Frau neulich vorsprach. Wenn ich meinen »Zug nach dem Westen« vornehme, was recht bald geschieht, erkundige ich mich nach Ihrer aller Befinden.

Der arme Kronprinz! Da ist man mit seinem eigenen kleinen Leid doch besser dran.

In herzlicher Ergebenheit

Ihr

Th. Fontane

Wenn Sie ein paar freundliche Worte sagen, so, wenn's sein kann, in der Schlesischen, woran mir wegen meiner schlesischen Beziehungen sehr liegt. In der Vossin wird wohl Schlenther schreiben, vorausgesetzt, daß Stephany nicht andere Beschlüsse faßt.

170 An Emil Schiff

Berlin, d. 15. Februar 1888
Potsdamer Straße 134 c

Hochgeehrter Herr Doktor.

Es erschiene mir wenig artig, wenn ich auf Ihren so liebevoll eingehenden Brief nicht ein paar Worte antworten wollte. Zunächst natürlich meinen besten Dank. Und nun die Dialektfrage! Gewiß wäre es gut, wenn das alles besser klappte, und die realistische Darstellung würde neue Kraft und neue Erfolge daraus ziehn. Aber – und indem ich dies ausspreche, spreche ich aus einer vieljährigen Erfahrung – es ist sehr schwer, dies zu erreichen, und hat eine wirkliche Vertrautheit des Schriftstellers mit allen möglichen Dialekten seines Landes zur Voraussetzung. Ich griff früher, weil ich mich dieser Vertrautheit nicht rühmen darf, zu dem auch von Ihnen angeratenen Hilfsmittel und ließ durch Eingeweihte, die übrigens auch nicht immer zur Hand sind, das von mir Geschriebene ins Koloniefranzösische oder Schwäbische oder Schlesische oder Plattdeutsche transportieren. Aber ich habe dabei ganz erbärmliche Geschäfte gemacht. Alles wirkte tot oder ungeschickt, so daß ich vielfach mein Falsches wiederherstellte. Es war immer noch besser als das »Richtige«. Kurzum, so gewiß Sie im Prinzip recht haben, tatsächlich danach zu verfahren, wird sich nur selten ermöglichen lassen. Es bleibt auch hier bei den Andeutungen der Dinge, bei der bekannten Kinderunterschrift: »Dies soll ein Baum sein.« Mit gewiß nur zu gutem Rechte sagen Sie: »Das ist kein Wienerisch«, aber mit gleichem Rechte würde ein Ortskundiger sagen (und ist gesagt): »Wenn man vom Anhaltischen Bahnhof nach dem Zoologischen fährt, kommt man bei der und der Tabagie *nicht* vorbei.« Es ist mir selber fraglich, ob man von einem Balkon der Landgrafenstraße aus den Wilmersdorfer Turm oder die Charlottenburger Kuppel sehen kann oder nicht. Der Zirkus Renz, so sagte mir meine Frau, ist um die Sommerzeit immer geschlossen. Schlangenbad ist nicht das richtige Bad für Käthes Zustände; ich habe deshalb auch Schwalbach noch eingeschoben. Kalendermacher würden gewiß leicht herausrechnen, daß in der und der Woche in dem und dem Jahre Neumond gewesen sei, mithin kein Halbmond über dem Elefantenhause gestanden haben könne. Gärtner würden sich vielleicht wundern, was ich alles im Dörrschen Garten a tempo blühen und reifen lasse; Fischzüchter, daß ich – vielleicht – Muränen und Maränen verwechselt habe; Militärs, daß ich ein Gardebataillon mit voller Musik vom Exerzierplatz kommen lasse; Jacobikirchenbeamte, daß ich den alten Jacobikirchhof für »tot« erkläre, während noch immer auf ihm begraben wird. Dies ist eine kleine Blumenlese, eine ganz kleine; denn ich bin überzeugt, daß auf jeder Seite etwas Irrtümliches zu finden ist. Und doch bin ich ehrlich bestrebt gewesen, das wirkliche Leben zu schildern. Es geht halt nit. Man muß schon zufrieden sein, wenn wenigstens der Totaleindruck der ist: »Ja, das ist Leben.«

In vorzüglicher Ergebenheit Th. Fontane

Am 9. März starb der Kaiser, Wilhelm I., *und sein bereits schwerkranker Sohn bestieg als Friedrich* III., *57jährig, den Thron.*

171 An Martha Fontane

Berlin 13. März 88
Potsd. Str. 134. c

Meine liebe Mete.

Mama wird Dir wohl schon für Deinen Brief gedankt haben; sie hat mir auch die erste Seite des ihrigen vorgelesen, weil sie wohl fühlte, daß ihr diese erste Seite sehr gelungen war und ich habe mit meinem Lob auch nicht zurückgehalten. Es ist auch meine ehrliche Ueberzeugung, daß der traurigste Standpunkt, den man einnehmen kann, der des Philisters, des nüchternen Besserwissers ist, der sich ›sneering‹ neben solche *elementaren* Erscheinungen stellt. Denn elementar und in ihrer Art groß ist auch eines Volkes Neugier und Schaulust, wenn ein mit Recht gefeierter 91jähriger Kaiser gestorben ist. Aber so gern ich das zugebe, so gewiß ich weiß, daß bei Kritik und Aufklärung und auf den Grund gehn, gar nichts herauskommt, so kann ich doch diese Dinge nicht gläubig *mitmachen,* Dinge von deren Hohlheit und Lüge ich durchdrungen bin. Ich weiß wohl: ›Nur der Irrthum ist das Leben und die Wahrheit ist der Tod‹ – das Tiefste, was je über Mensch und Menschendinge gesagt worden ist. Aber wie das Tiefste, so doch zugleich auch das Traurigste. Bewußt wird, von Kaiser und König an bis zum Bettler hinunter, gelogen, vor allem eine beständige Gefühls- und Scheinheiligkeits-Komödie aufgeführt; was wir Glauben nennen ist Lug und Trug oder Täuschung oder Stupidität, was wir Loyalität nennen, ist Vortheilsberechnung, was wir Liebe nennen ist alles Mögliche, nur meist nicht Liebe, was wir Bekenntnißtreue nennen ist Rechthaberei. ›Das *ist* sein Fleisch und Blut‹, ›das *bedeutet* sein Fleisch und Blut‹, – auf diesen Unterschied hin wird verbrannt und geköpft, werden Hunderttausende in Schlachten hingeopfert und eigentlich – eine Handvoll verrückt fanatischer Pfaffen ausgenommen – ist es jedem gleichgültig. Ich habe noch keinen kennengelernt, dem es *nicht* gleichgültig gewesen wäre, selbst unsre gute alte W. ist au fond mehr für Fasan und Hutzelbrod; oder gar Austern, bei denen sie jedesmal ein andächtiges Gesicht annimmt. Alles Höchste und Heiligste kommt vor oder richtiger es giebt ernste, tiefe Ueberzeugungen (die drum noch lange nicht die Wahrheit zu sein brauchen) für die gelegentlich ein Einzelner ehrlich stirbt, aber dieser Einzelne ist der Tropfen Urtinktur im Ozean. Der Ozean ist nichtiges, indifferentes Wasser. Und die Menschheit ist noch lange nicht Wasser, sondern blos Sumpf, mit

Infusorien in jedem Tropfen, vor denen man, wenn man sie *sieht,* ein Grauen und Schaudern empfindet. Der alte Wilhelm, als vor Jahr und Tag das Volksansammeln vor seinem Fenster Mode wurde, sagte: ›Dieselben Menschen, wenn ein politischer Umschlag eintritt, zerreißen mich!‹ Nur *zu wahr.* Wir haben nur das bischen Kunst und Wissenschaft, das uns, in ehrlicher Arbeit, über uns erhebt und haben als Bestes die *Natur.* Alles andre ist Mumpitz, und je mehr Lärm und patriotischer Radau desto mehr. Es hat alles gar keinen Werth. Aber man muß es gehn lassen und auch schließlich noch so thun als freue man sich darüber. Denn um es zu wiederholen, das andre ist blos langweiliger aber nicht besser. Wir stecken schlimm drin; das heißt Mensch zu sein. – Daß die jungen Mädchen nach Southampton resp. London gehn, finde ich reizend. Das sind so Vorzüge, ja beinah Tugenden der neuen Zeit. Wie immer Dein alter

Papa

B. 13. 3. 88. Abends

Eigentlich wollte ich heute Mittag über die ›Proklamation‹ schreiben und über den noch viel wichtigeren Erlaß Friedrichs III. an Bismarck. Als mir Mama dies Schreiben heute früh vorlas, hatte ich den Eindruck: in der Anerkennung mau und flau (nur so grade das Nöthigste) in der *Kritik* weitgehend und eigentlich die ganze Bismarcksche Politik umfassend. Keine Aenderungen im Wahlgesetz, nicht ›offne Stimme‹ statt Zettel, keine Aenderung in den Wahlperioden, keine Maigesetze und vor allem auch keine *Aufhebung* der Maigesetze, keine Stöckerei, kein Koegelscher Orthodoxismus, kein Antisemitismus, keine beständig wachsende Zahl der Armee-*Ziffer* (er betont nur die ›Ausbildung‹ und die ›Organisation‹ der Armee) kein Staats-Socialismus, kein unbedingtes Anrecht auf Arbeit und Hülfe, keine Steuerschraube, keine ›Prämienwirthschaft‹, wahrscheinlich auch kein Tabacksmonopol, – mit andern Worten *alles* anders als es war, in feiner Form und mit vorläufiger Umgehung der sogenannten ›äußeren Fragen‹, eine totale Verurtheilung oder

doch mindestens Anzweiflung der gesammten Bismarckschen Politik. Daß Bismarck in Person seit gestern oder vorgestern eine ›Venen-Entzündung‹ hat, ist mir nur zu begreiflich. Soll nach diesem Programm gewirthschaftet werden, so bleibt kein Stein auf dem andern; nicht nur Bismarck, *alle* Minister erhalten eine II. b., Puttkamer an der Spitze, dann Scholz, dann Goßler, dann Lucius, nur Friedberg kommt glatt durch und erhält, übrigens wohlverdient, den schwarzen Adlerorden. Darüber Jubel in Israel. Ich sprach mich schon heute Vormittag über das Bedrohliche dieser Situation aus, Mamà wollte nicht recht dran glauben, ›ach, Du redest immer‹, nun ist vor einer Stunde das Abendblatt der Vossin gekommen und nun hat sie's schwarz auf weiß. Ich habe nicht argwöhnisch oder schwarzseherisch geurtheilt, es ist klar, daß die fortschrittliche Partei die Sache grade so ansieht wie ich und in diesem sanften, stillen, reservirten Programm eine Kriegserklärung erblickt. Aber während sich der Fortschritt dieser versteckten und doch ganz deutlichen Kriegserklärung gegen B. freut, erschrecke ich davor. Bismarck kann das nicht ruhig einstecken, auch *dann* nicht, wenn der Kaiser ihn bittet zu bleiben und die Möglichkeit einer Versöhnung auf diesem oder jenem Punkte in Aussicht stellt. Das Desaveu ist *zu* stark. Bismarck kann nur bleiben, wenn er mit Bergmann gesprochen und von diesem gehört hat: ›3 Wochen, oder 6 oder 9, aber nicht mehr.‹ *Dann* kann er sich bezwingen und bis Pfingsten seiner Venen-Entzündung leben. Aber ob es kurz oder lange dauert, viele solche Experimente, die, wenn weiter nichts, mindestens eine kolossale Stärkung der Opposition bedeuten, hält der Staat nicht aus. Keinesfalls können sie zu seinem Gedeihen beitragen. ›Berlin in schwarz‹ interessirt mich gar nicht (alles Blech und Straßenkomödie), aber ›Bismarck in schwarz‹ und sein Politik auf dem Katafalk todt ausgestellt und mit Fingern drauf gewiesen, – *das* interessirt mich. Es ist wie wenn Gladstone oder Prinz-Consort Redivivus an die Regierung gekommen wäre. ›Grau, theurer Freund, ist alle Theorie.‹
Wie immer Dein alter Papa

172 An Theodor Fontane

Berlin, 9. Mai 1888

Mein lieber alter Theo.

Schon längst hätte ich Dir mal wieder geschrieben, wenn ich nicht, und zwar mit immer steigendem Eifer, mit der Zuendeführung meines neuen Romans beschäftigt gewesen wäre. Nun ist er, im Brouillon fertig, vorläufig beseite geschoben. Titel: »Frau Kommerzienrätin oder Wo sich Herz zum Herzen findet«. Dies ist die Schlußzeile eines sentimentalen Lieblingsliedes, das die 50jährige Kommerzienrätin im engeren Zirkel beständig singt und sich dadurch Anspruch auf das »Höhere« erwirbt, während ihr in Wahrheit nur das Kommerzienrätliche, will sagen viel Geld, das »Höhere« bedeutet. Zweck der Geschichte: das Hohle, Phrasenhafte, Lügnerische, Hochmütige, Hartherzige das Bourgeoisstandpunkts zu zeigen, der von Schiller spricht und Gerson meint. Ich schließe mit dieser Geschichte den Zyklus meiner Berliner Romane ab, es sind 6 im ganzen, und habe vor, wenn mir noch ein paar Jahre vergönnt sind, mit einem ganz balladesken historischen Roman, der um 1400 spielt, abzuschließen. Die Leute mögen dann sehn, daß ich auf Zoologischen Garten und Hankels Ablage nicht eingeschworen bin und daß ich imstande bin, meine Personen ebensogut eine Simplizitätssprache wie die Bummel- oder Geistreichigkeitssprache des Berliner Salons sprechen zu lassen. Ich sage: »Die Leute mögen dann sehn«, ja, »sie mögen«, aber sie werden nicht, denn das Quantum von Gleichgültigkeit, das die Menschen allem entgegentragen, was nicht Modesache ist, ist kolossal. Es ist so groß, daß es beispielsweise ein Fehler ist, sich gegen einen hämischen Angriff zu verteidigen oder auch nur einen groben Druckfehler zu korrigieren, denn von einer Zeitungsnummer bis zur andern ist schon alles wieder vergessen, der Druckfehler gewiß, aber auch die Verleumdung. Freundschaft und Liebe verschwinden immer mehr; in der Familie kommen diese Luxusartikel noch vor, weil die Familie nichts ist als ein auf 3 oder 5 (höhere Zahlen sehr selten) erweitertes Individuum, das von ein

Abb. 19: Theodor Fontane nach einer Zeichnung von Ismael Gentz etwa 1888

und demselben Egoismus inspiriert wird; da kommt dann noch ein annähernd gemeinschaftliches Fühlen vor, und die Berührungen mit dem Knotenstock oder mit drei Pfauenfedern, wie sie dem einen zuteil werden, treffen den andern mit. Aber sowie man über den Kreis der Familie hinaus ist, beginnt die Sahara, dann und wann eine Oase mit einem Baum und einem Quell, sonst nur Wüstengeier und die Trümmer der armen Kamele, die vor einem des Weges zogen und jämmerlich umkamen in Sand und wieder Sand. Da hast Du meine Stimmung; je mehr sie wächst, je mehr ich mich davon überzeuge, daß sie, so schlecht sie ist, immer noch nicht schlecht genug ist, denn die Natur schuf mich zum Optimisten und Heitersehen, je mehr, sag ich, ich mich gezwungenermaßen von der einzigen Berechtigung des Pessimismus überzeuge, desto mehr ziehe ich mich in meine Klause zurück und meide die Berührung mit den Menschen, die fast immer unangenehm ist. Ein großer Teil der Schuld wird wohl auch an mir selbst liegen, ja, ich würde geneigt sein, ihn nur in mir zu suchen, wenn es nicht so viele Abschnitte in meinem Leben gäbe, die mir den Beweis liefern, daß es doch auch an der Außenwelt liegen muß. In der Fremde (England, Frankreich) sind mir die häßlichen Gefühle, die mich in unsrer Stadt Berlin bedrängen, erspart geblieben, und wenn ich im Sommer 3 Monate lang im Riesengebirge bin und in Krummhübel, Arnsdorf, Schmiedeberg, Erdmannsdorf mehr Gesellschaften mitmache als in 9 Monaten in Berlin, so bleiben mir auch an diesen Plätzen Verstimmungen und Ärgernisse erspart. Es muß also doch an der großen Stadt liegen. Es fehlt alles Wohlwollen, alles Interesse, jeder ist jedem nur im Wege, und was Lindau mal von Spielhagen sagte: »Er ärgert sich, wenn die Lucca in New York 17mal herausgerufen wird, denn Spielhagen sagt sich dann in seiner Eigenschaft als ›internationaler Schriftsteller‹: die Gesamtwelt kann nur ein bestimmtes Quantum von Enthusiasmus aufbringen, und wenn die Lucca zuviel davon wegfrißt, so muß mein Anteil notwendig geringer werden« – dies Lindausche Wort paßt auf unser Berliner Leben von Nummer zu Nummer, vor allem auf Lindau selbst, der den guten Spielhagen nur durch Einblick in die eigne freie Seele *so* gut charakterisieren konnte. Du bist nun seit ein paar Jahren Beamter und wirst wohl aus eigner Wahrnehmung, um nicht zu sagen Erfahrung, das Vorhandensein jenes schönmenschlichen Zuges, der sich Neid nennt, bestätigen können. Das oftgewählte Bild von der Beresina-Brücke wird immer wahrer. Indessen, es ist, wie es ist, und wehe dem, der sein Herz darüber mit Trauer füllen will; man kann seinen Pessimismus auch in Rot, ja in Zeisiggrün kleiden und ihn auf Heiterkeit abrichten. Mehr, man kann auch wirklich wieder heiter dabei werden, vorausgesetzt, daß man ein glückliches Temperament hat. Man erkennt zuletzt in allem ein Gesetz, überzeugt sich, daß es nie anders war, und findet für sich persönlich sein Genüge in Arbeit und Pflichterfüllung. Das den Dingen scharf ins Gesicht sehn ist nur momentan schrecklich, bald gewöhnt man sich nicht nur daran, sondern findet in der gewonnenen Erkenntnis, auch wenn die Ideale darüber in die Brüche gingen, eine nicht geringe Befriedigung. Die höchste Ruhegebung aber kommt einem aus dem memento mori, und eine Viertelstunde auf dem Lichterfelder Friedhof rückt einen immer wieder zurecht. Freilich immer noch nicht dauernd genug. Immer noch wieder Rückfälle in das, was die Frommen das Irdische nennen. Es geht auch nicht gut anders, weil einem sonst nichts bleibt als das Kloster oder das Spital. Kloster ginge, Spital nicht. Auch hierin sind uns die Katholiken um einen Schritt voraus. Armer Luther, soviel Segen und soviel Fluch.

Ich war gestern in Lichterfelde; das Grab wurde, von Gärtner und Totengräber, gerade seiner vergilbten Kranzmasse entkleidet und sah aus wie ein kleines, niedriges Sandbeet; ich konnte meinen Kranz nicht mal niederlegen und mußte ihn über den Rosenstrauch eines Nachbargrabes legen. Dann ging ich wieder auf die Robertsche Villa zu; sie wirkt auf mich jedesmal, als wäre sie gebaut für Schwermut, bedrücktes Herz und unglückliche Liebe. Nicht für eine Million zöge ich da hinein. Nur ein Dickhäuter, der einen Harem drin etabliert und neue Pläne zur

Beschwindelung der Menschheit ausbaldowert, nur ein solcher kann den Trauergenius von dieser Stätte bannen, nur mit ganz Gemeinem ist ihm beizukommen. Nicht für eine Welt nach Lichterfelde in die Sommerfrische, aber irgendwo muß sie doch genommen werden, und ich habe vor, mich diesmal im Nordosten von Berlin umzusehen, an der Stettiner Bahn entlang. Nach Krummhübel gehe ich erst Ende August.

Der kleine Brahm, der mich neulich besuchte, will nach Wiesbaden und von dort nach Paris. Es ist nicht wahrscheinlich, daß er für einen verkappten preußischen Offizier gehalten wird, selbst als Füsilier würde er immer noch einer Extrastellung am linken Flügel der 12. Kompanie bedürfen. Sein Schillerbuch (sehr gut) erscheint in den nächsten Tagen bei W. Hertz. Er, Schlenther und ein junger Max v. Waldberg (früher auch ein Zwangloser), dazu Schiff und Mauthner, haben sämtlich sehr ausführlich und sehr anerkennend über »Irrungen, Wirrungen« geschrieben, so daß ich ohne Übertreibung sagen kann: ich verdanke meine verbesserte Stellung oder doch mein momentanes Ansehn im deutschen Dichterwald zu größrem Teile den »Zwanglosen«. Die Jugend hat mich auf ihren Schild erhoben, ein Ereignis, das zu erleben ich nicht mehr erwartet hatte.

Mit Hertz habe ich gestern zu meiner Freude einen Kontrakt gemacht, und er wird zum Spätherbst ein dickes Buch von mir, »Fünf Schlösser. Altes und Neues aus Mark Brandenburg«, bringen. Natürlich ist es eine Art Fortsetzung zu den »Wanderungen«, aber doch etwas anders, und will seinen eignen Weg gehn.

Mama und Mete grüßen. Unter Gruß und Kuß an Schwiegertöchterchen und Enkel und vielen Empfehlungen an Soldmanns, wie immer

Dein alter
Papa

Der Roman mit dem Arbeitstitel ›Frau Kommerzienrat oder wo sich Herz zum Herzen findet‹ wird später »Frau Jenny Treibel« heißen. Hertz forderte ihn zu neuen Auflagen der Bände zwei und drei der »Wanderungen« auf und nahm als Abschlußband »Fünf Schlösser« an. Mitte Juni, nach 99 Tagen der Regierung verstarb Friedrich III., *und sein Sohn folgte ihm als Wilhelm* II. *auf dem Thron.*

173 An Theodor Fontane

Berlin, d. 17. Juni 1888

Mein lieber, alter Theo.

Habe Dank für Deinen lieben ausführlichen Brief. Weiß der Himmel, wie ich dazu kam, mein pessimistisches Herz vor Dir aufzudecken; es ist immer klüger, es nicht zu tun, und die jüngere Generation mit solcher senilen Weisheit zu verschonen, ist eigentlich Pflicht.

Nun ist auch Kaiser Friedrich zu seinen Vätern versammelt. Ein wahres Glück, daß sich der Wilhelmradau nicht wiederholen soll. Alles still. Schon morgen zieht er in die Friedenskirche ein. Zunächst ist man noch unter der Herrschaft der Zeitungsphrase; wenn aber die großen Wasser verlaufen sein werden, wird manches Schöne am Strande aufgelesen werden können. Jetzt sind es noch die Goldkörner in einem Scheffel Kleie. »Lerne leiden, ohne zu klagen«, welche große königliche Hinterlassenschaft; die Dreiminutenszene mit dem König von Schweden, wie erschütternd; wie rührend der Moment, wo er (wohlweise) die Hand seiner Frau in die Hand Bismarcks legte; wie schön und klug das Wort: »Ich wünsche seziert zu werden, damit das Gezänke der Ärzte nicht meinen Tod überdauert.« Und ähnliches wird wohl noch weiterhin aus seinen letzten Lebenstagen bekannt werden. Die Zeitungen schwenken übrigens schon ein, und Wilhelm II., der noch vor drei Tagen eine bedrohliche Erscheinung war, ist jetzt bereits ein hoffnunggebender Fürst. Noch drei Wochen, und er ist ein Stern. Das beste ist, daß kein Mensch an Krieg glaubt; er wird ja wohl 'mal kommen, aber es

scheint wirklich, als ob er auf allerernsteste Fälle eingeschränkt werden solle, wie beim Duell, das, von Spielereien abgesehn, auch seltener wird. Je großartiger der Vernichtungsapparat, je größer die Verantwortung und die Sorge.
Möge der Sommer Dir, Deiner Frau und Eurem Jungen gute, gesunde Tage bringen.
Unter Gruß und Kuß Dein alter

Papa

Ab Mitte Juli weilte Fontane in der nun seit Jahren gewohnten Sommerfrische in Krummhübel.

174 An Friedrich Fontane

Krummhübel, Brotbaude, d. 9. August 1888

Mein lieber Friedel.
Weder Queis noch Bober, weder Neiße noch Lomnitz haben uns hier oben etwas zuleide getan, und Mama hat sich heute sogar in das eigentliche Überschwemmungsgebiet: Giersdorf, Zackenfall, Schreiberhau gewagt, wo sie mit Mete und Annemarie Witte, die seit gestern früh oben herumpinschern, zusammentreffen und in fünfstündiger Fahrt nach hier zurückkehren will. Es geht uns ganz erträglich, besonders mir, der ich nicht viel Ansprüche mache und zufrieden bin, wenn ich ein Bett und 'was zu essen und keinen Ärger und keine Schmerzen habe. Alles andre verschwindet daneben und ist bloß 'rausgepuffte Geschichte.
Zum 14. August früh schicken wir einen Kranz an Dich für Georges Grab; Mama will selber die Blumen (Heidekraut) pflücken und einen Kranz daraus flechten. Vor einem Jahr war er noch leidlich fidel – an seinem Geburtstage sogar ganz besonders – und träumte von Glück und Leben; jetzt hat er seinen Hügel und seinen Stein.

Neulich, mitten im Walde, traf ich *Hans Hoffmann* (den ich nicht erkannte) und fragte ihn: »Ist dies der Weg nach der Schnurrbartsbaude?« »Ja, Herr *Fontane.*« Nun erst kam die Erkennungsszene.

Am Sonnabend reisen Wittes ab, am Sonntag Emma Robert; dann sind wir nur noch 4, mit Fips 4½.

Wie immer Dein alter

Papa

Im Oktober erschien »Fünf Schlösser« und damit der letzte der nun fünf Wanderungsbände, es war über 25 Jahre her, da der erste auch bei Wilhelm Hertz verlegt worden war. Insgesamt umfassten die Wanderungsbände damit über 2500 Seiten.

175 An Emilie Fontane

Berlin 12. Okt. 88
Potsd. Str. 134. c

Meine liebe Frau. Nur ein paar Worte. Wir sind überrascht, wenn auch selbstverständlich angenehm, daß Du schon am 16., unsrem Hochzeitstage, zurück willst. Vergleicht man sich mit damals, so ist man doch – ich spreche nur von mir – wenn auch an sich schon nie heldenmäßig, ein rechtes Wrack geworden. Es ist immer die alte Geschichte ›nun möcht' ich wieder Fähnrich sein‹, wie, auch vor 40 Jahren, in einem unbedeutenden sentimentalen Liede gesungen wurde. Wieder Fähnrich sein. Aber nicht noch 'mal anfangen. Nur ob ein gewisses Etablirt- und Beruhigtsein ohne Jugend und Hoffnung, oder Jugend und Hoffnung ohne Etablirt- und Beruhigtsein besser ist, – *die* Frage drängt sich einem immer wieder auf. Wenn es nicht *zu* toll kommt, ist das Jugendleben doch vielleicht schöner. Vielleicht. Vielleicht auch nicht. Man schwankt auch darin wie in allem und nur *das* bleibt: das Ganze ist eine sonderbare Geschichte.

Gestern bei Roberts war alles ganz nett und zu Kritik gar keine

Veranlassung, – es war auch nicht mal langweilig. Aber ich fühlte mich wenig wohl und habe keinen Bissen genossen. Heute ist es besser, aber ich bin welk und möchte blos ausgestreckt liegen und mich in frischer Luft spazieren fahren lassen. – Heute sind 10 Bände von ›Fünf Schlösser‹ angekommen, die ich nun für die verschiednen Minister und Generäle binden lassen will. Die Ausgabe des Buchs erfolgt wohl erst in 14 Tagen. – Ich muß jetzt ziemlich viel ins Theater, was mir nicht einmal unangenehm ist, weil es mich herausreißt. – Mete grüßt herzlich; sie ist heute Abend bei Krigars. Morgen schreibt sie. Friedel hat viel zu thun. Empfiehl mich Deinen liebenswürdigen Treutlers. Wie immer Dein alter

Th. Fontane

Diese lächerliche Namensunterschrift habe ich ganz in Gedanken gemacht, was bekanntlich heißt ohne Gedanken.

Am 1. Oktober 1888 gründete der jüngste Sohn Friedrich, jetzt vierundzwanzigjährig, seinen eigenen Verlag.
Ende November bot Fontane dem Herausgeber der ›Deutschen Rundschau‹, Julius Rodenberg, sein ›Neuestes‹, den Roman »Unwiederbringlich« an.

176 An Julius Rodenberg

Berlin, 21. November 1888
Potsdamer Straße 134 c

Hochgeehrter Herr.
Noch am Montag abend habe ich Ihr Buch zu Ende gelesen und schreibe nun, und mit herzlichem Vergnügen, in den nächsten Tagen darüber. *Wann* es dann Stephany bringt, steht bei den Göttern, wohin ich die Chefredakteure (Pardon) ohne weitres rechne. Neben dem vielem, was mir Ihr Buch gebracht und wodurch es mich bereichert hat: Heine, Meyerbeer, Hoffmann,

Gutzkow, das russische Gesandtschaftshotel etc., war mir die geschickt und nur *zu* bescheiden – wenn man je *zu* bescheiden sein kann – eingeflochtene Biographie des Herrn Verfassers von ganz besondrem Wert. Wie reizend, in Abschnitt VII, der Schatten, der neben Ihnen hergeht, und wie rührend das Warten auf seinen Namen. Wer hätte nicht mal so gewartet? Aber weil es so menschlich wahr, deshalb ergreift es. Ihr Buch gibt mir erst Aufschluß über Ihr ganzes Leben und die besondre und kluge Wahl, die Sie getroffen. Es ist Ihnen durch diese Wahl vergönnt gewesen, in einer hervorragenden und ganz besonders guten Gesellschaft zu leben, und daß sich das nicht so bloß zufällig gemacht hat, daß Sie's *gewollt* haben, das rechne ich Ihrer Klugheit, Ihrem Geschmack und Ihrem Charakter gleich hoch an. – Den Stoff der Novelle gebe ich Ihnen in der Beilage.

In vorzüglicher Ergebenheit

Th. Fontane

[Beilage:]

Vor drei, vier Jahren schrieb mir Frau Geh. R. Brunnemann, geb. v. Meyerinck (Schwester der mal so schönen Geh. R. Böhm, die Ihnen gewiß bekannt ist), einen langen Brief aus Italien und darin – angeregt durch eine Novelle von mir – folgende Familiengeschichte.

Baron Plessen-Ivenack, auf Schloß Ivenack in Strelitz, Kavalier comme il faut, Ehrenmann, lebte seit 18 Jahren in einer glücklichen Ehe. Die Frau 37, noch schön, etwas fromm (die Strelitzer tun es nicht anders). Er Kammerherr. Als solcher wird er zu vorübergehender Dienstleistung an den Strelitzer Hof berufen. Hier macht er die Bekanntschaft eines jungen pommerschen Fräuleins, v. Dewitz, eines Ausbundes nicht von Schönheit, aber von Piquanterie. Den Rest brauche ich Ihnen nicht zu erzählen. Er ist behext, kehrt nach Ivenack zurück und sagt seiner Frau: sie müßten sich trennen, so und so. Die Frau, tödlich getroffen, willigt in alles und geht. Die Scheidung wird gerichtlich ausgesprochen. Und nun kehrt der Baron nach Strelitz zurück und wirbt in aller Form um die Dewitz. Die lacht ihn aus. Sie steht eben auf dem Punkte, sich mit einem ebenso reichen, aber unverheirateten Herrn aus der Strelitzer Gesellschaft zu verloben. Der arme Kerl, er hat die Taube auf dem Dach gewollt und hat nun weder Taube noch Sperling. Alles weg. Er geht ins Ausland, ist ein unglücklicher, blamierter und halb dem Ridikül verfallener Mann. Inzwischen aber ist die älteste Tochter, die beide Eltern gleich schwärmerisch liebt, herangewachsen, es spielen allerhand Szenen in der Verwandtschaft, Versöhnungsversuche drängen sich, und das Ende vom Liede ist: es soll alles vergessen sein. Zwei Jahre sind vergangen. Die Frau willigt ein, und unter nie dagewesener Pracht, darin sich der Jubel des ganzen Landes Strelitz mischt, wird das geschiedne Paar *zum zweiten Male getraut.* Alles steht Kopf, der Hof nimmt teil, Telegramme von Gott weiß woher, Musik und Toaste. Plötzlich aber ist die wieder Getraute, die wieder Strahlende, die wieder scheinbar Glückliche von der Seite ihres Mannes verschwunden, und als man nach ihr sucht, findet man sie tot am Teich. Und auf ihrem Zimmer einen Brief, der nichts enthält als das Wort: *Unwiederbringlich.*

Dies ungefähr das, was mir Frau Brunnemann in Damenstil und Damenhandschrift schrieb. »Ich könne damit machen, was ich wolle – ich hätte es zu freier Verfügung.« (Sie ist eine Cousine des Hauses.) Ich bin aber doch kluger Feldherr gewesen, was ihr nachträglich *sehr* lieb zu sein scheint, und habe die Geschichte nach Schleswig-Holstein und Kopenhagen hin transponiert, so daß es jetzt zu kleinerem Teil auf einem Schloß in der Nähe von Glücksburg, zu größrem in Kopenhagen und auf der Insel Seeland spielt. Solche Transponierung ist nicht leicht. Ich ging sämtliche deutsche Höfe durch, nichts paßte mir, als ich aber Nordschleswig und Kopenhagen gefunden hatte, »war ich raus«. Nur Strelitz selbst wäre vielleicht doch noch besser gewesen und hätte meiner Geschichte den Ton des politisch Satirischen gegeben; nun klingt nordisch Romantisches mit durch.

Geschrieben habe ich die Geschichte jetzt vorm Jahr, in den Wochen und Monaten, die dem Tode meines Sohnes folgten. Ich habe mich unter der Arbeit bei Trost und Frische gehalten. Natürlich ist nichts fertig, aber die Geschichte ist doch da, und was fehlt, ist nur Korrektur. Freilich immer das Mühsamste und Zeitraubendste.

In vorzügl. Ergebenheit Th. Fontane

Im Dezember wurde Fontane das Ritterkreuz des Hohenzollerschen Hausordens verliehen.

177 *An Georg Friedlaender*

Berlin 7. Januar 89
Potsd. Str. 134. c

Hochgeehrter Herr.

Schon gestern Abend, nachdem ich, unerhört für meine Verhältnisse, eine große Stadtreise mit Visiten, Panorama-Besuch (Jerusalem u. Golgatha) Panoptikum und Sündfluth-Tableau gemacht hatte, wollte ich schreiben, kam aber nicht dazu, weil meine Frau in der Laune war, mir Ibsens neues Stück »Die Frau vom Meere« vorzulesen, eine Geberlaune, die ich doch nicht unbenutzt vorübergehn lassen wollte. Beiläufig, mein Ibsen-Enthusiasmus hat seit 8 Tagen einen Knax weg und die »Frau vom Meere« hat den Bruch nicht geheilt, sondern blos für einen Doppelbruch Sorge getragen. So daß mich diese Saison dem Leser der Vossin in einem zwiefachen Wechsel zeigen wird: den Wildenbruch-Anfeinder als einen Wildenbruch-Freund und den Ibsen-Enthusiasten als einen Ibsen-Antagonisten.

Sie gratulieren mir zu dem Orden. Ich weiß nicht, ob ich Ihnen nicht schon darauf geantwortet habe, verzeihen Sie also, wenn ich mich vielleicht wiederhole. Man kriegt die Orden für *Andre,* nur in *dieser* Beleuchtung haben sie Werth, aber *dann* auch einen wirklichen Werth. Wäre ich ein gesellschaftlich angesehner

Mann, ein Gegenstand von Huldigungen oder auch nur Achtung, die man allseitig meiner Stellung oder meinem Vermögen entgegenbrächte, so bedeutete mir solche Auszeichnung, mit der ich mich übrigens kaum je vor der Welt herumzieren werde, so gut wie nichts. Angesichts der Thatsache aber, daß man Deutschland und speziell in Preußen nur dann etwas gilt, wenn man »staatlich approbirt« ist, hat solch Orden einen wirklichen *praktischen* Wert: man wird respektvoller angekuckt und besser behandelt. Und so sei denn Goßler gesegnet, der mich »eingereicht« hat.

Daß wir Sie während der kurzen Zeit Ihres Aufenthaltes in Berlin nicht gesehn haben, sollte ich füglich bedauern, aber, aller Artigkeit zum Hohne, darf ich es nicht aussprechen, denn wir waren vom 12. November an bis 3. Januar in einer sehr unrepräsentativen Verfassung. Unsre Münstersche Schwiegertochter war mit ihrem 5/4jährigen Kind auf Logirbesuch bei uns, von Mitte Dezember ab auch unser Sohn selbst, und so ungewöhnlich gut und glatt alles verlief, die Schwiegertochter sehr nett, das Kind reizend und der Sohn ein Unicum von Gutheit, so war es doch für meine Damen eine kolossale Strapaze, schon allein dadurch, daß 8 Wochen lang von Nachmittagsschlaf, ohne den sie nicht gut bestehn können, des beständig zu wartenden Kindes halber keine Rede war. Da herrschte denn, auch noch unter Lachen, eine gewisse Deprimirtheit vor, die die repräsentativen Künste, die überhaupt nicht unsre Hausstärke bilden, nicht sonderlich hoch hätte springen lassen.

Seit Wochen bin ich wieder ganz Politik: Ost-Afrika, Geffcken, Morier, Samoa. Mir will alles nicht recht gefallen und so wenig ich mit dem Fortschrittsprogramm zu thun habe, so kann ich doch nicht leugnen, daß ich seit einem Vierteljahr in einem bis dahin mir unbekannt gebliebenen Grade auf Seiten meiner guten Vossin stehe. »Blinder Eifer schadet nur.« Mitunter wird man an Stimmen-hören und Verfolgungswahnsinn erinnert. Gewiß hat er schwere Feinde, gewiß ist hundertfältig eine Neigung da, sich gegen ihn zu verschwören und ihn zu stürzen und gewiß (oder doch fast gewiß) sind in Krieg und Frieden unglaubliche Dinge geschehn, Hoch- und Landesverrätherei, ganz frisch, fromm, fröhlich und frei, als müßt' es nur so sein, alles aus dem naiven Dünkel heraus, eine princess royal of England kann sich dergleichen erlauben; es trifft ja nur den »alten Ekel« und ihn los zu sein, ist wichtiger als der Verlust von zwei, drei Provinzen. »Vielleicht können wir auch Hannover bei der Gelegenheit wiederherstellen.« Sie sehen, ich steh im *Letzten* ganz auf Bismarcks Seite, es ist um die Wände 'rauf zu gehn, von dem Tag an, wo die Gräfin Reventlow ungestraft von »Euer Großvater, der Räuber-König« sprechen durfte, aber je mehr ich glaube, daß viel Strafbares, ja furchtbar Strafbares vorliegt, je mehr hätte ich gewünscht, man hätte den Zeitpunkt abgewartet, um dann mit vernichtenden Beweisen vorgehn zu können. So bleibt alles im Dunkel und was vielleicht lediglich beleidigtes patriotisches Gefühl ist, wirkt wie kleine persönliche Gehässigkeit. Dies beklage ich außerordentlich, es schädigt nicht nur Bismarcks Ruhm, sondern auch Deutschlands Ansehn. Vielleicht, daß er in einer Woche, geladen mit Stoff, vor den Reichstag tritt und mal wieder eine jener Reden hält, die im Nu um den Aequator laufen. Und nun genug von diesen Dingen, herzlichste Grüße und Empfehlungen Ihnen allen, an Groß und Klein, von Ihrem aufrichtig ergebensten

Th. Fontane

Endlich konnte das Manuskript für »Quitt« an die Redaktion der »Gartenlaube« abgehen, der Vorabdruck selbst erfolgte jedoch erst 1890.

178 An Theodor Fontane

Berlin, d. 16. April 1889

Mein lieber, alter Theo.

Gleich nach Eurer Abreise von hier habe ich 'mal einen Brief geschrieben; seitdem nicht wieder. Das ist eine lange Zeit, die ganz durch die Korrektur jener Geschichte ausgefüllt worden ist, um derentwillen Du seit Jahr und Tag Abonnent der »Gartenlaube« bist, es leider auch noch bleiben mußt und abermals auf Jahr und Tag, wenn Du des Genusses der Lektüre nicht verlustig gehen willst. *Kroener* schrieb mir, »vor Ablauf eines Jahres ginge es nicht; dies sei Annahmebedingung«, worauf ich natürlich antwortete: »Die Annahme (gleichbedeutend mit Honorarempfang) sei mir wichtiger als der Zeitpunkt des Erscheinens«. Und so wird denn Frühjahr oder Sommer 1890 herankommen, eh' Krummhübel und die Welt erfährt, wie die Geschichte mit Förster Frey, den ich in einen Opitz umgetauft, eigentlich gewesen ist. In der Tat ist mir der Zeitpunkt der Publikation ziemlich gleichgültig. Wenn man mehr als 20mal ein Buch, ein Werk veröffentlicht und immer – in jungen Jahren oft in lächerlicher, weil ganz unmöglicher Weise – die Hoffnung eines großen Erfolges, der dann stets ausblieb, daran geknüpft hat, so verlernt man es schließlich, sich mit dem Gedanken an das große Los zu tragen und freut sich, daß einem bei dem nun 50jährigen Nachlaufen nach dem Rade des Glücks, vor längerer oder kürzerer Zeit schon, ein Pflock, ein Nagel zugefallen ist. Eine Speiche, wie's im Sprichwort eigentlich heißt, ist schon zu viel.

Wir sprechen hier oft von Euch und ich für meine Person am meisten von meinem Freunde Otto. Ein allerliebstes, kluges und gutartiges Kind, an dem ich mich zum Großvater herangebildet habe, eine Stellung, zu der ich, wie zu so vielem andern, von Natur keine besondere Anlage mitbrachte. Ich höre noch immer sein erregtes Lachen, wenn er von diesseits an die Küchentür pochte und Mathilde mit einem Bumbum antworten mußte.

Friedel verlegt tapfer weiter; ich bin ihm das Zeugnis schuldig, daß er es an Eifer und Umsicht nicht fehlen läßt. Unsre kleine Welt hier wurde durch Lübke, der fast vier Wochen hier war, bewegt und rief manche Erinnerung an zurückliegende Jugend herauf. Alles ist alt geworden und hat leider auch das Gefühl davon; jeder fühlt sich auf dem Aussterbeetat.

Grüße und küsse Deine liebe Frau und nicht zum wenigsten den Jungen.
Wie immer Dein alter

Papa

Zum Ende des Jahres, und damit zum 70. Geburtstag, sollte eine neue, dritte Auflage der Gedichte erscheinen. – Die Hauptarbeit dieser Monate gehörte den »Bredows – ihre Geschichte und ihr Besitz«.

179 An Max von Bredow

[Berlin] 27. April 1889

Hochgeehrter Herr v. Bredow.
Empfangen Sie meinen ergebensten wie herzlichsten Dank für Ihre freundlichen Zeilen, die gestern früh bei mir eintrafen. Ich hänge mehr als Sie glauben können, an dieser Arbeit, an der ich, am Schluß meiner Tage, gerne die richtige Behandlungsmethode für Arbeiten derart oder doch was mir die richtige Methode scheint, zeigen möchte. Denn meine »Wanderungen«, deren auch Sie, hochgeehrter Herr v. Bredow, so freundlich erwähnen, und die mir in der Tat mehr Anerkennung als meine ganze sonstige Schriftstellerei eingebracht haben, sind doch noch lange nicht mein Ideal. Mein Ideal hat sich erst ganz allmählich herangebildet und besteht darin, ein Buch zu schreiben, das unterhaltliches Geschichts- und Geschichtenbuch und zugleich aufschlußgebendes Nachschlagebuch sein soll.
Als ich mit diesen Dingen anfing, konnte, trotz Klöden und anderer ausgezeichneter Männer, von einem allgemeinen über kleine Kreise hinausgehenden Interesse für Mark Brandenburg kaum gesprochen werden, ein solches Interesse war erst zu wecken. Und zu diesem Behufe war nichts ängstlicher zu vermeiden, als Ausführlichkeit und Gründlichkeit. So bin ich denn über vieles, namentlich Anfangs, nur so hingehuscht, in dem, ich glaube damals ganz richtigem Gefühle, daß ein bloß flüchtiges

Berühren der Dinge Bedingung des Erfolges sei. Das ist seitdem sehr anders geworden und ich darf jetzt, ich will nicht sagen nach einem entgegengesetzten, aber doch sehr veränderten Prinzipe vorgehn. Erfüllt sich mir alles so, wie ich jetzt hoffe, so werde ich in der Vorrede sagen dürfen, »ihr, mein Nachfolger auf diesem Gebiete, *das* ist nach 30jähriger Erfahrung mein Testament: so, oder doch ungefähr so, muß es gemacht werden.« Das Beste freilich – und darin können mir meine Nachfolger schon heute leid tun – werde ich vorweggenommen haben, denn einen besseren Stoff als die Bredows gibt es in der Mark Brandenburg nicht; sie sind es, an denen man, typisch, märkische Tugenden und vielleicht auch (Pardon) kleine märkische Schwächen besser studieren kann, als an irgend einer andern Familie, beispielsweise den sonst so berühmten und bevorzugten von A . . ., wovon ich seit vielen Jahren fest durchdrungen bin. Und auch deshalb würde es mir geradezu schmerzlich gewesen sein, auf die Darstellung eines so dankbaren und aller Welt so sympathischen Stoffes verzichten zu müssen.

Und nun mein Kommen. Es ist noch zu früh im Jahre, den warmen Tagen, die wir jetzt haben, traue ich nicht, und so frage ich ganz ergebenst an, ob ich meine kleine Reise nach Hauptquartier Landin bis auf Ende Mai verschieben darf? Wenn ich durch Ihre Güte, zu voraufgehender historischer Orientierung, die Geschichte Ihrer Familie hier mußevoll durchsehen könnte, würde ich Ihnen doppelt dankbar sein.

Indem ich Sie bitte, mich, wo es geht und so weit es geht, den Mitgliedern Ihrer von mir im Stillen, in einer Art historischen Feinschmeckerei, seit lange hochverehrten Familie respektvollst empfehlen zu wollen, bin ich, hochverehrter Herr v. Bredow, in vorzüglicher Ergebenheit

Ihr
Th. Fontane

Berlin, d. 11. Mai 1889
Potsdamer Str. 134 c

Hochgeehrter Herr Baron.

Gestern früh trafen die Gedichte ein, und meine Frau las mir gleich beim Frühstück ein halbes Dutzend kleiner Sachen vor, darunter das reizende, höchst originelle, höchst treffende »Der Handkuß«. Es entzückte mich. Heute habe ich den ganzen letzten Abschnitt: »In willkürlicher Betonung« gelesen und bin ganz erfüllt davon. Schilderungen wie: »Hör' ich nicht plötzlich vor mir« (S. 170), desgleichen in »Unter einer Buche« können sich sehen lassen. Noch höher aber steht das schöne Gedicht »An wen« und das eine und andre in dem Schlußgedicht »Schmetterlinge«. So beispielsweise »Über eine Wiege« (sehr schön) und »Hannibal, einäugig, auf dem Elephanten« (reizend). Alles in allem: trotzdem ich nicht wenig erwartete, sah ich meine Erwartungen übertroffen. Und doch habe ich ein Bedenken, sogar ein großes, ein Bedenken, das ich nicht den Mut haben würde, zu äußern, wenn nicht jede Silbe darin mich selber träfe. Man bleibt im Bann seiner Art und Persönlichkeit, kann aber kritisch doch drüber stehn und hinter sein Eigenstes und in manchen Stücken Bestes und Talentvollstes doch ein ernstes Fragezeichen machen. Alles, was Sie schreiben, ist ungemein lebendig; aber diese Lebendigkeit steigert sich vielfach, so z. B. gleich in dem Widmungsgedicht und dann wieder in den Prosaschlußstücken der »Schmetterlinge«, zu einer nervösen Forscheté, die dem Eindruck voller reiner Kunst nicht günstig ist. Nun kann ich freilich nach an mir selbst und zwar bis auf diesen Tag immer wieder und wieder gemachter Erfahrung nur wiederholen: »man kann aus seiner Haut nicht heraus«, soll auch schließlich nicht. Es ist aber doch schon viel gewonnen, wenn man, den Fehler als solchen zugegeben (was ich hier nicht wissen kann), auf sich achtet. Zahlloses in meinen Sachen habe ich um einer gewissen Forscheté des Ausdrucks willen schließlich wieder fallen gelassen und beklage es nicht. Selbst bei den Sachen, die ihrer Natur nach auf diesen Ton gestellt sind und bis auf einen gewissen Grad mit ihm stehn und fallen, muß man immer noch vorsichtig sein. Was ist der Zauber der altenglischen Balladen? Ihre Simplizität. Ich entsinne mich noch, daß ich vor beinahe fünfzig Jahren die Chevy-Chase besser als Herder übersetzen wollte und mir auch einbildete, es sei mir gelungen. Jetzt bin ich sehr für Herder und erschrecke vor meinen famosen Vollreimen. Ich habe durch diese Bemerkungen hoffentlich nicht Anstoß gegeben, kann vielleicht sogar auf Ihre Zustimmung rechnen.

In vorzüglicher Ergebenheit Th. Fontane

Zum Ende des Jahres, an dem er Siebzig werden sollte, wollte Fontane seine lange, zwei Jahrzehnte dauernde Kritikertätigkeit für die Vossische Zeitung beenden. Fast 600 Aufführungen hatte er in diesen zwanzig Jahren besprochen, immer unter Zeitdruck, ». . . Da setzt man sich hin und hat in 3 Stunden eine ellenlange Kritik zu schreiben, über eine . . . sehr schwierige Materie. Das Mädchen, eingemummelt, steht noch hinter einem mit einem Markstück in der Hand, um sich sofort auf eine Droschke 1. Klasse stürzen zu können, alles ist in Hast, Angst, Aufregung und noch immer sitzt der unglückliche alte Mann an seinem Schreibtisch und fegt über die Seiten hin und ist immer noch nicht fertig . . .«

181 An Carl Robert Lessing

Berlin, d. 22. Juni 1889
Potsdamer Str. 134 c

Hochgeehrter Herr Direktor.

Die Ferien rücken heran – von Ihnen gewiß sehnlich erwartet – und was geschäftlich für Herbst und Vorwinter geordnet werden muß, muß heute schon zur Sache kommen. Es läuft bei mir darauf hinaus, daß ich meinen nun neunzehn Jahre lang innegehabten Parkettplatz Nr. 23 mit Beginn des neuen Jahres aufgeben möchte.

Blick' ich auf diese neunzehn Jahre mit ihrer langen Reihe von Vorzügen und Annehmlichkeiten zurück, so starrt mich dies Demissionsgesuch fast wie Undank an. Aber es sind lediglich die nun vor der Tür stehenden siebzig Jahre, die mich zu drücken beginnen und mir die Rückzugssehnsucht eingeben.

Wenn sich's nach einer Ihrerseits mit Stephany, sagen wir im Herbst, zu nehmenden Rücksprache vielleicht ermöglichen sollte, mich als einen Scharwerker für gelegentliche Flick- und Aushilfearbeit bei der Zeitung zu belassen, so würde mir das *sehr* erwünscht sein. Denn ein Abstrich von achthundert Talern ist doch stark genug, um in meinem Hausbudget einigermaßen schmerzlich empfunden zu werden. Und was die »freie Kunst« abwirft, ist immer unsicher.

Ich soll so bald wie möglich nach Kissingen und bitte, nach meiner Rückkehr im September wegen des letzterwähnten Punktes (Verbleib unter irgendeinem Titel beziehungsweise Vorwand) noch einmal anfragen zu dürfen.

Mit der Bitte, mich Frau Gemahlin angelegentlichst empfehlen zu wollen, in vorzüglicher Ergebenheit

Th. Fontane

In diesem Jahr war das Ziel der sommerlichen Reise Bad Kissingen. Bei einem Abstecher nach Bayreuth versuchte er eine Aufführung des Wagnerschen »Parsifal« zu besuchen.

182 An Karl Zöllner

Berlin 19. Aug. 89
Potsd. Str. 134. c

Theuerster Chevalier.

Als ich noch in Kissingen war und mit ›Hannchen‹ über Zöllners plauderte, die alle so nett gewesen seien, hatte sich mein Brief an Dich schon sehr nett gestaltet, nun ist aber eine Art Ueberfutterung eingetreten und ich fürchte, daß mein Brief, statt wohlgestaltet aufzutreten, mit einem Puckel hinten und vorne auftreten wird. Nimm blos die Menzel-Krigar-Frage, die durch Mitanwesenheit des guten etwas steifleinenen Grunow vom Gewerbemuseum und unter Mitwirkung des halb wie Simson halb wie Paulus Cassel wirkenden Geh. Reg. R. Klix, gefürchteten Angedenkens (Gott sei Dank, daß ich keinen Jungen mehr auf der Schulbank habe) keineswegs vereinfacht wurde. Die Menzelei war vergleichsweise von einer hervorragenden Liebenswürdigkeit und es wäre schändlich, wenn ich hier mäkeln und nörgeln wollte, fiel doch ein Abglanz von ihm auch auf mich, der ich gewürdigt wurde, halbe Stunden lang und länger mich mit dem kleinen Mann und der großen Berühmtheit auf der Promenade herumzuzieren. Dennoch bleibt das bestehn: es ist ein Haus, das jede Gemüthlichkeit ausschließt, da sie – ganz abgesehn von den Gefahren, denen man selber preisgegeben ist – untereinander auf einem beständigen Kriegsfuß leben, so daß man ihr Haus immer nur betritt wie einen eben überfrorenen Strom, der einen vielleicht tragen aber vielleicht auch verschlingen kann. Und ich bin nun mal für festen Boden unter den Füßen. Außer Menzels waren von bekannten Berliner Persönlichkeiten noch da: Frl. Clara Meyer (das ewig schöne Clärchen) und ihre Schwester, beide natürlich im Victoria-Hôtel in dem auch Hofschauspieler Sauer und Frau sich einquartiert hatten. Mit dem guten Sauer nun, den ich früher schlecht behandelt (was mir jetzt leid thut) schlossen wir Freundschaft, noch mehr mit seiner Frau, einer famosen, racevollen Ungarin, die trotz ihrer 48 Jahr und 2 mal en suite gehabter Blinddarm-Entzündung, noch immer den Teufel im Leibe hatte und unter Schmerzen und Aengsten – denn jeden Augenblick kann die Geschichte wiederkommen – ihrem Uebermuth die Zügel schießen ließ. Es ist doch ein Genuß, solchen Menschen zu sehn, dem die Schwärmer und Raketen immer aus den Augen fahren. Ich bin nun mal nicht für ›Milchsuppen‹, vielleicht weil ich mir selber schon zu viel auf dem Gebiet frommer Denkungsart leiste. Du kannst Dir denken daß das ›schöne Clärchen‹ ein bevorzugtes Gesprächsthema zwi-

schen Sauer's und uns war und als ich mich mal erkundigte, wie's denn eigentlich mit ihren Liebschaften stünde, sagte er mit dem ganzen Tiefton des schwedischen Hauptmanns: ›Ein Schlachten war's, nicht eine Schlacht zu nennen‹ und setzte dann wehmütig hinzu: ›Die nicht gerechnet, die der Fluß verschlang.‹ Du kannst Dir denken, wie mich das amüsirte.
Und da ich nun mal beim Ulk und Anekdotenerzählen bin, noch eine, die mir – schon auf der Hinreise nach Kissingen – ein alter Stuttgarter Professor (aber geborner Preuße) zum Besten gab. Die armen Würtemberger hatten Anno 66 bei Tauberbischofsheim enorme Verluste gehabt und zogen sich vor Goebens siegreicher Division zurück. In einem schwäbischen Dorfe stellten sie die Gewehre zusammen und der Dorfpfarrer trat an den Unteroffizier heran und sagte: ›Nu, Leut, was werd't Ihr nu mache?‹ ›Nu, wir retirire jetzt auf die Baiern.‹ ›Gut, gut; und wenn Ihr die Baiern nu habt?‹ ›Dann retirire wir zesamme.‹ Es ist unmöglich den 66er Mainfeldzug in einer kürzeren Form zu geben.
Von Kissingen aus war ich auf 3 Tage in Bayreuth, um Parsifal und Tristan und Isolde zu hören. Sonnabend Nachmittag kam ich an und fiel aus einem Hôtel und Kaffeehaus ins andre, was sehr interessant war. So international, daß die Promenade von Kissingen blos wie Zoologischer Garten daneben wirkte. Sonntag Parsifal, Anfang 4 Uhr. Zwischen 3 und 4 natürlich Wolkenbruch; für zwei Mark, trotzdem ich ganz nahe wohnte, hinausgefahren. Mit aufgekrempten Hosen hinein, alles naß, klamm, kalt; Geruch von aufgehängter Wäsche. 1500 Menschen drin, jeder Platz besetzt. Mir wird so sonderbar. Alle Thüren geschlossen. In diesem Augenblick wird es stockduster, nur noch durch die Gardine fällt ein schwacher Lichtschimmer, genau wie in Macbeth, wenn König Duncan ermordet wird. Und nun geht ein Tubablasen los, als wären es die Posaunen des Letzten Gerichts. Mir wird immer sonderbarer und als die Ouvertüre zu Ende geht, fühle ich deutlich ›noch 3 Minuten und Du fällst ohnmächtig oder todt vom Sitz.‹ Also wieder 'raus. Ich war

der Letzte gewesen, der sich an 40 Personen vorbei bis auf seinen Platz, natürlich neben der ›Strippe‹, durchgedrängt hatte und das war jetzt kaum 10 Minuten. Und nun wieder ebenso zurück. Ich war halb ohnmächtig, aber ich that so, als ob ich's *ganz* wäre, denn die Sache genirte mich aufs äußerste. Gott sei Dank, wurde mir auf mein Pochen die Thür geöffnet und als ich draußen war, erfüllte mich Preis und Dank. Nur das Dankgefühl des Thürhüters konnte mit dem meinige vielleicht rivalisiren, denn er kriegte nun mein Billet, das er sofort für 15 Mark oder auch noch theurer (denn es wurden ganz unsinnige Preise bezahlt) an Draußenwartende verkaufen konnte. Mein Tristan-Billet schickte ich am andern Morgen zurück und vermachte den Betrag einer ›frommen Stiftung‹. Ich hätte diese lächerliche Großmuths- oder Anstandkomödie nicht aufgeführt, wenn ich nicht ein *drittes,* von mir bestelltes Billet, gleich beim Einkauf am Tage vorher zurückgegeben hätte, worauf der Kassenbeamte sehr liebenswürdig einging. Diese Scene nun zu wiederholen, war mir doch gegen die Ehre. Ich hebe dies eigens hervor, damit ich nicht alberner erscheine als nöthig. Die ganze Geschichte – außerdem eine Strapatze – hatte grade 100 Mark gekostet und doch bedaure ich nichts; Bayreuth inmitten seiner Wagner-Saison und seines Wagner-Cults gesehn zu haben, ist mir so viel werth. – Hier muß ich nun aber stop sagen, trotzdem noch viel vorliegt. Zum Beispiel eine Reise nach Mecklenburg, von der ich erst seit 2 Tagen zurück bin; ich war 1 Tag bei meiner guten alten Rohr in Dobbertin und 1 Tag bei meiner auch von mir geschätzten Frau v. Below in Ludwigslust. Die Rohr ist 79, die Below 76, es heißt da also ›was Du thun willst, thue bald‹. Ludwigslust hat sich in 40 Jahren sehr verändert, worauf mir Ludwigslust wohl antworten wird: ›Du Dich auch.‹ Und ich habe auch nichts dagegen. Auf baldiges Wiedersehn. Wie immer Dein alter

Noel

Im September sandte ihm Paul Ackermann, der Verleger Gerhart Hauptmanns, dessen Drama »Vor Sonnenaufgang« mit der Bitte, es zu lesen und wenn möglich, seine Aufführung zu unterstützen.

183 *An Paul Ackermann*

Berlin 8 Sept. 89
Potsd. St. 134. c

Sehr geehrter Herr.

Durch einen Zufall wurde auf meinem Riesenschreibtisch (ein altes Erbstück von einem längst verstorbenen Sammler) das G. Hauptmannsche Stück verpackt u. verschoben, so daß ich es am Freitag Abend erst wieder entdeckte. Ich machte mich gleich an die Lectüre, las an demselben Abend auch den 1. Akt u. gestern (Sonnabend) den Rest. Ich war ganz benommen u. ich kann Ihnen nur gratuliren, etwas so hervorragendes edirt zu haben. Von »erfreulich« ist freilich keine Rede, auch erschrecke ich, wenn ich mir vorstelle »das soll nun die Literatur der nächsten Epoche sein«; die Literatur hat im Letzten andre Aufgaben. Aber um zu diesen andren Aufgaben zu kommen u. doch nicht in Melchthals Apostrophe an das Auge u. das Licht zu verfallen, dazu sind Durchgangsstufen nöthig. Und dies ist eine davon. Der Herr Verf. ist an eine Aufgabe herangetreten, die er – was die Wenigsten, die Berühmtheiten mit eingerechnet, von sich sagen können – vollständig beherrschte, der er gewachsen war. Er kennt das was er schildern wollte u. auf gleicher Höhe wie seine Beobachtungsgabe, steht seine Kraft der Darstellung. Vor allem der kurze 2. Akt ist ganz Nummer eins. All dies erschöpft aber mein Lob noch keineswegs. Das Leben scharf beobachten u. das Beobachtete kraftvoll darstellen, das können zwar nicht sehr viele, aber doch eine ganze Menge; was aber diese glücklichen Beobachter u. Darsteller *nicht* können, oder doch nur ganz selten können das ist: ein Kunstwerk herstellen. Meist nicht mal einen Roman, noch seltener natürlich ein Drama. Dies ist nur ganz Wenigen geglückt. Und die *Kunst* mit der G. Hauptmann vorgegangen ist, die Composition, die Consequenz in Durchführung des Gedankens, die Knappheit des Ausdrucks, die Klarheit so daß kein nebuloser Rest bleibt das ist *das* was ich an dieser Arbeit am höchsten stelle. Halte ich Umschau so steht das Stück Ibsens »Wildente« am nächsten; es geht aber alles klarer auf, man weiß mehr, woran man ist u. kommt dadurch unter eine stärkere Wirkung. Ueberhaupt mit dem ganzen Ibsen verglichen, den ich übrigens sehr hoch stelle, hat das Stück eine *Natürlichkeit* voraus, die der norwegische Dichter zwar anstrebt, aber unter Raffinirtheiten, Pußlichkeiten u. siebenfach auszulegenden Orakelsprüchen oft einbüßt. Was dem Dichter vielleicht das Angenehmste zu hören sein wird: ich halte es nicht für möglich daß sein Stück, wie es da ist, mit Haut und Haaren aufgeführt werden kann, u. möchte mich, wenn sich solche Aufführung ermöglichen sollte für einen großen Erfolg verbürgen.

Ihr Dichter wird vielleicht ein Lebenlang warten können, eh ihm – u. noch dazu von einem auf dem Aussterbe-Etat stehenden alten Herrn – je wieder so viel u. so unbedingt Anerkennendes (was zu tadeln ist verschwindet) gesagt werden wird. Denn nichts ist seltener als eine Kritik, die nicht mit der Linken wieder nimmt, was sie mit der Rechten gab. G. Hauptmann kann auch im Weiteren auf mich zählen, u. ich will wenn er es wünscht sein Stück an Brahm empfehlen. Hilft es vielleicht oder wahrscheinlich auch nichts, so kommt es doch in einem tonangebenden Kreise ernsthaft zur Sprache. – Nur eins noch: wenn G. Hauptmann, was ich nicht wissen kann, nach diesem meinem Briefe Lust haben sollte, sich mit mir persönlich in Verbindung zu setzen, so bitte ich Sie dringend dies zu hindern. Ich verfolge aus meinem hochgelegenen Thurmnest alles sehr aufmerksam u. sehr liebevoll, u. gedenke, so lange es irgend geht u. die Kräfte reichen, dabei zu verharren, aber ich kann aus meinem Thurmnest nicht in die Arena niedersteigen u. mich an den Streitigkeiten, Verherrlichungen u. Todtmachungen des Tages betheiligen. Und dies ist unausbleiblich, sobald ich zu jenen, denen jetzt der Kampf obliegt in *irgendwelche persönliche Beziehung* trete. Ein gelegentlicher Brief, das allenfalls geht. Hochachtungsvoll ergebenst

Th. Fontane

Im September starb in Dobbertin im achtzigsten Lebensjahr Mathilde von Rohr, die vertraute Freundin in über drei Jahrzehnten.
Anfang November lag die dritte Auflage der »Gedichte« vor. – Der 70. Geburtstag rückte näher, und in zahlreichen Zeitschriften erschienen Würdigungen und Lebensberichte, zumeist der üblichen Art. Herausragend war der Essay des achtundzwanzigjährigen Maximilian Harden in der »Nation« vom 28. Dezember 1889, der mit den Sätzen schloß: »Und wunderherrlich trifft sichs, daß man in friedsamster Weihnachtsstimmung über den Dichter schreiben durfte und daß man das Geschriebene liest um St. Sylvesters Punschtag. Wenn ihm die Nächsten am dreißigsten Dezember Glück wünschen, wir wollen uns gratulieren am einunddreißigsten. Und laut wollen wirs ihm zutrinken, unserem Meister Theodor Fontane: Prosit Neujahr! Und auf manches gute Jahr! Alt?! Ist ja alles Unsinn.«

184 An Maximilian Harden

Berlin 28. Dzb. 89
Potsd. Str. 134. c

Hochgeehrter Herr.
Du mußt es »dreimal sagen«, – nämlich das Wort Dank. Erst, schon etwas zurück, für den »alten Fontane«, dann für den Dichter in der D. Dichtung und nun für »Fontane« pur sang. Es war ein so kalter heller Tag wie heute, als ich vor 10 Jahren und länger in Malchow einzog und Ihre Güte beschwor mir den eigenthümlich poetischen Tag wieder herauf und verschönt ihn durch so viel Schmuck von Ihrer Hand und Zuthat. In meiner Freude drüber kann ich selbst dem Malchower Schulmeister

Indemnität ertheilen. Ich schriebe gern noch ein paar Worte mehr, aber schon diese haben mich fieberroth gemacht, denn ich bin recht krank und elend (liege meist zu Bett) und sehe, wenn mit Freude, doch auch mit Bangen auf die nächsten Tage. In vorzüglicher Ergebenheit

Th. Fontane

Das Jahr 1890 begann am 4. Januar mit einer offiziellen Feier, zu der der Preßklub, die ›Literarische Gesellschaft‹, der ›Rütli‹ und die Vossische Zeitung eingeladen hatten. Es war ein Festessen im Englischen Hause in der Mohrenstraße, an dem über 300 Gäste teilnahmen. Ein Höhepunkt war die Ansprache des Kultusministers Gustav von Goßler, die Fontane selbst als ›epochemachend‹ ansah und der ausführte, daß es eine edle Aufgabe des Staates sei, der Literatur die Hand zu reichen, auch wenn er mit ihren Strebungen und Zielen nicht immer einverstanden sein könne.

Für Fontane waren die Feiern und Ehrungen mehr eine Last als eine Freude: »So wäre denn dieser Kelch, der ärgste, der des 4. Januar, des Fontanefestes, an mir vorübergegangen . . .« – Die folgenden Wochen standen ganz im Zeichen der Beantwortung der zahlreichen Gratulationen.

185 An Paul Heyse

Berlin, 15. Januar 1890
Potsdamer Straße 134c

Mein lieber Paul.

Andre, selbst solche, die's gut verstehn, bringen es auf dem Gebiete des Gelegenheitsgedichts im günstigen Fall zu einem einmaligen Hochaufragenden Pic, bei Dir ist alles »Perus Ebene«, Hochebene also, und das Ganze höher als die Kegel der andern. Das habe ich jetzt wieder erfahren. Als ich Dein erstes Fontane-Gedicht gelesen, erschien mir ein Drüberhinaus unmöglich, und kaum gedacht, so war auch schon das zweite da,

nicht drüber hinaus, aber doch bis hinan. Alles hier (am 30.) war entzückt davon, selbst die, die sich bei der Hummermayonaise, zu der wir uns aufgerafft, unterbrochen sahn. Es waren schöne Tage, deren Bestes freilich das war, daß auch *sie* vorübergingen. Zu der Empfindung eines ernsthaft »Gefeierten« bin ich eigentlich keinen Augenblick gekommen, jedes Hochgefühl blieb mir fremd, und von dem berühmten »Schwellen der Brust« keine Spur. Es war ein Stück, in dem ich in einer bestimmten Rolle mitspielte, zugleich aber saß ich auch wieder im Parquet, und alles zog wandelbildartig an mir vorüber. Ich darf sagen, halbe Stunden lang ging es mich gar nichts an, und ich mußte mich immer wieder auf mich selbst besinnen. Der Gedanke, daß alles Irdische nur Bild, Vorstellung, Traum sei, hat mich nie so begleitet. Eine besondre Freude war mir das briefliche Wiederauftauchen von Personen, von denen ich seit 50 und selbst seit 60 Jahren nichts mehr wußte. »Mein Gott, mein lieber Rathenow, lebt Er noch; ich dachte, Er wäre längst tot« – diese Worte des Alten Fritz auf seiner letzten Ruppiner Reise schwebten mir mehr als einmal auf der Lippe. – Daß Frenzel sich am Festabend so glänzend legitimierte, wirst Du vielleicht in den Zeitungen gelesen haben. Ich kann nur sagen, was Beethoven (ein etwas anmaßlicher Vergleich meinerseits) nach Aufführung des »Freischütz« gesagt haben soll: »Hätt's dem Männel nicht zugetraut.« Der eigentliche Sieger des Abends aber war Goßler. Solche Rede hat, den »catilinarischen Existenzen« gegenüber, noch niemals ein preußischer Minister gehalten. Der Jubel war groß.
Meine Damen empfehlen sich Dir angelegentlichst. Empfiehl mich Deiner hochverehrten Frau. Wie immer Dein alter, Dir speziell bei dieser Gelegenheit (denn Du brachtest erst Leben in die Bude) zu riesigem Danke verpflichteter

Th. Fontane

Abb. 20: Paul Heyse (1830-1914)

186 An Wilhelm Raabe

Berlin, 15. Januar 1890

Hochgeehrter Herr.
»Spät kommt Ihr ...«, aber vielleicht darf ich sagen, daß ich noch besser entschuldigt bin, als Graf Isolan. Es waren schöne, aber sehr anstrengende Tage und in den Briefberg auch nur die ersten Stollen zu treiben, war schon eine Leistung.
Ihre Zeilen, hochgeehrter Herr, waren mir eine ganz besondere Freude, denn um es Ihnen bei dieser Gelegenheit auszusprechen, meine kleine Mansardenwohnung umschließt eine treue Raabe-Gemeinde, deren Haupt ich nicht einmal selber ausschließlich bin, vielmehr die Herrschaft mit Frau und Tochter teilen muß.
Neulich ereignete sich Folgendes: Meine Frau (noch aus der alten Zeit, also schwach in der Geographie) wurde beim Tee auf die Schweizerkantone hin examiniert und die Tochter suchte nachzuhelfen. »Nun die vier Waldstätten, Mama; wie heißen die? Denke doch nur an das Horn von ... von ... – »von Wanza.«
Die Geographie kam zu kurz, aber nicht Wilhelm Raabe. Nochmals herzlichen Dank. In vorzüglicher Ergebenheit

Th. Fontane

187 An Gerhart Hauptmann

Berlin, 16. Januar 1890
Potsdamer Straße 134 c

Hochgeehrter Herr.
Verspätet mit meinem Dank vor meine Gratulanten zu treten geniert mich in einem fort, am meisten Ihnen gegenüber, dessen liebenswürdiger Brief, unter gewöhnlichen Umständen, eine umgehende Antwort erheischt hätte. Sie werden mir aber leicht verzeihn, wenn Sie hören, daß ich erst vorgestern Ihren Brief gelesen habe. Der Ansturm war zu groß und überschritt nicht nur meine Schreibe-, sondern auch meine Lesekraft.
Es wird mir eine Freude und Ehre sein, meinen Namen auf dem

Widmungsblatt zu finden, auch wenn das Stück mir nicht gefallen sollte, was ich keinen Augenblick glaube. Denn zu dem Ernst Ihres Strebens und Ihrer Arbeit habe ich ein unbedingtes Vertrauen, und nur darauf kommt es an. Das Glücken – von der größren oder geringeren Zufälligkeit des äußren Erfolges ganz abgesehn – hat man nicht in der Hand, nur für seinen Willen und seinen Fleiß ist man verantwortlich. Und so denn nur tapfer den Namen aufs Blatt und wenn irgendein Kahl Wilhelm auch 3mal über den Zaun klettern sollte.

In vorzüglicher Ergebenheit
Th. Fontane

Ab Ende Januar erscheint in der Zeitschrift »Deutschland« der Vorabdruck des Romans »Stine«, die Buchausgabe gab Fontane seinem Sohn Friedrich für dessen neuen Verlag.

188 An Friedrich Fontane

Berlin, 28. Januar 90
Potsdamer Str. 134 c

Mein lieber Friedel.

Ich sitze noch immer so in Briefschulden und Besuchsverpflichtungen, daß ich Dir auch heute nur ganz kurz die Hauptpunkte schreiben kann. Also:

1. Du erhälst »Stine« statt der kleinen Novellen.
2. Das Honorar, nach »Irrungen Wirrungen« berechnet (denn »Stine« ist kürzer) empfängt Theo.
3. Theo empfängt auch das im Steffenschen Contrakt vorgesehne Honorar, wenn von »Irrungen Wirrungen« eine 2. Auflage nöthig werden sollte.

Das, denke ich, genügt für heute. Du siehst, ich thue was ich kann. Geld nehme ich von Dir nicht an, – es fällt theils direkt an Theo, theils in eine Art Familienfond, über den ich mich mit Theo benehme.

Laß mich wissen, ob Du hiermit einverstanden bist. Wie immer Dein alter

Papa

189 An Martha Fontane

Berlin 25. Febr. 90
Potsd. Str. 134. c

Meine liebe Mete.

Mama hat sich bei Sommerfeldts glücklich eine Influenza als Balldekoration geholt und muß ihre Schreibekünste einstellen, nachdem sie, phantasiereich wie ihre Tochter, Typhus, Lungenentzündung, Herzlähmung und Diphtheritis in 24 Stunden durchgemacht hat. Sie war aber recht elend und ist es noch. Ein Glück, daß wir grade Mathilde hier hatten; eine Unterhaltung mit dieser ist ihr doch am genußreichsten und gegen eine neue Geschichte von Frau Laue oder gar von Frau Schwantzer, die doch die Krone bleibt, ist mit ›Freier Bühne‹ oder ähnlichem Literaturkrimskrams nicht anzukommen. – Deine letzten Briefe haben uns sehr erfreut und erheitert, besonders mich, während Mama für solche Geschichten wie von Budde oder von der Schilderung Deines Schnupfens oder von der Abendgesellschaft bei Pastors, keinen rechten Sinn hat. Sie hat im Ganzen genommen ein sehr gutes literarisches Urtheil und kann das Höhere und das Niedrigere ganz gut unterscheiden, aber ihr *Interesse* liegt doch nach einer andern Seite hin und die nackte Thatsache von der Existenz des ›Knechtes‹ in der letzterwähnten Geschichte ist ihr wichtiger als der ganze Rest von Betrachtungen. Etwas davon steckt in jedem, aber sie hat diese Naturbegabung *zu* glücklich ausgebildet. Ich denke dann immer mit Schaudern an die 10 000 Briefe, womit ich sie durch mehr als 40 Jahre gelangweilt habe.

Du triffst hier zu großer Zeit ein; am Sonnabend Rütli bei uns, Tags drauf Aufführung auf der ›Freien Bühne‹ (ein Stück von Anzengruber) am Montag oder Dienstag Karl Zöllners Abreise nach Italien, am 7. Lottchen Bagenski's Hochzeit; dazwischen unsre eignen Haupt- und Staatsaktionen. Bühnenball war, Preßball ist am 1. oder 2. März, und fünfundzwanzigjährige Feier des Bestehens des Berliner Geschichtsvereins (natürlich Prolog von Theodor Fontane) ist übermorgen am 27. bei Kroll. Friedel da, vielleicht um einigen Verlag einzuheimsen. Und nun habt morgen einen schönen Tag; grüße Klein und Groß, und kehre so unverschnupft wie möglich heim zu den Penaten von Potsdamer 134 c., bez. zu Deinem alten

Papa

Ende März wurde Otto von Bismarck von Kaiser Wilhelm II. *aus seinem Amt als Ministerpräsident entlassen.*
Zum ersten Mal sollte in diesem Jahr der 1. Mai auf Grund eines Beschlusses des Pariser internationalen Arbeiterkongresses als Weltfeiertag begangen werden. Man fürchtete zunächst Demonstrationen.

190 An Georg Friedlaender

Berlin 29. April 90
Potsd. Str. 134. c

Hochgeehrter Herr.
Zeichen und Wunder müssen geschehn, oder was dasselbe sagen will der 1. Mai mit seinen Arbeiterbataillonen muß heranmarschiren, eh ich zum schreiben komme. Wo wir in unsrer Correspondenz stehen geblieben sind, ich weiß es nicht mehr, zu viel Wasser ist seitdem die Spree hinuntergeflossen, machen wir also, wie eine Berliner Redensart sagt, eine neue Kiste auf.
Von den Bedrängnissen die die nächsten 36 Stunden bringen können, spreche ich nicht, – ich glaube einfach nicht daran. Denn wie steht es denn? Allem Schimpfen unerachtet, an dem man gelegentlich redlich theilnimmt, steht es doch so, daß die Welt nie glücklichere Tage gesehn hat. Es giebt eine Masse von Elend und Unglück, aber lauter Elend und Unglück, was außer

aller Beziehung zu unsren staatlichen und gesellschaftlichen Zuständen steht. Alle 8 Tage treffen bei der Schillerstiftung Briefe ein, die von Verhungern sprechen, von der Unmöglichkeit, seinen »Menenius Agrippa«, an dem er seit dritthalb Jahren Tag und Nacht arbeitet, zu vollenden und dadurch den Beweis seiner dichterischen Bedeutung vor aller Welt klar zu legen, aber für solche verrückten Zwickel, die d u r c h a u s auf ihre Façon selig d. h. reich und berühmt werden wollen, für diese sonderbaren Gestalten ist Staat und Gesellschaft nicht verantwortlich zu machen; wer umgekehrt seiner Laune und seinem Hochmuth n i c h t nachgeht, sondern ehrlich arbeiten will, für den ist gesorgt; der Staat ist keine Züchtungs- und keine Versorgungsanstalt für verrückte Genies. I s t mal ein wirkliches darunter und geht doch zu Grunde, so ist das beklagenswerth, aber keine Veranlassung zu Revolutionen. Die, die jetzt auf dem Punkt stehn, alles auf den Kopf zu stellen, haben aber zu ihrem Umsturzgelüst auch nicht den geringsten Grund. Alle die, für die ich persönlich nun seit 50 Jahren (und oft für sehr sehr wenig Thaler) gearbeitet habe, waren Millionäre oder sind es noch, aber nicht eine Minute ist mir der Gedanke gekommen, ihnen die silbernen Löffel vom Tisch nehmen zu wollen. Man muß von seiner Arbeit schlecht und gerecht leben können, mehr ist nicht nöthig. Und für all das ist jetzt über und über gesorgt, namentlich bei denen, die den Radau insceniren.
Aber verzeihen Sie diesen Leitartikel im *common sense*-Stil und warten wir geduldig ab, was wird; meine arme Frau ängstigt sich furchtbar, sieht schon das ganze Nest an allen 4 Ecken angesteckt und wenn einer die Haustür zuwirft, so vermuthet sie eine Dynamitpatrone. Uebrigens ist die Sache nicht überall gleich und in Galizien einsam auf einem Schloß zu wohnen, muß ein schlechtes Vergnügen sein, noch schlechter als für gewöhnlich. Von Bismarck reden wir erst wieder, wenn er selbst geredet haben wird und von Pietsch ist nichts weiter zu sagen, als daß er der alte ist, trotzdem man ihm einen Kronenorden 4. Klasse ins Knopfloch gehängt hat. Ich habe mich drüber geärgert und

dabei wieder so recht das Dürftige dieser Quincaillerie empfunden. Es ist nicht nöthig, daß ein Schriftsteller oder Journalist einen Orden kriegt, wenn der Betreffende aber ein so großes Genie ist, so vielen Millionen Menschen im Laufe von 30 Jahren Freude, Genuß, Belehrung verschafft hat, so muß man ihn durch 'was Besseres auszuzeichnen wissen. Ich glaube, er empfindet das auch. Es ist charakteristisch für die Stellung, die die Literatur bei uns einnimmt. Und dabei ist der »Staat« noch nicht der schlimmste; das Volk denkt noch geringer darüber, ein Schriftsteller ist ein Schmierarius, ein käuflicher Lügenbold, eine verächtliche oder eine lächerliche Figur. Nun, es schadet nicht viel, man fällt davon nicht todt um.

Der alte Grosser ist heimgegangen, die schöne Constanze hat der Welt ein neues schönes Kind geschenkt, denn das muß wahr sein, eins ist immer schöner als das andre; ob doch vielleicht etwas Judenblut drin sitzt? Das Profil hat sie dazu und Schlesien ist reich an Juden, deren Judenschaft mehr oder weniger verloren gegangen ist z. B. die Mattersdorfs; nur dann und wann predigt ein Ramses noch von alten Zeiten. – Richter soll ausgeflogen sein, Frau Richter noch nicht hier. Ob sie's nicht schon bereut? Es ist doch ganz selten, daß sich einer von solchem Kladderadatsch völlig erholt; gut sind nur d i e dran, die ganz ins andre Lager übergehn und durch die Wälder singen »ein freies Leben führen wir«. Was die Franzosen seit lange haben, die Halb-Welt, das haben wir jetzt hier auch und die, die ihr angehören, führen kein übles Leben, schließlich können sie ja immer noch ihren Frieden schließen und ein Asyl oder eine Kirche baun.

Das literar. Leben des Winters gruppirte sich um die »Freie Bühne«, sowohl um das Theater wie um das Blatt dieses Namens. Ich verfolge all diese Erscheinungen mit dem größten Interesse und finde die Jugend hat Recht. Das Ueberlieferte ist vollkommen schal und abgestanden; wer mir sagt »ich war gestern in ›Iphigenie‹, welch Hochgenuß!« der lügt oder ist ein Schaf und Nachplapprer. Ein ander Mal mehr von den Hervorbringungen der jungen Schule. Wenn Sie »die Familie Selicke« (als Buch erschienen) und außerdem, von demselben Verfasser, »Die papierne Passion« und »Krumme Windgasse Nummer 20« gelesen haben sollten, würde ich mich freun, Ihr Urtheil zu hören. In den nächsten Tagen schicke ich Ihnen »Stine«, einen eben erschienenen kleinen Roman von mir. Unter herzlichen Grüßen und Empfehlungen an Sie und Frau Gemahlin, wie immer Ihr aufrichtiger ergebenster

Th. Fontane

Im April erschien die Buchausgabe von »Stine« im Verlag von Friedrich Fontane & Co. und der Vorabdruck des Romans »Quitt« in der ›Gartenlaube‹. Im Sommer reiste Fontane mit seiner Frau wieder nach Bad Kissingen und im August nach Krummhübel. Dort überarbeitete er »Unwiederbringlich« und korrigierte die Vorabdrucke von »Quitt« für die Buchausgabe. Dem Verleger Adolf Kröner bot er einen neuen Roman an.

191 An Theodor Wolff

Berlin, d. 24. Mai 1890
Potsdamer Str. 134 c

Hochgeehrter Herr.
Heute abend erst bringt mir mein Sohn Ihre schon vor vier Tagen erschienene, überaus freundliche Besprechung meiner »Stine«. Ich eile nun, Ihnen zu danken. Es ist gewiß alles so, wie Sie sagen. Es ist so hinsichtlich der Mischung von Romantischem und Realistischem, und es ist so hinsichtlich der Parallele zwischen Lene und Stine. Lene ist berlinischer, gesünder, sympathischer und schließlich auch die besser gezeichnete Figur. Auf die Frage Lene oder Stine hin angesehn, kann »Stine« nicht bestehn. Darüber habe ich mir selber keine Illusionen gemacht. Das Beiwerk aber – mir die Hauptsache – hat in »Stine« vielleicht noch mehr Kolorit. Mir sind die Pittelkow und der alte Graf die

Hauptpersonen, und ihre Porträtierung war mir wichtiger als die Geschichte. Das soll gewiß nicht sein, und der eigentliche Fabulist muß der Erzählung als solcher gerechter werden. Aber das steckt nun mal nicht in mir. In meinen ganzen Schreibereien suche ich mich mit den sogenannten Hauptsachen immer schnell abzufinden, um bei den Nebensachen liebevoll, vielleicht zu liebevoll verweilen zu können. Große Geschichten interessieren mich in der Geschichte; sonst ist mir das Kleinste das Liebste. Daraus entstehen Vorzüge, aber auch erhebliche Mängel, und diese so nachsichtig berührt zu haben, dafür Ihnen nochmals schönsten Dank. Frohe Pfingsten.
In vorzüglicher Ergebenheit

Th. Fontane

192 An Adolf Kröner

Berlin 28. Juli 90
Potsd. Str. 134. c

Hochgeehrter Herr.
Ganz ergebensten Dank für das Manuskript von »Quitt« das Ihre gütige Weisung an mich gelangen ließ.
Zugleich frage ich an, ob ich Ihnen im Winter oder um nächste Ostern herum einen neuen Roman schicken darf? Er spielt im ersten Drittel auf einem havelländischen adligen Gut, im zweiten Drittel in einem kleinen pommerschen Badeort in der Nähe von Varzin und im letzten Drittel in Berlin. Titel: Effi Briest. Es handelt sich, ganz im Gegensatz zu »Quitt« und »Unterm Birnbaum« nur um Liebe, also stofflich eine Art Ideal. Ob auch sonst? nicht blos Ihre Gerechtigkeit, sondern auch Ihre Milde wird zu Gericht sitzen.

In vorzügl. Ergebenheit
Th. Fontane

Ende September kehrte Fontane nach Berlin zurück, der Druck von »Quitt« ging zügig weiter und mit Julius Rodenberg kam es zu der endgültigen Vereinbarung, daß »Unwiederbringlich« in der ›Deutschen Rundschau‹ erscheinen würde.
Aus dem Umkreis der Arbeiten für die »Wanderungen« plante er noch einen größeren Aufsatz über das »Ländchen Friesack«.
Im Anschluß an den 70. Geburtstag hatte der Verleger E. Dominik eine Gesamtausgabe in zwölf Bänden geplant, die jetzt im Winter zu erscheinen begann. Sie war nur mit sehr großen Schwierigkeiten zustande gekommen und die letzten drei Bände erschienen nicht mehr bei Dominik, sondern wurden von Friedrich Fontane übernommen. Dennoch bewies sie mit fast 4000 Seiten und insgesamt zehn Novellen und Romane und dem Erinnerungsbuch »Kriegsgefangen« die große schriftstellerische Arbeitsleistung des ersten Jahrzehnts des ›alten Fontane‹.

193 An Frau von Bredow-Landin

Berlin, den 6. Dezember. 1890

Hochverehrte gnädigste Frau.
Gestatten Sie mir, Ihnen und Herrn Gemahl in Beifolgendem mein jüngst erschienenes Buch überreichen zu dürfen. Es sollte schon Mitte November in Ihren Händen sein, aber ich steckte damals in einer neuen Arbeit, deren Abschluß sich verzögerte. Nun liegt alles hinter mir. In dem Roman »Quitt« lege ich den Hauptakzent auf das friedliche Leben in einer von mir als »a trappy family« bezeichneten Mennonistenkolonie zu Nogat-Esern (Indian Territories, Nordamerika), wo ich neben allem möglichen dorthin verschlagenen Volke, namentlich auch einen atheistischen Franzosen und einen Märker »aus dem Glin« gegenüberstelle. Diese Gegenüberstellung ist mein besonderer Stolz.
Mit meinen neulichen Bemerkungen über archivalische, was immer sagen will: am Leben vorübergehende Geschichtsschreibung, habe ich hoffentlich nicht zu großen Anstoß gegeben. Unserein ist aber auf diesen Punkt hin immer ein bißchen gereizt, weil alle Archivleute glauben, Leder sei Brot.

Und nun spreche ich noch den ergebensten Wunsch aus, daß Ihr Herr Gemahl die Güte haben möge, mir den die Friesacker Linie des Bredow-Werkes behandelnden Band noch einmal auf ein paar Monate anzuvertrauen. Mein Schlachtplan hat sich nämlich seit Sommer 89, wo ich in Ihrem Hause so schöne Tage verbringen durfte, dahin geändert, daß ich mich jetzt darauf beschränken will, nur über das Ländchen Friesack und die dort ansässigen Bredows zu schreiben. Jetzt, wo ich die einzelnen Ortschaften beinahe ausnahmslos kenne (nur Briesen nicht), werde ich den Band »Friesacksche Linie« mit ganz anderen Augen lesen und vieles darin finden, über das ich bei meinem früheren Lesen hinweggesehen habe. Haben dann einerseits Ihr Herr Gemahl und andererseits die Herrschaften auf Wagenitz und Senzke noch die Güte, kleine historisch anektotischen Aufzeichnungen für mich zu machen (nur die Überschriften, die Geschichten selbst werden dann besser mündlich erzählt), so bin ich wohlausgestattet und kann ans Werk gehen. Mit der Bitte, mich Herrn v. Bredow angelegentlichst empfehlen zu wollen, in vorzüglicher Ergebenheit

Th. Fontane

Im Januarheft des 66. Bandes der ›Deutschen Rundschau‹ begann auf den ersten dreißig Seiten der Vorabdruck von »Unwiederbringlich«, der im 9. Heft im Juni abgeschlossen wurde. Mit einer Veröffentlichung in dieser Zeitschrift wurde Fontane weit über die Grenzen Berlins und Deutschlands bekannt. Auf jedem Titelblatt der ›Deutschen Rundschau‹ waren die Auslieferungsfirmen in aller Welt genannt: über 60 von Alexandrien über Athen, Boston, Buenos-Aires, Kopenhagen, London, Neapel, New-York, Paris, Reval, Rom, Tiflis, Wien, Yokohama bis Zürich.

194 An Theodor Fontane

Berlin, d. 9. Januar 1891

Mein lieber Theo.

Trotzdem ich vor etwa acht Tagen feierlich gelobt hatte, meinen Dank für Baseler Leckerli und Astrachan-Kaviar (der Sherrypunsch war abgestrichen worden) nicht vergessen zu wollen, hab' ich's doch vergessen und lasse nun Stephan, der vorgestern 60 Jahre wurde, noch einmal satteln, um Dir den gestern versäumten Dank nachzubringen, Dir und Deiner lieben Martha. Jeden Morgen erhalte ich vier kleine Kaviarschnitten, und an meinem Geburtstage waren sie auch echt, grau und grobkörnig. Seitdem stellt sich aber eine minderwertige, von, ich weiß nicht wem, auch als Geburtstagsgeschenk gespendete Sorte ein, die öffentlich zu entlarven mir meine Artigkeit gegen die Gattin und Hausfrau verbietet. So lebt denn wohl der Glaube im Hause fort, ich merkte es nicht; zu weit gehende Tugenden werden immer mißdeutet. Dir rechne ich aber den richtigen an.

Wie immer Dein alter

Papa

195 An Friedrich Fontane

Berlin, 27. Januar 1891

Mein lieber Friedel.

Mama erzählt mir eben von Eurem Gespräch.

Es tut mir leid, daß ich diese Dinge, vor denen ich endlich Ruhe zu haben glaubte, immer wieder durchzabbern muß.

Ich begreife, daß Du den Wunsch hast, meine Bücher zu verlegen; Du mußt aber auch begreifen, daß *ich* den Wunsch habe, bei meinem alten Verleger zu bleiben. Ich will kein Geld von Dir oder irgendeinem meiner andern Kinder in die Tasche stecken und kann andrerseits die Geschichte mit den Extrafonds nicht zur Norm und Regel erheben; dazu reicht mein sonstiger Etat nicht aus.

All das habe ich Dir schon früher gesagt und Du mußt mir,

nachdem ich es unter Drangebung oder Beschneidung meiner Prinzipien an Entgegenkommen nicht habe fehlen lassen, eine fortgesetzte Debatte darüber ersparen.
Ich hatte Dir noch eine Berliner Geschichte zugedacht, aber dies ist auch das Äußerste, was ich leisten kann und will. Im übrigen nur das noch: Es wäre ja fürchterlich, wenn die gesunde Basis eines Verlagsgeschäfts immer ein bücherschreibender Vater sein müßte. Gott sei Dank ist leicht das Gegenteil zu beweisen.

Dein alter
Papa

»L'Adultera« erschien nach neun Jahren in zweiter Auflage nunmehr bei Friedrich Fontane.

196 An Paul Pollack

Berlin, 10. Februar 1891

Hochgeehrter Herr.
Seien Sie schönstens bedankt für Ihre liebenswürdigen Zeilen, besonders auch für die Bedenken, die Sie gegen »L'Adultera« äußern. Aus solchen Bedenken spricht oft mehr als aus Anerkennungen die echte und rechte Teilnahme, und diese Teilnahme ist das Beste, was der Arbeit und einem selber werden kann.
Dem von Ihnen geäußerten Bedenken bin ich Anfang der 80er Jahre, wo die Novelle erschien, vielfach begegnet, und ich habe mich nie dagegengestellt. Dennoch bin ich unbekehrt geblieben und würde es jetzt geradeso schreiben wie vor 10 Jahren. Ich glaube, beide Parteien haben recht, und der Streit ist nichts als das Resultat zweier gegenüberstehender Kunstanschauungen. Soll die Kunst den Moralzustand erhalten oder bessern, so haben *Sie* recht, soll die Kunst einfach das Leben widerspiegeln, so habe *ich* recht. Ich wollte nur das letztre. Die Geschichte verlief so, und die Dame, um die sich's handelte, sitzt unter einer Menge

von Bälgen, geliebt und geachtet, bis diesen Tag oben in Ostpreußen. In vorzüglicher Ergebenheit

Th. Fontane

Die Hauptarbeit in den Monaten Februar, März und April waren die Korrekturen für »Frau Jenny Treibel«, die Fontane wegen eines beständigen erhöhten Blutandranges im Kopf besondere Mühen machten.
Ende März hatte Conrad Ferdinand Meyer, der schon seit über einem Jahrzehnt zum festen Mitarbeiterkreis der Rundschau gehörte, an Rodenberg geschrieben: ». . . sehr interessiert es mich, Fontanes Roman quasi vor meinen Augen erstehen zu sehen. Man sieht ihn bauen. ›Unwiederbringlich‹ ist wohl das vorzüglichste, was die R. in der reinen Kunstform des Romans je gebracht hat: feine Psychologie, feste Umrisse, höchst-lebenswahre Charaktere u. über alles doch ein gewisser poetischer Hauch. – Aber, selbst von den geschicktesten Händen getrieben, was für eine schwere Maschine – ein Roman! u. wie unser guter, seliger Gottfried an seinem Salander gestoßen haben mag . . .«
Rodenberg sandte diesen Brief umgehend an Fontane.

197 An Julius Rodenberg

Berlin, 14. April 1891
Potsdamer Straße 134 c

Hochgeehrter Herr.
Ein süßerer Happen, Biskuit mit Schweizerhonig, ist mir noch nicht in den Mund gesteckt worden. Den edlen Gebern sei Dank dafür. Ich stand heute recht elend auf, fühle mich aber nach Ihrem Brief wohler, was Sie glauben werden. Zu allem wandelt mich freilich auch eine Sentimentalität an, und eine gewisse Rührung ist das prädominierende Gefühl. Ein lebelang, oder doch jedenfalls seit 1876, wo ich meine Akademie-Stellung aufgab, habe ich einer Anerkennung wie dieser zugestrebt, und es wollte nicht kommen – die Widerhaarigkeit der Freunde, namentlich dieser, war zu groß. Nun, im Erfüllungsmomente

»muß wohl ein armer Teufel sterben«. Aber die Ohren steif halten! Ein Baurat, Freund meines Freundes Lucae, empfing, auf dem Sterbebett, den Roten Adlerorden, und sein letztes Wort, den Orden in der Hand, war: »Ich habe nicht umsonst gelebt.« Da ist meine Situation doch besser. Nochmals *sehr* herzlichen Dank.

In vorzüglicher Ergebenheit
Th. Fontane

Wie recht hat C. F. Meyer mit seinem Wort von der »schweren Maschine«. Mitunter, zwischen Berlin und Hannover, geht es glatt, aber dann keucht die Lokomotive wieder den Brenner hinauf, Abgründe links und rechts.

Mitte April wurde der Schillerpreis zu gleichen Teilen an Fontane und Klaus Groth verliehen, den Antrag hatten Erich Schmidt und Paul Heyse gestellt.

198 An Martha Fontane

Berlin 24. April 91
Potsd. Str. 134. c

Meine liebe Mete.
Mama hat heute Mittag 11 ¾ ihre Reise angetreten und wird vor 8 Tagen nicht zurück sein; in ihrer Abwesenheit müssen meine Briefe genügen, die das Plaudern lange nicht so gut verstehn. Wie geht es mit Deiner Gesundheit, mit Deinem Leben überhaupt? Wir erfahren nicht viel. Alles hüllt sich in ein gewisses Dunkel. Ich glaube, Du könntest lichtvoller sein; es wäre auch für Dich gut. Daß diese Bemerkung selber in einem gewissen Dunkel ruht, ist nicht meine Schuld.

Mama hat munter genug gelebt in den letzten 8 Tagen, schon weil 2 Geburtstage in diese Woche fielen, Tante Jennys, Tante

Lise's. Eigentlich macht sie dergleichen gern mit, die Räubergeschichten von Ehemännern im Weber-Stil und die nicht minder imposanten Geschichten von Ehefrauen im Tante Lise-Stil, amüsiren sie, trotzdem sie recht gut fühlt, wie toll das ist, ja es vielleicht mehr fühlt als ich. Es ist das weibliche sensationelle Bedürfniß in ihr. Mir geht dies ab, so wie das Schauerstück mit so gräßlich viel Kommißknüppelschaft, mit so viel Dürftigkeit und Ledernheit verknüpft ist. Wenn schon, denn schon.

Theon sammt Frau sehen wir alle drei, vier Tage mal. Er hat sich jetzt erholt, sieht sehr gut aus und macht, wie auch seine Frau, überall einen vorzüglichen Eindruck, auch bei uns, sogar bei Mama, was den höchsten Grad bedeutet. Sie (Martha) hat sich entweder unter dem Einfluß der Verhältnisse verändert oder Dein berühmter Brief, in dem es hieß: ›es käme drauf an, ob sie der Schwiegermama, nicht ob die Schwiegermama ihr gefiele‹ – hat im höchsten Maße heilsam gewirkt. Ich würde ihr das *sehr hoch* anrechnen, denn nichts ist seltner, als daß Menschen durch ein ernstes Wort derart bekehrt, besiegt werden. Die gewöhnliche Folge ist Verstimmung und verdoppelte Auflehnung oder jenes berühmte ›mit seinem Charakter zu Rathe gehn‹ was nie das Geringste hilft. Bekehrungen sind immer plötzlich; wie ein Blitz muß es vor einem stehn so oder so. Neulich waren Theo und Frau bei Sternheims; sie (Martha) entzückt, was mich wieder sehr erfreute, denn Frau Sternheim ist so ziemlich die normalste, angenehmste und liebenswürdigste Frau die ich kenne. Es ist von der Alten her ein ungeheuer guter Fond in der ganzen Familie, fast als ob das Altmärkische, das ich sehr hoch stelle, das Jüdische wohlthuend beeinflußt und doch die guten Judenseiten bei Kraft und Leben erhalten hätte. Theo hat für solche Dinge kein rechtes Gefühl; natürlich sieht er, daß es eine nette Frau ist, aber er sieht nicht die Gradunterschiede.
Wir sind nun hier seit drei, vier Tagen ganz ›Schillerpreis‹; es kommen ganz fabelhafte Gratulationen an, zum Theil von Personen die ich kaum oder gar nicht kenne, sogar Telegramme,

heut von Soldmanns, neulich von Max Harden, dazu Briefe von Goßler (Antwort auf einen von mir, worin ich ihm gleich gedankt hatte) Geh. R. Jordan, Prof. Erich Schmidt, Schlenther, Wichert etc. Einiges lege ich diesen Zeilen bei, was Dich vielleicht interessirt. Die ganze Geschichte müßte mich ja eigentlich *sehr* glücklich machen, aber es kommt ein bischen zu spät und fällt bei mir in eine Stimmung hinein, die doch bei aller Heiterkeit schmerzlich ist, weil es ein Durchdrungensein ist von der Nichtigkeit alles Irdischen. Wer nun an ein Ewiges glaubt, dem wird in diesem Zustand erst recht wohl, aber zu den so Beglückten darf ich mich nicht zählen.

In 8 Tagen haben wir nun die große internationale Kunstausstellung, worauf ich mich freue, trotzdem es mir seit lange feststeht, daß die ganz kleinen Ausstellungen, die man bezwingen kann, viel genußreicher sind. Neulich war ich bei Schulte, Unter den Linden, und sah mir die dort ausgestellten Zeichnungen und Bilder von Franz Stuck (München) an; die Zeichnungen waren die Originale zu 20 oder 30 Holzschnittbildern in den ›Fliegenden Blättern‹, alles höchst witzig und geistreich, die Oelbilder desselben jungen Künstlers aber waren zum Theil wandhoch und stellten den Engel dar, der Adam und Eva aus dem Paradiese treibt. Dieser Cherubim mit dem Flammenschwert ist 3 mal von ihm gemalt worden, 1 mal so zu sagen als Riesenportrait in einer Art räthselvollen Himmelsatmosphäre, lauter dicke weiße, lila- und rosafarbene Klexe, mitunter halbfingerhoch, so daß der Bengel blos in Farben ein kleines Vermögen ausgegeben haben muß; auf dem 2. Bilde hat er, d. h. der Engel, Adam und Eva eben hinausgeworfen und bezieht die Paradieswache als Außenposten; auf dem 3. steht er wieder allein da, am Ausgangspunkt einer perspektivisch sich verengenden Avenue und schließt mit seiner Person eine nur halbhandbreite Paradiesklinse, durch welche das roth und golden leuchtende Paradies in die tannenschwarze Avenue hineinblitzt. Alle drei sind ausgezeichnet, am poetischsten das zuletzt genannte. Viele nennen es

›Schmierereien‹ und den Rache-Engel einen ›Hausknecht‹, ich bleibe aber bei meiner Bewunderung. So war der gute Geh. R. Stoeckhardt vorgestern hier, um mir zu gratuliren, und kam nun auch auf diese Bilder; ›die Kunst soll doch das *Schöne* wollen‹ – dabei blieb er. Ich sagte ihm: ›man merke, daß er durch Schönheit in seinem Hause verwöhnt sei.‹ Dies ging ihm glatt 'runter und war auch zur Hälfte ehrlich gemeint (namentlich seitdem er Mathilden als Folie für all die Schönheit hat) – eigentlich aber war es doch Verhöhnung und zwar wohlverdiente. Solch Blech darf man nicht mehr aussprechen, auch nicht mal wenn man Geheimrath ist.

Nun sei es genug. Zum Lesen schicke ich Dir nächstens Einiges, trotzdem ich alles was in den 3 farbigen Blättern steht, urschwach finde. Das ›sexuelle Problem‹ ›freie Liebe‹ das ›Weib und sein höherer Beruf‹ etc. etc. sind denn doch nachgerade Themata, deren Ueberschriften schon einen angähnen und nun gar erst was drin steht.
Empfiehl mich Deiner verehrten Frau Gastgeberin, unbekannterweise auch dem mecklenburgischen Fräulein, denn als eine v. Flotow wird ihre Wiege doch wohl in dem Dreieck Stavenhagen, Strelitz, Güstrow gestanden haben. Wie immer Dein alter

Papa

199 An Georg Friedlaender

Berlin 27. Mai 91
Potsd. Str. 134. c

Hochgeehrter Herr.
Herzlichen Dank für Ihren Brief; schon das Couvert mit seinen buntfarbigen Pritzelchen in Grau regte mich an und der Inhalt natürlich erst recht. Dagmar und der Bräutigam »der seinerseits über den Namen Lothar gebietet« (wundervoll glückliche Wendung) haben mich erheitert und erfreut, denn Sie haben, im Ganzen genommen, ja nur Gutes über Beide zu melden, trotz-

dem wirken beide wie eine voraufgeschickte Illustration zu dem späteren Ausspruch »die Welt war nie so arm an Idealen«. Diese Anschauung beherrscht mich seit Jahr und Tag und jeder Tag bringt neue Belege und steigert mein Unbehagen bis zur Angst. Dabei muß ich bemerken, daß ich nie zu den Lobrednern des Vergangenen gehört habe, auch jetzt noch nicht gehöre. Die Zeit, in die meine Jugend fiel, Ende der 30er Jahre, war auch schrecklich, in vielen Stücken, so in allem was Erscheinung angeht, schrecklicher als jetzt; die »Ruppigkeit« von damals ist überwunden (leider noch immer nicht genug) – aber so sehr ich diesen Fortschritt anerkenne, so sehr er mich geradezu beglückt, so gewiß ist er auf halbem Wege stecken geblieben, auf der Station »Aeußerlichkeit«. Alles dient dem Aeußerlichen; auf den ersten Ruck ist dadurch 'was gewonnen, die Sinne werden befriedigter, aber so wie man ein bischen schärfer zusieht, nimmt man eine Aeußerlichkeitsherrschaft wahr, die mit einer gewissen Verrohung Hand in Hand geht. Die ganze Welt, man könnte beinah sagen die Sozialdemokratie mit eingerechnet, hat sich durch gesteigerten Besitz und durch gesteigerte Lebensansprüche bis zu einer gewissen Bourgeois-höhe, vielfach von greulichstem Protzenthum begleitet, entwickelt, aber von der Bewältigung der zweiten Hälfte des Weges, von der Entwicklung bis zur Aristokratie, der echten natürlich, wo das Geld wieder anfängt ganz andren Zwecken zu dienen als dem Bier- und Beefsteaks-Consum, – von dieser Entwicklung unsrer Zustände sind wir weiter ab denn je, weiter als in jenen Armuthszeiten unter Fr. W. III., wo es Tausende von höchst erfreulichen Einzelerscheinungen namentlich im Adel, im Professorenthum und unter den Geistlichen gab, Einzelerscheinungen, die derart kaum noch vorkommen. Was ein Mann wie *Krupp* thut, vielleicht großartig in seiner Art, ist doch etwas ganz andres und wurzelt verstandesmäßig in sozialer Frage, nicht in einem schönen Herzen und liebevoller Menschlichkeit.

Ich habe dies weiter ausgeführt, als man in einem Briefe wohl eigentlich soll, aber es ist die eigentlich »große Frage«, in der die andern großen Fragen erst drin stecken. Natürlich kann man eine höhere Idealität der Gemüther ebensowenig wieder herbeizaubern wie die »Religiosität«, die der gute alte Wilhelm seinem Volke wiedergeben wollte, dazu gehören andre Nummern wie Stöcker, aber wenn man auch mit Predigten und Reskripten der Sache nicht beikommen kann, so ist doch, glaub ich, schon viel gewonnen, wenn die moderne Menschheit zur Einsicht der Sachlage kommt, wenn sie sich im Spiegel sieht und einen Schreck kriegt. Und ein bischen davon, wenn mich nicht alles täuscht, ist schon da.

Schade, daß die Stahlquelle nicht bei der Anna-Kapelle springt; aber »Schlingelbaude«, das will mir nicht eingehn, abgesehn von dem langen, arroganten Schlaaks, der jetzt dort oben sein Wesen treibt.

Der »Karolinger«-Zug ist wirklich halb durchgefallen. Beinah freue ich mich darüber, wie ich mich nach gerade über alles freue, was unsren Leuten hier beibringt: die ganze gepriesene Herrlichkeit lasse furchtbar viel zu wünschen. Nicht blos in Berlin, im Preußenthum überhaupt steckt der Glaube, daß es mit uns ganz was Besondres sei; aber vorläufig ist noch das Gegentheil richtig, in allem stehen wir in 2. und mitunter auch erst in 3. und 4. Linie. Zweierlei haben wir, die Volksschule (Bergel) und die Armee, worin wir wahrscheinlich Nummer 1 sind, aber doch auch nicht in dem Grade, wie wir's uns einbilden. Man braucht sich nur die Musketiere, die als Leutnantsburschen die Straßen unsicher machen, anzusehn, um über die Vorstellung einer Superiorität zu lachen. Alles ist durchschnittsmäßig, oft auch d a s kaum, und nur dann und wann ereignet es sich, daß das Durchschnittsmäßige, weil es glänzend dirigirt wird (Generalstab und zum Theil auch Offizierkorps) über sich selbst hinauswächst. Herrschaft des Geistes über die grobe Masse. Von diesen zwei Dingen aber abgesehn, hapert es überall und die Redensart von der »deutschen Wissenschaft« kann ich gar nicht mehr hören. Unsre Bücher, und nicht zum wenigsten die wissenschaftlichen, sind schlechter, als die der andern Culturvölker. Literatur und Kunst höchst fragwürdig, – das »Berliner Haus« ein Monstrum. Und nun genug oder schon zu viel. In vorzügl. Ergebenheit

Th. Fontane

Eins muß ich doch noch hinzufügen: der neue Reichsgerichtsrath! Seitdem Grävenitz es war, läßt sich nichts mehr sagen. Er war doch noch ganz die alte Zeit, von ihrer fraglichen Seite, mit dem A n s p r u c h der »Idealität« und eigentlich blos biedermännischer Pfiffikus.

Den Juni verbrachte er mit seiner Frau in Kissingen, der Aufenthalt war angenehm ». . . ebenso aber empfinden wir doch störend das Fehlen richtiger Genossenschaft«.
Im Juli war er wieder in Berlin.

200 An Martha Fontane

Berlin 25. Juli 91

Meine liebe Mete.
Du hast Recht, daß etwas wenig geschrieben wird, namentlich in Anbetracht des literarischen Hauses. ›Talent (epistolaire) oblige.‹ Deinem letzten Brief entnehme ich zu meiner Freude, daß es Dir leidlich wohl geht und zu meiner noch größeren, daß Du viel und mit Lust und Liebe musicirst. Wenn es damit vorhält, so würde ich *das* als die eigentliche diesmalige Landaufenthalts-Errungenschaft ansehn, dann könntest Du's zu einer ›Passion‹ bringen, gleichviel ob Eiersammlung, Tellerbemalung oder Gesang, so würde Dich das weiter bringen, als ein Zentner Brom, an dem nur sicher ist, daß es den Magen verdirbt. ›Wählt Euch eine Fakultät‹ sagt schon Mephisto zum Schüler, aber eine Passion ist immer besser noch als eine Fakultät. Wie hätte ich leben und alle Miserabilität des Tütendrehens und Tütenklebens

(und nun erst gar die Menschen!) ertragen können, wenn ich nicht die Passion gehabt hätte, Terzinen zu machen. Denn mit dem Schwersten muß man immer anfangen, dadurch kriegt die Geschichte einen Glorienschein; selbst Friedel hatte sich sein Ziel weit gesteckt und wollte nicht Schaffner sondern Eisenbahn-Betriebsdirektor werden. Ein Bischen davon spukt noch jetzt in ihm nach. – Wir leben sehr still, Mama rückt sich überhaupt nicht von der Stelle, ich gehe jeden Abend um 9 bis an die Christuskirche (Paulus Cassel) umschlendre schließlich 2 mal den Leipziger Platz, schnopre etwas Lindenduft, kucke mir die Jüdinnen an, die unterm Zelt in Hôtel Bellevue soupiren und bin um 10 wieder zu Haus, gestern etwas später, weil ich in der Nähe von Blankenstein Brahm und Sternfeld traf, mit denen ich noch eine halbe Stunde flanirte; sie schossen mir Beide Liebenswürdigkeiten in den Leib – bei Brahm etwas Seltenes – und während Sternfeld von ›Vor dem Sturm‹ schwärmte (er scheint bei einem Juden doppelt hoch anzurechnen, ein preußisch historisches Interesse zu haben) orakelte Brahm von ›Unwiederbringlich‹ und wunderte sich, wo ich das alles her hätte. In Deutschland darf man blos schreiben: ›Grete liebte Hans, aber Peter war dreister und so hatte Hans das Nachsehn‹; wer darüber hinaus geht, fällt auf und meist auch ab. Das Komischste war, daß sich in dies literarische Gespräch immer intensiv Medicinisches mischte; Brahm hat sich nämlich einer Bandwurmkur unterzogen; anfangs dachten Sternfeld und ich, es bezöge sich auf sein Schillerbuch, zuletzt ergab sich aber, daß ein ganz gemeiner Bandwurm gemeint war, wie er an den Litfaßsäulen auf grünem Papier immer abgebildet ist, dicht neben den Versen der goldenen 110. Was doch in solcher großen Stadt alles sein Wesen treibt. Dabei fällt mir ein, daß ich gestern Abend in der Vossin einen Artikel über die Pariser ›Bandisten‹ gelesen habe; *so* weit sind wir denn doch noch nicht; ich werde den Artikel ausschneiden und beilegen.

Soll ich Dir ›Unwiederbringlich‹ noch schicken? Es ist nun am Ende doch besser, Du wartest das Buch ab.

Morgen oder bei Gelegenheit will ich Dir auch einen ›Figaro‹-Artikel schicken. Wenn ich bedenke, daß der Figaro zu gutem Theil von deutschen Juden geschrieben wird, so richtet sich mein deutsches Gefühl ein bischen auf und ich sage mir dann: ›es kann mit der großen Ueberlegenheit drüben auch so weit nicht her sein.‹ Die Franzosen, darin sehr frei und liebenswürdig, haben dies Gefühl auch gar nicht; *wir* haben es nur statt ihrer und schieben ihnen alle möglichen literarischen und künstlerischen Tugenden zu. Es fiel mir schon auf, daß es in einem Stauffer von Bernschen Briefe hieß: ›die *guten* deutschen Bilder‹ sind eigentlich viel besser als selbst die guten französischen; sie haben nur in Paris den Schneddredin besser weg. Aber das ist was Aeußerliches.‹ Literarisch haben sie was Aehnliches vor uns voraus: die *Sorglichkeit* der Arbeit; unsre fuchsen drauf los, was auch der Talentvollste nicht darf.
Neulich hatten wir eine kleine Gesellschaft mit Pilsener Bier: Paul Meyer, Brahm, Litty, Theo und Frau und Friedel. Da Mama mir eben sagt: ›Sonderbar, Theo und Frau finden ihre Gesellschaften immer sehr gelungen‹ so will ich mich eines Urtheils über *unsre* Leistung enthalten. Uebrigens sieht es Theo'n, und auch ihr, ganz ähnlich; es liegt was Liebenswürdiges drin, aber doch auch was Kleinstädtisches. Leider ertappe ich mich auch dabei wieder auf der Aehnlichkeit mit Theos kleinen Schwächen. Auch Schlenther war geladen, da wir nicht wußten, er sei schon fort. Gestern kam eine reizende Karte von ihm: ›Paula sitzt am Semmering, ich an der Isar, – Hero und Leander.‹ Diese Selbstpersiflage hat mich sehr amüsirt.
Felix Schütte hat sich verlobt und zwar mit seiner Sekundaner-Liebe aus Prenzlau; Friedels andrer Freund (Diettrich) kommt nach Berlin, hängt die Medizin an den Nagel und beginnt ein forsches Haus zu machen, so kommt alles an die Reihe und man wird immer überflüssiger. Vorläufig werde ich mich noch mal ausspielen und am 7. August über Hamburg nach Föhr gehn, wo Friedländers und Bergel sind, von da aus Abstecher nach Helgoland und Sylt. In Helgoland will ich meinen Vetter Heinrich

Gaetke, den ›Inselkönig‹ besuchen, den ich seit beinah 60 Jahren nicht gesehn habe; damals war er Malerbengel, jetzt erste Obrigkeit und berühmter Ornithologe, dabei etwas Brigham Young. – Mama schreibt Roman ab; es oder er scheint ihr nicht recht zu gefallen; ich kenne das schon und es schadt auch nicht viel; Romane, die beim Abschreiben zugleich die Verstimmung tilgen, also nebenher noch eine Art ›Mottentod‹, – *die* gibt es nur selten. Meine Bücher verlangen ein freies Gemüth. – Mit Nächstem wird nun hier die Haus-Ravage beginnen; – Geheimraths sind schon nach Soden entflohn; *er* ist ganz geknickt, – ein noch schlechterer Geschäftsmann als ich und noch mehr Angstmeier in Bezug auf Prozeß-Unannehmlichkeiten. Ich begreife das bei persönlichen Angelegenheiten, aber hier ist alles sachlich und prinzipiell; die Person bleibt ganz außerm Spiel. – Ergeh es Dir gut, empfiehl mich den Damen und habe endlich besseres Wetter. ›Der gebildete Mensch gehört in die Stube‹ – ist vom Standpunkt eines sächsischen Professors aus zwar sehr nett und vielleicht auch richtig, für Dich aber sind Park und Garten besser. Wie immer Dein alter

Papa

Im August reiste Fontane allein über Hamburg nach Wyck auf Föhr und traf sich dort mit der Familie Friedlaender. Er begann mit der Ausarbeitung eines kleinen Romans »Mathilde Möhring« der erst postum erschien. »Frau Jenny Treibel« wurde noch einmal überarbeitet. Im Oktober erschien eine neue, vierte Auflage der »Gedichte« und im November gleichfalls bei Wilhelm Hertz die Buchausgabe von »Unwiederbringlich« und noch vor Ende des Jahres eine zweite Auflage von »Irrungen, Wirrungen«.

Die letzten Korrekturen für den Vorabdruck in der ›Deutschen Rundschau‹ für »Frau Jenny Treibel« wurden vorgenommen. Hertz bemühte sich um die Rechte für die Buchausgabe, aber Fontane hatte sie bereits seinem Sohn versprochen.

201 An Wilhelm Hertz

Berlin 30. Dezb. 91
Potsd. Str. 134. c

Sehr geehrter Herr Hertz.
Herzlichsten Dank für Ihre freundlichen Zeilen; all das Schmeichelhafte, was darin liegt, empfinde ich stark und die Mittheilung, daß ich das Buch, noch ehe es geschrieben war, meinem Sohne versprochen habe, kommt mir einigermaßen schwer an. Ich gin ganz und gar, und werde mich auch schwerlich darin ändern, gegen Geschäftsbeziehungen zwischen Sohn und Vater, habe aber, um nicht zu verletzen, nachgeben müssen. Schließlich muß ich ja auch einräumen, daß diese Frage, so gut wie jede andre, ihre zwei Seiten hat und daß ich die Gefühle meines Sohnes begreife. Und comprendre c'est pardonner bez. capituler. Ihnen und den Ihren ein gutes Neujahr wünschend, in aufrichtiger Ergebenheit Ihr

Th. Fontane

Am Schluß der 1. Januarwoche schreibe ich wieder, um einzelne kleine Vorschläge hinsichtlich Band 1. der »Wanderungen« zu machen.

». . . 1892 war ein recht bittres Jahr für mich . . .« stand später im Tagebuch. In den ersten Wochen mußten Fontane und seine Frau eine schwere Grippe-Erkrankung durchstehen, die fast alle Arbeitskraft lähmte. Dennoch beendete er »Die Poggenpuhls«. Im Januar begann der Vorabdruck von »Frau Jenny Treibel« in der ›Deutschen Rundschau‹ bis zum April.
In den ersten Apriltagen erlitt er eine Morphiumvergiftung durch falsche Dosierung eines Arzneimittels.

Berlin 22. April 92
Potsd. Str. 134. c

Hochgeehrter Herr.
Es sei gewagt, die Feder in die Hand zu nehmen, trotzdem mir noch recht spack ist. Aber doch vergleichsweise golden. Gerade vor 14 Tagen vergiftete ich mich mit Morphium – der Apotheker hatte statt 0,05 die verordnet waren 0,5 genommen, also das Zehnfache – und dieser Zwischenfall brachte mich sehr herunter, vielleicht nur dadurch, daß die Vorstellung »nun ist es Matthäi am letzten« meine Nerven so aufregte, daß ich mehrere Tage lang nichts genießen konnte, am wenigsten starken Wein, auf dessen belebenden Zuspruch ich seit Wochen angewiesen war. Endlich, nach sehr qualvollen Tagen, gab man mir Brom, was auf der Stelle half, so daß ich mich seitdem, und sogar mehr als vor dem Zwischenfall, als Reconvalescenten ansehe. Vor 8 Tagen kam auch meine Tochter wieder, deren Plaudertalent dem Brom zu Hülfe kam, trotzdem beide verschieden wirken, Brom nämlich drückt herab und stellt eine süße Dösigkeit her.
Seien Sie herzlich bedankt für Ihren lieben Brief. Ich freue mich, daß der Vortrag so gut abgelaufen ist, eine Freude die mir und Ihnen gilt. Und nun die beiden Heinriche! Wenn ich 45 statt 72 wäre, so ließe ich es mir nicht entgehn, diese beiden Gestalten in einem Roman, etwa unter dem Titel »die beiden Ladislaus« zu schildern; ich würde die Geschichte dann nach Posen oder Westpreußen in das Warthebruch oder die Weichselniederung verlegen und die Schmiedeberger Gestalten als Nebenfiguren weidlich ausnutzen. Grundidee wäre: »Geld besorgt alles«, – ein Glaube, der sich beständig in meiner Seele mehr festigt. Kunst und Wissenschaft, so lange sie nur als solche auftreten, sind lächerlich, etwa wie der Küster mit dem Klingelbeutel, der Pfennige einsammelt; erwirbt ein Professor alljährlich 60 000 Mark (Thaler natürlich noch besser), so beginnt er geachtet zu werden, nicht wegen seiner Wissenschaft, d i e hatte er, als er noch hungerte, auch schon, sondern einfach weil er anfängt

einen banquierhaften Anstrich zu kriegen. Es kommt vor, daß hochbegabte, aber erfolglose Dichter und Künstler nach ihrem Tode den Makel der Armuth überwinden und in Tagen, wo sie Niemanden mehr anpumpen können, heilig gesprochen werden, bei Lebzeiten indeß waren sie ein Schrecknis, kaum ein Gegenstand des Mitleids; man wich ihnen aus, immer in Angst. Aber Heinrich von Arnsdorf, der große Feuilletonist, – »wie anders wirkt' dies Zeichen auf mich ein!« Und ich habe nicht den Muth, irgend wem, der ähnlich empfindet, einen Vorwurf daraus zu machen; denn wenn i c h, der ich doch selber aus den böhmischen Wäldern stamme, mich zwischen Heinrich Richter und Jean Paul Richter entscheiden sollte, so würde ich wahrscheinlich den erstren wählen. Der Letztre hatte nie Geld und wenn er Besuch empfing, wurde mitunter humoristisch gesammelt (o, welch Humor!) um ein paar Krüge Bier holen zu können; mit unsrem Richter kutschirte man im Viergespann nach Böhmen hinüber oder aß Hammelschnitten mit Sauce *à la Bearnaise* (so hieß sie ja wohl?), die der Gastgeber selber angefertigt hatte. Dichter sind gut, wenn sie eingebunden vor einem stehn, so lange sie im Bettlermantel schmuddlig, hungrig und dünkelhaft vor einem her stolziren, können sie mit Heinrich dem Reichen von Arnstorf [!] nicht concurriren. Und wenn ich so denke, der ich vor dem goldnen Kalb nie getanzt habe, wie erst die andern! Und nun gar Prinzen, die sich genirt fühlen, weil sie jeden Tag mehr Geld brauchen, als sie haben. Ich bin glücklich in meiner Armuth, weil ich nicht das Bedürfnis habe in Front zu stehn und eine Rolle zu spielen; wer diesen Zug aber hat – und das sind immer 999 unter 1000 – der muß dem Golde nachjagen und sich vor dem verbeugen, der's schon hat.

Seit gestern liegt die Brey'sche Karte des Riesengebirges, die ich, ich glaube, Ihrer Güte verdanke, aufgeschlagen vor uns, weil wir nach einem passenden Platz suchen und zwar für verhältnismäßig nahe Zeit schon, erste Junitage, will sagen in 5 bis 6 Wochen. In die Brotbauden-Höhe wollen wir nicht, einmal aus

Gesundheitsgründen, dann weil es meiner Frau zu windig, zu einsam und zu verbrecherisch angekränkelt ist. Der Erdmannsdorfer Sumpfstrich in der Tiefe brütet Malaria und so haben wir unser Auge auf die Linie gerichtet, die mit Arnsdorf (das wegen Richter ausgeschlossen ist) beginnt und mit Schreiberhau aufhört. Am anheimelndsten erscheint uns Petersdorf, das wundervolle Verbindungen hat. Das Einzige, was dagegen spricht, ist die zu große Entfernung von Schmiedeberg *i. e.* Friedländers. Vielleicht läßt es sich aber doch machen. Erschrack doch Ihre Güte selbst vor der Brotbaude nicht. Ihr nächster Brief macht uns vielleicht Vorschläge; ganz in der Unter- oder Thal-Linie möchten wir nicht gerne hausen. Die Dagmar- und Lothartage sind nun wohl schon angebrochen. Empfehlen Sie mich und die Meinen Ihren liebenswürdigen Damen. Viele Grüße an die Kinder. In vorzügl. Ergebenheit

Th. Fontane

Im Mai folgte ein schwerer gesundheitlicher Rückfall, das Schlimmste wurde befürchtet. Die Familie hoffte, daß er in Zillerthal bei Schmiedeberg etwas Erholung finden könnte, und so fuhren er und seine Frau Ende Mai nach Schlesien.

203 *An Carl Robert Lessing*

Zillerthal (Schlesien), d. 23. Mai 1892
Villa Gottschalk

Hochgeehrter Herr Geheimrat.
Vorgestern bin ich mit Frau und Tochter hier eingetroffen, um nach fast vierteljähriger Krankheit Genesung und Kraft zur Arbeit an meiner alten schlesischen Heilstätte zu suchen. »Andere Luft« war der herkömmliche Doktorsrat. Aber die Luft allein kann es nicht. Ruhe, auch innerliche, ist gleichermaßen nötig, und diese zu gewinnen, dazu möchte ich wohl aus Ihrem

Munde hören, daß Sie mir wegen meiner Indiskretion nicht weiter ernstlich zürnen. Dergleichen weiter zu schwatzen, wie ich getan, ist immer vom Übel, und es kann mir nichts ferner liegen, als mein Versehen verkleinern zu wollen. Aber ich spreche, wie ich schon mündlich zu Ihrer Frau Gemahlin tat, zugleich auch die herzliche Bitte aus, meine Schuld nicht als größer ansehen zu wollen, als sie ist. Was redet man nicht alles, wenn man mit einem Bekannten in einer Tiergartenallee spazieren geht! Immer dicht am Hochverrat vorbei. Was sagt man nicht alles zur Frau über die Tochter oder zur Tochter über die Frau oder zu beiden über die Söhne! So was muß verklingen und begraben sein. Darf ich mich der Hoffnung hingeben, daß Sie diese mildere Auffassung zu teilen beginnen?
Die ersten Zeilen, die ich von hier aus schrieb, waren an Frau Stephany gerichtet, vorsichtig abgefaßt, weil er selbst die Briefe zu lesen pflegt. Aber Ihnen kann ich aussprechen, daß mich der Zustand des Kranken mit wirklicher Sorge erfüllt. Sie werden diese Sorge teilen und haben leider die Zeitungssorgen dazu zu tragen.
Wir wohnen hier in nächster Nähe von Buchwald und Fischbach. Alles sehr schön, sehr still, sehr erquicklich, auch hohenzollerngeschichtlicher Grund und Boden. Aber die Tage, wo mich dergleichen mit einem kleinen Enthusiasmus erfüllte, liegen zurück, und tiefe Müdigkeit ist an Stelle davon getreten. Ob ich noch einmal von dieser Müdigkeit loskomme? Mit zweiundsiebzig sind die Chancen gering. Und so richte ich mich denn an einem altwürttembergischen Wahlspruch auf, dem ich vor einiger Zeit begegnete:

»Sorg, aber sorge nicht zu viel.
Es kommt doch, wie's Gott haben will.«

Mit der Bitte, mich Frau Gemahlin angelegentlichst empfehlen zu wollen, in vorzüglicher Ergebenheit

Th. Fontane

204 *An Carl Robert Lessing*

Zillerthal (Schlesien), d. 15. Juni 1892
Villa Gottschalk

Hochgeehrter Herr Geheimrat.
Eh es in den Zeitungen steht (das »Hirschberger Tageblatt« hat schon begonnen), erscheint es mir Pflicht, Sie, hochgeehrter Herr, wissen zu lassen, daß wir uns entschlossen haben, Berlin aufzugeben und uns nach Schmiedeberg für den Rest unserer Tage zurückzuziehn. Ich habe keine Freude mehr an dem großstädtischen Leben; aber wenn es auch anders läge, die Verhältnisse ließen mir keine Wahl. Seit meiner letzten Krankheit bin ich eine ganz gebrochene Kraft, zurzeit kaum fähig, ein paar Briefzeilen zu schreiben, und so schrumpfen denn meine Einnahmen auf weniger als die Hälfte zusammen. Damit in Schmiedeberg zu leben, wird gehen. In Berlin wäre es unmöglich, und so waren wir eines langen Schwankens überhoben. Einige Freunde drücken mir freilich ihr Entsetzen aus, davon ausgehend, daß ich ohne den Anblick einer Prinzessinnenkutsche nicht leben könne. Ganz gefehlt. In Wahrheit liegt mir nur noch an Ruhe. Finde ich d i e, so bin ich geborgen. Wenn nicht, weil durch Krankheit gequält, so kann auch Berlin mit Matkowsky und der dell Era nicht helfen.
Daß es mit Stephany besser geht, hat mich hocherfreut; mög es so bleiben.
Mit den aufrichtigsten Wünschen für Ihr und der Ihren Wohl Ihr dankbar ergebenster

Th. Fontane

Dazu kam es allerdings nicht, doch der Aufenthalt wurde weiter ausgedehnt. Im August wurde eine elektrische Kur in Breslau versucht, die aber keine Besserung brachte. Es waren vier schlimme Monate, obwohl sich die Familie Friedlaender rührend um ihn kümmerte und vielfach Besuch aus Berlin kam.

205 An Karl Zöllner

Zillerthal i. Riesengeb.
Villa Gottschalk 8. Aug. 92

Mein lieber Chevalier.
Ich will mich doch auch noch für Deinen lieben Brief bedanken, der an alte gute Zeiten erinnerte. Die Stelle über Lübkes Wiederverheirathung hat uns am meisten amüsirt. Fanchon bleibt sich immer gleich. Es ist nicht gut so rücksichtslos vorzugehn, die alten Anstandsgesetze haben doch ihr Gutes und Natürliches. Was mich angeht, so geht es mir recht schlecht, rapide schlechter. Ich soll zwar einen auf 85 Jahre berechneten Corpus haben, mir persönlich ist nicht danach zu Muthe. Zudem hat mir eine Breslauer Autorität, Prof. Hirt, mit Hülfe des Augenspiegels ruhig versichert: Gehirn-Anämie, der Sehnerv ganz weiß, also hochgradig, er könne es aber elektrisch heilen. Na na. Die Reise nach Breslau war eine kolossale Strapaze, Martha begleitete mich. Ende des Monats soll die Kur selbst folgen. Der Zustand ist elend und die Kraft von Frau und Tochter hin, auch ihre Geduld. Ich bin ein Quängelpeter u. Egoist. Du lieber Gott, die Krankheiten sind verschieden in ihrer Wirkung aufs Gemüth. *Du* wirst mir immer als Heldenvorbild citirt, was auch stimmt.
1000 Grüße. Dein

Noel

Mehr als diese Zeilen konnte ich nicht leisten. Es ist nach Kräften.

206 An Wilhelm Hertz

Zillerthal i. Riesengeb.
14. August 92
Villa Gottschalk

Sehr geehrter Herr Hertz.
Nach traurigen 3 Monaten wollen wir, – wahrscheinlich am 22., – dies sonst so schöne Thal verlassen, ich um zunächst nach

Breslau zu gehn, wo meiner eine Kur bei Professor Hirt harrt. Es heißt nun, hier und dort, »füll Deinen Beutel mit Gold« und so möchte ich Sie freundlichst bitten, das noch restirende Honorar für Band 1. der Wanderungen oder richtiger vielleicht den Honorar-Rest hierher zu senden und zwar unter der Adresse: »Herrn Amtsgerichtsrath Dr. Friedländer, Schmiedeberg i. Riesengebirge«, der es mir dann einhändigen wird.
Ihnen geht es hoffentlich besser als mir; es ist mit Spiel u. Tanz vorbei und kann auch nicht wiederkommen. Herzlichste Grüße.
In vorzügl. Ergebenheit Ihr

Th. Fontane

207 An Friedrich Fontane

Zillerthal i. Riesengebirge,
26. Aug. 92
Villa Gottschalk

Mein lieber Friedel.
Unsre Briefe haben sich gekreuzt. Dein letzter Entschluß ist richtig; die Reise ist kostspielig und strapaziös und Du kannst uns nicht helfen, – wir müssen es selber durchfechten. Ich bin ganz herunter, weil ich Nächte lang keinen Schlaf habe, so diese letzte. Und in diesem Zustand und bei dieser Hitze muß ich nach Breslau. Das einzig Gute ist noch mein Magen und meine Verpflegung, das wird aber da schlimm werden. Und dazu die verzweifelte Lokusfrage in Hotels.
Dein Brief hat uns wieder sehr wohlgetan; wie hübsch, daß Du in Lichterfelde warst und wie richtig, was Du bei der Gelegenheit sagst. Theo schickte uns einen Epheuzweig vom Grabe, was uns alle rührte. Von Geschäftlichem schreibe ich nicht, der Sinn dafür ist mir in meinem Leiden abhanden gekommen.
Mama legt einen Verhaltungsartikel aus der Vossin bei, ich will aber doch auch noch ein Wort sagen. Hauptsache ist: aufpassen und sofort ärztlichen Rat einholen, die Selbstdoktorei ist immer vom Übel. Mit Recht will der Artikel von Choleratropfen und

Ähnlichem nichts wissen, man kann sich dadurch sehr schaden. Das mit dem abgekochten Wasser auf Eis gestellt, ist sehr gut, aber auch davon nicht viel; Bier (nur bestes) auf ein Geringes beschränken – Rotwein – solange er einem nicht widersteht – immer gut. Nur mit Appetit essen, beim geringsten Ekel refüsieren, im Ganzen aber, mit Ausnahme der in dem Artikel genannten Dinge, namentlich Käse und Gurkensalat, alles beim Alten lassen. Sich vor Erkältung hüten, wenn nötig gleich eine Leibbinde anlegen.
Wie immer Dein alter

Papa

Die elektrotherapeutische Kur in Breslau half nicht, sie verschlimmerte das Leiden. Erst nach der Rückkehr nach Berlin, Mitte September, besserte sich der Zustand ganz leicht.
Fontanes Arzt, der einsichtig erkannte, daß die Krankheit nicht nur physischer Natur war, schlug ihm vor, mit einer leichten Arbeit sich zu beschäftigen und riet ihm, seine Erinnerungen zu schreiben. Fontane stimmte zu: ». . . ich wählte ›Meine Kinderjahre‹ (bis 1832) und darf sagen, mich an diesem Buch wieder gesund geschrieben zu haben.«

208 An Julius Rodenberg

Berlin, 30. Oktober 1892
Potsdamer Straße 134. c

Hochgeehrter Herr.
Empfangen Sie meinen schönsten Dank für Ihre freundlichen Zeilen aus Fulda, wo Sie so glücklich sind noch schöne Herbstestage genießen zu können; wir werden jetzt entschädigt für die Wetterunbilden des Sommers, unter denen ich sehr gelitten. Es freut mich ungemein, daß Sie's, es sei, wie's sei, noch wieder mit mir wagen wollen. Als ich Ihnen das letzte Mal schrieb, erst wenig mehr als eine Woche, war ich noch ohne rechtes Vertraun zu meiner Wiederherstellung, es scheint aber seitdem, als wäre

mir noch eine Frist gegönnt. Ist dem so, so werde ich mich am Schluß dieses Jahres, oder doch nicht viel später, mit etwas Autobiographischem bei Ihnen einstellen:

»Aus meinem Leben
1. Abschnitt. Meine Kinderjahre«

Es werden 12 Kapitel werden. Wir sprechen des weitren darüber, wenn ich die Freude habe, Sie zu sehn.

In vorzügl. Ergebenheit
Th. Fontane

Erschrecken Sie nicht über die anscheinende Weitschweifigkeit, die – wenn ich nicht drüber hinsterbe – viele Bände in Aussicht zu stellen scheint. Ich habe vor, den »Kinderjahren« nur noch die »Schuljahre« folgen zu lassen. Bruchstücke sind besser als Ganzes.

Th. F.

In den ersten Wochen und Monaten des Jahres 1893 schrieb Fontane an seinen Erinnerungen »Meine Kinderjahre«.

209 An Georg Friedlaender

Berlin 10. April 93
Potsd. Str. 134. c

Hochgeehrter Herr.
Gestern habe ich das letzte Kapitel meiner mit dem 12. Jahre bereits abschließenden Biographie durchcorrigirt und zur Abschrift gegeben und heute beginne ich, leichteren Herzens, an die Abtragung meiner Briefschulden zu gehn. Seien Sie schönstens bedankt für Ihren lieben und interessanten Brief vom 3., dessen Mittheilungen inzwischen durch Ihre hochverehrte Frau, die uns vor drei vier Tagen durch ihren Besuch erfreute, vervoll-

ständigt wurden. Wir freuten uns alle dieses Wiedersehns, ich in deutlicher Erinnerung an den Abschied in Schmiedeberg, der mich ein solches glückliches Wiedersehn nicht erwarten ließ. Wir durchplauderten wieder die lieben alten und immer wieder dankbaren Themata: Prinz Reuß, Graf Roeder, Richter, Bergel und vor allem Treutler und Frau. Diese letztre scheint mir beinah weniger beneidenswerth als ihr Gatte, denn in einer beständigen Angst vor gesellschaftlichen Verstößen und vor einer Wolke auf des Gebieters Stirn sein, ist eine Tortur und zehrt am Leben wie am Glück. Richter immer gleich groß; aber sein schließlicher Sieg über a l l e, so sehr ich ihm diesen Sieg gönne, hat doch auch was Niederdrückendes. Wie sehen die Menschen und Kräfte aus, die die Dinge machen! Da wird einem immer gesagt, die Welt sei d o c h gut, Pessimismus sei dumm und ungerechtfertigt und Schwarzseherei, zu der kein Grund vorhanden, stamme lediglich aus einer kranken Leber. Aber ich kann nicht finden, daß dies richtig ist. Es giebt ehrliche Pflichterfüllung in Amt, Leben, Familie; diese Pflichterfüllungen, die aber immer was Maschinenmäßiges haben, will ich gelten lassen, so wie aber der Gefühlsapparat zu spielen anfängt, die Wünsche, die Strebungen, die Passionen, oder wohl gar Ehrgeiz und Liebe, so haben wir den Kladderadatsch und von Erfreulichem kann kaum noch die Rede sein. Was sich inscenirt ist vielleicht interessant, aber was groß, schön, edel ist, bleibt, auf die wahren und letzten Motive hin angesehn, ausgeschlossen. Dabei darf ich sagen, ich bin das Gegentheil von einem Schwarzseher, ich s e h e nur.
Zweierlei hat mich in Ihrem letzten Briefe ganz besonders interessirt: Silberstein und die Frau v. Jagow geb. v. Dobeneck. Silberstein war ein guter und vortrefflicher Herr, mit und ohne Festguirlande, und Sie haben viel in ihm verloren, auch darin viel, daß er zu den Wenigen gehörte, mit denen man ein leidlich vernünftiges Wort sprechen, soll heißen aus seinem Munde hören konnte. Solche Silbersteine, selbst wenn sie fortschrittlich verrannt sind, sind doch einer entgegengesetzten Anschauung

immer noch zugänglich; sie begreifen den gegnerischen Standpunkt und können ihn respektiren, auch wenn sie ihn bekämpfen. Davon steckt in den mit Orthodoxie verquickten Hochtories keine Spur, sie verstehen ihren Gegner nicht, wollen ihn nicht verstehn und hören nicht einmal, was er sagt; sie sind vorweg mit ihm fertig. Mit einem Silberstein kann man Fragen durchsprechen, mit Prinz Reuß, ein so famoser Mann er ist, nicht. Auch ist er eigentlich nur famos, weil er Prinz ist, sonst ging' es gar nicht. Also hoch Silberstein! Aber trotzdem macht es doch einen halb grausigen Eindruck auf mich, wenn ich höre, daß seine 87jährige Schwiegermutter, aus der Besinnungslosigkeit aufwachend, ihn mit der Frage begrüßt: »was macht die Militär-Vorlage?« Hat sie's schelmisch und mit Humor gefragt, so nehme ich alles zurück, sollte sich aber wirklich ein Interesse darin aussprechen, so finde ich es entsetzlich, weil ich dann einen Triumph öder Phrasenmacht darin sehen muß. Schon Silberstein ist in meinen Augen absolut unfähig gewesen, über Werth oder Unwerth der Militär-Vorlage zu urtheilen und nun gar eine 87jährige Schwiegermutter! Sie konnte fragen »blühen schon die Veilchen?« oder dergleichen. Aber Militärvorlage!
Und nun v. Dobeneck, Fränkel, van Halle. Ja, das ist wieder ein Musterbeispiel. Ich glaube, daß sich solche Beispiele zu Hunderten in unsrer Aristokratie finden, ganz besonders in unsrer Militär-Aristokratie, womit es auch zusammenhängt, daß diese letztre besser aussieht und kluger ist. Prillwitz, Etzel, Gansauge, Baeyer, Vogel v. Falckenstein, Hülsen, Schwerin, Graf Pfeil, Zedlitz, Dobeneck, Heyden, das sind so etliche, die mir gerade einfallen. Ich möchte aber behaupten, es giebt überhaupt nur noch sehr wenige Adelsfamilien, in denen jüdisches Blut *nicht* mitfließt. Denn existiren erst 100 adlige Familien mit diesem Zusatz, so ist die Sache in der dritten Generation schon ganz unberechenbar; ich heirathe eine Reichsgräfin und meiner Frau Großvater war ein Cohn. Die Unmöglichkeit eines Sieges der antisemitischen Bewegung liegt in all diesem vorgezeichnet.
Sie fragen freundlich an wegen etwaiger Sommerpläne. Nach

Schlesien möchten wir nicht wieder, wiewohl meine Vorliebe für diese Provinz, trotz der traurigen Wochen die ich da verleben mußte, nach wie vor dieselbe ist. Es geht aber nicht; ich bin dagegen und meine Damen noch viel mehr. Haus Friedländer entdeckt aber vielleicht anderswo einen Punkt, wo man sich treffen und freundnachbarlich ein paar Wochen zusammen leben könnte. Vorläufig halten wir noch an Umgegend von Dresden fest. Es ist schade, daß unsre Mark so wenig Acceptables bietet; die Natur würde mir schon gefallen, aber die miserable Verpflegung und das wenig Liebenswürdige der Bevölkerung schrecken ab.

Mit meiner Gesundheit geht es ganz leidlich und meinen Schlaf habe ich wieder. Ich kann auch arbeiten, aber ein Unsicherheitsgefühl werde ich nicht los, was wohl mehr mit meinen Nerven als mit meinen Jahren zusammenhängt; denn viele Menschen, die erheblich älter und erheblich kränker und leidender sind, haben dies Unsicherheitsgefühl n i c h t. Nur in Gesellschaft fällt dies Gefühl ganz von mir ab, weshalb ich Gesellschaftlichkeit wieder mehr kultivire; in letzter Zeit bin ich allwöchentlich zwei, dreimal unter Menschen gewesen und noch dazu sehr gründlich, von 5 bis 12. Es ist mir auch immer gut bekommen. Gestern, Sonntag, machte ich ein Frühstück in der *Raehmel*'schen Weinkneipe mit und hielt aus von 2 bis 6; diese Frühstücke finden immer am ersten Sonntage jedes Monats statt und bestehen, ihrem Personalbestande nach, aus den Mitgliedern der Voss. Ztgs-Redaktion unter Präsidium von Stephany. Nur Schlenther hält sich zurück, weil er mit dem andern Theater-Referenten (Richard Fellner) der Anti-Ibsenianer ist, nicht gut steht. Gestern war dafür Brugsch da. Ich amüsirte mich sehr und empfand wieder, daß es nicht wohlgethan ist, sich in seinem Verkehr auf 3 Menschen zu beschränken. Man lernt sich bald gegenseitig auswendig, was das Interesse mindert und den Einzelnen rasch entwerthet. – Mein Freund Lübke ist gestorben. Auch ein Kapitel, aber blos für mündliche Behandlung geeignet.

In dieser Woche, nach ihrer Rückkehr aus Stralsund, hoffen wir Ihre liebe Frau noch mal wiederzusehn, sie hat es uns versprochen. Bitte, grüßen Sie Bergel. In herzlicher Ergebenheit Ihr

Th. Fontane

Anschließend an die Jugenderinnerungen wandte sich Fontane dem Manuskript von »Effi Briest« zu, außerdem bereitete er einen kleinen Novellenband »Von vor und nach der Reise« vor.
Rodenberg wollte »Meine Kinderjahre« nur annehmen, wenn Fontane sich zu wesentlichen Streichungen bewegen ließe, doch er lehnte ab.

210 *An Julius Rodenberg*

Berlin, 24. Juli 1893
Potsdamer Straße 134 c

Hochgeehrter Herr.
Zunächst meinen herzlichen Dank, daß Sie sich noch einmal mit der immerhin langen Geschichte beschäftigt haben; einmal geht, zweimal ist hart. Und was das Schlimmste, nun auch alles noch umsonst. Denn es ist mir ganz unmöglich, auf Ihre Vorschläge einzugehn. Bei mäßigen Streichungen hätte ich mich, bei meiner aufrichtigen und Ihnen oft versicherten »Rundschau«-Passion, in der Sache zurechtgefunden, so kann ich es nicht und muß nun mein Heil woanders versuchen. Ich weiß, daß die Schilderungen breit und in ihrer Breite vielleicht anfechtbar, möglicherweise *sehr* anfechtbar sind, trotzdem ist diese unbarmherzige Kleinmalerei gerade das, worauf es mir ankam. Fällt sie weg, und Drittelung ist wie Wegfall, so ist mein Plan hin. Also Schicksal, nimm deinen Lauf; ich muß es eben wagen und abwarten, was meiner harrt. Journal, Blatt, Zeitung ist, wie Sie mehrfach freundlich hervorgehoben, freilich etwas andres wie Buch, aber zum Teil auch zum Guten – es vertut sich in dem stückweisen Erscheinen alles mehr. Das ist, bei den von mir zu tuenden Schritten, meine Hoffnung.

Adalbert Meinhardt eine Dame! Wenn man vom Rathause kommt, ist man klüger als vorher, und ich finde jetzt, daß viele der besten Stellen weibliche Beobachtungen und Gefühle sind. Dennoch wäre ich nie darauf gekommen.

Wie immer in vorzüglicher Ergebenheit
Th. Fontane

Der sehr angegriffene Gesundheitszustand seiner Frau ließ ihn in diesem Jahr Karlsbad als Sommeraufenthalt wählen, auch Friedländer mit seiner Familie reiste dorthin. Und von Mitte August bis Mitte September verlebten sie »sehr angenehme Wochen und machten sogar Bekanntschaften«.

211 An Martha Fontane

Karlsbad 24. Aug. 93
Silberne Kanne

Meine liebe Mete.

Vor einer Stunde kam Dein großes Briefpacket. Die Briefe aus Elsenau sind sehr liebenswürdig; die Quittung über die 460 Mark schicke ich direkt an Paetel zurück. Ich hielt einen niedrigeren Honorarsatz für möglich, aber freilich auch für provocirend, und hätte in diesem Falle kurzen Prozeß mit Rücksicht auf die Rodenberg- und Rundschau-Zukunft gemacht, bin nun aber froh, daß mir das erspart wird; ich bin nun mal für Frieden und Compromisse. Wer diese Kunst des Compromisses nicht kennt, vielleicht nicht kennen will, solch Orlando furioso und Charakterfatzke kann sich begraben lassen. Ich habe noch nicht gesehn, daß ein Dollbregen oder auch nur Prinzipienreiter heil durchs Leben gekommen ist. All den großen Sätzen in der Bergpredigt haftet zwar etwas Philiströses an, aber wenn ihre Weisheit richtig geübt wird, d. h. nicht in Feigheit sondern in stillem Muth, so sind sie doch das einzig Wahre und die ganze Größe des Christenthums steckt in den paar Aussprüchen. Man begreift dann Omar als er die alexandrinische Bibliothek verbrannte: ›steht es *nicht* im Koran, so ist es schädlich, steht es im Koran, so ist es überflüssig.‹ Das ist das Resultat, wenn man lange gelebt hat: alles was da ist, kann verbrannt werden, wenn nur zehn oder zwölf Sätze, in denen die Menschenordnung liegt (nicht die *Welt*ordnung, von der wir gar nichts wissen) übrigbleiben. Es ist auch recht gut so; nur für einen Schriftsteller, der vom Sätzebau lebt, hat es etwas Niederdrückendes.

Mit Mama geht es heute wieder schlechter, d. h. die arme Frau leidet sehr; in Wahrheit seh' ich die Sache ganz so an wie Du und erkenne in allem eine große und sehr gute Wirkung des Brunnens. Was sie jetzt an Schmerzen aushalten muß, wird ihr für den Winter muthmaßlich gut geschrieben; *ohne* die jetzige Kur, wäre sehr wahrscheinlich die Gallensteinbildung tapfer fortgeschritten. So ist doch Hoffnung da, daß alles vorher in kleiner Münze ausgegeben wird und es zu keiner Barrendeponirung kommt.

Was Du über Theo und Friedel und nun gar über das Friedländer- und Tilgnerthum schreibst, ist alles richtig, nur – zumal was die letztre Gruppe angeht – nicht liebevoll oder nicht nachsichtig genug. ›Nur der Irrthum ist das Leben etc.‹ Im reinen Licht verbrennt alles. Es wird einem in der Jugend immer gepredigt, man solle seine Phantasie nicht ausschweifend wirthschaften lassen, und der Satz ist gut und richtig; aber was noch richtiger ist, ist das: ›man hüte sich vor Gefühlssecirungen Andrer, vor dem ewigen Suchen nach dem eigentlichen Motiv, vor Betrachtung alles Irdischen im ›reinen Licht‹. Erstlich kriegt man's doch nicht 'raus, hinter dem Letzten liegt immer noch wieder ein Allerletztes; aber *wenn* man's nun auch herausgekriegt hätte, was hat man davon? entweder Ueberheblichkeit, wenn man die Untersuchung am eignen lieben Ich vorbeigehen läßt oder Deprimirtheit und Katzenjammer, wenn man dahinter kommt: ›ja, so bist Du nun auch.‹ Ohne ein gewisses Quantum von ›Mumpitz‹ geht es nicht. Als ich jung war, hieß es in der Chemie: ›wir berechnen alles nach Atomen; diese Atome sind etwas ganz

Willkürliches, sie sind ein Einfall, wir haben sie uns erfunden, aber wir müssen sie haben, um unsre Rechnungen machen zu können; und sonderbar mit Hülfe dieser chimärischen Grundlage stimmt alles.‹ So ist es auch in der moralischen Welt. Professor Möller (dämlicher Bildhauer) sagte zu Friedrich Eggers: ›wenn da noch ’was fehlt, nehme ich wahrscheinlich Glaube, Liebe, Hoffnung.‹ Wie oft ist mir das eingefallen! Immer wird ein bischen Glaube, Liebe, Hoffnung genommen, wie aus dem Bausteinkasten der Kinder. Von wirklichem Glauben und wirklicher Liebe ist mir noch nichts vor die Klinge gekommen, zu dem ich auch nur ein halbes Vertrauen gehabt hätte. Schopenhauer hat ganz Recht: ›das Beste was wir haben ist Mitleid.‹ Mitleid ist auch vielfach ganz echt. Aber mit all den andern Gefühlen sieht es windig aus. Trotzdem brauchen wir sie, brauchen den Glauben daran, wir dürfen sie nicht leugnen, einmal weil sich sonderbare Reste davon immer wieder vorfinden und selbst wo gar nichts ist, müssen wir dies Nichts nicht sehen wollen; wer sein Auge immer auf dies Nichts richtet, der versteinert. Die Wahrheit ist der Tod. Mein guter Friedländer, der 2 Häuser von mir im ›Rebenstock‹ wohnt, hat keine Ahnung davon, zu welchen Betrachtungen er mir Veranlassung giebt. Du wirst ihm wohl im Einzelnen gerecht, aber nicht im Ganzen; er ist mit all seinen Schwächen, erheblich besser, als Du ihn Dir vorstellst. Daß ich mich mit ihm in einer stillen ›Ehemannsverschwörung‹ befinden soll, hat etwas unsagbar Komisches; all diese Geschichten interessiren mich *sehr* wenig, eigentlich sind sie mir langweilig; Familiengeklön war nie mein Ideal und nur die künstlerische Behandlung dieser Dinge kann mich über ihre Dürftigkeit hinwegtäuschen oder trösten. Was mich an F. fesselt ist einfach seine glänzende Beobachtungsgabe für *alles,* was ihn umgiebt, seine Schilderungen kleinstädtischer Kreise, die Aufgeblasenheit junger Referendare, der Dünkel durchschnittsmäßiger Seconde-Lieutenants, die hundert Formen des geaichten und abgestempelten Borussismus. Wie er *persönlich* dabei abschließt, das ist mir ganz gleichgültig; die Bilder, die er entrollt,

sind wunderbar gut, wenigstens seh' ich all das in ganz gleichem Lichte.
Mama kommt eben aus ihrem Moorbad, hat große Schmerzen und ist sehr deprimirt . . . Seitdem sind 2 Stunden vergangen und ich finde sie, meinerseits von Tisch kommend, festschlafend vor. Sie hat wieder zu dem Morphium- und Cocain-mittel ihre Zuflucht genommen, womit ich ganz einverstanden war. Kein Schlaf und beständige Schmerzen, – das bringt noch mehr herunter als Morphium. Morgen wird sie wieder beim Arzt vorsprechen. Ich glaube, daß er bestätigen wird, alles geht ganz normal. – Ich aß heute mit Friedländers in einem größeren Hôtel. Die Verpflegung hier habe ich überschätzt; es ist nicht viel dahinter. Friedländers sind sehr nett, besonders auch *sie*. Von der Verstimmung ist keine Rede mehr. Grüße allerseits. Ergeh es Dir möglichst gut. Wie immer Dein alter

Papa

Ein vollständiger Vorabdruck der »Kinderjahre« bis auf einige wenige Kapitel in verschiedenen Zeitschriften kam nicht zustande, die Buchausgabe übernahm sein Sohn Friedrich und Ende September konnte das Manuskript dafür abgeschlossen werden.

212 An Georg Friedlaender

Berlin 3. Okt. 93
Potsd. Str. 134. c

Hochgeehrter Herr.
Ihre Güte hängt Gewicht an Gewicht; erst eine Karte vom »goldenen Frieden« aus, dann ein Brief aus dem Heim mit dem Adoranten und der um eine Nummer verringerten Apostelkrugsammlung und zuletzt ein Doppelschuß aus dem Gebirge, der letzte, dreifach zersplitterte, schon mehr Granatschuß. Nehmen Sie's mit diesem Briefanfang nicht zu genau; ich, der ich immer auf falsche Bilder fahnde, hätte mich besser aus-

drücken müssen; es klappt und paßt nicht recht und doch wollte ich mir den 3gesplitterten Granatschuß nicht entgehen lassen. Die falsche Bildersprache ist mir gerade heute um so fataler, als ich weiterhin, *ad vocem V. M.* über dünnen Stil und unausreichendes Darstellungsvermögen noch Einiges zu sagen haben werde.
Ich freue mich außerordentlich, daß Sie diese Partieen ins Gebirge machen und in so sympathischer Gesellschaft, was immer die Hauptsache bleibt. Wenn man sich mit seiner Frau gezankt hat, berührt einen die »blaue Grotte« wie ein Gefängnisloch, drin man sie einsperren möchte. Der Mensch bleibt die Hauptsache, aber hat man d e n , so ist das, was Ihnen die Nähe des Gebirges bietet, eine nicht zu überschätzende Zugabe. Solche Partie wie die jetzt von Ihnen und Ihrem liebenswürdigen »Protokollführer« (dem ich mich zu empfehlen bitte) nach dem Krokonosch *etc.* gemachte, können Sie hier nicht machen, auch wenn Sie dieselbe Reisebegleiterschaft haben. Die Natur ist das Zweite; aber ist das Erste da, so folgt sie diesem Ersten sehr dicht auf dem Fuß. Bei sonst gleichen Verhältnissen, kann ich in Grünau oder Schmöckwitz nicht in derselben gehobenen Verfassung sein, wie wenn ich von der Rennerbaude aus nach Sankt Peter und Spindelmühl hinuntersteige. In Schmöckwitz ist auch der schönste Apfel vom Berliner Wurm angestochen.
In Ihrem Briefe hat mich die Schilderung einer bestimmten Situation, in der Sie sich mitunter (und in längren oder kürzeren Pausen wiederkehrend) befinden, sehr beschäftigt. Ich kann nicht sagen, »sehr erheitert«, – dazu ist die Sache zu ernst. Ich empfinde genau so wie Sie, kann also sehr gut folgen, aber ich bin sanguinischer und dadurch in meinem Gemüthe glücklicher beanlagt und mit Hülfe dieser glücklichen Beanlagung bin ich verhältnismäßig leicht über unausgesetzte Kränkungen fortgekommen. Ohne Vermögen, ohne Familienanhang, ohne Schulung und Wissen, ohne robuste Gesundheit, bin ich ins Leben getreten, mit nichts ausgerüstet als einem poetischen Talent und

einer schlecht sitzenden Hose. (Auf dem Knie immer Beutel.) Und nun malen Sie sich aus, wie mir's dabei mit einer gewissen Naturnothwendigkeit ergangen sein muß. Ich könnte hinzusetzen mit einer gewissen preußischen Nothwendigkeit, die viel schlimmer ist als die Naturnothwendigkeit. Es gab natürlich auch gute Momente, Momente des Trostes, der Hoffnung und eines sich immer stärker regenden Selbstbewußtseins, aber im Ganzen genommen darf ich sagen, daß ich nur Zurücksetzungen, Zweifeln, Achselzucken und Lächeln ausgesetzt gewesen bin. Immer, auch als ich schon etwas war, ja, auf einem ganz bestimmten Gebiete (Ballade) an der Tête marschierte, sah ich mich beargwohnt und andre, oft wahre Jammerlappen, bevorzugt. Daß ich das alles gleichgültig hingenommen hätte, kann ich nicht sagen, ich habe darunter gelitten, aber andrerseits darf ich doch auch hinzusetzen: ich habe nicht *sehr* darunter gelitten. Und das hing, und hängt noch, damit zusammen, daß ich immer einen ganz ausgebildeten Sinn für *Thatsächlichkeiten* gehabt habe. Ich habe das Leben immer genommen, wie ich's fand und mich ihm unterworfen. Das heißt, nach außen hin; in meinem Gemüthe nicht. Sie wissen so gut wie ich oder besser als ich, daß es in unsrem guten Lande Preußen (wie übrigens in jedem andren Lande auch) etablirte Mächte giebt, denen man sich unterwirft. Diese Mächte sind verschieden: Geld, Adel, Offizier, Assessor, Professor. Selbst Lyrik (allerdings als eine Art Vaduz und Liechtenstein) kann als Macht auftreten. Von dem *Kugler*'schen Hause wurde vor 40 Jahren gesagt: »dort gilt nur, wer einen Band lyrischer Gedichte herausgegeben hat.« Es kommt nun darauf an, daß einen das Leben, in Gemäßheit der von einem vertretenen Spezialität, richtig einrangirt. So kam es, daß ich trotz meiner jämmerlichen Lebensgesammtstellung, doch jeden Sonntag Nachmittag von 4 bis 6 richtig untergebracht war, nämlich im Tunnel. Dort machte man einen kleinen Gott aus mir. Und das hielt mich. Ist man aber aus seiner richtigen Rubrik 'raus, so ist das Elend da. Banquiersöhne (z. B. der junge Bleichröder) sind in Offiziers- und Professorenkreisen der größten Nichtachtung ausgesetzt, Offiziere werden in Banquierkreisen wie Hungerleider behandelt, Professor Oppert, linguistische Größe ersten Ranges, der aber, wie Ahlwardt, immer vergißt, daß Beinkleider auch Knöpfe haben, würde in Adels- und Offizierskreisen wie Gundling oder Morgenstern behandelt werden, Humboldt, als er zu ausschließlich vom Popokatepetl sprach, mußte erleben, daß Louis Schneider ihm vorgezogen wurde. Jede Gesellschaftsklasse, jeder Hausstand, hat ein bestimmtes Idol. Im Ganzen aber darf man sagen, es giebt in Preußen nur 6 Idole und das Haupt-Idol, der Vitzliputzli des preußischen Cultus, ist der Leutnant, der Reserve-Offizier. Da haben Sie den Salat. Hätten Sie – seien Sie übrigens froh, daß es nicht der Fall war – in eine bocksteife Professoren- oder vor Hochmuth platzende Künstlerfamilie hineingeheirathet, so würden Sie der Leutnants- und Reserve-Offizier-Bewunderung glücklich entgangen sein, aber es hätten sich Uebelstände herausgestellt, die gleich bedrücklich wären. Man muß sich darin finden, daß immer wer da ist, der einem vorgezogen wird. Vielfach – namentlich in der Jugend und ehe man sich etablirt hat – ist dies kränkend; in spätren Lebensjahren aber hört es auf kränkend zu sein, weil man sich überzeugt, daß niemand, auch der Größte nicht, von dieser Kränkung ausgeschlossen bleibt. Es läuft darauf hinaus, daß immer »das Andre« besser ist. Eine Frau, die einen Schöngeist hat, sehnt sich nach einem Kürassieroffizier, und eine Frau, die einen Kürassieroffizier hat, sehnt sich nach einem Schöngeist. Ist man klug, so kommt es auf Stattlichkeit und ist man stattlich so kommt es auf Klugheit an. Dem Loyalitätsfatzke steht der Freiheitsapostel und dem Freiheitsfatzke der Loyalitätsapostel gegenüber. Wie man's auch einrichten mag, zur H ä l f t e kommt man immer schlecht weg. Hat man sich damit durchdrungen, daß es nicht anders sein kann, so fällt zwar nicht der momentane Aerger fort, aber man verheirathet sich nicht mit ihm. Eins der schönsten Lutherworte ist das folgende: »ja, die bösen Gedanken! Wir können nicht hindern, daß die Vögel über uns hin fliegen, aber wir können hindern,

Abb. 21: Georg Friedlaender (1843-1914) nach einer Bleistiftskizze von H. Figge

daß sie auf unsren Köpfen Nester baun.« Dies ist ein g u t e s Bild. Dafür ist es aber auch von Luther.

In den letzten Tagen habe ich mich über unsres Freundes und Gönners Victor Meyer »Wanderblätter und Skizzen« hergemacht, die den Haupttitel führen: »Aus Natur und Wissenschaft«. Ich war ganz baff. Unerlaubt unbedeutend! In jeder Beziehung gar nichts, inhaltlich null und stilistisch wieder null. Was wird der kluge *Ihering* (dem es gewidmet ist) dazu gesagt haben. Ich finde, daß sich ein ausgezeichneter Fachmann durch solche Publikationen doch schadet. Er darf nicht so unbedeutend vor sein Publikum treten. Und nun Schluß.
Herzlichste Grüße Ihren Damen. Wie immer Ihr

Th. Fontane

213 An Julius Rodenberg

Berlin, 9. November 1893
Potsdamer Straße 134 c

Hochgeehrter Herr.
Wir kamen gestern nicht recht zum Schluß. Ich denke mir es so: Mitte Februar, oder auch noch eine Woche früher schicke ich Ihnen das M. S. Es ist dann so weit fertig, daß Sie sich mühelos darin zurechtfinden und Ihre Entschlüsse fassen können. Akzeptieren Sie's, so bleibt das Fertige (mutmaßlich ⅔) in Ihren Händen, und ich erhalte den Rest zur Fertigmachung zurück. Titel: »Effi Briest«, für mein Gefühl sehr hübsch, weil viel e und i darin ist; das sind die beiden feinen Vokale.

Wie immer in vorzügl. Ergebenheit
Th. Fontane

Rechtzeitig zum Weihnachtsfest erschien »Meine Kinderjahre« mit dem Untertitel ›Autobiographischer Roman‹ und Fontane vermerkte dazu: ». . . mit dem bekannten Erfolg meiner Bücher, tüchtig gelobt und mäßig

gekauft ...« Doch der Verkauf war durchaus beachtlich, bereits im Verlauf von zwölf Monaten mußten eine zweite und dritte Auflage gedruckt werden.
Am Beginn des Jahres 1894 war er mit den Korrekturen für »Effi Briest« zu fast zwei Drittel fertig.

214 An Martha Fontane

Berlin 25. Januar 94
Potsd. Str. 134. c

Meine liebe Mete.
Es ist hohe Zeit, daß ich mich melde, sonst hast Du zwei Welten bereist: Deyelsdorf und Rostock ohne auch nur eine Zeile von mir gesehn zu haben. Ich habe die ganze Zeit über viel gearbeitet, außerdem weiß ich, daß die Correspondenz, wenn Mama schreibt, in besten Händen ist; sie hat das was mittheilenswerth ist und den Empfänger interessirt, immer mehr gegenwärtig als ich.
Dein Einzug in Deyelsdorf von Rostock aus mit Zuckerhut und Messingkessel etc. erinnert mich an ein Gedicht von mir: ›Walter Scotts Einzug in Abbotsford‹, das Du mal nachlesen kannst. Es reimt sich darin: Maud und Erzbischof Laud, worauf ich besonders stolz bin; neuerdings ist das Gedicht dadurch berühmt geworden, daß Frau Richter, bei Ihrem Besuche hier, vorgab, durch Lektüre dieses Gedichts zu einem Besuche bei uns gewaltsam getrieben worden zu sein. Vielleicht ist es auch ganz ehrlicher Eberty-Cultus, denn es ist möglich, daß ich den Stoff zu dem Gedicht aus einer Walter Scott-Biographie des alten Eberty genommen habe.
Von der Richter bis zu Frl. Elling ist nach Annahme der alten Krigar wohl nur *ein* Schritt, nach meiner Meinung sinds viele Schritte. Vor ein paar Tagen bin ich dem jungen Paar begegnet und habe, wie bei der Visite, wieder den angenehmsten Eindruck gehabt. Sie hat ein spezifisches Unschuldsgesicht, allerdings *so,* daß es wieder an Bedeutung verliert; – es giebt nämlich

welche, wo dieser Ausdruck unvertilgbar ist, es möge im Uebrigen stehn wie's wolle. Auf die Elling aber schwöre ich vorläufig. Von Theo's Triumphen am Sonntag, auf dem Feste der Zwanglosen, hat Dir Mama schon geschrieben. Ich habe dabei noch meine besondre Vergnügung, weil es mich in meinen Menschenstudien, die immer vergnüglich sind, unterstützt. Schon ich selbst bestehe, nach der Seite der Beanlagung hin, aus allerlei Gegensätzen, aber ich bin Nachtwächter gegen Theo; ich kenne keinen Menschen, der höchste clumsiness mit *so* viel geistiger und was das Merkwürdigste ist, *dann* auch körperlicher Grazie zu vereinigen weiß; ein glänzender Beleg dafür, daß das Geistige doch alles bestimmt und aus Häßlichkeit Schönheit macht. Seine Frau ist glaub ich nicht recht auf ihre Kosten gekommen, weil sie unfähig ist, von ihrer Person abzusehn und die Freude am Schönen und Klugen, blos weil etwas schön und klug ist, gar nicht kennt. Aber darüber darf man nicht zu sehr mit ihr in's Gericht gehn; von der eignen Person absehn, wie wenige können das und nun gar wenn man jung ist und aus Demmin stammt.

Die Geschichte mit dem Wappenstorch hat mich *sehr* erheitert; ich finde es fein, geistvoll, liebenswürdig, ein Ausdruck jenes stillen Drüberstehens, das den eigentlichen vom blos sogenannten Menschen unterscheidet. Ohne einen feinen Beisatz von Selbstironie ist jeder Mensch mehr oder weniger ungenießbar. Daher giebt es so viele Ungenießbare.

Ich freue mich, daß Du in Rostock so gute Eindrücke gehabt hast; mit Menschen *ausdauern können,* ist ein großes Glück und man muß es deshalb durchaus lernen, über kleine Fehler und Schwächen hinwegzusehn. Mit dem ewigen Rigorismus – immer unter Ausschluß der eignen Person – bringt man es nicht weit. So nehme ich seit Jahr und Tag dem Hause Heyden gegenüber eine ganz veränderte Stellung ein, weil mich die Trefflichkeit aller doch schließlich besiegt hat. Das ›Interessante‹ ist gut, aber es ist nicht die Hauptsache.

Vorgestern waren wir bei Timm zu Tisch, von 3 bis 7. Höchst

merkwürdig. Eine ›Frau Rechtsanwalt‹, seine ›Pathin‹, mit der er in der Schweiz herumzureisen pflegt und auch jetzt wieder, bis Florenz reisen wird, 30 Jahre, rothblond, Mischung von Gräfin, Soubrette (sie singt auch Couplets) und Biermamsell, war die Hauptperson. Mutter Zöllner ganz Gurli (etwas forciert), er, der Alte, verlegen, decontenancirt, weil's ihm wahrscheinlich nicht recht war, daß wir Einblick in das Ganze gewonnen. Natürlich ist es eine Wittwe. ›Veuvage‹ sagte Lepel immer mit Bewunderung. Uebrigens ist alles vorstehend Angedeutete nur Vermuthung; Karl soll gesagt haben ›es sei alles platonisch‹ eine Zeugnisausstellung, die mich sowohl dem Wortlaut des Zeugnisses, wie dem Zeugnis-Aussteller nach, mit leisen Bedenken erfüllt. Uebrigens soll sie sehr wohlhabend sein, was schließlich alles wieder ausgleicht. Moral ist gut, Erbschaft ist besser. – Empfiehl mich dem hochverehrten Paar und habe noch gute Tage. Wie immer Dein alter

Papa

Mitte Februar erhielt Rodenberg das Manuskript von »Effi Briest« zu einer ersten Prüfung und äußerte sich umgehend sehr zustimmend, damit war der Vorabdruck für die »Deutsche Rundschau« angenommen.
Schon seit Jahren bestand zwischen Fontane und dem 1830 geborenen Architekten Karl Emil Otto Fritsch, der fünf Jahre später sein Schwiegersohn werden sollte, ein gesellschaftlicher Kontakt.

215 An K. E. O. Fritsch

Berlin, 26. März 1894
Potsdamer Str. 134 c

Hochgeehrter Herr.
Daß ich jemals mit Ihnen – und noch dazu in einer literarischen Frage – so verschiedener Meinung sein könnte, hätte ich bis vor acht Tagen, wo mir meine Frau den »Philotas« vorlas, nicht für

möglich gehalten, und daß ich Adler zustimmen würde, womöglich noch für unmöglicher.
Und doch liegt es so. Sie kennen mich zu gut, als daß Sie nicht wissen sollten, daß der ganze streitsuchende Krimskrams von Klassizität und Romantik, von Idealismus und Realismus, beinahe möchte ich auch sagen, von Tendenz und Nichttendenz – denn einige der allergrößten Sachen sind doch Tendenzdichtungen – weit hinter mir liegt. Alles ist gut, wenn es gut ist.
Ich bin also auch für einen Heldenjüngling, der unter Umständen à tout prix fürs Vaterland sterben und sich dadurch unter die Unsterblichen einreihen will.
Aber für diesen Philotas bin ich nicht.
Der Schauspieler Grube hat mir vor einigen Monaten eine Döringgeschichte erzählt. Döring stand ganz gut mit Kahle, hielt ihn aber von Anfang an für einen schwachen Schauspieler.
»Lieber Kahle, Sie sind kein Schauspieler, Sie sind ein Rhetor.«
»›. . . Aber lieber Herr Döring!‹«
»Sie sind ein Rhetor.«
»›Aber ich habe doch auch meine Erfolge . . .‹«
»Täuschung, lieber Kahle. Machen Sie den Versuch, gehen Sie von hier direkt rüber zu Lutter und Wegener und bestellen Sie sich bei dem Küfer Wilhelm, einem Freunde von mir, eine halbe Flasche St. Julien.«
»›Nun . . .?‹«
»Er bringt sie Ihnen nicht.«
»›Aber warum denn nicht, lieber Herr Döring?‹«
»Er glaubt es Ihnen nicht.«
So wirkt Philotas. Ich bin ganz der Küfer Wilhelm und glaube ihm seine halbe Flasche St. Julien nicht. Wenn ich jemals das Wort »akademisch« passend gefunden habe, so hier. Es ist nicht Aktzeichnen, was ja auch tot genug ausfallen kann; es ist Zeichnen nach dem weißesten Gips. Totgeborner Seifensieder, wie er im Buche steht. Es hat auf mich gar keinen Eindruck gemacht, und wenn einen, so einen wenig angenehmen. Ein patenter, gebildeter Renommierbruder.

Ich habe das volle Vertrauen, daß Sie mir diese völlig abweichende Meinung zugute halten werden.
Unter besten Empfehlungen an Ihre drei Damen aus drei Generationen in verzüglicher Ergebenheit

Th. Fontane

Im Mai wurde die letzte Vorbereitungsarbeit für »Effi Briest« beendet. Fontane schloß sofort daran eine Überarbeitung des kleinen Romans »Die Poggenpuhls« an und bot ihn der Zeitschrift »Daheim« zum Vorabdruck an, der jedoch abgelehnt wurde.

216 An Wilhelm Hertz

Berlin 11. Juni 94
Potsd. Str. 134. c

Sehr geehrter Herr Hertz.
Ich wollte nicht eher danken, als bis ich ein gut Stück Weges hinter mir hätte. Das ist nun der Fall; meine Frau hat sich als Vorleserin mit Ruhm bedeckt und wir sind schon bis S. 231.
Es scheint mir, daß Baechtold, vielleicht unter dem Einfluß von laut gewordenen Wünschen, die Sache diesmal etwas besser angepackt und sich persönlich in seiner minutiösen Zuthat beschränkt hat. Ich kann auch hinzusetzen: *mich* interessirt alles, was aber mehr an mir und an Keller, als an Baechtold liegt. Ich respektire seinen Fleiß, freue mich seiner Huldigung und Liebe, kann aber das Gefühl nicht los werden, daß er, vielleicht aus »zu viel Liebe« was immer schlimm ist, die Sache falsch angefaßt hat. Mit dieser bis auf den letzten i Punkt gehenden Gründlichkeit, dürfen, in ihrem eignen Interesse, wie in dem der Leser und der Literatur, nur die ganz Großen behandelt werden, die, von denen Schlegel mal sagte »den Vorhang von einer neuen Welt wegziehen«. Das ist bei Keller, zu dessen allergrößten Verehrern ich gehöre, dem ich auf seinem Gebiet eine Nummer 1-Stellung lasse, nicht der Fall. Der

Mensch – nach meinem Geschmack eine schreckliche Sorte – reichte dazu bei Ihm nicht aus. Die 3 literarischen Schweizer, die ich kennen gelernt habe: Orelli, Keller, Dr. Stiefel (Kunst- und Literaturprofessor in Zürich) repräsentiren eine Mischung von Lächerlichkeit und Unausstehlichkeit. In der Hitze des Gefechts ist mir hier übrigens ein Irrthum passirt, ich habe Keller, Gott sei Dank, *nicht* kennen gelernt, war aber, einen Augenblick lang, ganz ernsthaft unter der Vorstellung, ich kennte ihn so genau wie meine Rocktasche. Begreiflich; erst seine Werke, nun Baechtold, und dazwischen Schilderungen von Brahm und Victor Meyer, den ich im vorigen Jahr in Karlsbad kennen lernte.
Sie können sich denken, daß mich, während der Lektüre, beständig die Frage beschäftigt hat: »ja, wie wäre das nun wohl zu machen gewesen?« Und ich kann drauf auch antworten. Es gab 2 Wege. Entweder mußte *Baechtold* regieren und seinerseits eine Biographie schreiben, nicht in der Absicht einen Dichter zu verherrlichen, sondern schlecht und gerecht in der Absicht, einen Menschen zu schildern, einen Menschen mit all seinen Menschlichkeiten, von denen ein geschüttelt und gerüttelt Maß vorlag. Ging er *da*rauf aus, so konnten wir die 5 Pfennig-Misere ruhig mit in den Kauf nehmen und uns, als *charakteristisch* (nicht als schön) daran freuen, daß er seiner Mutter schreibt: »ich weiß noch nicht ob ich den Brief frankiren werde; ich will es mir bis morgen früh noch überlegen.«
Das war der *eine* Weg: wahrheitsvolle Lebensschilderung, jeder einzelne Zug durch Briefstellen oder ähnliches kurz belegt. Der andre Weg war: *Nicht*-Biographie, oder höchstens eine Skizze von 20 Seiten, und nun anschließend an diese Skizze, eine sorgliche Briefauswahl, alle nur zu dem Zweck, uns die literarische und wo's sein kann (ein Fall der nicht allzu oft eintritt) auch menschliche Bedeutung Kellers zu zeigen. Ich rechne dahin – aber, so weit ich gelesen, auch diese fast allein – die an Hettner gerichteten Briefe, die sämmtlich ausgezeichnet sind, einige »zum Entzücken gar«. So beispielsweise die Stelle S. 161-65, wo

David Kalisch als der Johannes eines Aristophanesmessias proklamirt wird. Ich stimme dem ganz ernsthaft zu. Solche Briefe hätten einen die literarischen Anschauungen fördernden Werth gehabt, genau so wie die Briefe eines andern großen Schweizer-Bua (Stauffer-Bern) die künstlerischen Anschauungen durch Selbständigkeit und Freimuth gefördert haben. In *dem* Punkte sind uns die Schweizer über. Bei sonst gleichen Gaben ist der Rüpel dem Rest der Menschheit immer um einen Schritt voraus. Schönste Grüße an Ihren Herrn Sohn.

Wie immer Ihr ergebenster
Th. Fontane

Trotz mancher Vorbehalte hatte der vorjährige Aufenthalt in Karlsbad Fontane und seiner Frau so zugesagt, daß sie im August wieder nach dort reisten.

217 An Friedrich Fontane

Karlsbad, 19. August 1894

Lieber Friedel.
Habe Dank für Deine Karte, desgleichen für das Paket mit kl. Besprechungen; eine davon (Blätter für lit. Unterhaltung) war recht gut, weil sie den Versuch macht, die *Art* meiner Schreiberei zu charakterisieren. Inhaltaufzählungen, wenn auch wohlwollende, sind immer Blech. Hier prange ich massenhaft in den Schaufenstern (immer tapfer neben Tovote), geh aber jedesmal im Bogen drum herum, um nicht etwa ertappt zu werden. Publizität ist doch eine sonderbare Sache.
Mama grüßt. Geh es Dir gut.

Dein alter
Papa

Der Verlag Decker schlug Fontane eine Neuauflage des Kriegsbuches 1864 vor, doch er lehnte ab. Ende September fand die erste öffentliche Aufführung von ›Die Weber‹ von Gerhart Hauptmann in dem von Otto Brahm geleiteten Deutschen Theater in Berlin statt. Darauf wurde dem Theater die kaiserliche Loge gekündigt. Fontane schrieb seine letzte Theaterkritik, die aber nicht in der Vossischen Zeitung, sondern anonym im ›Salon Feuilleton‹ erschien: ». . . nicht ein berechnender Politiker schrieb das Stück, sondern ein echter Dichter, den das einzig Elementare, das Bild von Druck und Gegendruck reizte . . .«.

218 *An Otto Brahm*

Berlin, d. 27. September 1894
Potsdamer Str. 134 c

Teuerster Doktor und Direktor.

Allerherzlichste Glückwünsche zu dem großen Erfolg. Ich hätte Ihnen dies schon gestern ausgesprochen, doktorte aber an einem Artikelchen herum, zu dem mich meine Erregung und der Wunsch, doch auch noch mit dabei zu sein (»letztes Aufgebot«), drängte.

Das Stück ist vorzüglich, epochemachend. Ob jemand dran herumtadelt, meinetwegen selbst mit Recht, ist gleichgültig. An Bismarck wird auch herumgetadelt (ich mit), er bleibt aber Bismarck, und das ist gerade genug. Sprechen Sie dem liebenswürdigen Dichter, der mal wirklich einer ist und ein Mensch dazu, meinen herzlichsten Dank aus. Auch Freund Schlenther hat sich wieder glänzend bewährt. Der heutige kleine Essay scheint mir ein Nummer-eins-Stück.

Mit dem Wunsche, daß, wie die deutsche Literatur ein Prachtstück, so das Deutsche Theater ein Zug- und Kassenstück gewonnen haben möge, unter schönsten Grüßen von meiner Frau (die ganz baff war) Ihr

Th. Fontane

Im Heft 1 des 81. Bandes der ›Deutschen Rundschau‹ begann im Oktober der Abdruck von »Effi Briest«.
Seit Jahrzehnten, schon aus den frühen Tagen des ›Rütli‹ war Fontane mit dem nur fünf Jahre jüngeren Moritz Lazarus bekannt, der zunächst in Berlin, später als Professor in Bern und wieder in Berlin als Historiker und Völkerpsychologe lebte und lehrte. 1894 publizierte er eine kleine Schrift »Der Prophet Jeremias«.

219 An Moritz Lazarus

Berlin 2. Novb. 94
Potsd. Str. 134. c

Theuerster Leibnitz.
Zwei Tage nach jener denkwürdigen Rütlisitzung, erhielt ich endlich, von Breslau her, einen »Jeremias« und machte mich mit Eifer, aber doch mit gezügeltem (»blinder Eifer schadet nur«, sang, glaub ich, schon Lichtwer) darüber her. – Das war eine glückliche Stunde, wo dies kleine Buch entstand.

»Wenn Lazarus sich müht und plagt
Und selbst am Ende Bravo sagt,
So muß es etwas Gescheidtes werden . . .«

– diesem Gescheidten zu begegnen, war ich sicher; aber was Sie da gegeben haben, ist viel viel mehr. Es hat das, was das Gescheidte und Gescheidteste fast nie zu haben pflegt, es hat Leidenschaft, es ist nicht blos einem scharfen Kopfe entsprungen, sondern einem stark fühlenden Herzen, einer Liebe, einer Begeisterung und deshalb äussert das Buch eine Wirkung, wie ich sie bei der Lektüre von Aehnlichem noch nicht an mir erlebt habe. Von der Macht Ihres Helden, ist durch die Liebe mit der Sie ihn betrachtet, etwas auf Sie übergegangen. Und Sie werden das vor ihm voraushaben, daß man Ihnen zustimmt, ganz besonders Königthum, Adel, Priesterschaft, ohne daß diese sehr anders geworden wären, als damals. Der Götze der Agrarier weiß auch nichts von Gott, Gerechtigkeit und Güte. Immer dieselbe Couleur in grün. Es wird auch wohl so bleiben. Wenn dritthalb tausend Jahre nichts geändert haben, wo soll da die Aenderung herkommen: Ich glaube, das ist so von Anfang an entschieden: Das Glücks- und Leidensmaß bleibt dasselbe, das Sündenmaß bleibt dasselbe und das Maß von Anstrengung, das Sündenmaß zu verkleinern, bleibt auch dasselbe. Nichts hilft. Ich bin davon so durchdrungen (und ich fühle mich dabei *auch* wie ein Prophet; Sie werden freilich sagen von der falschen Sorte) daß mir das Weltregierenwollen im Jeremiasstil, das Politikmachenwollen nach Sittlichkeitsgesetzen, also auf dem Fundament göttlicher Gerechtigkeit, als etwas nicht blos Unfruchtbares, sondern, in Erwägung der Umstände, als etwas geradezu zu Bekämpfendes erscheint. Der Mensch ist eine Bestie und seiner Niedertracht muß mit Mitteln aus demselben Arsenal begegnet werden. Vielleicht, ich sage vielleicht – denn sicher bin ich der Sache auch nicht – vielleicht daß mit lauterster, reinster Liebe der Teufel zu bezwingen wäre; aber diese lauterste, reinste Liebe giebt es nicht, es liegt in der Natur des Menschen, daß sich dies Lauterste und Reinste beständig verzerrt, in dieser Verzerrung unecht wird (mitunter unbewußt) und in dieser Unechtheit mehr Elend stiftet, tiefer durch Blut watet, als die naive, von allen Hoheitsbestrebungen unangekränkelte Sündhaftigkeit. Die Geschichte weist viele Epochen auf, wo man Gott, Gerechtigkeit und Liebe, besonders den »Gott der Liebe« ganz ernsthaft hat durchsetzen wollen. Die Haare sträuben sich einem aber, wenn man davon liest. Wie wurde vor jetzt gerade 1000 Jahren das Christenthum bei uns inscenirt! Im Wesentlichen ehrlich, aber doch furchtbar. Am reinsten erkennt man das Mißliche der Sache, bei Betrachtung des Puritanerthums, das sich ganz auf hohen und höchsten Anschauungen des alten Testaments aufbaute. Daß man dem König den Kopf 'runterschlug, war eine Kleinigkeit; aber schon nach 20 Jahren, hatte dies Regieren »zu Ehren Gottes« und »nach dem Worte Gottes« derart abgewirthschaftet, daß man froh war, die alte Stuartsche Sündenwirthschaft mit Pauken und

Trompeten wieder einziehen zu sehn. Das lag an zweierlei: daran, daß die Menschheit, ihrer Natur nach, ihren Fusel weiter trinken will und zweitens daran, daß die, die den Antifusel predigen, über kurz oder lang selber in irgend einem Fusel drin stecken. Ein Anderswerden ist nicht unmöglich, aber nach den, wie's scheint, sich immer gleichbleibenden seelischen Mischungsverhältnissen, höchst unwahrscheinlich. Die Jeremiasse haben die Fahne hoch zu halten; aber die Alltagsarbeit haben die Bismarcke zu thun, kluge Leute, die vor nichts erschrecken.
Wie immer ihr aufrichtig ergebenster

Th. Fontane

Am 8. November wurde Fontane von der Universität Berlin die Würde des Ehrendoktors verliehen.

220 *An Karl Zöllner*

Berlin 29. Novb. 94
Potsd. Str. 134. c

Mein theuerster Chevalier.
Verzeih, daß ich mich Dir als betitelter Mensch noch nicht vorgestellt und zur Vergleichung zwischen Zurückliegendem und Gegenwärtigem aufgefordert habe. Die Sache wollte sich aber nicht thun lassen ›denn dieser letzten Tage Qual war groß‹. Und dabei kein rechtes Mitleid bei meiner weiblichen Umgebung, die davon ausgeht, daß ich, etwa 40 Briefe beantwortend, meinem Affen Zucker geben kann. Aber ich bin besser als mein Ruf.
Laß mich hoffen, daß es Dir vergleichsweise gut geht und daß die letzte Attacke glücklich überwunden ist.
Unter vielen Empfehlungen an die hochverehrte Frau und Freundin, wie immer Dein

Th. Fontane

Im Spätherbst begann er mit den ersten vorbereitenden Arbeiten für eine Weiterführung der Erinnerungen. In Kopenhagen erschien in einer dänischen Übersetzung »Unwiederbringlich« mit dem Titel »Grevinde Holk«.
Am 30. Dezember 1894 konnte Fontane seinen 75. Geburtstag feiern, das preußische Kultusministerium gewährte ihm eine lebenslängliche Ehrenpension.
Den Winter über und in den ersten Wochen und Monaten des Jahres 1895 schrieb und feilte Fontane an der Weiterführung seiner Erinnerungen, die vollständig erst drei Jahre später, im Sommer 1898, mit dem Titel »Von Zwanzig bis Dreißig« erscheinen sollten.
Fontanes Nachfolger bei der Vossischen Zeitung, Paul Schlenther, hatte vor zwei Jahren die auch von Fontane hochgeschätzte Schauspielerin Paula Conrad geheiratet, die jetzt – 1895 – wegen einer Kehlkopferkrankung in San Remo Heilung suchte.

221 *An Paula Conrad*

Berlin 11. Febr. 95
Potsdamerstraße 134. c

In Remo, in Hesperien,
Ach, was sind mir das für Ferien!
Statt erhoffter Blüthenglocken
Immer neue Winterflocken,
Statt Böcklinscher Meeresbläue
Plus nur von Berlinscher Gräue;
Könnt ich doch, mit einem Satze,
Heim zu meinem alten Platze,
Heim zu meinem alten Rexe,
Belle Allianceplatz Nummer sechse,
Statt hier, unter ewgem Frieren,
Zeit und Geld nur zu verlieren . . .

Unter solchen oder doch ähnlichen Betrachtungen, werden Sie, Hochverehrte Frau und Freundin,

Ihre San Remo-Tage gelegentlich verbracht haben und es würde mich beglücken, wenn diese Zeilen Ihnen ein ganz klein wenig von all dem Guten bringen könnten, was Phöbus Apollo so hartnäckig versagt. Wie es übrigens, von allem Legendarischen entkleidet, in Wahrheit mit Ihrer Gesundheit steht, kann ich, da ich Ihren theuren Gatten seit länger als 3 Wochen nicht gesehn habe, nur vermuthen, lebe aber der Hoffnung, daß es damit viel besser steht, als sich die herkömmlichen Heulhuber, ohne jede rechte Grundlage, herausrechnen. Ich bin, ohne damit diese kein Ende nehmenden Schneetage loben zu wollen, ein abgeschworener Feind vom sogenannten »schönen Wetter« und halte zu dem alten Berliner Doktorsatze: »je mehr Matsch auf der Straße, je besser das Befinden.« Ist es 'was mit diesem Weisheitsspruch, so muß es Ihnen ganz erträglich gehn. Außerdem, die Hauptsache bleibt doch immer die *ortsgeborene* Luft, das eigentlich *Lokale,* das durch Scirocco oder Bora wohl gefährdet, aber in seiner Substanz doch nicht annullirt werden kann. In gewissem Sinne liegt doch die Riviera jenseits von gut und böse, gerade so gut wie die Peterskirche, die, inmitten wechselnder Temperaturen, ihre sich gleichbleibende Luft hat. Ich bin, in bezug auf Ihre Gesundheit, voller Hoffnung und nehme diesen zur Zeit herrschenden, klimatischen Unsinn für einen bloßen Mummenschanz, für ein Weihnachtsmannspielen, hinter dem das alte Rivieraherz ruhig und warm weiterschlägt.
Uns hier geht es, was das Wetter anbetrifft, relativ gut, denn wir bleiben mal wieder vor allem Extremen bewahrt. Sie wissen, daß man von der Mark gesagt hat, sie habe keinen Heiligen, aber auch keinen Groß-Inquisitor hervorgebracht. Das ist richtig und es scheint, als ob wir durch einen an und für sich etwas langweiligen Mittelkurs auch jetzt wieder gesegnet werden sollten. In Paris friert man bei 15 Grad Stein und Bein, während Berlin seine 5 Grad mit einer wenig gesteigerten Zufuhr von Preßkohle bezwingt.
In Ihrer Nähe muß jetzt mein Freund und Gönner, Geheimrath Jordan, aus dem Kultusministerium, umherwanken. Er hat

seine Frau verloren, ist überarbeitet und will sich an den »Seen«, oder zwischen Genua und Nizza, natürlich mit Vermeidung von Monte Carlo, wieder auffrischen. Hören Sie von seiner Existenz da herum, so möchte ich Ihnen vorschlagen – wenn nicht inzwischen russische Fürstinnen oder amerikanische Flirt-Virtuosinnen Ihr gesellschaftliches Leben auf eine höchste Höhe gehoben haben – sich seiner zu bemächtigen, ihn durch eine Karte (die freilich, was ich aber bei Frau Paula Conrad als selbstverständlich voraussetze, ein Meisterstück sein müßte) heranzucitiren. Ich weiß nicht, ob das geht; wenn es aber ginge, so würden Sie in diesem Geheimrath einen ungewöhnlich klugen und liebenswürdigen Mann kennen lernen, der in allem, was Kunst heißt, zu Hause und nebenher auch noch der Vater des jetzt glaub ich umgetauften Schillertheaters ist. Er hat es ins Leben gerufen. Das Sprungbrett zu dem allem könnte *ich* sein, »*ich* wäre in Sie gedrungen etc.«.

Von den »Zwanglosen«, mit den Nordländern Brahm und Schlenther am einen und den Südländern Schiff und Welti am andern Flügel, habe ich seit Wochen nichts gehört, auch von Erich Schmidt nicht. Ihn, den schönen Mann, und die nach meinem Geschmack ungemein reizende Frau (so daß man wirklich von einem seltnen Paare sprechen kann) hatten wir das Glück eines Tages bei uns zu sehn. Es war schade, daß die bekannten Dioskuren wegen der Klein-Eyolf-Aufführung, namentlich wegen der Sorma, auf einem Kriegsfuß standen, Brahm ziemlich ägrirt und ziemlich spitz gegen Ihren Herrn Gemahl, – sonst verlief alles normal. Meine Hauptaufmerksamkeit galt dem Erich Schmidtschen Paar und es wollte mir so vorkommen, als ob Glück und Liebe – die (wie könnt' es auch anders sein) sicherlich da sind – doch ein wenig gedämpft oder verschleiert wären. Vielleicht ist diese Beobachtung nicht richtig, aber ich nehme sie einstweilen als richtig an, und suche nach dem Grunde der Erscheinung. Und da kann ich keinen andern finden, als den nun 'mal allen Frauen, ganz besonders aber den Frauen hervorragender Männer innewohnenden Zug, sich »als ihm über« zu betrachten. Kaiserin Augusta fühlte sich dem alten Wilhelm, Victoria dem Kaiser Friedrich überlegen und mitunter will es mir sogar so vorkommen, als ob auch die gute, alte Bismarck geb. Puttkamer das Gefühl der Ueberlegenheit gehabt hätte. Die Gründe dafür wechseln, aber immer wird einer gefunden. Die sogenannte »Feinheit« spielt dabei eine Rolle. Neuerdings habe ich ein Buch gelesen: »Briefe des Unterstaatssekretärs und Hauptmanns im 56. Inf. Regiment *Rindfleisch* an seine Frau geb. v. Ibling (oder so ähnlich) aus dem Jahre 1870 und 71«. Diese Kriegsbriefe sind sehr reizend; aber das Merkwürdigste daran ist doch, inmitten aller Zärtlichkeit und alles Hochpatriotismus, ein gewisser Devotionston, ein freiwilliges, durch eine vorhergegangene gründliche Eheschulung herbeigeführtes *Sich unterordnen* unter die geb. v. Ibling. Der alte Ibling war Geh. Hofrath, erster Brunnenarzt in Wiesbaden und stand mit allerhand Fürstlichkeiten wie auf Du und Du. Nebenher war seine Tochter auch noch sehr hübsch. Rindfleisch dagegen stammte höchstens aus Küstrin und war vielleicht Sohn eines armen Conrektors oder Gerichtsvollziehers. Nun war er jetzt freilich Unterstaatssekretär und Kriegsheld, aber das Rindfleisch'ige konnt er trotzdem nicht los werden und die geborne v. Ibling war und blieb »ihm über«. Ein klein bischen ähnlich liegt es auch wohl in dem Fall, der uns hier beschäftigt. Uebrigens bin ich geneigt, immer auf die Seite der Frauen zu treten; eigentlich erkennen sie die Situation am richtigsten. Ruhm und Größe sind meist mehr eine Annahme als eine Wirklichkeit und ist die Wirklichkeit auch wirklich mal da, so mischt sich so vieles mit ein, was die ganze Herrlichkeit wieder balancirt. Das Schönste war doch die Zeit der Patriarchen, obschon Abraham (Brahm's Großvater) im Opferdienst mir etwas zu streng und Jacob ein entschiedener Mogelante war. Aber trotzdem, die Heerden, die Knechte, selbst die Kameele, – und dann ganz zuletzt ein Grab in einem Felsen. Wie schön. Jetzt – ich hab es erst vor 3 Tagen in einem Buche, das G. Kellers Krankheit, Tod und Feuerbestattung behandelte, gelesen – wird man wie in einen Backofen hineingeschoben. Das mag ich nicht. Da bin ich doch mehr für Winter und Schneeflocken, um mit dem zu schließen, womit ich angefangen. Frau und Tochter grüßen aufs Beste; den Brief der Erstren haben Sie hoffentlich erhalten. In herzlicher Ergebenheit Ihr

Th. Fontane

Im Märzheft der »Deutschen Rundschau« standen die Schlußkapitel von »Effi Briest«. Fontane schrieb weiter an seinen Erinnerungen und begann den »Stechlin« zu konzipieren.

222 *An Hans Hertz*

Berlin, 2. März 1895

Sehr geehrter Herr Hertz.
Seien Sie schönstens bedankt für Ihre liebenswürdigen Zeilen, die mir, weil von einem starken Gefühl eingegeben, eine große Freude gemacht haben.
Ja, die arme Effi! Vielleicht ist es mir so gelungen, weil ich das Ganze träumerisch und fast wie mit einem Psychographen geschrieben habe. Sonst kann ich mich immer der Arbeit, ihrer Mühe, Sorgen und Etappen, erinnern – in *diesem* Falle gar nicht. Es ist so wie von selbst gekommen, ohne rechte Überlegung und ohne alle Kritik. Meine Gönnerin Lessing (von der Vossin) erzählte mir auf meine Frage: »Was macht denn *der?*« (ein Offizier, der früher viel bei Lessings verkehrte und den ich nachher in Instetten transponiert habe), die ganze Effi-Briest-Geschichte, und als die Stelle kam, 2. Kapitel, wo die spielenden Mädchen durchs Weinlaub in den Saal hineinrufen: »Effi komm«, stand mir fest: »*Das* mußt du schreiben.« Auch die äußere Erscheinung Effis wurde mir durch einen glücklichen Zufall an die Hand gegeben; ich saß im Zehnpfund-Hotel in Thale, auf dem oft beschriebenen großen Balkon, Sonnenuntergang, und sah nach der Roßtrappe hinauf, als ein englisches

Geschwisterpaar, er 20, sie 15, auf den Balkon hinaustrat und 3 Schritt vor mir sich an die Brüstung lehnte, heiter plaudernd und doch ernst. Es waren ganz ersichtlich Dissenterkinder, Methodisten. Das Mädchen war genau so gekleidet, wie ich Effi in den allerersten und dann auch wieder in den allerletzten Kapiteln geschildert habe: Hänger, blau und weiß gestreifter Kattun, Ledergürtel und Matrosenkragen. Ich glaube, daß ich für meine Heldin keine bessere Erscheinung und Einkleidung finden konnte, und wenn es nicht anmaßend wäre, das Schicksal als etwas einem für jeden Kleinkram zu Diensten stehendes Etwas anzusehen, so möchte ich beinah sagen: das Schicksal schickte mir die kl. Methodistin. Wie immer

Ihr Th. Fontane

Neben der Arbeit an den Erinnerungen, am »Stechlin« plante er die bisher als Novelle konzipierten »Likedeeler«, eine Geschichte um die Viktualienbrüder und Klaus Störtebecker, zu einem Roman auszuweiten.

223 An Theodor Fontane

Berlin, 6. Mai 1895

Mein lieber alter Theo.
Es ist hohe Zeit, daß ich mal wieder von mir hören lasse; 7. 4. 95 steht an der Spitze Deines letzten Briefes, und noch immer habe ich Dir nicht dafür gedankt, d. h. für den Brief, nicht für 7. 4. 95. Mit Eurer Gesundheit geht es hoffentlich wieder besser; Husten ist eine Qual, für den, der ihn hat, und für den, der ihn mit anhören muß, aber man kommt drüber hin. Ich war, als ich so alt war wie Otto, auch ein ewiger Beller und bin nun doch bis auf 75 gekommen – freilich mit Hilfe des soviel verspotteten Cachenez, ohne das ich es nicht zu so hohen Jahren gebracht hätte. Dir wird das Reiten gut tun und Langeoog noch mehr und das »Kriegstheater im Harz« (freilich noch lange hin) am meisten.

Um dies Kriegstheater könnte ich Dich beneiden, einmal – weil ich den Harz sehr liebe – der Szenerie halber, dann, weil höhere militärische Gesellschaft so ziemlich das Beste bedeutet, was man von Gesellschaft haben kann. Was den voraufgehenden Sommeraufenthalt auf einer der friesischen Inseln anbetrifft, so schließe ich mich denen an, die Dir zu Norderney raten. Es ist doch unterhaltlicher als Langeoog, und das spielt bei mehrwöchigem Aufenthalt eine große Rolle. Das mit den »größren Kosten« ist meistens Unsinn; man muß mitunter an den primitivsten Stellen am meisten bluten und kann an Weltplätzen billig leben. Es hängt alles von Glück und unberechenbaren Umständen ab. Als ich das erste Mal in Norderney war, wurde 6 Stunden nach meiner Ankunft, ein großer Dampfer mit 500 Gästen abgewiesen, weil auf der ganzen Insel kein einziges freies Bett mehr sei. Ja, da war in den fashionablen Straßen alles sehr teuer, und doch habe ich an der Wattseite der Insel nicht bloß angenehm, sondern auch ziemlich billig gelebt. Borkum ist judenfrei, das soll aber auch der einzige Vorzug sein; Max Nordau wurde vor 2 Jahren erst von der Table d'hôte und dann von der Insel weggegrault.
Wir werden wohl wieder nach Karlsbad gehn, leider mit der Gewißheit, unsre vorjährigen täglichen Genossen am Brunnen und bei Pupp nicht wiederzufinden. Frau Gerber ist tot, und Freund Sternfeld ist verheiratet, was anfangs auch für so gut wie tot angesehn wurde. Doch, wie ich jetzt sehr zu meiner Freude höre, durchaus mit Unrecht; das Fräulein, das er geheiratet hat, soll sehr nett, sehr gewandt, sehr standesgemäß sein.
Friedel verlegt tapfer weiter. Ich war anfangs gegen diesen Großbetrieb und gegen den Wettbewerb mit den reichsten und angesehensten Firmen. Er hat aber in dieser Streitfrage recht behalten, und, wie ich hinzusetzen muß, nicht bloß durch Glück, sondern auch durch Fleiß, Umsicht, Geschicklichkeit. Er hatte was von Großmannssucht, was mich störte; mausert sich aber jemand heraus und bringt es zu was, so kriegt das, was einem als Großmannssucht erschien, einen andern Namen. Auf dem Ge-

biet der Belletristik ist er, nach meiner Kenntnis, Nummer-1-Verleger geworden. Selbst die großen reichen Firmen stehen *literarisch* weit zurück und begnügen sich mit den Erträgen, die sie aus Freytag, Ebers, Dahn, Heyse ziehn. Jeder einzelne hat einen. Friedel hat nicht bloß den hannöverschen Konditorsohn Tovote (allerdings die Hauptgeldnummer), sondern auch Rudolf Lindau, Wolzogen, Ompteda, Polenz, die, neben einigen jüngeren, jetzt so ziemlich als die besten gelten und es auch wohl sind.

Mete erwarten wir morgen zurück; sie hat sich am 4. früh von Tante Witte getrennt, um noch drei Tage bei ihrer Freundin Mathilde Runde, jetzt Frau Dr. Becker in Friedeberg, zubringen zu können. Vom Laibacher Erdbeben hat sie die letzte Welle mit verspürt, um uns vermelden zu können: »Wir sind stolz, ein Erdbeben erlebt zu haben.« Am meisten Freude hat sie von einer 2tägigen Wagenfahrt durch Tirol und Vorarlberg gehabt, womit ihr Meraner Aufenthalt abschloß. Ganz mein Geschmack; nur nicht Eisenbahn. Ein mäßiges Kotelett unter einem blühenden Kirschbaum ist mir lieber als ein Diner in einem Harmonikazug.

Von den Freunden haben wir in den letzten 7 Wochen fast niemand gesehn, kaum unsre teure Frau Sternheim; wir gravitierten die ganze Zeit über sehr nach dem Christentum hin: Heydens, Zöllners, Stöckhardts, Familie Fritsch – nicht aus über Nacht erwachtem Rassegefühl, sondern in Folge von Zufälligkeiten. Daß bei Heydens nun auch der arme Kurt seinem Schicksal erlegen und in einer sogenannten Nervenheilanstalt (wohl ohne jede Aussicht auf Heilung) untergebracht ist, wirst Du wohl schon erfahren haben. Bei der Familie Fritsch machten wir eine Hochzeit mit; Fritsch Architekt und seine Frau eine geborene Köhne; dabei ging es her, als hieße er Dolgorucki und seine Frau sei eine Esterhazy. Diese Frau, meine besondere Gönnerin, ist 36, ihr Schwiegersohn, Major Scheller in St. Avold, ist 48. Übrigens war alles nicht bloß sehr reich, sondern auch sehr reizend. Und nun genug der Plauderei.

Geh es Dir, Deiner lieben Frau, den Kindern gut, und seid alle herzlich gegrüßt von

Deinem alten
Papa

224 An Unbekannt

Berlin 12. Juni 95
Potsdamerstr. 134 c

Gnädigste Frau

Ergebensten Dank für Ihre liebenswürdigen Zeilen, die ich schon früher beantwortet hätte, wenn ich nicht gerade mit dem Abschluß einer Arbeit beschäftigt gewesen wäre.

Natürlich ist alles Recht auf Ihrer Seite, natürlich alles sehr unplatonisch. Ich bin schon ohnehin gegen todtschießen, Mord, aus dem Affekt heraus, geht viel eher, aber nun gar todtschießen wegen einer 7 Jahre zurückliegenden Courmacherei – an die sich in der Regel ein anständiger Ehemann mit Vergnügen erinnert – das wäre denn doch über den Spaß. Auch so geht Innstetten, der übrigens von allen Damen härter beurtheilt wird als er verdient – sehr ungern 'ran und wäre nicht der Ehrengötze, so lebte Crampas noch.

Es ist nämlich eine wahre Geschichte, die sich hier zugetragen hat, nur in Ort und Namen alles transponirt.

Das Duell fand in Bonn statt, nicht in dem räthselvollen Kessin, dem ich die Scenerie von Swinemünde gegeben habe; Crampas war ein Gerichtsrath, Innstetten ist jetzt Oberst, Effi lebt noch, ganz in der Nähe von Berlin. Vielleicht läge sie lieber auf dem Rondel in Hohen-Kremmen. – Daß ich die Sache im Unklaren gelassen hätte, kann ich nicht zugeben, die berühmten »Schilderungen« (der Gipfel der Geschmacklosigkeit) vermeide ich freilich, aber Effis Brief an Crampas und die mitgetheilten 3 Zettel von Crampas an Effi, die sagen doch alles.

Gnädigste Frau, in vorzüglicher Ergebenheit

Th. Fontane

Für den 80. Geburtstag Adolf Menzels im Dezember bat Maximilian Harden Fontane um einen Beitrag für seine Zeitschrift »Die Zukunft«. Mitte August bis Mitte September wählten Fontane und seine Frau wieder Karlsbad als Sommererholung und trafen dort mit Friedländer zusammen.
In der neuen Kunstzeitschrift »Pan« waren in den ersten drei Heften Kapitel aus der Weiterführung der Erinnerungen erschienen, Heft 4 des ersten Jahrgangs brachte verschiedene neue Gedichte Fontanes, darunter ›Luren-Konzert‹, ›Fire, but don't hurt the flag‹ und ›Die Balinesenfrauen auf Lombok‹. Im April des Jahres war der Schriftsteller Oskar Panizza zu einer einjährigen Haftstrafe verurteilt worden, da seine Himmelstragödie »Das Liebeskonzil« als Gotteslästerung angesehen wurde.

225 An Maximilian Harden v. 22. Juli 1895

Berlin 22. Juli 95
Potsdamerstraße 134. c

Hochgeehrter Herr.
Es ist mir außerordentlich erfreulich, daß ich Ihnen endlich einmal zu Wunsch und Willen sein kann, wiewohl ich im ersten Augenblicke – weil ich dachte, es könne sich um Verse handeln (nach welcher Seite hin ich, vor 10 Jahren bereits, meine Pflicht und Schuldigkeit gethan habe) – wieder einen kleinen Schreck kriegte. Bald aber beruhigte ich mich. Also bestens acceptirt. Es werden übrigens nur wenige Seiten werden, drei, vier, was auch genug ist. Bei seinem Kunstthum werde ich mich nicht lange aufhalten, aber Einiges über den Menschen sagen. Als solcher ist er vielleicht noch größer, wie als Maler. Ein ganz grandioser kleiner Knopp. Ich richte es so ein, daß Sie's bis Mitte November haben.
In vorzüglicher Ergebenheit Th. Fontane

Ich habe die Nummern der »Zukunft« vom 6. und 12. Juli gelesen und mich an vielem erfreut (Jordan ist zu sehr Jordan),

Abb. 22: Maximilian Harden (1861-1927)

nicht zum wenigsten an Ihren »Berliner Sommernächten«. Ich freue mich immer, wenn den Berlinern gesagt wird, wie tief stehend, wie elend hier alles ist, was einem unter dem Namen »Vergnügen« vorgesetzt wird. Berliner Kellner, Berliner »Fräuleins« (lauter gänzlich unmotivirte Comtessen) und Berliner Blumenmädchen, die Stelzfüßer sowohl wie die Thüringerinnen (unverfälschtes Weddingblut) können einem die Menschheit verleiden. K. Frenzel ließ vor vielen Jahren mal drucken: »alles was in Berlin als ›berlinisch‹ oder nun jetzt gar als ›italienisch‹ an einen herantritt, ist vorher durch irgend ein Joch der Niedrigkeit gegangen.« Unser National-Heiliger ist der Eckensteher Nante.

Noch eins.

Ich habe da vor ein paar Tagen das Buch von Oskar Panizza gelesen »Das Liebeskonzil«, worauf hin er zu einem Jahr Gefängnis verurtheilt wurde. Lesen Sie's und wenn Sie können schreiben Sie drüber; es ist sehr schwer (polizeiwidrig) aber *sehr* lohnend. Es ist ein bedeutendes Buch und »ein Jahr Gefängnis« sagt gar nichts. Entweder müßte ihm ein Scheiterhaufen oder ein Denkmal errichtet werden. Unser Publikum müßte endlich lernen, daß der Unglauben auch seine Helden und Märtyrer hat.

226 An Maximilian Harden vom 27. Juli 1895

Berlin 27. Juli 95
Potsdamerstraße 134. c

Hochgeehrter Herr.

Sie zu sehn, wird mir jederzeit eine große Freude sein; ich bitte nur sehr, es mich vorher in 3 Worten wissen zu lassen, damit ich auf dem Posten bin.

Aber heute schon ein Wort in der Panizza-Sache. Die ganze Welt – das ist die Macht der Ueberkommenen – steckt in dem Vorurtheil, daß der Glauben etwas Hohes und der Unglauben etwas Niederes sei. Wer sich zu Gott und zur Unsterblichkeit seiner eignen werthen Seele bekennt, ist ein »Edelster« oder derglei-

chen, wer da nicht mitmacht, ist ein Lump, reif für lex Heintze. Mit diesem furchtbaren Unsinn muß gebrochen werden. Ich persönlich kenne keinen Menschen, habe auch nie einen gekannt, der den Eindruck eines Vollgläubigen auf mich gemacht hätte. 99 stehen ebenso, der Hundertste möchte es bestreiten, kommt aber nicht weit damit. So steht es wirklich. Und dabei Forderungen an unser Gemüth, als lebten wir noch zur Zeit der Kreuzzüge. Läuft es so still hin, so schadet es nichts, kommen aber die Provokationen, an denen kein Mangel ist, so haben wir als Antwort darauf, Panizza. Hohn war immer eine berechtigte Form geistiger Kriegführung.
In vorzügl. Ergebenheit

Ihr Th. Fontane

227 *An Theodor Fontane*

Berlin, d. 12. August 1895

Mein lieber, alter Theo.
Übermorgen früh soll es fortgehn, und da man, wenn man am meisten Zeit hat, am faulsten zu sein pflegt, so schreibe ich lieber noch von hier aus, um Dir für Deinen Brief aus dem Langeooger Hospiz zu danken. Daß der Aufenthalt Otto so gut getan hat, hat uns sehr erfreut, übrigens nach den jetzt tagaus, tagein gerühmten Resultaten der Kneipp-Kuren (die ja auch auf ein fröhliches Wasserpantschen hinauslaufen) keinen Augenblick überrascht. Trudi, von festerem Bau, kommt auch so durch. Daß Deine Frau durch das eigentümlich Aufregende, das die Seeluft hat, erst überreizt und dann abgespannt worden ist, beweist mir aufs neue, wie mißlich es mit den Sommerfrischen ist. So recht etwas haben eigentlich nur die davon, die's nicht brauchen. Wer auf den Großglockner 'raufklettert oder drei Stunden in Sonnenglut auf dem Wasser ist, um Seehunde zu schießen, der kommt sehr vergnügt von einer Sommerfrische zurück, deren Frische für ihn überhaupt nicht nötig war; die aber, die einer Erholung bedürfen, für die sich's wirklich um eine Luftkur handelt, die kriegen

furchtbar oft einen Knacks davon weg, weil die ganze Wissenschaft von diesen Dingen noch in den Kinderschuhen steckt. Viele können im Gebirge nicht schlafen, andere an der See; die meisten kriegen an der See Cholerine-Zustände und brauchen im Gebirge Strahlsche Pillen. Dabei das furchtbare Gasthofselend. Um 12 Uhr kommt der letzte Zug: Trampeln, Stiefelschmeißen; um 4 Uhr geht der erste Zug: Klingeln, Wecken, Türenschmeißen. Man hat ein Beefsteak und eine Kulmbacher genossen und am Morgen eine Portion Tee, und für diese Leistung sind mindestens sechs Hände da, die sich nach einem Trinkgeld ausstrecken. Entsetzliche Table d'hôte-Gesellschaft, betrügerische Kutscher, ein Zimmer, drin es nach Schwamm oder, wenn hinten 'raus, nach Pferdestall riecht! Es ist mir ganz lieb, daß ich mich trotz aller dieser Dinge in der Welt umhergetrieben habe; denn man braucht das alles als Studium und Lebensmaterial. Aber wer mir sagt, daß das schön sei, mit dem breche ich die Unterhaltung ab. Schön ist es für die Engländer, die eine Yacht haben und mit dieser die Mittelmeerküsten anlaufen, die grundsätzlich keine Trinkgelder bezahlen und einen Kammerdiener haben, der alles besorgt. Und letzte Rückzugslinie ist immer die eigene Kabine. Mit einer Art Grauen sehe ich auf fast alle meine Reisen zurück; am besten ist es mir in der Gefangenschaft ergangen. – Daß Du, auf meinen Douglas hin, geplündert worden bist, beklage ich, auch ist es nicht in der Ordnung. Die, die sozusagen mit zum Bau gehören, werden nie herangezogen; aber ein Schulrat – und wenn es der beste Mann ist – weiß das nicht. – »Hospize« (ich kenne eins aus Krummhübel) haben einzelne Vorzüge; der souveräne Oberkellner fehlt oder verleugnet seine Natur, dafür aber wankt ein grauer Schatten beständig neben einem her, auch wenn nur maßvoll gebetet wird. Ich bin für »Haare aparte und Kotelett aparte«.

Wenn Du wieder in Hannover bist, suche doch zu lesen, was Verdy in Heft 9, 10 und 11 der Rodenbergschen Rundschau über seine persönlichen Erlebnisse im 1870er Kriege veröffentlicht hat. Alles, wie auch im Leben des einzelnen, hängt immer an einem Faden, und daß ein hoher Rätselwille alles Irdische leitet, jedenfalls aber, daß sich alles unserer menschlichen Weisheit entzieht, das muß auch dem Ungläubigsten klar werden.

Wie immer Dein alter

Papa

Im Herbst erschien bei Friedrich Fontane & Co. die Buchausgabe der »Effi Briest« bereits mit der Jahreszahl 1896 und wurde der erste wirkliche Erfolg, in knapp einem Jahr folgten fünf Auflagen.

Im Oktober hatte der einzige Sohn von Wilhelm Hertz, Hans, Selbstmord begangen.

228 An Wilhelm Hertz

Berlin 29. Okt. 95
Potsdamerstraße 134. c

Sehr geehrter Herr Hertz.

Herzlichen Dank für Ihre Zeilen, die mir die Tragödie wieder heraufgeführt und mich aufs Neue tief berührt haben. Es ist das erschütterndste, zugleich rührendste Ereignis, das ich in meinem langen Leben erlebt habe. Tröstlich ist es, daß auch die Durchschnittsmenschen, sonst immer mit ihrer Sechsdreier-Weisheit bei der Hand, in diesem Falle das Tragische herausfühlen. Ich persönlich bin, nebenher, von einer vollkommenen Bewunderung gegen Ihren Hans erfüllt. Wenn schon, denn schon. Das sich Klarmachen der Situation, das Entschlußfassen, die Consequenz des Denkens und die Energie des Thuns, – alles imponirt mir. Was er that, war, menschlich angesehn, das Richtige. Es stimmt wie ein Exempel. Ich komme recht bald einmal und sehe wie's Ihnen geht. In alter Ergebenheit

Th. Fontane

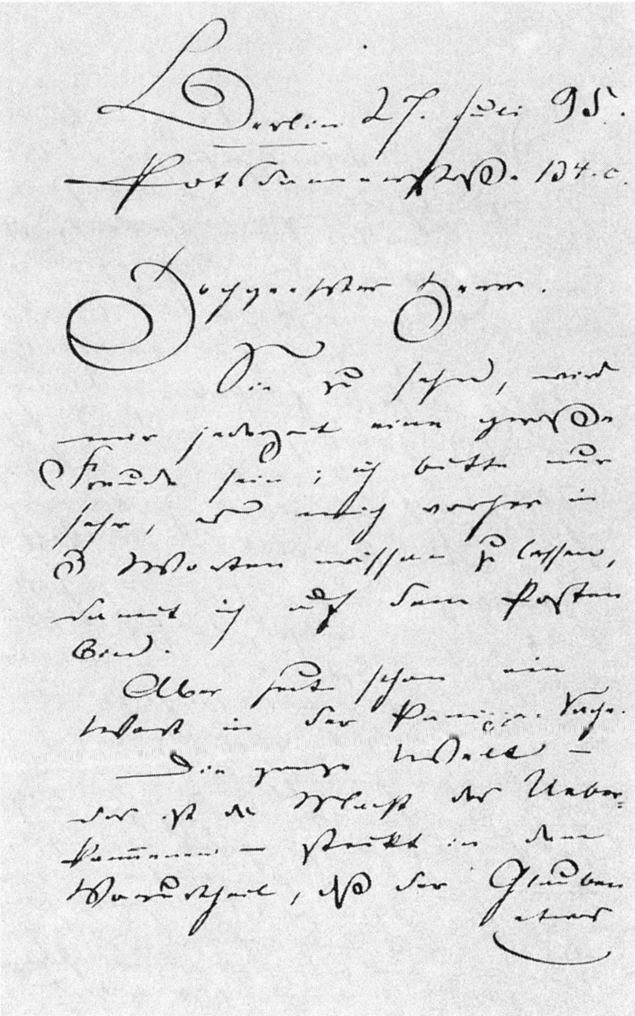

Abb. 23: An Maximilian Harden vom 27. Juli 1895

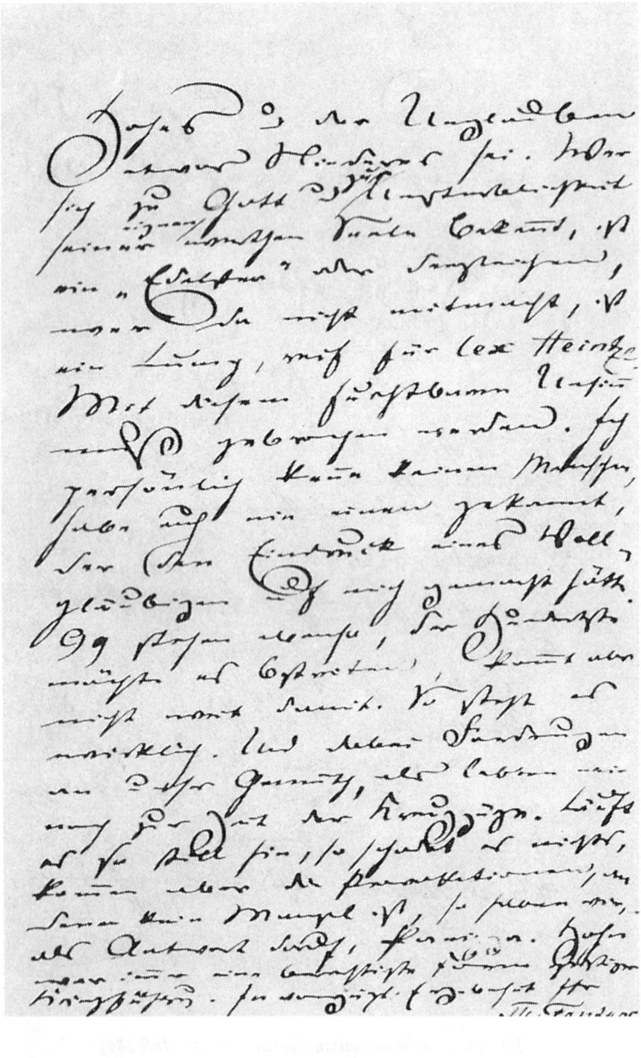

»Effi Briest« wurde von der Kritik sehr günstig und sehr lobend aufgenommen, und sofort nach dem Erscheinen der Buchausgabe standen die ersten Besprechungen in den Zeitschriften.

229 An Paul Schlenther

Berlin, 11. November 1895

Hochgeehrter Herr.

Gestern schon, während in der Breitenstraße die Festglocken läuteten, wollte ich, still und einsam und glücklich in der Potsdamer Straße zurückgeblieben, diesen Brief schreiben. Aber ich kam nicht dazu – Grund: auch ein glücklich jugendlicher Zustand: ich verschmökerte mich. So denn heute erst.

Meine Damen werden Ihnen schon alles gesagt haben, und wenn es richtig ist, was mir Corinna erzählt, »daß Sie mit Ihrer Arbeit nicht ganz zufrieden seien«, so ist das eine Selbstkasteiung, um die Sie der schönste Säulenheilige beneiden könnte.

Ich habe das Buch wie mit dem Psychographen geschrieben. Nachträglich, beim Korrigieren, hat es mir viel Arbeit gemacht, beim ersten Entwurf gar keine. Der alte Witz, daß man Mundstück sei, in das von irgendwoher hineingetutet wird, hat doch was für sich, und das Durchdrungensein davon läßt schließlich nur zwei Gefühle zurück: Bescheidenheit und Dank. Letzterer, als ich Ihre Kritik gelesen, nahm eine Doppelgestalt an, und zu dem Dank gegen den lieben Gott gesellte sich der Dank gegen den lieben Schlenther. Verbeugung gegen Jenseits und Diesseits.

Unter herzlichen Empfehlungen an die hochverehrte Frau, in vorzüglicher Ergebenheit

Th. Fontane

230 An Ernst Heilborn

Berlin, 24. November 1895

Hochgeehrter Herr.

Seien Sie schönstens bedankt für all das Freundliche, was Sie für mich und die arme Effi gehabt haben. Sie sind, wie ich zu meiner Freude sehe, auch einverstanden damit, daß ich, in den intrikaten Situationen, der Phantasie des Lesers viel überlasse; dies anders zu machen wäre mir ganz unmöglich, und ich würde totale Dunkelheiten immer noch einer Gasglühlichtbeleuchtung von Dingen vorziehen, die, selbst wenn ihre Darstellung geglückt ist (ein sehr selten vorkommender Fall), immer noch mißglückt wirken.

Daß Sie den Menschen betonen, ist mir das schmeichelhafteste; schließlich steckt da doch alles andre drin.

In vorzüglicher Ergebenheit

Th. Fontane

Nach mehreren vergeblichen Versuchen bei verschiedenen Zeitschriften erschienen »Poggenpuhls« im Oktober 1895 bis März 1896 in der Zeitschrift »Vom Fels zum Meer« des Stuttgarter Speemann-Verlages.

In den letzten Wochen des Jahres schrieb Fontane »wie toll« an seinem Roman »Der Stechlin«.

Während seines zweiten Englandaufenthaltes hatte er den Arzt Dr. James Morris kennengelernt, mit dem er sich oft zu Gesprächen traf und mit dem er auch während des dritten Aufenthaltes in England in Verbindung blieb. Nach fast drei Jahrzehnten nahmen beide den Kontakt wieder auf, Morris sandte regelmäßig Zeitschriftenaufsätze und Ausschnitte an Fontane.

231 An James Morris

Berlin, d. 31. Januar 1896
Potsdamer Str. 134 c

Hochgeehrter Herr und Freund.

Schönsten Dank für Brief und Zeitungssendungen, unter welchen mich die »Daily News«-Nummern von 1846 und 1896 am meisten interessiert haben. Ein halbes Jahrhundert hat viel geändert, was nicht bloß aus dem Format, sondern auch aus den Bildern zu ersehen. Charles Dickens wirkt sehr gut – besser als im Leben – aber zugleich doch etwas komisch; so stark hat die Mode gewechselt. Freilich ist in Rechnung zu stellen, daß er persönlich etwas Theaterhaftes hatte, so daß nicht alles auf die Zeit, sondern ein gut Teil auch auf ihn selbst und seine Eigenart zu schieben ist.

Und nun Ihre freundlichen Zeilen! Ich glaube, daß eine Stelle meines letzten Briefes – allerdings wohl durch meine Schuld – mißverstanden worden ist. Die letzte Rolle, die zu spielen ich geneigt sein könnte, ist die des Kriegsberserkers. Abgesehen von dem Entsetzlichen jedes Krieges, stehe ich außerdem noch allem Heldentum sehr kritisch gegenüber. Es gibt ein ganz stilles Heldentum, das mir imponiert. Was aber meist für Heldentum gerechnet wird, ist fable convenue, Renommisterei, Grogresultat.

Aber meine falsch verstandene Briefstelle! Ich hatte mit dem, was ich sagte, nicht einen kriegerischen Wunsch, sondern nur eine kriegerische Situation – als nun mal leider vorhanden – aussprechen wollen. Daß diese »Situation« da ist, steht mir allerdings fest. Daran können weder wir zwei beide noch die Zeitungen noch die Regierungen irgendwas ändern. Die Schicksale nehmen ihren Lauf, und etwa am Säkulartage von Trafalgar oder nicht sehr viel später werden wir einen großen Krach haben. England wird dann noch einmal glänzend siegen, aber es wird sein Höhepunkt sein. Verzeihen Sie mir diese Gastrolle als second sight-Highlander. In vorzüglicher Ergebenheit

Th. Fontane

Der zehn Jahre jüngere Redakteur und Schriftsteller Friedrich Spielhagen hatte Fontane das Manuskript seines Essays »Einst und Jetzt«, eine Gegenüberstellung von Goethes Wahlverwandtschaften und Effi Briest, zugesandt.

232 *An Julius Rodenberg*

Berlin, 18. Februar 1896
Potsdamer Straße 134 c

Hochgeehrter Herr.
Herzlichen Dank für Ihren lieben Brief; auch mit 76 läßt man sich noch gerne was Freundliches sagen. Hoffentlich geht es in der Folge nicht bergab.
Ich hätte nun aber heute doch geschrieben, und zwar als Diplomat in einer sehr feinen Sache.
Spielhagen – in welcher Veranlassung, darüber mal mündlich – hat mir einen Essay geschickt:

Einst und jetzt
(»Die Wahlverwandtschaften« u. »Effi Briest«)
Eine literarische Studie.

Bei dieser Studie hat er immer, auf allgemeine Bildung hin angesehn, ein »Rundschau«-Publikum im Auge gehabt, und doch bezweifelt er selbst, daß Sie Lust haben könnten, es zu bringen. Ich fürchte (weiß es nicht, aber *Sie* werden es wissen), daß auch kleine persönliche Verstimmungen bei diesen Zweifeln mitgewirkt haben. Gleichviel, ich habe ihm geschrieben, daß ich bei Ihnen anfragen wolle, erfolge dann ein Refus, so verdünne er sich durch die Mittelsperson.
Ich würde nun die »Studie« diesem Briefe gern gleich beigelegt haben, unterlaß es aber, um Ihnen heute nur kurz zu sagen, was ungefähr drinsteht. Sie kommen auch bequemer dabei weg.
1. Zu Anfang des Jahrhunderts machte man's *so,* Ende des

Jahrhunderts macht man es *anders*. Die Technik hat eben Fortschritte gemacht. (Richtig aber anzüglich.)
2. Zu den Eigentümlichkeiten der früheren Schreibweise gehörte, wie »Die Wahlverwandtschaften« zeigen, das beständige Mithineinreden des Dichters. Goethe konnte freilich auch anders schreiben (»Götz«, »Egmont«), aber in seiner späteren Prosa gefiel er sich in diesem Dichtermonologhalten.
3. In »Effi Briest« kommt dergleichen auch vor. Aber doch viel weniger.
4. »Wahlverwandtschaften« sind eben der Roman aus dem Anfang des Jahrhunderts, »Effi Briest« aus dem Ende.
5. Auf die Technik hin angesehn, ist das, was man jetzt macht, besser.

Presse ich nun diese kurzen Angaben noch wieder weiter zusammen, so läuft es darauf hinaus:
a. Na, der alte Goethe war schließlich auch kein Herrgott, und
b. Goethe ist Goethe, und Fontane ist Fontane. Aber »Effi Briest« steht uns näher und interessiert uns mehr.

Nach meiner Meinung liegt es nun so, daß a. alle Goetheverehrer verletzt und b. mich, ungewollt, in ein komisches Licht stellt. Beides ist schlimm. Und doch ist in der Sache was Richtiges. Wir sind in einem Goethe-Bann und müssen draus heraus, sonst haben wir unser »Apostolikum« in der Literatur.

Ich nehme an – denn es ist ein *zu* heißes Eisen –, Sie werden »nein« sagen, und bitte Sie nur, Ihren Brief an mich so einzurichten, daß ich ihn abschriftlich an Spielhagen gelangen lassen kann. Der Umstand, daß »Effi Briest« in der »Rundschau« stand, ist eine weitre Erschwernis. Meine Frau dankt bestens.

In vorzüglicher Ergebenheit
Th. Fontane

233 An James Morris

Berlin, 22. Februar 1896

Hochgeehrter Herr und Freund.

Besten Dank für Verschiedenes, darunter – mir ganz neu – The Labour Leader. – In Daily Graphic und Illustr. London News fand ich viele Bilder, die sich auf das Begräbnis von Lord Leighton bezogen; er war gewiß ein vorzüglicher Herr, und alle Ehren sind ihm zu gönnen; sie erscheinen uns hier aber ein wenig übertrieben. Wenn Millais stirbt, dann paßt es; Millais ist eine neue und zugleich bedeutende Nummer, war es von Anfang an; aber Leighton ist bloß highly respectable, und das besagt eigentlich gar nichts. Ich habe ziemlich viel Bilder von ihm gesehn, weil er derjenige englische Maler war, der am regelmäßigsten unsre Ausstellungen beschickte. Das letzte, was ich von ihm sah, war das Beste, der »Schlaf« oder der »Traum«, Rundbild, eine schöne weibliche Gestalt (oder zwei) ruhend unter einem klaren Abendhimmel, an dem matt die Mondsichel steht. Sehr schönheitsvoll; aber für die »reine Schönheit« haben die Menschen allerorten den Sinn verloren; es grenzt immer an Langeweile.

Sehr interessant sind die von Melton Prior herrührenden Skizzen aus Transvaal.

Mit besonderem Vergnügen habe ich Keir Hardies Labour Leader durchgesehn. Alles Interesse ruht beim vierten Stand. Der Bourgeois ist furchtbar, und Adel und Klerus sind altbacken, immer wieder dasselbe. Die neue, bessere Welt fängt erst beim vierten Stande an. Man würde das sagen können, auch wenn es sich bloß erst um Bestrebungen, um Anläufe handelte. So liegt es aber nicht; *das,* was die Arbeiter denken, sprechen, schreiben, hat das Denken, Sprechen der altregierenden Klassen tatsächlich überholt, alles ist viel echter, wahrer, lebensvoller. Sie, die Arbeiter, packen alles neu an, haben nicht bloß neue Ziele, sondern auch neue *Wege.* Die Times ist nach wie vor die erste Zeitung in der Welt, aber doch eigentlich nur durch ein gewisses stilles »Übereinkommen« der sogenannten Gebildeten. In Wahr-

heit ist alles tot und eingefroren, keine neuen Ideen, kein neuer Stil, nicht einmal (ganz äußerlich) ein neues Ztngs.-Arrangement. In dem Leader ist die Schablone durchbrochen.
In vorzüglicher Ergebenheit.

Th. Fontane

Der fast 50jährige Max Liebermann zeichnete Fontane für die Zeitschrift ›Pan‹, das bekannte Porträt erschien im Juni-Heft 1896.

234 An Martha Fontane

Berlin 19. März 96

Meine liebe Mete.
Das Haus rückt glaub ich mit fünf Briefen bei Dir an: Mama, Theo, Friedel, Anna, Tilla, – da will ich doch nicht fehlen und das halbe Dutzend voll machen. Ergeh es Dir gut, habe einen guten Tag und ein gutes Jahr, befestige Dich in Deiner Gesundheit und Deinen Grundsätzen, so weit sie's verdienen. – Mama, um sich zu erheitern, ist in Richard III. Sie fragte mich: ›ob das das Stück sei, wo drei schwarze Frauen immer im Hintergrunde ständen, eine immer schwärzer als die andre.‹ So leben Stücke im Gedächtnis der Menschen fort, sogar der gebildeten und theaterpassionirten.
Ich gehe, wie Dir Mama wohl schon geschrieben hat, unruhigen Tagen entgegen, Sitzungstage, Maltage. Ich freue mich aber drauf, einmal weil es nun doch endlich mal ein richtiger Maler ist, dem ich in die Hände falle, dann weil Liebermann ein ebenso liebenswürdiger wie kluger Mann ist. –
Im Thiergarten, in einem eleganten Wägelchen, begegnete mir heute Grete Begas* sammt Tochter. Ich finde die Tochter, die für häßlich gilt, viel hübscher als die Mutter. Der aesthetische

*Grete Begas schwögte mir was von ›Quitt‹ vor, das sie eben gelesen habe. Ich sagte: ›nicht wahr, gnädige Frau, *auch* nicht übel‹, – was sie und noch mehr die Tochter bestätigte; vielleicht bin ich *da*durch bestochen.

Sinn steht hier so niedrig, daß die Menschen nicht mal, ganz alltäglich, hübsch von häßlich unterscheiden können.
Liebermann erzählte mir, Bismarck verbringe seine Tage nur noch mit Schimpfen. Er freue sich über jeden Besuch, weil er dann gleich wieder loslegen und auf seiner Invectiven-Orgel ein neues Register ziehen könne. Immer gegen den Kaiser. Sein alter Diener soll neulich zu ihm gesagt haben: ›Durchlaucht, ick will lieber en bisken raus gehn, daß ich es nich alles höre.‹ ›Ja, geh nur; ich hab mich noch lange nicht ausgekollert.‹ Bei jedem andern würd ich drüber die Achseln zucken, aber zu Bismarck gehört es; es kleidet ihm. – Es ist sehr gut, daß Du die Richter-Eberty-Sippe hast; aber ich bitte Dich, sei vorsichtiger als Deine Mutter und rede Dich (und mich mit) in der Friedländer-Frage nicht hinein. – In einem niederländischen Blatt bin ich wegen eines im ›Pan‹ abgedruckten Gedichts (also der Pan *lebt!*) heftig angegriffen und einerseits als ›alter Barde‹ andrerseits als ›Meister der Grobschmiedekunst‹ spöttisch gefeiert worden, weil das eine Gedicht ›Die Balinesenfrauen auf Lombok‹ mit den Worten schließt: ›Mynheer derweilen auf seinem Kontor, malt sich christlich Kulturelles vor.‹ Ich bin sehr froh darüber, auf *die* Weise wird mein armes Gedicht doch wenigstens beachtet, denn die Berl. Blätter (z. B. Börsen-Courier) drucken die ganze Geschichte ab und natürlich das Gedicht mit. Tausend Grüße der verehrten theuren Frau. Wie immer Dein alter

Papa

Anna wartet auf diesen Brief: sie woll zur ›Messerschmidt'en!‹

Über den Abdruck des dem ›Tunnel‹ gewidmeten Abschnittes der Erinnerungen kam es zum Bruch mit Rodenberg und der Rundschau, da der Vorabdruck von der Redaktion gekürzt wurde.
Mitte Mai erhielt Fontane eine Einladung zur Teilnahme an den Goethetagen in Weimar.

235 An Erich Schmidt.

Berlin, d. 25. Mai 1896
Potsdamer Str. 134 c

Hochgeehrter Herr Professor.
Wie so vieles, so verdanke ich Ihrer Güte höchstwahrscheinlich auch eine Einladung zur Einweihungsfeier in Weimar, die mir gestern in einem von Professur Suphan unterzeichneten Schriftstück zugegangen ist.
Ich habe geantwortet »daß ich nicht könne«, was wegen Karlsbad auch wirklich der Fall ist. Aber wenn es auch anders läge, würde ich doch »weit vom Schuß« zu bleiben suchen. Ich kann mich da nicht mit einem Male gut einreihen. Abgesehen davon, daß einige in den Verwunderungsruf: »Gott, nun auch hier noch« ausbrechen würden, passe ich wirklich in die Sache nicht recht hinein, weil ich der da zu spielenden Rolle nicht gewachsen bin. Es ist mir gelegentlich passiert, daß ich mit einem lateinischen oder selbst griechischen Zitat wie mit du auf du angeredet worden bin, wobei ich immer das Gefühl gehabt habe: »Erde, tu dich auf« – ein Gefühl, das mir in Weimar leicht noch mal erblühen könnte. Denn trotzdem ich meinen Lewes und sogar meinen Herman Grimm gelesen habe, habe ich doch von Goethewissenschaftlichkeit keinen Schimmer und würde jeden Augenblick die Angst haben: »Jetzt geht es los.«
Ich mußte Ihnen das bekennen
In vorzüglicher Ergebenheit

Th. Fontane

Ende Mai bis Ende Juni weilte er mit seiner Frau wieder zur Kur in Karlsbad.

Karlsbad 10. Juni 96
›Amsel‹

Meine liebe Mete.

Während Mama *in* die Wellen steigt (Venus stieg aus den Wellen) will ich Dir einen kleinen Brief stiften. *Dein* Brief brachte 2 große Nachrichten: 1. daß Du Dir ein Kleid machen lassen sollst (an ihren Göttern erkennt man die Menschen) und 2. Dein Gespräch mit Theo, – keine ›Aussprache‹, vor der Du Dich mit Recht graultest, sondern Herzausschüttung, Beichte. Sei nur recht gut zu ihm (wie Du ja schon angefangen hast) und zeige ihm, wie leid er uns thut. Denn er ist gewiß in einer mehr als vertrackten Situation. Ich bin ja immer mit ›scheiden lassen‹ bei der Hand, aber daran ist ja bei einem Manne wie Theo gar nicht zu denken. Er ist Programm-Mensch, preußisch-conventionell abgestempelter Prinzipienreiter, zum Ueberfluß auch noch Biedermeier mit 'ner Hängelippe und so heißt es denn: ›es wird fortgewurstelt.‹ Er wird weiter ›einkaufen‹ und in allerhand Kassen zahlen, Geheimer Kriegsrath werden und den Rothen Adler 2. Klasse kriegen und schließlich – wie damals, wo er die verunglückte Rede gehalten hatte – mit dem Preußenmotto sterben: ›ich habe meine Schuldigkeit gethan.‹ In mir wird das Aufbäumen gegen all diese Herrlichkeit immer größer und vielleicht schnappe ich in meinem wachsenden demokratischen Weltbürgerthum noch über. Aber ich verirre mich, wie gewöhnlich, und vergesse, daß ich von Theo's Situation, nicht von seinem Charakter sprechen wollte. Wir müssen ihn durchaus besser behandeln, denn er sitzt in keiner guten Assiette. Du schreibst ›er habe Dich ganz entwaffnet‹ und das ist genau das, was ich empfinde. Uebrigens Mama auch, sogar mit ›verve‹, – wenn es nur vorhält. Von dem Augenblick an, wo er zu uns sagt: ›so und so liegt es, aber ich kanns nicht ändern und *muß* es aushalten und *will* es aushalten,‹ – von dem Augenblick an hat er *uns* gegenüber gewonnen Spiel. Es fällt dann das fort, was uns am meisten geärgert hat: Blindheit, Verranntheit, Ungerechtigkeit.

Abb. 24: Theodor Fontane etwa 1895

Sehr gefreut habe ich mich, daß Du mit Anna in der Ausstellung warst; *so* muß man's machen. Eh nicht die letzte ›Madamm‹ begraben ist, eh wird es nicht besser.

Dein alter Pa

237 An Martha Fontane

Karlsbad 19. Juni 96
Amsel

Meine liebe Mete.

Meine Absicht ging dahin, Dir und Friedel (diesem zum Dank für seinen längeren Brief vom 17. mit dem ›Pan‹ links in der Ecke) jedem noch eine Schluß-Karte zu stiften, es geht aber nicht, da Mama es beim ›Werthzeichen-Einkauf‹ so knapp eingerichtet hat, daß nur noch 3 Marken, aber keine Karten mehr da sind.

Heute früh kam Deine Karte mit dem Fritsch-Bericht. Es hat einen Eindruck auf mich gemacht, daß Du von ›liebenswürdigen, beinah wohlwollenden‹ Menschen sprichst. Duttchen, mit der bekannten Briefeinschätzung, würde darüber weglesen, – *ich* nicht. Man denkt zunächst: ›liebenswürdig ist mehr und umschließt alles.‹ Im Letzten und Höchsten ist das auch richtig. Aber die Durchschnitts-Liebenswürdigkeit ist ein Nichts im Vergleich zu ›Wohlwollen‹. Das Wort sieht nach gar nichts aus, umschließt aber eine Welt. Es gehört ganz unter die feinen Sachen, wie Demuth, Reue, vergeben und vergessen-können, Beichtebedürfnis. Aber was besitzt die Welt von diesen Extra-Artikeln! Immer ein Quentchen auf 100 Pfund Commiß. – Anna kann ich wegen ihrer gestörten oder eingebüßten Nachtruhe nicht bedauern. ›Sie sind ein kluges Mädchen‹ hat ihr, glaub ich, Horwitz gesagt und in ihrer Klugheit wird sie bei Fritsches auf ihre Rechnung gekommen sein. Und dann noch der Umkehr-Marsch zur Eroberung des vergessenen Hausschlüssels! Der Portier im Fritsch'schen Hause ist hoffentlich attenter als Bickner. Für das Haus Fritsch nimmt mich ein, daß Hinckeldeyn, der ein großes Thier ist, so tapfer da aushält; es kann also nicht ganz schlimm liegen. Aber es ist traurig, daß es ist wie es ist. Ach, Geld, Geld, und Portieren und elektrisches Licht und eine Renommir-Excellenz, – was kommt dabei heraus! Wie froh bin ich, daß wir uns auf'ne Tasse und 'nen silbernen Theelöffel verheirathet haben und jetzt in unsrer Mansarde geschenkten Feldheim-Champagner trinken, den der kleine Br., als feiner Knopp, refüsirt. Von gesunden Eltern geboren sein und dann arm sein und sich nach Neigung verheirathen und guten Verstand und gute Gesinnung haben, – das ist das Einzige, was einen Werth hat. Gute Verdauung ist besser als eine Million. – Es ist jetzt 1 Uhr Mittags, Mama im Bade. Morgen um diese Stunde dampfen wir ab. Ich wollte, ich säße erst judenlos im Coupé. Ich bringe Dir noch einen Karten-Bonbon mit. – Ueber die verschiedenen Punkte in Friedels Brief, so beispielsweise über den entmannten oder mindestens englisirten ›alten Derfflinger‹ (was mich amüsirt hat) sprechen wir morgen oder übermorgen ausführlicher. Baumgartenbrück ist reizend, aber man kommt doch nicht hin; Thiergartenbank mit nicht zu viel Spreewälderinnen (sie riechen alle milchsauer) ist schon das Beste. Dein alter

Papa

In diesen Wochen und Monaten schrieb Fontane viel an seinem neuen Roman »Der Stechlin«.
Ende August fuhr er zur Sommerfrische nach Waren am Müritzsee in Mecklenburg.
Die internationale Zeitschrift ›Cosmopolis‹, die in drei Sprachen ihre Beiträge druckte, nahm für das Oktoberheft das Kapitel »Der achtzehnte März« der Erinnerungen an.

Waren, Mecklenb. Schwerin.
30. August 96
Villa Zwick

Theuerster Chevalier.

Von jedem Punkt der Erde aus habe ich Dir geschrieben, sogar von Neapel, und was Neapel recht ist, ist Waren billig. – Zwei Badestege laufen weit und klapprig in die Müritz hinein; am Ende der zwei Stege stehen zwei Badehäuser und über die Badehäuser weg kucken die zwei Warener Thürme, vom andern Ufer her, herüber. Auf dem, was dazwischen liegt, treibt die Zille ihr Wesen. Es ist sehr schön hier, eine frische Luft, eine behäbige Bevölkerung und eine feudale Verpflegung, an der sich Milachen erst gesund und dann leider auch wieder krank gegessen hat. So daß wir augenblicklich wieder am alten Flecke stehn. Ganz wie in Kreta; nutzlose Anstrengungen Europas.

Die hohe Sand-Düne auf der wir wohnen und von der aus wir auf das beherrschte Samos niederblicken, führt den Namen die ›Eck-Tannen‹ und ist zur Zeit mit 3 nebeneinander gelegenen Villen besetzt, von denen die mittlere den bedenklichen Namen Villa Zwick führt. Es hat uns aber noch nichts gezwickt, weder moralisch noch physisch. Die Mücke tritt nur ganz vereinzelt auf; Floh vacat.

Die Villa links neben uns führt auf ihrem Giebel die weit in den See hineinleuchtende Inschrift: ›Villa Meta‹, was wir wie Namensraub, jedenfalls aber als Ungehörigkeit auffassen. Die Villa rechts gehört dem Bildhauer *Thomas,* der sich, in einem kolossalen Tattrichzustande (er weinte immer), von Berlin aus hierher zurückgezogen und bei Kürbis- und Melonenzucht seine Nerven wiederhergestellt hat. Eine wundervolle Netzmelone hat er uns bereits geschenkt, aber fürchte die Danaër wenn sie schenken und so haben wir die Melone, die für Milachens Zustände so viel wie Mord bedeuten würde, in eine Rollkammer gestellt, wo sie ihre Tage beschließen mag. Thomas ist übrigens ein ganz netter Herr, Freund von Schwechten, der ihn hier auch schon besucht hat, und liebt es über Frau v. Noville und andre alte gemeinschaftliche Bekannte mit mir zu plaudern. Nur Buddenbrock, diese dankbarste Figur, scheint er nicht zu kennen. Wie doch so die Leben verlaufen! Zwanzig Jahre lang hat er die Communalämter verwaltet und 10 Jahre lang hat er im Weihen-Stephan an der Potsdammer-Brücke gesessen, mit Admiral Knorr beinah auf Du und Du und nun sitzt er hier (er wohnt hier *überhaupt*) und sieht mitunter 3 Monate lang keinen Menschen außer dem Landbriefträger. Er hat in Folge davon des Menschen bestes Theil: die Sehnsucht. *Die* hab' ich auch und hoffe Dich leidlich munter wiederzusehn. Wie immer Dein alter

Noel

Tausend herzliche Grüße.

Ende Oktober bis Anfang November erschien bei Friedrich Fontane & Co. die Buchausgabe »Die Poggenpuhls«, und obwohl Fontane zunächst nur einen mäßigen Anstandserfolg konstatierte, ging das Buch sehr gut, noch im gleichen Jahr druckte der Verlag eine zweite und dritte Auflage und 1897 mußte eine vierte, unveränderte Auflage erscheinen.

239 An Friedrich Stephany

Berlin, d. 24. September 1896
Potsdamer Str. 134 c

Hochgeehrter Herr.

Seien Sie schönstens bedankt für Ihren lieben Brief und den famosen Rückblick auf Ihre römischen Tage. Sie schildern darin das Schicksal aller derer, die, statt zu flanieren oder in einer Trattoria zu frühstücken, alle Quattro- und Cinquecentisten in drei Wochen einschlachten wollen. Der Aufwand an Zeit und Kraft steht in gar keinem Verhältnis zu dem, was man davon hat. Selbst Leute vom Fach haben wenig davon und schließen nicht viel besser ab als der Laie. Was auch gar nicht anders sein kann. Wenn ich in eine Bibliothek von hunderttausend Bänden ge-

führt werde, so hab' ich, trotzdem ich lesen kann, innerhalb dreimal vierundzwanzig Stunden nicht mehr davon als ein beliebiger Analphabet und komme über die Betrachtung der Deckel auch nicht hinaus. Das Stadt- und Landschaftsbild in sich aufzunehmen, davon hat man was. Auch von Betrachtung großartiger und berühmter Architekturen, selbst d a n n noch, wenn man sie in ihrer Größe und Schönheit nicht versteht. Aber das herkömmliche durch die Galerien gejagt Werden ist nicht bloß eine Grausamkeit, sondern der reine Unsinn. Es müßte, wenn man Rom oder Paris oder die holländisch-flandrischen Kunststädte besucht, Leute geben, die dem Laien ein Dutzend oder, wenn's hoch kommt, zehn Dutzend Sachen zeigen – damit müßte man entlassen werden. Ich war zweimal sieben Wochen in Italien, 1874 und 1875, und habe schlecht gerechnet zehntausend Bilder und Skulpturen gesehn (täglich hundert Stück reicht kaum), wäre nachträglich aber glücklich, wenn ich mich höchstens um den zehnten Teil davon bemüht hätte. Sie waren insoweit noch schlimmer daran, als Sie das Opfer einer Art Verschwörung waren, während ich wenigstens freiwillig hineintappte. Fanatische Kunstweiber, und wenn sie's noch so gut meinen, können einen vollends zur Verzweiflung bringen. Auf dem Palatin stehn, über den Esquilin hinwandern, das Grabmal der Caecilia Metella besuchen, durch die Campagna bis an den Nemisee fahren, d a s sind die großen Momente, n i c h t die Bilder, sie mögen so schön sein, wie sie wollen. Ein paar Ausnahmen sollen zugegeben werden. – Daß Norderney seine Schuldigkeit tun und keine Niete sein möge, mit besten Wünschen für Ihr Wohl
Ihr Th. Fontane

240 An Paul Schlenther

Dienstag, 27. Oktob. 96

Hochgeehrter Herr und Freund.
Darf ich Ihnen ein Buch auf den Schreibtisch legen, das ein Breslauer cousin germain von mir verfaßt und in seiner Kritik-

bedürftigkeit (oder vielleicht auch nur in seinem Wunsche, seinen Namen in einer Berliner Zeitung abgedruckt zu sehn) mir eingesandt hat. Ich wäre Ihnen sehr dankbar, wenn Sie von irgend einem braven Oberlehrer zehn freundliche Zeilen darüber schreiben lassen könnten. Ich hätte es gern selbst gethan, aber selbst dazu reicht mein Latein nicht aus.
Über den Abendbesuch (five o'clock tea) Ihrer theuren Frau haben wir uns letzten Sonntag sehr gefreut. Hinterher erfuhr ich, daß das Hauptthema gar nicht recht zur Verhandlung gekommen sei – auch d a r a n ist die kleine schwarze Frau Schuld, die so vieles stört. Diese Frauenmacht, die, wie zuzugeben, so viel Schönes hat, hat doch aber auch was Komisches, sicherlich für den, der nicht gerade unter dem speziellen Zauber ist.
Ich lese seit zwei Abenden im »Magazin«, (schon sieben oder acht aufgespeicherte Nummern) eine Geschichte: »Drei Mann in einem Boot, des Hundes zu geschweigen« von Jerome Jerome, trotz seines doppelt französischen Namens ein Engländer, und bin – entzückt. Entzückt, trotzdem sich viel dagegen sagen läßt. Aber welche Fülle von Geist und Wissen, welch superiorer Humor, welche Apartheit! Wollen Sie uns alle bestens empfehlen. Wie immer

Ihr Th. Fontane

241 An Friedrich Spielhagen

Berlin, d. 24. November 1896
Potsdamer Str. 134 c

Hochgeehrter Herr.
Ergebensten Dank für Ihr Neustes; ich freue mich, es zu lesen und berichte Ihnen darüber.
Gestatten Sie mir, diese Zeilen auch mit dem jüngsten Kinde meiner Laune zu begleiten. Ich säumte bisher damit, weil das Buch, wenn auch sehr ungewollt, fast wie ein Protest gegen die von Ihnen festgestellte Romantechnik wirkt, eine Technik, hinsichtlich deren ich Ihnen gegenüber und hinter Ihrem Rücken immer wieder und wieder ausgesprochen habe, daß ich sie für

richtig halte. So steh ich auch noch dazu. Mitunter aber gestaltet sich's doch anders, und hier ist solch Fall gegeben. Das Programmäßige, das Schemaaufstellen für die hinterher auftretenden Personen und nun gar das Abbrechen der Erzählung um an Stelle derselben in Briefen fortzufahren, ist gewiß ein Fehler; aber ich möchte sagen dürfen, daß ich dadurch größere Fehler (wenn es bei was ganz Kurzem bleiben sollte) vermieden habe. Natürlich: Regel ist Regel, das bleibt Paragraph 1. Aber der alte Witz, daß die Gesetze nur dazu da sind, um durchbrochen zu werden, enthält doch auch einen Gran Wahrheit. In vorzüglicher Ergebenheit Th. Fontane

Die ersten Wochen und Monate des Jahres gehörten vor allem der Arbeit am »Stechlin«, obwohl es Fontane aus gesundheitlichen Gründen sehr schwer wurde, daran zu arbeiten.

242 An Moritz Lazarus

Berlin, 5. Januar 1897
Potsdamer Straße 134 c

Teuerster Leibnitz.
Herzlichen Dank für Ihren lieben Brief zum 30., der mit wundervoll richtiger Berechnung am Morgen des großen Tages hier eintraf. Mit meiner Schillersitzungs-Grippe war es nicht so schlimm, ich habe aber vor beinah 5 Jahren unter solcher Grippe so schrecklich gelitten, daß ich ängstlich geworden bin und alles tue, sie an einer neuen vollen Blüte zu hindern.
Wir haben hier auch keinen Winter, nur daß sich die Woche aus lauter Apriltagen mit eingelassenem Novembernebel zusammensetzt. Da mir von allen Religionsformen die Sonnenanbetung am fernsten steht, bin ich über das ewige Grau nicht sehr unglücklich. »Ach, wenn in unsrer engen Zelle die *Lampe* freundlich wieder brennt«, – danach lebe ich, im übrigen natürlich so unfaustisch wie möglich. Unsren teuren Chevalier, an den

Sie geschrieben, habe ich seit vielen Wochen nicht gesehn, Unterlassungen, über die ich mir beständig Vorwürfe mache, ohne daß es was hülfe. Bis 3 arbeite ich, dann esse ich, und dann bin ich so furchtbar müde, daß ich mich zum Besuchemachen nicht aufraffen kann; sehr viel Elan hatte ich nie, und mit 77 läßt er sich nicht aneignen oder erobern; zum Erobern gehört eben auch wieder Elan. Daß der Rütli eingeschlafen, ist ein Segen; er war seit Jahren ein Trauerbild; je mehr ich, rückblickend, an ihm hänge, je mehr darf ich dies vielleicht aussprechen, ohne undankbar zu sein. In den letzten Tagen habe ich mich mit einem Vor-Vor-Rütli beschäftigt, der in die Jahre 41 und 42 fiel. Die Veranlassung dazu gaben mir »Literary Recollections«, die Max Müller in »Cosmopolis« veröffentlicht. Da ziehen all die alten Schwadronen wieder herauf, darunter auch – freilich nur in kurzer Erwähnung – Wolfsohn und Jellinek, die Sie ja wohl beide noch gekannt haben, erstren gewiß. Wir waren in diesem Leipziger Rütli sechs, acht Mann, wovon 2 füsiliert wurden (Rob[ert] Blum und Jellinek), was etwas viel ist; 2 verkamen in Amerika, 2 wurden sächsische Philister, und Max Müller wurde berühmt. Wenn es sich für Sie ermöglicht – und Nizza, sollte ich meinen, ist der Ort dazu – so lesen Sie doch diesen Max-Müllerschen »Cosmopolis«-Aufsatz. Er steht im Dezemberheft 96, Fortsetzung (über Bunsen, Kingsley, Froude etc.) im Januarheft. Überraschend ist mir Max Müllers Schreibweise, die ich ja seit Jahren aus seinen Beiträgen zur Rodenbergschen Rundschau schon kenne. Er stellt irgendetwas auf (unter Umständen irgendetwas ganz Indifferentes) und erweckt in dem Leser die Erwartung, daß er nun die Sache belegen, beweisen werde; dieser Beleg und Beweis bleibt aber aus; mit einer für einen Gelehrten merkwürdigen Illogik (wenn es dies Wort gibt) läßt er die Sache fallen, schlägt einen Nebenpfad ein, verirrt sich immer weiter und kehrt auf den richtigen Weg überhaupt nicht mehr zurück. Das Hübsche, was er sagt, läßt einen zu keiner Betrübnis kommen, es ist aber doch ein ganz eigentümlicher und mir ganz unerklärlicher Mangel. Wenn Sie, im Dezemberheft,

die erste Müllersche halbe Seite lesen, ja, bloß die ersten 6 Zeilen, so werden Sie dieser Sonderbarkeit begegnen.
Nun hab' ich alles Papier vertan und kann meine besten Wünsche für Sie und Frau Gemahlin nur noch an den Rand kritzeln. Beurteilen Sie's gnädig. Wie immer Ihr ergebenster

Th. Fontane

In der Familie gab es beachtliche Schwierigkeiten, Fontane wollte und konnte die Braut seines Sohnes Friedrich nicht akzeptieren.

243 An Martha Fontane

Berlin 25. Januar 97

Meine liebe Mete.
Wir haben merkwürdige 24 Stunden hinter uns.
Die Braut war gestern in ponceaurothem Kleid und weißen Aufschlägen bei uns zu Tisch, gesprächig, frank und frei wie immer. Dann ging ich spazieren. Als ich um 8 wieder zu Hause war – Mama kam von Heydens zurück – begann ich, im Zimmer auf und abschreitend, von 8 bis 12 mein Herz auszuschütten, was also sagen will ein sehr *wiederholungsreiches* Gespräch mit Mama zu führen. Das Resultat war: non possumus; es geht nicht; wir können nicht mit; Bourgeois-Größenwahn, die herkömmliche Berliner Sechsdreierverwechselung mit Astor oder Mackay.
Gegen 2 schlief ich ein; Mama gar nicht. Heute früh Wiederaufnahme. *Mama.* ›Ja, was thun?‹ *Ich.* ›Bruch. Erklärung, daß ein Verkehr unmöglich sei.‹
Darauf hin Rohrpost-Brief an Friedel und um sein Erscheinen gebeten. 11½ trat er an.
Nie hätte ich geglaubt, daß dieser auch an gewissen Ueberschraubungen leidende Mensch sich so musterhaft benehmen könnte. Den Ernst der Sache tief fühlend, war er doch zugleich vollkommen ruhig, ohne jede Bitterkeit, fast ohne Ueberraschung. Er sah alles ein, gab alles zu, machte gar keinen Versuch

einer Applanirung, so daß seine Haltung mich rührte, fast zu einer kleinen Bewunderung stimmte.
Wenn es Dir möglich, stifte ihm einen Brief, mit einem ›cheer up‹ als Hauptinhalt. Bei dem vielen ›breakfast‹ und ›lunch‹ der letzten 2 Wochen, kann ich mir das ›cheer up‹ schon gönnen. Was ich ihm gesagt habe, lief darauf hinaus: ›wir haben gar nichts gegen sie, ja, sie gefällt uns fast, weil wir sie für freiweg und ehrlich halten, – *sie paßt nur nicht zu uns*. Sie vertritt eine Welt- und Gesellschafts-Anschauung, die der unsrigen diametral entgegengesetzt ist. Bei Martha Robert war alles Justizrathsthum mit Liaisons und Pfannkuchen, bei Martha Soldmann alles Beamten-Borussismus, bei Frida Lehmann alles Berliner Bourgeoisthum mit Sauerkraut und Standesamt. An Charakter ist die letztre die beste, aber die Confusion und der Blödsinn ist bei ihr am größten.‹
Von dieser dritten Charakterisierung habe ich aber Friedel gegenüber nur das Wort ›Berliner Bourgeoisthum‹ gebraucht.
Schreibe ihm: ›es ist wohl so am besten‹ und war unausbleiblich, füge aber hinzu (auch das habe ich ihm wiederholentlich gesagt) ›daß *er,* wenn er sich ihren Standpunkt zu eigen machen will und kann, möglicherweise ganz glücklichen Tagen entgegengeht.‹
Es thut mir ungeheuer leid und dabei bewundre ich den Muth, womit er das alles verhältnismäßig ruhig auf seine Schultern nimmt. George hatte, nach dieser Seite hin, denselben Charakter. Deine Zeilen an Friedel werden ihm gewiß eine Aufrichtung oder wie mein Vater sagte, eine ›recreation‹ sein. Tausend Grüße an die verehrte Tante Witte.
Wie immer Dein alter Papa

244 An Karl Zöllner

Berlin 5. Febr. 97

Theuerster Chevalier.
Einer meiner Lieblingssätze ist, daß es nur ganz wenige Menschen zu einem richtigen Schuldbewußtsein bringen und ich

wage nicht zu behaupten, daß ich zu diesen ›Wenigen‹ gehöre; nur in der Zöllner-Frage trete ich für meine Zöllner- und Sünderschaft ein und bekenne meine Schuld. Wie lange, daß ich Dich nicht gesehn habe. Laß mich hoffen, daß Du mir alles anrechnest, was zu meiner Exculpirung gesagt werden kann. Es ist immer das alte Lied. Bis 3 Arbeit. Dann zu Tisch. Und *nach* Tisch matt und müde in den ledernen und doch mir so lieben, weil so nöthigen Thiergarten hinaus. In dieser Sport- und Rennstunde könnte ich ja nun vorsprechen, *sollte* es sogar, aber ich habe das bischen Elasticität nicht mehr, das zu solcher fife o'clock-Conversation von Nöthen ist. Müde komm ich nach Haus und strecke mich, um mir für den Abend und Abendzeitung die nötige Kraft zu erschlafen. So vergehen die Tage. Das Gerede von dem ›jung bleiben‹ ist Unsinn; viel richtiger ist das Wort der guten alten Mutter Pietsch: ›Jott, Sie sollten ihn man zu Hause sehn.‹ Man geht, um mit Mathilde Einzahn zu schließen, nicht ungestraft ›im 77ten‹.
Mete ist seit vorgestern aus Rostock zurück; sie hat da nicht blos Tante Witte, sondern sogar die ›weiße Dame‹ gesehn und was noch mehr sagen will die Eggers'en; natürlich *ihn* auch. Immer noch krägel, so daß ›erwarten‹ nicht ausgeschlossen ist, wenn auch unwahrscheinlich. Ich muß noch einmal – diesmal Lepel – citiren: ›die Patronen sind gezählt.‹ Aus eigenen Mitteln setze ich hinzu: ›Gott sei Dank.‹
In den nachsten Tagen kommt Mete und schandmault muthmaßlich weiter. Unter Grüßen und Empfehlungen an meine liebe und verehrte Freundin, wie immer Dein

Noel

Der 1846 geborene Professor für Philosophie und Pädagogik an der Universität Berlin, Friedrich Paulsen, dessen große zweibändige ›Geschichte des gelehrten Unterrichts‹ 1884 erschienen war und bereits in zweiter Auflage vorlag, hatte in der Vossischen Zeitung einen Aufsatz über den Einfluß Nietzsches veröffentlicht.

245 An Friedrich Paulsen

Berlin, 14. März 1897

Hochgeehrter Herr Professor.

Gestern habe ich Ihren kleinen Artikel in der Vossin über den wunderbaren und auch wieder nicht wunderbaren Einfluß Nietzsches auf unsre Reserveleutnants und die, die's werden wollen, gelesen.

Es drängt mich, Ihnen aus vollem Herzen dafür zu danken. Ich kann mich nicht entsinnen, in einer Kritik oder einem Essay jemals eine Stelle von gleicher Wirkung auf mich gelesen zu haben. Es ist – wuchtig und elegant zugleich – die Hinrichtung des Borussismus; der beduselte Kopf fliegt nur so weg.

Und doch möchte ich Ihnen in meinem Entzücken noch einen Wunsch ans Herz legen, dessen Erfüllung mein Entzücken erst voll machen würde, den Wunsch, nun auch Ihrerseits eine Widerlegung dazu schreiben zu wollen, aber nur im unmittelbaren Anschluß daran und unter Zurückgreifen auf Ihren ersten Satz, diese Widerlegung zu widerlegen.

Es steht mir nämlich fest, daß seltsamerweise doch auch viel, sehr viel zur Verherrlichung dieses spezifischen Preußentums (s. Treitschke) gesagt werden kann, und alle diese Herrlichkeit, die, bei viel Tüchtigem und Gescheitem, schließlich nur ein Götzenbild auf tönernen Füßen ist, in ihrer Unausreichendheit, vor allem auch in dem niedrigen Kulturgrad den sie vertritt, geschildert und verurteilt zu sehn, wäre mir ein Hochgenuß. Mir und manchem andrem. Denn es gibt ihrer doch noch Etliche, die nach solchem Worte dürsten.

Unter allen Umständen aber wollen Sie den Einbruch in Ihre Studierstubenstille gütigst entschuldigen.

In vorzüglicher Ergebenheit
Th. Fontane

Berlin 5. April 97
Potsdamerstraße 134. c

Hochgeehrter Herr.

Erschrecken Sie nicht. Daß ich Ihnen beinah umgehend für Ihren lieben Brief vom 2. danke, hat ganz egoistischerweise seinen Grund darin, daß ich Schreibezeit habe, während sie sonst so häufig fehlt. Ich bin seit beinah 4 Wochen zu meinem größten Leidwesen arbeitsunfähig und dadurch in der angenehmen Lage – vielleicht angenehmer für mich als für andre – freundliche Briefe mit schrecklicher Promptheit beantworten zu können. Ich erobere mir dadurch auch Arbeitsmuße für die gesunden Tage, die hoffentlich bald kommen. Nehmen Sie diese Bekenntnisse einer schönen Seele freundlich auf.

Ihr Brief, wie immer, ist reich an Stoff; das Hirschberger Thal bewahrt seinen alten Ruhm oder vielleicht ist es auch nur der Wächter auf dem Thurm, der Lug ins Land-Mann, dem der Ruhm gebührt. Er sieht das, was die andern nicht sehn.

Sie klopfen an wegen der Reden aus hohem Munde, drin so viel gesagt und noch mehr verschwiegen wird. Ich komme, wenn ich dergleichen in meiner guten Vossin lese, jedesmal ganz außer mir, während ich mich doch von Illoyalität frei weiß und für vieles, was an »oberster Stelle« beliebt wird, nicht blos ein Verständnis, sondern auch eine Dankbarkeit habe. Was mir an dem Kaiser gefällt, ist der totale Bruch mit dem Alten und was mir an dem Kaiser n i c h t gefällt, ist das im Widerspruch dazu stehende Wiederherstellenwollen des Uralten. In gewissem Sinne befreit er uns von den öden Formen und Erscheinungen des alten Preußenthums, er bricht mit der Ruppigkeit, der Poplichkeit, der spießbürgerlichen Sechsdreierwirthschaft der 1813er Epoche, er läßt sich, aufs Große und Kleine hin angesehn, neue Hosen machen, statt die alten auszuflicken. Er ist ganz unkleinlich, forsch und hat ein volles Einsehen davon, daß ein Deutscher Kaiser was andres ist als ein Markgraf von Brandenburg. Er hat eine Million Soldaten und will auch hundert

Panzerschiffe haben; er träumt (und ich will ihm diesen Traum hoch anrechnen) von einer Demüthigung Englands. Deutschland soll obenan sein, in all und jedem. Das alles – ob es klug und ausführbar ist, laß ich dahingestellt sein – berührt mich sympathisch und ich wollte ihm auf seinem Thurmseilwege willig folgen, wenn ich sähe, daß er die richtige Kreide unter den Füßen und die richtige Balancirstange in Händen hätte. Das hat er aber nicht. Er will, wenn nicht das Unmögliche so doch das Höchstgefährliche, mit falscher Ausrüstung, mit unausreichenden Mitteln. Er glaubt das Neue mit ganz Altem besorgen zu können, er will Modernes aufrichten mit Rumpelkammerwaffen; er sorgt für neuen Most und weil er selber den alten Schläuchen nicht mehr traut, umwickelt er eben diese Schläuche mit immer dickerem Bindfaden und denkt: »nun wird es halten.« Es wird aber n i c h t halten. Wer sich neue weite Ziele steckt, darf sein Feuerschloßgewehr nicht blos in ein Percussionsgewehr umwandeln lassen, der muß ganz neue Präcisionswaffen erfinden, sonst knallt er vergeblich drauf los. Was der Kaiser muthmaßlich vorhat, ist mit »Waffen« überhaupt nicht zu leisten; alle militärischen Anstrengungen kommen mir vor, als ob man Anno 1400 alle Kraft darauf gerichtet hätte, die Ritterrüstung kugelsicher zu machen, – statt dessen kam man aber schließlich auf den einzig richtigen Ausweg, die Rüstung ganz fortzuwerfen. Es ist unausbleiblich, daß sich das wiederholt; die Rüstung muß fort und ganz andre Kräfte müssen an die Stelle treten: Geld, Klugheit, Begeisterung. Kann sich der Kaiser dieser Dreiheit versichern, so kann er mit seinen 50 Millionen Deutschen jeden Kampf aufnehmen; durch Grenadierblechmützen, Medaillen, Fahnenbänder und armen Landadel der seinem »Markgrafen durch Dick und Dünn folgt«, wird er es aber n i c h t erreichen. Nur Volkshingebung kann die Wunderthaten thun, auf die er aus ist; aber um diese Hingebung lebendig zu machen, dazu müßte er die Wurst gerade vom entgegengesetzten Ende anschneiden. Preußen – und mittelbar ganz Deutschland – krankt an unsren Ost-Elbiern. Ueber unsren Adel muß hinweggegangen werden; man kann ihn besuchen wie das aegyptische Museum und sich vor Ramses und Amenophis verneigen, aber das Land ihm zu Liebe regieren, in dem Wahn: dieser Adel sei das Land, – das ist unser Unglück und so lange dieser Zustand fortbesteht, ist an eine Fortentwicklung deutscher Macht und deutschen Ansehns nach außen hin gar nicht zu denken. Worin unser Kaiser die Säule sieht, das sind nur thönerne Füße. Wir brauchen einen ganz andren Unterbau. Vor diesem erschrickt man; aber wer nicht wagt, nicht gewinnt. Daß Staaten an einer kühnen Umformung, die die Zeit forderte, zu Grunde gegangen wären, – dieser Fall ist sehr selten. Ich wüßte keinen zu nennen. Aber das Umgekehrte zeigt sich hundertfältig.

Dienstag 6. April

Eben kommt Ihr lieber Brief vom 5. und mit ihm das Gedicht von der 17jährigen Großfürstentochter, an dem nicht der »gepumpte Vater« das Schmerzliche ist, sondern die Stelle, von der aus er gepumpt wurde. Ich komme auf Brief und Gedicht zurück und orakle vorläufig politisch weiter.

Ich orakle weiter, aber werde doch auch suchen, mich dabei der Orakelkürze zu bedienen, sonst wird die Sache endlos. Bei meiner gestrigen langen Schreiberei, bin ich an einer Spezialsache, die doch zugleich eine Hauptsache ist, vorübergegangen, an des Kaisers Stellung zu Bismarck. Es ist das Tollste, was man sich denken kann. Ich bin kein Bismarckianer, das Letzte und Beste in mir wendet sich von ihm ab, er ist keine edle Natur; aber die Hohenzollern sollten sich nicht von ihm abwenden, denn die ganze Glorie, die den alten Wilhelm umstrahlt – und die noch dazu eine reine Glorie ist, weil das Häßliche davon an Bismarcks Händen kleben blieb – die ganze neue Glorie des Hauses verdankt das Hohenzollernthum dem genialen Kraftmeier im Sachsenwald. »Es wächst das Riesenmaß der Leiber, Hoch über Menschliches hinaus.« Und das Riesenmaß seines Geistes stellt noch wieder das seines Leibes in Schatten. Und der soll Werkzeug gewesen sein oder Handlanger oder gar Pygmäe! Wie kann man die Geschichte s o fälschen wollen. Es ist der sprichwörtliche Undank der Hohenzollern, der einen hier anstarrt. Glücklicherweise schreibt die Weltgeschichte mit festem Griffel weiter. Aber hieße ich Arnim oder Bülow, ich könnte so was nicht vergessen.

Und nun lassen Sie mich wieder zu Personen in gewöhnlicherem Format herabsteigen: Richter, Pietsch, Bergel. Für alle Drei hab ich was übrig in meinem Herzen, der eine ist gütig und originell, der andre beinah ein Genie und der dritte ein Träger feinen Judengeistes und feiner alter Judensitte. Dennoch gehören alle Drei in die Klasse der Schauten, freilich in sehr verschiedene Rubriken. Richter ist der Beste, weil er naiv und großes Kind ist, Pietsch bringt einen um durch Eitelkeit, Größenwahn und – Geschmacklosigkeiten (nur in dem durch und durch geschmacklosen Berlin kann sich einer t r o t z d e m halten) und Bergel, dem beizukommen ich schon von den verschiedensten Seiten her versucht habe, thut mit schließlich den Gefallen, sich mir in wunderbarer Klarheit zu präsentiren. Er ist nämlich in seinen Tugenden und in seinen noch größeren Fehlern nichts als der richtige alte Jude. Wenn ich eben gesagt habe, »er thut mir den Gefallen *etc.*«, so ist das freilich nicht ganz richtig, denn das Magnesium-Licht, das ihn mir so klar hinstellt, stammt nicht von ihm selber, sondern von meinem Freunde Professor Lazarus. Sie wissen, wie sehr ich an diesem gehangen, wie große Stücke ich von ihm gehalten habe. Das ist nun alles hin; was ich seit der *Heyse*-Affaire, von der ich Ihnen wohl erzählt, immer gefürchtet habe, das hat sich nun grausam bestätigt und zwar durch Mittheilungen des alten Obersten *Reese,* der durch 50 Jahre hin Lazarus intimster Freund gewesen ist.* Die Juden bringen es fertig, im höchsten Maße feingeistig, auch wirklich e h r l i c h mit idealen Dingen beschäftigt zu sein, allerlei Gutes zu thun, zu geben und zu helfen und dabei beständig zu mogeln oder auch direkt zu betrügen, immer mit einem herrnverklärten

* *Reese*'s Mittheilungen beziehen sich aber nicht auf *Heyse,* sondern auf viel Grauslicheres, was e r s e l b e r mit Lazarus erlebt hat.

oder rabbinerhaft feierlichen Gesicht und immer durchdrungen von dem Gefühl 'was ganz Besondres und ein Liebling Jehovas zu sein. Das alles paßt auf Lazarus, das alles paßt auf Bergel. Nur B. ist in jedem Betracht der Kleinere.

Da lob' ich mir eine Figur wie die Gräfin Brühl, von der Sie mir geschrieben; solche Dame zu kennen, ist ein Schatz und ein Glück und ich wünsche, daß Ihnen dies Glück erhalten bleibt. – Ueber Ihren Präsidenten kann ich mich nicht so sehr entrüsten. Entrüsten darüber würde ich mich nur können, wenn ich einsähe, daß das allein ein wichtigthuerischer, in nichts begründeter Unsinn wäre. Vielleicht ist es auch so. Meiner Laien-Einsicht aber will es doch erscheinen, als ob da wirklich Conflikte vorkommen könnten.

Ihr heut empfangener Brief ist wieder ganz besonders reizend und das beigelegte Gedicht ganz ungewöhnlich gut und talentvoll, dabei liebenswürdig und herzbeweglich. Die kleinen Mängel und Unfertigkeiten steigern nur die Wirkung und haben was Versöhnliches, denn wenn das alles auch noch fehlerlos wäre, so hätte es was Beängstigendes. Ich bin ganz glücklich, Ihnen dies mit einem gewissen Nachdruck schreiben zu können, weil ich, wenn wir Lyrica besprechen, so oft andrer Meinung bin und mich Ihrer freundlicheren Auffassung nicht immer anschließen kann. So bin ich beispielsweise mit den 8 Reimzeilen *Dove*'s, der sich sonst so vorzüglich auf Spruchartiges und Pointirtes versteht, nicht einverstanden. Ich kann mich kaum darin zurechtfinden; es ist logisch ungeordnet, ein Kuchen, der nicht richtig aufgegangen ist.

Und nun leben Sie wohl, empfangen Sie nochmals meinen herzlichen Dank für zwei so liebenswürdige Briefe und empfehlen Sie mich, worum auch Frau und Tochter bitten, Ihren verehrten Damen. In vorzügl. Ergebenheit

Th. Fontane

Wir haben vor, wieder nach Karlsbad zu gehn, aber sehr spät, vielleicht erst Ende September. Ich muß nämlich, zum Herbst hin, einen Roman abliefern, mit dem ich leider vor September nicht fertig werde. Grünhagen ist der richtige drähnige Schlesier, aber er hat 2 Tugenden: er ist ein feiner Mann, beinah hofmännisch, und vor allem er ist Historiker.

Im Mai war es soweit, Fontane bot der Deutschen Verlagsanstalt für deren Zeitschrift »Über Land und Meer« seinen Roman »Der Stechlin« an.

247 *An Adolf Hoffmann*

Berlin Mai 1897
[Entwurf]

Hochgeehrter Herr.
Ergebensten Dank für Ihre freundlichen Zeilen vom 25. d. M.; – was Sie so gütig sind als einen Wunsch Ihrer Verlags-Anstalt auszusprechen, entspricht durchaus meinen eigenen Wünschen. Die Honorarfrage kann kaum zu Meinungsverschiedenheiten zwischen uns führen und der Stoff, so weit von einem solchen die Rede sein kann – denn es ist eigentlich blos eine Idee, die sich einkleidet – dieser Stoff wird sehr wahrscheinlich mit einer Art Sicherheit Ihre Zustimmung erfahren. Aber die Geschichte, das was erzählt wird. Die Mache! Zum Schluß stirbt ein Alter und zwei Junge heiraten sich; – das ist so ziemlich alles, was auf 500 Seiten geschieht. Von Verwicklungen und Lösungen, von Herzenskonflikten oder Konflikten überhaupt, von Spannungen und Überraschungen findet sich nichts.
Einerseits auf einem altmodischen märkischen Gut, andrerseits in einem neumodischen gräflichen Hause (Berlin) treffen sich verschiedene Personen und sprechen da Gott und die Welt durch. Alles Plauderei, Dialog, in dem sich die Charaktere geben, und mit ihnen die Geschichte. Natürlich halte ich dies nicht nur für die richtige, sondern sogar für die gebotene Art, einen Zeitroman zu schreiben, bin mir aber gleichzeitig nur zu sehr

bewußt, daß das große Publikum sehr anders darüber denkt und Redaktionen – durch das Publikum gezwungen – auch.
Und so sehe ich denn Ihrer Entscheidung nicht so hoffnungsvoll entgegen wie ich wohl möchte. Vielleicht daß der beigelegte Briefbogen mit Inhaltsangabe meine Chancen wieder um Einiges steigert. Ein »ja« oder »nein« aber in die Zukunft legen ist gerade das, was man bei Verhandlungen wie diese so gern vermeiden möchte.

In vorzüglicher Ergebenheit
Th. Fontane

Titel: »Der Stechlin«. Inhalt: In einem Waldwinkel der Grafschaft Ruppin liegt ein See, »Der Stechlin«. Dieser See, klein und unbedeutend, hat die Besonderheit, mit der zweiten Welt draußen in einer halb rätselhaften Verbindung zu stehen und wenn in der Welt draußen »was los ist«, wenn auf Island oder auf Java ein Berg Feuer speit und die Erde bebt, so macht der »Stechlin«, klein und unbedeutend wie er ist, die große Weltbewegung mit und sprudelt und wirft Strahlen und bildet Trichter. Um dies – so ungefähr fängt der Roman an – und um d a s Thema dreht sich die ganze Geschichte . . .

In vorzüglicher Ergebenheit

Im Juni wählte Fontane für sich und seine Tochter Neu-Brandenburg in Mecklenburg als Sommerfrische, um dort die letzte Feile an den Roman zu legen, außerdem mußte eine fünfte Auflage der Gedichte vorbereitet werden und aus dem zweiten Teil der Erinnerungen sollten weitere Vorabdrucke erscheinen. Die Redaktion der Zeitschrift »Über Land und Meer« war von dem Manuskript des »Stechlin« begeistert und telegrafierte an Fontane: »Hochverehrter Herr Doktor, intensiv mit allen Ihren Menschen mitlebend, vor allem mit dem alten Freiherrn, am Schlusse im Innersten erschüttert, danken wir Ihnen dafür, daß ›Über Land und Meer‹ ein solches Werk veröffentlichen darf.« Fontane dankte umgehend mit einer Depesche:

248 An die Redaktion der Zeitschrift »Über Land und Meer«

Berlin Juli / August (?) 1897

Ihr Telegramm hat mich sehr beglückt. ›Verweile doch, du bist so schön‹ – ich darf es sagen, denn ich sehe in den Sonnenuntergang. Herzlichen Dank.

Am Tag darauf schrieb er dem Direktor des Verlages, Adolf Hoffmann, den ergänzenden Brief.

249 An Adolf Hoffmann [Juli/August (?) 1897]

[unvollständig]

». . . In meinem gestrigen Telegramm habe ich einen auf diesem Gebiete wohl neuen Ton angeschlagen: den sentimentalen. Aber Sie werden es entschuldigen, wenn Sie hören, daß ich recht elend bin. Unmittelbar nach Absendung des Manuskriptes klappte ich zusammen. Ein oft stundenlanger Nervenhusten quälte mich. Doch wozu das? Spreche ich Ihnen lieber noch einmal aus, wie sehr mich Ihre Worte beglückt haben. Wer hörte nicht gern Lob? Aber es ist nicht das Lob als solches, was mir so wohl tut, sondern die *Grundempfindung,* aus der heraus es gesprochen wurde. Scott schrieb einmal: ›Ich bin schlimm daran: Tadel verdrießt mich, und Lob erfreut mich nicht.‹ Ich hab ihm das oft nachgesprochen, denn das meiste Lob ist danach. Lob, aus dem man zugleich berechnende Vorsicht und die beständige Angst vor einem auch nur kleinsten Zweifel herauswittert, macht einen tristen Eindruck. Und diese Lobform ist *hier* noch immer zu Hause und arbeitet, mitten im anscheinenden Schnellzugenthusiasmus, mit der Carpenter-Bremse. Es muß doch einen Grund haben, daß ich einem freien, mit einer gewissen Largesse gepaarten Wesen nur in Süddeutschland und speziell in Ihrem Stuttgart begegnet bin; vor 10 Jahren bei Kröner und nun bei Ihnen. Wieviel davon persönlich, wieviel davon ›ländlich-sittlich‹ ist, kann ich freilich nicht wissen . . .«

Mitte August bis Mitte September reisten Fontane und seine Frau wiederum nach Karlsbad

250 *An Georg Friedlaender*

Berlin 13. Aug. 97
Potsdamerstraße 134. c

Hochgeehrter Herr.

Schönsten Dank für Ihre Karte. Mit Karlsbad schwankt es, nicht die Reise selbst, aber der Zeitpunkt. Wir wollten – am 11. September ist *Lessing*'s 70. Geburtstag – erst am 14. September fort, aber inzwischen bin ich krank geworden und so dringt der Doktor drauf, daß wir, wegen Luftwechsels für mich, früher aufbrechen, am liebsten in den nächsten Tagen schon. Das hat aber seine Schwierigkeiten, weil ich in meiner Elendigkeit nicht eigentlich reisefähig bin. Es wird also wohl der 20. herankommen. Von meiner Krankheit mündlich; ich bin so angegriffen, daß selbst diese paar Zeilen mir Mühe machen. Ich schreibe Ihnen mehr, wenn der Abreisetag feststeht.

Was machen Ihre Damen? Empfehlen Sie mich ihnen angelegentlichst. In vorzügl. Ergebenheit

Th. Fontane

Nach der Rückkehr aus Karlsbad mußte er sich mit zeitraubenden Korrekturarbeiten abquälen, für den »Stechlin«, für die Vorabdruck-Kapitel »Von Zwanzig bis Dreißig« und für die Neuauflage der »Gedichte«.

251 *An James Morris*

Berlin, 26. Oktober 1897

Hochgeehrter Herr und Freund.

Ich habe lange nicht von mir hören lassen; Grund war eine große Arbeit (wohl meine letzte, wenigstens *der* Art), die ich, nach

Stuttgart hin, an eine dort erscheinende Zeitschrift abzuliefern hatte. Das liegt nun seit drei Tagen alles glücklich hinter mir. Eine Anzahl Daily Graphics ließ mir Ihre Güte zugehn. Sehr amüsiert hat mich ein einem holländischen Blatte entnommenes Bildchen: »William the Crusade«. In unsern illustrierten Witzblättern findet man selten dergleichen, woran man vielleicht demonstrieren kann, daß das sinnlich Wahrgenommene stärker wirkt als das zum Verstande sprechende Wort. Denn an Kritik übenden *Witzworten* fehlt es in unsrer Journalistik keineswegs, nur das Kritik übende *Bild* tritt spärlicher auf.
In unsern deutschen Zeitungen verfolge ich mit großem Interesse die englischen Kämpfe in Indien und am Nil. Die ersteren sind natürlich die wichtigsten, denn sie sind das Vorspiel zu dem Großen und Entscheidenden, *was kommt* und worüber sich einer aus den Reihen Ihrer Hocharistokratie – wenn ich nicht irre, war es der Herzog von Hamilton – mit erfrischender Offenheit und Unbefangenheit ausgesprochen hat. Wenn ein Fremder dergleichen sagt, so stößt er leicht an, wenn er sich aber Ansichten, die er vorfindet, nur anschließt, so geht es eher. Die englische Herrschaft in Indien *muß* zusammenbrechen, und es ist ein Wunder, daß sie sich bis auf den heutigen Tag gehalten hat. Sie stürzt, nicht weil sie Fehler oder Verbrechen begangen hätte (all das bedeutet wenig in der Politik), nein, sie stürzt, weil ihre Uhr abgelaufen ist, weil ein »andres« mächtig in die Erscheinung drängt. Dies »andre« heißt zunächst Rußland, aber auch Rußland wird nur eine Episode sein, und ein sich auf sich selbst besinnendes nationales, religiöses und dem uralt Überlieferten angepaßtes Leben wird schließlich triumphieren und einigen Anspruch auf Dauer haben. Dieser hier angedeutete Werdeprozeß vollzieht sich, wohin man blickt, in der ganzen Welt, und es ist ein ungeheurer Segen, *daß* er sich vollzieht. Die Konquestadorenzeit, wo zwanzig Räuber, weil sie Knallbüchsen hatten, viel gesittetere Leute auf den Rost legten – diese brutale Zeit ist vorbei, und gerechtere Tage brechen an. Die ganze Kolonialisationspolitik ist ein Blödsinn: »bleibe zu Hause und nähre dich

redlich«. Jeder hat sich *da* zu bewähren, wohin ihn Gott gestellt hat, nicht in einem fremden Nest. Mit Schaudern lese ich jetzt täglich von den verzweifelten Anstrengungen, die England machen will, um den alten Zustand à tout prix zu bewahren. Bis jetzt konnte man sich, wenn man auf England sah, daran aufrichten, daß es wenigstens *ein* Volk in Europa gab, das noch an ein anderes Ideal als an eine »Million Soldaten« glaubte. Wenn England sich dieses kolossalen Vorzugs, der gleichbedeutend ist mit gesundem Menschenverstand, freiwillig begibt und nun auch anfängt, jedem Menschen eine Flinte in die Hand zu zwingen, so steigt es von der Höhe herab, die es bis heute innehatte. Außerdem wird nicht mal *das* dadurch erreicht, was damit erreicht werden soll. Die Menschheit hat zu natürlichen Zuständen zurückzukehren; das aber, womit am ehsten (weil unerträglich geworden) gebrochen werden muß, ist der Militarismus.
In herzlicher Ergebenheit

Ihr Th. Fontane

Anfang Oktober begann der Vorabdruck von »Der Stechlin« zu erscheinen, zur gleichen Zeit druckte die Zeitschrift »Cosmopolis« das Erinnerungskapitel »Der achtzehnte März« und im November die Vossische Zeitung bis in den Dezember hinein »Mein Leipzig lob' ich mir«.
Anfang Dezember kam auch Paul Heyse nach Berlin, doch kam es zu keinem Treffen der Freunde.

252 *An Paul Heyse*

Berlin, 1. Dezember 1897
Potsdamer Straße 134 c

Mein lieber Paul.
Sei herzlich bedankt für Deine liebenswürdigen Zeilen. Daß ich Dich nicht gesehn, habe ich beklagt, aber auch wieder nicht. Ich bin seit Wochen in recht elender Verfassung, und wie das kranke Wild beiseite geht, um nicht zu stören, so am besten auch der

kranke Mensch. In meinem Falle vermählt sich dem Kranksein noch das Altsein, und das ist das Schlimmste von der Sache, weil das Aussichtslose. Doch wozu davon! Erzähle ich Dir lieber, daß Herr Paul Linsemann mir gestern von Dir vorschwärmte, was mir natürlich gefiel und erst heute eine kleine Einbuße erlitt, als ich demselben Überschwang in der »Welt am Montag« (die er mir schickte) begegnete. Die Jungen verstehen sich auch nur schwach auf Huldigungen. Mir fiel dabei Walter Scott ein. »Ach, ich bin schlimm dran«, sagte er; »der Leute Tadel ärgert mich, und ihr Lob erfreut mich nicht.« Trotz dieses Satzes, den ich unterschreibe, doch die Versicherung, daß Deine »Neuen Gedichte«, von meinem Bestochensein ganz abgesehn, mich überall herzlich erfreut haben. Mit der Bitte, mich Deiner hochverehrten Frau angelegentlichst empfehlen zu wollen, unter alten Liebeserklärungen von Frau und Tochter wie immer Dein alter

Th. Fontane

Anfang Dezember erschien die fünfte Auflage der Gedichte mit 14 neuen Gedichten. Über die letzten Tage des Jahres vermeldete das Tagebuch: »Weihnachten verging ruhig, auch Sylvester; punschlos, einen einzigen Pfannkuchen in der Hand, traten wir ins neue Jahr.« Und so begann »das letzte Jahr«.

In den ersten Wochen gab es die stets im Januar zu leistenden Dankschreiben für die Glückwünsche zum Geburtstag. Dabei quälten ihn Husten, Asthma ». . . und was das Schlimmste war, eine totale Nervenpleite stellte sich ein.«

Mitte Januar eröffnete Martha ihren Eltern, daß sie sich mit dem auch den Eltern seit langem bekannten Architekten Professor Dr. Karl. O. E. Fritsch verloben wolle. Fritsch war bereits im 60. Lebensjahr, Martha fast 37jährig. Fritschs zweite Frau, eine Schwester seiner ersten, war im November 1897 verstorben.

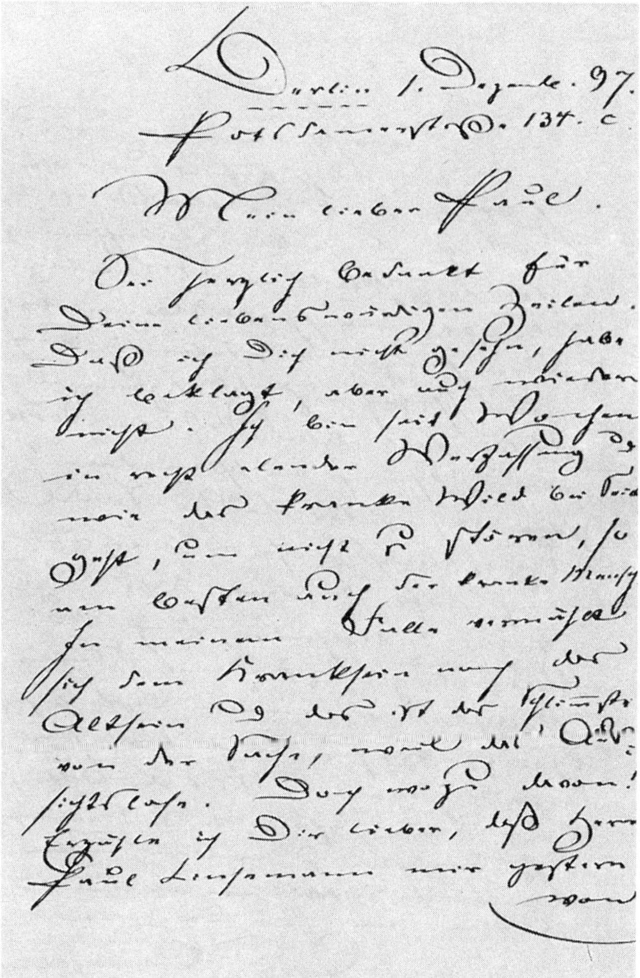
Berlin 1. Dezember 97.
Potsdamerstr. 134.c.

Mein lieber Paul.

Den herzlichsten Dank für Deine liebenswürdigen Zeilen. Daß ich Dich nicht gesehn, habe ich beklagt, ...

Abb. 25: An Paul Heyse vom 1. Dezember 1897

Der verschwärmte, und
mir unterwegs gefiel es erst
sendet einen kleinen [illegible] erlebt,
nebst ich denselben Überraschung
in der „Welt am Montag"
(die an diesen schickte) begegnete.
Die jüngern verstehen sich auf
die schwersten der Verbeugungen.
Wie fest [illegible] Schultze [illegible]
nur: „Ach, ich bin schlimm dran"
sagte er; „der Leute Tadel
ärgert mich, da ihr Lob erfreut
mich nicht." Trotz dieses Satzes,
den ich unterschreibe, darf die
Versicherung, daß deine „Blauen
Gedichte", von meinem Unterscheiden
ganz abgesehen, mich überall herzlich
erfreut haben. Weil sie bitte,
mich deinem [illegible] angelegentlich
bestens empfehlen zu wollen, unter
alten Liebeserklärungen von Seiten des
[illegible] wie immer Dein alter

Th. Fontane.

253 An Anna Witte

Berlin 24. Januar 98

Hochverehrte Frau und Freundin.

Es geschehen Zeichen und Wunder (siehe das Folgende) und so kommt es, daß ich heute statt Marthas schreibe und gleich vorweg mit einer Bitte mich melde. Würden Sie, hochverehrte Freundin, geneigt sein, wie schon so manchesmal zuvor, bis zu Ihrer bevorstehenden Abreise nach Meran hin, Martha einen Unterschlupf in Ihrem gastlichen Hause zu gewähren?

Es hat sich nämlich Großes zugetragen, ja, vom egoistischen Standpunkt das Größte und in mancher Augen sogar das Unglaublichste: Martha hat sich verlobt. Der Beglückte und Beglückende ist der Architekt Fritsch, Wittwer neuesten Datums, dessen schöne Frau vor zwei Monaten erst starb. Dieser kurze Abstand zwischen Todes- und Verlobungstag schafft nun, wie Sie sich denken können, allerlei Verlegenheiten, denen das Brautpaar, das vorläufig im Verborgenen blüht, wenigstens nach Möglichkeit entgehen möchte. Dazu bietet Verschwinden von der Bildfläche das beste Mittel. Der Bräutigam will im April und Mai nach Italien und die zwei Monate bis dahin muß die Braut außerhalb Berlins untergebracht werden, sonst ist es, bei den hundert Augen die wachen, mit der Cachirung vorbei.

Martha rechnet darauf, daß Tante Witte mit gewohnter Güte durch den Februar hin aushilft. Das Weitere findet sich dann wohl und wenn es in einer »Mädchenpension« wäre.

Martha, wie sich's geziemt, ist sehr glücklich und hat glaub ich auch alle Ursach dazu. Fritsch ist ein kluger und gescheidter Mann von guter Gesinnung und sogar guter Kasse, was mir persönlich nicht viel bedeutet, aber den Mann wenigstens nicht entwerthet.

Die verhältnismäßig junge Braut ist in einer kleinen Aufregung, wie die geliebte Tante das alles aufnehmen, ob sie sich freuen und zunächst zu dem angedrohten Besuch ihr »ja« sagen wird. In Aufregung aber nicht in Sorge. Wie könnte sie auch.

Unter vielen vielen Grüßen von uns zwei Alten, in alter herzlicher Ergebenheit

Ihr
Th. Fontane

254 An Georg Friedlaender

Berlin 3. Febr. 98
Potsdamerstraße 134. c

Hochgeehrter Herr.
Seit Wochen liegt das Couvert mit Adresse und Groschenmarke in meinem Briefkasten und mahnt mich jeden Tag Ihnen zu schreiben und das zugesagte Buch (Neudruck meiner Gedichte) an sie gelangen zu lassen. Nie kam ich dazu, weil ich ein Manuskript (den 2. Band meiner »Lebenserinnerungen« unter dem Titel »Von 20 bis 30«) abzuliefern hatte. Heute glückt es, daß ich zum schreiben komme, leider mehr aus Schlimmem als aus Gutem heraus; ich bin seit einer Woche krank und weil die Kräfte nur eben noch bis zur Erledigung von Briefen reichen, so kommen diese jetzt an die Reihe. Das Gedichtbuch schicke ich uneingebunden, weil ich weiß, daß Sie Einbände nach eignem Geschmack vorziehn. In meiner Reizbarkeit ärgere ich mich, so wie ich das neue Buch in die Hände nehme, weil es in seiner Erscheinung so echt berlinisch wirkt d. h. also: nicht geradezu schlecht, aber mittelmäßig, jedes gefällig Wirkenden entkleidet. Ich weiß nicht, ob es Ihnen ebenso geht, aber für mich haben Bücher Physiognomieen wie die Menschen und während mir die eine Physiognomie gefällt, ärgert mich die andre. *»Cheap and nasty«* hat Reuleaux von der deutschen Produktion gesagt und dies Wort hat ihn gestürzt; aber das Wort ist richtig und Reuleaux ist als eine Art Wahrheitsmärtyrer abgethan worden. Und nun gar erst die Berliner Produktion! Jede Semmel ist pappig, jedes Stück Fleisch schmeckt nach Kellermuff und kein Buchbinder kann ein Buch hübsch einbinden. Die Deckel stehen immer ab. Als unser Zeitungs-Lessing die Prachtausgabe

der Werke seines großen Ahnen veranstaltete, floh er schließlich nach Leipzig, um dort einen Buchbinder zu finden. So mit allem hier. Und dabei der unerträglichste Dünkel; sie können hier nicht einmal eine Lederkappe über ein feines Flacon binden.
Sie sehen, ich bin etwas vergrätzt. In manchem gewiß mit Recht; aber ich gebe zu, Stimmungen und Alter wirken mit. Louis Schneider, wenn er auf d. Kreuzzeitung gefragt wurde; »wie steht es denn mit dem?« antwortete immer: »Gott wie soll es mit ihm stehn? Er wird alt, also wird er unausstehlich.« Daran muß ich jetzt oft denken.
Empfehlen Sie mich Ihren Damen aufs angelegentlichste. Wie immer Ihr

Th. Fontane

Die neuen Gedichte in dem Bande fangen mit S. 67. an. Ich halte das zweite der neueren Gedichte: »Luren-Concert« für das beste.

255 An Martha Fontane

Berlin 20. März 98
Potsdamerstraße 134. c

Meine liebe Mete.
Morgen ist Dein Geburtstag und Frühlingsanfang. Ich denke mir, daß Fritsch seinen Brief mit denselben Worten beginnen wird und von *seiner* Hand enthält diese Zusammenstellung das denkbar Schmeichelhafteste. Vielleicht aber findet er noch was Besseres; Liebe macht dichterisch und genial. Was meine Wünsche für Dich sind, brauche ich Dir nicht zu schreiben: ein langes Glück und einen kurzen Aufenthalt in Spanien.

Fern im Süd das schöne Spanien,
Spanien ist mein Heimathland,
Wo die schattigen Kastanien
Rauschen an des Ebro Strand . . .

auch *diese* Zeilen, die ich vor 60 Jahren schön fand, können mich nicht umstimmen.
Morgen ist ein großer Tag, aber heute auch schon; Mama *hat* heute Gäste (Friedel und Trude) und *ist* dann Gast bei der Ibsen-Feier. Um 6 Uhr drüben in der ›Gesellschaft der Freunde‹, also so jüdisch wie möglich. Immer wieder erschrecke ich vor der totalen ›Verjüdelung‹ der sogenannten ›heiligsten Güter der Nation‹, um dann im selben Augenblick ein Dankgebet zu sprechen, daß die Juden überhaupt da sind. Wie sähe es aus, wenn die Pflege der ›heiligsten Güter‹ auf den Adel deutscher Nation angewiesen wäre. Fuchsjagd, getünchte Kirche, Sonntagnachmittagspredigt und jeu. Dabei fällt mir mein Sohn Theo ein, der gestern Abend – unter dem Einfluß seiner Zeitung (›Post‹) – geneigt war, den 18. März für einen Tag zu halten ›den die Thränen kommender Geschlechter vergeblich bemüht sein werden, von den Tafeln preußischer Geschichte wegzuwaschen‹. Wie wird die Welt nach hundert Jahren aussehn? All *dieser* Unsinn wird wenigstens verschwunden sein.
In dieser Hoffnung und noch manch andrer (zunächst für Dich) wie immer Dein alter

Papa

Herzlichste Grüße dem Mengelschen Paar. Trude werde ich heute Mittag studieren; – ich kann mich nicht entschließen, auf die ›Zuckungen‹ ein groß Gewicht zu legen; das kommt und geht.

256 An Martha Fontane

Berlin 28. März 98
Potsdamerstraße 134. c

Meine liebe Mete.
Mama liegt im Bett; so komme ich dazu, Deinen Sonntagsbrief (in dem mich die Stelle, daß Schuch von den ›Dreien‹ der Ersehnteste ist, am meisten amüsirt hat) statt ihrer zu beantwor-

ten. Mama ängstigte sich wegen Lungenentzündung und ich konnte es ihr kaum verdenken; Delhaes aber, der eben hier war, hat sie völlig beruhigt, was ja bekanntlich leicht ist. Puls, Zunge, alles in bester Ordnung, – das Ganze ein bischen Rheumatismus, ein bischen Neuralgie. Sie hat sich, bei dem schaudervollen Sturmwetter der letzten Tage, an unsrer Linkstraßen-Ecke erkältet.

Aus unsrem Paula Conrad-Diner wurde nichts; um 3 kam statt ihrer ein Brief, der uns eine kolossale Migräne vermeldete. So ließen wir den Braten ausfallen und an den Zander mit Mostrich reihte sich sofort Vanillen- und Himbeer-Eis. Das Nierstück kam erst gestern als Sonntagsbraten. Am Abend (Sonntag) erschien der gute Sternheim, fresh from the Rivie*rra*, woraus ich schließe, daß man an der Riviera doch vielleicht Rivierra sagt. Oder sollte er auch in Sprachfragen ganz seiner Marie unterworfen sein? Berühre dies Thema aber nicht nach Mentone hin; selbst die Gegenwart der jungen Prinzeß von Mecklenburg-Strelitz sorgt nicht für drüberstehende Behandlung *aller* Fragen.

Und nun zur Hauptsache, zu Deiner Rückkehrsfrage. So gern wir Dir in dieser zu Willen wären, so geht es doch nicht; Mama hat der jungen Frau geschrieben, daß sie sich freuen würde, sie (Hedwig) bis in die ersten Apriltage hier zu haben und davon kann sie nun nicht los. Du mußt also aushalten, was bei gutem Willen auch wohl gehen wird. Erscheint es Dir aber unmöglich, so muß versucht werden, Dich statt nach Berlin nach Blasewitz zu dirigiren. Das wirst Du aber nicht wünschen und von zwei Uebeln lieber das kleinere wählen. Es ist aus vielen Gründen entschieden besser, Deine Blasewitz- oder Weiße Hirsch-Mission erst nach dem 18. April beginnen zu lassen, so daß Du dann gleich da bleiben kannst. Es handelt sich dort um Miethung eines kleinen Häuschens, ähnlich wie im Riesengebirge. Dieser Modus empfiehlt sich auch schon deshalb, weil Du bei dem Wohnungsmiethen *hier* doch Deine Stimme abgeben mußt, auch wenn ich ganz Deiner Meinung bin, daß Fritsch es ebenso gut allein besorgt. Laß Dich all solcher Complicirtheiten nicht ver-

drießen und vergiß nicht, daß es alles die Consequenz einer wenn auch nach wie vor zu billigenden Flinkigkeit ist.
Grüße das verehrte Mengelsche Paar.
Wie immer Dein alter Papa

Hast Du an die Krigar geschrieben? Natürlich war das Telegramm von ihr. Wir haben außer Mama nur zwei Emilien.

Friedrich Paulsen hatte Fontane sein soeben erschienenes Buch ›Immanuel Kant - Sein Leben und seine Lehre‹ übersandt.

257 *An Friedrich Paulsen*

Berlin, 25. April 1898

Hochgeehrter Herr Professor.
Herzlichen Dank für Ihre Berncasteler Karte. »Ich komme von der Mosel her.«
»Quitt« das arme Buch, das vergessen bei Wilhelm Hertz lagert, hat nun doch noch eine Zukunft. Denn »ein Leser« so sagte mir mal der alte Herr v. Thimus, als er seine mehrbändige Geschichte der Musik geschrieben, – »ist unter Umständen schon viel.« Wenn ich Ihnen – diese Furcht überfällt mich eben – diese Thiemus'sche Geschichte schon mal erzählt haben sollte, so verzeihen Sie gütigst.
In Ihrem Kant-Buch bin ich erst bis S. 74. Das macht, daß ich krank wurde (bin's leider auch noch) und will deshalb, sobald es warm wird, nach dem »Weißen Hirsch« bei Dresden. Ihr Buch begleitet mich dahin. Es interessiert mich überall – ich habe auch weiterhin schon in schwierigere Stellen hineingekuckt – und es verlohnte sich vielleicht darüber nachzudenken, woher es kommt, daß die reine Kunst der Darstellung, auf den der ein Gefühl dafür hat, eine ähnliche Wirkung übt wie das Packende, das Sensationelle. Der geistige Mensch kann gerade so gekitzelt werden, wie der sinnliche. Sehr gut kann man es am Witz zeigen.

Ein scharfgeschliffener und brillant vorgetragener Witz nimmt mich ganz so gefangen wie 'ne Mordgeschichte; – auch vor Vergnügen können einem die Haare zu Berge stehn.

In vorzüglicher Ergebenheit
Th. Fontane

Ende Mai fuhren Fontane und seine Frau zum Weißen Hirschen in der Nähe von Dresden. Neben der dringend notwendigen Erholung wollte er dort die Ruhe für die Endkorrektur des Manuskriptes für die Buchausgabe des »Stechlin« finden.

258 An Martha Fontane

Berlin 16. Mai 98

Meine liebe Mete.

Uebermorgen (Mittwoch) also fort von hier, mit dem Mittagszuge, so daß wir 4 Uhr 27 auf dem Altstädter großen Bahnhof einzutreffen und Dich dort zu finden hoffen. Die Frage von Alt- und Neustadt, Berliner oder böhmischer Bahnhof, aussteigen auf der Loschwitz- oder Blasewitz-Seite, – alle diese durch Mama immer noch confundirten Fragen, werden dann durch ›reine Beobachtung‹ wohl endlich gelöst werden.

Von K. E. O. haben wir nichts gehört; ihn zu einer Plauderstunde invitiren, wäre vielleicht ziemlich, ja vorgeschrieben, aber Mama ist so klapprig, daß sie vor allem erschrickt, was in der Phantasie vor ihr steht; ist er mit einem Male da, so liegt in dem Thatsächlichen auch zugleich was Beruhigendes. So lange Du bei Tr.'s warst, wird eure Correspondenz Schwierigkeiten gemacht haben.

Schlegel, ohne das Wangenheimsche Musikfräulein mit einzurechnen, ist ein großer sächsischer Kunst- und Literatur-Namen. Der Vater der berühmten Schlegels (es waren alles in allem 4 oder 5 Brüder) war ein sächsischer Pastor, daher die Söhne so höchst unpastoral.

Ich war heute bei Geh. R. Lessing; er berückend liebenswürdig, so daß es mich beinah rührte. Manches davon kann ich Dir erzählen, vorausgesetzt, daß Du ein Ohr dafür hast.
Den lieben Treutlers, allen vorauf Tante Johanna, empiehl mich angelegentlichst.
Portier Bickner wird in den nächsten Tagen das Lokal verlassen. Große Streitscene. B.'s Hauptausruf war: ›ja wer bezahlt mir nu die *Brüche,* die ich mir in Ihrem Dienst geholt habe?‹ *Herrlich.* ›Ach was. Sie hatten immer einen Bruch.‹ Realisten-Dialog!

Wie immer dein alter
Papa

259 An Friedrich Paulsen

Weißer Hirsch bei Dresden,
1. Juni 1898

Hochgeehrter Herr Professor.
Ihr Kant-Buch hat mich hierher begleitet, und vormittags, wenn mich Ozon und Sonne ein wenig über mein eigentliches Maß erheben, wage ich mich an mundus sensibilis und mundus intelligibilis heran. Einen Tag dacht ich auch schon: »Ich hab es.« Aber es war eine Täuschung. An der einen oder andern Stelle glaubte ich nämlich herausgelesen zu haben, daß Kant der kritischen oder philosophischen Beschäftigung mit den Sinnlichkeiten die Methode entnommen habe, der wirklich wirklichen Welt siegreich auf den Geistesleib zu rücken, und darin schien mir etwas Neues und Großes zu liegen: Erkenntnis des Intelligiblen, gestützt auf eine vorhergewonnene Erkenntnistheorie des Sensiblen. Aber bald mußte ich mich überzeugen, daß es so ziemlich gerade umgekehrt läge und alles vielmehr darauf hinauslaufe, beiden Welten a priori beizukommen, der sensiblen Welt mit apriorischen Berechnungen oder auch bloß Annahmen und Vermutungen, der intelligiblen Welt mit apriorischen Ideen. Ich konnte mich, nachdem das erste gefallen war, auch in diesem

Abb. 26: Emilie Fontane, geb. Rouanet-Kummer (1824-1902)

zweiten zurechtfinden, aber leider zu sehr, so daß mir die diesem Satze zugemessene hohe Bedeutung, als wäre eine neue Welt entdeckt, nicht recht einleuchten wollte. Verblieb mir schließlich nur noch die Annahme, daß das, was ich verstanden zu haben glaubte, von mir mißverstanden oder in Folge völliger Unvertrautheit mit diesen Dingen in seiner tieferen und eigentlichen Bedeutung gar nicht erkannt worden sei. Da konnte denn nicht ausbleiben, daß sich meine ursprünglich freudige Stimmung in eine wehleidige verkehrte, in eine aufrichtige Trauer darüber, in dieser höheren und feineren Welt nicht mitzukönnen. Die große Klarheit und Übersichtlichkeit, mit der Sie, nach Historikerart (viele lassen einen freilich im Stich), den Ihnen gegebenen Stoff aufbauen, hatte mich eine kurze Weile glauben lassen, ich könnte nicht bloß diesem Ihrem Aufbau, sondern auch den Kantischen Bausteinen in ihrem innersten Sollen und Wollen folgen. Aber damit bin ich in der Hauptsache gescheitert. Ob es an meinem ganz unphilosophischen Kopf gelegen oder ob sich nur der alte Satz bestätigte: »Was Hänschen nicht lernte, lernt Hans nimmermehr« – ich weiß es nicht. Letzten Sonnabend habe ich auch S. Sängers Besprechung Ihres Buches gefunden. Wo er sich über die Vorzüge desselben, und zwar augenscheinlich in größter Aufrichtigkeit, verbreitet, ist alles schön und gut, wo aber (etwa auf der Mitte der 2. Spalte) die schwierigen Stellen kommen, hat er mir in meiner Not auch nicht weitergeholfen. König Max von Bayern, der wohl sein lebelang in ähnlich trauriger Lage war wie ich, soll, seinen Philosophen gegenüber, immer den Wunsch geäußert haben: »Ich hätte diese Sache samt ihrer Lösung gern in einem Distichon.« So ruf ich echt dilettantisch auch, in meiner Sehnsucht nach einem die letzten Dinge bequem aufschließenden Schlüssel.

In vorzüglicher Ergebenheit
Th. Fontane

Der Druck des Erinnerungsbuches »Von Zwanzig bis Dreißig« ging planmäßig voran und im Juli erhielt Fontane von seinem Sohn das erste Exemplar. Im Vorwort hatte sich der Dichter dafür entschuldigt, daß er mit seinem Ich nach den »Kinderjahren« wieder breit vor das Publikum hintrat. »Aber ich werde möglicherweise pardoniert, wenn ich an dieser Stelle schon verrate, daß ich, um ein bestimmtes Zuviel einigermaßen auszugleichen, von einer ursprünglich geplanten Weiterführung dieser meiner Erinnerungen Abstand genommen und vor mir selber diesen zweiten Teil auch zugleich als letzten proklamiert habe. So blickt denn der momentan umdrängte Leser wenigstens in eine wolkenlose Zukunft und läßt diesen Blick ins Freie vielleicht mir und meinem Buche zugute kommen.«

260 An Friedrich Fontane

Weißer Hirsch bei Dresden,
16. Juni 1898

Mein lieber Friedel.
Heute früh – am Wahl- und Schlachttage, der nach der Vossin auf lange hin über Wohl und Wehe der Menschheit entscheiden wird, nach meinem Dafürhalten aber zu den gleichgültigsten und wahrscheinlich auch langweiligsten Tagen der Weltgeschichte gehört – empfing ich Buch und Karte. Sei bestens bedankt. Ich fing gleich tapfer an zu lesen, habe wenigstens 150 Seiten bewältigt und bin bis jetzt noch keinem schrecklichen Druckfehler begegnet. Im Gegenteil, verhältnismäßig alles sehr gut; habe also alle Ursach, mit Bonde zufrieden zu sein. Auch der Einband gut (klappt vorzüglich auf), und die Dicke des Ganzen stört nicht, weil jede einzelne Seite klar, gefällig, übersichtlich wirkt. Mama rührt mich dadurch, daß sie mit allem, was *sie* betrifft, einverstanden ist und an dem »Mädchen mit de Eierkiepe« und Ähnlichem keinen Anstoß nimmt, was ich anfangs fürchtete. Für einen *richtigen* Leser – und nur auf solche kann ich Rücksicht nehmen – ist gerade diese Jugendschilderung eine vollständige Verherrlichung.

Den ganzen Tag über habe ich dich neben der »Wahlurne« sitzen sehn – ein Anblick für Götter. Dieser ganze Wahlkrempel kann unmöglich der Weisheit letzter Schluß sein. In England oder Amerika vielleicht oder auch gewiß, aber bei uns, wo hinter jedem Wähler erst ein Schutzmann, dann ein Bataillon und dann eine Batterie steht, wirkt alles auf mich wie Zeitvergeudung. Hinter einer Volks*wahl* muß eine Volks*macht* stehn, fehlt *die,* so ist alles Wurscht. – Ettlinger hat sich für morgen vormittag bei mir angemeldet. Er wohnt in Villa Stella; mög es ihm ein *guter* Stern sein.
Beste Grüße an Fleischel. Wie immer

Dein alter
Papa

261 An Ludwig Pietsch

Weißer Hirsch b. Dresden 27. Juni 98

Theuerster Pietsch.
Für 2 so überaus liebenswürdige Briefe, wie sie nur, aus allen möglichen Gründen, von Ihnen kommen können, meinen herzlichsten Dank. Buch und Verfasser können sich nichts Besseres denken, als von Ihnen unserm guten Berlin vorgestellt zu werden.
Und nun die Fehler und – Storm. Ich werde, wie's so schön heißt, ›Remedur schaffen‹, sobald es geht. Was die Fehler angeht (ganz obenan die Juni-Schlacht-Geschichte) so bemerkte die holde Gattin: ›ich begreife nicht, wie einem, der so lange daran herumdruckst, so was immer wieder passieren kann.‹ Ich schwieg kleinlaut, weil ich mich ja außerdem noch für einen ›Historiker‹ halte. Beinah im Ernst.
Bei Storm mache ich, so wie es zu einem Neudruck kommt, eine Anmerkung und exercire nach. Ich habe die reizenden Stellen über das Leben in Heiligenstadt noch lebhaft in Erinnerung! Daß der Hinweis darauf in dem Buche fehlt, kann ich nur damit entschuldigen, daß der Artikel in seinem Haupttheile wohl

schon 10, mindestens 7 Jahre alt ist und daß ich bei dem Abdruck in der Rodenbergschen ›Rundschau‹, das Hineinarbeiten von Neuhinzugekommenem vertapert habe. Nochmals herzlichen Dank.

Wie immer Ihr
Th. Fontane

Im Juli war die Familie wieder in Berlin, und Fontane »steckte bis über die Ohren« in der Korrektur des »Stechlin« für die Buchausgabe.

262 An Georg Friedlaender

Berlin 14. Juli 98
Potsdamerstraße 134. c

Hochgeehrter Herr.

Herzlichen Dank für Ihren lieben und so überaus interessanten Brief. Ich antworte gleich, weil ich zu meiner Freude Zeit habe, was jeden Augenblick aufhören kann, denn schon heute sah ich den ersten Korrekturbogen meines Stechlin-Romans entgegen und morgen kommen sie gewiß. Geht es damit erst los, so bin ich viele Wochen lang daran gebunden.

Ich beginne mit dem Praktischen. Das Befinden meiner Frau hat sich derart verschlechtert, daß Karlsbad wieder unumgänglich geworden ist. Wir werden also Mitte August dort eintreffen, vielleicht in der zweiten, noch wahrscheinlicher in der dritten Woche des Monats. Martha begleitet uns diesmal. Nach dem beinah winterlichen Juli (heute ist es so kalt, daß man heizen möchte) erwarten wir einen schönen Herbst. Vielleicht können Sie Ihren Urlaub dementsprechend nehmen; schade, daß Ihre Frau Gemahlin streikt und von einem Mitdabeisein nichts wissen will. Empfehlen Sie uns ihr angelegentlichst. Unser 6 wöchentlicher Aufenthalt auf dem »Weißen Hirsch« war – nachdem wir das entsetzliche Mittagessen im Kurhaus aufgegeben hatten – überaus gelungen. Mir ist, im Gegensatz zu meinen Damen,

die die Dresdener Culturformen sehr »zurückgeblieben« gefunden haben, das Sächsische sehr sympathisch und ich bilde mir ein, daß ich dabei recht habe; ich bin, meiner ganzen Anlage nach, unbefangener und vorurtheilsfreier, ich sehe auch schärfer, vielleicht von Natur, sicherlich aber von Metier wegen. Ich bin auf beständiges scharfes Beobachten wie gedrillt; kleine Vorzüge meiner Schreiberei wurzeln lediglich darin. Unter den Kurgästen, die wir auf dem »Weißen Hirsch« trafen, befand sich auch ein gleichaltriger Ruppiner Landsmann von mir: Justizrath *Stegemann*. Seine liebenswürdige Frau, eine *Leist,* war aus Wrietzen (Oderbruch), so daß ich ganz in alten Beziehungen drin steckte. Wir sprachen auch viel über unsren guten alten *Kunowski* (Kunowskis väterliches Gut liegt nur 3000 Schritt vor den Thoren von Ruppin) und ich erfuhr zu meinem Schaudern und zu meiner Erheiterung, daß Kunowski eine Zeitlang auf den Justizministerposten gerechnet habe. Unsre Justizminister, so viel ich davon gekannt, können sich sämmtlich begraben lassen, einer immer schofler und nuttiger als der andre, aber so weit sind wir denn doch noch nicht 'runter, daß eine solche ruppige Figur Justizminister werden könnte. Daß er trotzdem auf so 'was gewartet oder für möglich gehalten hat, spricht Bücher. Immer die »Gesinnung« entscheidet. Aber, in diesem Falle, was für eine! -- Was Sie von den Meininger und Neuhöfer Herrschaften (der alte Reuß schießt wieder den Vogel ab) schreiben, ist höchst interessant und herzbeweglich dazu. Darauf einzugehn, das vertagen wir bis auf Karlsbad. Es bleibt immer wieder die alte Geschichte: das *high life* ist interessant, nicht weil es an und in sich sehr interessant wäre, sondern weil es *high life* ist.
Das neue Buch schicke ich in den nächsten Tagen.
Wie immer Ihr

Th. Fontane

Ende Juli starb Otto von Bismarck. Zahlreiche Redaktionen wandten sich an Fontane mit der Bitte um einen Beitrag, er lehnte in allen Fällen ab. Aber in der Vossischen Zeitung vom 3. August erschien sein Gedicht »Wo Bismarck liegen soll«, das 1901 im Mausoleum in Friedrichruh eingemeißelt wurde.

263 An Dr. Ernst Heilborn

Berlin, 4. August 1898

Hochgeehrter Herr.

Ich muß mich wegen des kleinen Gedichts, das gestern Abend in der Vossin stand, bei Ihnen entschuldigen. Als ich Ihnen schrieb, erschien mir »was Bismarckliches« in einem komischen Lichte; nicht für 10 000 Lstr. hätte ich mich verpflichtet, 10 Zeilen über den großen Alten zu schreiben, es stand mir einfach als Unmöglichkeit vor der Seele. Gestern früh, als ich meinen Tee eben intus hatte, kam mir mit eins die erste Zeile, noch ganz ohne Plan und ohne Zusammenhang mit etwas Folgendem; dann stellte sich der Reim von Luft auf Gruft ein und der aufsteigende Sachsenwald und die Schlußzeile. Bis dahin war alles Spielerei; nun erst war die Lust da und ich schrieb die Zeilen in wenigen Minuten nieder. Alles aus den Wolken gefallen, ein Geschenk, auf das ich vorher nicht rechnen konnte.

In vorzüglicher Ergebenheit

Th. Fontane

Ende August reisten Fontane und seine Frau noch einmal nach Karlsbad, und er konnte dort endlich die beschwerliche Arbeit der Endkorrektur für den »Stechlin« beenden. Hier erfuhr er auch vom Tod des 1820 geborenen Bruders seines Verlegers, Otto Julius Hertz.

264 An Wilhelm Hertz

Karlsbad 21. Aug. 98

Ein feiner und liebenswürdiger Geist weniger hier unten! Wir erschraken alle, als wir gestern Abend die Notiz in unsrer alten

Vossin lasen, meine Frau voran. Es wird immer dünner und der Ueberlebende immer wackliger, immer hilfsbedürftiger. Dies letztere, weil man so unausreichend, so wie durch Schwäche deplacirt daneben steht, ist das schlimmste, das schmerzlichste. Fast klagt man sich an.
Und dazu diese Gräber! Kommen Sie über alles so leidlich hin.
Wie immer Ihr treu ergebenster

Th. Fontane

In den ersten Septemberwochen fuhren Fontane und seine Tochter nach Berlin zurück, Emilie reiste weiter nach Dresden zu einer Freundin. Fontane nahm noch einmal das schon so oft zur Seite gelegte »Ländchen Friesack« vor.

265 An Emilie Fontane

Berlin, d. 13. September 1898

Meine liebe Frau.
Mete ist mit F r i t s c h, seiner Annie und Theo im Grunewald; da habe ich es übernommen, statt ihrer zu schreiben. Sie hat sich heute einen hübschen Hut gekauft, der ihr auch kleidet und will nun darin paradieren. Vorläufig mag es so gehn; aber auf ihre Zukunft hin angesehn, muß sie die Wurst von der andern Seite her anschneiden, und nicht ängstlich reformatorisch, sondern kühnrevolutionär auftreten. Mit einem Einzelstück ist es nicht getan; ein schönes Einzelstück wirkt oft halb verrückt und schadet mehr als es hilft. Wer sich wirklich modisch und zugleich geschmackvoll tragen will, muß immer beflissen sein, ein harmonisches Ganzes herzustellen. Es muß alles zueinander passen und stimmen. Diese Harmonie ist die eigentliche Schönheit und kann mit einer Kattunlode, einem weißen Kragen und einer gefälligen Schleife besser hergestellt werden, als aus einer konfusen Anhäufung von Wertstoffen. Wie viel ließe sich noch zu diesem Schneiderthema sagen, besonders wenn ich mir die

Karlsbader Toiletten ins Gedächtnis zurückrufe! Sowie man Berlin betritt, ist es mit Schick und Eleganz vorbei. Die Gesichter, die Stoffe, der Schnitt, die Haltung – alles ist von einer leidlichen Durchschnittsmäßigkeit; aber darüber hinaus geht es nicht. Findet sich eine Ausnahme, so bedingt die Persönlichkeit diese Ausnahme, nie die Landessitte, der allgemeine Geschmack.

Vormittags beschäftige ich mich immer mit Friesack und habe schon eine Menge notiert. Habe ich nur erst den ganzen Stoff zusammen – was allerdings sehr mühsam ist und noch lange dauern wird – so ist das Schreiben ein Vergnügen.

Die Kaiserin Elisabeth muß eine hervorragend gute und interessante Frau gewesen sein und eine Kreuzträgerin dazu. Solcher freien Persönlichkeit an solcher Stelle zu begegnen, ist eine wahre Wonne.

Wie immer Dein
Alter

Mitte September fand im kleinsten Kreis die Verlobungsfeier für Martha und K. O. Fritsch in der ›Potsdamerstraße 134 c‹ statt. Einer der Gäste, Paul Schlenther, erinnerte sich daran: »Voller Entwürfe, voll regsten Interesses für alles und jedes, so sah ich ihn noch Freitag, den 16. September, abends in seinem Arbeitsstübchen zwischen Erich Schmidt und meiner Frau sitzen. Zur Feier der Verlobung seiner ihm geistesverwandten einzigen Tochter war ein kleines, feines Essen bereitet worden. Nur neun Personen. Der Alte in seiner herrlichen, lieben Greisenschönheit Mittelpunkt und Seele der Unterhaltung.«

266 An Emilie Fontane

Berlin, d. 17. September 1898

Meine liebe Frau.

Mete hat Dir schon geschrieben, aber ich will doch noch ein paar Zeilen folgen lassen. Das Zauberfest schien mir gelungen, und was wichtiger ist, auch die Gäste schienen dieser Ansicht zu sein. Natürlich ist man immer geneigt, auf schmeichelhafte Redensarten einzugehen, aber ich möchte doch beinah' annehmen, daß bei uns die Dinge um ein paar Grade günstiger liegen als wo anders. Das Materielle (gestern war es gewiß so) wächst meist nicht unbeträchtlich über das hinaus, was einem wo anders geboten wird, weil wir alle drei nach dem Prinzip verfahren, »wenn schon, denn schon«, also die Geld- oder Sparungsfrage gar keine Rolle spielen lassen. Durch fünf Mark ersparen wollen, kann man sich ein ganzes Diner ruinieren, und der Pferdefuß der Ruppigkeit kommt irgendwo 'raus. Dies alles ist aber nicht die Hauptsache. Die Hauptsache ist der freie Ton, die Ungeniertheit, die sich jeden Augenblick bis zu Ulk und selbst bis zu Gewagtheiten (bei denen man dann freilich an richtiger Stelle die Grenze ziehen muß) steigern kann. Ganz besonders günstig wirken auch die kleinen Räume, die aber auch wieder nicht dürftig sind oder wenigstens das Gefühl davon nicht aufkommen lassen. So sorgen sie für Behaglichkeit. Der richtig organisierte Mensch (und gerade bei Prinzen und Grafen findet sich das am häufigsten) pfeift auf 15 Fuß hohe Salons mit tubablasenden Stuckengeln und ist froh, eine Stimmung kultivieren zu können, als befände er sich in Schlafrock und Pantoffeln.

Die beiden relativ älteren Damen benahmen sich musterhaft und waren zu der jungen Frau Oberstleutnant hervorragend nett, was uns natürlich sehr angenehm war. Schlenther sprach wieder sehr reizende Worte, Toast auf Mete und Fritsch, und war für einen Ostpreußen kolossal herzlich und gemütlich. Ich mußte »Kommen Sie, Cohn« vorlesen und weil es mir wieder ganz fremd geworden war, so daß ich ein paarmal festsaß, so wirkte die Sache ganz wie neu, weil mich ein paar Stellen beim Lesen selbst erheiterten. Befrage ich den Gesamteindruck – und als ich heute früh eine halbe Stunde mit Theo, unserm »Intendanten« plauderte, wiederholte sich dies – so tritt das von mir so oft zitierte triviale Lied, das in unserer Jugend in jeder Gesellschaft gesungen wurde, wieder vor mich hin. Es hieß in der ersten Hälfte des Liedes refrainmäßig: »Ach, könnt' ich doch erst Hauptmann sein«, und dann in der zweiten Hälfte: »Ach, könnt' ich wieder Fähnrich sein«. So verläuft jedes Leben. Schlenther, so gut es ihm in Wien geht, denkt doch halb sehnsüchtig an die Tage zurück, wo wir bei Raehmel beim Frühschoppen saßen.

Wie immer Dein
Alter

267 An Emilie Fontane

Berlin, 18. September 1898

Meine liebe Frau.

Mete hat dir schon geschrieben, aber ich will Dir doch auch noch danken für Deinen liebenswürdigen Brief, der in besonders guter Stimmung geboren schien. Ich soll mich statt um das »ewige Friesack« lieber um Otto Lessing und Koner kümmern, und ich habe auch den besten Willen dazu, aber Du vergißt meine 34 Pulsschläge. Wenn ich beim Tee sitze, geht es, und wenn ich meine gute Frau Sternheim sehe, geht es noch besser, aber sowie ich aus der Ruhe heraus und in irgendwelche Aktion hinein soll, ist es mit der ganzen Herrlichkeit vorbei. Ich erschrecke vor allem, und selbst wo sogenannte Vergnüglichkeiten in Sicht stehn, ist mein Trost: »Um 9 ist alles aus.« Nicht im Sinn einer Todessehnsucht, sondern nur in dem tiefen Verlangen nach Ruhe. Freilich spukt das andere darin vor, was auch wohl recht gut ist. Ein so glückliches und bevorzugtes Leben und doch: »Was soll der Unsinn?« Dies kann man beinah wörtlich nehmen; in der Politik gewiß, und in Religion und Moral ist alles Phrase. Früher statuierte ich Ausnahmen; jetzt kaum noch. Fritsch holt eben Martha zu einer Fahrt nach Potsdam ab; Gertrud, noch um wenigstens zwei Fingerbreit gewachsen, als Dame d'honneur. Sie ist eine der entzückendsten Erscheinungen, die ich in meinem ganzen Leben gesehn habe, und könnte in einem Völkermuseum als reiner Typus deutscher Menschen-

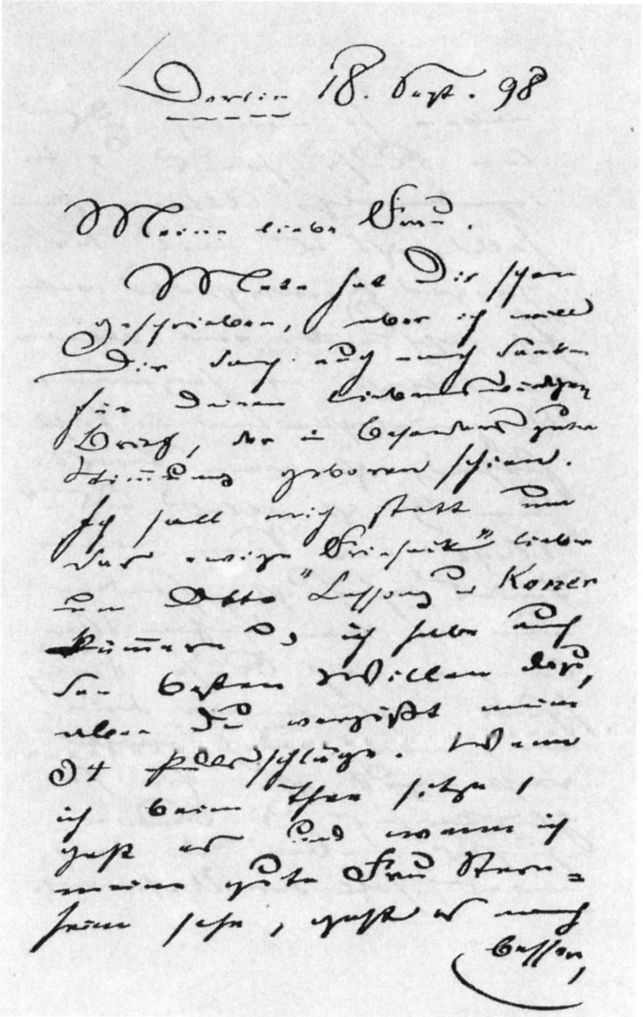

Abb. 27: An Emilie Fontane vom 18. September 1898

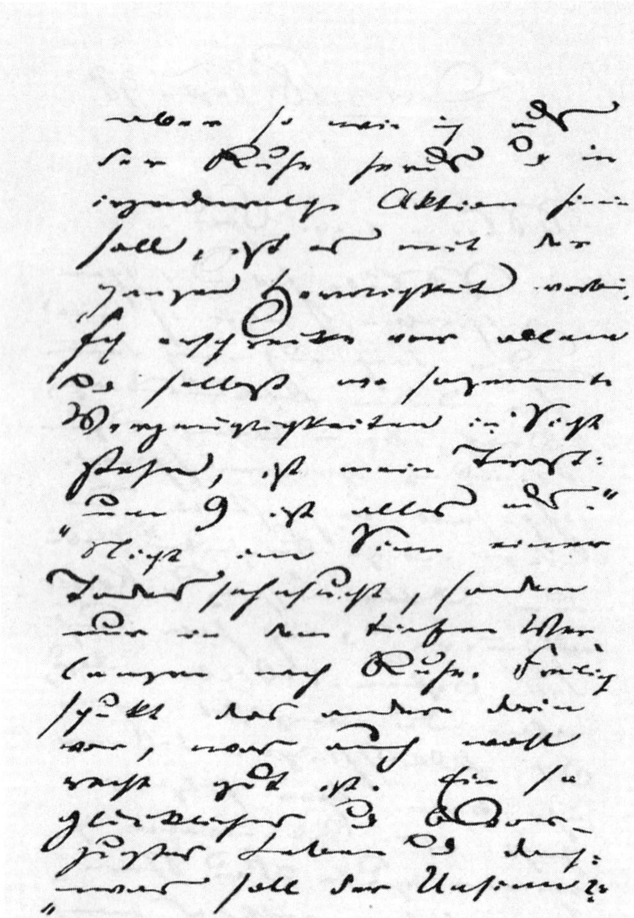

rasse für Geld gezeigt werden. Dagegen verblaßt alles, Jüdinnen nun schon gewiß und auch die romanischen Schönheiten. Desgleichen die Engländerinnen, die – und wenn sie noch so schön sind – reine Kunstprodukte sind, zurechtgemacht. Hier alles Natur, Menschheitsblüte. Und dabei nicht mal der Evazug, sondern etwas Himmlisches. Klingt alles lächerlich, ist aber die reine Wahrheit.

Wie immer Dein Alter

Das allerbeste aber ist, daß dieses sublime Menschenbild »Mengel« heißt, ein Name, viel, viel schlimmer als Müller. Sie müßte Genoveva v. Stahremberg heißen.

Für den 22. September wurde Emilie wieder zurückerwartet, am Vormittag des 20. schrieb ihr Fontane seinen letzten Brief.

268 An Emilie Fontane

Berlin, 20. September 1898

Meine liebe Frau.

Dies sind nun also die letzten Zeilen; übermorgen mittag dürfen wir Dich erwarten. Es freut mich, daß Du dies Zusammensein mit Deiner alten Freundin noch haben konntest. Ganz einverstanden bin ich damit, daß Du auf einen Besuch bei Stegemanns verzichtet hast; so nett beide sind, so wäre es doch zuviel gewesen.

Unsre zweite Gesellschaft verlief ebenfalls zufriedenstellend, weil alle voll guten Willens waren. Daß dieser so oft fehlt, daran scheitern so viele Gesellschaften. Zu den Haupttugenden, die Zöllners und wir in alter Zeit vertraten, gehörte diese abolute gesellschaftliche Zuverlässigkeit. Die meisten machen sich ein Vergnügen draus, wenigstens den einen oder andern zu ärgern. Mit Metes und meinem Befinden ist es soso; man arbeitet am Trapez immer weiter und leistet dasselbe wie andre, aber es fehlt

– einzelne Momente abgerechnet, wo einen ein Witz oder eine Skandalgeschichte erheitert – die rechte Freudigkeit, weil die Kräfte nicht ausreichen. Das prädominierende Gefühl bleibt doch immer: »Lägst du nur erst wieder im Bett.« Bei mir ist dies Gefühl so stark, daß selbst meine berühmte Artigkeit zusammenbricht und ich mir sage: »Wird dir das und das übelgenommen, nun, so auch gut.« Es ist vielleicht eine kleine Tugend, von dem Urteil der Menschen abhängig zu sein, aber bequemer haben es die Rüpel, denen all so was ganz gleichgültig ist.
Gestern mittag war ein russischer Wirklicher Staatsrat über eine Stunde bei mir, Wladimir Gringmut, Chefredakteur der »Moskowskije wedmosti«; er bereist alle Länder und Hauptstädte Westeuropas. Sie haben da mehr Geld, und die Kleinstiezigkeiten, in denen wir immer noch groß sind, fehlen. – Nach des Russen Besuch ging ich eine Stunde spazieren und traf Parey; er erzählte mir vom Tode seiner Frau und welchen »goldenen Humor« sie gehabt habe, er sei ganz gebrochen, alles habe jedes Interesse für ihn verloren, auch sein Geschäft, und dabei weinte er beständig. Er sei, um sich rauszureißen, in England gewesen und habe mit zwei englischen Nichten seiner Frau eine Reise nach Schottland gemacht. Die jüngere sei heiter und ausgelassen und habe den »goldenen Humor« seiner Frau; die ältere, die jetzt bei ihm sei, sei aber ernster. Ich glaube, er war ganz aufrichtig in seiner Trauer, und doch habe ich nie so stark den Eindruck gehabt: »Dieser Trauernde wartet das Trauerjahr nicht ab«; eine der beiden Nichten muß es werden. Wohl die mit dem »goldenen Humor« seiner Frau. So geht es. Und die Witwen sind noch flinker als die Witwer!
Empfiehl mich allerseits aufs herzlichste, besonders Tante Johanna. Wie immer

Dein Alter

Am Abend dieses Tages ging er nach dem Essen in das Nebenzimmer, dort fand ihn Martha wenige Minuten später, tot über das Bett gelehnt.

Auf seinem Schreibtisch lag eine Liste der Namen, denen die Buchausgabe des »Stechlin«, die in diesen Wochen ausgedruckt wurde, zugesandt werden sollte.
Am Samstag, dem 24. September, dem Todestag seines Sohnes George wurde er zu Grabe getragen. Der Trauerzug mußte die Invalidenstraße, dort wo Stine und die Witwe Pittelkow gelebt und gewohnt hatten, überqueren, die Chausseestraße bis fast zur Müllerstraße heraufziehen und dann in die Liesenstraße einbiegen, an der zahlreiche Friedhöfe gelegen waren, so auch der der Französischen Reformierten Gemeinde.
Seine Grabrede hatte er sich selbst geschrieben, sie stand im vorvorletzten Kapitel des »Stechlin«, es waren die Worte, die Pastor Lorenzen am Grabe des alten Stechlin sprach. Sie sind oft zitiert worden, zum ersten Mal in einer Trauerfeier wenige Wochen danach in der Gedenkrede, die Erich Schmidt für Theodor Fontane hielt, und so sollen sie auch hier stehen:

»›Wer seinen Weg richtig wandelt, kommt zu seiner Ruhe in der Kammer.‹ Diesen Weg zu wandeln war das Bestreben dessen, an dessen Sarge wir hier stehn. Ich gebe kein Bild seines Lebens, denn wie dies Leben war, es wissen's alle, die hier erschienen sind. Sein Leben lag aufgeschlagen da, nichts verbarg sich, weil sich nichts zu verbergen brauchte. Sah man ihn, so schien er ein Alter, auch in dem, wie er Zeit und Leben ansah; aber für die, die sein wahres Wesen kannten, war er kein Alter, freilich auch kein Neuer. Er hatte vielmehr das, was über alles Zeitliche hinaus liegt, was immer gilt und immer gelten wird: ein Herz. Er war kein Programmedelmann, kein Edelmann nach der Schablone, wohl aber ein Edelmann nach jenem alles Beste umschließenden Etwas, das Gesinnung heißt. Er war recht eigentlich frei. Wußt es auch, wenn er's auch oft bestritt. Das Goldene Kalb anbeten war nicht seine Sache. Daher kam es auch, daß er vor dem, was das Leben so vieler andrer verdirbt und unglücklich macht, bewahrt blieb, vor Neid und bösem Leumund. Er hatte keine Feinde, weil er selber keines Menschen Feind war. Er war die

Güte selbst, die Verkörperung des alten Weisheitssatzes: ›Was du nicht willst, daß man dir tu.‹

Und das leitet mich denn auch hinüber auf die Frage nach seinem Bekenntnis. Er hatte davon weniger das Wort als das Tun. Er hielt es mit den guten Werken und war recht eigentlich das, was wir überhaupt einen Christen nennen sollten. Denn er hatte die Liebe. Nichts Menschliches war ihm fremd, weil er sich selbst als Mensch empfand und sich eigner menschlicher Schwäche jederzeit bewußt war. Alles, was einst unser Herr und Heiland gepredigt und gerühmt und an das er die Segensverheißung geknüpft hat – all das war sein: Friedfertigkeit, Barmherzigkeit und die Lauterkeit des Herzens. Er war das Beste, was wir sein können, ein Mann und ein Kind. Er ist nun eingegangen in seines Vaters Wohnungen und wird da die Himmelsruhe haben, die der Segen aller Segen ist.«

Fontane und seine Briefe

Nachwort von Otto Drude

»... Es ist etwas unbedingt Zauberhaftes um seinen Stil und namentlich um den seiner alten Tage, wie er uns in den Briefen der achtziger und neunziger Jahre wieder entgegentritt. Mir persönlich wenigstens sei das Bekenntnis erlaubt, daß kein Schriftsteller der Vergangenheit oder Gegenwart mir die Sympathie und Dankbarkeit, dies unmittelbare und instinktmäßige Entzücken, diese unmittelbare Erheiterung, Erwärmung, Befriedigung erweckt, die ich bei jedem Vers, jeder Briefzeile, jedem Dialogfetzchen von ihm empfinde. Diese bei aller Breite so leichte, so lichte Prosa hat mit ihrer heimlichen Neigung zum Balladesken, ihren zugleich mundgerechten und versmäßigen Abbreviaturen etwas bequem Gehobenes, sie besitzt, bei scheinbarer Lässigkeit, eine Haltung und Behältlichkeit, eine innere Form, wie sie wohl nur nach langer poetischer Übung denkbar ist, sie steht in der Tat der Poesie viel näher, als ihre unfeierliche Anspruchslosigkeit wahrhaben möchte, sie hat poetisches Gewissen, poetische Bedürfnisse, sie ist angesichts der Poesie geschrieben, und wie seine Greisenverse, die doch so konzentriert und vollkommen sind, daß man sie sofort auswendig weiß, stilistisch seiner Prosa immer näherkommen, so ist es das Merkwürdige, daß seine Prosa sich in demselben Maße sublimiert, in welchem sie (Erlaubnis für das Wort) verbummelt.«
Das schrieb der 35jährige Thomas Mann 1910 in seinem Essay ›Der alte Fontane‹, der in Maximilian Hardens ›Zukunft‹ erschien. Wenige Monate davor war die Zweite Sammlung der Briefe Fontanes erschienen, und vier Bände mit über 1000 Briefen lagen nun vor. Fast ein halbes Jahrhundert später nahm Thomas Mann diesen Ton beim Erscheinen der Friedlaender-Briefe noch einmal auf. »Welche Wohltat ist es, dem vertrauten und liebenswerten Tonfall dieses Briefstils in seiner anmutvollen Saloppheit, aber auch in seiner erregten, gespannten und ins

Schwarze treffenden Weltkritik wieder zu lauschen ... Es sind Briefe, wie heute kein Mensch sie mehr schreibt, gearbeitete Briefe, in ihrer Privatheit künstlerisch betreut.«

Diese Sätze – vor siebzig und vor dreißig Jahren geschrieben – haben nichts von ihrem kritischen Reiz, ihrem umfassenden Verständnis, ihrer tiefen Erkenntnis und ihrem fühlenden Verbundensein verloren: wissender und liebevoller hat nie wieder einer über Fontane geschrieben.

Im gleichen Jahr – 1910 – hielt der Thomas Mann befreundete Ernst Bertram in der Literarischen Gesellschaft Bonn ein Referat über »Theodor Fontanes Briefe«. Die bisher erschienenen Briefbände hatten doch einiges Aufsehen verursacht. Bertrams Referat war mehr akademisch und mit Briefzitaten fast überfrachtet. Aber er stellte gleich am Beginn eine sehr wesentliche Frage, nämlich, ob es legitim und gerechtfertigt sei, private Briefe zu edieren. Damit sprach er die besondere Funktion des Briefes an sich an. Der Brief ist eine sehr alte Form der schriftlichen Äußerung, höchstwahrscheinlich hat er nicht unwesentlich zur Entwicklung der Schrift beigetragen.

Nun läßt sich nicht leugnen, daß dem Brief leichte paradoxe Züge anhaften: Im Normalfall – und das von Beginn an – wurde ein Brief geschrieben, weil eine mündliche Übermittlung der in ihm enthaltenen Nachricht nicht möglich oder nicht wünschenswert war. Mit der Übermittlung, mit dem Lesen des Briefes durch den Adressaten war seine Funktion im eigentlichen Sinn beendet. Um die Übermittlung möglich zu machen, wurde er fixiert, d. h. er wurde geschrieben und eine Aufbewahrung – und dies ist der paradoxe Zug – die nicht zu seiner Funktion gehörte, wurde möglich. Somit konnte ein Brief durchaus gegen die Intention und Absicht des Schreibers, bisweilen auch gegen die des Empfängers, bewahrt werden, konnte von Dritten gelesen werden, Briefe konnten gesammelt werden, um sie nach längeren Zeiträumen wieder und wieder zu lesen. Spätere Leser nahmen den Inhalt unter veränderten Umständen auf, teilweise wußten sie weniger als der Schreiber und der eigentliche Emp-

fänger, teilweise aber auch mehr und der Brieftext gewann neue Dimensionen.
Ein eindrucksvolles Beispiel ist Fontanes Brief vom 20. September 1898 (Seite 489). Für den späteren Leser ist die beginnende Briefzeile »Dies sind nun also die letzten Zeilen . . .« in dem Wissen, daß es in Wahrheit Fontanes letzte Zeilen waren, von tief anrührender Bedeutung.
Dieses quasi paradoxe Umfeld gibt jeder Briefedition die besondere Spannung, die noch dadurch verstärkt wird, daß nunmehr Briefe aus verschiedenen Lebensabschnitten, an verschiedene Empfänger gerichtet, eng zusammengerückt werden und sich gegenseitig kontrastieren oder ergänzen.

Alle Definitionen, was ein Brief eigentlich ist, lassen sich grundsätzlich darauf zurückführen, daß er eine an einen abwesenden Adressaten gerichtete schriftliche Mitteilung ist, die eine mündliche Nachricht ersetzen soll. Das ist natürlich nur ein sehr grobes Raster, und es gibt zahlreiche Briefe, deren Intention damit nicht erklärt ist.
Zunächst war der Brief die schriftliche Fixierung einer Mitteilung. Im Verlauf der Zeiten haben sich dann differenzierte Briefformen entwickelt, so daß eine grobe Trennung in den offiziellen und in den privaten Brief sich anbot, darüber hinaus noch die Unterscheidung der Privatbriefe in eine einfache, schlichte Mitteilung und in die überlegt formulierte, bisweilen künstlerisch gestaltete Form eines Briefes, der damit schon über die rein persönliche Mitteilung hinausweist.
Die Definierung der möglichen Briefformen ist äußerst schwierig und der Feststellung der Encyclopaedia Britannica: ›Of all branches of unfictional prose, none ist less amenable to critical definition and categorization than letter writing‹ kann uneingeschränkt zugestimmt werden, es gibt nur wenig, was einer kritischen Betrachtung unzugänglicher wäre.
Schon verhältnismäßig früh bemühte man sich um Definitionen und erklärende Hinweise, und ein Handbuch der Rhetorik aus

der Zeit des ersten nachchristlichen Jahrhunderts formuliert die folgenden Erkenntnisse: Ein Brief soll in gleicher Weise wie ein Dialog geschrieben sein, denn der Brief ist die eine Seite eines Gespräches. Dabei soll der Brief mehr als das Gespräch gestaltet sein, da er dem Empfänger in Art einer Gabe dargebracht wird. In Briefen zeigt jeder seine Seele, man kann in jeder Form den Schreiber erkennen, besonders deutlich aber im Brief. In der Struktur des Briefes und auch in seinem Stil soll ein großes Maß von Freiheit herrschen.

Die uns überlieferten und heute noch zugänglichen Briefsammlungen der Antike bestätigen die große Spannweite der Formen, des Stils und der Zielrichtung der schriftlichen Struktur: Brief. Die Briefe Senecas und des jüngeren Plinius sind Briefe, die als Briefe geschrieben wurden, aber schon über den jeweiligen Empfänger hinaus konzipiert und gestaltet. Die Episteln des Horaz und die Briefe aus der Verbannung von Ovid benutzten die Form des Briefes als künstlerische Gestaltungsmöglichkeit. Das größte und bedeutungsvollste Briefwerk der Antike, die Briefe Ciceros aber sind private Briefe, als solche geschrieben und an Bekannte und Freunde versandt. Ihre Bewahrung, Sammlung und Edition nach seinem Tode, war von Cicero nicht vorgesehen und ist ein unschätzbares Geschenk für uns geworden.

Die Geschichte und Entwicklung des Briefes sowohl als offizielle und persönliche Mitteilung, als Kunstform und als Dokument wurde zu einer Tradition von Generation zu Generation, von Jahrhundert zu Jahrhundert, die Differenzierungen wurden präziser, die Kriterien klarer. Dazu eine bemerkenswerte Ansicht des byzantinischen Philosophen Michael Psellos aus dem 11. Jahrhundert: »Bei Anwesenheit unterhalten wir uns im persönlichen Gespräch, bei Abwesenheit brieflich, Rede und Brief entsprechen jeweils dem Beisammensein und der Trennung, wobei das erstere schöner ist. Ich allerdings widme mich mehr dem Brief, zeichnet er doch das beste Bild des Freundes nach und zeigt seinen seelischen Zustand. Denn die einfache Rede richtet sich nach dem Zufälligen und läßt den Sprecher nicht klar erkennen, die Ausdrucksweise im Brief jedoch läßt die innere Struktur des Schreibers nach Außen in Erscheinung treten. Wo gibt es denn in einfachen Gesprächen schönen Satzbau oder den Ausdruck gegliederter Harmonie? Verschiedene Arten von Briefen jedoch lassen solche Reize hervortreten, und Briefe dringen tiefer in die Seele ein, als wenn jemand die Realitäten selbst mitbrächte.«

In dieser Tradition der Epistolographie als Lehre stand auch der berühmte »Briefsteller« des Erasmus von Rotterdam »De Conscribendis Epistolis«, von dem fast hundert Auflagen erschienen. Auch Erasmus nahm den Topos des Gesprächs auf: »Wenn aber jemand nur einem Schreiben die Bezeichnung ›Brief‹ zugestehen will, das Freunde in Privatangelegenheiten untereinander tauschen . . ., so könnte ich deren Wesen nicht kürzer und trefflicher angeben als mit dem Hinweis, der Stil des Briefes müsse so sein, wie die Gespräche von Freunden untereinander sind. Der ist nämlich . . . gleichsam eine Wechselrede zwischen Freunden in Abwesenheit, die weder bäurisch oder rauh, noch gekünstelt sein darf, noch sich nur um eine einzige Sache drehen, noch bis zum Überfluß ausführlich sein soll. Deshalb bevorzugt diese Briefgattung Einfachheit, Nettigkeit, Fröhlichkeit und Witz. In ihr wird man jede Art von Anmut aufgreifen, außer Gegenstand und Person machen andersgeartete Stilmittel erforderlich. Auch wird man nicht lange bei ein und demselben Gespräch verweilen und, wie man das beim Plaudern mit Freunden für gewöhnlich tut, wird man, wenn es einem paßt, nicht nur viele Themen miteinbeziehen, sondern auch unterschiedliche.«

Ein derart reiches und differenziertes Instrumentarium hatten Humanismus und Renaissance für den Briefschreiber entwickelt, und die folgenden Jahrhunderte führten vor allem in Italien, Frankreich und England zu einer hohen Form der Briefkultur. Soziologische und ökonomische Veränderungen unterstützten die Entwicklung: Die Ausweitung der Welt und des Weltbildes, die steigende Anzahl der Menschen, die schreiben und lesen konnten, die Reisetätigkeit und damit verbunden verbesserte postalische Möglichkeiten.

Die großen Jahrhunderte des Briefes waren das 17. und 18. Jahrhundert. Von Frankreich und England ausgehend, wurde die Briefkultur auch in Deutschland heimisch. Im deutschsprachigen Raum war das 18. Jahrhundert das Zeitalter des Briefes. Die steigende Bedeutung des Bürgertums, die Tendenzen der Aufklärung, die Psychologie des Pietismus und vor allem ein sich ständig steigerndes Sprachbewußtsein ließen den Brief zu einem bedeutenden Mittel der gesellschaftlichen Kommunikation werden, zu einem Teil des gesellschaftlichen Lebens; man vertraute dem Brief das an, was man im Gespräch nicht sagen wollte, die Briefe wurden umfangreicher, sie wurden weitergegeben, in Zirkeln vorgelesen und aufbewahrt.

Die Bedeutung des Briefes spiegelte sich in der Literatur wider, der Roman in Briefen, der ›Briefroman‹, von Richardsons Pamela über Rousseaus Nouvelle Heloise, Goethes Werther und Wielands Aristipp bis hin zu Hölderlins Hyperion war die literarische Komponente zur ›Briefseligkeit‹ des Jahrhunderts.

Diese ›Wertsteigerung‹ des Briefes forderte sein Bewahren, und es erscheint selbstverständlich, daß Briefsammlungen in einer gewissen Gleichberechtigung zu den Ausgaben und Editionen der eigentlichen Werke treten. Die großen kritischen Ausgaben, wie sie vor allem im 19. Jahrhundert erscheinen, beginnen schon die Briefe als Teil der Ausgabe mit einzuschließen. Und das gilt nicht nur für die Literatur, auch für die Geistes- und Naturwissenschaften, für Musik und Malerei.

Dabei kann der Umfang der Briefedition bisweilen beachtlich sein. In der bisher größten Ausgabe der Werke Goethes, in der sogenannten Sophienausgabe von insgesamt 143 Bänden nimmt der Briefteil allein 50 Bände ein. In der zur Zeit vollständigsten Kleistausgabe von insgesamt etwa 2000 Seiten nehmen die Briefe 640 Seiten ein, dabei muß man davon ausgehen, daß ein beachtlicher Teil der Briefe Kleists verloren ging. Diese beiden Beispiele sollen für viele andere stehen, und sie können verdeutlichen, daß Briefe in vielen Fällen einen beachtenswerten Teil des Gesamtwerkes bilden.

Auch die Briefe Fontanes repräsentieren einen wesentlichen Teil seines gesamten Werkes. Vorsichtige Schätzungen nehmen an, daß er etwa 12 000 bis 15 000 Briefe geschrieben hat: Das würde bedeuten, setzt man je Brief eine Druckseite an – was sicherlich das unterste Maß ist – daß eine vollständige Briefedition aller von ihm geschriebenen Briefe rund 15 000 Seiten umfassen würde. Die bisher umfangreichste Fontane-Ausgabe umfaßt 30 Bände und zusätzlich den Nachdruck der Kriegsbücher mit zusammen etwa 16 000 Seiten reinen Text ohne Anmerkungen und Register. Das ergibt eine interessante Relation zwischen schriftstellerischem Werk und Briefen. Denn Fontanes Briefe sind nicht Beiwerk und nur als zusätzliche Information zum Werk und zum Leben interessant. Seine Briefe sind ein völlig eigenständiger Teil seines Werkes, dem künstlerischen Wert der Romane ebenbürtig. Die Feststellung des Fontaneforschers Hans-Heinrich Reuter: »Fontane würde zur großen deutschen Literatur gehören, auch wenn von ihm nichts überliefert wäre als seine Briefe« ist in jedem Sinn richtig.

Und es ist nicht erst der ›alte Fontane‹, der sich als passionierter Epistolograph erweist, auch die Briefe des frühen Fontane an die Freunde Wilhelm Wolfsohn, Friedrich Witte, Paul Heyse und vor allem an Bernhard von Lepel sind mehr als Berichte oder Mitteilungen, viele Eigenheiten, die den Briefschreiber Fontane ausmachen, lassen sich schon hier erkennen. Zeit seines Lebens hat Fontane Briefe geschrieben, er hatte eingeplante »Briefschreibetage«, an denen er sich von der schriftstellerischen »Arbeit am Trapez« erholte. Man kann die gesamte Anzahl nur schätzen, wie schon bereits erwähnt. Gegenwärtig lassen sich rund 5000 Briefe dokumentieren, von denen eine beachtliche Anzahl bisher noch nicht veröffentlicht wurde. Er selbst spricht einmal beiläufig von den 10 000 Briefen, die er allein an seine Frau geschrieben hat. Es scheint jedoch gerechtfertigt, eine Zahl zwischen 12 000 und 15 000 als realistisch anzusehen. Vergleichend sei erwähnt, daß das Briefwerk Goethes mit 13 500 Briefen angesetzt wird, dabei ist zu berücksichtigen, daß Goethe einem wesentlich größeren Kreis von Korrespondenzpartnern verpflichtet war, und daß er einen Teil seiner Briefe diktiert hat. Und noch ein anderer Name muß hier genannt werden, der des großen Briefschreibers unseres Jahrhunderts: Thomas Mann, dessen innere Verwandtschaft mit Fontane immer deutlicher wird. Man nimmt an, daß er insgesamt etwa 28 000 Briefe geschrieben hat, von denen sich zur Zeit etwa die Hälfte nachweisen läßt. Aber auch Thomas Mann hat einen beachtlichen Teil seiner Korrespondenz diktiert, zum Teil auch von Sekretären nach Angaben schreiben lassen. Beide, Theodor Fontane und Thomas Mann schrieben aus einer ihnen selbstverständlichen Höflichkeit, Fontane sprach in diesem Zusammenhang davon, daß »die einzige absolute Promptheit seines Lebens die briefschreiberische« gewesen sei, und sie schrieben vor allem aus der Liebe zum Gespräch, zur Causerie an sich. Beider Verwandtheit zeigt sich auch darin, daß der aus der Antike überlieferte Topos, der sermo absentium, das »Gespräch mit den Abwesenden«, ihren Briefstil wesentlich beeinflußt, dabei ist dieser Gesprächs-Topos bei Fontane stärker spürbar. Seine Briefe sind fast nie monologisch, wie z. B. die Briefe Heinrich von Kleists, sondern dialogisch aufgebaut, wie in einem Gespräch auf den Partner bezogen; bisweilen glaubt man zu spüren, daß Fontane auf angenommene Einwürfe oder Unterbrechungen des Partners eingeht, es ist die Versalität des Causeurs, das Sichanbequemen, die Biegsamkeit, aber auch die Liberalität dessen, der sein Metier beherrscht.

Fontane hat seine Briefe stets selbst geschrieben, er benutzte dazu Schwanenfedern, die er selbst schnitt, und die kalligraphische Schönheit seiner Briefe verdankt diesen Federn, die sich dem Schwung und Druck der Hand anpassen, sehr viel. Fontane war auch ein »Randschreiber«. Bisweilen steht die Hälfte des Inhalts eines Briefes auf den Rändern rechts und links des

Blattes, zum Teil noch schräg am oberen Rand des Briefkopfes, ein eindrucksvolles Beispiel ist der Brief Nr. 43 an Paul Heyse vom 7. Dezember 1859 (Seite 101 u. Abb. 6).

Er selbst nannte sich den »Mann der langen Briefe«, und ein großer Teil seiner Briefe geht über viele Seiten, so die frühen Briefe an die Freunde, an Bernhard von Lepel, vor allem aber die Briefe an seine Frau Emilie, später an Mathilde von Rohr, an die Tochter Martha und im letzten Jahrzehnt die »Friedlaender-Briefe«. Das gehörte zur Gesprächsart seiner Briefe, ein richtiges Gespräch will geführt sein, es bedarf einer Einleitung, muß sich erstrecken, darf und soll abschweifen, um ein besonderes Thema mehrfach aufnehmen zu können und darf auch nicht abrupt abbrechen.

Aber nicht nur in seinen »langen« Briefen war Fontane ein Meister, viele vom Normalmaß zeigen in ihrer Knappheit und bewußten Abgemessenheit, in der konzentrierten Formulierung seinen unverwechselbaren Ton.

Fontane arbeitete an vielen seiner Briefe mit der gleichen Intensität und Sorgfalt wie an seinen Erzählungen und Romanen, bei denen die Arbeit des Feilens und Korrigierens oft den Hauptteil der Mühen ausmachte. Wichtige Briefe wurden zunächst im Entwurf konzipiert, und danach in »ihrer Privatheit künstlerisch betreut«, um es mit Thomas Mann zu sagen. Von einigen dieser Briefe haben sich die Entwürfe erhalten, so daß wir die zusätzliche Arbeit der »Feile« verfolgen können.

Fontane schrieb nicht nur mit Passion Briefe, er war auch ein großer Verehrer und Leser von Briefen und Briefsammlungen: ». . . in meinem eigensten Herzen bin ich geradezu Briefschwärmer und ziehe sie, weil des Menschen Eigenstes und Echtestes gebend, jedem anderen historischen Stoff vor.« Er wußte, daß Briefschreiben ein Talent war.

Der Gehalt an Information – auf sein Leben und sein Werk bezogen – ist in seinen Briefen nicht so groß wie die Anzahl es vermuten läßt. Natürlich erleichtern sie viele Datierungsfragen, geben Hinweise auf Quellen und Hintergründe, vermitteln chronologische Einzelheiten, Reisetermine, geschäftliche Absprachen und anderes mehr, aber sie sind nicht einfach Kontext zu Leben und Werk. Über Bericht und Mitteilung hinaus haben sie noch eine weitere, andere Funktion, die Fontane schon sehr früh in einem Brief seiner Londoner Tage anreißt: »Briefe sind gemeinhin bloße Kosthäppchen, die den Appetit anregen statt ihn zu befriedigen. Selten ist es einem beschert sich vor einem Briefe wie vor einem wohl servierten Diner niedersetzen und ein Dutzend Gänge (darunter allerhand Lieblingsspeisen) mit wachsendem Behagen zu sich nehmen zu können.« Sein Brief sollte nicht nur aufgeputztes Tagebuch, eine Art garniertes »Kosthäppchen« sein, sondern durchgeformt, überlegt, gestaltet und eigenständig.

»Ja, was heißt Briefschreibetalent! Es ist damit wie mit allem: eine Norm giebt es nicht.« schreibt er einmal an seine Tochter, »Der kleine Notizenbrief kann sehr nett sein . . .« und nun erzählt er anekdotenhaft ein kleines Erlebnis, um dann zu sagen: »Nun aber komme ich auf mein Thema zurück und sage, man kann auch sein talent épistolaire – bei dem ich beiläufig nicht weiß, ob es sich mit oder ohne é schreibt – in Reflektionen, philosophischen Betrachtungen, Bildern, Vergleichen, Angriffen und Verteidigungen zeigen.«

In dieser Zusammenstellung, plaudernd durchbrochen von kleinen Anekdoten, wie absichtslos eingestreuten Abschweifungen bieten sich Fontanes Briefe dar. Das gilt sicherlich nicht für jeden Brief, auch Fontane hat eine umfängliche Anzahl von Muß-Briefen, von Geschäftskorrespondenz und von mehr oder weniger formellen Dankschreiben verfaßt. Aber es gilt für die Briefe, die ihm wirklich Briefe waren, und ihre Zahl ist glücklicherweise so groß, daß sie sein Briefwerk bestimmen.

Den weitaus größten Teil seiner Briefe richtete er an seine Frau, die Briefe aus der Brautzeit sind leider nicht mehr erhalten und auch sonst ergeben sich in den Jahren oft beachtliche Lücken. Den Briefwechsel mit seiner Frau führte Fontane in gewissem Sinn geplant und organisiert, es gab Schreibetage, so daß beide

Partner bei normalen Postbedingungen an bestimmten Tagen mit einem Brief rechnen konnten. Besonderen Ereignissen wurde dann ein zusätzlicher Brief gewidmet. Ein Beispiel gibt die Nachschrift des Briefes an seine Frau vom 11. Mai 1870 (S. 159), in der ein solcher wichtiger Konfessionsbrief als »Extra« gekennzeichnet wird.

Von den weiteren Briefen an die Familie, es sind dies die an die Mutter, nur zwei erhaltene an den Vater, die Briefe an die Söhne und die an »Mete«, ragen die an die Tochter weit hinaus, sie zählen in vielen Stücken zu den bedeutendsten, die Fontane geschrieben hat.

Die Briefe an die »Freunde«, an Bekannte und an geschäftliche Partner umfassen einen großen, unterschiedlichen Kreis. In den frühen Jahren sind es Wilhelm Wolfsohn, Friedrich Witte und vor allem Bernhard von Lepel. Aus der »Tunnelzeit« ergab sich die Korrespondenz mit Paul Heyse und über lange Jahre mit Theodor Storm.

Ein besonderes Kapitel bilden die Briefe an Mathilde von Rohr. Das fast um ein Jahrzehnt ältere Fräulein aus märkischem Uradel hatte Fontane durch Vermittlung Lepels Ende der vierziger Jahre kennengelernt, zu dieser Zeit betreute sie einen kleinen literarischen Zirkel in Berlin. Über fast vier Jahrzehnte bis zu ihrem Tod – 1889 – währte eine Verbindung, die zu einer vertrauensvollen Freundschaft wurde. Fontane fand in Mathilde von Rohr eine stets hilfsbereite und immer verständnisvolle Partnerin, der er in vielen Briefen persönliche, familiäre und oft auch schriftstellerische Nöte bekennen konnte.

Zwei wichtige Briefpartner treten in den letzten anderthalb Jahrzehnten seines Lebens auf, der Amtsgerichtsrat Dr. Georg Friedlaender, den er 1884 bei einem seiner Aufenthalte im Riesengebirge kennenlernte und der englische Arzt Dr. James Morris, den Fontane bereits seit 1852 aus seiner Londoner Zeit kannte, mit dem es aber erst ab 1896 zu einer neu angeknüpften Korrespondenz kommen sollte.

Fontane hat seine vielen und zahlreichen Briefe nicht unter dem

Gedanken einer späteren Veröffentlichung geschrieben, auch nicht die seiner letzten Jahre. Er hatte ganz bestimmte Vorstellungen, was ihn überdauern würde und dachte dann vor allem an seine Balladen und Gedichte. Sicher hat er um die Bedeutung seiner Briefe gewußt, aber sie waren ihm stets ein privates Anliegen.

Seine Briefpartner dachten darüber anders, sie bewahrten seine Briefe auf, sammelten sie, und so verwundert es nicht, daß schon kurz nach seinem Tod die ersten Veröffentlichungen seiner Briefe in verschiedenen Zeitschriften erfolgten. Die eigentliche Edition seiner Briefe begann mit den sogenannten »Briefen an seine Familie«. Diese Editionsgeschichte ist heute noch nicht abgeschlossen, deshalb soll hier eine kurze und knappe Chronologie der wichtigsten Drucke aufgeführt werden:

1904 mit der Jahreszahl 1905 erschienen in zwei Bänden »Theodor Fontane's Briefe an seine Familie«. Sie bildeten gleichzeitig Band 6 und 7 der zweiten Serie der Gesammelten Werke. Auf insgesamt 658 Seiten wurden 376 Briefe abgedruckt, Herausgeber war K. E. O. Fritsch, der Schwiegersohn Fontanes. Leider wurde ein erheblicher Teil der Briefe gekürzt, andere aus mehreren Briefen zusammengesetzt.

1909 erschienen zwei weitere Bände mit der Jahreszahl 1910 unter dem Titel: »Briefe Theodor Fontanes. Zweite Sammlung«, allgemein als »Briefe an die Freunde« bezeichnet. Herausgeber waren Otto Pniower und Paul Schlenther. Sie erschienen auch als Band 10 und 11 der Gesammelten Werke, Serie 2. 648 Briefe auf 919 Seiten enthielt diese Ausgabe, leider auch gekürzt und unvollständig.

1909 zur gleichen Zeit erschien der Briefwechsel mit dem Jugendfreund Wilhelm Wolfsohn mit Briefen von 1841 bis 1865, insgesamt 59, davon 42 von Fontane.

1920 Der S. Fischer Verlag, der inzwischen die Verlagsrechte übernommen hatte, brachte in der neuen zehnbändigen Ausgabe zwei Briefbände. Aus den Bänden der Familien- und Freundesbriefe wurden 522, nunmehr chronologisch geordnet, aufgenommen.

In verschiedenen Zeitungen und Zeitschriften erschienen in den zurückliegenden zwei Jahrzehnten zum Teil Einzelbriefe und auch Briefgruppen an verschiedene Adressaten in unterschiedlichster Editionsqualität.

1928 gab Erich Petzet den Briefwechsel zwischen Theodor Fontane und Paul Heyse mit 139 Briefen heraus.

1933 am 9. Oktober kam es zur Versteigerung der Handschriften (Briefe und Manuskripte) aus dem Besitz von Friedrich Fontane durch die Autographenhandlung Hellmut Meyer und Ernst in Berlin. Friedrich Fontane hatte seine Bestände der Preußischen Staatsbibliothek angeboten, die Verhandlungen waren aber am Preis gescheitert. Ein beachtlicher Teil der Briefe wurde dadurch an viele Stellen verkauft und stand einer Edition nicht mehr zur Verfügung.

1936 der private Sammler Richard von Kehler veröffentlichte »Neunundachtzig bisher ungedruckte Briefe und Handschriften von Theodor Fontane« aus seinem Besitz.

1937 erschienen unter dem Titel »Heiteres Darüberstehen. Familienbriefe / Neue Folge« weitere 196 Briefe, auch diese zum erheblichen Teil gekürzt und unvollständig.

1940 gab Julius Petersen die erste, wissenschaftlichen Grundsätzen einer Edition genügende Ausgabe eines Briefwechsels heraus: Die Briefe Theodor Fontanes und Bernhard von Lepels, mit 418 Briefen auf 935 Seiten.

1943 sollten die noch von Fontanes Sohn Friedrich vorbereiteten Bände der »Letzten Auslese« als Ergänzung der Freundesbriefe erscheinen. In zwei Bänden wurden 470 Briefe aufgenommen. Doch konnte nur noch der zweite Band mit dem Hinweis ausgeliefert werden: ›Der größte Teil der Auflage ... ist bis auf eine geringe Anzahl, die vorher versandt werden konnte, durch Brand vernichtet worden. Nur vom 2. Band ist ein Teil erhalten geblieben. Der Verlag hofft, nach Beendigung des Krieges einen Neudruck des 1. Bandes herstellen und den Käufern des 2. Bandes nachliefern zu können!‹ Dazu ist es jedoch nie gekommen.

Auch in diesen Jahren erschienen weitere Briefe und Briefgruppen in Zeitungen, Zeitschriften und Jahrbüchern.

Wenige Jahre nach Kriegsende erschien als erste Briefpublikation nach 1945: »Storm – Fontane. Briefe der Dichter« mit insgesamt 33 Briefen auf 171 Seiten.

1954 gab Kurt Schreinert die »Briefe an Georg Friedlaender« heraus. 276 Briefe und Postkarten Fontanes wurden ungekürzt und getreu nach der Handschrift gedruckt, versehen mit einem präzisen Anmerkungsteil.

1963 am 28. November fand in Hamburg bei Ernst Hauswedell eine bedeutsame Auktion statt. 750 eigenhändige Briefe Theodor Fontanes und 91 Briefe Martha Fontanes standen zur Versteigerung. Sie wurden von der Stiftung Preußischer Kulturbesitz für die Staatsbibliothek Berlin erworben.

1968 begann die Edition dieser Briefe, sie wurde von Kurt Schreinert betreut und nach dessen Tod von Charlotte Jolles weitergeführt. In insgesamt vier Bänden wurden auf 1136 Seiten fast 850 Briefe abgedruckt: Die Briefe an die Mutter, an die Frau, an die Tochter Martha, an die Schwester Elise, an Mathilde von Rohr, an Karl und Emilie Zöllner und an George und Ludovica Hesekiel. In dieser Ausgabe wurden, soweit die Handschriften vorlagen, alle Briefe wort- und buchstabengetreu ohne jede Normalisierung gedruckt.

1968 erschienen in der Bibliothek Deutscher Klassiker »Fontanes Briefe in zwei Bänden« ausgewählt und erläutert von Gottfried Erler. Auf 1060 Seiten brachte diese Ausgabe über 500 Briefe, darunter zahlreiche zum ersten Mal vollständig und ungekürzt nach den Handschriften und Abschriften des Fontane-Archivs in Potsdam. 1981 erschien eine zweite Auflage dieser Briefausgabe.

1969 gab Hans-Heinrich Reuter »Theodor Fontane Briefe an Julius Rodenberg« heraus mit 108 Briefen und Postkarten und einer umfangreichen Dokumentation.

1969 erschienen von Helmuth Nürnberger herausgegeben »Theodor Fontane Briefe an Hermann Kletke« mit 75 Briefen.

1972 konnte die 1928 erstmals erschienene Ausgabe des Briefwechsels Fontane – Heyse in einer völlig neu erarbeiteten Edition erscheinen, die Gottfried Erler herausgab, sie stützte sich auf die Handschriften und konnte um eine Anzahl Briefe erweitert werden.

1972 veröffentlichte die Deutsche Schillergesellschaft »Theodor Fontanes Briefe an Wilhelm und Hans Hertz 1859-1898, insgesamt 569 Briefe und Karten, die von Kurt Schreinert und Gerhard Hay herausgegeben wurden.

1973 erschien in der Schriftenreihe der Universitätsbibliothek Berlin ein Verzeichnis »Fontane-Autographen«, das von Joachim Krueger bearbeitet und kommentiert wurde. Im Anhang edierte er zwanzig Briefe Fontanes vollständig nach den Handschriften.

1973 brachte die Reihe »Dichter über ihre Dichtungen« den Band 12/I u. II, »Theodor Fontane« heraus. Auf 1700 Seiten waren Fontanes zumeist briefliche Äußerungen zu seinem Werk von Richard Brinkmann und Waltraud Wiethölter gesammelt und herausgegeben worden. Auch die Unterlagen des Fontane-Archivs in Potsdam waren hinzugezogen worden. Jedoch wurden jeweils nur Briefteile gedruckt.

1975 gab Christian Andree 76 Briefe wortgetreu nach den Handschriften aus den Jahren 1856-1898 heraus.

1976 begann die auf vier Text- und einen Kommentarband angelegte Briefausgabe des »Hanser-Fontane« mit Band I zu erscheinen.

1981 wird der nach den Handschriften herausgegebene Briefwechsel Theodor Storm und Theodor Fontane angezeigt.

Diese zahlreichen Veröffentlichungen und viele andere, die parallel in Zeitungen, Zeitschriften und Jahrbüchern erschienen, vor allem in den seit 1965 vom Theodor-Fontane-Archiv in Potsdam, seit 1994 gemeinsam mit der Theodor Fontane Gesellschaft herausgegebenen »Fontane-Blätter«, wie unter anderem die Briefe an Maximilian Harden, an Richard Dehmel, an Otto Ernst, an Fritz Mauthner, an den Verleger Cotta, an Ludwig Pietsch und an den Verleger Wilhelm Friedrich und in den achtziger und neunziger Jahren Fontanes Briefwechsel mit den Eheleuten Wilhelm und Henriette von Merckel, seine Briefe an Wilhelm Wolfsohn, die Briefe an die Brüder Friedrich und Karl Eggers und an andere Adressaten. Sie ließen den Wunsch nach einer Ausgabe aller zur Zeit vorhandenen Briefe dringlich werden, der aber zunächst nicht zu verwirklichen war. So entschloß sich der Hanser Verlag, als Abteilung IV seiner »Fontane-Werk-Ausgabe« in vier Bänden eine genügend große Anzahl von Briefen zu edieren, um den »Briefschreiber« Fontane zu repräsentieren.

Von 1976 bis 1982 erschienen vier Bände mit fast 3000 Seiten und knapp 2500, zum Teil bis dahin unveröffentlichten oder nicht vollständig gedruckten Briefen. 1988 und 1994 erschien abschließend in zwei Teilen der fünfte, der Kommentarband, mit einem ausführlichen Registerteil und einem über 1000 Seiten umfangreichen Kommentar. Damit lag eine Auswahl von knapp der Hälfte der Anfang der achtziger Jahre dokumentierbaren Briefe vor, die damit das Briefwerk Fontanes angemessen darstellte. Der vorliegende Band basiert auf dieser vierbändigen Ausgabe.

Um das Fehlen einer Gesamtausgabe der Briefe zu überbrükken, legten Charlotte Jolles und Walter Müller-Seidel 1988 auf fast 1000 Seiten ein Briefverzeichnis aller zu der Zeit knapp

6000 erfaßbaren Briefe Theodor Fontanes vor, ergänzt durch genaue Datierungsangaben, Fundortbestimmung, Hinweisen auf bisherige Drucke und detaillierten Angaben über erwähnte Personen und Werke. Mehrere Register schlüsselten alle Angaben auf.

Der Wunsch nach einer Gesamtausgabe der Briefe ist jedoch geblieben. Er wird durch die seit Mitte der neunziger Jahre im Aufbau-Verlag Berlin erscheinende »Große Brandenburger Ausgabe« (GBA) der Werke Theodor Fontanes erfüllt werden können. Diese Ausgabe ist auf etwa 75 Bände geplant, davon werden etwa zehn Bände den Briefen gewidmet sein, zu denen noch der »Ehebriefwechsel« zwischen Emilie und Theodor Fontane in drei Bänden zu rechnen ist, der im Herbst 1998 erscheinen wird.

Die vorliegende Auswahl umfaßt etwa 270 Briefe, also einen Bruchteil der zur Zeit bekannten Briefe. Ziel und Absicht der Auswahl ist es, ein Bild von Fontanes Leben aus diesen Briefen zu geben, ein Bild, das er selbst gezeichnet hat, von einem Leben, von dem er selbst erzählt im Gespräch seiner Briefe. Dabei werden alle abgedruckten Briefe vollständig ohne Kürzungen gedruckt, soweit die Unterlagen dies erlauben. Die bisweilen unterschiedliche Schreibweise hat ihren Grund darin, daß die verschiedenen Druckvorlagen nicht immer wort- und buchstabengetreu nach den Handschriften edierten. Diese Uneinheitlichkeit muß gegenwärtig in Kauf genommen werden.

Die kurzen Zwischentexte sollen lediglich eine Verbindung zwischen den zeitlich oft über Monate auseinanderliegenden Brieftexten schaffen.

Jede Auswahl ist subjektiv, ein Drittel der Briefe hätte wahrscheinlich jeder Herausgeber gewählt, bei zwei Dritteln hätte er vielleicht anders entschieden und dafür seine guten Gründe gehabt. Meine Begründung für die Auswahl ist: Fontane sollte in allen Lebensabschnitten in einer angemessenen Verteilung über die Jahre hin sprechen, lediglich in den letzten zwei Jahrzehnten wird die Auswahl etwas dichter. Dabei wurden die Briefe bevorzugt, die den Briefschreiber Fontane verdeutlichen, daneben aber auch Briefe, die wichtige und entscheidende Situationen seines Lebens sichtbar machen. Ein großer Kreis von Briefpartnern in der Familie und unter Freunden und Bekannten sollte repräsentiert werden, vor allem sollten die Briefe deutlich machen, unter welchen Schwierigkeiten des Alltags das große schriftstellerische Werk Fontanes geleistet wurde.

Fontanes Aussagen zur Literatur, zur Kunst, zur Politik und zur Gesellschaft seiner Zeit zeigen sich oft zugespitzt und höchst pointiert. Er war ein sensibler Zeitgenosse seines Jahrhunderts, und seine kritischen Urteile, zumeist auf den jeweiligen Briefpartner hin formuliert, sollten nicht für sich allein gesehen und gewertet werden; sie bedürfen dazu des Kontextes anderer Briefe, der Kenntnis des Partners und der Umstände des persönlichen Umfeldes. Wenn diese Auswahl auf das exemplarische Leben eines großen deutschen Schriftstellers des 19. Jahrhunderts aufmerksam machen kann und dieses Leben etwas verdeutlicht und darüber hinaus den einen oder anderen Leser auf die große Zahl der anderen Briefe neugierig machen kann, dann ist ihr Ziel erreicht.

Der Herausgeber hat vielen zu danken, ohne die große Arbeit aller derer, die bisher Briefe Fontanes gesammelt, ediert und kommentiert haben, wäre diese Auswahl nicht möglich gewesen. Sein besonderer Dank gilt dem Carl Hanser Verlag in München und seinem leider viel zu früh verstorbenen Leiter Christoph Schlotterer für die Erlaubnis, die Briefbände des ›Hanser-Fontane‹ für diese Auswahl zu benutzen.

Otto Drude

Duisburg, im April 1981 und im Mai 1998

Verzeichnis der Briefe

Die Briefe bis zum Ende des Jahres 1889 beziehen sich auf die gegenwärtig erschienenen drei Bände der Abteilung IV der Ausgabe »Theodor Fontane – Werke, Schriften und Briefe«, die im Hanser Verlag München erscheinen. Die Angaben in Klammern geben jeweils den Band und die Seitenzahl an, an der die jeweiligen Briefe dort abgedruckt sind. Die Druckvorlagen können in den entsprechenden Bänden ersehen werden.

29. An Ludwig Metzel, 5. November 1855 (I, 443)
30. An Emilie Fontane, 17. November 1855 (I, 446)
31. An Bernhard von Lepel, 6. Dezember 1855 (I, 459)
32. An Emilie Fontane, 16. Januar 1856 (I, 470)
33. An Emilie Fontane (Mutter), 14. März 1856 (I, 489)
34. An Emilie Fontane, 20. Mai 1856 (I, 496)
35. An Louis Henri Fontane, 19. Oktober 1856 (I, 536)
36. An Emilie Fontane (Mutter), 18. September 1857 (I, 588)
37. An Emilie Fontane (Mutter), 27. Juni 1858 (I, 621)
38. An Emilie Fontane (Mutter), 17. September 1858 (BSJ I, 42)
39. An Bernhard von Lepel, 1. Dezember 1858 (I, 635)
40. An Rudolf von Auerswald, 2. Dezember 1858 (I, 637)
41. An Emilie Fontane, 17. Januar 1859 (I, 642)
42. An Wilhelm von Merckel, 5. März 1958 (I, 657)
43. An Paul Heyse, 7. Dezember 1859 (I, 686)
44. An Emilie Fontane (Mutter), 21. Dezember 1859 (I, 688)
45. An Julius Springer, 30. Januar 1860 (I, 694)
46. An Paul Heyse, 28. Juni 1860 (I, 708)
47. An Wilhelm Hertz, 3. Oktober 1860 (FHe, 17)
48. An Emilie Fontane (Mutter), 31. Dezember 1860 (II, 19)
49. An Wilhelm Hertz, 26. Februar 1861 (II, 25)
50. An Wilhelm Hertz, 24. November 1861 (II, 51)
51. An Emilie Fontane, 30. Juni 1862 (II, 74)
52. An Alexander Duncker, 15. Juni 1863 (II, 99)
53. An Emilie Fontane, 24. August 1863 (II, 102)
54. An Emilie Fontane (Mutter), 21. Februar 1864 (II, 116)
55. An Alexander von Pfuel, 12. Februar 1865 (II, 137)
56. An Henriette von Merckel, 25. September 1865 (Ii, 144)
57. An Wilhelm Hetz, 17. Juni 1866 (II, 162)
58. An Rudolf von Decker, 24. August 1866 (II, 169)
59. An Emilie Fontane, 27. Juni 1867 (II, 174)
60. An Hermann Sommerfeldt, 29. Oktober 1867 (II, 191)
61. An Bernhard von Lepel, 30. Dezember 1868 (II, 228)
62. An Emilie Fontane (Mutter), 29. Mai 1869 (II, 232)
63. An Emilie Fontane, 21. Oktober 1860 (II, 256)
64. An König Wilhlem I., 23. November 1869 (II, 265)
65. An Emilie Fontane, 3. Dezember 1869 (II, 281)
66. An Mathilde von Rohr, 22. Dezember 1869 (II, 287)

67. An Mathilde von Rohr, 15. April 1870 (II, 293)
68. An Emilie Fontane, 11. Mai 1870 (II, 306)
69. An Emilie Fontane, 28. Mai 1870 (II, 317)
70. An Emilie Fontane, 5. August 1870 (II, 325)
71. An Emilie Fontane, 6. Oktober 1870 (II, 338)
72. An Emilie Fontane, 18. Oktober 1870 (II, 341)
73. An Rudolf von Decker, 26. Oktober 1870 (II, 345)
74. An Emilie Fontane, 13. November 1870 (II, 356)
75. An Emilie Fontane, 24. November 1870 (II, 361)
76. An Hermann Kletke, 20. Dezember 1870 (II, 367)
77. An Hermann Kletke, 12. März 1871 (II 375)
78. An Emilie Fontane, 20. April 1871 (II, 376)
79. An Julius Rodenberg, 9. Juni 1871 (II, 377)
80. An Mathilde von Rohr, 19. Dezember 1871 (II, 391)
81. An Elise Fontane, 15. Juni 1872 (II, 411)
82. An Ludwig Pietsch, 19. Oktober 1872 (413)
83. An Rudolf von Decker, 10. April 1873 (II, 429)
84. An Mathilde von Rohr, 26. März 1874 (II, 456)
85. An Karl und Emilie Zöllner, 10. Oktober 1874 (II, 475)
86. An Emilie Fontane, 6. August 1875 (II, 507)
87. An Emilie Fontane, 14. August 1875 (II, 509)
88. An Friedrich Hitzig, 30. Januar 1876 (II, 517)
89. An Wilhelm Hertz, 10. März 1876 (II, 518)
90. An Minister Albert Falk, 28. Mai 1876 (II; 521)
91. An Mathilde von Rohr, 17. Juni 1876 (II, 526)
92. An Wilhelm Hertz, 24. Juli 1876 (II, 535)
93. An Wilhelm Hertz, 31. Oktober 1876 (II, 543)
94. An Mathilde von Rohr, 30. November 1876 (II, 548)
95. An Emilie Fontane, 14. August 1877 (II, 559)
96. An Wilhelm Hertz, 21. Dezember 1877 (II, 561)
97. An Ludovica Hesekiel, 19. Februar 1878 (II, 564)
98. An Wilhelm Hertz, 9. Mai 1878 (II, 568)
99. An Martha Fontane, 18. Mai 1878 (II, 570)
100. An Emilie Fontane, 15. Juni 1878 (II, 591)
101. An Mathilde von Rohr, 11. August 1878 (II, 612)
102. An Clara Stockhausen, 20. August 1878 (II, 616)
103. An Clara Stockhausen, 10. September 1878 (II, 619)
104. An Ludwig Pietsch, 22. November 1878 (II, 634)

143. An Friedrich Fontane, 23. Dezember 1884 (III, 370)
144. An Friedrich Fontane, 8. Januar 1885 (III, 371)
145. An Paul Schlenther, 19. April 1885 (III, 378)
146. An Emilie Fontane, 5. Mai 1885 (III, 383)
147. An Mathilde von Rohr, 23. Mai 1885 (III, 386)
148. An Martha Fontane, 26. Juni 1885 (III, 399)
149. An Georg Friedlaender, 5. Juli 1885 (III, 402)
150. An Martha Fontane, 16. Juli 1885 (III, 405)
151. An Emilie Zöllner, 18. August 1885 (III, 413)
152. An Friedrich Fontane, 11. Dezember 1885 (III, 438)
153. An Mathilde von Rohr, 9. Januar 1886 (III, 446)
154. An Jesco von Puttkammer, 20. Januar 1886 (III, 449)
155. An Theodor Fontane, 14. Mai 1886 (III, 471)
156. An Karl Zöllner, 14. Juni 1886 (III, 476)
157. An Emilie Fontane, 19. Juli 1886 (III, 479)
158. An Theodor Fontane, 2. November 1886 (III, 497)
159. An Georg Friedlaender, 12. Januar 1887 (III, 513)
160. An Georg Friedlaender, 3. April 1887 (III, 530)
161. An Paul Schlenther, 2. Juni 1887 (III, 539)
162. An Mathilde von Rohr, 8. Juli 1887 (III, 545)
163. An Theodor Fontane, 8. September 1887 (III, 559)
164. An Theodor Fontane, 24. September 1887 (III, 566)
165. An Paul Lindau, 3. Oktober 1887 (III, 567)
166. An Georg Friedlaender, 12. Oktober 1887 (III, 568)
167. An Theordor Fontane, 9. Dezember 1887 (III, 573)
168. An Mathilde von Rohr, 2. Januar 1888 (III, 577)
169. An Ludwig Pietsch, 10. Februar 1888 (III, 584)
170. An Emil Schiff, 15. Februar 1888 (III, 585)
171. An Martha Fontane, 13. März 1888 (III, 589)
172. An Theodor Fontane, 9. Mai 1888 (III, 600)
173. An Theodor Fontane, 17. Juni 1888 (III, 615)
174. An Friedrich Fontane, 9. August 1888 (III, 628)
175. An Emilie Fontane, 12. Oktober 1888 (III, 647)
176. An Julius Rodenberg, 21. November 1888 (III, 656)
177. An Georg Friedlaender, 7. Januar 1889 (III, 672)
178. An Theodor Fontane, 16. April 1889 (III, 680)
179. An Max von Bredow, 27. April 1889 (III, 685)
180. An Detlev von Liliencron, 11. Mai 1889 (III, 688)

Bildnachweis

Deutsches Literaturarchiv Marbach. Abb. 3, 6, 7, 10, 13, 16, 20, 22, 24, 25.
Stiftung Preußischer Kulturbesitz. Abb. 4, 5, 9, 12, 14, 15, 17, 26.
Landesbildstelle Berlin. Abb. 8, 19.
Bibliotheca Bodmeriana. Abb. 18.
Stadtbibliothek Wuppertal. Abb. 23.
Aus: Theodor Fontane 1819-1898. Katalog der Akademie der Künste Berlin 1970. Abb. 1.
Aus: Theodor Fontanes Briefwechsel mit Wilhelm Wolfsohn. Herausgegeben von Wilhelm Wolters. Berlin: Georg Bondi 1910. Abb. 2.
Aus: Theodor Fontane und Bernhard von Lepel, Ein Freundschaftsbriefwechsel. Herausgegeben von Julius Petersen. München: C.H. Beck'sche Verlagsbuchhandlung 1940. Abb. 11.
Aus: Theodor Fontane, Briefe an Georg Friedländer. Herausgegeben und erläutert von Kurt Schreinert. Heidelberg: Quelle & Meyer 1954. Abb. 21.
Aus: Theodor Fontane's Briefe an seine Familie. Berlin: F. Fontane & Co. 1905. Abb. 27.
Umschlagabbildung: Max Liebermann. Porträt Theodor Fontane, 1896. Bildarchiv Preußischer Kulturbesitz; die Wiedergabe erfolgt mit freundlicher Genehmigung von Marianne Feilchenfeldt, Zürich.

Herausgeber und Verlag danken den genannten Bibliotheken und Archiven für die freundlich gewährte Abdruckgenehmigung.

Inhalt

Theodor Fontane
im Insel Verlag

Briefe an Georg Friedlaender. Herausgegeben und mit einem Nachwort versehen von Walter Hettche. it 1565

Cécile. Mit einem Nachwort von Walter Müller-Seidel. it 689

Effi Briest. Mit 21 Lithographien von Max Liebermann. Leinen, Leder, it 138 und Großdruck. it 2340

Frau Jenny Treibel oder ›Wo sich Herz zum Herzen findt‹. Roman. Mit einem Nachwort von Richard Brinkmann. it 746

Grete Minde. Mit einem Nachwort von Peter Demetz. it 1157

Herr von Ribbeck auf Ribbeck. Gedichte und Balladen. Herausgegeben von Gottfried Honnefelder. it 1446

Irrungen, Wirrungen. Mit einem Nachwort von Walther Killy. it 771

Jenseit des Tweed. Bilder und Briefe aus Schottland. Mit zahlreichen Abbildungen und einem Nachwort herausgegeben von Otto Drude. it 1066

Kriegsgefangen. Erlebnisse 1870. Herausgegeben von Otto Drude. Mit zahlreichen Abbildungen. it 1437

Mathilde Möhring. Mit einem Nachwort von Peter Demetz. it 1107

Meine Kinderjahre. Autobiographischer Roman. Mit einem Nachwort von Otto Drude. it 705

Die Poggenpuhls. Roman. it 1271

Schach von Wuthenow. Erzählung aus der Zeit des Regiments Gendarmes. Mit einem Nachwort von Benno von Wiese. it 816

Ein Sommer in London. Mit einem Nachwort von Harald Raykowski. it 1723

Der Stechlin. Mit einem Nachwort von Walter Müller-Seidel. it 152

Stine. Roman. Mit einem Nachwort von Peter Demetz. it 899

Unwiederbringlich. Roman. it 1593

Vor dem Sturm. Roman, aus dem Winter 1812 auf 13. Mit einem Nachwort von Hugo Aust. it 583

Theodor Fontane. Leben und Werk in Texten und Bildern. Von Otto Drude. it 660

58/1/8.96

Literatur der Moderne
im insel taschenbuch

Peter Altenberg: Auswahl aus seinen Büchern von Karl Kraus. Mit einem Nachwort von Christian Wagenknecht. it 1851

Lou Andreas-Salomé: Lebensrückblick. Grundriß einiger Lebenserinnerungen. Aus dem Nachlaß herausgegeben von Ernst Pfeiffer. Neu durchgesehene Ausgabe mit einem Nachwort des Herausgebers. it 54

– Rainer Maria Rilke. Mit acht Bildtafeln im Text. Herausgegeben von Ernst Pfeiffer. it 1044

Bertolt Brecht: Hauspostille. Mit Anleitungen, Gesangsnoten und einem Anhang. Radierungen von Christoph Meckel. it 617

Hans Carossa: Werke in Einzelausgaben. Zwölf Bände in Kassette. Die Werke sind auch einzeln lieferbar. it 1461-1472

– Band 1: Gedichte. Der alte Taschenspieler. it 1461
– Band 2: Die Schicksale Doktor Bürgers. Rumänisches Tagebuch. it 1462
– Band 3: Der Arzt Gion. it 1463
– Band 4: Geheimnisse des Lebens. it 1464
– Band 5: Führung und Geleit. it 1465
– Band 6: Aufzeichnungen aus Italien. it 1466
– Band 7: Eine Kindheit. it 1467
– Band 8: Verwandlungen einer Jugend. it 1468
– Band 9: Das Jahr der schönen Täuschungen. it 1469
– Band 10: Der Tag des jungen Arztes. it 1470
– Band 11: Ungleiche Welten. Lebensbericht. it 1471
– Band 12: Ein Tag im Spätsommer 1947. Erzählung. it 1472

– Das Jahr der schönen Täuschungen. it 1091
– Eine Kindheit. it 295 und Großdruck. it 2345
– Die Schicksale Doktor Bürgers. it 830
– Der Tag des jungen Arztes. it 1137

Felix Dahn: Ein Kampf um Rom. Mit einem Nachwort von Hans-Rüdiger Schwab. it 1744

Federico García Lorca: Die dramatischen Dichtungen. Deutsch von Enrique Beck. it 3

Adele Gundert: Marie Hesse. Die Mutter von Hermann Hesse. Ein Lebensbild in Briefen und Tagebüchern. Mit einem Essay von Siegfried Greiner und Illustrationen von Gunter Böhmer. it 261

Hermann Hesse: Bäume. Betrachtungen und Gedichte. Mit Fotografien von Imme Techentin. Zusammenstellung der Texte von Volker Michels. it 455 und it 1815

– Franz von Assisi. Mit Fresken von Giotto und einem Essay von Fritz Wagner. it 1069

155/1/12.96

Literatur der Moderne im insel taschenbuch

Hermann Hesse: Gedichte des Malers. Zehn Gedichte mit farbigen Zeichnungen. it 893

– Hermann Lauscher. Mit frühen, teils unveröffentlichten Zeichnungen und einem Nachwort von Gunter Böhmer. it 206

– Kindheit des Zauberers. Ein autobiographisches Märchen. Handgeschrieben, illustriert und mit einer Nachbemerkung versehen von Peter Weiss. it 67

– Knulp. Drei Geschichten aus dem Leben Knulps. Mit dem Fragment ›Knulps Ende‹. Mit sechzehn Steinzeichnungen von Karl Walser. it 394

– Magie der Farben. Aquarelle aus dem Tessin. Mit Betrachtungen und Gedichten zusammengestellt und mit einem Nachwort versehen von Volker Michels. it 482

– Mit Hermann Hesse durch Italien. Ein Reisebegleiter durch Oberitalien. Mit farbigen Fotografien. Herausgegeben von Volker Michels. it 1120

– Piktors Verwandlungen. Ein Liebesmärchen, vom Autor handgeschrieben und illustriert, mit ausgewählten Gedichten und einem Nachwort versehen von Volker Michels. it 122

– Schmetterlinge. Betrachtungen, Erzählungen, Gedichte. Zusammengestellt und mit einem Nachwort versehen von Volker Michels. it 385

– Die Stadt. Ein Märchen, ins Bild gebracht von Walter Schmögner. it 236

– Der Zwerg. Ein Märchen. Mit Illustrationen von Rolf Köhler. it 636

Henrik Ibsen: Ein Puppenheim. Herausgegeben und übersetzt von Angelika Gundlach. Mit zeitgenössischen Abbildungen. it 323

Jens Peter Jacobsen: Niels Lyhne. Mit Illustrationen von Heinrich Vogeler. Nachwort von Fritz Paul. Aus dem Dänischen von Anke Mann. it 44

Marie Luise Kaschnitz: Beschreibung eines Dorfes. Fotografien von Michael Grünwald. it 665

– Eisbären. Erzählungen. it 4

Harry Graf Kessler: Tagebücher 1918-1937. Herausgegeben von Wolfgang Pfeiffer-Belli. it 1779

Eduard von Keyserling: Schwüle Tage. Erzählung. it 1726

Christian Morgenstern: Alle Galgenlieder. it 6

155/2/12.96

Literatur der Moderne
im insel taschenbuch

Rainer Maria Rilke: Sämtliche Werke. insel taschenbuch-Ausgabe in sechs Bänden. Herausgegeben vom Rilke-Archiv. In Verbindung mit Ruth Sieber-Rilke besorgt durch Ernst Zinn.
- Band I: Gedichte. Erster Teil. it 1101
- Band II: Gedichte. Zweiter Teil. it 1102
- Band III: Jugendgedichte. it 1103
- Band IV: Frühe Erzählungen und Dramen. it 1104
- Band V: Kritische Schriften. Worpswede. Auguste Rodin. it 1105
- Band VI: Malte Laurids Brigge. Kleine Schriften. it 1106

– Am Leben hin. Novellen und Skizzen 1898. Mit Anmerkungen und einer Zeittafel. it 863
– Die Aufzeichnungen des Malte Laurids Brigge. it 630
– Auguste Rodin. Mit 96 Abbildungen. it 766
– Ausgesetzt auf den Bergen des Herzens. Gedichte aus den Jahren 1906 bis 1926. it 98
– Briefe. 3 Bde. in Kassette. Herausgegeben vom Rilke-Archiv in Weimar in Verbindung mit Ruth Sieber-Rilke. Besorgt durch Karl Altheim. it 867
– Briefe über Cézanne. Herausgegeben von Clara Rilke. Besorgt und mit einem Nachwort versehen von Heinrich Wiegand Petzet. Mit siebzehn farbigen Abbildungen. it 672
– Das Buch der Bilder. Des ersten Buches erster Teil. Des ersten Buches zweiter Teil. Des zweiten Buches erster Teil. Des zweiten Buches zweiter Teil. it 26
– Duineser Elegien. Die Sonette an Orpheus. it 80
– Erste Gedichte. Larenopfer. Traumgekrönt. Advent. it 1090
– Ewald Tragy. Mit einem Nachwort von Richard von Mises. it 1142
– Frühe Gedichte. it 878
– Gedichte. Aus den Jahren 1902 bis 1917. Taschenbuchausgabe der 1931 als Privatdruck erschienenen Edition der Handschrift Rainer Maria Rilkes. Illustriert von Max Slevogt. it 701
– Gedichte aus den späten Jahren. Herausgegeben von Franz-Heinrich Hackel. it 1178
– Geschichten vom lieben Gott. Illustrationen von E. R. Weiß. it 43 und Großdruck. it 2313
– In einem fremden Park. Gartengedichte. Zusammengetragen von Marianne Beuchert. Mit zwölf farbigen Bildern von Marion Nickig. it 1820
– Die Letzten. Im Gespräch. Der Liebende. it 935

Rainer Maria Rilke: Die Liebenden. Die Liebe der Magdalena. Portugiesische Briefe. Die 24 Sonette der Louïze Labé. it 355

155/3/12.96

Literatur der Moderne
im insel taschenbuch

Rainer Maria Rilke: Neue Gedichte. Der Neuen Gedichte anderer Teil. it 49
– Das Stunden-Buch, enthaltend die drei Bücher: Vom mönchischen Leben. Von der Pilgerschaft. Von der Armut und vom Tode. it 2
– Vom Alleinsein. Geschichten, Gedanken, Gedichte. Herausgegeben von Franz-Heinrich Hackel. it 1216
– Worpswede. Fritz Mackensen. Otto Modersohn. Fritz Overbeck. Hans am Ende. Heinrich Vogeler. Mit zahlreichen Abbildungen und Farbtafeln im Text. it 1011
– Zwei Prager Geschichten und ›Ein Prager Künstler‹. Mit Illustrationen von Emil Orlik. Herausgegeben von Josef Mühlberger. it 235
Rainer Maria Rilke / Lou Andreas-Salomé: Briefwechsel. Herausgegeben von Ernst Pfeiffer. it 1217
Rilke in Spanien. Briefe, Gedichte, Tagebücher. Herausgegeben von Eva Söllner. Mit farbigen Abbildungen. it 1507
Rilkes Landschaft. In Bildern von Regina Richter, zu Gedichten von Rainer Maria Rilke. Nachwort von Siegfried Unseld. it 588
Leopold von Sacher-Masoch: Venus im Pelz. Mit einer Studie über den Masochismus von Gilles Deleuze. it 469
Felix Timmermans: Das Glück in der Stille. Die schönsten Erzählungen. Ausgewählt von Franz-Heinrich Hackel. it 1886
– Der Heilige der kleinen Dinge. Erzählungen. Mit Zeichnungen des Autors. it 1364
– Das Jesuskind in Flandern. Aus dem Flämischen von Anton Kippenberg. Mit Zeichnungen des Dichters. it 937
– Pallieter. Mit Zeichnungen des Dichters. Aus dem Flämischen von Anna Valeton-Hoos. it 1430
St. Nikolaus in Not. Aus dem Flämischen von Anna Valeton-Hoos. Mit farbigen Bildern von Else Wenz-Viëtor. it 2023
Georg Trakl: Die Dichtungen. it 1156
Oscar Wilde: Gesammelte Werke in zehn Bänden. Herausgegeben von Norbert Kohl. it 582
– Band 1: Das Bildnis des Dorian Gray
– Band 2: Märchen und Erzählungen
– Band 3: Theaterstücke I
– Band 4: Theaterstücke II
– Band 5: Gedichte
– Band 6: Essays I
– Band 7: Essays II
– Band 8: Briefe I
– Band 9: Briefe II
– Band 10: Briefe III

155/4/12.96

Literatur der Moderne im insel taschenbuch

Oscar Wilde: Aphorismen. Herausgegeben von Frank Thissen. it 1020
– Das Bildnis des Dorian Gray. Deutsch von Hedwig Lachmann und Gustav Landauer. Mit einem Essay, einer Auswahlbibliographie und einer Zeittafel herausgegeben von Norbert Kohl. it 843
– Die Erzählungen und Märchen. Mit Illustrationen von Heinrich Vogeler. Aus dem Englischen übersetzt von Felix Paul Greve und Franz Blei. it 5
– Gedichte. Herausgegeben von Norbert Kohl. it 1455
– Das Gespenst von Canterville. Erzählung. Mit Illustrationen von Oski. Aus dem Englischen von Franz Blei. it 344
– Der glückliche Prinz und andere Märchen. Aus dem Englischen von Franz Blei. Mit Illustrationen von Michael Schroeder und einem Nachwort von Norbert Kohl. it 1256
– Lord Arthur Saviles Verbrechen und andere Geschichten. Mit Illustrationen von Michael Schroeder. Aus dem Englischen von Christine Hoeppner. it 1151
– Salome. Dramen, Schriften, Aphorismen und ›Die Ballade vom Zuchthaus zu Reading‹. Mit Illustrationen von Marcus Behmer. it 107

155/5/12.96

Biographien, Leben und Werk im insel taschenbuch

Peter Altenberg. Leben und Werk in Texten und Bildern. Herausgegeben von Hans Christian Kosler. it 1854

Lou Andreas-Salomé: Lebensrückblick. Grundriß einiger Lebenserinnerungen. Aus dem Nachlaß herausgegeben von Ernst Pfeiffer. Neu durchgesehene Ausgabe mit einem Nachwort des Herausgebers. it 54

– Rainer Maria Rilke. Mit acht Bildtafeln im Text. Herausgegeben von Ernst Pfeiffer. it 1044

Elizabeth von Arnim: Elizabeth und ihr Garten. Aus dem Englischen von Adelheid Dormagen. it 1293 und Großdruck. it 2338

Angelika Beck: Jane Austen. Leben und Werk in Texten und Bildern. it 1620

Marian Brandys: Maria Walewska. Napoleons große Liebe. Eine historische Biographie. it 1835

Bertolt Brecht. Sein Leben in Bildern und Texten. Mit einem Vorwort von Max Frisch. Herausgegeben von Werner Hecht. it 1122

Die Schwestern Brontë. Leben und Werk in Texten und Bildern. Herausgegeben von Elsemarie Maletzke und Christel Schütz. it 814

Robert de Traz: Die Familie Brontë. Eine Biographie. Aus dem Französischen von Maria Arnold. Mit einem Beitrag von Mario Praz und zahlreichen Abbildungen. it 1548

Georg Büchner. Leben und Werk in Texten und Bildern. Von Reinhold Pabst. it 1626

Hans Carossa: Ungleiche Welten. Lebensbericht. it 1471

Benvenuto Cellini: Leben des Benvenuto Cellini florentinischen Goldschmieds und Bildhauers. Von ihm selbst geschrieben, übersetzt und mit einem Anhange herausgegeben von Johann Wolfgang Goethe. Mit einem Nachwort von Harald Keller. it 525

Cézanne. Leben und Werk in Texten und Bildern. Von Margret Boehm-Hunold. it 1140

George Clémenceau: Claude Monet. Betrachtungen und Erinnerungen eines Freundes. Mit farbigen Abbildungen und einem Nachwort von Gottfried Boehm. it 1152

Sigrid Damm: Cornelia Goethe. it 1452

– »Vögel, die verkünden Land.« Das Leben des Jakob Michael Reinhold Lenz. it 1399

Joseph von Eichendorff. Leben und Werk in Texten und Bildern. Herausgegeben von Wolfgang Frühwald und Franz Heiduk. it 1064

162/1/12.96

»Es ist etwas unbedingt Zauberhaftes um seinen Stil und namentlich um den seiner alten Tage, wie er uns [illegible] achtziger und ne[illegible] wieder entgegentritt.«

Thomas Mann

ISBN 3-458-32240-X DM 24.80

9 783458 322405